Für meine Mutter, Paula Köhlmeier, 1988

Weil folgen werden Feuer dem Orkan,
Orkan und Nacht, erinnert es sich doch:
Halb Lehm; in fremder Hand gemacht; noch kroch
Es ohne jeden Plan; eint' Aug und Zahn;

Im Hirn regiert ein Hundeuntertan;
Läuft allem vor die Stirn; es schläft im Loch;
Träumt einen Gott, in den, als wär's sein Joch,
Dies Tier sich krümmt. Er sieht mit Spott es an.

Ich höre noch, todmatt: Die Chronik spricht
Ein Wort am Anfang, Münder sind noch stumm.
Wer hier verkehrt, kommt dort am Ende um.

Ein Kind liegt da, hat Erde im Gesicht,
Liegt da, der Rücken krumm. Ein Traumgesicht
Trennt Nacht von Licht. Mich schreckt es nicht.

Erstes Kapitel

1

»Erkennst du ihn? Schau das Bild an.«

»Der mit der Stehfrisur. Gebhard Malin. In der ersten Reihe, der dritte von links, ganz vorne bei denen, die sitzen. Ein bißchen kleiner als die anderen.«

»Was aus ihm geworden ist, weißt du nicht?«

»Weiß ich nicht, nein.«

»Und die anderen wissen es auch nicht?«

»Wissen es auch nicht.«

»Du hast mit ihnen gesprochen?«

»Ja.«

»Mit allen?«

»Mit jedem aus der Klasse.«

»Und worüber habt ihr gesprochen?«

»Über alles. Über die ganze Zeit damals. Hauptsächlich aber über jenen Nachmittag. Mit den meisten habe ich hauptsächlich über jenen Nachmittag gesprochen ...«

»Den Nachmittag, als er verprügelt worden ist?«

»Darüber haben wir hauptsächlich gesprochen.«

»Warum ist er verprügelt worden?«

»Der Anlaß war eine Lateinschularbeit ... Ja. Immer nimmt man einen Anlaß für eine Ursache. Weil man nichts anderes bekommt. Man sagt, das war der Anlaß, und sucht nach der Ursache und findet doch wieder nur einen Anlaß. Und schließlich hat man sich bis zu einem Ende durchgefragt, und das Warum ist beantwortet, aber nichts ist geschehen ... Ein Katalog von Anlässen ...«

»Dann gehen wir ihn eben durch.«
»Ja.«
»Er ist also wegen einer Lateinschularbeit verprügelt worden?«
»Wegen einer Lateinschularbeit. Das war der Anlaß. Wir haben am Vormittag eine Lateinschularbeit zurückbekommen.«
»In welcher Klasse war das?«
»In der dritten Klasse. In der dritten Klasse Gymnasium. Humanistisches Gymnasium.«
»In welchem Jahr?«
»1963. Im November.«
»Wie alt wart ihr?«
»Dreizehn, vierzehn, fünfzehn. Ich vierzehneinhalb. Er fünfzehn.«
»Das war ein Internat?«
»Ein Heim, ja. *Missionsseminar* hat es offiziell geheißen. Hat aber niemand so genannt ... Es hieß *Das Heim* ...«
»War das eine besondere Schularbeit? Ich meine, war sie irgendwie außergewöhnlich?«
»Die Schularbeit an sich war nicht außergewöhnlich. Die Umstände waren es vielleicht. Die hatten gar nichts mit ihm zu tun, mit dem Gebhard Malin. Da war drei Wochen vorher die Sache mit Allerheiligen gewesen. An diese Allerheiligen erinnern sich übrigens heute noch alle. Die einen meinen allerdings, das sei ein Riesenspaß gewesen ... War es in gewisser Hinsicht auch ...«
»Was war an diesen Allerheiligen?«
»Am Tag vor Allerheiligen hat der Präfekt die Schüler der ersten, zweiten und dritten Klassen geprüft. Es ging um die Heimfahrt. An Allerheiligen waren drei Tage Ferien. Da durften wir nach Hause fahren. Das heißt, nur jene Schüler durften nach Hause fahren, die bei der Prüfung bestanden hatten. Das war so üblich. Vor allen Ferien wurde geprüft. Latein. Immer Latein. Bei den längeren Ferien – Weihnachten, Ostern

oder den Sommerferien – ging es natürlich nicht um die ganzen Ferien, sondern höchstens um einen Tag … Daß man erst einen Tag später nach Hause fahren durfte. Wenn man die Vokabeln oder die Grammatik nicht konnte. Das war ärgerlich, lästig. An Allerheiligen ging es um die ganzen Ferien, und das war dann bitter, wenn die gestrichen wurden.

Einen Tag vor der Prüfung wurde die Prüfungsordnung festgelegt, die Reihenfolge, in der die Klassen drankamen. ›Vorprüfung‹ wurde das genannt. Besser war es, wenn man zuerst drankam. Dann durfte man früher gehen.«

»Und wie wurde die Prüfungsordnung festgelegt, die Reihenfolge? Wie sah diese ›Vorprüfung‹ aus?«

»Das war eine Zeremonie. Wir mußten uns am Abend vor der eigentlichen Prüfung im Schlafsaal neben unsere Betten stellen. Die Schlafanzüge hatten wir schon angezogen. Die Betten waren noch unberührt. Da hat jeder darauf geachtet, daß sein Federbett wie ein eingepacktes Stück Butter dalag und daß das Leintuch straff war und das Kopfkissen an der richtigen Stelle, auf den Zentimeter genau. Es hätte ja sein können, daß der Präfekt vorher noch die Reihen abgeht. Es war jedenfalls alles perfekt. Die Betten konnten ihm nicht als Vorwand herhalten …«

»Als Vorwand wofür?«

»Für irgendwas … Schlampiger Bettenbau – Prüfung wird verschoben oder findet erst gar nicht statt … oder sonst etwas. War ja nicht berechenbar …«

»Gut. Weiter …«

»Ja. Dann hat der Schlafsaalcapo an die Tür zum Präfektenzimmer geklopft – der Präfekt hatte sein Zimmer direkt neben dem unteren Schlafsaal – und der Präfekt hat geantwortet ›Intra!‹, und der Capo ist eingetreten und hat gemeldet, daß wir bereit sind.«

»Wer war Schlafsaalcapo? Wie ist man Schlafsaalcapo geworden?«

»Das hat die Heimleitung bestimmt. Im unteren Schlafsaal war das ein Schüler der sechsten Klasse. Im oberen Schlafsaal hat es keinen Capo gegeben. Außer in besonderen Fällen. Wenn eine Klasse aufmüpfig war, wenn es Spannungen gab, die über das normale Maß hinausgingen, wenn zwei Buben in einem Bett entdeckt worden waren und so weiter.«

»Welche Kompetenzen hatte der Schlafsaalcapo?«

»Ich glaube, er durfte alles. Wenn im Schlafsaal Ruhe war, hat keiner danach gefragt, wie er das zustandegebracht hatte. Strafen – halt die üblichen Sachen: neben das Bett knien; schlimmer: neben das Bett knien und die Arme ausstrecken. Manchmal hat er einem einen Lexikonband auf die ausgestreckten Arme gelegt oder hat einen auf zwei Bleistiften knien lassen oder alles zusammen. Die Capos haben alle Monate gewechselt. Da ist reihum jeder Sechstkläßler drangekommen. Einer, erinnere ich mich, der war sehr nett. Der hat vor dem Einschlafen aus einem Buch vorgelesen. Da war dann die einzige Strafe, daß er nicht vorgelesen hat. An ein Buch erinnere ich mich noch. Es hieß *Die Herrgottsschanze* ... war ein Roman über die Französische Revolution ... aus katholischer Sicht ... – Einen anderen Capo gab es, der ließ einen neben seinem Bett knien, wenn man geschwätzt oder sonst Blödsinn gemacht hat, und dann mußte man ihm einen runterwixen. Das war alles ...«

»Und was wäre gewesen, wenn man das der Heimleitung gemeldet hätte?«

»Das hätte einen Wirbel gegeben. Sicher. Aber ich kann mich nicht erinnern, daß das je geschehen wäre.«

»Welche Klassen waren im unteren Schlafsaal?«

»Erste, zweite und dritte.«

»Und an dem Tag vor Allerheiligen ... was war da für ein Schlafsaalcapo dran?«

»Ich weiß es nicht mehr. Ich glaube der Geschichtenvorleser. Ich bin mir aber nicht sicher ...«

»Also, der Schlafsaalcapo hat beim Präfekten Meldung gemacht, daß alle Schüler neben ihren Betten stehen. Was geschah dann?«

»Der Präfekt trat vor uns hin und sagte: ›So, morgen werdet ihr in euren Leistungen von mir beurteilt werden. Und heute werdet ihr meine Leistungen beurteilen.‹

Dann hat er die Querflöte aus seinem Zimmer holen lassen. Das hat einer aus der ersten Klasse machen dürfen. Der Präfekt hat ihn ausgewählt. Das war eine kleine Ehre. Man hat sich als Erstkläßler davon etwas versprochen. Dann löschte er die Lichter im Saal. Nur eine Lampe ließ er brennen, nämlich die, unter der er selbst stand. Und dann begann er zu spielen.«

»Was hat er denn gespielt?«

»Keine Ahnung. Irgend etwas Klassisches. Wir, die Drittkläßler, hatten unsere Betten ganz hinten im Saal, also am weitesten von ihm entfernt. Bei uns war auch am wenigsten Licht. Da hat es natürlich nicht einen gegeben, der sich für die Querflöte vom Präfekten interessiert hätte. Vor Ferien war das immer so, da waren alle aufgedreht und albern. Ferdi Turner aus Tirol, aus dem Ötztal, hat unsere ganze Klasse angesteckt. Er hatte schon vorher angekündigt, er werde furzen, wenn der Präfekt spielt. Er hat das gekonnt, auf Bestellung furzen. Das hätte sich sonst keiner getraut. Den Ferdi Turner hat es immer gezwickt ... Ich meine, er hatte so einen kleinen Teufel in sich, der alles gern auf Spitz und Knopf getrieben hat ... Vielleicht deshalb, weil er so häßlich war ... – Na, gut ... Jetzt sind wir also alle neben unseren Betten gestanden und haben gewartet, daß der Ferdi Turner endlich furzt.

›Aber ihr dürft nicht lachen‹, hatte er vorher gesagt. ›Wenn ihr lacht, dann muß ich auch lachen. Und wenn ich lache, dann kann ich nicht.‹

Und nichts reizt mehr zum Lachen, als wenn man es nicht darf. Und wenn man dabei das Gesicht vom Ferdi Turner angeschaut hat, dann hat es einen fast zerrissen. Der Ferdi Turner hat schon von Natur aus ein komisches Gesicht gehabt. Es war breit wie drübergefahren, Mund, Nase und Augen lagen nah beieinander in der Mitte, und das hat komisch ausgesehen – so als ob rechts und links am Gesicht zwei leere Blätter hingen, auf die man etwas malen könnte. Ich habe mir das immer gedacht: ein Gesicht wie ein aufgeschlagenes Buch, im Falz die Augen, die Nase, der Mund. Er hatte gelbe Haare und Pickel im Gesicht und am Rücken. Die Pickel hat er ausgedrückt und das Zeug in den Mund gesteckt. Er wäre wahnsinnig gern beliebt gewesen, aber er hat es nie ganz geschafft. An der Pickelfresserei hat das nicht gelegen. Es hat andere gegeben, die das auch gemacht haben, manche haben sogar ihren Fußzehenkäs gefressen – und die waren beliebt. Er hat es sich immer selber verdorben. Er hat seinen Mund nicht halten können und hat einen Hang zum Befehlen gehabt. Beliebtheit kann man nicht befehlen. Außerdem war er klüger als er sich gab. Und solche mag man nicht. Man hat sich vor ihm ein bißchen gefürchtet, vor seinem Spott ...«

»Mit dem Ferdi Turner hast du gesprochen, jetzt?«

»Ja, natürlich. Mit allen habe ich gesprochen. Auch mit Ferdi Turner. Mit ihm zuerst.«

»Und er erinnert sich?«

»An den Abend vor der Prüfung? Klar. Da war er ja der Star. Aber er erinnert sich nicht gern daran ... Er hat sich sehr verändert. Er tut heute nicht mehr so, als wäre er dümmer, als er ist ...«

»Und auch an den Nachmittag? Als Gebhard Malin verprügelt wurde – daran erinnert er sich auch?«

»Er erinnert sich daran. Ja. Aber er wollte nicht darüber sprechen ... hat nur Andeutungen gemacht ... jetzt, als ich bei ihm war ...«

»Ist es ihm peinlich – unangenehm, daran erinnert zu werden?«

»Ob's das ist, weiß ich nicht. Er hat irgend etwas – vielleicht ist er krank. Die ganze Welt scheint auf ihm zu lasten.«

»Und was macht er jetzt?«

»Er ist Biologieprofessor an einem Gymnasium in Tirol. Verheiratet, zwei Kinder. Vornehmer Haushalt. Liegt an seiner Frau, nehme ich an ... Man kann sich heute nicht vorstellen, daß der Ferdi Turner einmal der *Furzkönig* war. *Furzkönig* war einer seiner Spitznamen. Ich kenne einen Kollegen von ihm. Der an der selben Schule wie er unterrichtet. Den habe ich nach ihm ausgefragt – das heißt, wir haben über Ferdi Turner gesprochen. Das hat sich so ergeben.«

»Und?«

»Viel hat der nicht erzählt. Ich nehme an, er mag ihn nicht besonders. Der Kollege hat erzählt, die Schüler sagen *Beutel* zu ihm ... zu Ferdi Turner.«

»Warum *Beutel*?«

»Keine Ahnung. Im Gesicht hat er sich verändert. Ich habe ihn kaum wiedererkannt. Wegen der Backen kann es nicht sein, daß seine Schüler *Beutel* zu ihm sagen. Die sind nicht mehr aufgebläht ... Früher hätte das gepaßt. Er ist schlank geworden, im Gesicht beinahe hager, und die Haare sind dunkler als früher. Kaum mehr Haare ... Kann auch sein, daß ich sie nur so hellgelb in Erinnerung hatte. – Warum sie *Beutel* zu ihm sagen, weiß ich wirklich nicht. Ich habe auch nicht daran gedacht, seinen Kollegen danach zu fragen. Der Ferdi Turner ist einer, der immer einen Spitznamen haben wird. Davor wird ihn auch seine heutige Vornehmheit nicht schützen. Ich habe nie jemanden gekannt, der mehr Spitznamen gehabt hätte. *Grabenfuchs*, *Pesti* – das kommt von Pest, weil er so gestunken hat –, *Bintschi*, *Zehnerle*, *Furzkönig*, *Sau*. Eine Zeitlang haben wir ihn *Kontinent* genannt, weil er im Geographieunterricht behauptet hatte, ein Kontinent sei im Prinzip eine Insel. Der Professor hatte daraufhin gesagt: ›Wenn ein Kontinent eine Insel ist, dann bist du ein Kontinent.‹ Ein anderer Spitzname war *Tschepo*. Warum der aufgekommen ist, weiß ich nicht.«

»Was hast du zu ihm gesagt?«

»*Tschepo*. Ich habe immer *Tschepo* zu ihm gesagt. *Tschepo* hat sich am längsten gehalten. Die anderen reden heute noch von ihm als dem *Tschepo*. *Tschepo* oder einfach *Ferdi Turner* ...«

»Hat ihn das gestört? Die Spitznamen.«

»Überhaupt nicht. Der Ferdi Turner war der Klassenwitzbold. Oder besser gesagt, er wollte der Klassenwitzbold sein. Wahnsinnig gelacht habe ich über ihn nie. Er war auch ein falscher Hund. Daher kam der Spitzname *Zehnerle*. Ein falscher Zehner. Zum Beispiel tat er so, als sei er faul. Vor Schularbeiten oder Prüfungen sagte er immer: ›Ich bin total blank.‹ Aber dann hat er doch jedesmal eine gute Note abgezogen. Im Grunde war er ein Streber. Falsch – ein Streber war er nicht, er hat sich leicht getan. ›Ich bin blank‹, hat er nur gesagt, damit er niemandem einsagen mußte. Er konnte ein paar Dinge, die wir nicht konnten. Damit hat er sich eine gewisse Anerkennung gesichert. Die Unterlippe bis zur Nase ziehen konnte er zum Beispiel, dann hat er ausgesehen wie ein Ballon mit ein paar Krumpeln in der Mitte. Oder das oberste Glied des kleinen Fingers umknicken, das konnte er auch. Und dann eben auf Kommando furzen …«

»Erzähl weiter von dieser Prüfungs- oder besser Vorprüfungszeremonie.«

»Die war immer gleich. Der Präfekt spielte ungefähr eine Viertelstunde lang auf der Querflöte, dann mußten sich die einzelnen Klassen beraten, und schließlich trugen die Klassensprecher das Urteil vor …«

»Ein ehrliches Urteil … oder Show …?«

»Das Spiel des Präfekten wurde immer gut beurteilt. Das war klar. Das war keine Frage. Darauf kam es auch gar nicht an. Es kam auf die Art der Formulierung an. Wie das Urteil formuliert war, darauf legte der Präfekt Wert. ›Vielleicht wird einer von euch eines Tages Musikkritiker‹, sagte er. ›Und dann wird er sich an diese Abende erinnern, an denen hierfür der Grundstein gelegt worden ist.‹

Es soll vorgekommen sein, daß er nach einem seiner Meinung nach brillant formulierten Urteil auf eine Prüfung der entsprechenden Klasse verzichtet habe. Das war so ein Gerücht. Ich selbst habe das nie erlebt. Aber das war der Ansporn. – Wir setzten uns schon vorher zusammen und bastelten an einer Lobeshymne herum. Die anderen Klassen natürlich auch. Manfred Fritsch, unser Klassensprecher, hatte zwei Seiten vollgeschrieben, und die wollte er vorlesen. Das galt. Im Gegenteil, das kam sogar gut beim Präfekten an. Das gab Pluspunkte.

Und diesmal waren wir uns unserer Sache absolut sicher. Manfred Fritsch hatte nämlich gute Beziehungen zu einem Maturanten, und zwar ausgerechnet zu dem, der in den letzten drei Jahren an Weihnachten den Missionsbrief geschrieben hatte. Das war die größte Auszeichnung, die im Heim vergeben wurde. Der Missionsbriefschreiber wurde eine Woche lang vom Studium suspendiert. Er konnte praktisch machen, was er wollte. Spazierengehen, sich ins Bett legen, am Abend länger aufbleiben, ja sogar die Schule schwänzen. Und der dreifache Missionsbriefschreiber hat uns bei der Formulierung geholfen! Niemals wären uns Wendungen eingefallen wie ›der zarte Schmelz der Tremolos‹ oder ›der rauchige Klang der Untertöne‹. – Ich weiß bis heute nicht, was er damit meinte ...

Jedenfalls, Manfred Fritsch hatte die beiden Zettel in der Brusttasche seines Schlafanzugs stecken, und die waren für uns wie eine Versicherungspolice. Bei einem gut formulierten Urteil würden wir als erste Klasse geprüft werden, und die Prüfung würde milde ausfallen. Bei einem schlecht formulierten Urteil hätte mindestens die Hälfte der Klasse über Allerheiligen nicht nach Hause fahren dürfen. Unser Urteil war gut formuliert. Dieser Meinung waren alle.

Aber darum ging es eigentlich nicht. Ob etwas gut war oder nicht, das war vollkommen wurscht ... Ob es besser war als andere, das war entscheidend, darauf kam es an. Man hätte die pure Scheiße liefern können – ich spreche jetzt ganz allgemein, das traf auf alles zu, auf jeden Bereich – diese Scheiße mußte nur um einen Hauch weniger stinken als die andere Scheiße, dann war das schon ein Sieg. Lassen wir das ... Es ging also nur darum, daß wir ein besseres Urteil über das Flötenspiel des Präfekten abgaben als die anderen Klassen. Und dem Zufall überlassen wurde nichts ...

Als Drittkläßler hatte man Macht. Jedenfalls über Zweitkläßler und Erstkläßler. Wenn da einer von uns gerufen hat ›Komm her!‹, dann ist hergekommen worden. Und damit auch wirklich alles klar war, haben wir uns vorher die Urteile der ersten und zweiten Klasse vortragen lassen. Nur für den Fall ... ich meine, wäre der unwahrscheinliche Fall eingetreten, daß ein Urteil der ersten oder zweiten Klasse besser gewesen wäre als unseres ... ja dann ... dann hätten wir uns eben mit diesem Urteil die Zigaretten angezündet. Das war so eine Art Vorvorprüfung. Das war üblich. Das war keine Erfindung von uns. Bei dieser Vorvorprüfung gab es allerdings nichts zu gewinnen ... Soll ich erzählen, wie das war?«

»Bitte.«

»Also. Am Nachmittag vor dem Flötenspiel haben wir die Klassensprecher der ersten und zweiten Klasse geholt. In der Pause nach dem Strengstudium. Um halb vier. Das heißt, wir haben ihnen mitgeteilt, sie sollten im Mariensaal erscheinen. Der Mariensaal war ein niedriger, breiter Raum unter dem Dach, für Einkehrstunden. Die Wände entlang standen Sitzbänke aus rohem Holz, ansonsten war der Raum leer. Ich kann mich nur an eine sogenannte Einkehrstunde erinnern. Als uns der Rektor aufgeklärt hat. Das war in der zweiten Klasse gewesen. Jedenfalls, dorthin haben wir die Klassensprecher befohlen. Das Lustige dabei war, daß der Zweitkläßler die Prozedur ja bereits kannte, vom vergangenen Jahr her, der Erstkläßler aber total ahnungslos war. Allerheiligen waren schließlich die ersten Ferien, also die ersten Prüfungen, die ersten Vorprüfungen und somit auch die ersten Vorvorprüfungen. Und das war das Lustige dabei: daß der Erstkläßler hineingerattert ist ...

Den Vorsitz hat der Edwin Tiefentaler übernommen. Der hat amtlich reden können. Wie ein Zöllner. Er hat die Klassensprecher mit Handschlag begrüßt. Sie mußten in der Mitte des Raums stehenbleiben. Und er, Edwin Tiefentaler, lang wie eine Bohnenstange, ist ebenfalls gestanden. Sein Kopf war oben bei den Balken.

›Darf ich euch im Namen der dritten Klasse begrüßen‹, sagte er. ›Wir hoffen, die Angelegenheit wird nicht lange dauern …‹

Wir anderen sind auf den Bänken gesessen und haben uns halb schief gelacht. Der Erstkläßler hat mitgelacht. Der Zweitkläßler nicht.

Dann hielt Edwin Tiefentaler sein Taschentuch auf und sagte: ›Dürfte ich um den Lohn für unsere Arbeit bitten.‹ Der Zweitkläßler griff in seine Hosentasche und zählte sechzehn Schillinge in das Taschentuch, für jeden von uns zwei Schilling. Das war der Satz. Alles Münzen. Zum Vergleich: Damals hat ein Stilett elf Schilling gekostet. Ein schönes Stilett mit Kunstlederscheide.

Der Erstkläßler machte ein dummes Gesicht. Und wir haben gebrüllt vor Lachen.

›Was ist los‹, sagte Edwin Tiefentaler. ›Wo ist das Geld?‹

›Welches Geld, bitte‹, sagte der Erstkläßler.

Und Edwin Tiefentaler: ›Unser Lohn, Mensch du Trottel!‹

Soviel hat der Erstkläßler inzwischen schon mitgekriegt vom Heim, daß ihm das Lachen schlagartig vergangen ist.

›Das habe ich nicht gewußt‹, sagte er. ›Ich habe kein Geld.‹

Klar hatte er kein Geld. Niemand hat Geld gehabt. Offiziell. Das hat die Heimleitung den Eltern deutlich klar gemacht, daß die Schüler kein Geld besitzen dürfen. Und warum sollte ein Erstkläßler meinen, es sei günstig, sich heimlich doch ein paar Schillinge von zu Hause mitzunehmen! Es gab ja keine Möglichkeit, das Geld auszugeben. Offiziell jedenfalls nicht. Man konnte einen Zettel schreiben: ›Ich habe vom Pater Rektor drei Schilling für Butter bekommen.‹ Dann hat man dafür ein Stück Butter gekriegt. Oder Marmelade. Vier Schilling. Butter und Marmelade war bei der Heimverköstigung nämlich nicht dabei. Die mußte man von zu Hause mitbringen. Oder eben kaufen. Bei der Heimleitung. Dann hat einem der Rektor ein Stück Butter gegeben oder ein Glas Marmelade und den Zettel am Monatsende zur Rechnung gelegt.

›Was machen wir denn da‹, sagte Edwin Tiefentaler.

Der Erstkläßler hatte einen geschorenen Kopf, er war ein recht großer Kerl, aber doch ein ganzes Stück kleiner als Edwin Tiefentaler, er hob die Schultern, immer wieder: ›Ich weiß es nicht‹, sagte er. ›Ich weiß es doch nicht ... Ich weiß es doch nicht ...‹

›Wir sollen euer Urteil über das Flötenspiel des Herrn Pater Präfekt anschauen, und ihr wollt uns dafür nicht bezahlen?‹

Der Erstkläßler schaute von einem zum anderen und zum Schluß hat er den Zweitkläßler angeschaut, aber der hat ihm auch nicht helfen können. Und er hat ihm sicher auch nicht helfen wollen.

›Dann ist es am besten‹, stammelte der Erstkläßler, ›dann ist es am besten, wenn ihr unser Urteil über das Flötenspiel des Herrn Pater Präfekt gar nicht anschaut ...‹

›Ja‹, sagte Edwin Tiefentaler, ›jetzt haben wir aber schon unsere ganze Freizeit geopfert. Das hättest du uns früher sagen sollen.‹

›Aber das habe ich doch nicht gewußt.‹

›Unwissenheit schützt vor Strafe nicht‹, sagte Edwin Tiefentaler. Das war der Höhepunkt. Daß dieser Satz kommen wird, das haben wir ganz genau gewußt. Wir sind am Boden gelegen vor Lachen.

›Wir machen euch einen Vorschlag‹, redete Edwin Tiefentaler weiter. ›Ihr arbeitet für uns. Ihr putzt uns die Schuhe, macht unsere Betten, wascht unser Geschirr. Was hältst du davon?‹

Der Erstkläßler nickte. Was hätte er anderes tun sollen.

Dann sind gerade noch fünf Minuten übriggeblieben bis zum Beginn des zweiten Studiums. Wir haben die Zettel mit den Flötenurteilen durchgelesen – war nichts Besonderes – und die beiden nach unten geschickt ... in den Studiersaal ...«

»Und das haben sie sich gefallen lassen?«

»Was hätten sie tun sollen?«

»Euch bei der Heimleitung melden, zum Beispiel.«

»Dann hätten wir vielleicht einen Anschiß vom Rektor gekriegt. Aber den Ratschern wär es schlecht ergangen.«

»Sie hätten sich an die Schüler der höheren Klassen wenden können. Die werden wohl vernünftiger gewesen sein.«

»Die haben ja dasselbe gemacht, als sie in der dritten Klasse waren. Diese Vorvorprüfungen hatten Tradition wie die Vorprüfungen und die Prüfungen.«

»Das war also die Vorvorprüfung. Und die Vorprüfung?«

»Ja. Der Furz ... Wir standen also alle im Schlafsaal neben unseren Betten und hörten zu, wie der Präfekt auf der Querflöte spielte. Eines war klar: Unser Urteil war das beste, das je über das Flötenspiel des Präfekten abgegeben worden war. Das hat uns übermütig gemacht. Mit diesem Urteil in Manfred Fritschs Brusttasche konnten wir uns einen Furz vom Ferdi Turner leisten. Außerdem war gar nicht klar, wie der Präfekt auf einen Furz reagieren würde. Es hätte genausogut sein können, daß er sich nach dem Furzer erkundigt, daß er ihn herausholt und bittet, vor dem ganzen Schlafsaal noch einmal zu furzen. Es hatte nicht lange zuvor einen wunderbaren Sonntagnachmittag gegeben, an dem wir zwei Stunden lang mit dem Präfekten über das Scheißen geredet hatten. Da hat der Präfekt ausführlichst von seinem Morgenschiß berichtet, wie sich die Wurst in der Kloschale gekringelt habe, wie der Anfang der Wurst körnig und stumpf und das Ende sämig und spitz ausgesehen hätte. Da habe ich am nächsten Tag im Bauch einen Muskelkater gehabt vor lauter Lachen. Ja, es hätte durchaus sein können, daß ihm ein Furz vom Ferdi Turner gefiel. In solchen Dingen war der Präfekt unberechenbar.

Wir stehen also neben unseren Betten und krampfen den Mund zusammen, damit wir nicht herausplatzen, und der

Präfekt spielt auf seiner Querflöte und wiegt dabei den Oberkörper hin und her und vor und zurück, und vor uns sind die Schüler der ersten und zweiten Klasse aufgereiht, die Hände an den Nähten der Schlafanzughosen, und ich weiß noch, ich schau genau im richtigen Augenblick zum Ferdi Turner hinüber und sehe, wie der die Augen verdreht und die Unterlippe zur Nase hinaufzieht, wie er die Beine spreizt und in den Knien wippt, wie sein Gesicht rot wird und wie er den Rücken hohl macht, und schon geht der Furz ab. Zuerst war er leise und im Ton noch ziemlich tief, dann wurde er lauter und höher, und zuletzt fiel er abrupt ab und endete schließlich in einem Flattern, das irgendwie feucht klang.

Der Präfekt unterbrach sein Spiel nur für einen kurzen Augenblick. Er warf einen Blick in den Saal, er hat niemand direkt angeschaut, einfach nur geradeaus, dann spielte er weiter. Ich sah, wie die Rücken der Erst- und Zweitkläßler zitterten. Weil sie das Lachen hinunterbissen. Laut gelacht hat niemand, auch von uns keiner.

Dann hat er aufgehört zu spielen, hat die Flöte auseinandergenommen und in den Koffer zurückgelegt und das Licht im Saal angeknipst. Er verschränkte die Hände im Rücken, schlug mit dem Handrücken der einen auf die Handfläche der anderen, ging zweimal über die ganze Breite des Schlafsaals und sagte endlich mit leiser Stimme: ›Prima!‹

Das hat geheißen, die erste Klasse solle über ihr Urteil nachdenken. Die Pimpfe – wir haben zu den Erstkläßlern immer nur ›Pimpfe‹ gesagt – scharten sich um das Bett ihres Klassensprechers und murmelten, manche haben so laut gemurmelt, daß man es bis zu uns nach hinten gehört hat. Sie haben nur ›Murmel, murmel‹ gesagt und sonst nichts, es gab ja nichts zu beraten, ihr Klassensprecher hatte sein vorformuliertes Urteil in der Brusttasche seines Schlafanzugs.

Dann huschten sie alle wieder auf ihre Plätze, und der Präfekt sagte: ›Nun, ich höre?‹

Der Klassensprecher las das Urteil vom Zettel und kickte

dabei immer wieder seinen Hals vor, wie es Hühner machen, wenn sie Körner picken. Ich kann mich nicht mehr genau erinnern, was er vorlas. – ›Wir hörten dem schönen Spiel unseres Herrn Pater Präfekt zu. Es hat uns gefallen. Besonders schön war, wenn er so schnell die Tonleiter hinaufspielte ...‹ – So ungefähr. Kann auch anders gewesen sein. Dann kam die zweite Klasse dran, der Präfekt sagte: ›Secunda!‹ und das weitere verlief gleich.

Zuletzt sagte er: ›Das Urteil der dritten Klasse habe ich ja bereits gehört‹, und löschte das Licht.«

»Er hat sich also euer Urteil gar nicht angehört?«

»Nein. Hat er nicht. Schade drum ...«

»Also keine Vorprüfung?«

»Nein. Am nächsten Morgen prüfte er die erste und zweite Klasse schon während des Frühstudiums. Latein. Normalerweise wurde erst am Nachmittag geprüft. Normalerweise jede Klasse eine ganze Stunde lang. Das Frühstudium dauerte von halb sieben bis sieben. In einer halben Stunde zwei Klassen! Das waren flotte, leichte Prüfungen. Und alle kamen durch. Allen wurde erlaubt, mittags nach der Schule nach Hause zu fahren. Sie mußten nicht einmal zum Essen dableiben. Wer wolle, der könne direkt von der Schule zum Bahnhof gehen, sagte der Präfekt.

Er stand vorne am Pult, umringt von den Schülern der ersten und zweiten Klasse. Die Luft war voll Erleichterung. Du wirst denken, das sagt sich so. Aber glaub mir, im Heim hat es keiner besonders fein ausgebildeten Sensibilität bedurft, um zu spüren, was in der Luft lag. Wie das Wetter, wie den Föhn, wie den Schnee, so hat man die Laune riechen können. Da lachte der Präfekt vorne am Pult, zupfte den einen oder anderen Erstkläßler oder Zweitkläßler am Ohr, der Präfekt mit dem roten, gestutzten Bart, mit den roten, nach hinten gebürsteten Haaren, er ließ sich keine Tonsur schneiden und trug nie das Käppi, und er verwendete Rasierwasser, seine Kutte war immer tipptopp, er war keine Vierzig, wer weiß, was der für

eine Geschichte hatte, warum der Kapuziner geworden war ...
Nicht mein Problem ... Wie zwei Fußballmannschaften nach einem Freundschaftsspiel waren Präfekt und Prüflinge. Jetzt konnte man die Karten aufdecken.

›Ich bin froh, daß Sie mich nicht den ACI gefragt haben‹, sagte ein Zweitkläßler, ›da wär ich nämlich total blank gewesen ...‹

Und ein anderer sagte: ›Zum Glück habe ich den ACI gekriegt und nicht den Ablativus absolutus ...‹

Und der Präfekt lachte und zupfte am Ohr, einmal den einen, dann den anderen ...

Und ein dritter rief: ›Mir hat der Peter jedes Wort eingesagt! Haben Sie das nicht gemerkt?‹

Und wie nach der Pointe eines saftigen Witzes lachte der Präfekt heraus: ›Nein, ich hab's nicht gemerkt! Aber sag mir nicht, wie er's gemacht hat, sonst merk ich es beim nächsten Mal!‹

Zwanzigmäuliges Gelächter. Beim nächsten Mal! – Das nächste Mal, das liegt weit hinter der Zukunft, das kümmert nicht! Die Zukunft, das sind drei Tage zu Hause. Die Weihnachtsferien sind weit!

Zu unserer Klasse sagte er nichts. Wir saßen hinten in unseren Bänken und warteten, bis die Klingel schellte. Zum Gebet vor dem Frühstück. *Flehentliches Bitten zum Heiligen Geist* hieß das. Es war ein Stillgebet in der Kapelle. – ›Nützt mehr als eine ganze Messe‹, pflegte der Pater Spiritual zu sagen.

Das *Silentium* war nach den Prüfungen aufgehoben worden. Normalerweise durfte das erste Wort im Heim erst nach dem Mittagessen gesprochen werden. Wir saßen hinten in unseren Bänken und hielten den Mund. Wir waren nicht geprüft worden, also bestand für uns das *Silentium* weiter. Das brauchte uns nicht erst gesagt zu werden.

Dann, nach dem Frühstück, standen wir als einzige Klasse stramm und in Zweierreihen im Hausflur und warteten, daß uns der Präfekt für den Schulgang verabschiedete. Für die anderen Klassen galt ausnahmsweise *Ruht!*. Wir waren nicht geprüft worden, für uns war das *Silentium* nicht aufgehoben worden, also bestand für uns das *Habt acht!* weiter. Auch das brauchte uns nicht erst gesagt werden.

Nun faßte sich unser Klassensprecher, Manfred Fritsch, doch ein Herz, und er fragte den Präfekten, was jetzt sei, wann wir zur Prüfung drankämen. Und ob überhaupt. Aber er bekam keine Antwort. Der Präfekt drehte sich um, ging über die Stiege hinauf, pfeifend, ließ uns einfach stehen. Der Rektor hat uns schließlich für den Schulgang verabschiedet. Und als wir mittags von der Schule zurückkamen, und sich die anderen bereit machten, auf den Zug zu gehen, hat der Präfekt wieder nichts gesagt.

Manfred Fritsch ging zum Rektor: ›Wir kennen uns nicht aus, wir glauben, der Herr Pater Präfekt hat uns vergessen ...‹

Das hat durchaus Chancen gehabt. Zum Rektor zu gehen. Sich dumm zu stellen. ›Ich glaube, der Präfekt hat uns vergessen ...‹ Ist vorgekommen, nicht nur einmal, daß der Rektor eine Anordnung des Präfekten aufgehoben hat. Man hat das auch steuern können. Indem man eine Anordnung des Präfekten mit einer Anordnung des Rektors koppelte und die beiden in Widerspruch zueinander brachte. – ›Der Präfekt hat gesagt, wir müssen in den Studiersaal, aber wir wollten gerade die Kapelle putzen ...‹ Zum Beispiel. Die Kapelle zu putzen war freiwillig, und der Rektor sah es nicht gern, wenn eine Anordnung des Präfekten einer von ihm bestimmten Freiwilligkeit zuwiderlief. Da hat er dann schon sagen können: ›Nein, putzt ruhig die Kapelle, ich werde mit dem Pater Präfekt reden.‹ Man hat nur naiv genug auftreten müssen: ›Entschuldigung, Pater Rektor, wir kennen uns gar nicht mehr aus ...‹ Dann hat der Präfekt gar nichts machen können. Er trug ja auch einen Strick um den Bauch mit drei Knoten – Armut, Keuschheit und Gehorsam ...

Aber diesmal sagte der Rektor einfach nur: ›Ihr müßt eben

warten.‹ Und er sagte es gar nicht freundlich. Er hatte wohl schon von Ferdi Turners Furz erfahren. Und er war in solchen Dingen berechenbar. Im Gegensatz zum Präfekten hätte man mit dem Rektor nie übers Scheißen reden können.

Wir warteten bis fünf. Unsere besten Lateiner, Manfred Fritsch, Alfred Lässer und Ferdi Turner, hatten ihre Koffer bereits gepackt, sie waren sicher, daß sie die Prüfung bestehen würden. Wenn überhaupt geprüft wurde. Ferdi Turner war wütend. Er machte uns Vorwürfe, behauptete, wir hätten ihn zu dem Furz getrieben, man hätte ihm Prügel versprochen, wenn er es nicht tut.

›Wer hat dir denn Prügel versprochen‹, fragte ich.

Er nickte mit dem Kopf, und die breiten Backenbeutel wakkelten. Aber er sagte nicht wer, nur: ›Es ist versprochen worden!‹

›Dann sag halt wer, dann sag halt wer!‹ schrie ihn Edwin Tiefentaler an. ›Dann werden wir die Sache schon regeln!‹ Der Bürgermeistersohn: eine Sache regeln! Ich hätte mich nicht getraut, so einen Begriff in den Mund zu nehmen. Ich hätte ihn zu Tode gedacht, schon lange, bevor er vom Kopf in den Mund gesunken wäre. Das Wort ›Regel‹ kannte ich vom *Mensch-ärgere-dich-nicht* her. Da gab es Regeln. Da wurde geregelt. Wenn zwei Kegelchen auf einem Feld stehen, muß eines raus ... Aber es war schon klar, was Edwin Tiefentaler mit ›die Sache regeln‹ meinte. Kleine Klassenprügel. Wenn möglich, vor den Augen des Präfekten ... – ›Da hat einer den Ferdi Turner zu einem Furz angestiftet! Furchtbare Sache! Sehen Sie her, Herr Pater Präfekt, wie wir die Sache regeln. Wir, die wir an Ihrem Flötenspiel den zarten Schmelz der Tremolos und den rauchigen Klang der Untertöne so sehr schätzen ...‹ Und dann: Klassenprügel ...«

»Du hast gesagt: *kleine Klassenprügel*. Gab es da verschiedene Heftigkeitsstufen, oder wie soll man sagen?«

»Nein, nein ... ›Kleine Klassenprügel‹, das habe ich jetzt so gesagt. Ich kann mich nicht erinnern, daß es dieses Wort gegeben hätte. Nein. Ich sag das nur, damit man unterscheidet. Nach der Sache mit Gebhard Malin hat man nicht mehr einfach von Klassenprügel sprechen können. Das war etwas anderes.«

»Was meinst du mit *kleine Klassenprügel?*«

»Das Normale. Einen herumschupfen. Arschtritt. Boxer. Fertig. Das hat dem Edwin Tiefentaler vorgeschwebt mit *die Sache regeln*. ›Sag uns, wer dir Prügel versprochen hat, und wir werden die Sache schon regeln!‹ Also, einer hätte herhalten sollen. Möglichst ein schwacher Lateiner.

Und Ferdi Turner nickte weiter mit dem Kopf und behauptete weiter: ›Es ist versprochen worden!‹ Dem Ferdi Turner hätte nur einer Prügel versprechen können, nämlich Franz Brandl, der war als einziger größer und stärker als er. Aber Franz Brandl hatte ihm sicher keine Prügel versprochen, der war nämlich dagegen gewesen, daß Ferdi Turner furzt. Weil er genau vor dem Angst gehabt hatte, was jetzt war. Das wußte jeder. Es waren alle dabei gewesen, als der Ferdi Turner seinen Furz angekündigt hatte. Von sich aus. Freiwillig. Großkotzig. Und jetzt stellte er sich vor den Franz Brandl hin und nickte mit dem Kopf und sagte: ›Es ist versprochen worden!‹

Ferdi Turner und Edwin Tiefentaler waren sich einig. Es war sonnenklar, worauf sie hinauswollten: Los, Franz Brandl, laß dich von uns herumschupfen, laß dir einen Arschtritt geben, möglichst in Anwesenheit des Präfekten, du hast zwar nicht gefurzt, aber du bist ein schwacher Lateiner, und das ist schlimmer, wahrscheinlich fliegst du ohnehin bei der Prüfung durch und mußt im Heim bleiben, also opfere dich gefälligst, daß wenigstens wir heimfahren dürfen.

›Halt's Maul, Sau‹, sagte Franz Brandl. Es ging ihm schlecht. Er kaute an seinem Daumennagel. Schaute von einem zum anderen. Aber es war klar, Ferdi Turner und Edwin Tiefentaler waren in der Minderheit. Eine Koalition der Unbeliebten. Franz Brandl – immer ein schlechtes Gewissen, immer Angst. Aber stark. Die ihn kannten, wußten, daß er immer Angst und immer ein schlechtes Gewissen hatte; nur weil er so groß und wuchtig war und wirr über den Kopf gedrehte Locken hatte, glaubte man ihm das nicht ... Ein Ringer. Freund von mir. Und auch Freund von anderen. Nie Lokomotive, immer Waggon. Weil, so waren die Freundschaften: eine Lokomotive und ein Waggon oder mehrere Waggons; ein Zieher und Gezogene. Franz Brandl war immer ein Gezogener. Und hat immer Angst gehabt, er wird abgehängt. Bei Prüfungen kam es vor, daß er die Buchstaben im Buch nicht mehr lesen konnte, so sehr zitterten ihm die Hände. Vor dem Präfekten hatte er Angst, vor dem Rektor hatte er Angst, vor den Lehrern hatte er Angst, vor den Freunden hatte er Angst, aber vor dem Ferdi Turner hatte er keine. Was konnte der ihm anhaben! Es hätte viel passieren müssen, daß die Klasse dem Ferdi Turner und dem Edwin Tiefentaler zuliebe den Franz Brandl an den Präfekten ausgeliefert hätte ...

Fast hätte es eine Rauferei gegeben. Fast hätten sich Franz Brandl und Ferdi Turner im Hausflur geschlagen. Manfred Fritsch hat die beiden auseinandergebracht, mit Reden hat er das gemacht. Mit Argumenten. Mit Bitten.

›Also bitte‹, sagte er, ›gehen wir die Sache ruhig an, sammeln wir Meinungen, was zu tun wäre.‹

Er war dem Heulen nahe. Er war der beste der Klasse, hatte, seit er im Gymnasium war, noch nie eine andere Note als einen *Einser* geschrieben. In keinem Fach. Ein Kinn wie ein zartes Schälchen und darüber ein Mündchen wie die Öffnung des Schälchens ... Er litt furchtbar an Heimweh. Ich wußte das. Er hätte das nie zugegeben, oder, falls doch, zumindest eine glasklare Analyse dieses Heimwehs nachgeliefert. – In der zweiten Klasse haben wir einmal zusammen geheult. Wir haben uns im Keller hinter dem Heizkessel versteckt und laut geheult. Keiner hatte viel Kontakt zu ihm. Er hat immer viel und gern geredet, aber er hat jedes Thema gleich auf die Ebene von etwas *Interessantem* heruntergezerrt, etwas *Interessantem*, an dem sich herumknobeln läßt wie an einer Mathematikaufgabe, so daß man bald das Gefühl hatte, man redet über etwas, das einen nichts angeht, auch wenn es einen etwas anging. Darum haben wir ihn auch jedes Jahr zum Klassensprecher gemacht. – Und dann er und ich im Heizungskeller! Heulen. Da tut sich eine neue, wirkliche, tiefe Freundschaft auf, dachte ich. Das war wunderbar, das gemeinsame Heulen im Heizungskeller. Wir konnten heulen, so laut wir wollten, der Heizkessel machte einen solchen Lärm, da hat niemand unser Heulen hören können. Wir haben geheult, und er hat vor mir und ich habe vor ihm zugegeben, daß wir vor Heimweh heulen. Ganz grad heraus haben wir uns das zugegeben, und das war das Wunderbare gewesen. Wir wollten es später noch einmal machen, aber dann haben wir uns voreinander geniert. Oder: Er hat sich vor mir geniert. So war's, ja sicher, so war's. Am besten hat er sich in der Rolle des Diskussionsleiters und Protokollanten gefallen: ›Gehen wir die Sache ruhig an, sammeln wir Meinungen.‹

Es hat ihn zwar keiner ernst genommen, aber es war beruhigend. Das heißt, der Alfred Lässer hat ihn schon ernst genommen. Der zeigte auf wie in der Schule, wartete brav, bis ihm der Klassensprecher das Wort erteilte: ›Der Tschepo hat gefurzt, also soll er es ausbaden‹, sagte er. Alfred Lässer war der Kleinste in der Klasse, ein guter Schüler, aber sonst stand er immer ziemlich daneben.

›Ich bin aufgehetzt worden‹, beharrte Ferdi Turner. ›Erst wollt ihr, daß ich für euch den Clown mache, und dann brennt ihr mich hin!‹

›Und was schlägst du vor‹, fragte Manfred Fritsch.

›Du bist der Klassensprecher‹, sagte Ferdi Turner. ›Geh zum Präfekt und sag, du bleibst freiwillig da, dann läßt er uns gehen. Der will ein Opfer. Wozu bist du Klassensprecher!‹ Das war so ein typischer Ferdi-Turner-Witz. Aber dem Manfred Fritsch sank das Blut aus dem Kopf. ›Wer ist für diesen Vorschlag‹, fragte er und dabei zitterte seine Stimme, als würde ein Specht an seinen Kehlkopf klopfen.

›Das ist doch Blödsinn‹, sagte Franz Brandl. ›Der will dich doch nur ärgern!‹

Der arme Manfred Fritsch! Läßt sich vor der ganzen Klasse das Herz in die Hose treten! Was schwache Punkte betraf, war Ferdi Turner ein Spezialist. Und Heimweh war Manfred Fritschs schwächster Punkt. Er hatte keinen Vater, der war irgendwann gestorben, verunglückt mit dem Motorrad. Seine Mutter bewirtschaftete einen kleinen Bauernhof im Laternsertal. Sie schrieb ihrem Sohn jede Woche einen Brief, und jede Woche schrieb er ihr einen Brief zurück. Ich und ein paar andere haben einmal sein Pult durchstöbert und die Briefe seiner Mutter herausgeholt. Wir dachten, es gäbe etwas zu lachen. Aber es war nichts. Die Briefe waren alle gleich. Mit Tinte geschrieben und kurz, keiner länger als fünf Zeilen. Den anderen ist das Lesen bald zu blöd geworden. Ich habe sie alle gelesen. Die anderen sind gegangen, weil sie Schiß hatten, daß einer kommt und sieht, was wir machen, und es dann meldet. Ich bin geblieben, ich habe mich auf Manfred Fritschs Platz gesetzt und die Briefe seiner Mutter gelesen. Einen nach dem anderen. Sortiert nach dem Datum. Und ich bin ganz traurig geworden. Und ich wußte nicht warum. Vielleicht weil ich so ein Schweinehund war und mich über das Geheimste eines Mitschülers hermachte, vielleicht aber auch, weil die Briefe wirklich alle gleich waren – als hätte Manfred Fritschs Mutter einen vom anderen abgepaust: ›Mein lieber Manfred, mir geht es gut, wie geht es Dir. Ich danke Dir für Deinen lieben Brief und freue mich schon auf Deinen nächsten. Ich mache Dir ein Kreuz auf die Stirn und denke viel an Dich. Deine Mutter.‹

Wir ahnten, daß wir alle diesmal über Allerheiligen im Heim bleiben müßten. Am schwersten traf das den Manfred Fritsch ...

Wir warteten. Den ganzen Nachmittag bis in den Abend hinein. Saßen vor dem unteren Studiersaal auf den Steinstufen, spielten Karten, rollten Bälle oder lasen im Vokabelheft.

Der Präfekt ließ sich nicht blicken. Überhaupt schien es, als ob wir die einzigen im ganzen Haus wären.

Manfred Fritsch getraute sich nicht, noch einmal beim Rektor nachzufragen. Er schlug vor, Alfred Lässer sollte zum Pater Spiritual gehen, der würde sicher ein gutes Wort für uns einlegen, vielleicht sei doch alles nur ein Mißverständnis, vielleicht hätte uns der Präfekt wirklich nur vergessen. Darüber wurde debattiert. Geglaubt wurde es nicht.

›Der Spiritual hilft sicher zu uns‹, sagte Alfred Lässer – langsames Kopfnicken mit geschlossenen Augen, Gewißheit eines Begnadeten. Die meisten waren seiner Meinung. Aber was hieß das schon, er hilft zu uns ...

Franz Brandl sagte: ›Wenn der Präfekt erfährt, daß wir beim Spiritual waren, macht ihn das noch mehr verrückt.‹ War richtig. Dem Spiritual gegenüber hatte der Präfekt keine Gehorsamspflicht. Die beiden waren gleichgestellt. Also hätte der Rektor zu entscheiden gehabt. Und der hatte bereits entschieden: warten. Franz Brandl wußte, wen es treffen würde, wenn der Präfekt noch mehr verrückt wurde.

Der Spiritual mochte den Alfred Lässer besonders gern. Das *Engelchen*. Bei jeder Gelegenheit strich er ihm übers Haar, und es war mehr als einmal vorgekommen, daß er ihn unter Umgehung der Meßdienerordnung bei der Sonntagsmesse zu seinem Ministranten gemacht hatte. Der Alfred Lässer war auch wirklich ein schöner Ministrant – blonder Lockenkopf und blaue, tiefblaue Augen. Und er hat aus dem Ministrieren etwas gemacht. Nicht einfach nur Buch von rechts nach links tragen oder Wasser und Wein in den Kelch gießen. Er hat das richtig ausgespielt – freudiges Gesicht beim Sanctus, leidendes Gesicht bei der Wandlung, feierliches Gesicht bei der Kommunion ...

Ich habe dem Franz Brandl recht gegeben: ›Es könnte uns überhaupt nichts Blöderes einfallen, als den Lässer zum Spiritual zu schicken‹, sagte ich.

Das hat der Alfred Lässer auf sich bezogen. Ich merkte, jetzt kriegt er gleich einen seiner Zornausbrüche. Nur, bei ihm hat das so nett ausgesehen.

Als Kompromiß wurde Oliver Starche, der Deutsche, vorgeschickt. Er galt als der Liebling des Präfekten. Wenn der Liebling des Präfekten zum Spiritual geht, dann ist ja nichts dabei, da kann niemand einen Trick dahinter vermuten, oder? Kam uns schlau vor. Das wurde beschlossen.

Und dann: Oliver Starche kam zurück an der Hand des Präfekten. Später erzählte er, er habe an die Tür des Spirituals geklopft, und herausgekommen sei der Präfekt. Wir haben ihm das nicht geglaubt. Wir waren sicher, er ist absichtlich zum Präfekten gegangen, um zu verhindern, daß uns der Spiritual hilft. Oliver Starche hatte ja nichts zu verlieren. Seine Eltern oder wer auch immer, Tante oder Großmutter – es ging das Gerücht um, er sei Waise – wohnten viel zu weit weg, irgendwo in Deutschland, es rentierte sich für ihn nicht, über Allerheiligen nach Hause zu fahren. Also konnte er auch kein Interesse daran haben, daß der Spiritual seinen Einfluß zu unseren Gunsten geltend machte.«

»Das habt ihr ihm einfach unterstellt – daß er verhindern wollte, daß ihr nach Hause fahren könnt?«

»Ja. Das war eine Unterstellung. Stimmt. In solchen Sachen war man nicht so wählerisch.

Oliver Starche war der Außenseiter in der Klasse. Aber kein beneidenswertes Außenseitertum – das gibt's ja auch: ein wilder Hund, so einer ist auch ein Außenseiter. Aber der wird beneidet ... so einer ist ein Held, ein dunkles Vorbild. Nein, so einer war Oliver Starche ganz bestimmt nicht. Sein Außenseitertum bestand darin, daß niemand von ihm Notiz nahm, jedenfalls nicht, wenn alles glatt ging. Er konnte kein Wort in unserem Dialekt sprechen, und oft verstand er nicht, was wir sagten. Das war auch der Grund, warum ihn der Präfekt mochte. Der hatte nämlich ein Faible für das Hochdeutsche. Der Oliver Starche redete so, wie man Aufsätze schreiben sollte. Der redete sogar so! Wir konnten nicht einmal so schreiben! Das machte ihn verdächtig. Und er redete unheimlich langsam, man hatte das Gefühl, man kann hören, wie er die Beistriche und die Doppelpunkte und sogar die Strichpunkte setzte beim Reden. Strichpunkte! Ich habe gar nicht gewußt, daß es so etwas gibt! Er hat keinen Aufsatz geschrieben ohne mindestens zwei Strichpunkte! Das ist uns als gutes Beispiel hingestellt worden. Er hatte einen dünnen Mund, einen Strich nur, und ganz wenige und so helle Haare an den Augenbrauen. Sein Gesicht hatte immer etwas angestrengt Aufmerksames an sich. Meistens trug er hellblaue Hemden, bei denen er den obersten Kragenknopf zuknöpfte. Er war – außer in Deutsch – kein besonders guter Schüler, aber fleißig und durchaus auch hilfsbereit. Trotzdem ließ man sich nicht gern bei Prüfungen von ihm einsagen. Er sagte ein, aber mit einem strafenden Blick dabei.

Ja – das ist wohl noch wichtig: Er war mit Gebhard Malin befreundet. Jedenfalls in der ersten und zweiten Klasse. Vor allem in der zweiten, da sind die beiden immer zusammengehockt. In den Ferien waren sie miteinander in einem Lager gewesen. In der dritten Klasse dann waren sie nicht mehr so eng miteinander, glaub ich...«

»War Oliver Starche der einzige Freund, den Gebhard Malin in der Klasse hatte?«

»In der zweiten Klasse war er sein bester Freund. Und vor allem am Beginn der dritten – ich habe das alles ja erst später erfahren; jetzt, als ich den Oliver Starche besucht habe. Der Gebhard Malin hat schon auch mit anderen Umgang gehabt, in den ersten beiden Klassen. In der dritten dann nicht mehr. Da hat er sich ziemlich von der Klasse abgesetzt.«

»Auch von Oliver Starche?«

»Ich glaub schon – ja, sicher, von ihm erst recht.«

»Oder hat sich Oliver Starche von ihm abgesetzt?«

»Ich weiß das alles nicht so genau, nur was Oliver Starche heute erzählt. Mein Gott, für ihn muß das ein Drama gewesen sein, daß ihn der Gebhard Malin fallengelassen hat. Ich hab den Oliver Starche nie so richtig mitgekriegt. Er hat mich nicht besonders interessiert.

Aber wie auch immer. Der Präfekt war da. Und uns war alles recht, wenn nur das Warten endlich vorbei war.«

»Und hat er euch doch noch geprüft, für die Heimfahrt?«

»So kann man es auch nennen, ja. Wir mußten uns im Flur auf die Steinstufen setzen, und der Präfekt begann mit der Prüfung.

Die Prüfung dauerte zwei Stunden und endete mit einem Desaster. Unsere Lateiner konnten ihre Koffer wieder auspakken. Keiner durfte nach Hause fahren. Der Präfekt hat Sachen gefragt, die wir noch nicht durchgenommen hatten. ›Ihr seid in Latein miserabel‹, sagte er hinterher. ›Aber es ist meine Schuld, ich habe zu wenig auf euch geachtet.‹

Wir blieben über Allerheiligen im Heim. Drei Tage Strengstudium, drei Tage *Silentium*. Ausnahme: eine halbe Stunde nach dem Mittagessen und eine halbe Stunde nach dem Abendessen. Da durften wir hinaus auf den Fußballplatz. Mußten hinaus auf den Fußballplatz. Mußten Fußballspielen. Zwei Mannschaften. Tormänner fliegend. Der Präfekt war der Schiedsrichter. Die Elfmeter und die Freistöße hat er geschossen. Für beide Mannschaften. Auch das gehörte zur Strafe. Und dann, nach Allerheiligen, ist er eine Woche lang in jeder Lateinstunde erschienen, hat sich hinten in die Klasse gesetzt und zugehört. Normalerweise ist er ein- bis zweimal im Jahr in der Schule aufgetaucht, und es war jedesmal schrecklich. Unser Lateinprofessor hat sich einen Spaß daraus gemacht, uns Heimschüler in Anwesenheit des Präfekten zu sekkieren. Er wußte ganz genau, was demjenigen blühte, der blank war.«

»Wie viele Schüler wart ihr?«

»In der Schulklasse? Das weiß ich nicht mehr.«

»Internatsschüler?«

»Sieben. Acht mit ihm.«

»Acht mit Gebhard Malin?«

»Ja. Edwin Tiefentaler, Manfred Fritsch, Ferdi Turner, Franz

Brandl, Alfred Lässer, ich und Oliver Starche, der Deutsche – und Gebhard Malin.«

»Ihr wart also acht Internatsschüler in der Klasse.«

»Heimschüler.«

»Heimschüler ...«

»*Heimschüler* hat es geheißen. Wir waren ein Heim. Internat haben wir uns, glaube ich, nicht nennen dürfen. Da wird es Bestimmungen gegeben haben. In der Stadt gab es zwei Bubenheime und ein Internat, die *Stella Matutina*. Die Schüler aus den Heimen gingen ins normale, staatliche Gymnasium. Die *Stellaner* hatten ihre eigene Schule.«

»Gut. Euer Heim war also in der Stadt, und dort hat es noch andere Heime oder Internate gegeben.«

»Unser Heim lag außerhalb der Stadt. An einer Anhöhe. Einem Hügel, der hinten steil abfällt. Von dort sind wir jeden Tag in die Stadt marschiert, in Zweierreihen. Und mittags nach der Schule wieder zurück. Tschatralagant hat dieser Hügel geheißen. Das Heim ist in den fünfziger Jahren erbaut worden, übrigens: auf den Fundamenten eines anderen Heimes. Auf den Fundamenten des ehemaligen Karl-Borromäus-Hauses. Das ist im Krieg bombardiert worden. Im Oktober 1943, am 1. Oktober 1943 genau. An diesem Tag wurde jedes Jahr eine Gedenkfeier abgehalten. Und vor unserem Heim war ein Mahnkreuz aufgestellt, das war aus den Bombensplittern zusammengeschweißt. Und jedes Jahr am 1. Oktober war Feiertag im Heim – so eine Art Privatfeiertag. Der Lieblingsfeiertag des Rektors. Mit Hochamt morgens um halb sechs Uhr und Rosenkranz am Abend. Ein ganzer Psalter: *Glorreicher, Freudenreicher, Schmerzensreicher* ... Und mittags im Speisesaal hat der Rektor eine Geschichte erzählt, jedes Jahr die gleiche, eine Legende sollte es besser heißen, die Legende einer Bekehrung.«

»Was für eine Geschichte war das?«

»Die Geschichte war die: Irgendwelche alliierten Bomber, Amerikaner, sind verfolgt worden – eben an diesem 1. Oktober 1943 –, die Piloten wollten über der Schweizer Grenze abdrehen, und weil sie noch zwei Bomben an Bord hatten, es aber nicht über sich brachten, sie über der Stadt abzuwerfen, klinkten sie sie kurz vor der Grenze aus – leider genau über Tschatralagant. Eine Bombe ist in die Wiese gefallen, die andere direkt auf das Karl-Borromäus-Haus daneben. In dem Haus waren Kinder, Mädchen. Siebzig Mädchen waren tot, siebzig Mädchen und drei Betreuerinnen. Der Pilot, der die Bombe abgeworfen hatte, hat sich hinterher, als er erfuhr, was geschehen war, das Leben nehmen wollen. So hieß es. Er habe es aber nicht getan, sondern sei statt dessen in ein Kloster eingetreten. Und das habe ihn vor dem Irrenhaus gerettet. Wie auch immer. Er habe auf jeden Fall bitter bereut, und schließlich sei ihm die Absolution erteilt worden. ›Ein rührender Beweis für die Gnade unseres Herrn‹, sagte der Rektor.

Das ganze Jahr hindurch hat der Rektor nie so gut gepredigt wie an diesem Tag im Speisesaal. Und dann haben wir *Großer Gott, wir loben dich* gesungen.«

»Und auf den Fundamenten dieses ehemaligen Mädchenheimes, des Karl-Borromäus-Hauses, ist später euer Heim errichtet worden?«

»Ja. Es gingen sogar Gerüchte, daß unter unserem Keller noch Teile vom Keller des ehemaligen Hauses lägen. Solche Gerüchte hat es immer wieder gegeben. Es haben auch Schüler danach gesucht, das weiß ich. Die Heimleitung ist dann ganz verrückt geworden, hat gesagt, das sei ein Frevel und so weiter … Das hat die Gerüchte nur noch angestachelt. Die werden ja einen Grund dafür haben, warum sie nicht wollen, daß man nachschaut. Die einen haben gewettet, dort unten liegen Schätze, die anderen vermuteten eher etwas Entsetzliches: Knochen, Totenköpfe, Folterwerkzeuge …«

»Und außer eurem Heim hat es noch andere Heime und Internate in der Stadt gegeben?«

»Unser Heim auf Tschatralagant und dann noch ein anderes Bubenheim. Das wurde geleitet von Patres von der *Kongre-*

gation des kostbaren Blutes Jesu, auch ein Missionsheim – und dann hat es noch das Internat gegeben.«

»Und mit den anderen Internats- und Heimschülern hattet ihr keinen Kontakt?«

»Mit den Schülern aus dem anderen Missionsheim schon, klar, die saßen ja mit uns in derselben Klasse.«

»Und mit den Schülern aus dem Internat?«

»Nein. Mit den Stellanern hatten wir nichts zu tun. Wir sahen sie manchmal in der Stadt. Für die waren wir Luft. Die hatte man ins Internat gesteckt, weil man es sich leisten konnte, weil es ein besonderes, ein teures Internat war. Unseren Eltern kam das Heim billiger, als wenn wir zu Hause geblieben wären. Die *Stella Matutina* wurde von Jesuiten geleitet, das Feinste vom Feinen, die Schule war integriert. Die Lehrkräfte wurden im ganzen deutschsprachigen Raum zusammengesucht. Wir sind ins normale, staatliche Gymnasium gegangen. Die Buben vom anderen Heim auch. Das war Dreck für die. Das andere Heim haben, wie gesagt, Patres vom *Orden des kostbaren Blutes Jesu* geleitet. Bei uns waren Kapuziner. Witzfiguren in den Augen eines Jesuiten! Wir waren das Letzte! Und zwar nicht nur für die Stellaner. Die wußten nicht einmal, daß es uns gab. Auch an unserem Gymnasium waren wir Heimschüler das Letzte. Für die anderen Schüler, die normalen.«

»Ihr wart also im Gymnasium mit anderen Schülern zusammen?«

»Mit Schülern von draußen. Ja. In der Schulklasse waren etwa ein Drittel der Buben aus unserem Heim, ein Drittel aus dem anderen Heim und ein Drittel normale Schüler aus der Stadt oder Fahrschüler aus den umliegenden Ortschaften. Hauptsächlich Fahrschüler. Die Schüler aus der Stadt waren in eigenen Klassen.«

»Waren die Heimschüler schlechter – in den schulischen Leistungen?«

»Wirklich nicht! Ganz im Gegenteil!«

»Besser?«

»In Latein und in Griechisch ganz sicher. In Mathematik durchschnittlich. Auf Mathematik hat man im Heim nicht soviel Wert gelegt.«

»Eure Heimleiter waren also Kapuziner. Wie viele?«

»Drei. – Rektor, Spiritual und Präfekt. – Der Präfekt war für das Lernen zuständig. Der Rektor leitete das Heim. Die Funktion des Spiritual war mir nie klar. Ist mir bis heute nicht klar. Er widmete sich hauptsächlich den Schülern des Obergymnasiums. Obwohl, wenn es ums Lernen ging, hat er das dem Präfekten überlassen. Ich nehme an, er war für die religiöse Erziehung da. Aber man hat davon nicht viel gemerkt. Er war der Älteste. Ein großer Mann mit weißem Haarkranz und weißem Bart, der bis zum Strick reichte, den die Kapuziner um den Bauch gebunden haben. Spiritual bezeichnete seine Funktion. Wie er hieß, weiß ich nicht. Ich bin nie auf den Gedanken gekommen, danach zu fragen. Er hat ausgesehen wie der Liebe Gott. Da fragt man nicht nach Namen. Er hatte sein Zimmer neben dem oberen Schlafsaal. Ich war zweimal dort, in seinem Zimmer. Beide Male übrigens aus demselben Grund.«

»Warum?«

»Er tröstete mich.«

»Er tröstete dich?«

»Ja.«

»Bist du zu ihm gegangen und hast gesagt, ich brauche Trost?«

»Natürlich nicht. Da muß ich lachen! Nein, nein, das hat er schon von selber gemerkt.«

»Hat er dich zu sich geholt?«

»Ja. So war es. – ›Komm mit, ich zeig dir was!‹«

»Vielleicht war das seine offizielle Funktion. Zu trösten.«

»Das kann ich mir nicht vorstellen. Das käme mir widersinnig vor. Das wäre ja gegen die anderen Patres gerichtet gewesen. Vielleicht habe ich mir das mit dem Trösten auch nur eingebildet. Er sah aus wie ein gütiger, alter Mann. Eben wie der Liebe Gott. Man hätte sich so einen als Gottvater gewünscht – allein vom Aussehen her.«

»Hat er den Gebhard Malin damals, nach jenem Nachmittag – nach den Klassenprügeln – hat er ihn damals auch getröstet?«

»Das weiß ich nicht. Ich will nicht behaupten, daß er es nicht gemacht hat. Er ist dabei immer sehr leise vorgegangen. Ich meine, er machte kein Aufhebens daraus. Es kann sein, daß er ihn getröstet hat. Am selben Tag sicher nicht. Da gab es keine Gelegenheit mehr. Vielleicht an einem der folgenden Tage, als er aus dem Krankenhaus zurück war. Nach eineinhalb Wochen. Aber ich kann mir nicht vorstellen, daß der Gebhard Malin besonderen Wert auf diesen Trost gelegt hat – und ich kann mir auch nicht vorstellen, daß der Spiritual besonderen Wert darauf gelegt hat.«

»Weißt du von anderen, daß sie der Spiritual getröstet hat?«

»Es hätte nie einer zugegeben, daß ihn jemand getröstet hat. Daß er überhaupt so etwas wie Trost nötig hat. Der eine oder andere hat erzählt, er sei im Zimmer vom Spiritual gewesen, und der Spiritual habe ihm Musik von Bruckner vorgespielt.«

»Und das hat geheißen, er hat ihn getröstet?«

»Ich glaube schon.«

»Hat er dir auch Bruckner vorgespielt?«

»Ja.«

»Und weißt du, warum gerade Bruckner?«

»Er hat Bruckner sehr verehrt. Er besaß einen Klavierstuhl von Bruckner. Einen drehbaren Hocker ohne Lehne. Er hat zu mir gesagt: ›Setz dich drauf und hör gut zu!‹

Ich dachte, jetzt kommt auch noch von ihm eine Strafpredigt. Aber er hat nichts gesagt. Er legte eine Schallplatte auf, setzte sich aufs Bett und schloß die Augen. Er lehnte sich zurück und schob unter der Kutte ein Bein über das andere. Ich weiß noch, daß mich diese Haltung überraschte. Es machte ihn jünger, so wie er dasaß. Es hat mir mißfallen, weil ich mir den Lieben Gott in so einer Haltung nicht vorstellen konnte – weil ich mir so eine Haltung beim Lieben Gott nicht wünschte. Ja, und dann haben wir Bruckner gehört. Eine Plattenseite lang ...«

»Und woher wußtest du, daß das ein Trost sein sollte?«

»Er sagte: ›Die Musik ist der schönste Trost, den uns der Herr gegeben hat.‹ – Das hat er beide Male gesagt. Als die Plattenseite zu Ende war. Und dann streichelte er einem über den Kopf und sagte: ›Ist wieder im Lot.‹ – Und dann konnte man gehen.«

»Und die anderen haben erzählt, bei ihnen sei es das gleiche gewesen?«

»Das mit der Musik und dem Trost, das hat einer einmal erzählt. Ich weiß nicht mehr, wer. Ich glaube, es war der Tiefentaler.«

»Der aus deiner Klasse?«

»Ja. Der Edwin Tiefentaler aus meiner Klasse. Der mit den Bürgermeisterallüren. In der Dritten war er in unserer Klasse. Nur in der Dritten. Er ist durchgefallen und erst in der Dritten zu uns gekommen. Deshalb hat er auch den Vorsitz bei den Vorvorprüfungen im Mariensaal übernommen. Weil er gewußt hat, wie das geht. Nach der Dritten hat er das Gymnasium dann aufgegeben.«

»Und weißt du, was er heute macht?«

»Er ist Steuerberater. Großes Büro. Nachdem er von der Schule gegangen ist, hat er bei der Post gearbeitet. Als Briefträger zuerst. Dann am Schalter. Dann hat er zu einer Bank gewechselt und nebenbei in der Abendschule die Matura nachgemacht. Er hat geheiratet und zu studieren begonnen. Seine Frau bekam ein Kind. Ein Jahr später ließen sie sich scheiden. Er hat sein Diplom in Betriebswirtschaft gemacht und noch einmal geheiratet. Zuerst arbeitete er in einem Steuerberatungsbüro als Angestellter, dann eröffnete er selbst eines. Zur Zeit läßt er sich als Wirtschaftsprüfer ausbilden. Er ist sehr reich. Sagt er selbst: ›Viel Geld ist erst der Vorname.‹ – Und das heißt dann doppelt so viel.«

»Das hat er dir erzählt?«

»Ja.«

»Als du jetzt bei ihm warst?«

»Ja. Ihn habe ich als zweiten besucht ... nach Ferdi Turner ...«

»Es geht ihm heute also gut?«

»Er verdient wie die Sau. Kauft die Häuser seiner Umgebung auf. Hat auch politische Ambitionen. Freie Liste. Bürgermeisterkandidat. Sein Vater ist ja auch Bürgermeister gewesen.«

»Und warum hat er damals den Trost des Spirituals nötig gehabt?«

»Das weiß ich nicht.«

»Du hättest ihn fragen können.«

»Ich bezweifle, daß er sich überhaupt noch daran erinnert.«

»Würde er dir sagen, warum er beim Spiritual war, wenn er sich noch daran erinnerte?«

»Ich kenne ihn zuwenig. Und ich bin mir auch gar nicht hundertprozentig sicher, ob er es war, der mir das erzählt hat. Daß er beim Spiritual war. Daß der ihn getröstet hat. ›Ist wieder im Lot ...‹ Es kann auch ein anderer gewesen sein.«

»Aber vom Spiritual hat er ein ähnliches Bild wie du?«

»Der Tiefentaler? Ja.«

»Auch heute?«

»Absolut. Ein gütiger, alter Mann. Das mit Gottvater hat er gesagt. Er auch. Andere haben das ebenfalls gesagt.«

»Aber an die Sache mit dem Gebhard Malin erinnert er sich doch ... der Edwin Tiefentaler?«

»Nein.«

»Nein?«

»Nein. Er sagt, er weiß nichts. Er weiß, daß es so etwas gegeben hat wie Klassenprügel. Aber er sagt, er erinnert sich nicht an den Fall Gebhard Malin.«

»Aber an den Schüler Gebhard Malin wird er sich doch noch erinnern?«

»Vage, sagt er. Er sei ja nur ein Jahr in unserer Klasse gewesen, sagt er.«

»Aber du weißt, daß er an jenem Nachmittag mit dabei war?«

»Ich weiß es, ja.«

»Und du bist dir ganz sicher?«

»Ja, natürlich. Weil alle dabei waren.«

»Lügt er?«

»Vielleicht lügt er. Wie sollte ich das beurteilen?«

»Hältst du es für möglich, daß dir deine Erinnerung einen Streich spielt, daß die Sache vielleicht gar nicht so schlimm war, daß nur du ihr so viel Bedeutung beimißt ...?«

»Wie meinst du das?«

»Daß sich die Sache in deiner Erinnerung aufbläht. Daß sie objektiv nicht so wichtig war. Ich will damit sagen: Es kann ja sein, daß sich für den einen oder anderen die Sache einreiht zwischen andere Ereignisse und dann irgendwie in der Erinnerung untergeht ...«

»Das kann ich mir absolut nicht vorstellen.«

»Aber wenn sich Edwin Tiefentaler zum Beispiel gar nicht mehr daran erinnert?«

»Keine Ahnung, warum.«

»Verdrängt er?«

»An die Verdrängerei glaub ich nicht. So etwas läßt sich nicht verdrängen.«

»Dann lügt er also doch?«

»Soll ich das beurteilen? Meinetwegen, lügt er eben.«

»Erinnert er sich an die Prüfung vor Allerheiligen?«

»Ja, daran erinnert er sich.«

»Und an die Klassenprügel nicht?«

»Er sagt: Nein! – Er erinnert sich an die Vorvorprüfung, an die Vorprüfung und an die Prüfung. Und daß der Präfekt eine Woche lang jeden Tag in der Lateinstunde gesessen ist, daran erinnert er sich besonders – an die Klassenprügel nicht.«

»Und warum erinnert er sich besonders an die Besuche des Präfekten in der Schulklasse?«

»Was einem selber weh tut, hält eben länger an.«

»Was heißt das?«

»Der Edwin Tiefentaler war ein Repetent. Er war zum zweiten Mal in dieser Klasse. Auf ihn hat sich unser Lateinprofessor spezialisiert, wenn der Präfekt da war. Das war doch das Schönste für ihn: zu beweisen, daß es welche gibt, die sogar bei zweimaligem Lernen des Stoffes zu blöd dafür sind. Natürlich erinnert sich der Edwin Tiefentaler daran. Ich glaube, er hat in dieser Woche jeden Nachmittag in den Wald hinter dem Heim gehen und sich eine Rute schneiden müssen.«

»Was heißt das?«

»Mit der ist er dann gefitzt worden. Auf die Hände oder auf den Hintern. Der Präfekt war der Meinung, wenn man sich die Rute selber schneidet, lernt man leichter, die Strafe zu akzeptieren. Je dünner die Rute, desto härter die Schläge. Das hast du dir aussuchen können: Soll ich weniger mit einer stärkeren oder mehr mit einer dünneren Rute gefitzt werden …«

»Und der Edwin Tiefentaler ist fast jeden Tag gefitzt worden, in dieser Woche, als der Präfekt euere Lateinstunden besucht hat.«

»Andere sind auch gefitzt worden. Ich auch. Aber am meisten der Edwin Tiefentaler.«

»Daran erinnert er sich.«

»Ja. Aber er lacht darüber. Wie ein Veteran, der darüber lacht, daß er sich im Schützengraben vollgeschissen hat.«

»Also gut. Ihr habt über Allerheiligen nicht nach Hause fahren dürfen, ihr seid gedrillt worden in Latein. Erzähl weiter! Und dann kam die Schularbeit.«

»Ja. Die folgende Lateinarbeit. Das war die ausschlaggebende. Bis dahin, also drei Wochen lang, hatte unsere Klasse nur Strengstudium. Das hieß: fünf Stunden jeden Tag lernen, ohne daß ein Wort geredet werden durfte. Normal war eine Stunde Strengstudium pro Tag. Für alle im unteren Studiersaal. Erste bis dritte Klasse. – Außerdem wurde uns der freie Samstagnachmittag gestrichen. Ebenfalls Strengstudium. Außerdem wurden wir jeden Tag, später jeden zweiten Tag, vom Präfekten in Latein geprüft. Außerdem gab er zu den Hausaufgaben, die wir in der Schule bekamen, noch weitere Hausaufgaben dazu – *Heimaufgaben*, wie er es nannte. Alles in allem: ein teurer Furz, der Furz vom Ferdi Turner.«

»Das heißt aber auch, ihr wart optimal vorbereitet bei der Lateinschularbeit.«

»Bei der Lateinschularbeit waren wir optimal vorbereitet. Das kann man wohl sagen. Hat sich eine Woche später erwiesen, als wir die Hefte zurückbekamen. Alle *sehr gut* – bis eben auf einen. Der Gebhard Malin hatte ein *nicht genügend*.«

2

»War der Gebhard Malin in Latein so schlecht?«

»War er eigentlich nicht. Im Gegenteil. Die beiden ersten Klassen hatte er mit Zweiern abgeschlossen. Und in der ersten Schularbeit in der dritten Klasse hatte er ebenfalls einen Zweier. Mündlich stand er sogar auf *sehr gut*.«

»Wie ist dann dieses *nicht genügend* zu erklären?«

»Das haben wir uns auch gefragt. Wenn wir einem ein *nicht genügend* zugetraut hätten, dann dem Franz Brandl. Aber nach dieser unheimlichen Stuckerei drei Wochen lang hat sogar er ein *sehr gut* geschrieben. Nach dieser Lerntortur war die Arbeit ein Klacks für uns. Ich habe das Heft schon nach zwanzig Minuten abgegeben. Die anderen haben auch nicht länger gebraucht. Ferdi Turner war nach einer Viertelstunde fertig. Wir sind dann nur noch in der Klasse gesessen und haben gegrinst. Der Lateinprofessor hat uns hinausgeschickt. Damit wir den anderen nicht einsagen. Gegen Schluß der

Stunde standen alle von uns vor der Tür. Bis auf den Gebhard Malin. Der war noch in der Klasse. Aber wir dachten, das hat andere Gründe. Daß er vielleicht nicht mit uns vor der Tür stehen will. Oder daß er seinem Banknachbarn einsagen will. Oder was weiß ich. Kam doch keiner von uns auf die Idee, daß er sich schwertun könnte.«

»Und heute? Hast du heute eine Erklärung für sein *nicht genügend*?«

»Es gibt verschiedene Überlegungen. Ich habe natürlich mit den anderen darüber gesprochen. Der Alfred Lässer meint, der Gebhard Malin habe schlicht und einfach einen Blackout gehabt. Spricht auch einiges dafür. Wir haben uns sein Heft hinterher angesehen. Da waren keine Fehler drin. Die Schularbeit bestand aus einem etwa zwanzig Zeilen langen, lateinischen Text, den wir ins Deutsche übersetzen sollten. Der Gebhard Malin hat die ersten beiden Sätze übersetzt – vollkommen richtig übersetzt, er hat weder etwas durchgestrichen, noch irgendwo drübergeschrieben – und weiter war einfach nichts mehr da ... Er hat nur die zwei Sätze übersetzt. Mehr nicht. Klar, daß ihm der Professor ein *nicht genügend* geben mußte. Und darum meint der Alfred Lässer, es kann sich nur um einen Blackout gehandelt haben.«

»Hat es so etwas gegeben? Bei anderen? Oder vorher beim Gebhard Malin?«

»Beim Gebhard Malin nicht. Jedenfalls nicht, daß ich wüßte. Sonst, Blackouts in dieser Art hat es schon gegeben. Sicher nicht so kraß. Aber schon. Allerdings eher bei mündlichen Prüfungen. Aber in der Schule – von einem solchen Fall in der Schule weiß ich nichts. Solche Blackouts hat es nur im Heim gegeben. Man hat aber nicht Blackout dazu gesagt. Der Alfred Lässer nennt es heute so. Diesen Zustand ... Wenn man sich in die Enge getrieben fühlte und keine Worte mehr fand. Das hat es schon gegeben. Klar. Daß du auf einmal nicht mehr gewußt hast, wo hinten und vorne ist. Beim Franz Brandl hat es passieren können, wenn ihn der Präfekt geprüft hat, daß er dagesessen ist und die Antwort leise vor sich hingesagt hat, und die Antwort war richtig, aber er hat einfach den Mund nicht aufgekriegt. Und wenn man hinterher zu ihm gesagt hat, ›Mensch, Brandl, du bist doch ein Trottel, ich hab doch gehört, was du gemurmelt hast, das war doch richtig, warum hast du es denn nicht laut gesagt!‹; dann hat er gesagt: ›Ich weiß es nicht, ich weiß es nicht, ich weiß selber, daß es richtig war, es ist einfach nicht gegangen ...‹ So etwas ist schon vorgekommen. Es hat Situationen gegeben, wenn dich der Präfekt vor dem ganzen Studiersaal oder dem ganzen Schlafsaal in die Mangel genommen hat, da bist du dir nicht mehr sicher gewesen, wie du heißt und hast den Mund gehalten, wenn er dich nach deinem Namen gefragt hat, nur damit du ja nichts Falsches sagst, hätte ja sein können, daß du inzwischen anders heißt und es nur nicht weißt.«

»Das ist vorgekommen?«

»Ja.«

»Und nach der Schularbeit – habt ihr da miteinander geredet? ›Wie ist es dir gegangen, wie ist es dir gegangen ...‹ Wie man eben redet nach einer Schularbeit.«

»Viel nicht. In der Pause. Und vor der Tür, als die anderen noch in der Klasse waren und geschrieben haben. Da haben wir schon über die Schularbeit geredet. Aber nicht viel. Sicher nicht viel. Da war ja alles klar. Geredet hat man nach schweren Schularbeiten. Wenn es Zweifel gegeben hat. Oder nach Mathematikschularbeiten. Da hat man die Ergebnisse verglichen. – In diesem Fall war alles klar. Wir haben uns natürlich gefreut. Andererseits hatten wir auch nichts anderes erwartet. Daß diese Schularbeit so glatt verlaufen ist, das hatten wir uns teuer erarbeitet. Drei Wochen Strengstudium.«

»Der Gebhard Malin hat euch also nach der Schularbeit nicht gesagt, ihm sei es schlecht gegangen, er habe nur zwei Sätze übersetzt oder so?«

»Ich erinnere mich nicht.«

»In welcher Stunde war die Schularbeit?«

»In der dritten Stunde. Danach große Pause und dann noch zwei Stunden Turnen.«

»Und wann habt ihr die Schularbeit zurückbekommen? Wann war das Ergebnis da?«

»Eine Woche später, genau eine Woche später. Die Schularbeit war an einem Samstag, und am Samstag darauf haben wir sie zurückbekommen.«

»Und auch in der Zwischenzeit hat Gebhard Malin nichts gesagt? Eine Bemerkung, im Gespräch, daß er sich eine schlechte Note erwartet oder etwas Ähnliches.«

»Nein. Und gefragt haben wir ihn natürlich nicht.«

»Oder daß er sonst irgendwie eigenartig war – daran erinnerst du dich auch nicht?«

»Eigenartig war er. Aber schon vorher. Nicht eigenartig, daß man gesagt hätte: Der ist eigenartig. Er hatte sich ein wenig von uns abgesetzt. Das war es. Ein wenig – das ist untertrieben: er hat sich von uns abgesetzt. Ich glaube, er hat uns kindisch gefunden. Er hat sich sehr deutlich von uns abgesetzt. Das ist es. Schon gleich nach Schulbeginn. In den ersten beiden Klassen war er anders gewesen, ganz anders. Keine Spur von Nichts-von-uns-wissen-wollen. Fast schon aufdringlich war er gewesen.«

»Was meinst du damit?«

»Ja. Zum Beispiel: Als mich meine Eltern einmal besucht haben. Das war in der ersten Klasse irgendwann nach Ostern oder nach Pfingsten. Im Mai. Mein Vater hatte ein Auto gekauft, darum erinnere ich mich daran. Es war das erste Auto meines Vaters. Eine Sensation. Ein gebrauchter, hellgrauer *Opel Rekord*. Meine Schwester, meine Mutter, meine Großmutter, mein Vater, sie kamen angefahren, um mich abzuholen. Mein Vater mit schwarzer Sonnenbrille und Baskenmütze. Meine Mutter mit einer rötlichen Sonnenbrille, meine Schwester mit einer bläulichen Sonnenbrille … Meine Großmutter ohne. An einem Sonntag. Hupend sind sie hinter dem Heim auf den unteren Fußballplatz gefahren. Wir wollten eine

Spazierfahrt machen, irgendwohin in die Berge. Das war ausgemacht, schriftlich angekündigt. Der Rektor hatte die Erlaubnis gegeben. Ausnahmsweise – wegen dem neuen Auto, es war kein Besuchssonntag. Der Präfekt hat sich von meinem Vater sogar die Gangschaltung erklären lassen, und mein Vater hat ihm angeboten, eine Runde auf dem Fußballplatz zu fahren. Ich weiß nicht mehr, ob der Präfekt angenommen hat. Ich kann mir nicht vorstellen, daß er es abgelehnt hat. Ich kann mich aber nicht erinnern, daß er die Runde gefahren ist. Und daran würde ich mich mit Sicherheit erinnern.

Jedenfalls, genau in dem Augenblick, als ich einsteigen wollte, hat sich der Gebhard Malin vor meinen Vater hingestellt, hat mich beiseite gedrängt, Bauch heraus – es hat sich zufällig gut für ihn getroffen, daß mein Vater Buben mit Stehfrisuren gern mochte (er hat immer auf die Hände gespuckt und mir die Haare zurückgestrichen, es hat komisch gerochen, aber gestanden sind meine Haare nicht) – jedenfalls der Gebhard Malin, Bauch heraus, Igelfrisur, Gesicht wie ein schlauer Igel, Lippen aufeinandergepreßt, hat sich vor meinen Vater hingestellt, breitbeinig, Hände in den Hosentaschen, und gesagt: ›Darf ich mitfahren?‹ ›Möchtest du‹, hat mein Vater gefragt.

›Ja‹, hat der Gebhard Malin gesagt, ›aber nur, wenn Sie schnell fahren und überholen.‹ Das hat meinem Vater gefallen, so ein aufgeweckter Bub, nicht so ein verdruckter wie ich, sondern einer mit einer Stehfrisur – mit einer Stehfrisur, die hält. Er hat gelacht, mein Vater, und hat ihm über den Kopf gestrichen, mit beiden Händen. Ist er also mitgefahren, der Gebhard Malin. ›Überholen! Überholen!‹ hat er gerufen. ›Ein lustiger Knopf, dein Freund‹, hat mein Vater gesagt.

Dabei waren wir gar nicht miteinander befreundet, hatten bis dahin kaum etwas miteinander zu tun gehabt – außer das Übliche: schlafen, essen lernen, beten – aber der Gebhard Malin hat so getan, als wären wir Freunde. Er hat vorne zwischen meinem Vater und meiner Mutter stehen dürfen. Hat den

Kopf zum Verdeck hinausstrecken dürfen. Hat das Lenkrad angreifen dürfen. Hat die ganze Zeit reden dürfen. Hat er auch gemacht – später ist er dann der große Schweiger geworden. Ich bin hinten gesessen zwischen Großmutter und Schwester und habe gebockt. Und wehe, ich bin einmal aufgestanden, dann hat es geheißen: ›Ich seh nichts im Rückspiegel!‹ – Oder ich habe mehr als einen Satz geredet, dann hieß es: ›Kann man ihn nicht abschalten, ich muß mich konzentrieren!‹

Von da an hat ihn mein Vater öfter an den Besuchssonntagen mitgenommen, nicht nur zu Fahrten, auch zu uns nach Hause zum Mittagessen und zu Kaffee und Kuchen. Ich glaube, er hat sogar einmal bei uns übernachtet. Ich habe mich daran gewöhnt, und wir sind wirklich ein bißchen Freunde geworden, der Gebhard Malin und ich. Haben uns beim Fußball in die Mannschaft gewählt und so weiter. Der Gebhard Malin hat selten Besuch von zu Hause bekommen. Einmal von seiner älteren Schwester, die war auffallend schön. Haben alle gesagt. Ich erinnere mich nicht mehr. Ich glaube, sie war dunkel. Die Schüler aus den oberen Klassen haben ihr alle nachgeschaut. Nein, sonst kann ich mich nicht erinnern, daß er je Besuch bekommen hätte. In der zweiten Klasse dann hat er sich eine Zeitlang von Alfred Lässers Eltern einladen lassen. Die hatten auch ein Auto. Auch einen *Opel*. Aber einen *Kapitän*. Unser *Rekord* war inzwischen schon kaputt. In den Ferien zwischen der ersten und der zweiten Klasse hat er einen Briefschreibzirkel organisiert. Das war Mode zu der Zeit. Er hat an alle aus unserer Klasse einen Brief geschrieben, an alle mit demselben Wortlaut: ›Bitte, schreib auch Du an alle einen Brief‹ – oder so ähnlich. Ich weiß nicht, was er damit gewollt hat.«

»Es war also neu, daß er sich in der Dritten von euch abgesetzt hat?«

»Wie man's nimmt. Das hat schon am Ende der zweiten Klasse angefangen. Da ist er immer mit Oliver Starche zusammengehockt. Die beiden sind viel in den Wald gegangen, oben auf Tschatralagant. Man hat sie manchmal vom oberen

Speisesaal aus sehen können, wie sie über die Wiese hinaufgegangen sind, der Oliver Starche gestikulierend, der Gebhard Malin neben ihm her, die Hände in den Hosentaschen. Es war schon eigenartig mit den beiden ... Einerseits sind sie ständig zusammengehockt, andererseits, wenn die ganze Klasse beisammen war, dann sind sie sich aus dem Weg gegangen. Vielleicht ist das übertrieben – ich meine, wenn es darum ging, wen man in die Fußballmannschaft wählt, zum Beispiel, dann haben sie sich nicht gewählt. Ich meine damit, wenn du die beiden nur in der Klasse erlebt hättest, wärst du nie auf den Gedanken gekommen, die sind befreundet. Aber daß sich der Gebhard Malin von der Klasse abgesetzt hat – das war dann erst in der Dritten. Er hat uns zu verstehen gegeben, daß er kein großes Interesse mehr an uns hat.«

»Bleiben wir vorläufig noch bei dem Tag, an dem ihr die Lateinschularbeit geschrieben habt. Der Präfekt hat euch doch sicher gefragt. Nach der Schularbeit. Als ihr ins Heim gekommen seid. Am Mittag. Was ihr für ein Gefühl habt – wie die Schularbeit war. Nachdem er euch drei Wochen lang so dressiert hat, wird ihn das doch interessiert haben.«

»Hat er. Ja. Ich kann mich zwar nicht daran erinnern. Aber der Alfred Lässer sagt heute, er wisse, daß der Präfekt jeden einzelnen gefragt habe, wie es ihm bei der Schularbeit ergangen sei. Er habe uns noch vor dem Mittagessen im Stiegenhaus auf die Stufen sitzen lassen und einen nach dem anderen gefragt.«

»Du erinnerst dich nicht daran?«

»Nein. Ich finde das auch nicht so wichtig. Der Alfred Lässer gräbt im falschen Boden.«

»Er gräbt im falschen Boden ...?«

»Warum der Gebhard Malin ein *nicht genügend* geschrieben hat! Ja, klar, man kann sich darüber Gedanken machen, ich halte das nicht für so wichtig. Wie soll man das herauskriegen! Nach so vielen Jahren!«

»Aber der Alfred Lässer meint, es sei wichtig?«

»Er meint, darin liege ein Grund dafür, warum wir dann ... eine Woche später ... Eben.«

»Und was sagt Alfred Lässer weiter? Hat der Gebhard Malin dem Präfekten gesagt, wie es ihm bei der Schularbeit ergangen ist?«

»Er sagt, der Gebhard Malin habe dem Präfekten nicht geantwortet. Er habe einfach nichts gesagt. Der Präfekt habe gebohrt: ›Also, Gebhard, und wie ist es dir ergangen?‹ Aber er hat nichts gesagt. Wie gesagt, ich erinnere mich nicht. Alfred Lässer sagt, wir anderen hätten dem Präfekten von der Schularbeit erzählt, der Gebhard Malin nicht.«

»Und das hat den Alfred Lässer damals nicht gewundert?«

»Der Gebhard Malin galt als ziemlich bockig. Das hat sicher niemanden gewundert, daß er nichts gesagt hat. Und darum habe ich die ganze Szene im Stiegenhaus vergessen. Das war kein Hinweis. Daraus konnte man nichts ableiten. Sicher hat das niemanden besonders gewundert, daß er nichts gesagt hat. Sonst würde ich mich daran erinnern. Und die anderen auch. Wahrscheinlich dachten wir, er hat immer noch einen Zorn, weil uns der Präfekt drei Wochen lang so sekkiert hat. Wir anderen hatten auch einen Zorn. Und daß es uns bei der Schularbeit so gut gegangen ist, das hat den Zorn zwar gemildert, aber ganz weg war er deswegen noch lange nicht. Diese Schinderei war einfach zuviel gewesen. Da haben sich sicher manche gedacht, lieber hätte ich einen Dreier geschrieben und dafür nicht so eine Schinderei gehabt.«

»Und der Präfekt fand sich damit ab, daß der Gebhard Malin nichts sagte?«

»Angeblich nein. Alfred Lässer sagt, der Präfekt habe uns andere in den Speisesaal geschickt und den Gebhard Malin weiter auf der Stiege ausgefragt.«

»Und woher weiß er das?«

»Alfred Lässer war Alphabetnachbar vom Gebhard Malin. L, M, Lässer, Malin. Die beiden saßen im Studiersaal nebeneinander, in der Kapelle, im Speisesaal, sie hatten ihre Betten

Kopf an Kopf und so weiter. Die beiden waren *Nachbarn*. Das war ein Begriff. *Alphabetische Nachbarn*. Eines der Gebote: Du bist für deinen Nachbarn verantwortlich. *Nachbarschaftshilfe*. Im Heim wurde das eben alphabetisch verstanden. Lässer – Malin. Sie sind vom Präfekten als Nachbarn behandelt worden. Sonst haben die beiden nichts miteinander zu tun gehabt. Alfred Lässer sagt, der Präfekt habe ihn, als wir anderen schon in den Speisesaal gegangen waren, aufgefordert, er solle sich neben den Gebhard Malin auf die Stiege setzen, vielleicht würde er dann etwas erzählen. – *Nachbarschaftshilfe*. – Und dann, sagt Alfred Lässer, hätten er und der Präfekt auf den Gebhard Malin eingeredet. Aber der habe kein Wort gesagt.«

»Und Alfred Lässer ist damals nicht auf die Idee gekommen, daß der Gebhard Malin vielleicht darum nichts sagt, weil er bei der Schularbeit nur zwei Sätze übersetzt hat? Weil er Angst gehabt hat, das vor dem Präfekten zuzugeben.«

»Er sagt, nein, damals sei er nicht auf diese Idee gekommen. Erstens habe er damit gerechnet, daß Gebhard Malin bei dieser Schularbeit einen *Einser* geschrieben hätte, er gehörte ja immerhin zum guten Durchschnitt, eigentlich schon darüber, und zweitens sei dieses Ausfragen sowieso nur eines dieser blöden Spiele vom Präfekten gewesen ... Dem ging es ja längst nicht mehr darum, zu erfahren, wie es dem Gebhard Malin bei der Schularbeit ergangen ist, der hat es einfach nicht ertragen, wenn sich ihm einer widersetzt hat.

Der Gebhard Malin war bekannt dafür, daß er auf stur schalten konnte. Wenn der so richtig gebockt hat, dann hättest du ihm den Kopf abschlagen können. Er habe jedenfalls nichts gesagt.

Sie seien während des Mittagessens draußen im Stiegenhaus gesessen. ›Es gibt nichts zu essen, wenn du nicht antwortest‹, habe der Präfekt gesagt. Aber der Gebhard Malin habe nicht geantwortet. ›Es gibt auch keine Freizeit, wenn du nichts sagst!‹ Und er habe wieder nicht geantwortet. Wie gesagt, damals hat Alfred Lässer gemeint, er sage aus Sturheit nichts.

Heute sei er sich da nicht mehr sicher. Er meint eben, der Gebhard Malin habe so etwas wie einen Blackout gehabt. Schon bei der Schularbeit, und dann wieder oder immer noch im Heim auf der Stiege.«

»Also fast drei Stunden lang!«

»Das habe ich auch zum Alfred Lässer gesagt. Ich habe gesagt, das wäre ja krankhaft, wenn einer drei Stunden lang einen Ausfall hat. Vor allem hätten wir das gemerkt. Es wär auch sonderbar, wenn einer innerhalb von drei Stunden zwei Ausfälle hätte. Einen bei der Schularbeit, einen auf der Stiege. Finde ich jedenfalls ...«

»Gab es für so etwas irgendwelche Anzeichen bei Gebhard Malin?«

»Da würde man es sich zu leicht machen. Nein. Der war ganz normal. Ich glaube das nicht, das mit dem Blackout. Gut, als ihn der Präfekt auf der Stiege ausgefragt hat. Da ist das möglich. Aber während der Schularbeit – nein.

Auf der Stiege, das glaub ich sofort. Daß dir plötzlich der Kopf leer geworden ist und du nicht einmal die simpelsten Wörter gefunden hast, das ist vorgekommen. Wenn dich der Präfekt ins Verhör genommen hat, dann hat dich das lähmen können. Das hat dann auch mit Sturheit nichts zu tun gehabt, wenn du den Mund nicht aufgekriegt hast. Du warst gelähmt vor Angst. Wenn du gewußt hättest, gut, jetzt verprügelt er mich, jetzt schickt er mich gleich zum Rutenschneiden – oder, gut, jetzt kriege ich die Heimordnung zwanzigmal zum Abschreiben, dann wär es nicht so schlimm gewesen. Dann hättest du dich vor den Prügeln fürchten oder über das Abschreiben ärgern können. Du hast gewußt, wie weh Prügel tun, und du hast gewußt, wie lange du brauchst, um die Hausordnung zwanzigmal abzuschreiben. Darauf hast du dich einstellen können. Angst gemacht hat das Unberechenbare, die Unberechenbarkeit des Präfekten. Du hast nicht gewußt, was als nächstes kommt. Und das hat dich gelähmt. Da fragt er dich etwas ganz Einfaches, und du hast die Antwort klar vor

Augen und möchtest auch sagen, was er hören will, aber du kannst nicht. Wenn das der Alfred Lässer mit Blackout meint, dann mag er recht haben. Aber das gilt nur für das Verhör im Stiegenhaus, während wir anderen im Speisesaal waren.«

»Bist du einmal auf ähnliche Weise vom Präfekt verhört worden?«

»Bin ich. Ja.«

»Und?«

»Da war es so. Was der Alfred Lässer Blackout nennt.«

»Erzähl!«

»Ist das wichtig?«

»Ich will es wissen, ja.«

»Ich kann mich an zwei solche Situationen erinnern. Verhöre, bei denen er einen niedergemacht hat, hat es viele gegeben. Aber man muß da unterscheiden. Daß er einen vor der Klasse niedergemacht hat, weil er die Vokabeln nicht gekonnt hat oder die Aufgaben verpfuscht hat, das ist häufig vorgekommen. Seine Anschisse waren immer Verhöre. Das war nichts Besonderes. Er hat das die *sokratische Methode* genannt. Fragen, fragen, fragen ... Er hat immer ein Frage-Antwortspiel aufgezogen.

›Wie ist dein Name.‹

›Wann bist du geboren.‹

›Wie alt bist du also?‹

›In welche Klasse gehst du?‹

›Wo bist du zu Hause?‹

›Warum bist du eigentlich auf dem Gymnasium?‹

Und so weiter.

Das war weiter nicht schlimm. Das war ja vor den Mitschülern nicht peinlich. Das ist jedem irgendwann einmal passiert. Daß er die Vokabeln nicht gekonnt hat oder die Grammatik. Dem Manfred Fritsch ist das vielleicht nicht passiert, dem Klassenprimus. Der hat dafür seinen Anschiß gekriegt, weil er das Bett nicht richtig gemacht hat oder aus einem anderen Grund. Solche Sachen waren nicht schlimm. Da hat man gegrinst. Aber die beiden Male, als er mich einmal vor dem ganzen Heim und einmal vor dem unteren Schlafsaal niedergemacht hat, die waren anders.«

»Was war da gewesen?«

»Das erste Mal – das war in der zweiten Klasse – war es wegen eine Ansichtskarte, die ich von einem Mädchen bekommen hatte. Völlig harmlos. Kannst du dir ja vorstellen. Ich war dreizehn. Das Mädchen war eine Deutsche, sie hatte im Sommer davor mit ihren Eltern in unserer Gegend Urlaub gemacht, und wir hatten im Schwimmbad miteinander Ball gespielt. Und dann hat sie mir eben im Herbst eine Karte ins Heim geschrieben. Liebe Grüße und so weiter, sonst nichts ... Der Präfekt hat die Karte im Speisesaal vorgelesen. Vorgelesen und mit Kommentaren versehen. Und dazugedichtet hat er auch noch. Das heißt, es war nicht immer klar, ob das schon ein Kommentar war, oder ob das noch auf der Karte stand. Das ist ja an sich harmlos, und ich war nicht der einzige, bei dem er das gemacht hat. Manchmal hat er ganze Briefe vorgelesen, Briefe von Eltern an ihren Sohn, und hat sich lustig gemacht über Rechtschreibfehler oder so. Da hat er zwar auch die Lacher auf seiner Seite gehabt, aber das waren mehr Pflichtlacher gewesen, das hat niemand wirklich lustig gefunden. Und das war dann, glaube ich, leichter für den Betreffenden. Wenn der gewußt hat, die anderen Schüler lachen eigentlich nicht über ihn, sie lachen nur, weil sie dem Präfekten die Laune nicht verderben wollen. Bei mir war es ein bißchen anders. Es war höchst ungewöhnlich, daß ein Schüler von jemand Fremdem Post bekam, also nicht von jemandem aus der Familie – und dann obendrein von einem Mädchen. Jetzt könnte man meinen, das hätte mir ja einen gewissen, nicht unangenehmen Ruhm einbringen können – ›Mensch, dem schreibt ein Mädchen!‹ – das war ja eigentlich beneidenswert; aber der Haken dabei war, ich war in dieses Mädchen verliebt. Davon wußte weder sie noch sonst irgend jemand. Es war so etwas wie die erste Liebe. Jedenfalls kann ich mich nicht erinnern, daß ich vorher jemals ähnlich empfunden hätte. Der Gedanke an sie war für mich etwas ganz Besonderes. Etwas Geheimes, Eigenes, ein Trost. Einmal bin ich allein mit ihr vom Schwimmbad zu der Pension gegangen, wo sie mit ihren Eltern wohnte. Es war schon Abend. Es ist weiter nichts passiert. Wir unterhielten uns. Weiter nichts. Aber an diesem Abend hatte ich zum ersten Mal das Gefühl, daß ich wie ein Erwachsener redete. Von dem, was wir geredet haben, weiß ich gar nichts mehr. Ich weiß nur, es war, als würde ich mir zum ersten Mal Gedanken machen über das, was ich sagte. Das hat mich beeindruckt. Sie war nur zwei Wochen in unserem Ort gewesen, aber das hatte genügt, daß für mich der ganze Sommer ihren Namen trug. Und das nahm ich im Herbst mit ins Heim. Der tröstliche Gedanke, daß ich mit jemandem so geredet hatte. Das hat mich getröstet. Und wenn ich Trost brauchte, stellte ich diesen Gedanken in meinem Kopf auf. Wenn ich beim Elfmeter am Tor vorbeischoß und die ganze Mannschaft über mich herfiel, dann schielte ich ein bißchen mit den Augen, nur ein bißchen, grad so viel, daß ich alles um mich herum verschwommen sah, und habe an sie gedacht, an dieses Mädchen. Das hat mir der Präfekt genommen. Dadurch, daß er ihre Ansichtskarte vorgelesen und kommentiert hat. Ich kam mir ertappt vor. Als hätte er mich bei etwas Unanständigem erwischt und den Vorhang weggezogen und gesagt: Da schaut her, was der da macht! Und zum Schluß sagte er: ›Wenn du deiner Freundin schreibst, dann richte ihr einen schönen Gruß von uns aus. Wirst du das machen?‹ Und ich nickte – ich nickte. Und er wieder: ›Sag, wirst du das machen?‹ Und ich nickte wieder. ›Du sollst sagen, ob du das machen wirst!‹ Ich nickte und nickte und nickte, aber ich hätte nicht um alles in der Welt den Mund aufgebracht. Aber er fragte weiter, und da wußte ich auf einmal gar nicht mehr, was er gefragt hatte, und fast gleichzeitig wußte ich auch nicht mehr, worum es eigentlich ging. Blackout.

Ich kann mir vorstellen, daß es dem Gebhard Malin auf der

Stiege ähnlich gegangen ist. Wenn es stimmt, was der Alfred Lässer sagt. Daß ihn der Präfekt so ausgefragt hat.«

»Das war eine Postkarte, die dir das Mädchen geschickt hatte. Du hast gesagt, der Präfekt hat auch Briefe vorgelesen. Ist eure Post geöffnet worden?«

»Ja. Die Post, die wir erhalten haben, ist geöffnet worden. Ausnahmslos. Und dann gab es auch noch die Anweisung, Briefe, die wir schreiben, ungeöffnet bei der Heimleitung abzugeben. Das haben natürlich nur die Erstkläßler gemacht. Und auch die höchstens in den ersten paar Wochen. Auf dem Weg vom Heim zur Schule kam man an zwei Briefkästen vorbei. Und Briefmarken konnte man im Heim tauschen. Da waren genügend Briefmarkensammler, die auch normale Marken tauschten oder verkauften.«

»Und das andere Mal, als er dich öffentlich ...«

»... heruntergemacht hat. Man kann das ruhig so nennen. Das war in der Dritten, ebenfalls bald nach den Sommerferien. Anfang Oktober, also knapp zwei Monate vor der Sache mit dem Gebhard Malin. Und das war im Schlafsaal gewesen, nicht im Speisesaal. Ich weiß nicht warum, aber solche Situationen waren im Schlafsaal schlimmer. Obwohl man dort nicht das ganze Heim als Publikum hatte wie im Speisesaal, sondern nur drei Klassen. Vielleicht ist es schlimmer, im Schlafanzug abgekanzelt zu werden als in Hose und Pullover.

Jedenfalls – das war folgende Geschichte:

Neben dem unteren Spielsaal war die Vorratskammer der Schüler – ein kleiner Raum, an dessen beiden Wänden Regale mit offenen Fächern standen, jedes Fach etwa ellbogentief und ebenso breit und hoch. An den Fächern klebten Schildchen mit Nummern darauf. Also für jeden Schüler ein Fach. Für jeden Schüler eine Nummer. Ich hatte die Nummer 97. In alle meine Kleider war die 97 eingenäht, an meinem Schuhkasten im Keller klebte ein Schildchen mit der 97 und eben auch an meinem Fach in der Vorratskammer. Vorrat war, was man von zu Hause mitgebracht hatte oder was man geschickt bekam.

Schokolade, Waffeln, Lebkuchen, Kekse, eben Süßigkeiten; aber auch Speck oder Fischdosen. Es gab Schüler, die hatten ihr Fach immer voll; nicht, weil sie so viel zugeschickt bekamen, sondern weil sie so sparsam damit umgingen. Wenn man mehr zugeschickt bekam, als der Rektor für gut hielt, dann hat er die Sachen einbehalten. Er wollte nicht, daß es solche gab, die viel hatten, und solche, die nichts hatten. Überhaupt sah er es nicht gern, wenn man uns Pakete mit Süßigkeiten schickte. Und er sagte das auch den Eltern.

Mein Fach war die meiste Zeit leer. Die Sachen, die ich von zu Hause mitbrachte, aß ich gleich am ersten Tag auf, und Pakete bekam ich keine zugeschickt. Meine Eltern hielten sich an die Empfehlungen des Rektors. Gut. Selber schuld, ich hätte mir die Schokolade ja auch einteilen können. Aber es war schon hart, wenn man da die Fächer gesehen hat, in denen die Schokoladetafeln lagen und die Keksrollen. Mich hat das manchmal ganz verrückt gemacht, wenn in einem Fach eine Tafel Schokolade lag, eine Woche, zwei Wochen, und dann nach zwei Wochen war sie endlich angebrochen, aber nur ein winziges Rippchen fehlte, und dann wieder drei Tage nichts, und dann fehlte das zweite winzige Rippchen, und dann vielleicht eine ganze Woche nichts, und dann fehlte das dritte Rippchen ... Ich hätte dem Betreffenden eine Ohrfeige geben können! Oder der, der ein gestapelt volles Fach hatte und nach einem Jahr die Hälfte weggeschmissen hat, die Lebkuchen, weil sie hart waren, die Schokolade, was weiß ich warum ...

Manchmal habe ich einen gefragt, ob er mir ein Stück Schokolade borgt. Borgt. Ja. Das mußte ich dann wieder zurückgeben. Und ich habe mir noch eines geborgt und noch eines. Das ist ja kein Schokoladegenuß, wenn du ein einziges Rippchen pro Tag im Mund herumziehst, und das mit schlechtem Gewissen, weil es notiert worden ist. Und dann, als ich mit meiner eigenen Schokolade aus den Ferien zurückkam, habe ich sie grad, wie sie war, weitergeben müssen. Und womöglich war damit noch nicht einmal die Schuld abbezahlt.

Es gab mehr Fächer als Schüler. Genauso wie es mehr Betten als Schüler gab oder mehr Stühle im Speisesaal oder mehr Bänke in der Kapelle. Es hat Fächer gegeben, an denen klebte kein Schildchen, die hatten keine Nummer. Also: die gehörten niemand. Aber es kam vor, daß auch in so einem Fach Süßigkeiten lagen. Wenn einer so viel hatte, daß er es mit Pressen und Schlichten in seinem Fach nicht unterbrachte, dann legte er eben den Rest in ein leeres, nicht numeriertes Fach. Meistens hat derjenige dann einen Zettel angeklebt. Fünfundvierzig Querstrich zwei – oder so. Zugegeben, das kam selten vor. Aber es kam vor.

Und es gab noch ein Fach. Das letzte in der untersten Reihe. Da war kein Schildchen aufgeklebt. Es war auch kein übervolles Fach in der Nähe. Es war überhaupt kein besetztes Fach in der Nähe. Es war das letzte Fach im Regal. Das letzte Fach. Ganz hinten, ganz unten. Und wenn es irgendwann einmal im Heim nur einen Schüler weniger gegeben hätte, als es Fächer gab, dann wäre es dieses Fach gewesen, das leer geblieben wäre. Das letzte Fach. Das Holz heller als bei den anderen Fächern. Weil nie einer hineingegriffen hat. Und eines Tages sah ich, daß in diesem Fach eine Tüte mit Keksen lag. Ganz hinten im Fach. Sie war aufgerissen. Zwei Kekse lagen außerhalb der Tüte. Als hätte einer schnell hineingegriffen, die Tüte aufgerissen, sich eine Handvoll Kekse genommen und fertig – einer, dem diese Kekse nicht viel bedeuteten. Denn andernfalls hätte er die Tüte zugedreht; sicher hätte er auch nicht zwei Kekse außerhalb der Tüte liegen lassen. Es waren keine besonderen Kekse. Nicht gefüllt, nicht mit Schokolade oder Zuckerguß überzogen. Trockene Butterkekse. Und irgendwie sahen sie verschmutzt aus. Verstaubt.

Im Vorratsraum wurden einmal pro Woche Schulutensilien ausgegeben. Hefte, Bleistifte, Tintenfässer, Radiergummi, auch Tafelkreide. Die Kekse sahen aus, als wäre Kreidestaub auf sie gefallen. Nicht weißer Kreidestaub, sondern roter. Ziegelroter Kreidestaub. Ich weiß nicht, ob ein anderer Schüler diese Kekse überhaupt bemerkt hat. Ich hatte sie bemerkt, und von nun an beobachtete ich sie. Eine Woche lang. Immer, wenn Jausezeit war und die Vorratskammer aufgesperrt wurde. Nach dem Strengstudium um halb vier. Alles blieb gleich. Die Tüte geöffnet, der Keksberg in der Tüte, die beiden Kekse neben der Tüte. Ich beobachtete die Kekse eine zweite Woche. Alles blieb gleich.

Die Erklärung war eigentlich ganz einfach. Einer hat Kekse gehabt, die sind ihm schmutzig geworden und er hat sie aus seinem Fach in dieses letzte Fach gelegt. Womöglich geworfen. Oder einer hat ein Paket bekommen mit frischen, besseren Keksen, und weil sein Fach schon voll war, hat er seine alten Kekse ausgemustert und in dieses letzte Fach gelegt – womöglich geworfen, und dann war bei der Ausgabe der Schulsachen roter Kreidestaub darauf gefallen. Er hätte die Kekse auch in den Papierkorb schmeißen können. Ja. Aber dann hätte es womöglich Debatten gegeben. Kekse sind Gottesgaben, und Gottesgaben wirft man nicht weg. Da hätte der Rektor vielleicht Untersuchungen angestellt, wem diese Kekse im Papierkorb gehörten. Ein Riesenwirbel um nichts. Das wird sich der Besitzer der Kekse überlegt haben, dachte ich, und deshalb hat er sie einfach in das unterste, letzte Fach gelegt. Wenn ich selbst je in eine ähnliche Situation gekommen wäre, ich hätte es ebenso gemacht.

So erklärte ich mir die Sache, und es waren Erklärungen, die einleuchteten. Eines war jedenfalls sehr wahrscheinlich: Diese Kekse bedeuteten ihrem Besitzer nicht mehr viel. Also nahm ich eines. Schon gar nicht mehr deshalb, weil ich Gusto drauf hatte – die Kekse sahen wirklich nicht gut aus, außerdem lagen sie jetzt schon fast drei Wochen da unten oder noch länger. Ich habe eines genommen, weil ich diesen Anblick nicht mehr ertrug. Herrenlose Kekse! Ich nahm also ein Keks. Nicht eines von den beiden, die vor der Tüte im Fach lagen. Falls diese Kekse doch jemandem gehörten, wäre das vielleicht aufgefallen. Ich griff mit der Hand tief in die Tüte und zwickte mir mit Daumen und Zeigefinger ein Keks aus dem Berg. Ich verbarg es in der Faust und ging aufs Klo. Dort sah ich es mir genau an. Es war über und über mit Kreidestaub bedeckt, und das hat mich dann doch einigermaßen gewundert. Ich versuchte den Staub abzuwischen, aber er blieb haften. Auch meine Finger waren rot von dem Staub. Ich warf das Keks in die Kloschüssel und spülte es hinunter. Damit war das für mich erledigt.

So.

Der Präfekt hatte verschiedene Ordnungsmoden. Die wechselten. Einmal legte er besonderen Wert auf den Bettenbau – da kam es vor, daß er dir dreimal hintereinander das Leintuch herausgerissen hat. Ein anderes Mal waren es die Pulte im Studiersaal – ob dort Ordnung herrscht. Das nächste Mal hat er die Schlafanzughosen kontrolliert – ob wir auch ja nicht die Unterhosen darunter anhatten; er hakte seinen Zeigefinger in den Gummizug und schaute vorne hinein.

Oder er ließ sich die Fingernägel vorführen. Und genau das war damals seine Mode gewesen. Wir mußten uns neben die Betten stellen, und er ist die Reihen durchgegangen, und wenn er zu dir gekommen ist, dann hast du ihm die Hände hingestreckt, und wenn die Fingernägel dreckig waren, hat er dir eins mit dem Bambusstock drübergezogen.

Und dann kam er zu mir. Das wär mir eingefallen, die Fingernägel nicht zu putzen! Ich habe ja gewußt, daß er sie kontrollieren würde. Die Fingernägel waren sauber. Aber der rote Kreidestaub, der war nicht abgegangen, auch mit Seife nicht, auch nach mehrmaligem Waschen nicht. Das war nämlich gar kein Kreidestaub. Ich weiß nicht, was es war, aber Kreidestaub war es nicht.

›Komm mit‹, sagte er und führte mich an der Hand nach vorne, dorthin, wo er stand, wenn er Flöte spielte. Und dann schlug er mit dem Bambusstock auf die Bettkante und sagte so laut, daß es jeder hören konnte: ›Wer steht hier neben mir?‹

Keiner hat geantwortet. Alle haben die Köpfe gesenkt. Hat

ja jeder ahnen können, was aus so einer dummen Frage werden würde. ›Also‹, wiederholte der Präfekt, ›habt ihr alle den Verstand verloren. Es wird doch einer von euch in der Lage sein, so eine einfache Frage zu beantworten!‹

Wieder antwortete niemand. Es war nicht Widerstand, Bokkigkeit oder Aufmüpfigkeit – ich spürte mitleidige Blicke, und der Gedanke, daß ich es war, dem diese mitleidigen Blicke galten, entsetzte mich, weil ich wußte, was in den anderen vorging, weil ich ja auch schon, bei anderer Gelegenheit, so mitleidig geblickt hatte.

›Soll ich ein bißchen nachhelfen‹, fragte der Präfekt. ›Ich kann mir vorstellen, daß eine halbe Stunde Kniehüpfen auf dem Fußballplatz eurem Gedächtnis gut tun würde.‹ – Hinaus auf den Fußballplatz, in Schlafanzügen, in die Hocke und dann hüpfen – eine Runde nach der anderen. Er hat uns manchmal hüpfen lassen, bis nur drei übrigblieben, die noch konnten. Daß ich ein Fall war, bei dem eine solche Strafe für alle im Schlafsaal als angemessen galt, das entsetzte mich noch mehr.

›Nun?‹ fragte der Präfekt.

Da kamen die Köpfe hoch.

›Dann frage ich noch einmal: Wer steht hier neben mir? Drei, vier …‹

Mein Name würde gebrüllt. Der Präfekt dirigierte. Dann sagte er: ›Nächste Frage: Ist das ein Mitschüler von euch?‹ ›Ja‹, wurde gebrüllt.

›Was ist er noch‹, fragte er.

Einige riefen irgend etwas, das witzig sein sollte – nie war man witziger als in solchen Situationen, in denen einem das Herz in den Kehlkopf sprang.

›Ihr wißt es nicht?‹

›Nein!!‹

›Soll ich euch sagen, was er noch ist‹, fragte er.

›Ja‹ – Jetzt antworteten nicht mehr so viele.

›Er ist ein kleiner, dreckiger Dieb‹, rief der Präfekt, und bei jeder Silbe schlug er mir mit dem Bambusstock auf die Schultern.

Einmal rechts, einmal links, einmal rechts, einmal links ... ›Heb deine Hände in die Höhe‹, befahl er. Ich hob zaghaft die Arme.

›Höher!‹, rief er. Ich streckte die Arme aus, so weit ich konnte. Er drehte meine Handflächen zum Schlafsaal und zeigte die roten Flecken an meinen Fingern.

›Hat er die Hände gewaschen?‹ fragte er.

›Nein‹, wurde gerufen. Ich sah die Verwirrung in den Gesichtern der anderen. Es wird doch so ein Theater nicht aufgeführt, weil einer die Hände nicht gewaschen hat? ›Ihr irrt euch‹, sagte der Präfekt. ›Er hat die Hände gewaschen. Aber es gibt Dinge, die lassen sich nicht so leicht abwaschen.‹ Und dann erzählte er die Geschichte von den roten Keksen. Während er redete, stand ich mit erhobenen Armen da. Wenn ich die Arme sinken ließ, schlug er mir auf die Schulter. Er redete lang, schweifte ab, legte Witzchen ein, redete und redete, feierte sich selbst als schlauen Detektiv. Ich glaubte, mir fallen die Arme ab. Ab Schluß sagte er: ›Und darum ist er nicht nur euer Mitschüler, sondern auch ein kleiner, dreckiger Dieb.‹ Und zu mir sagte er: ›Wiederhole, was du bist, dann darfst du die Arme herunternehmen!‹ Da habe ich wieder kein Wort gefunden. Nicht, weil ich zu stolz war zu sagen, ich bin ein kleiner, dreckiger Dieb. Das hätte ich doch gesagt, gern hätte ich das gesagt. Ich habe kein Wort herausgebracht. Das war es.

›Ich habe dir verziehen‹, sagte er, ›Also sag, was du bist, dann ist die Sache erledigt.‹

Ich wollte. Aber ich konnte nicht. Ich hatte kaum noch Gefühl in den Armen, die Schultern taten mir weh und mir war zum Kotzen schlecht, und ich hätte gern alles mögliche gesagt. Aber ich konnte nicht. Jetzt nahm er mein Gesicht in seine Hände und sagte mit sanfter Stimme: ›Komm, sei nicht bockig! Schluck das hinunter. Dann ist alles vergeben und vergessen.‹

Ich habe geheult, laut sogar, hab mich gewundert, daß die Stimme ja doch funktionierte. Aber ich habe nichts sagen können. Nicht ein Wort.

Dann sagte er: ›Gut, du kannst die Arme herunternehmen.‹ Er führte mich zurück zu meinem Bett und setzte sich neben mich. Der ganze Schlafsaal sah zu. ›Ist es jetzt besser‹, fragte er.

Ich nickte.

›Dann sag es jetzt.‹

Es ging wieder nicht.

Er rief Manfred Fritsch her. Nachbarschaftshilfe ... ›Vielleicht hört er auf dich.‹ Er stand auf, überließ Manfred Fritsch den Platz auf meinem Bett und ging ein paar Schritte zurück. ›Ihr könnt ruhig miteinander reden‹, sagte er. ›Ich höre nichts.‹ Manfred Fritsch sprach auf mich ein, flüsterte mir ins Ohr: ›Sag's halt! Er ist gemein. Das wissen wir doch alle. Aber sag's! Bitte! Sag's halt! Damit er endlich Ruhe gibt!‹

Und da hab ich den Manfred Fritsch gefragt, ebenfalls flüsternd: ›Was soll ich denn sagen?‹ Ich hatte es wirklich vergessen. Blackout.«

»Und Alfred Lässer meint, so eine Art von Blackout habe Gebhard Malin gehabt, als ihn der Präfekt draußen im Stiegenhaus fragte, wie es ihm bei der Lateinschularbeit gegangen sei?«

»Das meint er. Und er meint weiter, so ein Blackout müsse Gebhard Malin wohl auch während der Lateinschularbeit gehabt haben. Er vermutete heute, sagt er, daß sich Gebhard Malin wirklich nicht mehr erinnern konnte. Also daß er nicht etwa gebockt hat, als ihn der Präfekt fragte, sondern daß jede Erinnerung an die Lateinschularbeit aus seinem Kopf gewesen sei. Der Blackout habe eingesetzt nach den ersten beiden Sätzen der Schularbeit und angehalten bis zu dem Verhör auf der Stiege.«

»Das wäre dann wirklich pathologisch.«

»Er sagt, das komme vor. Das sei wie bei einem posthypnotischen Auftrag. Das Wort *Lateinschularbeit* habe einfach alle Erinnerung ausgeschaltet.«

»Und davon ist Alfred Lässer überzeugt?«

»Ach, überzeugt ... Er besteht nicht darauf. Er sucht eben nach einer Erklärung, warum Gebhard Malin ein *nicht genügend* geschrieben hat. Der Alfred ist in seinem Kopf immer noch ein Schüler. Da dreht sich alles um Noten. Wie kann man so eine Sache auf die Frage der Note reduzieren! Er ist halt so. Ich habe zu ihm gesagt: ›Alfred, das ist doch nicht die Frage! Es ist nicht die Frage: Warum hat Gebhard Malin ein *nicht genügend* geschrieben? Das ist doch nebensächlich!‹

Und er sagte darauf: ›Ja, aber hätte er kein *nicht genügend* geschrieben, wär das alles nicht gewesen!‹

›Es war aber, und es war, weil wir es gemacht haben‹, sagte ich, ›und nicht, weil der Gebhard Malin ein *nicht genügend* geschrieben hat!‹

Er schüttelte den Kopf und sagte: ›Ja, ja, das mag schon richtig sein, aber irgend etwas hat mit dem Gebhard nicht gestimmt. Irgend etwas war, sonst hätte er nicht ein *nicht genügend* geschrieben. Das ist doch das Problem!‹

Und ich sagte: ›Der Gebhard Malin ist überhaupt nicht das Problem. Wir sind das Problem!‹

Und er sagte: ›Schon. Natürlich sind wir das Problem. Wir haben das gemacht! Das ist schon klar. Aber warum! Und warum ausgerechnet mit ihm! Irgend etwas muß mit ihm gewesen sein!‹

Ja, und er denkt, daß man das herauskriegt, wenn man weiß, warum der Gebhard Malin, der ja ein guter Lateiner war, gehobener Durchschnitt, eher drüber, warum der ausgerechnet bei einer solchen Schularbeit ein *nicht genügend* geschrieben hat. Bei einer so leichten Schularbeit, auf die wir so gebüffelt hatten ... Der Alfred Lässer klammert sich an das *nicht genügend*.«

»Aber die Sache scheint ihn zu beschäftigen. Noch heute.«

»Den Eindruck hatte ich auch. Und das hat mich eigentlich

gewundert. Bei den anderen mußte ich erst lange erzählen, bis sie überhaupt wußten, was ich wollte. Nein, der Franz Brandl, der hat auch relativ rasch begriffen, worum es mir geht. Sofort hat er es begriffen, der Franz ... Und der Alfred Lässer auch. Der war gleich mittendrin. Kann sein, daß er selbst grad vor kurzem über die Sache nachgedacht hat.«

»Was macht er heute?«

»Er ist Assistent an der Universität. In Innsbruck. Aber ich weiß nicht, in welchem Fach. Ich hatte den Eindruck, etwas Naturwissenschaftliches. Aber das war nur ein Eindruck.«

»Wie war das, als du mit ihm gesprochen hast? Als du ihn besucht hast? Du hast ihn doch besucht – nicht etwa er dich?«

»Ich ihn. Ich rief vorher bei ihm an. Ich wollte meinen Besuch ankündigen. Nachdem ich mit dem Ferdi Turner gesprochen hatte, schien mir das ratsam. Ferdi Turner war gar nicht vorbereitet auf meinen Besuch. Wenn ich ihn ebenfalls vorher angerufen und ihm mitgeteilt hätte, worum es mir geht, hätte er mehr Zeit gehabt, und es wäre ihm vielleicht mehr eingefallen. Ferdi Turner hatte ich zufällig getroffen – und dann Edwin Tiefentaler, das war sowieso ein Reinfall. Ich habe zwar mit ihm vorher telephoniert, aber ich habe nicht deutlich gesagt, warum ich ihn sprechen möchte.«

»Du hast also bei Alfred Lässer vorher angerufen und ihm gesagt, du möchtest mit ihm über die Klassenprügel damals sprechen?«

»Ich rief bei ihm an, ja. Das war im Sommer. Im Juli. Seine Frau war am Telephon. ›Der Alfred ist nicht da‹, sagte sie. ›Er ist mit Leuten nach Norwegen. Sie gehen dort.‹ Eine Stimme hatte sie wie ein heiseres Kind. Eine heitere Stimme. Die hat gute Laune, dachte ich. Ich hatte keine Ahnung, daß Alfred Lässer verheiratet ist. Einen Augenblick verwirrte mich das. Ich hatte ihn das letzte Mal gesehen – ich glaube, am Ende der vierten Klasse. Er ist ein Jahr länger im Heim geblieben als ich. Ich bin ja nach der Dritten ausgetreten und Fahrschüler geworden. Und er hat nach der Vierten die Schule gewechselt.

Seine Eltern sind in eine andere Stadt gezogen. Ich glaube nach Oberösterreich. Seither hatte ich ihn jedenfalls nicht mehr gesehen. Und er war der letzte, den ich mit einer Frau in Verbindung gebracht hätte. Ein Spätentwickler, der noch in der Vierten ausgesehen hat wie ein Erstkläßler. Blaß und unsportlich, und dann die hellblonden, lockigen Haare und die blauen Augen. Ein *Engelchen* eben. Das Schätzchen vom Spiritual. Der schönste Ministrant aller Zeiten.

Einige von den älteren Buben haben sich um ihn gerissen. Das kannst du mir glauben. Die haben ihm Sachen zukommen lassen, Süßigkeiten und so. Der Alfred Lässer war freigiebig, er hat immer mit uns geteilt. Oft hat er alles verschenkt. Es hat ihn jeder gemocht. Fast jeder. Wir in unserer Klasse haben natürlich nicht so ein Trara um ihn gemacht. Wir haben ihn ja immer gehabt. Wenn im Fasching Musik gespielt wurde und der Präfekt spaßeshalber erlaubt hat, daß wir tanzen – das war so ein Geblödel, man hat halt getan, als ob man tanzt, er hat schon aufgepaßt, daß keine langsame Musik gespielt wurde, ein bißchen Twist, Charleston und so, halt ein Herumgehopse – aber immerhin, man hat getanzt, Buben mit Buben, und du kannst mir glauben, da hat man sich um den Alfred Lässer fast geprügelt. – Ich versteh das schon. Wir haben uns ja auch ein bißchen schminken dürfen im Fasching, und wenn der Alfred Lässer ein rotes Strichlein auf den Mund gelegt hat, dann hat er ausgesehen wie ein Mädchen. Da hätte niemand, der ihn nicht gekannt hat, einen Unterschied gemerkt. Für den Alfred Lässer war das nicht immer gut. Wenn der eine, von dem ich erzählt habe, wenn der Capo war im unteren Schlafsaal, der Sechstkläßler, dann hat er immer geschaut, daß er dem Alfred Lässer irgend etwas anhängen konnte, oder er hat einfach etwas erfunden. Daß er angeblich geschwätzt hätte oder gelacht oder die Zähne nicht richtig geputzt – irgend etwas ist ihm immer eingefallen. Der Alfred Lässer hat zwar seine Wutanfälle bekommen, hat mit den Zähnen auf die Oberlippe gebissen und hat geschimpft, und der ganze Schlafsaal hat gelacht, weil das so nett ausgesehen hat, wenn der Alfred Lässer geschimpft hat. Aber es hat ihm nichts genützt, er mußte neben das Bett vom Capo knien. Wenn das Licht ausgelöscht war. Aber weißt du was – dieser Capo hat sich von allen, die in der Nacht neben seinem Bett knien mußten, einen runterwixen lassen – das war bekannt – aber beim Alfred Lässer hat er eine Ausnahme gemacht. Einmal haben wir ihn darauf angesprochen, und da hat er so naiv und unschuldig dreingeschaut, daß klar war, der wußte nicht einmal, wovon wir reden. Irgendwie hat seine mädchenhafte Schönheit dem Capo wohl Respekt eingeflößt.

Der Alfred Lässer war eben das ›Engelchen‹. Man hat ihn auch ausgespottet. Meistens liebevoll. Manchmal aber auch nicht. Besonders der Gebhard Malin hat das gemacht. Der Gebhard Malin hat den Alfred Lässer nicht gemocht. Er hat ihn nicht leiden können. Quatsch – alphabetische Nachbarschaft! Der Gebhard Malin war so ungefähr das Gegenteil vom Alfred Lässer. Auch klein, aber dunkel; der Alfred Lässer ein Spätentwickler – der Gebhard Malin ein Frühentwickler; der Alfred Lässer dünn, zart, filigran – der Gebhard Malin untersetzt, muskulös, zäh.

Jedenfalls hatte ich den Alfred Lässer als dieses blonde, kindliche Wesen in Erinnerung. Daß er inzwischen verheiratet war, kam mir am Telephon sonderbar vor.

Eben – der Alfred sei nicht da, er sei in Norwegen und würde dort gehen. Gehen. Gut. Der Alfred geht über Norwegen. Konnte ich mir auch nicht vorstellen.

›Schade‹, sagte ich. ›Es wäre mir wichtig gewesen, mit ihm zu sprechen.‹

Worum es sich handle und wer ich sei, fragte sie. Da habe ich ihr gesagt, ich sei ein Mitschüler ihres Mannes gewesen, wir seien miteinander ins Heim gegangen und so weiter.

›Oh, dann weiß ich schon Bescheid‹, rief sie. ›Da wird er sich sicher freuen, das wird ihn interessieren.‹

Sie kam ins Plaudern, und das gefiel mir. Wir unterhielten uns sicher eine Viertelstunde lang am Telephon. Ihre Stimme interessierte mich; das heißt, ihre Stimme war so, daß mir lauter Bilder durch den Kopf gingen; Bilder, wie diese Frau aussehen könnte.

Das war ein schönes Telephonat. Sie war so gut gelaunt. Zum Schluß sagte sie: ›Kommen Sie im Oktober, wenn die Uni angefangen hat. Irgendwann am Abend oder schon am frühen Abend. Da ist er immer hier. Da ist er garantiert hier.‹

Das habe ich dann gemacht. Ich bin mit der Bahn gefahren, und während der Bahnfahrt ist mir nur die Frau durch den Kopf gebildert. Ich war neugierig, wie sie sein würde, an ihn habe ich gar nicht gedacht. Die Wohnung lag im vierten Stock eines alten Miethauses, in dem früher wohl eine Gaststätte gewesen war, über dem Eingang hing ein Storch aus Blech und darunter stand *Gasthaus zum Storchen*, das Schild war renoviert, das Haus war ebenfalls renoviert, zumindest außen, innen roch es modrig.

Vor der Tür, auf der *Dr. Lässer* stand, war ein Zementhaufen. Mitten im Hausflur. Auf dem Holzboden. Ich stieg darüber, meine Schuhe und die Hosenbeine wurden dreckig. Die Tür war angelehnt, keine Klingel. Und weil niemand antwortete, trat ich ein. Ich stand in einem Raum, der, dem Herd nach zu schließen, die Küche sein mußte. Es sah aus wie nach einer Explosion. In der Decke klaffte ein Loch, an den Rändern verkohlt, man konnte in den Dachboden schauen, das Fenster war so verstaubt, daß man dahinter nur verschwommen den Ast einer Birke erkennen konnte. Ein Chaos. Als hätte eine Bombe eingeschlagen.

Es gab zwei weitere Türen. Hinter der einen war ein Raum, klein, aber hell, leer und frisch getüncht. Die andere Tür führte in ein abgedunkeltes Zimmer. Ein Bett stand da, und in dem Bett lag eine Frau. Ich sah ein Büschel dunkler Haare auf dem Kissen, sie lag auf dem Bauch. In diesem Zimmer sah es ordentlich aus. Renoviert. Es roch nach Lackfarbe, alles stand auf seinem Platz, und an den Wänden hingen Bilder, einige größere und viele kleine in schmalen, dunklen Rahmen.

Ich hustete und sagte: ›Guten Abend!‹ Die Frau rührte sich nicht.

›Die Tür war angelehnt‹, sagte ich. Ich sprach so laut wie zu einer Schwerhörigen. ›Die Tür war angelehnt und ich habe geklopft. Ich bin der aus dem Heim ...‹ Sie rührte sich noch immer nicht. Ich bekam Panik, dachte an ein Unglück, die Explosion in der Küche ... Ich packte die Frau an den Schultern und rüttelte sie.

Sie setzte sich auf, zog die Beine an ihren Körper, deckte die Knie mit ihren langen Haaren zu. Nur einen Slip und ein Hemdchen hatte sie an. ›Wer sind Sie?‹ fragte sie. Dabei betonte sie das Wer, so als hätte sie mich vorhin doch gehört, aber nicht ganz verstanden.

›Ich bin der, der mit ihrem Mann im Heim war‹, sagte ich. Da fing sie an zu weinen. Sie gefiel mir außerordentlich. Wenn sie den Mund schloß, zeigten die Mundwinkel ein wenig nach oben, und die Oberlippe war ein bißchen aufgeworfen, ich wußte nicht, ob das vom Weinen kam oder ob das bei ihr immer so war. Es sah jedenfalls schön aus.

Ich setzte mich zu ihr ans Bett und fragte, was passiert sei. Da begann sie sofort zu reden, schnell und sich überhaspelnd, wieder mit dieser heiseren Kinderstimme wie am Telephon, und es klang heiter, wie sie sprach, und ich dachte, vielleicht ist das so bei ihrer Stimme, daß die immer heiter klingt, und vielleicht war sie schon damals am Telephon gar nicht heiter gewesen, diese Frau, und ich hatte mir das nur eingebildet, weil eben diese Stimme von Natur aus heiter klingt.

Er sei böse auf sie, er wolle nichts mehr von ihr wissen, sagte sie, sie habe einen Blödsinn gemacht, was für einen, sagte sie nicht, nur: Wenn sie gewußt hätte, daß das für ihn so schlimm sein würde, hätte sie diesen Blödsinn nie gemacht. Sie liebe doch nur ihn und habe geglaubt, er interessiere sich überhaupt nicht mehr für sie, und deshalb habe sie diesen Blödsinn gemacht, nur deshalb, und jetzt liege er im Krankenhaus und wolle nichts mehr von ihr wissen.

Aha, dachte ich, viel hat sich nicht verändert: früher hat er die Buben verrückt gemacht, und heute macht er die Frauen verrückt. ›Dann tut es mir leid, daß ich ausgerechnet jetzt hereinplatze‹, sagte ich. ›Daß ich vorher nicht angerufen habe ... Aber ich habe zufällig in der Gegend zu tun gehabt ...‹ und so weiter. Und bin rückwärts zur Tür gegangen. Da sprang sie aus dem Bett, schnippte – zack! – mit zwei Fingern ihr Höschen zurecht und schlüpfte in das Kleid, das am Boden lag. Ein gelbes Kleid.

›Kommen Sie mit‹, rief sie. ›Das ist gut! Wir besuchen ihn im Krankenhaus!‹ Sie rannte aus der Wohnung, machte einen Satz über den Zementhaufen, die Schuhe zog sie sich erst auf der Treppe an. Sie war nicht gekämmt, hat wahrscheinlich darauf vergessen, aber ich konnte ihr doch nicht sagen, daß sie sich kämmen sollte.

Wir gingen ins Krankenhaus. Zu Fuß. Es war nicht weit. Sie immer drei Schritte vor mir her. Beim Empfang wollte sie wieder umkehren, rief, sie wisse genau, er wolle sie nicht sehen, er habe gesagt, daß er sie nicht sehen wolle. Ich nahm sie an der Hand, und so betraten wir gemeinsam das Krankenzimmer. Erst als wir vor dem Bett standen, ließ ich ihre Hand los.

Sein Kopf war verbunden. So hätte ich ihn niemals erkannt. Das Gesicht war zwar frei, aber das hatte Bartstoppeln. Der Alfred Lässer, den ich gekannt hatte, der war von Bartstoppeln entfernter gewesen als ein Pol vom anderen. Er richtete sich mit einem Ruck im Bett auf. Zuerst starrte er mich an, dann seine Frau. ›Hau ab!‹ sagte er zu ihr. Sonst nichts. Und sie ging.

Und zu mir sagte er: ›Misch dich nicht ein! Das geht dich nichts an, und ändern kannst du auch nichts!‹

›Weißt du denn, wer ich bin‹, fragte ich.

›Klar‹, sagte er.

Menschenskind, habe ich gedacht, was ist aus dem *Engelchen* geworden! Aber das stimmt nicht. So sehr verändert hat er sich gar nicht. Immer noch naiv. Und von nichts eine

Ahnung, was um ihn herum passiert. Ich habe mich gefragt, warum er eigentlich einen solchen Zorn auf seine Frau hat. Aus dem wenigen, was sie mir erzählte, habe ich geschlossen, daß sie ihn betrogen hatte. ›Ich habe einen Blödsinn gemacht, und jetzt will er mich nicht mehr.‹ Was soll denn das anderes bedeuten! Und daß sie den Blödsinn nur gemacht habe, weil sie dachte, er liebe sie nicht mehr ... Also bitte, wer würde da etwas anderes annehmen! Aber er hat das nicht angenommen. Er nicht. Aus allem, was er geredet hat, ging nicht hervor, daß er auch nur im mindesten daran dachte, sie könnte ihn betrogen haben. Na gut, vielleicht habe ich mich auch getäuscht. Vielleicht wollte ich von ihr hören, was ich gehört habe. Kann ja sein ...

An diesem Abend haben wir jedenfalls nicht übers Heim gesprochen, der Alfred Lässer und ich. Auch am nächsten Tag nicht. Da habe ich ihn nur kurz besucht. Hauptsächlich deshalb, weil ich hoffte, ich würde seine Frau treffen. Sie war aber nicht da. Am übernächsten Tag hatte ich etwas in der Stadt zu erledigen, und als ich am Abend zum Krankenhaus kam, ließ man mich nicht mehr hinein. Ich sei kein Angehöriger. Ist ja auch wahr.

Am darauffolgenden Morgen saß er unten in der Halle, angezogen, immer noch mit Kopfverband, und wartete auf mich.

›Ich habe gedacht, du kommst überhaupt nicht mehr‹, sagte er.

›Was ist dir eigentlich passiert‹, fragte ich ihn.

›Ein Blödsinn‹, sagte er. Dann gingen wir in den Park hinter dem Krankenhaus. Wir setzten uns auf eine Bank und redeten den ganzen Tag. Ich habe geglaubt, ich sei der einzige, der sich über die Sache von damals den Kopf zerbricht. Aber wie gesagt, das stimmt nicht. Alfred Lässer hat sich auch Gedanken gemacht. Ich glaube, er machte sich mehr Gedanken über Gebhard Malin als über seine Frau.

Eines hätte mich wirklich interessiert: Wenn ich ihm ins Gesicht gesagt hätte, du, deine Frau sagt, sie hat einen Blödsinn gemacht, du, ich glaube, sie hat dich betrogen – ob er dann seine Blackout-Theorie auch bei ihr hätte gelten lassen. Was würde geschehen, wenn er überzeugt wäre, daß sie ihn betrogen hat?«

»Was denkst du, würde geschehen?«

»Er würde es nicht fassen.«

»Und was meinst du, würde er tun?«

»Weiß ich nicht.«

»Würde er sie verprügeln?«

»Kann ich mir beim Alfred Lässer nicht vorstellen.«

»Aber damals im Heim war er doch auch mit dabei.«

»Ich glaube nicht, daß man das vergleichen kann. Da waren wir in einer Situation ... Was heißt Situation ... Ja, in einer Situation ... Wenn man kein anderes Wort sagen will, sagt man halt Situation. Ich weiß, das ist jetzt Glatteis ... Ich weiß, ich wende jetzt Alfred Lässers Blackout-Theorie auf uns an. Daß wir an diesem Nachmittag einen Blackout gehabt haben. Vielleicht stimmt das sogar. Aber es sagt nichts. Was soll das heißen: Blackout? Wir haben einen Blackout gehabt oder der Gebhard Malin hat einen Blackout gehabt. Was soll das heißen? Ich habe zum Alfred Lässer gesagt: ›Was soll das heißen! Da kann man ja gleich zum Gebhard Malin sagen: Hättest du keinen Blackout gehabt, dann wär das alles nicht geschehen. Selber schuld, daß du einen Blackout gehabt hast!‹

Und er sagte: ›Ja, vielleicht wäre dann wirklich das alles nicht geschehen!‹

Er sagte: ›Das soll nicht etwa eine Entschuldigung sein. Aber entweder fragen wir nach den Ursachen, und dann ist die Frage, warum er ein *nicht genügend* geschrieben hat, wichtig, oder aber wir sitzen nach so vielen Jahren einfach da und jammern. Das können wir natürlich auch machen. Aber da ist mir die Zeit zu schade dafür!‹

Wir haben uns zwischendurch richtig angebrüllt auf der Parkbank. Aber es war trotzdem gut. Ein komisches Bild, er mit diesem Kopfverband. Und wenn er einen Zorn hat, beißt er immer noch auf die Oberlippe. Der Alfred Lässer hat sich wenigstens Gedanken gemacht. Er hatte immerhin eine Theorie. Die Theorie: Schau beim Opfer nach, was du dort findest, dann weißt du auch, wieso da welche zu Tätern geworden sind. Eine beschissene Theorie! Klar. Aber immerhin eine Theorie.

Scheiße! Ich habe zu ihm gesagt: ›Ja, ich weiß schon. Ja, ich weiß schon! Was wär denn, wenn es ein anderer gewesen wäre. Der Oliver Starche zum Beispiel, der dich nie aufgezogen hat, der sich nie über das Engelchen lustig gemacht hat, weil er so vornehm war; oder der Manfred Fritsch, der höchstens gelächelt hat, wenn die anderen das Engelchen geärgert haben, weil sie neidisch auf das Engelchen waren, weil das Engelchen nur die Augen verdrehen mußte, und schon hat es eine Extraportion Pudding bekommen oder eine ganze Stange Toblerone Schokolade von einem Sechstkläßler – nur die Augen verdrehen, und im nächsten Augenblick hat das Engelchen schon in die Schokolade gebissen, weil wir neidisch waren, weil uns der Sechstkläßler nie Schokolade gegeben hat, höchstens eine handvoll lauwarmes Sperma, und das ist kalt geworden, weil man nach seinem Abgang nicht einfach in den Waschraum gehen durfte, sondern warten mußte, bis er es einem erlaubte; darum waren wir neidisch auf das Engelchen, und was das Schlimmste war, wir waren neidisch auf einen, den wir gemocht haben, wo soll da der Neid hin, ha!‹

›Ja‹, habe ich gesagt, ›denk dir, es wäre an jenem Nachmittag nicht um den Gebhard Malin gegangen, sondern um einen anderen, einen, der das Engelchen gemocht hat, der es nicht bei jeder Gelegenheit geärgert hat wie dieser Gebhard Malin mit seinem Schnurrbartansatz, was wär dann mit deiner Blackout-Theorie?‹

Und er hat zurückgeschrien: ›Es wär genau dasselbe! Glaubst du, ich rechne dem Gebhard Malin nach all den Jahren auf, daß er mich nicht gemocht hat, daß er mich aufgezogen hat?‹

Nein, das habe ich nicht geglaubt.

Es hat uns beiden gut getan, daß wir geredet haben, auch,

daß wir uns angeschrien haben. Ich bin dann gegangen, und wir haben ausgemacht, wir besuchen uns von jetzt an öfter, ich habe gesagt, er soll seine Frau von mir grüßen, und er hat gesagt, das will er machen.

Immerhin eine Theorie. Blackout. Gebhard Malin hatte bei der Lateinschularbeit einen Blackout, und deshalb hat er ein *nicht genügend* geschrieben. Und weil er ein *nicht genügend* geschrieben hat, ist er verprügelt worden. Eine logische Kette. Das ist etwas, an dem man sich festhalten kann. Eine Verkettung der Umstände. Weil, sonst könnte man ja meinen, der hat absichtlich ein *nicht genügend* geschrieben.«

»Hältst du das für möglich?«

»Ja, ich halte es für möglich – auch das ...«

»Hast du das zu Alfred Lässer gesagt?«

»Nein. Das ist mir erst später durch den Kopf gegangen.«

»Und was meinen die anderen dazu?«

»Daß er das *nicht genügend* absichtlich geschrieben hat? Darüber habe ich nicht mit ihnen geredet.«

»Warum nicht?«

»Die hätten geglaubt, ich spinne.«

»Und wie stehen sie zu Alfred Lässers Blackout-Theorie?«

»Unterschiedlich. Den Edwin Tiefentaler habe ich erst gar nicht gefragt. Ich wollte ihn nicht noch einmal anrufen. Er hat zwar gesagt, ich solle ihm Bescheid geben, was die anderen von der Sache halten, und ich habe ihm das auch versprochen. Aber ich habe es nicht getan. Es hätte keinen Sinn gehabt. Was für einen denn! Er sagt ja selber, er erinnert sich überhaupt nicht an die Sache. Der sieht das Heim als Ganzes anders. Er hat eine Menge Geschichten auf Lager gehabt, an die ich mich nicht erinnern konnte, oder nur am Rande. An manche Geschichten konnte ich mich erinnern, und da haben wir auch sehr gelacht.«

»Was für Geschichten?«

»Eben lustige Sachen, Streiche. Zum Beispiel, als jemand am Faschingsdienstag in der Nacht um vier die Uhren verstellt hat und die Hausklingel dann geschellt hat, und alle gemeint haben, es sei schon Morgen und aufgestanden sind und an ihren Armbanduhren herumgedreht haben, weil sie meinten, die gingen nicht richtig. Solche Sachen hat er erzählt. Der Edwin Tiefentaler war eher für solche offiziellen Lustigkeiten zuständig. Er findet in der Erinnerung auch die Klassenprügel lustig.

›Hat ja jeder einmal Klassenprügel gekriegt‹, sagt er.

Er meint das Herumschupfen. Wenn man einen herumgeschupft hat und ihm vielleicht einen Schuhinarsch gegeben hat. Das stimmt ja auch. Im allgemeinen ist das unter Klassenprügel verstanden worden. An etwas anderes erinnert er sich nicht, es ist zum Kotzen.

›Und als dich der Präfekt in den Wald geschickt hat zum Fitzrutenschneiden, hast du das auch lustig gefunden‹, habe ich ihn gefragt.

›Natürlich nicht‹, sagte er. ›Aber im großen und ganzen war's doch eine Gaudi.‹«

»Er hatte also auch keine Erklärung parat für das *nicht genügend* vom Gebhard Malin?«

»Nein – wenn er sich nicht einmal an ihn erinnert ... nur vage ... ›Nur vage‹, sagte er.«

»Und die anderen? Was halten die von Alfred Lässers Blackout-Theorie?«

»Den Ferdi Turner habe ich auch nicht gefragt. Mit dem habe ich als erstem gesprochen. Da bin ich gar nicht auf die Idee gekommen, zu fragen, ob ihm der Gebhard Malin nach der Schularbeit komisch vorgekommen sei, ob ihm irgend etwas aufgefallen sei an ihm. Auf den Blackout als Möglichkeit hat mich ja erst der Alfred Lässer gebracht. Mit den anderen habe ich natürlich darüber gesprochen.«

»Mit Franz Brandl, Manfred Fritsch und Oliver Starche.«

»Ja, mit denen.«

»Und was sagen sie dazu?«

»Der Manfred Fritsch sagt, ja, das halte er für möglich, das könne er sich vorstellen, daran habe er zwar noch nie gedacht, das wäre sicher eine Erklärung und so weiter ... Wenn ich ehrlich bin, ich glaube, er kann sich an fast gar nichts mehr erinnern und tut nur so, um nicht den Eindruck zu erwecken, als verdränge er etwas. Er hat zweimal den falschen Namen gesagt. Gerhard Malin anstatt Gebhard Malin ...«

»Aber an das, was dann eine Woche später geschah, an den Nachmittag, nachdem ihr die Schularbeit zurückbekommen habt, an die Klassenprügel – daran erinnert er sich aber?«

»Ja, ja. Er sagt, es sei furchtbar, und wie dünn die Schale der Kultur sei, und so weiter. Er redet darüber, als hätte er lediglich davon gelesen, als wäre er nicht selbst dabei gewesen. Und im selben Atemzug sagt er, er sei sich der Schuld durchaus bewußt, und so weiter. Mit ihm war's am schwersten. Ich kann mir kaum vorstellen, daß er derselbe ist, mit dem ich einmal im Heizungskeller laut geheult habe. Aber bitte, das konnte ich mir damals schon eine Woche später auch nicht mehr vorstellen.«

»Was macht er heute?«

»Journalist. Beim Rundfunk. Feuilleton. Man hört ihn manchmal im Radio reden.«

»Und Franz Brandl? Was sagt er zu dieser Blackout-Theorie?«

»Franz Brandl sagt, das sei Quatsch. Der Gebhard Malin sei völlig normal gewesen. Keine Spur von Blackout. Man brauche ja nicht unbedingt einen Blackout zu haben, um in einer Lateinschularbeit ein *nicht genügend* zu schreiben. Daß wir anderen alle *sehr gut* geschrieben hätten und nur der Gebhard Malin ein *nicht genügend*, das sei ebenfalls Quatsch. Die Lateinschularbeit sei sehr schwer gewesen und allgemein nicht besonders gut ausgefallen, keine Rede von lauter *sehr gut*, er selber habe zum Beispiel ein *genügend* geschrieben, daran erinnere er sich ganz genau, und deshalb sei es durchaus nicht rätselhaft, daß der Gebhard Malin ein *nicht genügend* geschrieben habe. Und außerdem, sagt er, sei das ja völlig wurscht, ob der Gebhard Malin einen Blackout bei der Schularbeit gehabt habe oder nicht, was denn das für eine Überlegung sei, und er sagt, das sei typisch für den Alfred Lässer. Franz Brandl meint, Alfred Lässer dramatisiert.

›Aber das hat er eh immer getan‹, sagte er.

Er meinte damit die Auftritte vom Alfred Lässer als Sonderministrant des Spiritual. Da hat er bei der Wandlung die Augen verdreht und den Kopf so leidend schief gehalten und die gefalteten Hände etwas höher als normal, wie ein kleiner Märtyrer.

›Der Alfred dramatisiert, um zu entdramatisieren‹, sagt der Franz. Und damit hat er wohl nicht Unrecht. Im übrigen glaube ich, der Franz Brandl verwechselt diese Schularbeit mit einer anderen. Obwohl ich mir das nicht vorstellen kann. Jedenfalls, daß wir alle *sehr gut* hatten und nur der Gebhard Malin ein *nicht genügend*, das steht fest.«

»Und Oliver Starche?«

»Der sieht es ähnlich wie Franz Brandl. Er sagt, klar, Gebhard Malin hat die schlechteste Arbeit geschrieben, aber daß der Unterschied zu uns anderen so groß gewesen wäre, daß wir alle nur *sehr gut* geschrieben hätten, das glaube er nicht. Er kann sich auch nicht daran erinnern, daß wir hinterher das Heft vom Gebhard Malin angeschaut haben.«

»Also, außer dir und Alfred Lässer sind alle anderen der Meinung, der Unterschied zwischen Gebhard Malins Note und euren Noten sei nicht so kraß gewesen. Ihr *sehr gut*, er *nicht genügend*.«

»Es sieht so aus.«

»Aber du weißt, daß Alfred Lässer und du, daß ihr recht habt.«

»Ja.«

»Und warum?«

»Weil ich Tagebuch geführt habe. Weil ich fast keinen Tag im Heim ausgelassen habe. Und so einen Tag schon gar nicht.«

»Und was steht an diesem Tag in deinem Tagebuch?«

»Nicht viel. Ein paar Zeilen: ›Samstag, 30. November 1963. Heute bekamen wir die Lateinschularbeit zurück. Ich hatte einen Einser. Die anderen auch. Malin Gebhard hingegen hatte einen Fünfer. Er bekam Klassenprügel. Am Nachmittag besuchte ich Csepella Arpad im Krankenzimmer. Er hat Fieber, weil er Seife aß. Meinrad Weckerle und Zizi Mennel waren auch da. Dann aß Csepella Arpad noch ein Stück Seife, weil Zizi Mennel mit ihm gewettet hat. Beim Abendbrot war Gebhard Malin nicht da. Er fehlte auch im Schlafsaal.‹ Das steht im Tagebuch.«

»Das steht im Tagebuch an dem Tag, an dem ihr die Lateinschularbeit zurückbekommen habt?«

»Ja.«

»Und was steht im Tagebuch an dem Tag, an dem ihr sie geschrieben habt?«

»Nichts über die Schularbeit. Auch nichts über den Gebhard Malin. Nichts über einen Blackout. Das war am Samstag, den 13. November 1963. Da steht: ›Heute hat man den amerikanischen Präsidenten Kennedy erschossen.‹«

3

»Wer war Csepella Arpad?«

»Ein Schüler aus der Vierten.«

»Eine Klasse über euch ... Wie alt war er?«

»Sechzehn. Älter als seine Mitschüler.«

»Warst du mit ihm befreundet?«

»Ich wär's gern gewesen.«

»Die anderen auch?«

»Manche ja. Manche hätten ein Kreuz davor gemacht.«

»Und warum?«

»Csepella Arpad war das, was man einen *wilden Hund* nannte.«

»Was heißt das?«

»Das läßt sich anders schwer ausdrücken. Wenn man im Heim gesagt hat, der oder der ist ein wilder Hund, dann hat gleich jeder gewußt, was man meint. Einer, der sich nicht unterkriegen läßt. Vielleicht kann man das so sagen. Aber nicht ein Rebell. Nicht so. Rebellen gab es auch. Natürlich. Ein *wilder Hund*, das hat einen Hauch von Kriminellem gehabt. Das hat dem Rebellen gefehlt. Es gab einen, der hat einmal alle Spindtüren im oberen Schlafsaal mit der Faust eingeschlagen. Der war ein Rebell. Aber man wäre nicht auf die Idee gekommen zu sagen, der ist ein wilder Hund. Den hat man nicht bewundert. Das hat einem Angst gemacht, daß da einer alle Spindtüren mit der bloßen Faust einschlägt. Das tut ja weh. Stell dir vor, du schlägst vierzig Spindtüren mit der bloßen Faust ein, die waren aus Holz, wie weh das tut. Das macht einer doch nur, wenn ihm etwas anderes noch mehr weh tut. Ein wilder Hund macht das nicht. Ein wilder Hund ist einer, dem kann man nicht weh tun. Über den hat niemand Macht. Jedenfalls gibt er sich so. Und so einer war der Csepella Arpad.«

»Und du wärst gern so gewesen wie er?«

»Ganz weit im Kopf wär ich vielleicht gern so gewesen wie er. In Wirklichkeit nicht. Beim Csepella Arpad habe ich mir gedacht, der wird einmal ein Leben führen, ähnlich wie er im Heim ein Leben führt. Ein Leben, das ganz im Gegensatz zu dem steht, was offiziell im Haus als lebenswertes Leben bezeichnet wurde. Der Csepella Arpad war, wie er war, und er würde immer so sein, nicht nur im Heim. Ich hätte mir gern die Rolle des Csepella Arpad für die Zeit im Heim angezogen. Aber ich wollte nicht so einer sein wie er. Für immer. Und so eine Ahnung habe ich schon gehabt: Das geht nicht, man kann das nicht einfach teilen – im Heim so und im Leben dann anders. Wenn du im Heim so einer bist wie der Csepella Arpad, dann wirst du im Leben auch so einer sein. Oder du willst im Leben anders sein, dann darfst du im Heim nicht so sein wie er.

Ich hatte mich in meinem weiteren Lebenslauf eingerichtet.

Der war mir vorgezeichnet worden. Ich kann nicht sagen, daß ich mir mein weiteres Leben unbedingt so gewünscht hätte, wie es mir vorgezeichnet worden war – Schule fertig machen, Matura, Militärdienst, Studium, wenn es reicht, wenn es nicht reicht, ein Beamtenposten – nicht daß ich verrückt nach so einem Leben gewesen wäre, aber ich hatte mich eingerichtet in diesem Plan, den meine Eltern für mich erstellt hatten; und so ein Plan war wie ein vorgewärmtes Bett. Es kann schon sein, daß dich das stört, wenn in deinem Bett vorher schon jemand gelegen hat, aber wenn du frierst, dann ist dir das wurscht, ob da einer hineingefurzt hat, Hauptsache, es ist warm. Für den Csepella Arpad hat niemand einen Plan gemacht, so schien es jedenfalls, der würde immer so einer sein, wie er im Heim einer war. Wenn es Pläne gab, dann machte er die selbst. Wenn er sein Leben nicht plante, dann plante es niemand.

Nein, so einer wollte ich nicht sein. Aber ich hätte gern zu seiner Umgebung gehört. Ja, ich wäre gern ein Freund von ihm gewesen. Ganz einfach: Dann wär ein bißchen von dem Glanz des Csepella Arpad auf mich gefallen, und trotzdem hätte ich nicht das warme, vorgefurzte Bett verlassen müssen.«

»War es schwer, ein Freund von Csepella Arpad zu werden?«

»Das war es ja! Es war überhaupt nicht schwer. Er war zu jedem freundlich, sogar freundschaftlich. Jeder konnte sich zu ihm hinsetzen und mit ihm umgehen, als wär er der engste Kumpel. Der Csepella Arpad hätte jedem sein letztes Hemd geschenkt, jedem, der ihn darum gebeten hätte. Es hat eh nicht ihm gehört, das Hemd. Er war immer gut gelaunt, hat immer gelacht. Er war nicht anspruchsvoll bei Witzen, er hat immer gleich über einen Witz gelacht. Ja, am einfachsten war es, wenn man ihm einen Witz erzählt hat. Dann hast du ihn sofort für dich gehabt.

Er war offen für jedermann, auch für die Heimleitung. Die haben ihn am Anfang gern gehabt, besonders gern sogar. Allerdings nur am Anfang. Und nur auf eine bestimmte Art. Der Csepella Arpad ist ins Heim gekommen, als ich schon in der dritten Klasse war. Eine oder zwei Wochen nach Schulbeginn ist er ins Heim gekommen. Sein Onkel hat ihn hergebracht, auf Empfehlung und Vermittlung der Fürsorge. Das war abgesprochen mit der Heimleitung. Der Rektor hat uns auf diesen neuen Schüler vorbereitet. Das war außergewöhnlich. Im Speisesaal machte er die Ankündigung: ›Wir werden einen neuen Schützling bekommen, und ich hoffe, unser Heim wird ihm einen Hafen bieten können nach den vielen Stürmen, die ihn seit seiner Kindheit durch die Welt geworfen haben.‹ Das war wie ein Werbetext. Sicher die Hälfte aller Schüler hätten ihren kleinen Finger gegeben, wenn sie dafür eine Zeitlang von Stürmen durch die Welt geworfen würden ...

Schon am Tag vor seiner Ankunft gab es kein anderes Thema. Manche behaupteten, mehr zu wissen; die wildesten Geschichten machten die Runde. Es hieß, ein Zigeuner kommt. Einer vom Zirkus. Einer, der schon in Amerika war. Und dann fuhr ein Mann in einem verbeulten alten Opel vor, und neben ihm saß ein anderer Mann. Vom Speisesaalfenster aus hat der Csepella Arpad ausgesehen wie ein Mann, wie ein Erwachsener. Wir drückten die Nasen an die Fensterscheiben. Und sämtliche Bilder, die man sich im Kopf von dem Neuen gemacht hatte, wurden bestätigt, sogar übertroffen. Beide, Onkel und Neffe, hatten schwarze, ölige Haare, zurückgekämmt – und Ohrenbärte. Ohrenbärte! Das war eine Aufregung! Ohrenbärte!! Dagegen sind wir uns vorgekommen wie aufgeweichte Brötchen in einer Milchsuppe! Unsere Heroen fielen von einem Augenblick auf den anderen hinunter auf das Niveau von Schulschwänzern. Dann stiegen diese beiden Männer aus dem Wagen, zogen leicht die Köpfe ein, strichen sich die Haare zurecht, stippten die Autotüren mit den Handrücken zu – jede Bewegung vollkommen! Unwillkürlich fuhr man sich selbst durch die Haare und war entmutigt im selben Augenblick, weil so sonnenklar war, daß man da

Unerreichbares nachzuahmen versuchte. Der Onkel trug eine Lederjacke, braun, an den Ärmeln speckig, der Neffe einen schwarzen Anzug. Sie blickten am Gebäude hinauf, sie mußten uns sehen, die Speisesaalfenster waren gesichterverklebt. Kein Gruß, keine Reaktion. Bei der Lebenserfahrung, die aus ihren Augen blinzelte, hielten sie unsere Gesichter vielleicht für ein Vorhangstoffmuster. Hätte ihnen auch keiner von uns widersprochen. Im Vergleich zu ihnen kamen wir uns wie Meterware vor. Wir! Wer waren wir schon!

Und da flogen ihnen schon unsere drei Kapuziner entgegen – unsere Herren – wie drei braune Putzlumpen im Westwind. Der Onkel verneigte sich kurz, schüttelte die Hände – nicht unterwürfig und weihwassersüchtig, wie das unsere Eltern taten; die Verneigung sagte etwas ganz anderes, da hatte der dünne, lackschwarze Oberlippenbart in den Winkeln gezuckt. So verneigt sich ein Gebrauchtwagenhändler vor einem Trottel, würde ich heute sagen. Und der Neffe? Der verneigte sich nicht, gab keine Hand. Der kaute irgend etwas, spuckte irgend etwas aus, lehnte sich an den *Opel*, kümmerte sich nicht darum, daß ihn der Präfekt laut lachend in die Seite boxte ... Schön zu sehen, wie der Präfekt bei dem abblitzte!

Rektor und Spiritual sprachen mit dem Onkel, wir konnten nicht hören, was sie sagten, es war uns ausdrücklich verboten worden, die Fenster zu öffnen. Der Präfekt – das war klar –, der nestelte am Neffen herum. Und da brauchten wir gar nicht zu hören, was der redete, das kannten wir, war ja bei uns auch so gewesen. Die Kumpeltour: ›Ich glaub, wir beide werden noch viel zu raufen haben miteinander, aber eines weiß ich jetzt schon, wir beide verstehen uns ...‹

Kannten wir doch! Bei jeder Neuaufnahme stieg dem Präfekten der Don Bosco in den Kopf. Haben wir doch alle gekannt, die Geschichten vom heiligen Don Bosco – oder war der gar kein Heiliger? – gehörte er vielleicht nur zu einer Sondereinheit, die auch im Himmel in Maurerklamotten herumlief und zur Stelle war, wenn am Himmelstor Ausbesserungs-

81

arbeiten durchgeführt werden mußten, praktische Heilige, Tschuschen im Geiste des Evangeliums, derbe Burschen, die beim ewigen Abendmahl die ganze Belegschaft unter den Tisch soffen und durchaus auch einmal der Maria an den Hintern greifen konnten. Auf diese Sondereinheit spekulierte der Präfekt – einerseits; andererseits hätte er oben doch lieber Kammermusik gemacht und Gedichte geschrieben und vorgelesen. Vorgelesen vor einem unüberschaubaren Publikum, bestehend aus allen Seligen aller Zeiten.

Die Kumpeltour jedenfalls zog bei dem fremden Viertkläßler nicht. Das konnten wir vom Speisesaal aus sehen. – Box mich doch! Box mich doch! Wer boxt mich denn da? Laß ihn doch boxen! Schau ich nicht einmal hin! – Abgeblitzt, lieber Präfekt, du flötespielendes Arschloch! Was sagst du jetzt, ha? Und wir sind die Zeugen! Jetzt kannst du dir deinen Thron wieder mühsam zurückprügeln! – Schlag mich doch! Schlag mich doch! Wer schlägt mich denn da? Laß ihn doch schlagen! – Danke, lieber fremder Viertkläßler, Zigeuner, hast uns schon in deiner ersten Minute eine Lehre erteilt! – Und da improvisiert der Präfekt doch glatt einen Spaßboxkampf mit ihm! Hat er denn gar nichts begriffen? Sieht er denn nicht, daß er es da mit einem anderen Kaliber zu tun hat? Geht in Angriffshaltung, Fäuste vor das Gesicht! Und was tut der fremde Viertkläßler? Er hält ihm die Fäuste fest! Jetzt kann er zappeln, der Reserve-Don-Bosco! Hat Handschuhe an aus Zigeunerhaut! Und der Fremde drückt ihm die Fäuste an die Kutte. Dorthin gehören sie auch. – Verloren! – Ein Viertkläßler, der diesen Schinder um einen halben Kopf überragt! Eine unvergleichliche Nummer! Hätte Csepella Arpad in diesem Moment einen Hut herumgehen lassen, er wär reich geworden. Für diese Nummer hätten wir unsere letzten Schillinge gegeben.

Ja, der Csepella Arpad war ein wilder Hund! Wenn nicht er, wer sonst! Für die Heimleitung war diese Aufnahme fast etwas Heiliges. Das hat sie an ihren heiligen Franziskus erinnert.

Oder so ... Da haben sie einmal einen echten Gefallenen aufnehmen können. Oder den Sohn von echten Gefallenen oder den Neffen von einem echten Gefallenen. Ein verwahrlostes, aber begabtes Kind. – Das war der Titel dieser Aufnahme. – Daß dieser große, athletische Typ mit dem schlaksigen Gang, dem leicht vorgebeugten Nacken, den zusammengekniffenen, schwarzen Augen obendrein ein guter Schüler sein sollte, einer, der in Wien – in Wien! – am Gymnasium lauter Einser gehabt hätte, das verwirrte uns am meisten, das paßte nicht zu dem Bild eines wilden Hundes. Also war dieses Bild falsch. Also waren *wilder Hund* und *guter Schüler* nicht unbedingt Gegensätze. Denn daß dieser Typ, der jetzt da draußen an dem alten *Opel* lehnte und den Blick über das Haus schweifen ließ, während der Präfekt über eine andere Masche nachdachte und sein Onkel mit Rektor und Spiritual sprach, daß dieser Typ ein wilder Hund war, daran gab es keinen Zweifel.

Von nun an würde es zwei Kategorien von Schülern im Heim geben – Csepella Arpad und die anderen. Da wunderten wir uns später gar nicht mehr, als bekannt wurde, daß er nicht nur Gedichte mochte, sondern auch selbst welche schrieb! In das Herz eines solchen wilden Hundes zu schauen, ist unsereinem nicht möglich. Für uns war die Aufnahme des Csepella Arpad spannender, als wenn der Missionar vom Xingu zu einem Vortrag gekommen wäre. Und das war bis dahin so ungefähr das Aufregendste, was es gegeben hatte.

Und der Csepella Arpad war sofort lustig und gesellig. Nicht wie wir anderen; als wir das Heim zum ersten Mal betreten hatten. Wir waren verstockt, verängstigt gewesen, hatten uns an unsere Koffer geklammert und den Kopf eingezogen. Nicht der Csepella Arpad. Der war gleich voll da, hat sich sofort unsere Namen gemerkt. Und einen Koffer hat er erst gar nicht gehabt. Eine Pappschachtel, das war alles.

Es war leicht, sich mit ihm anzufreunden. Aber was heißt anfreunden? Was ist ein Freund? Vor allem einmal einer, der mit *dir* befreundet ist und nicht mit weiß Gott wieviel anderen. Einer, der mit allen befreundet ist, der ist kein richtiger Freund. Weil der keinen richtigen Freund braucht. Und ein *wilder Hund* ist so einer. Darum kann ein *wilder Hund* auch leicht mit allen befreundet sein. Ja, ich hätte gern zur Umgebung des Csepella Arpad gehört. Aber die wurde sorgsam abgeschirmt. Von denen, die sich gleich von Anfang an um ihn geschart hatten. Die achteten peinlich darauf, daß der Stand der Privilegierten nicht all zu groß wurde.«

»Und diese beiden, von denen du im Tagebuch schreibst, die bei Csepella Arpad im Krankenzimmer waren, die haben zu den Privilegierten gehört?«

»Meinrad Weckerle und Zizi Mennel? Die waren sozusagen seine Minister. Ministranten wäre besser. Besonders Zizi Mennel – genannt *das Sportheft*, seinen richtigen Vornamen weiß ich nicht.«

»Und Csepella Arpad hat sich von denen hofieren lassen?«

»Nein. Die waren ihm ziemlich wurscht. Sie sind halt um ihn herumscharwenzelt. Zizi Mennel hat ihm hie und da etwas verschafft. Das war alles.«

»Was verschafft? Was heißt das?«

»Nichts Besonderes. Marmelade. Butter. Heftchen. Zigaretten. Wein, den er im Keller geklaut hat oder in der Sakristei. Meistens hat Zizi Mennel andere für sich klauen lassen. Pimpfe oder Zweitkläßler, die er in der Hand gehabt hat. Denen hat er gesagt: ›Komm, ich zeig dir was!‹ und hat sie in den Weinkeller gesperrt, fünf Minuten lang. Er besaß angeblich einen Dietrich, der zum Weinkeller paßte. Im Weinkeller war kein Fenster. Da haben die geheult und alles mögliche versprochen. Zizi Mennel hielt sich ein halbes Dutzend solcher Knechte. Hat es jedenfalls geheißen. Ich weiß es nicht. Jedenfalls, er war ein schräger Vogel.«

»Hat das nicht das heroische Bild etwas getrübt, daß sich Csepella Arpad mit so einem *schrägen Vogel* abgegeben hat?«

»Csepella Arpad hat sich mit allen abgegeben. Mit allen abgegeben und für niemanden interessiert. Jedenfalls am Anfang nicht. Er hat auch sicher nicht gewußt, was Zizi Mennel treibt. Neugierig war er nicht.«

»Und wenn er es gewußt hätte?«

»Ich glaube, es wäre ihm egal gewesen. Solange sich Zizi Mennel nicht mit ihm angelegt hätte.«

»Du hast vorhin gesagt, du wärst gern mit Csepella Arpad befreundet gewesen, weil dann ein wenig von seinem Glanz auf dich gefallen wäre. Warst du eifersüchtig auf Zizi Mennel, weil er zum engeren Kreis um Csepella Arpad gehört hat?«

»Eifersüchtig sicher nicht. Aber gestört hat es mich doch. Am Anfang hat man mit dem Csepella Arpad nicht eine Sekunde reden können, ohne daß nicht gleich Zizi Mennel und Meinrad Weckerle aufgetaucht wären. Da ist man eben gegangen. Mit dem Zizi Mennel wollte ich nichts zu tun haben. Ich hab mich von ihm ferngehalten. Hab schlechte Erfahrungen mit ihm gemacht.«

»Was für Erfahrungen?«

»Nichts Besonderes. Eigentlich nicht der Rede wert. Ein Witz, genaugenommen. Aber man hat gewußt, der haut dich auch ganz groß hinein, wenn er es drauf anlegt.«

»Erzähl, was das für Erfahrungen waren! Wir kommen gleich wieder auf Csepella Arpad zu sprechen.«

»Ja, der Zizi Mennel war so ein Geschäftchenmacher. Zizi Mennel, genannt *das Sportheft*. Das war lange, bevor Csepella Arpad ins Heim gekommen ist. Gegen Ende der zweiten Klasse. Da hat er mich einmal geschnappt und gesagt: ›Brauchst du eine Schibindung?‹ – Mitten im Sommer!

›Nein‹, habe ich gesagt.

›Echt nicht?‹

›Nein.‹

Er hat mich unten im Schuhputzraum abgepaßt und am Arm in einen Winkel gezogen. Er war einen Kopf größer als ich, knochendünn und trug, was von der Heimleitung nicht gern gesehen wurde, einen Lumberjack, eine kurze, braune Kordjacke mit Lederstücken an den Schultern.

›Nein‹, sagte ich. ›Ich brauche echt keine Schibindung.‹
›Aber du brauchst doch hundertprozentig eine Schibindung.‹
›Nein!‹
›Aber mir ist gesagt worden, du brauchst dringend eine Schibindung.‹
›Nein. Wirklich nicht.‹
Zu einem anderen hätte ich gesagt, du spinnst oder etwas ähnliches, was soll ich jetzt im Sommer mit einer Schibindung anfangen ... Bei Zizi Mennel war nicht klar, was er bezweckte. Vielleicht wollte er nur Streit. Vielleicht ging es ihm gar nicht um eine Schibindung. ›Der Hechenberger braucht vielleicht eine Schibindung‹, sagte ich. Ich hatte Schiß vor ihm und wollte wenigstens guten Willen zeigen. Er ließ meinen Arm los. ›Nein, nein‹, sagte er. ›Der Hechenberger kriegt die nicht. Mir ist gesagt worden, du brauchst eine. Dir hätte ich sie verschafft. Dem Hechenberger nicht.‹
›Nein‹, sagte ich. ›Tut mir leid, Zizi, ich brauch wirklich keine Schibindung.‹
›Also nicht‹, sagte er und ging.
Am nächsten Tag kam er wieder an. Hat mich wieder an irgendeiner Ecke abgepaßt. Sagte: ›Ich sollte nämlich dringend ein Trompetenmundstück haben und ich hab gehört, du willst deines loswerden.‹
Ich lernte nämlich gerade seit einer Woche Trompete. Ich wollte in der Blaskapelle des Heims mitspielen. Das Instrument wurde gestellt, das Mundstück hat der Rektor auf die Rechnung gesetzt. – War total aus der Luft gegriffen, daß ich mein Mundstück loswerden wollte. ›Geh halt zum Rektor und gib an, daß du Trompete spielen willst‹, sagte ich. ›Dann schreibt er dir ein Mundstück auf.‹
›Aber ich will doch gar nicht Trompete spielen. Ich habe jemandem versprochen, daß ich ihm ein Mundstück besorge. Das ist alles. Und weil ich gehört habe, daß du dringend eine Schibindung suchst, habe ich gedacht, du tauscht vielleicht.

Wär ja ein gutes Geschäft. Du kannst ja sagen, du hast das Mundstück verloren. Dann kriegst du ein neues. Zahlen ja deine Eltern. Und du hast dafür eine 1-A-Schibindung. Aber bitte ...‹

Und am nächsten Tag ist er wieder dagestanden: ›Also, wegen der Schibindung ... Sie ist jetzt fertig. Sind noch ein paar Kleinigkeiten zu machen gewesen. Du kannst sie jetzt holen.‹

›Aber ich will doch gar keine Schibindung!‹

›Nicht? Ich habe gedacht, das sei fix. Jetzt habe ich sie extra richten lassen. Aber von mir aus. Ich bin immer der Beschissene!‹

Und wieder einen Tag später ist er zusammen mit Meinrad Weckerle im Schuhputzraum gestanden. Die beiden haben mich in die Mitte genommen, und Zizi Mennel hat gesagt: ›So. Jetzt gehen wir und holen das Mundstück. Sofort. Du kannst uns nicht am Schmäh lassen!‹

›Aber ich brauch doch wirklich keine Schibindung‹, rief ich.

›In Ordnung‹, sagte Meinrad Weckerle. ›Wenn du sie nicht brauchst, dann gib sie gefälligst zurück!‹

Ich war baff. ›Aber ich hab sie doch gar nicht!‹

Da haben sie mir die Arme zusammengepreßt, und Zizi Mennel hat mich angebrüllt, ich hätte jetzt zwei Möglichkeiten – entweder, ich hole sofort das Trompetenmundstück, oder ich gebe noch soforter die Schibindung zurück. Also habe ich ihm das Trompetenmundstück gegeben.

So einer war Zizi Mennel. Jedenfalls mir gegenüber war er so. Er hat mich, wie man sagte, *auf der Latte* gehabt; das hieß, er hatte es ohne Grund auf mich abgesehen. Andere haben wieder in den höchsten Tönen von ihm geredet. Ferdi Turner zum Beispiel. Dem hat er heimlich das Schachspielen beigebracht. Sie hätten um Geld gespielt, hat Ferdi Turner gesagt, und er habe den Zizi Mennel schon beim ersten richtigen Spiel ins Matt gehauen, aber der Zizi habe brav bezahlt und ihn sogar gelobt.

Und Meinrad Weckerle war Zizi Mennels Lakai. Er hat selten den Mund aufgemacht. Mir kam er immer auf eigenartige Weise unbeteiligt vor. So, als ob er nie richtig zuhörte. Er hatte reiche Eltern, und wenn er sich etwas wünschte, bekam er es. Und gleich das beste. Zum Beispiel einen Blazer. Als diese großen, schwarzen Jacken mit den zwei Reihen Silberknöpfen Mode wurden, da hat Meinrad Weckerle sofort einen gehabt.

Die beiden waren eigentlich viel wildere Hunde als der Csepella Arpad. Die waren eine Bande, mit noch zwei anderen zusammen. Sie haben geklaut. Wie gesagt. *Die drei lustigen Fünf* haben sie sich genannt. Sie haben dem Rektor Zigaretten geklaut und Weinflaschen aus dem Keller und Eier und Würste. Einmal sollen sie zweihundert Eier geklaut und sie dann zum Zielwerfen verwendet haben. Trotzdem. Für einen echten *wilden Hund* hatten weder Meinrad Weckerle noch Zizi Mennel genug Charisma.«

»Und daß du Csepella Arpad an diesem Nachmittag im Krankenzimmer besucht hast, haben die beiden nicht gern gesehen?«

»Sicher nicht. Aber es wird ihnen dann schon egal gewesen sein. Sie werden sich schon daran gewöhnt haben, daß ihnen der Csepella Arpad nicht allein gehört. Es hat niemand so viel Besuch im Krankenzimmer bekommen wie Csepella Arpad. Außerdem hatte ihnen damals schon lang der Gebhard Malin den Rang abgelaufen.«

»Was heißt das?«

»Ab einer gewissen Zeit waren Csepella Arpad und Gebhard Malin unzertrennlich.«

»Du schreibst in deinem Tagebuch mehr über diesen Besuch im Krankenzimmer als über die Klassenprügel.«

»Das ist am selben Tag geschrieben. Da war der Eindruck noch zu stark. Da war ich froh, daß es so ein Wort wie *Klassenprügel* gibt. Das schreibt man hin und damit hat man es gesagt.«

»Du hast den Csepella Arpad im Krankenzimmer besucht, nachdem ihr ...«

»Nein, nein, nein. Davor. Davor. Lang davor. Eine Stunde davor. Mindestens.«

»Dein Besuch hatte also nichts mit der Sache zu tun?«

»Eigentlich nicht ... Das heißt, indirekt schon ... Indirekt hatte es damit zu tun. Es hatte damit zu tun. Hat ja keinen Sinn, das abzustreiten.«

»Daß du Csepella Arpad im Krankenzimmer besucht hast, hatte also mit Gebhard Malin zu tun.«

»Ja.«

»Inwiefern?«

»Das ist für mich der vielleicht unangenehmste Punkt an der Geschichte. Wir haben den Gebhard Malin gesucht. Und ich kam auf die Idee, er könnte sich vielleicht im Krankenzimmer verstecken.«

»Bei Csepella Arpad?«

»Er war mit ihm befreundet. Ja. Wie gesagt. Die beiden waren damals unzertrennlich. Vielleicht sogar wirklich echt befreundet. Der Csepella hat einen Narren an ihm gefressen. Da haben wir dann ein wenig die Grenzen des *wilden Hundes* gespürt. Es schien fast so, als ob dem Arpad mehr an der Gesellschaft vom Gebhard Malin gelegen wäre als umgekehrt. Das war uns unerklärlich. Die beiden haben überhaupt nicht zusammengepaßt. – Der Gebhard Malin, ein Bauernbub aus einem der hintersten Täler, zwar kräftig und stämmig, aber klein und ungehobelt, roh; der Csepella Arpad dagegen direkt aus der Großstadt Wien; er sprach Innerösterreichisch, das Feinste vom Feinen für den, der seine Vorbilder nicht unter den Maturanten hatte, unter denen mit den schwarzen Seidenrosen am Jackenaufschlag – Zeichen dafür, daß man Theologie studieren will –, sondern eher unter den Schiffelschaukelbremsern oder den braungebrannten Bademeistern; und sei es auch nur deshalb, weil man wußte, eines Tages zu den ersteren zu gehören. Und dann der mit dem! Der Csepella mit dem Malin! Das hat nicht gepaßt. Wenn etwas nicht gepaßt hat, dann das! Wie ein Schuhlöffel in eine Starkstromsteckdose! – Der große, schwarzhaarige Csepella Arpad mit den trainierten Muskeln. Der war ein Vorbild. Ein außergewöhnliches Vorbild, ein widersprüchliches. Einer, bei dem man sich nicht sofort auskannte. Hat Hanteln und mag Gedichte ... In meinem bisherigen Denken paßte das nicht zusammen. Er hatte zwei Hanteln in seinem Pult liegen, jede mit zwei kinderkopfgroßen Kugeln. Mit denen trainierte er. Jeden Tag. Die hat er gestemmt. Die Hanteln waren sein einziges Eigentum. Sogar seine Kleider waren von der Fürsorge. Jedem anderen hätte der Rektor verboten, so etwas zu besitzen. Hanteln hatten mit Schwitzen zu tun; wo man schwitzt, ist die Badehose nicht weit; und um die Badehose herum ist viel nacktes Fleisch; und dieses nackte Fleisch ist ein Hinweis auf das, was unter der Badehose lauert; und das wiederum weist direkt auf andere Badehosen hin, auf spezielle, nämlich auf solche, die mit einem Büstenhalter zusammen ›Bikini‹ heißen; die gehören Frauen; und Frauen schwitzen auch, wenn Hanteln in der Nähe sind. Und wo Frauen und Männer gemeinsam in einem Raum schwitzen, da wird gefickt. Der Zusammenhang zwischen Ficken und Hanteln war offenkundig; also wäre nie jemand von uns auf die Idee gekommen, Hanteln mit ins Heim zu bringen. Es war zwar nie der Beweis erbracht worden, daß der Rektor jedem anderen als dem Csepella Arpad die Hanteln verboten hätte; dennoch waren wir davon überzeugt. Das war gar keine Frage. Hanteln! Bei Csepella Arpad ließ der Rektor die Hanteln auch nur deshalb zu, weil bei dem eh nichts mehr zu holen war, besinnungsmäßig, einkehrtagmäßig. Darüber wird sich der Rektor von allem Anfang klar gewesen sein: Der ist verloren. Der Csepella Arpad wurde nur deshalb aufgenommen, damit man hinterher sagen konnte: Seht her, wir haben alles versucht! Wer noch würde tun, was wir für diesen Buben getan haben! Die Brüder *vom kostbaren Blute Jesu* jedenfalls nicht, denen wurde er ja vor uns angeboten, und die haben sich bedankt; und von den anderen, den Jesuiten, will man in diesem Zusammenhang gar nicht reden.

Um einen, um den man sich wissentlich vergeblich bemüht, braucht man sich nicht zu sorgen, dem kann man viel durchgehen lassen. Sogar Hanteln. Erst wenn Gefahr besteht, daß er die anderen ansteckt, dann ist Schluß mit der Toleranz der Zivilisierten gegenüber dem Wilden.«

»Ist er so behandelt worden von der Heimleitung? Wie ein Wilder?«

»Vom Rektor. Der Rektor hat ihn behandelt wie einen guten, aber ungetauften Wilden. Mit Wohlwollen. Für den kann man zwar nichts tun, aber man kann an ihm Nächstenliebe üben. Das ist bei jemandem, den man nicht ändern will, weil man ihn nicht ändern kann, leichter als bei solchen wie uns, für deren Seelenheil man zuständig ist, weil man Geld dafür bekommt, privates Geld, gutes Geld von guten Katholiken. Für Csepella Arpad bezahlte die Fürsorge, und die war staatlich.«

»Bleiben wir bei ihm. Arpad ist ein ungarischer Name.«

»Er war Ungar, ja. Er ist nach der Ungarnkrise 1956 mit seinen Eltern und seinem Onkel aus Ungarn geflüchtet. Dann haben sich seine Eltern in Wien scheiden lassen, und er ist zu seinem Onkel gekommen. Was der gemacht hat, beruflich, weiß ich nicht; jedenfalls nichts Gescheites in den Augen der Fürsorge. Wenn es nach dem Onkel gegangen wäre, hätte Arpad nach der Scheidung seiner Eltern das Gymnasium aufgegeben und irgendwo angefangen zu arbeiten, beim Prater oder so – ja, vielleicht als Schiffschaukelbremser. Aber weil er so ein begabter Schüler war, der sich für alles interessierte und alles sofort begriff, hat sich der Schuldirektor in Wien für ihn eingesetzt. – Ja, und den Rest hat dann die Fürsorge übernommen.«

»Und dann hat die Heimleitung festgestellt, daß eine Ansteckungsgefahr von ihm ausging.«

»Wie gesagt, mit dem Csepella Arpad konnte es nicht einmal der Missionar vom Xingu aufnehmen. Der hatte lediglich den Xingu gesehen; Csepella Arpad hatte die Welt gesehen.

Er war in Kinos gewesen, da hätte man nicht einmal den Präfekten in Zivil hineingelassen. Im *Rondell-Kino* in Wien zum Beispiel ... Als ich später zum ersten Mal in Wien war, habe ich mich gleich zum *Rondell* durchgefragt. Hineingelassen hat man mich nicht. Aber das hatte ich gar nicht mehr gewollt. Ich war enttäuscht gewesen. In den Erzählungen des Csepella Arpad war das *Rondell* etwas anderes gewesen. Kein Vergleich mit diesem Stinkeingang, wo die Filmankündigungen hingen, nackte Frauen, über deren Busen und Scham schwarze Balken gemalt waren. Ich dachte, daß die Frauen auch im Film immer zwei schwarze Rechtecke mit sich herumtragen würden, wie schwebende Aktenkoffer. Bei den Erzählungen von Csepella Arpad stand mir das Nackte an den Frauen viel deutlicher vor Augen.

Aber wie auch immer, das *Rondell-Kino* und der Strich in der Kärntnerstraße, das waren die Quellen, aus denen Csepella Arpad immer wieder neue Geschichten schöpfte. Das hatte der alles gesehen. Und wahrscheinlich hatte er noch viel mehr gesehen. Ein *wilder Hund* mit Charisma erzählt ja nicht gleich alles, und vor allem erzählt er es nicht jedem. Das hätten wir dem Csepella Arpad nie geglaubt, daß er nicht noch irgendwelche Irrsinnsgeheimnisse mit sich herumträgt. – Die Gedichte, die er so gern mochte – in seiner Jackentasche trug er sie herum. Seiten, die er aus einem Buch gerissen hatte. Er las uns vor, und wir verstanden nicht, was das heißen sollte. Er hatte die Seiten herausgerissen aus einem Buch aus der Schulbücherei in Wien. Gedichte von Arthur Rimbaud. Sätze, die mir vorkamen wie Geheimbotschaften. ›Die Flagge von blutigem Fleisch über der Seide der Meere und den Blumen des Nordpols.‹ – Beim Stillgebet in der Kapelle habe ich diesen Satz vor mich hin gesagt, dutzendemal. Hat nichts genützt. Ich verfüge über ein Irrsinnsgeheimnis, dachte ich, aber ich kann nichts damit anfangen. Eine Zauberformel. Ein Tischlein-deck-dich des Abenteuers. In Blockbuchstaben habe ich diesen Satz ins Tagebuch geschrieben. Hat auch nichts ge-

nützt. Die Buchstaben haben sich in meinem Biederbändchen gelangweilt. Als hätten sie mich erkannt, als einen, der eines wirklichen Abenteuers nicht würdig ist. Denn auch das Abenteuer mußte neu definiert werden. Für den Csepella Arpad waren Sachen eine Selbstverständlichkeit, die für uns die reinsten Abenteuer waren.«
»Was zum Beispiel?«
»Rauchen. Das war die Sensation gleich am Anfang. Damit komme ich wieder zu seiner Aufnahme.

Es war während des Mittagessens, als er mit seinem Onkel ankam. Die Anmeldung dauerte den ganzen Nachmittag. Wir saßen unruhig in den Studiersälen und warteten darauf, daß uns dieser Neue, dem so ein sagenhafter Ruf vorausgeeilt war, endlich vorgestellt würde. Alle drei Patres waren damit beschäftigt, ihn und seinen Onkel in die Gepflogenheiten des Heimes einzuweihen. Die Aufsicht in unserem Studiersaal hatte Manfred Fritsch. Der nahm es nicht so genau. Das heißt, er konnte sich nicht durchsetzen. Wir haben Agenten ausgeschickt, Zweitkläßler, die sich ans Paterzimmer drücken und lauschen sollten oder hinterherschleichen, wenn die Patres mit dem Neuen einen Rundgang durchs Heim machten. – Die Zweitkläßler kamen zurück und erzählten, sie hätten gesehen, daß der Onkel einen Ohrring trage! Na gut! Einen Ohrring! Einen Ohrring ...

Aufregend war das alles. Erst beim Abendessen haben wir Csepella Arpad wieder zu Gesicht bekommen. Als wir den Speisesaal betraten, saß er bereits an dem Platz, der ihm zugewiesen worden war. Er trug tatsächlich einen schwarzen Anzug – darüber hatte es am Nachmittag Diskussionen gegeben, das war angezweifelt worden – ja, er trug einen schwarzen Männeranzug aus schwerem Stoff, altmodisch geschnitten. Und ein weißes Hemd. Die weißen Hemden sind von da an Mode geworden im Heim. Der Csepella Arpad besaß nur weiße Hemden. Und nur einen Anzug. Diesen schweren Schwarzen. Jeden Abend pflegte er ihn.

Er winkte uns zu. Messer und Gabel in den Händen. Die Viertkläßler nahmen ihn sofort in Beschlag, er war schließlich ihr Klassenkamerad. Aber auch die Schüler der anderen Klassen drängten sich um ihn. Das Abendessen war ein Chaos. Eine Weile ließ uns der Rektor gewähren, stand beim Patertisch neben dem Küchenaufzug und lachte unter seinem schwarzen Bart.

Dann klingelte er uns zur Ordnung. ›Ich möchte euch einen neuen Kameraden vorstellen‹, sagte er. ›Ihr müßt hilfsbereit zu ihm sein, er kennt sich hier noch nicht aus und hat schwere Zeiten hinter sich. Jetzt laßt ihn erst einmal essen!‹

Ich weiß noch, daß es Kraut mit Speck gegeben hat. Kein Lieblingsessen. Aber Csepella Arpad schien es zu schmecken. Er ließ sich gleich dreimal nachschöpfen. Wir saßen da, die Köpfe über die Teller gebeugt und schielten zu ihm hinüber. Er aß das Kraut mit dem Löffel. Wir aßen mit Messer und Gabel. Er hatte den linken Unterarm vor seinem Teller aufgestützt, sein Oberkörper ragte über den Tisch, so schaufelte er Kraut mit Speck in sich hinein. Der Rektor blieb die ganze Zeit über im Speisesaal. Mit Rührung betrachtete er den Neuen. Rührung hat man bei ihm daran gemerkt, daß er den Kopf schief hielt und ihn dabei ein wenig zittern ließ. Es sah aus, als wollte er sagen: Nein sowas, nein sowas ...

Und dann die Sensation! Als Csepella Arpad seinen dritten Teller leergegessen hatte, rief er laut zum Rektor hin: ›Dankeschön, das hat wahnsinnig gut geschmeckt.‹ Und der Rektor hat gestrahlt!

Dann griff der Csepella Arpad in seine Jackentasche, holte eine Schachtel *Smart Export* heraus, steckte sich eine Zigarette in den Mund, griff in die andere Tasche, hatte auf einmal ein Feuerzeug in der Hand – ein Feuerzeug! – und zündete sich die Zigarette an. Lehnte sich weit im Stuhl zurück. Blies den Rauch in die Luft. Da dachte ich mir: So, das war ein kurzer Besuch. Wenn das einer von uns gemacht hätte, der hätte in der Nacht nicht mehr im Schlafsaal geschlafen. Entweder zu

Hause oder im Zug nach Hause. Es wurde mucksmäuschenstill im Saal. Alle schauten zum Rektor. Und der lachte laut heraus. Csepella Arpad lachte mit. Wir nicht. Der Rektor war zwar nicht so unberechenbar wie der Präfekt, aber daß er lachte, mußte nicht unbedingt heißen, es gibt hier für alle etwas zu lachen. Dann ging er zu ihm hin, und ich dachte, wenigstens eine Ohrfeige muß er doch kriegen. Aber dann: Der Csepella Arpad steht blitzschnell auf, verneigt sich mit einer kleinen Kopfbewegung – was wie abgepaust war von seinem Onkel –, greift noch einmal in seine Jackentasche und bietet – und da sind wir fast niedergebrochen! – bietet dem Rektor eine *Smart Export* an.

Und was sagt der Rektor? Er sagt: ›Nein, danke, ich rauche *Dreier*.‹

Er nimmt dem Csepella Arpad die brennende Zigarette aus der Hand und belehrt ihn, daß hier im Heim kein Schüler rauchen dürfe, schon gar nicht ein Schüler aus der vierten Klasse. Dazwischen mußte er immer wieder laut lachen.

Das war für uns eine Sensation. Daß sich der Csepella Arpad ganz selbstverständlich nach dem Essen eine Zigarette angezündet hat. So etwas macht nur ein wilder Hund. Oder auch andere Sachen, später, die waren beinahe noch sensationeller.«

»Und zu so einem, habt ihr gemeint, paßt einer wie der Gebhard Malin nicht?«

»Genau. Seine Zuneigung für Gebhard Malin war uns rätselhaft. Was der Csepella Arpad alles erlebt hat, was der alles gesehen hat! Und dagegen der Gebhard Malin. Was hatte der schon gesehen! Scheißfladenverklebte Kuhärsche. Und was hatte der schon erlebt! Palmsonntagsumzüge. Aber trotzdem – ausgerechnet auf den Gebhard Malin ist der Csepella Arpad gestanden. Und wenn sie miteinander redeten, dann sah es manchmal so aus, als wollten sie niemanden dabei haben – jedenfalls so, als wollte der Gebhard Malin niemanden dabei haben. Und dem hat sich der Arpad gefügt.«

»Hatten die beiden so etwas wie ein Geheimnis miteinander?«

»Nicht nur so etwas wie ein Geheimnis – sie hatten tatsächlich ein Geheimnis. Ich habe ihr Geheimnis dann kennengelernt. Übrigens gerade in der Woche nach dem Mord an Kennedy – genau: am Dienstag, den 26. November. Also fünf Tage vor den Klassenprügeln. Steht eine Notiz darüber im Tagebuch. Nicht sehr viel: ›Tobler kennengelernt.‹ Sonst nichts. Das Geheimnis von Csepella Arpad und Gebhard Malin war: Sie hatten ein Mädchen. Die hieß Tobler ...«

»Was war mit dem Mädchen, das Tobler hieß?«

»Veronika hieß sie. Tobler habe ich geschrieben für den Fall, daß einer mein Tagebuch liest ... heimlich ... Tobler konnte auch ein männliches Wesen sein.«

»War das so ungewöhnlich, daß jemand aus dem Heim ein Mädchen hatte?«

»Es war sensationell! Das waren die sensationellen Sachen, von denen ich vorhin gesprochen habe, die noch viel sensationeller waren als das Rauchen im Speisesaal. Jeder von uns – da kann sich wirklich kaum einer ausnehmen, der Alfred Lässer vielleicht – jeder von uns hat Mädchen im Kopf gehabt. Das war das Thema Nummer eins. Stundenlang haben wir darüber geredet. In kleinen Gruppen zu dritt oder viert. Wo drei oder vier beieinandergehockt sind, dort ist über Mädchen gesprochen worden. Die Klassen im Gymnasium, in denen Heimschüler waren, waren zwar reine Bubenklassen, jedenfalls die unteren; aber im Schulhof in der großen Pause konnte man sich die Mädchen anschauen. Ich war ununterbrochen in irgendeine verknallt. Ich weiß, in unserer Parallelklasse, der 3.B, waren gleich drei Mädchen, die mir sehr gefielen. Fahrschülerinnen. Und ich war nicht der einzige, dem sie gefielen.

Eigenartig war, daß es bei diesen Reden über Mädchen, über die drei von der Parallelklasse im besonderen, nicht um Sex ging. Also, beispielsweise hat der Franz Brandl nicht gesagt, mit der Birgit, so hieß die eine, würde er gern ins Bett gehen, oder der Rita würde er gern an den Busen greifen. Man hat schon vom Vögeln oder Ficken geredet, aber nur abstrakt. Die Birgit, die Rita und die Irmgard, die haben wir ja gekannt, in die waren wir verknallt, da haben wir darüber diskutiert, wen von uns die eine oder die andere oder die dritte länger und bedeutungsvoller im Schulhof angeschaut hat. Das waren die Themen: Hat die Birgit gelacht? Hat die Rita zurückgezwinkert? Hat die Irmgard mit einem gesprochen, wie viele Worte, was genau ... Das wäre uns tierisch vorgekommen, uns diese drei reinen Geschöpfe, für die wir in der Kapelle gebetet haben, bei einer sexuellen Handlung vorzustellen. Nein! – Ebenso wie ich dieses deutsche Mädchen, das mir die Ansichtskarte ins Heim geschickt hat, nie und nimmer damit in Verbindung gebracht hätte.

Über das Vögeln und Ficken hat man abstrakt geredet – und zwar in eben diesen Ausdrücken. Den Ausdruck *ins Bett gehen* habe ich zum ersten Mal von Csepella Arpad gehört. Er hat erzählt, er sei mit einer *ins Bett gegangen*.

Und ich habe gefragt: ›Und dann?‹

Und er hat gesagt: ›Ja, ich bin eben mit ihr ins Bett gegangen.‹

Und ich habe wieder gefragt: ›Und dann?‹ Ich dachte, der wird doch nicht einfach mit ihr ins Bett gegangen sein, es wird doch mehr passiert sein, sie werden doch nicht nur nebeneinander gelegen haben ... *Ficken* und *Vögeln* hätte ich sofort verstanden. Darüber ist geredet worden. Aber eben immer abstrakt. Über Frauen an sich. Vielleicht hat der eine oder andere ein Illustriertenbild beigesteuert. Eine Frau in Unterwäsche, halb von der Seite, den Kopf dem Betrachter zugewendet, lächelnd. Aber das war alles. Und dann, wenn uns die Erektion von der Hüfte bis zu den Rippen geschmerzt hat, sind wir einer nach dem anderen aufs Klo gegangen und haben uns selbst befriedigt. Oder wir sind zu zweit in den Dachboden gestiegen und haben es uns dort gegenseitig gemacht. Zu dritt nie. Und nur zu zweit ist über das gemeinsame Onanieren gesprochen worden. Man hat gewußt, wer es mit wem gemacht hat oder immer noch macht. Aber darüber gesprochen wurde nicht. Nur zu zweit. Und auch nur dann, wenn diese zwei etwas miteinander hatten. Oder einer hat gefragt: ›Hast du gestern hinausknien müssen?‹ Und wenn der betreffende Sechstkläßler Capo im Schlafsaal war, dann hat man die Hand in der Luft geschüttelt und das Gesicht verzogen, und der andere hat gewußt, aha, er hat es ihm machen müssen.

›Weißt du nicht, was das heißt – mit jemandem ins Bett gehen?‹ fragte Csepella Arpad.

Und ich sagte ganz ehrlich und schämte mich nicht einmal dafür: ›Nein, das weiß ich nicht ...‹

Und dann hat er es mir gesagt. Und ich habe diesen Ausdruck gern gehabt ... er hat nach Liebe geklungen. Ich habe in der Nacht in mein Kopfkissen geredet: ›Ich will mit dir ins Bett gehen... Ich möchte mit dir ins Bett gehen ... Dürfte ich bitte mit dir ins Bett gehen ...‹

Drei Dinge haben sich durch den Eintritt vom Csepella Arpad geändert. Erstens, er hat bei jeder Gelegenheit über Sex geredet, ganz egal, wie viele da beieinanderhockten; zweitens, er hat so über Sex geredet, daß es nicht gleich grausig geklungen hat – das lag, glaube ich, einfach an seinem Ton –; drittens, er hat in diese Gespräche auch die Mädchen, die wir von der Schule her kannten, mit einbezogen – alle Mädchen, auch die heiligen drei aus der Parallelklasse. Und nicht nur das. Er hat diese Mädchen im Schulhof direkt angesprochen und dabei nachweislich eindeutige Bemerkungen gemacht. – Zizi Mennel und Meinrad Weckerle haben es gehört. – Und: Csepella Arpad ist damit angekommen. Um das festzustellen, brauchten wir keine Zeugen. Das konnten wir selber sehen. Sowohl die Birgit als auch die Rita als auch die Irmgard warfen deutlich Augen auf ihn. Schon am ersten Tag hatte Csepella Arpad in der großen Pause mehr mit den Dreien geredet, als unsereiner im ganzen letzten Schuljahr. Und Gebhard Malin war sein Freund. Daß diese beiden etwas miteinander hatten, im Dachboden, das glaubte niemand. Der Csepella Arpad wollte Mädchen – und er hatte auch welche, zumindest eine – Ersatz mit Buben interessierte ihn nicht. Und den Gebhard Malin auch nicht.

Einmal waren wir auf dem oberen Fußballplatz beieinander gestanden, der Zizi Mennel, der Meinrad Weckerle, der Gebhard Malin, der Franz Brandl und ich. Das war ganz zufällig gewesen, nach einem Fußballspiel oder nach dem Weitspringen. Das weiß ich nicht mehr. Wohl eher etwas Leichtathletisches. Das war die Spezialität vom Csepella Arpad. Weitsprung und Hochsprung. Oder Ringen. Ich glaube, wir haben gerungen. Ja. Gerungen haben wir. Das war die Spezialität von Gebhard Malin. Darum war auch der Franz Brandl dabei. Der hatte sonst mit denen um Csepella Arpad wenig zu tun. Er war ein guter Ringer, mehr stark als geschickt, ein wuchtiger Werfer. Der Gebhard Malin kannte dafür Tricks, Griffe. Und ich war dabei, weil der Franz Brandl und ich befreundet waren.

Es war im Spätsommer, Ende September, Anfang Oktober, nach dem Abendessen sind wir hinaufgegangen zum oberen Fußballplatz. Und irgendwie sind wir ins Reden gekommen. Vielleicht weil einer dem anderen beim Ringen an den Sack gegriffen hat. Jedenfalls hat der Zizi Mennel seine Hose heruntergelassen und uns seinen Penis gezeigt. Ich hatte ihn schon einmal gesehen. Irgendwann im Waschraum. Er hatte einen außerordentlich langen und dicken Penis, die Schamhaare waren blond und lockig und sahen verschwitzt aus. Er faßte seinen Penis an der Wurzel und schleuderte ihn im Kreis. Er wurde gleich steif. Das machte Zizi Mennel nur, um dem Csepella Arpad zu imponieren. Im Waschraum damals war ihm die Hose aus Versehen heruntergezerrt worden. Bei einer Keilerei. Da hatte er sich geniert. Jetzt kam er sich ungeheuer mutig und frech vor, ein wilder Hund, der sich traut, einer ganzen Runde den Schwanz zu zeigen.

Der Csepella Arpad hätte das nie gemacht. Den Deppen gespielt. Weil, das war es: der Zizi Mennel spielte den Deppen.

Mir war nicht wohl dabei, wahrscheinlich tat er das wirklich nur, um dem Arpad zu imponieren; aber er schaute dabei so kampflustig drein, und das irritierte mich. Er hüpfte von einem Bein aufs andere und schaltete an seinem steifen Penis herum, die Hose rutschte ihm in die Kniekehlen und er sang: ›Das ist der neue Massenwahn, das ist der neue Massenwahn …‹

›He‹, rief Csepella Arpad, ›was willst du denn damit!‹

›Neue Methode‹, rief Zizi Mennel.

Meinrad Weckerle grinste. Und auch das nur schwach. Gelacht hat niemand. Der Gebhard Malin schaute gar nicht her. Er tschutete einen Ball gegen das Gitter und rief bei jedem Schuß: ›Hep! Hep!‹

Ich kam mir auf einmal um zwei Klassen zurückversetzt vor. Ein Kind unter Erwachsenen. Was war mit dem Gebhard Malin nur geschehen! Noch vor einem Jahr wäre er sicher derjenige gewesen, der am lautesten gelacht hätte. Er war sogar ein paar Wochen jünger als ich. Er schaute nicht einmal her. – Geniert hat er sich nicht. Garantiert nicht. Er kickte den Fußball an das Gitter und rief: ›Hep! Hep!‹

Verächtlich war das. Seit Csepella Arpad im Heim war, hatte er sich ein neues Gesicht zugelegt – zusammengedrückte Augen, schiefer Mund.

›He, Malin, schau her, eine neue Methode‹, rief Zizi Mennel.

›Hep! Hep!‹

›Eine neue Methode – für was?‹ fragte Csepella Arpad. – Er meinte das überhaupt nicht ironisch, er war nie ironisch. Er dachte wohl wirklich, der Zizi Mennel habe für irgend etwas eine neue Methode gefunden, und das interessierte ihn. Der Zizi Mennel hüpfte zwischen uns herum, manchmal warf er einen schnellen Blick zum Heim hinunter, ob jemand heraufschaute. Aber auch wenn jemand heraufgeschaut hätte, er hätte uns nicht gesehen. Es war schon ziemlich düster, und wir standen im hintersten Winkel des Platzes.

›Das ist‹, sagte er und hüpfte weiter, ›das ist, wie wenn es dir einer macht. Nur besser, weil du nicht zu teilen brauchst.‹ Ich sah, wie Franz Brandl feuerrot wurde, und sicher dachte er dasselbe wie ich: Der Zizi Mennel hatte herausgekriegt, daß wir beide manchmal miteinander in den Dachboden schleichen, und jetzt will er uns vor allen blamieren. Das hätte nämlich zum Zizi Mennel gepaßt, daß er zuerst ein langes Tamtam macht, bevor er herausläßt, was er herauslassen will.

›Da mußt du aber immer Platz haben zum Herumhüpfen‹, sagte Csepella Arpad. ›Das ist nicht kommod ... Da weiß ich eine bessere Methode.‹

Zizi Mennel hielt inne, war offensichtlich enttäuscht, daß Csepella Arpad seinen Witz nicht verstehen wollte. Die Hose in den Kniekehlen, die Hand an seinem Penis, stand er da ...

›Was für eine Methode denn?‹ fragte er.

›Soll ich es dir zeigen?‹

›Wenn's nicht so lange dauert – wir müssen gleich hinunter ... Abendandacht ...‹

›Geht ganz schnell.‹

Und dann gab Csepella Arpad Anweisungen. – Und Zizi Mennel führte sie aus.

›Also setz dich auf den Boden!‹

Zizi Mennel hüpfte, die Hose immer noch in den Knien, zum Hochsprungplatz und ließ sich in den Sand plumpsen.

›So?‹

›Nein, die Beine auseinander!‹

›So?‹

›Weiter!‹

›Geht nicht, die Hose klemmt.‹

›Die mußt du natürlich ausziehen.‹

Zizi Mennel schlüpfte mit einem Bein aus Unterhose und Hose.

›So?‹

›Besser, ja. Und jetzt die Knie anziehen!‹

›So?‹
›Nicht so sehr!‹
›So?‹
›Ja.‹
›Und jetzt?‹
›Beine anheben!‹

Zizi Mennel saß mit bloßem Hintern im Sand, die Beine frei in die Luft gespreizt. Er hatte Mühe, die Balance zu halten. Sein Penis hing schlaff zwischen den Schenkeln. Mich wunderte, daß er nicht kleiner war als vorhin im steifen Zustand, er war lediglich umgefallen.

›Ist es so richtig?‹
›Ja. Und jetzt greif mit deiner Hand unter deinem Bein durch!‹
›So?‹
›Bist du Linkshänder?‹
›Ja.‹
›Das ist schlecht.‹
›Wieso?‹

Zizi Mennel redete mit gepreßter Stimme. Die Stellung strengte ihn an.

Csepella Arpad holte eine Zigarette hinter seinem Ohr hervor, leckte sie ab und steckte sie in den Mund.

›Weil das blöd aussieht. Wie bei einem Affen. Hast du noch nie Affen im Zoo wixen sehen?‹

Von drei Seiten wurde ihm Feuer geboten: Meinrad Weckerle, Franz Brandl, ich.

›Nein‹, sagte Zizi Mennel. ›Hab ich noch nie gesehen.‹
›Ah, dann kannst du es nicht wissen.‹
›Ist es so besser?‹
›Viel besser.‹
›Aber so kann ich es nicht so gut.‹
›Aber es ist besser! Es sieht viel besser aus!‹

Es sah jämmerlich aus ...

In diesem Augenblick läutete es unten im Heim zur Abendandacht. Sofort drehte sich Arpad um und ging. Gebhard Malin schoß den Ball in einem hohen Bogen quer über den Platz und folgte ihm. Ohne uns eines Blickes zu würdigen. Meinrad Weckerle, Franz Brandl und ich, wir waren ziemlich verdattert. Es sah entsetzlich aus, ja, entsetzlich, wie Zizi Mennel da vor uns im Sand saß in dieser verrenkten Haltung – und zwei drehen ihm den Rücken zu und gehen ...

›He‹, rief Zizi Mennel den beiden nach. Es war ein letzter Versuch, sein ruiniertes Image vor Csepella Arpad zu retten: ›Meiner ist zu groß dazu, bei mir geht das nicht!‹ Da drehte sich Gebhard Malin um und spuckte aus und sagte und kaute dabei – und hat absichtlich eine besonders tiefe Stimme gemacht: ›Du mußt reiben, das ist der Schmäh!‹ Für den Arpad war das ein guter Witz, und er lachte laut, und seine Stimme schnellte ins Falsett. Und lachend rannte er vor Gebhard Malin her zum Heim hinunter.

Mich hat der Zizi Mennel angeschrien: ›Schau nicht so blöd, du Trottel!‹

Darum sind der Franz Brandl und ich ebenfalls schnell fortgerannt, den beiden nach.

Noch in der Kapelle hat der Csepella Arpad immer wieder lachen müssen. Und der Franz Brandl und ich, wir haben mitgelacht. Dadurch ist er, glaub ich, auf uns aufmerksam geworden.«

»Du wolltest von dem Mädchen erzählen, das Veronika Tobler heißt.«

»Ja. Das hängt alles damit zusammen. Jedenfalls waren von da an der Csepella Arpad, der Gebhard Malin, der Franz Brandl und ich öfter zusammen. Zizi Mennel und Meinrad Weckerle haben sich eine Zeitlang abgeseilt. Wir haben schon gemerkt, daß es dem Gebhard Malin nicht so recht war, daß wir zwei immer hinter ihnen hergezockelt sind. Aber das war uns wurscht. Wenn der Arpad geredet hat, hat er uns genauso oft angeschaut wie ihn. Das war die Hauptsache. Immer ist es dabei um dasselbe gegangen. Die beiden machten Anspielungen, die der Franz und ich nicht verstanden, bei denen wir aber sicherheitshalber mitlachten.

›Warum lachst du denn‹, fragte mich Gebhard Malin.

›Halt so‹, sagte ich. ›Ihr lacht ja auch.‹

›Du weißt ja gar nicht, warum wir lachen. Der lacht und weiß gar nicht warum, schau dir das an, Tscheps!‹ ›Tscheps‹ hat nur Gebhard Malin zu Csepella Arpad gesagt.

›Also komm‹, sagte Arpad. ›Er soll auch etwas zum Lachen haben ...‹

Und sofort hat ihn Gebhard Malin unterbrochen. ›Du weißt ...‹ – und hat ihn weggezerrt.

Und ein anderes Mal, eine ähnliche Situation. Csepella Arpad fragt Franz Brandl: ›Was ist das Wichtigste, wenn du ins Schwimmbad gehst?‹

›Die Badehose‹, sagt Franz.

›Nein‹, sagt Arpad. ›Im Notfall läßt man dich auch mit der Unterhose hinein. Also was?‹

›Keine Ahnung.‹

›Ein Bohrer.‹

Franz lacht, weil er etwas anderes unter *Bohrer* versteht als nur Bohrer ... lacht verlegen, aber lacht ...

›Den habe ich immer bei mir‹, sagte er, wie es gar nicht seine Art ist, ein Schüchterner, der gleich rot wird.

›Aso?‹ sagt Arpad. ›Dann zeig ihn mir doch!‹

Da läuft Franz Brandls Kopf noch mehr an. Und Gebhard Malin, der auch dabei steht, sagt: ›Laß ihn. Komm, laß doch die beiden!‹

›Nein‹, sagt Arpad. ›Ich möchte seinen Bohrer sehen.‹

Sicher, der Franz hätte viel dafür gegeben, wenn er Csepella Arpad hätte beeindrucken können; aber so weit wie Zizi Mennel wäre er nicht gegangen. Nicht nur, weil er zu stolz gewesen wäre, sich vor anderen derart lächerlich zu machen. – Er hatte immer ein schlechtes Gewissen. Das war es. Als wir die paar Mal miteinander im Dachboden gewesen sind, ist er hinterher schnurstracks in die Kapelle gegangen und hat gebetet.

Also sagt Franz Brandl: ›Nein, das tu ich nicht.‹

›Aber warum zeigst du mir denn deinen Bohrer nicht, wenn du ihn schon dabei hast‹, sagt Arpad. ›Ich habe meinen auch dabei. Willst du ihn sehen?‹

Und Franz Brandl, ganz leise: ›Nein, bitte nicht.‹

Da greift der Csepella Arpad in seine Jackentasche und holt einen kleinen Holzbohrer heraus, einen wirklichen Bohrer, keinen übertragenen, die Windung etwa einen halben Zentimeter stark.

›Ach soo ein Bohrer‹, ruft Franz Brandl aus, erlöst, und damit verrät er sich.

›Was hast denn du gedacht‹, sagt Gebhard Malin und schaut ihn aus seinen zusammengedrückten Augen an.

Und wirklich: Erst jetzt kommt Csepella Arpad mit. Er kriegt einen Lachkrampf in den hellsten Tönen und haut dem Franz Brandl und mir auf die Schultern. ›Euch muß man wirklich einmal etwas Anständiges zeigen‹, sagt er. ›Ihr seid ja dermaßen verdorben, das ist ja schon nicht mehr wahr! Also, paßt einmal auf, ich erzähl euch was ...‹ Aber da zieht ihn der Gebhard Malin wieder von uns weg. Das heißt, der Csepella Arpad war immer wieder drauf und dran, uns etwas zu sagen, aber der Gebhard Malin hat ihm das Wort immer wieder abgeschnitten. Das war ganz eigenartig für uns zu sehen, wie der Gebhard Malin dem Csepella Arpad anschafft, wie der Csepella Arpad macht, was der Gebhard Malin ihm sagt.

›Ich erzähl's euch schon noch‹, sagte Arpad dann zu uns. ›Später, jetzt nicht.‹

Wir waren wahnsinnig neugierig, der Franz Brandl und ich, haben uns alles mögliche ausgedacht, was es denn sein könnte, was die beiden da wissen, was der Arpad uns sagen und was der Gebhard Malin uns nicht sagen will.

Und dann einmal – das war in jener Woche, also in der Woche, nachdem Kennedy erschossen wurde – da haben wir den Arpad einmal allein erwischt. Bei der Nachtwache vor dem Kennedyaltar.«

»Kennedyaltar? Hat es einen Kennedyaltar gegeben?«
»Nach seiner Ermordung, ja. Da wurde in der Heimkapelle einer der beiden Seitenaltäre geräumt, der Marienaltar. Man hat auf Anweisung des Rektors das Marienbild abgenommen und statt dessen ein Bild von John F. Kennedy hingehängt. Dieses berühmte Bild, auf dem Kennedy die Hände faltet. Das war dann der Kennedyaltar. Und eine Woche lang wurde vor dem Kennedyaltar Nachtwache gehalten. Jeweils zwei Schüler eine Stunde lang. Die haben dann die nächsten geweckt. Und so ging es die ganze Nacht durch.

Und zufällig hat es sich so getroffen, daß der Franz Brandl und ich den Csepella Arpad abgelöst haben. Eigentlich hätte zusammen mit ihm ein zweiter Viertkläßler Wache stehen müssen. Aber er hatte ihn schlafen lassen und die Stunde allein abgesessen.

Es war die Wache von halb drei bis halb vier Uhr. Csepella Arpad war an mein Bett gekommen und hatte mich an der Schulter gerüttelt, dann hatten wir Franz Brandl geweckt und waren in die Kapelle gegangen.

Kein Laut war im Heim zu hören. Lediglich zwei Kerzen brannten vor dem Bild von John F. Kennedy, zwei Kerzen vor dem Bild und das Ewige Licht. Wir setzten uns nebeneinander in die Bank vor dem Seitenaltar, und Csepella Arpad sagte: ›Hat jemand von euch beiden schon einmal eine Frau gefickt?‹

Ich hab gedacht, mich haut's gleich aus der Kirchenbank. Ich hab den Arpad angestarrt, als wär er aus der *Geheimen Offenbarung* des Johannes herausgestiegen. – Aber er hatte überhaupt nichts Apokalyptisches im Gesicht.

›Nicht eigentlich‹, sagte ich.

›Ich auch nicht eigentlich‹, sagte Franz Brandl.

Arpad stand auf und ging vor dem Altar hin und her. ›Ja, das ist ein Problem‹, sagte er. Die Kerzen flackerten ein wenig, es sah aus, als ob John F. Kennedy mit ehrfurchtsvollem Blick den Schritten des Csepella Arpad folgte.

›Das geht ja nicht, daß man den ganzen Tag nur an die Weiber denkt‹, fuhr er fort, ›daß man sich auf überhaupt nichts anderes konzentrieren kann. Geographie zum Beispiel. Mexiko! Mir geht zur Zeit Mexiko durch den Kopf. Ich kann den ganzen Tag in Ruhe über Mexiko nachdenken. Und warum? Weil ich nicht dauernd ans Ficken denken muß. Da bin ich euch gegenüber im Vorteil.‹

Er holte eine Zigarette aus der Brusttasche seiner Pyjamajacke, stieg die zwei Stufen zum Altar hinauf, griff sich einen der beiden Kerzenständer und zündete die Zigarette an.

›Bist du wahnsinnig‹, zischte Franz Brandl. ›Wenn er dich erwischt, dann ...‹

›Wer?‹

›Der Rektor ...‹

›Der Rektor ist mein Freund. Er hat mir selber schon eine angeboten. Eine *Dreier*. Nicht schlecht, aber primitiv.‹

›... der Präfekt ...‹

›Was soll der machen‹, sagte er und bot uns auch eine an. ›Er kann mich hinausschmeißen. Na und?‹

Das Kreuz mit dem abstrakten Jesus über dem Hauptaltar war im Schatten. Hier schaute uns nur John F. Kennedy zu, und von ihm hatte ich bis vor wenigen Tagen noch nie etwas gehört. Vor dem Bild der Muttergottes hätte ich nie eine Zigarette geraucht. Von einem amerikanischen Präsidenten konnte man allerdings annehmen, daß er selber auch Raucher gewesen ist. Der konnte sich also schwerlich aufregen.

Ich nahm eine Zigarette, nahm gleich zwei, klemmte eine dem Franz Brandl zwischen die Finger. Mitgegangen, mitgehangen ...

Arpad holte den Kerzenständer und hielt uns die Flamme vors Gesicht. ›Hier stinkt es so nach Weihrauch‹, sagte er, ›da riecht kein Mensch eine Zigarette.‹ Auch wieder wahr ...

In der Mitte des Kennedyaltars war ein Weihrauchbecken aufgestellt. Daneben stand ein Behälter mit Weihrauchkörnern. Die Wachen sollten Weihrauch nachlegen, damit der Dampf nie ausging. Arpad warf eine Handvoll davon in die Glut, und eine Rauchschwade stieg am Antlitz John F. Kennedys empor. ›Jetzt raucht er auch‹, sagte er.

Ich dachte, gut, vielleicht werde ich nun in die Hölle kommen; aber für so eine Gelegenheit, allein mit Csepella Arpad, wir beide, Franz Brandl und ich, dafür nahm ich das in Kauf. Nach jedem Zug, den wir machten, wedelten wir mit der Hand den Rauch fort.

Arpad schwang seine Beine über die Kirchenbank, setzte sich auf die Handablage und stellte die Füße auf den Sitz. ›Das heißt‹, sagte er, ›ihr beiden habt noch nie mit einer Frau gevögelt?‹

Wir schüttelten den Kopf.

›Und eine Fut gesehen habt ihr auch noch nicht? Ich meine, eine lebendige …‹

Franz Brandl schüttelte wieder den Kopf.

›Ich schon‹, sagte ich. ›Bei meiner Schwester.‹

›Aha, immerhin. Wie alt ist sie?‹

›Siebzehn.‹

›Und wie ist sie?‹

›Ganz gut …‹

›Was heißt ganz gut?‹

›Meine Schwester sieht ganz gut aus …‹

›Ich meine nicht deine Schwester, ich meine die Fut deiner Schwester!‹

›Ah, die meinst du … Ja … Haare.‹

›Klar, Haare. Das haben alle mit siebzehn. Was für Haare?‹

›Schwarze.‹

›Eher glatt oder eher lockig?‹

›Eher lockig.‹

›Ein richtiger Busch oder eher ein Streifen?‹

›Weiß ich nicht so genau …‹

›Wenn es ein Busch wäre, wüßtest du es. Also eher ein Streifen.‹

›Ich glaub, ja … eher ein Streifen …‹

›Und oben?‹

›Was oben?‹
›Der Busen.‹
›Weiß ich nicht.‹
›Hast du nur unten hingeschaut?‹
›Ich hab schon auch oben hingeschaut ... aber da hat sie etwas angehabt ...‹
›Oben hast du sie also gar nicht gesehen?‹
›Nein.‹
›Du hast sie nur unten gesehen?‹
›Ja.‹
›Das gibt's doch nicht. Die Frauen zeigen dir immer zuerst den Busen und dann erst die Fut. Warum hat sie dir nur die Fut gezeigt? Ist sie ein Luder?‹
›Nein! Ich bin zufällig ins Badezimmer gekommen, da hat sie gerade das Nachthemd drübergezogen ...‹
›Ach so ...‹
›Eben ...‹
Ich hoffte, damit wäre das Thema erledigt. Aber er fragte weiter: ›Und? Hat sie gemerkt, daß du sie gesehen hast?‹
›Ja ... hat sie schon ... ja.‹
›Und? Was hat sie gesagt?‹
›Nicht viel.‹
›Was! Genau! Wortwörtlich!‹
›Nichts.‹
›Was nichts?‹
›Sie hat nichts gesagt. Gar nichts ...‹
›So? Und du?‹
›Auch nichts ...‹
›Du hast also auch nichts gesagt.‹
›Nein.‹
Er schüttelte den Kopf: ›Das war ein Fehler.‹

Franz Brandl krümmte sich neben mir in die Bank, die Zigarette in der Handfläche versteckt. Es sah aus, als ob er kicherte. Aber ich glaube, er hat gebetet. Irgend etwas Kleines, Schnelles, Wirkungsvolles. Da gab es einige Sprüche, die beim

Flehentlichen Bitten zum Heiligen Geist zum Einsatz kamen. Die waren beinahe erpresserisch. Aber gerade die wirkten am besten, sagte der Spiritual. Ich vermute, so etwas hat der Franz Brandl gebetet.

Arpad schnippte die Zigarettenasche in seine Hand, zerrieb sie und blies sie fort. Die kühle, selbstverständliche Art, wie er über so etwas sprach ...

›Wieso war das ein Fehler‹, fragte ich und merkte, daß ich gleich husten mußte.

›Wie soll etwas draus werden, wenn sie den Mund hält und du den Mund hältst!‹

›Sie ist meine Schwester.‹

›Ja, ja‹, sagte er. ›Kann sein, daß es da anders ist. Das gebe ich zu. Ich habe keine Schwester. Da mußt du nicht mich fragen. Frag den Gebhard, der kennt sich da aus, der hat drei Schwestern. Ich weiß zwar nicht, ob er mit einer von denen irgend etwas hat, aber kann ja sein ... Nein, wenn du über Schwestern etwas wissen willst, dann bin ich der Falsche. Frag den Gebhard! Ich kann ihn für dich fragen, ich meine, wenn dir das lieber ist.‹

›Nein‹, sagte ich. ›Du brauchst ihn nicht zu fragen. Es geht schon.‹

›Dann ist es gut. Sei mir nicht böse, daß ich dir da nicht helfen kann. Bei Schwestern kenn ich mich eben nicht aus. Und du?‹ wandte er sich an Franz Brandl. ›Hast du auch eine Schwester?‹

Franz Brandl zuckte zusammen, setzte sich aufrecht hin, legte die Hände auf die Oberschenkel, so als hätte ihn der Präfekt nach einem unregelmäßigen Verbum gefragt, schüttelte den Kopf und ließ den Husten heraus, den ich gern herausgelassen hätte. – Jetzt war es zu spät für mich.

Arpad faßte zusammen: ›Also hat euch noch nie eine Frau ihre Fut und ihren Busen gezeigt?‹

Wir schüttelten den Kopf.

Meine Zigarette war bis zum Filter abgebrannt. Dreimal

hatte ich daran gezogen. Jedesmal aber wie. Arpad nahm sie mir aus der Hand, löschte die Glut zwischen Daumen und Zeigefinger – sagenhaft, wie er das machte! – und steckte den Stummel in die Brusttasche seines Pyjamas.

›Und ihr wollt eine Fut und einen Busen sehen‹, stellte er fest.

Ich traute mich nicht, zu Franz Brandl hinüberzuschauen. Ich sah aus den Augenwinkeln seine Schulter, und aus der Art, wie sie sich bewegte, schloß ich, daß er nicke. Also nickte ich auch.

›Und angreifen wollt ihr auch?‹

Er hat *ihr* gesagt, also hatte Franz tatsächlich genickt. John F. Kennedy wird ja auch irgendwann einmal einen Busen und eine Fut angegriffen haben, dachte ich und sagte: ›Ja. Angreifen auch.‹

›Gut‹, sagte Arpad. ›Morgen. Nach dem Abendessen. Beim Theaterloch.‹

Er sprang von der Bank, nahm jetzt auch Franz Brandl den Zigarettenstummel aus der Hand und sagte: ›Sonst ist alles klar?‹

›Ja‹, sagte ich.

›Nein‹, sagte Franz Brandl.

›Was gibt's denn noch?‹

Franz Brandl drehte sich zu ihm um, schaute ihn direkt an. Ich sah, wie die Tränen in seinen Augen aufstiegen. ›Warum, bitte‹, sagte er. ›Warum, bitte, ist ein Bohrer das Wichtigste im Schwimmbad?‹

›Ich erklär's dir später ... im Sommer‹, sagte Arpad und ging an den Bänken vorbei nach hinten.

Am nächsten Tag nach dem Abendessen stellten mir er und Gebhard Malin oben beim Theaterloch die Veronika Tobler vor ...«

»Nur dir? War Franz Brandl nicht dabei?«

»Nein. Er wollte dann doch nicht. Daß er in der Kapelle vor dem Altar geraucht hatte, hat ihn völlig fertiggemacht. Ich glaube, das hat ihn noch mehr fertiggemacht als das Gespräch. Und da hat er sich eine Buße auferlegt. Eine harte Buße. Daß er nicht mit mir zum Theaterloch gegangen ist, das war seine Buße.

Das Theaterloch war ein Bombentrichter in der freien Wiese, mitten am Hang. Nach dem Krieg hat man an dem Loch weitergearbeitet, das heißt, vorübergehend war es ein Steinbruch. Eine breite Kerbe, in den Hügel gefräst. An der Bergseite steile Felswände. *Theaterloch* hat man dazu gesagt, weil dort im Sommer kurz vor den Ferien Theaterstücke aufgeführt wurden. Gespielt von Schülern aus dem Heim. Lustige Sachen. Das Loch war von Gebüsch zugewachsen, Steinbrocken lagen umher, und in der Mitte war etwas Bühnenähnliches hinbetoniert worden.

Als ich ankam, waren Gebhard Malin, Csepella Arpad und die Veronika Tobler bereits da. – Überraschung: Ich kannte sie. Vom Sehen. Sie arbeitete in einer Konditorei in der Nähe des Heims. Ich hatte mir im Sommer manchmal ein Eis dort gekauft, und sie hatte mich bedient. Aber sie war mir nicht sonderlich aufgefallen. Ich hatte mich mehr für das Eis interessiert. Damals. Sie trug ihr Haar zu einem Turm auftoupiert, hatte einen winzigen, dunkelrot geschminkten Mund, kreisrund. Wie alt sie war – keine Ahnung, vielleicht sechzehn. Jetzt stand sie hinten auf der Bühne an einen Steinbrocken gelehnt und wartete. Der Vollmond schien ihr mitten ins Gesicht.

Csepella Arpad kam mir entgegen. Gebhard Malin wartete irgendwo abseits. Ich bemerkte ihn erst, als ich schon mit Arpad sprach.

›Und der Franz‹, fragte er.

›Der will nicht‹, sagte ich.

›Aber wieso denn? Er kennt sie doch gar nicht. Sie ist total in Ordnung. Sie läßt's nicht von jedem, und daß sie euch läßt, das nur darum, weil ich mit ihr geredet habe. Der Gebhard war zuerst dagegen.‹

So sehr hatte sich alles umgedreht. Es war nicht mehr Csepella Arpad, der das Sagen hatte, es war Gebhard Malin, der Kleinere, der aus dem hintersten Tal. Und bei mir hatte sich auch alles umgekehrt: Respekt hatte ich jetzt vor Gebhard Malin, nicht vor Csepella Arpad. Daß der Gebhard Malin auf einmal in der Lage sein sollte, mir eine Gnade zu erweisen, das hat mich geärgert. Weil, so stand er dort neben den Büschen: als ob die Veronika Tobler eine Gnade für mich wäre, die er mir erweist. Und ich kam mir auf einmal so dreckig vor. Ich werde nie wieder ein Eis bei ihr kaufen können, dachte ich.

›Ich bin eigentlich nur gekommen, um zu sagen, daß ich nicht komme‹, stammelte ich leise, und Arpad gab ebenso leise zurück: ›Jetzt bitte, mach keinen Blödsinn!‹

Er nahm mich bei der Hand und führte mich zu dem Mädchen. Als ich einen Schritt vor ihr war, hob sie blitzschnell Rock und Pullover hoch. Ihre Brüste standen vom Körper ab wie aufgeblasene Luftballons, ihr Höschen schimmerte weiß im Mondlicht.

Arpad legte meine rechte Hand auf eine Brust, meine linke schob er ihr ins Höschen. Ich spürte Haare. Keine Sekunde dauerte das Ganze ... Ich dachte: Etwas Besseres gibt es nicht.

›Fertig!‹ rief Gebhard Malin.

Ruck zuck – meine Hände waren wieder bei mir. Ruck zuck – Pullover und Rock waren wieder unten. Dann bin ich über den Hang hinunter zum Heim gerannt, hab im Hüpfen die Beine bis zum Bauch gezogen, bin durch die Türen, ohne zu bremsen und habe den Franz Brandl gesucht. Er kniete in der Kapelle – nicht vor dem Kennedyaltar, sondern vor dem des heiligen Franziskus.

›Was betest du‹, fragte ich ihn.

›Den *Schmerzensreichen*‹, sagte er.

›Wie weit bist du?‹

›Bei *der für uns gegeißelt ist worden.*‹

›Kannst du nicht noch einmal anfangen?‹

›Warum?‹

›Weil ich mitbeten möchte.‹
›Von mir aus, du Sauhund!‹

Darauf antwortete ich nicht. Kam mir günstiger vor. War ja nicht schlecht, wenn der Franz Brandl dachte, ich wäre mit einer richtigen Frau *ins Bett gegangen*. Ich faltete die Hände und dachte: Danke, liebe Muttergottes, danke, liebe Muttergottes!«

Zweites Kapitel

4

»Ich muß noch einmal zurückfragen. Damit ich nicht durcheinander komme: Die Nacht in der Kapelle vor dem Kennedyaltar, das war von Montag auf Dienstag, und zwar in der Woche, in der ihr die Schularbeit zurückbekommen habt. Samstag davor: Kennedy ermordet und Schularbeit geschrieben. Samstag danach: Schularbeit zurückbekommen. Am Samstag habt ihr die Schularbeit zurückbekommen.«

»Ja. Genau. Und am Dienstag dieser Woche am Abend war ich oben beim Theaterloch.«

»Da war der Gebhard Malin dabei. Es sieht so aus, als ob ihn die Schularbeit nicht sonderlich beschäftigt hätte. Er muß ja gewußt haben, daß er ein *nicht genügend* bekommen wird. Er hat ja gewußt, daß er nur zwei Sätze übersetzt hat.«

»Er wird nicht gerade gern daran gedacht haben, nehm ich an. Aber was weiter? Die Schularbeit verhaut mir vielleicht die Trimesternote, wird er sich gedacht haben, ein Dreier statt einem Zweier. Aber mehr auch nicht. Welche Folgen das dann haben wird – woher hätte er das wissen sollen! Oder ahnen sollen!«

»Und du selbst hast dir auch keine großen Gedanken über die Schularbeit gemacht?«

»Nein, wirklich nicht. Erstens schon einmal gar nicht, weil ich sicher war, daß nicht viel anderes als ein *sehr gut* herausschauen wird; und zweitens: Nach der Begegnung mit der Veronika Tobler oben beim Theaterloch, da ist mir sowieso alles andere wurscht gewesen. Da hat es für mich dann nur noch sie gegeben.«

»Hast du sie wiedergesehen?«

»Am nächsten Tag bereits. Am Mittwoch. Wir hatten am Nachmittag zwei Stunden Zeichnen. Da habe ich geschwänzt. Und bin statt dessen ins Café gegangen. In das Café, wo sie bediente. Das heißt, ich bin nicht gleich hineingegangen. Ich bin davor herumgelungert. Hab von draußen hineingeschaut, ob ich sie sehe. Aber die Fenster haben gespiegelt, und ich wollte nicht die Nase an die Scheibe drücken.«

»Was wolltest du denn von ihr?«

»Was ich wollte? Dasselbe noch einmal. Noch einmal für den Bruchteil einer Sekunde eine Hand auf ihre Brust legen, die andere Hand in ihr Höschen schieben. So habe ich mir das vorgestellt. Genau das gleiche noch einmal. Keine Variationen. Höchstens vielleicht – ein bißchen länger das ganze. Darauf hatte ich, bildete ich mir ein, ein kleines Recht. Auf etwas anderes nicht.«

»Und diese Veronika Tobler – spielt sie eine Rolle in der Geschichte?«

»Wie meinst du?«

»... außer daß sie mit Csepella Arpad und Gebhard Malin beim Theaterloch war ...«

»Natürlich ...«

»Sie hat ja nichts zu tun gehabt mit eurer Klasse – oder doch?«

»Nein, mit der Klasse hatte sie nichts zu tun.«

»Und mit den Klassenprügeln?«

»Blödsinn – was soll sie mit den Klassenprügeln zu tun gehabt haben. Das ist etwas ganz anderes. Für mich war das wichtig, daß ich sie getroffen habe. Ich meine, sie war die erste Frau, die ich berührt hatte, das erste Mädchen ... und ... Was hast du gesagt? Ob sie in der Geschichte eine Rolle spielt?«

»Daß ihr Gebhard Malin verprügelt habt.«

»Man kann ein Was-wäre-wenn-Spiel machen ... Als ich sie jetzt alle besucht habe, meine ehemaligen Klassenkameraden, da hat jeder so ein Was-wäre-wenn-Spiel gemacht. Typisch der Alfred Lässer: Was wäre, wenn der Gebhard Malis kein *nicht genügend* geschrieben hätte. Alle haben sich so etwas überlegt, außer der Edwin Tiefentaler, der erinnert sich ja an gar nichts. Na gut, ich halte das für sinnlos. Das habe ich dem Alfred Lässer gesagt und den anderen ebenfalls. Aber selbst habe ich das Was-wäre-wenn auch durchgespielt. Bei mir heißt das: Was wäre, wenn ich die Veronika Tobler nicht kennengelernt hätte, wenn ich nicht zum Theaterloch gegangen wäre, wenn ich sie nicht berührt hätte ...«

»Und was wäre dann gewesen?«

»Man kann das ja nicht wirklich wissen. Aber ich bin überzeugt, ich hätte dann nicht mitgemacht.«

»Bei den Klassenprügeln?«

»Bei diesen Klassenprügeln ... ein wirklich rosarotes Wort ...«

»Und warum bist du dir da so sicher?«

»Ich bin mir sicher. Ich weiß es. Als dann die Sache ihren Lauf genommen hat, das war ein Selbstlauf, das war wie eine Kugel, die man den Berg hinaufschiebt. Hinaufgeschoben haben wir die Kugel alle miteinander, und jeder wird seine Gründe gehabt haben, warum er das tat, ich weiß nicht, welche, und dann ist die Kugel oben. Herunter rollt sie von allein, und wir sind hinterhergerannt.«

»Also, jetzt konkret!«

»Konkret. Ich habe auch zugeschlagen. Ja. Aber das *nicht genügend* war für mich kein Grund. Daran habe ich überhaupt nicht gedacht. Ich habe an die Veronika gedacht. Ich war von Anfang an gegen Klassenprügel. Am Schluß war ich der einzige, der dagegen war. Daß ich dann trotzdem mitgemacht habe, das hatte mit der Veronika Tobler zu tun ...«

»Diese Was-wäre-wenn-Spiele, sind das nicht letztlich Rechtfertigungen? Daß die Schuld abgeschoben wird – auf jemand anderen oder auf irgendwelche Umstände?«

»Ich bin sicher: Wenn die Veronika nicht gewesen wäre,

ich hätte nicht mitgemacht. Und dann wäre alles nicht geschehen.«

»Wieso? Es waren doch noch sechs andere da.«

»Entweder alle oder keiner!«

»Ist das so ausgemacht worden?«

»Nein. Aber es war so.«

»Das versteh ich nicht.«

»Kannst du dir das nicht vorstellen? Da will sich jeder versichern. Abstimmungen. Diskussionen. So lange abstimmen, bis ein eindeutiges Ergebnis herauskommt. Ein einstimmiges. Es muß ein einstimmiges Ergebnis sein. Die Täter müssen immer abstimmen, und es muß immer ein einstimmiges Ergebnis herauskommen, sonst werden sie nicht zu Tätern. Nie gibt es mehr Demokratie wie vor einer Untat. Ziel ist, aus sieben Personen eine zu machen. Kannst du dir das nicht vorstellen? Und dann schlagen. Zuerst leicht. Der erste schlägt leicht, ganz leicht. Das ist eigentlich gar kein Schlag. So ein Streichler – ein Streifer. Das ist auch eine Versicherung. Er weiß ja nicht, ob der zweite auch schlägt. Wenn der nicht schlägt, steht der erste ziemlich allein da, ein brutaler Hund. Der muß sich ja irgendwie herausreden können. – ›Ich hab nur leicht geschlagen ...‹ – Zwar geschlagen, aber leicht ... Wenn aber der zweite auch schlägt und der dritte auch, wenn dann schließlich alle einmal geschlagen haben, jeder leicht, der zweite ein bißchen fester als der erste und der dritte fester als der zweite, ja gut, aber trotzdem alle leicht, auf das kommt es dann gar nicht mehr an, es muß nur jeder dran gewesen sein. Jeder hat einmal geschlagen, das sind sieben Schläge, sieben Watschen, aber trotzdem ist das dann wie ein Schlag, alles zusammen: der erste Schlag. Dann sind es nicht mehr sieben. Dann ist es einer. Eine Person. Kein Zeuge. Für dich selbst bist du nie Zeuge. Du selbst schaust dich nie an.«

»Einen Zeugen hat es aber auf alle Fälle gegeben – den Gebhard Malin.«

»Ja.«

»Und was macht ihr mit diesem Zeugen?«
»Ja.«
»Was ist mit diesem Zeugen?«
»Das Opfer ist auch ein Zeuge, stimmt.«
»Gut. Lassen wir das vorläufig. Diese Veronika Tobler – ganz egal, wie du das darstellst, wenn sie nicht gewesen wäre, sagst du, dann wäre das alles nicht passiert. Ganz egal, wie du das darstellst, es ist natürlich schon ein Abwälzen der Schuld – vielleicht gar nicht beabsichtigt.«
»Ich wälze die Schuld nicht auf die Veronika ab. Das wäre ja das letzte! Das wäre ja absurd! Ich mache auch keine Umstände verantwortlich. Ich weiß nur eines: Warum ich geschlagen habe, das hatte nichts mit dem *nicht genügend* zu tun. Das hatte mit der Veronika zu tun. Und das ist meine Antwort. Für mich spielt die Veronika Tobler eine zentrale Rolle. Für mich. Ja. Und im Folgenden auch für die anderen.«
»Was heißt das?«
»Eine verrückte Geschichte. Als der Gebhard Malin im Krankenhaus war und wir nicht wußten, ob er ein Depp wird ...«
»Ob er ein Depp wird?«
»Ach, da sind Gerüchte gewesen – was man halt so erfahren hat. Daß er nicht mehr richtig ist, im Kopf und so. Eine verrückte Geschichte. Also: Die Veronika, die ist der Sache nachgegangen, sie und der Csepella Arpad waren die einzigen, die der Sache nachgegangen sind. Die Veronika ... eine verrückte Geschichte ... die wollte, daß Vergeltung ... ja, man kann es schon so sagen: Sie wollte, daß Rache genommen wird ... an uns ...«
»Rache an der ganzen Klasse?«
»Nicht direkt – am Klassensprecher.«
»Manfred Fritsch?«
»Mhm ...«
»Was hatte er mit ihr zu tun?«
»Nichts. Gar nichts.«

»Und von wem weißt du das?«

»Von ihm selber.«

»Also gut. Der Reihe nach. Erzähl von der Veronika Tobler. Du hast sie also wiedergesehen, am nächsten Tag.«

»Am Mittwoch, ja. Mittwoch nachmittag.«

»In dem Café, in dem sie gearbeitet hat.«

»Ja. Das habe ich mir in der Nacht vorgenommen. Daß ich sie wiedersehe. Ich konnte mir nicht vorstellen, wie das alles mit mir weitergehen soll, wenn ich sie nicht wiedersehe. So war das. Diese Sekunden oben beim Theaterloch, die haben sich in meinen Kopf eingebrannt, ich konnte nichts anderes denken. Ich konnte nicht einschlafen in der Nacht. Die Hände haben gebrannt. Und beim Frühstück habe ich nichts hinuntergekriegt. Keinen Bissen. Malzkaffee habe ich getrunken, eine halbe Kanne. Ich dachte, ich verdurste. Die anderen fanden den Malzkaffee im Heim grausig. Ich war ganz gierig danach.

Und dann die Schule.

Fünf Stunden Schule am Vormittag, und immer wieder versuchte ich, mich zu erinnern, wie sich das in meinen Händen angefühlt hatte, in der linken Hand und in der rechten Hand. In der linken der kühle, runde Hügel mit dem harten Knopf in der Mitte, der in meine Handfläche drückte, genau dorthin, wo bei unserem abstrakten Jesus der Nagel saß. Ihre Brust war kühl gewesen, das war mir als erstes eingefallen, als ich über den Hang hinuntergerannt war und wieder einen Gedanken fassen konnte.«

»Was für eine Rolle Gebhard Malin gespielt hat, oben beim Theaterloch, darüber hast du nicht nachgedacht?«

»Später. Später habe ich natürlich darüber nachgedacht. Aber an diesem Tag nicht. Überhaupt nicht. Da hatte ich mit mir selbst so viel zu tun. In der Schule, also am nächsten Tag, da hatte ich Mühe, mich selber zusammenzuhalten. Und das bedrückte mich am meisten: daß ich auf meine rechte Hand zu wenig geachtet hatte, daß ich mich nicht mehr richtig erinnern konnte, wie es in ihrem Höschen gewesen war. Weit hinein bin ich nicht gekommen, ich glaubte, etwas Borstiges mit den Fingerspitzen berührt zu haben. Aber ich erinnerte mich nicht richtig. Während der Mathematikstunde habe ich immer wieder meine linke Hand angeschaut, als ob auf den Fingerspitzen eine Erinnerung notiert wäre. Ich bin dreimal aufs Klo gegangen – der Mathematikprofessor hat mich gefragt, ob ich Durchfall hätte, und ich habe genickt – ich habe mir im Klo das Hemd aus der Hose gezogen, die Augen geschlossen und die rechte Hand vorne hineingesteckt, bis zu den Schamhaaren. Aber meine Schamhaare fühlten sich nicht borstig an. Das hat mich ganz unglücklich gemacht, daß ich von Stunde zu Stunde mehr an Erinnerung verlor. Es schien sogar, als drängten meine Gedanken die Erinnerung weg. Aber ich konnte nicht anders, ich mußte daran denken. An gar nichts anderes konnte ich denken, und je mehr ich daran dachte, um so weniger spürte ich es in den Händen.

Nach der Schule überredete ich Manfred Fritsch, er solle heute ausnahmsweise den oberen Weg zurück ins Heim nehmen, am Café vorbei. Aber dann war mir das auch wieder nicht recht. Wie blöd mußte das aussehen, wenn da eine achtköpfige Hammelherde in Zweierreihe am Café vorbeimarschierte! Das war ja das letzte, was ich wünschte: daß sie mich so sähe – einen Kindergärtler. Entsetzlich. Darum, als wir knapp vor dem Café waren, sagte ich zu Franz Brandl: ›Komm, wir rennen voraus!‹

Und wir sind am Café vorbeigerannt, und ich habe nicht einen Blick hingeworfen, immer die Augen auf den Boden gerichtet.

›Renn doch nicht so‹, hat der Franz gerufen. ›Jetzt haben wir sie abgehängt, jetzt erzähl endlich!‹

Er dachte nämlich, ich hätte mit ihm vorausrennen wollen, damit die anderen nicht zuhörten, wenn ich ihm von gestern nacht erzählte. Er war ja fein raus, hatte nichts gemacht, hat einen *Schmerzensreichen* gebetet, jetzt brauchte er kein schlechtes Gewissen zu haben und konnte getrost neugierig sein.

›Was hast du denn mit ihr gemacht‹, rief er. ›Erzähl endlich!‹ Aber ich bin weitergerannt, habe nicht auf ihn geachtet, hätte am liebsten die Luft angehalten bis zur Tür vom Heim. Auch beim Mittagessen hat er mich immerzu angestupst und geflüstert: ›Erzähl endlich! Sag halt schon! Wann sagst du's mir denn!‹

Aber ich habe nichts gesagt. In meinem Kopf hat es gepumpt, und heiß war mir und kalt zugleich. Und nach dem Mittagessen, als wir schon wieder auf dem Schulweg waren, sagte ich zu Manfred Fritsch, mir sei nicht gut, er solle das dem Zeichenprofessor bitte mitteilen. Und zu Franz Brandl, der schon einen Grinser drauf gehabt hat und grad sagen wollte, ihm sei ebenfalls nicht gut, habe ich gesagt: ›Mir ist wirklich schlecht. Also, laß mich in Ruh!‹ Da war er beleidigt. Aber bitteschön!

Die schriftliche Entschuldigung, die ich nachliefern mußte, lag mir zwar ein bißchen im Magen, aber die Vorstellung, noch zwei weitere Schulstunden meine Hände anstarren zu müssen und zu merken, wie schließlich die letzte Erinnerung an gestern nacht aus ihnen schwand, das war schlimmer als alle möglichen Strafen wegen Schulschwänzens.

Ich ging zurück in Richtung Heim und wartete an der nächsten Hausecke, bis ich sicher war, daß die Klasse auf dem unteren Weg ging. Dann rannte ich auf dem oberen Weg zum Café. Es war neblig, kalt und feucht, und ich schwitzte vom Laufen, und als ich vor dem Café stand, bekam ich Schüttelfrost. Sicher vor lauter Aufregung. Sie hat meine Hände für den Bruchteil einer Sekunde an Brust und Höschen gelassen. Ein kleines Recht, das ich mir erworben hatte. Mehr wollte ich nicht, eigentlich wollte ich gar nichts von ihr; ich wollte etwas von meinen Händen, daß sie die Erinnerung wieder auffrischten, damit ich diese Erinnerung wenigstens für die nächsten Stunden wieder in mir hätte.

Ich wußte natürlich nicht, wie ich das am hellichten Nachmittag anstellen sollte. Im Café. Und ich habe auch nicht wirklich daran geglaubt. Das heißt, da hatten sich schon Möglichkeiten in meinem Kopf zusammengebraut. Während der Schulstunden am Vormittag. Irgendwo in den Wolken schwebte schon so ein Szenario – ich gehe im Café aufs Klo, sie kommt kurz nach, ich schnell die eine Hand auf ihren Busen, die andere in ihre Hose und vielleicht sogar etwas länger als gestern nacht im Theaterloch, vielleicht die rechte Hand sogar etwas tiefer ...

Aber als ich dann vor dem Café stand, verließ mich jeder Mut und jede Hoffnung. Was vor zwei Stunden noch das Minimum der Wünsche gewesen war, wurde jetzt zum unerreichbaren Maximum. Also mußte ich erst einmal meine Erwartungen zurückschrauben. Das dauerte seine zwei Minuten. Aber die habe ich gebraucht. Gut, sagte ich mir, letztendlich genügt es mir auch schon, wenn ich in ihren Augen ein kleines Einverständnis sehe. Besser noch, wenn sie auf eine Geste von mir hin grinst. Besser noch, wenn sie etwas sagt. Das kann ich gut, bis heute: mir eine Wunschleiter im Kopf bauen und dann hinaufklettern.«

»Und daß du etwas sagst, daß du sie direkt ansprichst, das hast du dir nicht vorgestellt?«

»Einfach so von mir aus? Hineingehen und sie ansprechen? Oje, sicher nicht. Nein, sicher nicht. Höchstens so eine Geste von mir.«

»... und sie grinst ...«

»... und sie grinst ... Ich mach so eine Geste und sie grinst. Das wäre das Äußerste gewesen, so eine Geste von mir.«

»Auf was für eine Geste hin hätte sie denn grinsen sollen?«

»Ich habe ja nicht gewußt, wie man einer Frau zu verstehen gibt, daß man etwas von ihr will, daß man sie geil findet. Wie soll man so etwas sagen? Sagen ... Reden ... Das wäre nicht in Frage gekommen. Ich hätte ja den Mund nicht aufgebracht. Habe ich ja auch nie trainiert, so zu reden.«

»Was heißt trainiert? Was gibt es denn da zu trainieren?«

»Dialoge mit Mädchen, in die ich verliebt bin – also in meiner Einbildung verliebt bin – ja, solche Dialoge sind mir in der Nacht im Bett Hunderte durch den Kopf gegangen. Da wär ich gerüstet gewesen. Da habe ich alle möglichen Anfänge schon durchprobiert, da habe ich gewußt, wenn sie jetzt das sagt, dann sage ich das und so weiter. Aber diese ausgedachten Gespräche hatten nicht als Ziel, meine Hände an Busen und Höschen heranzuführen. Da war es dann Liebe. Da ist dann schlußendlich höchstens geküßt worden – das Kopfkissen habe ich geküßt, das nach meinen ungewaschenen Haaren gerochen hat, das war dann der Kopf meiner Geliebten – Rita, Irmgard oder Birgit. Aber was hat Liebe schon mit Brüsten und Schamhaaren zu tun! Das war reine Liebe, da habe ich in Versen geredet.

Über das andere habe ich nie in Worten nachgedacht. Es sind eben nur die Worte dagewesen, mit denen wir Buben untereinander darüber geredet haben. Greifen, ficken, vögeln, schlecken, fingerln und so. Ich dachte, die wird natürlich erwarten, daß einer so redet, wenn er ihr die Hände an Busen und Höschen legen will. Aber ich hätte das nicht fertiggebracht.«

»Hat der Gebhard Malin auch so geredet?«

»Was?«

»In solchen Ausdrücken. Wenn er über Mädchen gesprochen hat, hat er dann so gesprochen?«

»Nein. Der nicht. Früher vielleicht, das weiß ich nicht mehr. Aber ich habe ja schon gesagt, der hatte sich verändert. Er hat nicht so geredet. Da hat er sich zurückgehalten. Ähnlich wie oben beim Fußballplatz, als der Zizi Mennel seine Schau abgezogen hat. Er ist nicht weggegangen, wenn so geredet worden ist, aber er hat sich nicht daran beteiligt. Hat so getan, als hörte er nichts. Und wenn ihn einer angesprochen hat, ihn gefragt hat, was er davon hält oder so, dann hat er höchstens gegrinst. Abfällig gegrinst, so daß man sich blöd vorgekommen ist. Er hat den Eindruck erweckt, als stehe er drüber. Ich dachte, das macht er extra.«

»Gut. Weiter. Daß du einfach ins Café gehst und sie anredest, das kam dir also nicht in den Sinn?«

»Reden auf keinen Fall. Also, dachte ich, was tu ich um Gotteschristiwillen, wenn ich irgend etwas tun oder sagen muß. Kann ja nicht dastehen wie ein gestochener Bock, die hat ja Umgang mit Leuten wie dem Csepella Arpad – dem natürlich genau in solchen Situationen die allerschärfsten Worte einfallen. Also, wenn ich will, daß die auch nur eine Randnotiz von mir nimmt, dann muß ich mich bemerkbar machen. Also: zeigen.

Aber in den Händen war mein Sprachschatz noch geringer als in der Kehle. Da gab es nur eine einzige Geste: Fäuste aufeinanderschlagen. Wird zwar komisch aussehen, wenn ich ihr stumm in die Augen schaue und die Fäuste aufeinanderschlage, aber etwas anderes fiel mir nicht ein. Gut, dachte ich, setze ich mich ins Café – so stellte ich mir das vor: Ich sitze an einem Tisch, weit hinten in einer Ecke, ich sitze so, daß ich zwei Wände im Rücken habe, und wenn sie dann an meinen Tisch kommt, um zu fragen, was ich bestellen will, dann warte ich, bis sie so steht, daß sie mich vor den Blicken der anderen Gäste mit ihrem Körper abschirmt, und dann ... ja, dann schaue ich sie an und schlage meine Fäuste aufeinander. Und vielleicht grinst sie. Dann hätte ich zurückgegrinst und eine Coca Cola bestellt. Und irgendwann wäre ich aufgestanden und in Richtung Toiletten gegangen, hätte ihr einen bedeutungsvollen Blick zugeworfen und so weiter und so weiter ... Obwohl mir das selber alles als ein hirnrissiger Blödsinn vorgekommen ist. Aber bitte: Zwei Tage zuvor wäre es mir auch als ein hirnrissiger Blödsinn vorgekommen, wenn einer zu mir gesagt hätte, morgen greifst du einer Frau mit der einen Hand an den Busen und die andere Hand steckst du ihr ins Höschen.

Die erste Überwindung war, überhaupt das Café zu betreten. Ich hatte gerade soviel Geld, um mir eine Coca Cola zu leisten. Das war zwar kein Problem, aber irgendwie doch. Wenn ich da sitze und nur eine Coca Cola trinke, dachte ich, dann sieht das wirklich gleich so aus, als ob ich eigentlich wegen etwas anderem hier hocke. Das kam mir komisch vor, daß einer in ein Lokal geht, nur um eine Coca Cola zu trinken. Das sieht nach Durst aus. Aber wenn ich Durst gehabt hätte, hätte ich mir eine Cola in einem Geschäft gekauft. In ein Café geht man, um etwas zu essen, Kuchen oder Würstchen oder was weiß ich. Es war das erste Mal, daß ich allein ein Café betrat. Ich war sicher, man würde mir ansehen, was ich eigentlich wollte. Von wegen Colatrinken! Ich ging also die Stufen hinauf – viel zu zaudernd, viel zu bedächtig, und zum Ausgleich riß ich die Tür auf, daß sie an die Garderobe schepperte; und alle starrten mich an. Drei Kundinnen in der Konditorei und die Veronika Tobler, die sie gerade bediente.

›Bitte, die Türe zumachen, es zieht‹, sagte jemand.

Ganz vorsichtig schloß ich die Tür, spürte die Blicke im Rücken. Wie dreh ich mich jetzt um, daß mir nicht gleich das ganze Gesicht herunterfällt, wenn sie mich erkennt. Ich kann ja nicht, mit dem Rücken zur Kuchentheke, seitwärts durch die Konditorei hüpfen. Und genagelt stehenbleiben bis ans Ende der Tage wäre wohl noch mehr aufgefallen.

Andererseits – Himmelnocheinmal! – warum bin ich denn hergekommen! Natürlich soll sie mich erkennen, natürlich soll sie wissen, was ich mir denke. Im Gegenteil, das wäre überhaupt die Lösung gewesen: Ich sage nichts, ich mache keine Geste, ich tu überhaupt gar nichts, mir steht alles im Gesicht geschrieben. Gut lesbar für das Fräulein Tobler. Wäre mir der Gedanke nicht gekommen, es wäre vielleicht so geschehen; so aber habe ich mich angestrengt, um das alles auf meine Stirn zu kriegen, und dabei habe ich mich zufällig im Garderobenspiegel gesehen. Ein Blick hat genügt. Knallrot. *Einer mit Verstopfung* wäre eine passende Überschrift zu dem Bild gewesen. Nein, da mußte ein anderes Gesicht her! Aber wie kann man das: Zwar den Gedanken *Mit dir möcht ich noch einmal das gleiche machen* auf der Stirn tragen, aber, wenn geht, nicht vor einem brandroten Hintergrund. Wäre ich nur mit dem Franz Brandl hergekommen! Sein Kopf hätte vielleicht im Vergleich farbabschwächend gewirkt. Ich fühlte mich wie das ewige Licht im Fischgrätmantel. Ich hatte nämlich obendrein einen Fischgrätmantel an, ein klobiges Trumm, mit halbmetrigen Säumen an allen Ecken und Enden, hat meine Tante aus einem günstigen Rest genäht, ein Anti-Lumber-Jack, der Anti-Lumber-Jack schlechthin, allerdings ohne die exklusive Sonderbarkeit von Csepella Arpads schwarzem Herrenanzug. Nein, ganz bestimmt – wäre ich die Veronika Tobler, würde ich so einen wie mich nicht an Busen und Höschen lassen. War eh alles schon verloren ...

›Dürften wir bitte vorbei, junger Mann‹, hörte ich eine der Damen sagen, die bei der Kuchentheke gestanden hatte. An der Garderobe hingen drei grüne Lodenmäntel, einer wie der andere. Ich tauchte unter dem ausgestreckten Arm der Dame hindurch, er roch nach Seife, noch eine Dame und noch eine Dame, ich hatte die Damenmauer durchbrochen und blickte direkt in Veronikas Gesicht:

Haare toupiert, braun, Augenbrauen gezupft oder rasiert, schwarze, dünne Strichlein, und so strahlend die Augen und so lächelnd der Mund – der war doch rot gewesen und klein wie ein Einschußloch, gestern Nacht. Und heute: gewellt, in der Farbe nicht viel anders als die Haut drunter und drüber. So viel bieder, dieses Mädchen. Aber sie war es. Alle meine Traummädchen, die das Parfum meiner ungewaschenen Haare an sich hatten, waren bieder, hatten hautfarbene Lippen und hochgeschlossene Krägelchen. Sie war es. Nur dünner, als ich sie in Erinnerung hatte, das Gesicht zart. Eine helle Haut, dreckabstoßend. Ein Gesichtchen. Die Zarten führen nichts Böses im Sinn, nur die Dicken. Hat sie sich aufgebläht gestern nacht, eine Hexe, die nachts dick, bös und geil wird? Was hat sie denn angehabt gestern nacht? Etwas Helles? Rechts und links von Pullover und Rock war etwas Helles gewesen und der Rock war rot gewesen und der Pullover war rot gewesen und rechts und links davon ein Vorhang – ihr Körper dazwischen die Bühne. Einen hellen Mantel wird sie getragen haben. Mein Mantel war auch hell, Fischgrät, aber hell: etwas Gemeinsames. Gestern etwas Gemeinsames. Aber gestern im Theaterloch hatte ich diesen Mantel gar nicht angehabt. Heute trug sie ein weißes Blüschen und einen schwarzen Rock und über dem Rock ein Schürzchen. Den Rock sah ich durch die Glasscheibe der Kuchentheke. Schürzchen und Kragen waren völlig identisch. Nein, heute hatten wir nichts Gemeinsames.

Schlagartig wechselte die Tobler in meinem Kopf die Fronten. Sie sprang hinüber in die Welt der drei Glücklichen aus der Parallelklasse. Die Tobler? Was für eine Abwertung, sie nur beim Familiennamen zu nennen! Die Tobler, das Loch. Dieses zarte Mädchen mit dem zugeknöpften Rüschchenkragen – ich war in sie verliebt.

Was hatte ich gestern nacht verbrochen! Was hatte sie dazu getrieben, so etwas mit sich machen zu lassen! Von einem wie mir! Eine Kriminalgeschichte explodierte in meiner Phantasie – brutalste Erpressung, Mutter, Bruder, Schwester in Gefahr. Ich war eifersüchtig. Auf mich selbst!

Sie erkannte mich nicht. Ja, natürlich, sie hatte ja den Mond im Gesicht gehabt. Ich war im Schatten gestanden. Von einem Wildfremden hatte sie sich an Brust und Schamhaar greifen lassen! O Gott, ich hätte sie gern in die Arme genommen, sie getröstet, ihr versprochen, sie zu rächen, diesem Sauhund die dreckigen Finger zu brechen, ohne dafür mehr zu erwarten als den einen Satz von ihr: ›Ich habe es nicht freiwillig getan.‹ Ich stand wohl schon zu lange vor der Kuchentheke, länger als das ein Gast tut, der nur nach hinten ins Café will. ›Bitte, was darf es sein‹, sagte sie, und sie hatte ein feines Stimmchen. Nur nicht rot werden, dachte ich und merkte, wie mir alles Blut aus dem Kopf sackte; also war ich blaß geworden, und das war noch schlimmer.

›M-m‹. – Ich schüttelte den Kopf: ›M-m. Nein ... ach so ... ja ... hinten ... Grüß Gott ... eine Cola ...‹ Ich wedelte mit der Hand in Richtung Café, der Satz: ›Ich möchte lediglich eine Coca Cola hinten im Café trinken‹, der kam mir so kompliziert und endlos vor und vollgestopft mit grammatikalischen Fallen, daß ich ihn erst in ein Stotterpolster betten wollte, ehe ich ihn herausließ.

›Wollen Sie ein Stück Kuchen dazu‹, unterbrach sie mich rechtzeitig – und lächelte.

Sage ich ›Nein‹, hört sie sicher auf zu lächeln; sage ich ›Ja‹, kann ich es nicht bezahlen.

Ich sagte also: ›Ja.‹ – Dreihundert Stunden will ich dafür Tellerwaschen in ihrer Küche ...

›Wir haben Schwarzwälderkirsch und Linzertorte und Schaumrollen ...

›Schaumrollen‹, sagte ich, weil sie in der Aufzählung die letzten waren. Die anderen Kuchen hatte ich längst schon vergessen.

›Und wie viele darf ich Ihnen bringen?‹

Da fiel mir erst auf, daß sie mich mit ›Sie‹ anredete. Ich war vierzehn, vor einem halben Jahr vierzehn geworden. Sie vielleicht sechzehn, zwei riesige Jahre Unterschied; aber sie siezte mich. Ich wertete das erneut als einen Beweis, einen Beweis dafür, daß auch sie mich liebte. Beweis Numero zwo; Numero eins war, daß sie gelächelt hatte.

›Drei‹, sagte ich. Ich darf nichts auslassen, nicht das Kleinste, dachte ich, bei Beweis Numero zweihundert blättere ich ihr dann einen Katalog vor, gegen den kein Kraut gewachsen ist. Allmählich gewann ich Zuversicht; zwei Beweise in zwei Minuten, das war gute Arbeit.

›Drei‹, fragte sie. Was drei? Hatte ich etwas übersehen? Hatte sie meine Gedanken gelesen?

›Schon drei?‹ fragte ich, und erst da fiel mir ein, daß sie Schaumrollen meinte.

›Ich weiß es nicht‹, sagte sie und lachte dabei, hell wie Weihnachten. ›Sie haben drei gesagt. Kommt mir viel vor, aber wenn Sie wollen …‹

›Dann nur zwei‹, sagte ich, lachte ebenfalls, streckte zwei Finger in die Luft. Damit jeder Zweifel ausgeschlossen war. Zeigte es mit zwei Fingern. Mit dem Daumen und dem Zeigefinger der rechten Hand – und watsch! – war meine Fröhlichkeit den Bach hinunter. Diese Finger! Diese beiden Finger! Oder zumindest der eine von ihnen … Der Daumen hatte oben beim Gummizug gewartet, aber der andere war einer von denen gewesen, die das Borstige gefühlt hatten – das dort hinter der Glasscheibe, hinter dem weißen Schürzchen, hinter dem schwarzen Rock … Es muß ein Traum gewesen sein, dachte ich, ein Alptraum. Begangene Unkeuschheit in Gedanken, nicht in Worten und Werken.

Ich drehte mich um, stieg die zwei Stufen zum Café hinauf, setzte mich an den erstbesten Tisch, wie im Leben sollte ich zwei Schaumrollen hinunterbringen? Wie im Leben sollte ich sie bezahlen?

Das Café war leer. Ich war der einzige Gast. Ich nahm mir vor, die Cola hinunterzuschütten, die Schaumrollen einfach stehen zu lassen und gleich wieder zu gehen. Die Schaumrollen konnte man ja wiederverwerten, wenn ich sie nicht anrührte. Zu Hause, wenn ich ein Kuchenstück nicht gegessen habe, da hat man es auch einem anderen angeboten. Das schien mir eine Möglichkeit. In diesem Punkt beruhigte ich mich einigermaßen.

Dann kam sie zu meinem Tisch, in der Hand ein Tablett mit einem Glas Coca Cola und einem Teller mit zwei Schaumrollen.

›Das habe ich noch nie erlebt, daß einer gleich zwei Schaumrollen bestellt‹, sagte sie, und sie hatte einen Plauderton in der Stimme, der mich verwirrte. Einerseits war ich froh, denn das klang nicht nach irgendeinem Verdacht; andererseits war es enttäuschend, denn ich vermutete ja ein großes, geheimes Leid in ihrem Herzen, und dazu paßte dieser Ton absolut nicht. Sie blieb neben dem Tisch stehen, kratzte sich mit dem kleinen Finger an der Nase, schaute sich immer wieder um.

›Ich habe dich noch nie hier gesehen‹, sagte sie. ›Kommst du von irgendwo anders her?‹

Meine Kiefer preßten sich zusammen. Ich nickte nur.

›Du bist mir doch nicht böse, daß ich vorhin Sie zu dir gesagt habe. Aber die Chefin war hinten, und die hat lange Ohren, und wenn die hört, daß ich einen Kunden duze, dann macht sie einen Wirbel ...‹

Diesen Beweis konnte ich also streichen. Blieb nur noch das Lächeln. Aber das war eigentlich auch entwertet. Mit dem Plauderton zusammen war das ein Plauderlächeln. Wahrscheinlich machte ihr die Chefin auch einen Wirbel, wenn sie nicht lächelte.

›Wegen der Schaumrolle‹, sagte ich, verbesserte mich gleich: ›Wegen den Schaumrollen ... die schaff ich wirklich nicht ... das war ein Fehler von mir ...‹

›Macht ja nichts‹, sagte sie. ›Laß sie einfach stehen, sind eh nichts besonderes – von gestern.‹

›Aha‹, sagte ich.

›Ja‹, sagte sie und blickte sich wieder um. Dabei drehte sie sich in der Hüfte, und über ihrer Brust straffte sich die Bluse. ›Die kann ich also einfach so stehen lassen‹, hakte ich schnell nach. Ich befürchtete, sie würde weggehen, wenn das Gespräch abriß.

›Ja, die kannst du einfach so stehen lassen.‹

›Und du kriegst keine Schwierigkeiten, wenn ich sie einfach so stehen lasse?‹

›Nein, wieso denn! Da kann ich doch nichts dafür, wenn ein Gast nicht aufißt, was er bestellt hat. Und du bist ein Gast.‹

›Das war ein Fehler von mir, das geb ich zu.‹

›Aber wieso denn! Da kannst du doch nichts dafür, wenn du Lust auf zwei Schaumrollen hast und dann auf einmal nicht mehr ...‹

›Aber du hast die Arbeit gehabt und sie hergebracht ...‹

›Die Coca Cola habe ich ja auch hergebracht. Das war ja ein Weg.‹

Ich hätte stundenlang so weiterreden können!

Eigentlich ist das noch viel besser, daß sie mich duzt, dachte ich. Eigentlich wollte sie mich schon vorne in der Konditorei duzen und hat es nur nicht getan, weil sonst die Chefin einen Wirbel gemacht hätte. Das heißt, es war sogar günstiger, daß sie mich duzte, viel günstiger. Das ist ja ganz klar: Wenn ich von jemandem nichts will, dann sieze ich ihn. Unsympathische Leute zum Beispiel sieze ich immer. Gleichsam grundsätzlich. Aber wenn mir jemand sympathisch ist, dann möchte ich ihn duzen. Ist doch klar. Und bei einem Mädchen, in das ich verliebt bin, käme es mir nie in den Sinn, sie zu siezen. Ist doch klar. Vorhin war ich für sie ein Fremder, da hat sie mich gesiezt. Jetzt waren wir uns ein bißchen näher gekommen, jetzt duzte sie mich. Selbst auf die Gefahr hin, daß ihre Chefin einen Wirbel macht. War doch viel günstiger!

›Also ... wenn du das sagst‹, hängte ich schnell an, ›wenn du sagst, ich kann die Schaumrollen ruhig stehen lassen, dann lasse ich sie einfach ruhig stehen ...‹

›Der ist nur wichtig, daß sie bezahlt werden‹, sagte sie und fügte mit einer Kopfbewegung hinzu: ›Der Chefin...‹ und nuschelte etwas, das wie *blöde Kuh* klang – und mir wurde es eng im Nacken.

›Eben ... Ich habe das gar nicht so gemeint‹, stotterte ich. ›... das mit den Schaumrollen ... Ich habe überhaupt keine Lust darauf gehabt ... ich wollte sie eigentlich gleich wieder ... im Augenblick, meine ich ... abbestellen ...‹

›Macht doch nichts‹, sagte sie. ›Soll sie ruhig sehen, daß die niemand will ...‹

›Könnte man sie nicht einfach ... also, ich meine ... einfach zurückstellen ...‹

›Die werden in den Sautrog geschmissen.‹

›Aber wenn man sie zurück aufs Regal stellen würde ... ich meine, in die Dings da ... also, zu den anderen ...‹

›Daß sie die gleich zweimal verkauft!‹

›Aber wenn sie einfach wieder hingestellt werden, und der nächste ... also, der nächste, der kommt, der nimmt sie ... der ißt sie ...‹

›Ich habe sie leider schon eingetippt. Die sind schon in der Kasse.‹

›Die kann man also nicht mehr zurückgeben?‹

›Wär doch ein Blödsinn! Die hau ich in den Sautrog ... vor ihren Augen, wenn's sein muß!‹

›Also, daß heißt, ich muß die also ...‹

Dauernd sag ich *also*. Warum sag ich denn dauernd *also*! Einmal sage ich die ganze Zeit *also*, und dann sage ich die ganze Zeit *eigentlich*. Eines von beiden sage ich immer, wenn ich aufgeregt bin. Als ob es da nicht tausend andere Wörter gäbe! Einen Augenblick lang stand hinter jedem Wort in meinem Kopf ein Fragezeichen, und ich mußte tief Luft holen, um mich nicht selber an ihnen wie am Metzgerhaken aufzuspießen.

Dieses Luftholen war entsetzlich laut gewesen, und es war genau in eine Pause hineingeplatzt. Und das hatte Aufmerksamkeit erregt.

Sie schaute mich an – und jetzt hatte sie kein Plaudergesicht mehr. Ich bildete mir ein, da war etwas liebevoll Wartendes um ihre Nasenflügel. Verständnis von einer, die die Welt von der dunkelsten Seite her kennt, die genügend Einfühlungsvermögen besitzt, um so ein krampfiges Gestotter wie das meine richtig zu deuten. Die in dem Schnaufer einen Seufzer und hinter dem Seufzer ein verwandtes Leid vermutet. Sie schaute mich so an, als ob sie mich erst jetzt wirklich sähe, zog ihre Oberlippe leicht über die Zähne ... Warum hatte ich meine rechte Hand nicht an ihren Hals gelegt, an diesen zarten, hellen Hals ... anstatt sie in ihr Höschen zu stecken. Dann hätte sie schon oben beim Theaterloch gemerkt, da ist einer, der meint es anders mit mir. Dann hätte ich jetzt getrost sagen können: Ich bin es. Und es wäre nicht so verlogen gewesen, meinen Schnaufer als Seufzer zu verkaufen. Ich war nicht nur ein Sauhund, ich war auch ein Betrüger. Sie schenkt mir Aufmerksamkeit, weil ich seufze. Aber ich habe nicht geseufzt, ich habe geschnauft. Das war Betrug.

Andererseits war das zu verkraften. Ich hatte ihre Aufmerksamkeit gewonnen, und das war immerhin etwas. Ab jetzt fängt das *Beweise*-Zählen an, dachte ich. Erst ab jetzt. Denn erst jetzt hat sie mich wahrgenommen. Ab jetzt war ich nicht einfach ein Kunde mehr, mit dem man plaudert, von dem nichts zu erwarten war, kein Verständnis, gar nichts, nur eine bezahlte Rechnung – ab jetzt war ich einer, bei dem man sich Gedanken macht, wenn man ihn anschaut. Beweis Numero eins.

›Ich hätte dir sagen müssen, daß die Linzertorte besser schmeckt‹, sagte sie. ›Aber wenn sie das gehört hätte …‹

Meine Deutung dieses Satzes lautete: Wenn ich gewußt hätte, daß du so bist, wie ich dich jetzt sehe, dann hätte ich dich besser beraten. Beweis Numero zwei. Fettgedruckt. Aber das Schaumrollenproblem war damit nicht gelöst.

›Ich habe also eine Cola und zwei Schaumrollen …‹, sagte ich und neigte mich zur Seite, um in meine Hosentasche zu greifen. Vielleicht hatte sich dort drinnen inzwischen ein Wunder abgespielt.

›Willst du gleich zahlen?‹ fragte sie. ›Warum willst du denn schon gehen?‹

Ich wollte überhaupt nicht gehen! Ganz im Gegenteil! Nur zahlen wollte ich. Aber das Wunder hatte nicht stattgefunden. Zu wenig spektakulär für die Heiligen. Obwohl das Wunder, das mir im Augenblick geholfen hätte, durchaus auf der Ebene des Wasser-zu-Wein-Wunders gelegen wäre.

›Zwei Schaumrollen? Ich hatte zwei Schaumrollen?‹
›Zwei Schaumrollen, ja.‹
›Zwei Schaumrollen und ein Coca Cola?‹
›Zwei Schaumrollen und ein Coca Cola, ja.‹
›Die Schaumrolle fünf Schilling?‹
›Zehn Schilling. Zwei Schaumrollen, ja.‹

›Zwei Schaumrollen, also ...‹

Da steht ein Mädchen meiner Träume vor mir, eines mit einem geheimen, tiefen Leid in der Brust, das sie tapfer vor der Welt verbirgt, an dem ich sogar beteiligt war – und ich rede nur über Schaumrollen, ich zwinge diesem Mädchen förmlich ein Gespräch über Schaumrollen auf. Sie hat Schmach und Schande erlitten, würde Trost brauchen – viel dringender als ich zehn Schilling – und ich, kalter Bruder, habe nur Schaumrollen im Hirn? Numero eins und zwei streichen! Das ist die Strafe, dachte ich, das mußt du auslöffeln.

›Ich kann die Schaumrollen nicht bezahlen‹, sagte ich. ›Ich habe nur vier Schilling.‹

›Nur vier Schilling?‹

›Ja.‹

›Dann kannst du die Cola auch nicht bezahlen. Eine Coca Cola kostet vier Schilling fünfzig‹, sagte sie und lachte.

›Die Coca Cola hast du sicher auch schon eingetippt‹, sagte ich.

Sie nickte und lachte noch mehr.

›Was soll ich denn jetzt machen?‹

Sie zuckte mit der Schulter, hörte nicht auf zu lachen.

Ich stand auf.

›Ich rede mit deiner Chefin ...‹

›Du bist verrückt, die holt die Polizei!‹

Das war ein bitterer Weg. Aber immerhin: Sogar Csepella Arpad war noch nie im Gefängnis gesessen. Das hätte er sicher erzählt. Mit einem Schlag wäre ich der wildeste aller wilden Hunde geworden.

›Ich borg's dir‹, sagte sie. ›Du mußt mir nur deinen Namen sagen und mir versprechen, daß du es mir zurückgibst.‹

Ich setzte mich wieder. Nicht, daß ich nicht bereit gewesen wäre, der wildeste aller wilden Hunde zu werden. Nur wär mir das ein bißchen zu plötzlich gekommen. Ich hätte mich gern ein bißchen länger darauf vorbereitet, die Sache ein bißchen gründlicher überdacht, mich erst drauf eingestellt ... ich war todfroh, daß ich kein wilder Hund zu werden brauchte. Außerdem sah mein Fischgrätmantel im Sitzen nicht ganz so beschissen aus.

›Ich verspreche es dir‹, sagte ich und hielt ihr die Hand hin. Sie nahm sie und drückte sie. Zwischen unseren Handflächen knirschten meine vier Schillinge. Ich versprach, am nächsten Tag wiederzukommen und ihr das Geld zu bringen.

Als ich im Heim ankam, waren die anderen noch nicht vom Zeichnen zurück. Es war still im Haus, die Pause nach dem Strengstudium war gerade zu Ende und die Schüler saßen in den Studiersälen. Der Präfekt war unten, das wußte ich, der Spiritual wahrscheinlich oben. Ich wartete einen Augenblick vor dem Paterzimmer, ließ Augen und Mundwinkel hängen, dann klopfte ich an.

›Herein‹ wurde gerufen. Ich öffnete die Tür. Der Rektor saß vor einem Glas Bier.

›Was wünschst du?‹

›Mir ist in der Zeichenstunde schlecht geworden‹, sagte ich, ›so komisch ... schwindelig ... Ich bin dann nach Hause gegangen, der Manfred Fritsch hat es dem Professor Nessler gesagt ... und unterwegs habe ich mich ein paarmal hinsetzen müssen ... Jetzt ist es schon besser ...‹

Der Rektor griff mir an die Stirn. ›Fieber hast du keines.‹

›Nein, eher kalt ...‹

›Mach einmal die Augen zu und geh drei Schritte.‹

Ich machte die Augen zu, ging drei Schritte, legte ein paar winzige Torkler ein. Ich wollte ja kein Fall sein, wollte ja nur eine schriftliche Entschuldigung haben.

›Ist dir immer noch schwindelig?‹

›Nein, jetzt nicht mehr. Kaum noch ...‹

›Augen zu, drei Kniebeugen. Zack! Zack! Zack! Und dann sag laut dreimal: Die meisten Leute essen rote Rüben gern!‹

Ich drückte die Augen zu, streckte die Arme aus, machte die Kniebeugen und brüllte: ›Die meisten Leute essen rote Rüben gern! Die meisten Leute essen rote Rüben gern! Die meisten Leute essen rote Rüben gern!‹

Dann öffnete ich die Augen wieder, schüttelte den Kopf, als ob ich eine Mütze abwerfen wollte, machte ein erstauntes Gesicht und grinste blöde.

Der Rektor lachte, der weiße Streifen in seinem Bart am Kinn zog sich auseinander, als wär er dehnbar wie eine Trainingshose.

›Und?‹

›Alles weg‹, rief ich, ›alles weg!‹

›Wachstumsstörungen. Kein Problem. Völlig normal in deinem Alter.‹

›Danke Pater Rektor!‹

›Schon recht. Willst du dich hinlegen?‹

›Nein‹, rief ich stramm. ›Ich möchte lernen. Auf die Griechischschularbeit!‹

›Dann geh in Gottes Namen! Die Entschuldigung kannst du dann bei mir abholen.‹ Noch vor der Tür hörte ich ihn lachen.

Es war ein billiger Trick. Das ganze Heim machte sich darüber lustig. Es hieß, der Rektor wäre irgendwann einmal gern Arzt geworden, im Krieg sei er Sanitäter gewesen, und er bilde sich weiß Gott was auf seinen diagnostischen Blick ein, sei davon überzeugt, er verstehe vom Heilen mehr als jeder Arzt. Manchmal sagte er, er habe es in den Händen, der Heilige Geist habe ihm ein kleines Schäufelchen Wunderkraft gegeben. Dann lachte er zwar verschmitzt, so, als hätte er sich eben zu einer kleinen läßlichen Gotteslästerung hinreißen lassen, aber es war schon klar: Er war felsenfest davon überzeugt. – Man konnte dem Rektor keine größere Freude machen, als sich von ihm heilen zu lassen. Und das hatte ich getan. Mein Kopfschütteln und mein erstauntes blödes Gesicht hatten nichts anderes heißen sollen als: Ist es möglich! Ist es möglich! Ich habe es nicht für möglich gehalten, aber jetzt weiß ich es ... Die Frage war nur, bei welcher Laune man ihn erwischte. Es hieß, betrunken und nüchtern seien schlecht, dazwischen sei gut. Ich hatte ihn dazwischen erwischt.«

»Aber wenn ein Schüler wirklich krank war, dann ist ein Arzt gerufen worden?«

»Schon, schon, klar. Da hat dann der Rektor gesagt: ›Jetzt muß die Wissenschaft her.‹ Aber bei so normalen Sachen, da hat der Rektor selbst eingegriffen. ›Wirkliche Heilung kommt von Gott‹, hat er gesagt, und das hat geheißen, man braucht vorläufig noch keinen Doktor. Da ist natürlich viel geblufft worden. Aber auch wenn er dann mitgekriegt hat, daß einer simuliert, ist er bei seiner einmal gestellten Diagnose geblieben. Der Präfekt hat sich da manchmal geärgert. Wenn sich ein Schüler durch so einen Bluff zum Beispiel einer Prüfung entzogen hat. Aber machen konnte er nichts. Die Tagebucheintragung zum Beispiel, an diesem Samstag, also, an dem Samstag, an dem wir den Gebhard Malin verprügelt haben, da habe ich geschrieben, Csepella Arpad im Krankenzimmer besucht – das war zum Beispiel so ein Bluff. Der Arpad hat überhaupt nichts gehabt, gar nichts, er hat gebufft, er hat Seife gegessen.«

»Und wenn einer krank war, dann mußte er im Krankenzimmer liegen?«

»Mußte ist gut! Da hat man einiges dafür gegeben, daß man ins Krankenzimmer kommt.«

»Aber das hat der Rektor bestimmt ...«

»Wenn man mehr als achtunddreißig Grad Fieber gehabt hat, durfte man sich in eines der beiden Krankenzimmer legen. Ein Strich mehr als achtunddreißig, und du warst aus dem Schneider. Das war das beste, was einem passieren konnte.

In jedem der beiden Zimmer standen drei Betten. Außer bei einer Grippewelle oder etwas Ähnlichem kam es selten vor, daß mehr als zwei Schüler gleichzeitig im Krankenzimmer waren. Meistens war man dort allein. Das war traumhaft. Man bekam das Essen aus der Küche serviert – nicht Schüleressen, sondern Pateressen. Man konnte lesen oder schlafen, und was das Allergrößte war: In einem der beiden Zimmer stand ein Radio. Da hast du Radio hören können bis in die Nacht hinein. Hat ja niemand kontrolliert. Ich war einmal eine Woche lang im Krankenzimmer, ich glaube, ich hatte entzündete Mandeln, und gerade in dieser Woche lief die Kriminalserie *Dickie Dick Dickens* im Radio. Es war paradiesisch. Jeden Abend vor dem Einschlafen habe ich einen ganzen Psalter gebetet, damit mich der Liebe Gott noch eine Weile krank sein läßt. Solange das Fieberthermometer über achtunddreißig anzeigte, warst du, wie gesagt, aus dem Schneider. Zweimal am Tag kam der Rektor mit Tabletten, Tee und Thermometer. Er steckte es dir in den Mund – so schlau war er auch, daß er wußte, in der Achselhöhle unter der Zudecke kann man, wenn man geschickt ist, die Thermometerspitze zwischen Daumen und Zeigefinger reiben – darum hat er dir das Thermometer in den Mund gesteckt, dann setzte er sich neben das Bett auf den Hocker und las eine bestimmte Seite in seinem Brevier. Leise für sich. Für die Seite hat er gerade so lange gebraucht, wie nötig war, um die Temperatur zu messen. Dann hat er dir den Fiebermesser aus dem Mund gezogen und das Urteil gesprochen. Wenn das Thermometer nur einen Strich unter achtunddreißig zeigte, oder auch wenn es genau achtunddreißig zeigte, dann konntest du deine Sachen zusammenpacken und in den Schlafsaal zurückmarschieren.«

»Csepella Arpad hat also den Rektor überlistet. Er hat gebufft ...«

»Er hatte Seife gegessen. Er wollte wahrscheinlich schwänzen. Oder auch nur ausschlafen oder seine Ruhe haben oder etwas im Radio hören. Das nehme ich eher an. Der Csepella Arpad war nicht einer, der Schule schwänzt. Das hat ihn ja alles wahnsinnig interessiert. Ich weiß es nicht. Er hat Seife gegessen und davon Fieber gekriegt.«

»War dieser Trick bekannt?«

»Ich hatte das nicht gewußt. Daß man Fieber kriegt, wenn man Seife ißt. Ich glaube, die anderen wußten das auch nicht. Auf so einen Trick kommt nur ein wilder Hund.«

»Und der Rektor ist darauf reingefallen.«

»Muß wohl so gewesen sein. Er hatte jedenfalls die Diagnose gestellt, was für eine weiß ich nicht, vielleicht auch gar keine, schließlich war ja Fieber da, über achtunddreißig, also: Krankenzimmer.«

»Und was für eine Diagnose hat der Rektor dann an diesem Abend gestellt?«

»Was meinst du?«

»Ich meine die Diagnose am Samstagabend – nach den Klassenprügeln – was für eine Diagnose hat er bei Gebhard Malin gestellt?«

»Was für eine Diagnose? Wie soll ich das sagen ... Ich weiß jetzt nicht genau, was du meinst ... Ich weiß gar nicht, ob ihn der Rektor überhaupt angeschaut hat ... Ja, der Manfred Fritsch behauptet, er habe ihn angeschaut ... Nein, er hat ihn wahrscheinlich nicht angeschaut. Fast alle sind der Meinung, er hat ihn nicht angeschaut ... Aber was für eine Diagnose ... Ich weiß nicht, was er da für eine Diagnose hätte stellen sollen ... Es war ja eindeutig, was mit dem passiert ist ... Ich weiß jetzt nicht, worauf du hinauswillst ...«

»Du hast recht, wir schweifen ab. Erzähl weiter!«

»Ja. Was willst du wissen?«

»Wie das weitergegangen ist mit der Veronika Tobler.«

»Ja. Auf jeden Fall, das Problem mit der Entschuldigung war gelöst. Diagnose: Wachstumsstörungen. Ich bin also in den Studiersaal gegangen und habe dem Präfekten Meldung gemacht und mich an mein Pult gesetzt. Und dann sind die anderen aus der Klasse gekommen ... Ich muß jetzt einen Augenblick überlegen, was ich eigentlich sagen wollte ... Ah, ja ... Am Abend ...«

»... das war Mittwoch abend ...«

»Mittwoch abend. Nach dem Essen hat mich der Franz Brandl abgefangen. Es hat ihn fast zerrissen vor Neugierde: ›Was war?‹ Zuerst bin ich erschrocken, weil ich gedacht habe, der redet von heute nachmittag.

›Was war gestern beim Theaterloch!‹

Das kam mir so weit weg vor, als ob das vor einem halben Jahr gewesen wäre, als ob das gar nichts mit mir zu tun hätte, oder vielleicht schon mit mir, meinetwegen, aber sicher nicht mit der Veronika. Den Gedanken habe ich gar nicht aufkommen lassen. Und so habe ich ihm dann eine Geschichte erzählt. Gelogen. Erfunden. Eigentlich habe ich die Geschichte mir selber erzählt. Das funktioniert ja. Du erzählst eine Geschichte, und dann glaubst du selber dran. Oder besser: es fällt dir leichter, das andere nicht zu glauben. Das, was wirklich war.

›Also, komm mit‹, habe ich zu ihm gesagt, ›ich erzähl's dir.‹

Wir sind den Weg hinter dem Heim hinaufgegangen, an der Mariengrotte vorbei, er wollte zum Theaterloch, damit ich ihm an Ort und Stelle alles erzähle. Hab ich aber nicht gemacht.

›Nein‹, sagte ich. ›Setzen wir uns in der Grotte auf eine Bank.‹ Nicht mit Gewalt hätte er mich zum Theaterloch gebracht. Ich wollte diesen Ort nicht sehen, und ich hatte die Befürchtung, dort auf den Gebhard Malin und den Csepella Arpad zu treffen – ja, und womöglich auch auf die Veronika.

Wir gingen wieder zurück und setzten uns auf eine Bank in der Grotte, und ich tischte ihm eine Schauergeschichte auf. Die Grotte, das war so eine Fatimagrotte, gemauert, nicht direkt eine Höhle, nur angedeutet, an den Rändern von Nadelgehölz zugewachsen, mitten drin eine blau-weiß angemalte Muttergottes mit gefalteten Händen, darunter Kerzen und Windlichter. Haben immer welche gebrannt. Da sind Leute aus der Stadt und auch aus der Umgebung gekommen und haben Kerzen gespendet. Früher war auch noch eine überdachte Tafel da, an die man mit Stecknadeln oder Reißzwecken Dankesbriefe an die Muttergottes heften konnte. Das hat man dann aber abgeschafft. Ich weiß nicht, warum. Für uns war das immer eine Mordsgaudi, die Briefe zu lesen. Zuerst einmal mußte mir der Franz Brandl etwas schwören: ›Schwör mir, daß du mit niemandem auch nur das leiseste Wort redest!‹

›Klar!‹

›Und vor allem nicht mit dem Malin und dem Csepella.‹
›Hundertprozentig!‹

Und dann habe ich angefangen zu erzählen: ›Da war eine große Dicke, sicher schon dreißig, einen Busen wie ein Faß ...‹ und so weiter. Ob ich sie gevögelt hätte, wollte er wissen. Zu allererst. Das traute ich mich dann doch nicht zu behaupten.

›Fast‹, sagte ich. ›Ich war fast drin. Nicht ganz, aber da hat höchstens so viel gefehlt.‹ So eine Lügengeschichte ist eine Reinigung. Ich erzählte so lange, bis ich diese fremde, dicke Dreißigjährige vor mir sah, dann war Schluß. Viel hat der Franz Brandl davon nicht gehabt. Ich hatte Veronika mit meiner Erzählung vom Dreck meiner Hände reingewaschen, und damit verlor ich jedes Interesse daran, für ihn noch weitere Einzelheiten zu erfinden. Ich brach mitten im Satz ab.

›Weiter!‹ drängte er. ›Red doch weiter!‹
›Es macht mich nicht mehr an‹, sagte ich.

Die Falten am Ärmel der Muttergottes erinnerten mich an Veronikas weiße Bluse, obwohl da mit bestem Willen keine Ähnlichkeit bestand – die einen aus Stein, die anderen aus Dralon, die einen blau, die anderen weiß, die einen weit, die anderen eng – und wenn die Muttergottes einen Schipullover angehabt hätte, seine Ärmel hätten mich an Veronikas Bluse erinnert. Ich war eingetaucht in die Welt der Frauenärmel. Ein Jahr zuvor, als ich mit dem deutschen Mädchen nach dem Schwimmen nach Hause gegangen war, hatte sich für eine kurze Weile ein ähnliches Gefühl in mir geregt, aber es war schnell wieder verflogen.

›Was war denn weiter‹, flüsterte Franz Brandl. ›Seid ihr gestanden oder was oder gelegen, es ist doch alles naß...‹
›Es macht mich nicht mehr an‹, sagte ich noch einmal.
›Aber es war doch gut, oder?‹
›Nein‹, sagte ich. ›Es war grausig.‹
›Grausig? Spinnst du?‹
›Gestern habe ich gedacht, es sei gut, heute weiß ich, daß es grausig war.‹

›Was redest du denn für einen Blödsinn! Alles, was du erzählt hast, war doch gut!‹

›Ich sehe das heute anders. Ich bin nicht mehr so, wie ich gestern war.‹

›Jetzt red doch nicht so saublöd daher!‹

›Es stimmt aber.‹

›Du willst nur nicht erzählen.‹

›Nein, ich will nicht.‹

›Das Beste willst du mir nicht erzählen.‹

›Ich hab eh schon alles erzählt.‹

›Du hast es also grausig gefunden?‹

›Hab ich, ja. Hundsgemein! Es ist eine Schweinerei, wenn man so etwas macht.‹

›Das habe ich dir ja gesagt. Drum bin ich ja nicht mitgegangen. Aber deswegen kannst du es mir trotzdem erzählen.‹

Und da brach es aus mir heraus, und im Augenblick war es mir auch scheißegal, ob ich mich verrate, ich empfand auf einmal einen gewaltigen Bekennerdrang in mir, der Ärmel der Muttergottes, ein heiliger Frauengeruch, den ich sehen konnte – ja, vielleicht war es das: daß ich mir auf einmal einbildete, ich könnte einen Geruch sehen, eine Mischung aus Schaumrolle und Coca Cola, meine Augen sehen einen Steinärmel und sagen meiner Nase, was für einen Reim sie sich darauf machen soll – Schaumrolle und Coca Cola ...

›Das ist grausig, was wir machen‹, sagte ich. ›Wie wir reden und was wir uns ausdenken und daß wir da hinauf zum Theaterloch gehen und eine Frau angreifen, wo wir nicht einmal das Gesicht von ihr sehen, es wäre besser, wir würden bald sterben, sonst machen wir das noch hundertmal, und dann können wir uns nicht mehr herausreden irgendwann einmal ...‹

›Das wär sowieso besser ...‹

›Was wär besser?‹

›Wenn wir bald sterben‹, sagte er. Dabei zog er seine breiten, dunklen Augenbrauen streng zusammen. So machte er es, wenn er über eine Vokabel nachdachte, die ihn der Präfekt gefragt hatte. Und es sah dann so aus, als dächte er nicht über die Vokabel nach, also nicht über die Übersetzung, sondern über etwas anderes, viel Wichtigeres, über einen geheimen, tief verborgenen Sinn dieser Vokabel. Immer wenn er so aussah, machte er einen Sprung nach vorne in die Jahre. Er sah ohnehin schon älter aus als ich, manchmal, wenn wir an einem Schaufenster vorbeigegangen sind und ich unser Bild betrachtet habe, war der Neid in mir aufgestiegen, weil ich so viel jünger aussah als er. Er sah am ältesten aus von allen in der Klasse. Auch älter als der Gebhard Malin. Im Gesicht sah der Gebhard Malin vielleicht älter aus, weil ihm die Haare unter der Nase herauskamen. Aber der Franz Brandl war größer, er hatte breite Schultern und eine tiefe Stimme und einen Tonfall manchmal wie ein Erwachsener und manchmal auch einen Gang wie ein Erwachsener, so eine vernünftige Müdigkeit im Schritt. Und wenn er dann noch dazu die Augenbrauen zusammenzog, dann war ich vollständig abgehängt. Und es kam manchmal vor, daß ich so obendrüber einen Satz sagte, ohne daß ich viel nachgedacht hätte, und er dann diesen Satz aufnahm, ihn wiederholte und dabei sein Gesicht machte, die Augenbrauen zusammenzog und sein Gesicht machte, daß es so aussah, als hätte der Satz erst durch seine Wiederholung einen Sinn bekommen, einen Sinn allerdings, den ich nicht kapierte – ich, der ich drei Monate älter war als er, dafür aber drei Jahre jünger aussah. Der Franz Brandl wär in jedes Kino gekommen. Die Schweinerei daran war, daß er gar nicht unbedingt ins Kino wollte, ich aber schon.

›Warum, verdammt nochmal, ist es denn besser, wenn wir bald sterben‹, sagte ich.

›Du redest immer von wir‹, sagte er. ›Wir gehen zum Theaterloch ... Wir greifen Frauen an ... Was heißt denn da wir! Bin ich zum Theaterloch gegangen? Hab ich der Frau an die Fut gegriffen und an den Busen? Ich werde das vielleicht überhaupt nie tun! Und wenn ich denke, daß ich das vielleicht in den nächsten zehn Jahren nicht tue, dann denke ich mir, es ist besser, wenn ich bald sterbe ... verstehst du ...‹

›Aber warum bist du dann gestern nicht mitgekommen‹, fuhr ich ihn an.

Ja, vielleicht wäre es dann so gewesen, daß alles anders gekommen wäre, daß ich nicht mit meinen dreckigen Fingern der Veronika an den Busen gegriffen hätte – das kam jetzt alles wieder hoch. Aus. Vorbei. Weg war die fremde, dicke Dreißigjährige, die ihre fetten Arme schützend vor Veronika ausbreitete, damit man sie dahinter nicht sehen konnte. Aus. Vorbei.

›Weil es nicht gegangen ist‹, sagte er.

›Und warum nicht, wenn man fragen darf?‹

›Weil es eben nicht gegangen ist!‹

Er saß da, die Ellbogen auf seine Schenkel gestützt, das Kinn in den Händen und, verdammt nochmal, die Augenbrauen zusammengezogen. Von dem, was er da redete, hatte ich, blödes Arschloch, natürlich keine Ahnung! Weil, das konnte man ja sehen, wenn wir uns in einem Schaufenster spiegelten: da geht einer mit Ahnung und daneben einer ohne Ahnung.

Wir saßen eine Weile und sagten gar nichts. Dann fing er wieder an: ›Und der Malin und der Csepella?‹

›Was, der Malin und der Csepella?‹

›Was hat der Malin mit ihr gemacht und der Csepella?‹

›Ich weiß es nicht!‹

›Wieso weißt du das nicht, bist du weggegangen?‹

›Ja.‹

›Aber wieso denn?‹

Seine Fragen gingen mir auf die Nerven, vor allem weil er jetzt auch noch den Gebhard Malin und den Csepella Arpad ins Spiel brachte. Damit war die ganze mühsame Abwascherei endgültig verdorben. ›Ich will nicht mehr darüber reden‹, sagte ich. ›Aus! Schluß! Fertig! Basta!‹

›Du bist ein doppelter Sauhund‹, sagte er. ›Einmal, weil du das gemacht hast, und dann noch, weil du mir nicht davon erzählst.‹

›Und du bist kein Sauhund‹, sagte ich. ›Du bist ein einfacher Trottel!‹ Da war er beleidigt. Klar. Das hat mich wahnsinnig machen können beim Franz Brandl, daß er wegen jedem Hennenschiß beleidigt war. Übrigens auch jetzt, als ich ihn besucht habe. Ich war drei Tage bei ihm, habe bei ihm gewohnt, es war so, als wäre ich nur grad schnell Zigaretten holen gegangen, dabei haben wir uns weiß ich wie lange nicht mehr gesehen, zehn Jahre mindestens, drei Tage war ich bei ihm, und zwanzigmal war er in dieser Zeit beleidigt. Wenn's reicht. In diesem Punkt hat er sich überhaupt nicht verändert.

Wir saßen auf der Bank in der Grotte nebeneinander, rauchten und schwiegen. Aber ich war froh, daß er bei mir war, daß wir hier nebeneinander in der Dunkelheit saßen. Der Nebel zog von der Stadt nach Tschatralagant herauf, wir konnten die Giebel des Heimes nur noch verschwommen sehen. Es war still. Und es ergab sich von ganz allein, ohne daß einer ein Wort sagte, daß wir uns wieder versöhnten. Er hielt mir die Hand hin und ich nahm sie. Der Franz Brandl war mit Abstand der beste Freund, den ich im Heim hatte. ›Kannst du mir zehn Schilling fünfzig borgen‹, sagte ich schließlich.

Er griff in seine Hosentasche, zählte mir acht Schilling auf die Hand.

›Das ist alles, was ich habe‹, sagte er. Wozu ich das Geld brauchte, fragte er nicht.

Ich kann meinen Mund nicht halten, wenn mir etwas auf dem Herzen liegt. Das ist oft ein Fehler. In diesem Fall war es ganz sicher ein Fehler. Aber auf einmal überkamen mich ein solches Elend, Schmerz und Eifersucht und Verzweiflung. Das war einfach in meinem Kopf nicht zusammenzukriegen – das Mädchen, das oben beim Theaterloch Rock und Pullover hochgehoben hatte, und meine Veronika, die mir zehn Schilling fünfzig geborgt hatte: Ich mußte erzählen. Von einem Mädchen, das ich kennengelernt hätte, einem lieben, zarten Mädchen, dem Gegenteil von dieser Dreißigjährigen, das allein schuld daran sei, daß ich die Sache oben beim Theaterloch heute grausig fand, daß ich ein anderer geworden war und so weiter. Ich erzählte von Veronika. Von dem Nachmittag im Café.

Und ich muß wohl mit überzeugender Inbrunst erzählt haben, denn als ich fertig war, bemerkte ich, daß Franz Brandl Tränen in den Augen hatte.

›Die zwei Schilling fünfzig treiben wir auch noch auf‹, sagte er. ›Komm, wir müssen gehen!‹

Ich hätte ihm nichts erzählen sollen. Er steigerte sich hinein in die Geschichte, machte sie zu seinem Anliegen. Nach der Abendandacht hatte er das Geld bereits – drei Schilling. ›Einen Fünfziger mußt du ihr als Trinkgeld geben‹, sagte er. ›Das gehört sich so.‹

‹Aber man gibt doch jemandem, den man liebt, kein Trinkgeld›, sagte ich.

›Dann sind es eben Zinsen. Außerdem kann ich nicht wechseln.‹

Als die Lichter im Schlafsaal gelöscht waren, schlich er sich zu mir ans Bett. Er wollte, daß ich ihm mehr von dem Mädchen erzählte. Und ich muß zugeben, ich tat das gern. Ich machte eine Heilige aus der Veronika. Ein Wort hat das andere gegeben und schließlich bot ich ihm an, am nächsten Tag mit mir ins Café zu gehen. Ich hatte mich selbst so sehr in mein ausgedachtes Glück gesteigert, daß ich es teilen wollte ... Quatsch! Es war nur, weil ich mir von einem Zeugen meine Einbildung bestätigen lassen wollte.

Wir machten aus, am nächsten Tag nach dem Mittagessen den Rektor zu fragen, ob wir in die Stadt ins Kloster dürften. Zum Beichten. Das war für die Schüler der unteren Klassen die einzige Möglichkeit, das Heim zu verlassen. Es war zwar jede Woche einmal im Heim ein Beichttermin, am Samstag; aber wenn während der Woche die Sünden brannten, konnte man sich im Stammkloster Erleichterung holen. Unsere Patres nahmen einem die Beichte nicht ab. Da wären ja die Beichtstühle leer geblieben.

Am nächsten Morgen zog Franz Brandl seine schönste Sache an, ein neues kariertes Hemd, das zwei Brusttaschen mit Klappen hatte und abenteuerlich aussah. Ich sollte mich auch schön anziehen, sagte er. Aber außer dem Sonntagsanzug war da nichts Bemerkenswertes in meinem Spind. Wenigstens den Fischgrätmantel hätte ich mir gern erspart. Franz Brandl hatte einen Lodenmantel, aber der war mir zu groß, ich sah darin aus wie ein Hausmeister. Ja, und nach dem Mittagessen sind wir dann zum Café gegangen.«

»Donnerstag ...«

»Donnerstag nachmittag, ja.«

»Ich frag nur, damit ich nicht durcheinanderkomme. Sicherheitshalber. Was war dann weiter? Ihr habt die Veronika Tobler getroffen?«

»Ja. Sie war im Café. Aber sie hatte viel zu tun. Das Café schloß um sechs. Sie wollte, daß wir auf sie warteten.«

»Wann seid ihr aus dem Heim weggegangen? Zum – Beichten ...«

»Gleich nach dem Mittagessen. So um eins herum. Da hatte das Café noch gar nicht offen. Es hielt sich an die Öffnungszeiten der Geschäfte. Erst um halb drei machte es auf. Wir sind herumgegangen, haben uns in die Sache hineingeredet, ich habe Franz Brandl von Veronika vorgeschwärmt, und er hat zurückgeschwärmt, als ob er sie kennen würde. Am Schluß sind wir fast geschwebt, und Herzklopfen haben wir gehabt. Und dauernd mußten wir aufpassen, daß uns keiner aus dem Heim sieht.«

»Ihr habt euch also mit ihr verabredet. Nach sechs ...«

»Ja. Da hat es keine Möglichkeit gegeben, nein zu sagen. Sie hat das so nett mit ihrem feinen Stimmchen gesagt. Der Franz Brandl hat den Mund nicht mehr zugekriegt, obwohl da gar nichts herausgekommen ist. Kein Wörtchen. Ich wollte zuerst gar nicht, das kam mir alles so aus der Reihe vor, am liebsten hätte ich erst einen Tag darüber nachgedacht, hätte am liebsten zuerst in aller Ruhe drei, vier Varianten so einer

Verabredung durchgespielt. Man weiß ja nicht, was wird. Daß man wenigstens ein paar Modelle im Kopf hat. Aber der Franz Brandl ließ mir überhaupt keine Chance. ›Sag ja‹, zischte er mich an.

Ich sah, der war nicht zu bremsen. Wenn ich abgesagt hätte, der wäre vor dem Café stehen geblieben wie ein Hydrant. Also habe ich ja gesagt. ›Ja, um sechs.‹ Hinterher hat mir das leid getan.«

»Wieso?«

»Ich dachte, es wäre besser gewesen, ich hätte die Veronika nie kennengelernt.

Ich kann's kurz machen. Wir sind also wieder herumspaziert, drei Stunden oder so, von drei bis um sechs. Was dann im Heim sein würde, darüber machten wir uns keine Gedanken. Ob uns der Rektor glaubte oder nicht. Keine Beichte dauert fünf Stunden. Aber das war uns klassisch wurscht. Irgend etwas würde uns schon einfallen.

Ja, und um sechs kam Veronika aus dem Café. Und da saß dann auch schon das erste Messer in meinem Herzen. Der schwarze Rock und die weiße Bluse waren Arbeitskleidung. Sie hatte sich umgezogen. Jetzt trug sie rot. Kannte ich ja bereits. Roter Pullover, Rollkragen, roter Rock. Da waren noch meine Fingerabdrücke dran. Das hat mich verstockt gemacht.

Wir sind gegangen, sie in der Mitte, wir beide rechts und links. Nach Tschatralagant hinauf. Einen anderen Weg allerdings, nicht beim Heim vorbei. Gott behüte! Ich hatte mir vorher von Franz Brandl das Ehrenwort geben lassen, daß er das Heim mit keinem Wort vor ihr erwähnte. Und wenn sie fragte, sollte er lügen. Wir beide haben mit dem Heim nichts zu tun. Und: Wir kennen auch niemanden aus dem Heim. Er wollte zwar wissen, wieso diese Geheimnistuerei; aber ich sagte, wenn er das nicht mit Ehrenwort schwöre, dann würde ich nicht mitgehen. Unter gar keinen Umständen.

Wir sind durch den Wald gegangen. Dieser Weg führt in einer weiten Schleife um Tschatralagant herum und endet oben auf dem Hügel, direkt beim Aussichtsturm. Ein schöner Spaziergang. Normalerweise. Es regnete und war kalt und der Boden war matschig. Ich merkte, Veronika interessierte sich für Franz. Und er sowieso. Und wie! Grade herausgesagt: Nachdem sie das Geld von mir kassiert hatte, hat sie kein Wort mehr mit mir geredet. Nicht, daß sie mich bewußt geschnitten hätte; das wäre ja immerhin etwas gewesen. Nein. Ich glaube, sie hatte vergessen, daß da noch einer nebenherrennt. Und von Franz Brandl kam auch nichts, das mir meine Existenz bestätigt hätte. Ich war der mit der Tarnkappe. Die beiden redeten miteinander, wie das Leute tun, die zu zweit sind. Und dann hängten sie sich ein. Da war mein Herz dann schon so zerstochen, daß das auch nichts mehr ausmachte. Ich bin vorausgegangen, zuerst drehte ich mich noch ein paarmal zu ihnen um, aber weil sie nicht auf mich achteten, ließ ich es bald. Als ich beim Aussichtsturm ankam, waren sie schon weit zurück. Ich wartete nicht, ging quer durch den Wald und rannte schließlich über die Wiese hinunter am Theaterloch vorbei zum Heim. Als ich ankam, war das Abendessen schon fertig.

Der Rektor ließ mich zu sich ins Paterzimmer kommen. Wo ich gewesen sei, er habe im Kloster angerufen, ich brauchte erst gar nicht zu lügen, er wisse bereits, daß wir nicht gebeichtet hätten. Ich sagte, ich sei in der Stadt herumspaziert. Das war strafbar. Aber ich glaube, es beeindruckte ihn, daß ich nicht log, nicht nach einer Ausrede suchte. Ich mußte ihn anhauchen. Ob ich etwas getrunken hätte. Nein. Er hätte das sicher nicht riechen können. Hatte selber einen leichten sitzen. Wo der Franz Brandl sei? Ich weiß es nicht. Was für eine Strafe ich für mich vorschlage? Ich weiß es nicht. Es sei ein Kreuz mit uns Buben. Ja, Pater Rektor. Er werde es sich bis morgen überlegen und mir dann die Strafe mitteilen. Ja, Pater Rektor. Ob ich immer noch Schwindelanfälle hätte? Nein, Pater Rektor. Das Abendessen sei allerdings gestrichen. Ja, Pater Rektor. Und die Freizeit auch, ich solle sofort ins Bett.

Danke, Pater Rektor. Ich rollte mich in die Zudecke, wickelte das Kissen um meinen Kopf, wollte nichts sehen und nichts hören.

Am nächsten Tag ist der Franz Brandl zu mir gekommen und hat gebeichtet. Nein, das heißt, er ist nicht zu mir gekommen, wir hatten einen Termin beim Rektor. Strafe abholen. War nicht der Rede wert. Auch der Franz Brandl hatte gesagt, er sei in der Stadt herumgegangen, hat zugegeben, er habe das Beichten im Kloster nur vorgeschoben. Strafen war nicht die Sache des Rektor. Predigen war seine Sache. Er hat uns eine Halbstundenpredigt gehalten und Küchendienst verordnet. Abspülen.

Ich habe kein Wort mit dem Franz Brandl geredet. Hab ihm die Teller aus der Hand genommen und abgetrocknet. Nicht angeschaut habe ich ihn. Ich habe natürlich gemerkt, daß er ein schlechtes Gewissen hatte. Hat ja von vornherein freiwillig das Abtrocknen mir überlassen.

Er hat das Schweigen nicht ausgehalten. Richtig explodiert ist er. Er hat sich entschuldigt, hat gesagt, er sei ein gemeiner Hund, das wisse er. Aber das war nur eine Pflichtübung. Dann hat er erzählt ...

Es hatte ihn total erwischt. Zum ersten Mal im Leben, sagte er. Er sei verliebt, so wahnsinnig verliebt und so weiter. Ich fragte überhaupt nichts. Nur am Schluß habe ich doch etwas gefragt: ›Und jetzt, wie geht's weiter?‹ habe ich gefragt.

Und er sagte: ›Wir treffen uns morgen wieder. Ich hol sie wieder ab. Am Mittag. Du mußt dem Präfekten sagen, ich sei in der Schule geblieben zur Nachhilfe.‹ War ich also der Bote von den beiden. Sauber!«

»War das eine gute Ausrede? Nachhilfe in der Schule?«

»Ja, schon. Doch. Das ist schon vorgekommen, daß ein Schüler in der Schule Nachhilfe genommen hat. Bei einem Fahrschüler oder so. In einem Fach wie Mathematik. Das hat der Präfekt geglaubt. Und er hatte auch nichts dagegen. Weil Mathematik hat er selber nicht gekonnt. Mathematik war etwas für Fahrschüler oder andere, solche, die nicht im Heim waren. Im Heim waren nur zwei Fächer wichtig, Latein und Griechisch. Die anderen Fächer wurden als lästiges Beiwerk behandelt. Und wenn einer Nachhilfe in Mathematik brauchte, bitte, aber dann war ihm im Heim nicht zu helfen.«

»Und hast du es getan – dem Franz Brandl dieses Alibi besorgt?«

»Ja, natürlich. Am nächsten Tag. Ich hab dem Präfekten gesagt, der Franz Brandl nimmt über Mittag Nachhilfe in der Schule. War kein Problem. Das war am Freitag. Damit du nicht durcheinanderkommst ...

Gut, Freitag. Vormittags Schule, das ging ja noch. Aber dann der Nachmittag. Ich kann mich nicht erinnern, daß ich vorher je einen schlimmeren Nachmittag erlebt hätte. Ich warte, daß der Franz endlich kommt, daß ich ihn ausfragen kann. Ich bin im Studiersaal gesessen und meine Füße sind gelaufen, ganz von selbst, ich konnte sie nicht ruhig halten, immer wieder bin ich aufgestanden und aufs Klo gegangen, und dann im Klo ein Schritt vor, ein Schritt zurück.

Und als er kam, sah ich ihm an, daß es nichts zum Ausfragen gab. Da war jede Antwort schon gegeben. Aufgeladen, als hätte man ihn in die Steckdose geschoben. Ein unverschämtes, mitteilsames Glück. Er wollte reden. Ich nicht. Er mußte reden. Bitte. Da habe ich es ihm eben gesagt.«

»Was hast du ihm gesagt?«

»Daß es keine fremde, dicke Dreißigjährige gab. Daß die Veronika diejenige war, die mir der Csepella Arpad und der Gebhard Malin beschafft hatten. Ich habe ihm gesagt, daß ich meine Hand an ihrem Busen und meine andere in ihrem Höschen gehabt hatte. Aber das hat er mir nicht geglaubt.«

»Was hat er nicht geglaubt?«

»Busen und Höschen. Da hat er sich an die Dreißigjährige gehalten, an die fremde, dicke, die Ausgedachte. Daß ich ihn fast drin gehabt hatte, das hat er geglaubt. Daß nur soviel gefehlt hat noch.«

»Und?«
»Was und?«
»Wie hat er reagiert?«
»Kannst du dir doch vorstellen.«
»Nein, kann ich nicht.«
»Nein, kannst du natürlich nicht. Deprimiert war er. Zornig vielleicht auch. Deprimiert. Hat sich zurückgezogen. Kein Wort mehr zwischen uns. Hat lange angehalten. Ich hatte ein furchtbar schlechtes Gewissen.«
»Der Franz Brandl war dann am nächsten Tag, am Samstag, auch mit dabei ...«
»Alle waren mit dabei. Hab ich doch gesagt.«
»Und? Hat er da seine Wut ausgelassen?«
»Was meinst du damit?«
»Als ihr den Gebhard Malin geschlagen habt.«
»Daß er da besonders fest – meinst du das? Oder so?«
»Zum Beispiel.«
»Weiß ich nicht. Hab ich nicht drauf geachtet.«

5

»Wär ja verständlich, wenn er eine Wut gehabt hätte ... Franz Brandl ... eine Wut auf den Gebhard Malin ...«
»Wut allein reicht nicht aus als Erklärung für das, was geschehen ist. Ich habe mir eine Zeitlang eine Theorie zurechtgelegt. Etwa so: Ich kenne mich doch, habe ich mir gesagt; wenn ich so etwas mache, muß ich schon einen ordentlichen Grund dafür haben. Wenn ich bei so etwas mitmache. Wenn man etwas tut, ganz egal was, und man findet hinterher eine Begründung dafür, irgendeine, ganz egal, ob die ausreicht für das, was man getan hat, Hauptsache, es ist eine nachvollziehbare Begründung, dann ist das ein Trost. Ja, ein Trost. Versteh mich recht. Man kann mit sich selbst abrechnen. Weil man bei sich selber ist. Wenn man das nicht kann, dann ist man auch

nicht bei Trost. Man sagt ja: bei Trost sein. Bist du noch bei Trost! Oder: Du bist nicht ganz bei Trost!

Ich habe ja auch eine Wut gehabt und ich habe mir gesagt: Ja, du hattest eine Wut auf den Gebhard Malin, eine Wut wegen der Sache mit der Veronika Tobler, und darum hast du dich hinreißen lassen. Das ist keine Entschuldigung, aber immerhin ein Grund.«

»Zumindest eine Erklärung.«

»Eine zusammengebastelte Erklärung! Eine Erklärung für *mich*. Ist ja schön! *Ich* habe eine Erklärung, warum ich mitgemacht habe! – *Ich*. – Und die anderen? Sind das Viecher, die keine Erklärung nötig haben für das, was sie tun? Oder baut sich da jeder andere auch so eine Erklärung zusammen, so eine Theorie – der Edwin Tiefenthaler, der Oliver Starche, der Alfred Lässer, der Manfred Fritsch, der Ferdi Turner, der Franz Brandl – jeder für sich: *Ich* habe wenigstens eine Erklärung! Die Schweine sind die anderen. – Nein, nein, das ist alles Unsinn, Ausrede. Nein, ich habe mir das alles durchgerechnet. Wut war kein Grund. Jedenfalls kein ausreichender für das, was geschehen ist. Die Wut hat vielleicht dafür gereicht, daß ich für Klassenprügel gestimmt habe. Vielleicht für die erste Watsche. Aber dann ... Als dann alle wenigstens einmal geschlagen hatten, hat etwas anderes eingesetzt. Das hatte nichts mehr mit Wut zu tun.

Die Sache sieht so aus: Es gibt keine ausreichende Erklärung. Und das ist das Beunruhigende daran.«

»Ist es nicht auch eine Ausrede, in einen Mystizismus zu verfallen ...«

»Das tu ich doch gar nicht. Ich sage lediglich, um diesen Ausbruch an diesem Nachmittag nachvollziehen zu können, genügt es nicht, wenn man sich auf rationale Erklärungen beschränkt – auf Begriffe. Wut, Neid, Zorn ... Ja. Aber es ist nichts getan damit, wenn man die als Joker einsetzt. Nach dem Motto: Ich nenne das Wort und habe damit auch schon die Erklärung.«

»Wut, Neid, Zorn ... Sind Begriffe, ja. Haben aber auch einen Inhalt. Und der verursacht Schmerz. Hast du den Gebhard Malin nicht verantwortlich gemacht – für deinen Schmerz wegen Veronika Tobler?«

»Nein. Doch. Was soll ich sagen. Das war ein Brei in meinem Kopf ... Ich habe gar keine Wut gehabt. Nein, im Grunde genommen nicht. Weder auf den Gebhard Malin, noch auf den Csepella Arpad, noch auf den Franz Brandl. Am ehesten noch auf den Franz Brandl. Aber nur vorher, bevor ich ihm gesagt hatte, daß Veronika diejenige war. Diejenige oben beim Theaterloch. Gut, an dem Nachmittag – Freitagnachmittag –, da hatte ich wahrscheinlich auch eine Wut auf ihn. Als ich auf ihn gewartet habe im Studiersaal. Nachdem ich ihm ein Alibi verschafft hatte. Da hatte ich eine Wut. Aber das war eher so ein Aushauchen, bei dem man zu schwach ist, um eine Hand zu heben. Wie in einem Traum. Wenn alles um drei Stufen langsamer abläuft. Ein Zerren war in mir. Von den Schlüsselbeinen abwärts. Sehnsucht in den Muskeln. Ich habe den Kopf aufs Pult gelegt und die Augenhöhlen mit meinen Ärmeln verstopft, die Ärmel habe ich in die Augenhöhlen gestopft, bis gelbe Bälle explodiert sind. Zuerst explodieren gelbe Bälle, dann wird alles blau, himmelblau, es bildet sich in der Mitte ein weißer, runder Fleck, der wird größer, und in dem Fleck taucht ein goldener Punkt auf. Dann tut es weh. Jetzt schmusen die beiden, dachte ich, und das hat in den Muskeln unterhalb der Schlüsselbeine gezerrt. Deutlicher, als ich ihren Busen und ihr Höschen gefühlt hatte, fühlte ich jetzt Veronikas Gesicht in den Händen. Ihren Haaransatz im Nacken ... die Wangen ... wie die Haut vom Kinn zum Mund hinauf weicher wird ... und die glatten Lippen ... Das habe ich ja alles gar nie angerührt. Wie kommt das in meine Hände, dachte ich. Fliegt das jetzt durch die Luft zu mir her? Daß der Franz vielleicht gar nichts spürt? Daß ich spüre, was er angreift? Hätte mich nicht gewundert. Daß keiner von uns beiden etwas davon hat.

Das hat mir weh getan: Im Studiersaal zu sitzen und zu

warten. Das hat mir weh getan: zu wissen, daß sie jemand anfaßt, und ich es in den Händen spüre.«

»Csepella Arpad und Gebhard Malin waren auch im Studiersaal?«

»Der Arpad war im oberen Studiersaal. Vierte Klasse. Vierte, fünfte, sechste waren oben. Habe ich, glaub ich, schon gesagt ...«

»Kann sein.«

»Der Gebhard Malin, der war bei uns unten, ja.«

»Hast du nicht daran gedacht, daß auch der Gebhard Malin und der Csepella Arpad die Veronika Tobler angefaßt haben könnten. Wie du mir die Sache schilderst, war das ja wahrscheinlich. Eigentlich sicher. Man kann ja wohl annehmen, daß die beiden viel mehr mit ihr gemacht haben als Küssen und Hand auf den Busen legen.«

»Doch, habe ich schon gedacht.«

»Der Franz Brandl war ja nicht da. Aber der Gebhard Malin war da. Wenn dir das so weh getan hat – die Vorstellung, daß Franz Brandl die Veronika angreift ... Wenn du es schon so in den Händen gespürt hast ...«

»... ja, das habe ich ... Wenn ich die Augen zugemacht habe, sah ich die Hände von Franz vor mir ...«

»Um die Hände vom Gebhard Malin sehen zu können, hättest du nicht erst die Augen zumachen müssen.«

»Ich habe mir den Gebhard Malin schon genau angeschaut. Ob ich seine Hände angeschaut habe, das weiß ich nicht. Kann sein. Ist denn das wichtig?«

»Hat er dich angesprochen auf die Sache oben beim Theaterloch?«

»Nein. Was hätte er denn sagen sollen?«

»Auch keine Bemerkung gemacht?«

»An diesem Nachmittag jedenfalls nicht.«

»Und später?«

»Später schon, am nächsten Tag, am Samstag.«

»Bevor ihr ihn verprügelt habt?«

»Ja. Da hat er Bemerkungen gemacht, da haben wir geredet. Aber vorher nicht. An diesem elenden Freitagnachmittag nicht. Wäre sicher besser gewesen, wenn wir an diesem Freitagnachmittag miteinander geredet hätten. Der Gebhard Malin saß im Studiersaal, wie ich in der letzten Reihe. Neben ihm saß Oliver Starche. Das war gegen die alphabetische Ordnung, das war so ein Rest aus der Zeit ihrer Freundschaft. Bevor der Arpad ins Heim gekommen ist, waren Oliver Starche und Gebhard Malin enge Freunde gewesen. Hab ich schon erzählt oder?«

»Ja.«

»Ist eine wichtige Sache ...«

»Kommen wir noch drauf ...«

»Ja. Jedenfalls: Ich konnte den Gebhard Malin, so wie er dasaß, nicht in Verbindung mit Veronika bringen. Weil du von Wut geredet hast. Der saß in seiner Bank und las ein Buch. Die Ruhe selbst. Natürlich habe ich mir gedacht, daß er weiß Gott was mit der Veronika gemacht haben wird. Und der Csepella Arpad auch. Aber, dachte ich, das war vor mir. Was vorher war, das gilt nicht. Außerdem war er nicht mein bester Freund. Ich überlegte sogar, ob ich mit dem Gebhard Malin reden sollte. Vielleicht war er ja auch in sie verliebt. Dann wären wir Freunde im Schmerz gewesen. Dann hätten wir unseren Schmerz teilen können. Dann hätten wir einen gemeinsamen Gegner gehabt – den Franz.«

»Hast du aber nicht gemacht – mit ihm gesprochen? Darüber, daß Franz Brandl bei Veronika Tobler war?«

»Nein. Der Gebhard Malin war mir völlig unverständlich. Wenn er wirklich in sie verliebt war, warum hatte er zugestimmt, daß ich ihr meine Hände an Busen und Höschen legte. Das habe ich gar nicht für möglich gehalten. Der ist niemals in sie verliebt! Das geht ja gar nicht! Also, was soll ich dann mit ihm reden? Wieso sollte ihn das stören, daß jetzt der Franz bei ihr war und mit ihr schmuste und sie küßte und streichelte.«

»Und der Csepella Arpad? Hat er mit dir gesprochen – eine Bemerkung gemacht?«

»Nein. Auch nicht. Hätte er aber sicher getan. Es gab nur keine Gelegenheit dazu. Im Speisesaal beim Mittagessen hat er mir zugezwinkert.«

»Und mit ihm wolltest du nicht reden? Vielleicht hätte dich der Csepella Arpad trösten können?«

»Wäre sogar möglich gewesen. Habe ich auch daran gedacht. Wäre aber ein Haufen Mühe gewesen. Ich hätte erst einmal aufstehen müssen; dann den Präfekt fragen, ob ich kurz in den oberen Studiersaal gehen darf; dann oben den Spiritual fragen, ob ich kurz mit dem Csepella Arpad sprechen darf; dann mit dem Csepella Arpad schnell vor die Tür gehen und ihm kurz meinen Schmerz erklären ... Ich war träge. Gelähmt. Und es wäre mir kindisch vorgekommen. Ich glaubte der Arpad würde gar nicht verstehen, was denn so furchtbar daran war, daß der Franz Brandl die Veronika küßt und so weiter ... Der hätte sich für den Franz gefreut. Daß mich das fertig macht, hätte er gar nicht verstanden. ›Ist doch gut, wenn's alle fein haben‹, hätte der Arpad gesagt. Und daß ich es dem Franz nicht gönne, hätte er gedacht.«

»Das stimmte ja auch.«

»Ja, das stimmte.«

»Erinnert sich Franz Brandl heute noch an diesen Nachmittag? Erinnert er sich überhaupt noch an die Veronika Tobler?«

»Selbstverständlich! Die Veronika war das erste Mädchen, das er geküßt hat. Das er geküßt hat und in das er verliebt war. Er war vorher nie in ein Mädchen verliebt gewesen. Küssen und verliebt sein – beides zusammen, das vergißt man doch nicht.«

»Ihr habt also über die Veronika Tobler gesprochen? Jetzt, als du ihn besucht hast ...«

»Selbstverständlich. Selbstverständlich haben wir über sie gesprochen. Ausführlich. Und ihm geht es nicht anders als mir. Er erinnert sich an jede Einzelheit. Bis ins Kleinste.«

»Erzähl von deinem Besuch bei ihm!«
»Ja, da muß ich erst einmal erzählen, was aus ihm geworden ist. Ich habe ihn zum letzten Mal gesehen – vor meinem jetzigen Besuch, meine ich ... Nein, ich muß noch weiter hinten anfangen. Ganz hinten. Beim Franz müßte ich ganz hinten anfangen. Soll ich erzählen, was aus ihm geworden ist?«
»Bitte.«
»Der Franz hat nach der fünften Klasse die Schule verlassen. Er war immer ein schwacher Schüler gewesen, ist zwar nie durchgefallen, aber er war immer hart dran. Und nach der Fünften hat er aufgesteckt. Er hat seine Pflichtjahre beieinandergehabt und hat es sein lassen. Ohne jede Vorankündigung. In der Sechsten war er einfach nicht mehr da.«
»Aber im Heim ist er die ganze Zeit geblieben? Oder ist er auch Fahrschüler geworden wie du?«
»Ich bin nach der dritten Klasse Fahrschüler geworden. Der Franz Brandl war fünf Jahre im Heim. Also zwei Jahre länger als ich. Länger hätte er auch gar nicht bleiben können, weil das Heim aufgelöst worden ist.«
»Wann war das?«
»1966. Bei Schulbeginn im Herbst 66 hat es das Heim nicht mehr gegeben. Ohne große Ankündigung. Ich glaube, man hat sich gewundert darüber ...«
»Aber daß Franz Brandl mit der Schule aufgehört hat, hatte nichts mit der Auflösung des Heims zu tun?«
»Nein. Seine Eltern haben ihn die Pflichtschuljahre im Gymnasium fertigmachen lassen und dann herausgenommen und in eine Lehre gesteckt. Bei einem Grafiker. Werbung. Hat er aber abgebrochen, das heißt, er hat gewechselt zu einer Fotografenlehre; und die hat er auch nicht fertig gemacht. Am Anfang habe ich ihn noch manchmal in der Stadt oder im Zug gesehen, da redeten wir miteinander, tranken einen Kaffee. Schließlich verlor ich ihn aus den Augen. Er sei weg, hieß es. Zehn Jahre lang habe ich nichts mehr von ihm gehört.
Und dann – zufällig – das muß 78 gewesen sein, 78 oder

77, das weiß ich nicht mehr genau – haben wir uns in Nürnberg beim Bob-Dylan-Konzert getroffen. Rein zufällig. Unter Zehntausenden von Leuten. Mitten im Gewühl. Ich habe mich vorgedrängt zur Bühne, bin eigentlich mehr gedrängt worden, als daß ich mich selber gedrängt hätte – wenn du da einmal in den Sog hineingeraten bist, hat es dich mitgerissen, vor zur Bühne, wo sich die Leute gestaut haben. War mir recht. Ich wollte ihn ja aus der Nähe sehen, den Bob Dylan. Du glaubst nicht, was ich für ein Bob-Dylan-Fan war! Bin ich noch heute. Der kann singen – von mir aus, was er will. Die seichtesten Schnulzen. Mich hat er. So verrückt wie früher bin ich nicht mehr, heute würde ich mich nicht mehr nach vorne zur Bühne drücken lassen. Aber zu einem Konzert würde ich schon noch gehen.

Und da ist auf einmal der Franz Brandl neben mir gestanden. Wir sind aneinandergepreßt worden, haben zuerst gar nicht aufeinander geachtet. Steht halt einer neben dir, ein großer, breiter, lange Haare, Vollbart, Jeansjacke, interessiert dich doch nicht – wenn vorne der Meister persönlich singt. Aber dann haben wir uns angeschaut, und der Laden ist uns heruntergefallen. Mitten im *Subterranean Homesick Blues*. Das kann einer, der kein Dylan-Fan ist, nicht begreifen, wie das ist, wenn sich zwei alte Freunde, die sich zehn Jahre lang nicht gesehen haben, mitten im *Subterranean Homesick Blues* treffen. – Wir sind aus dem Schreien nicht mehr herausgekommen, zuerst haben wir eine Viertelstunde lang nur gelacht und uns die Oberarme blau gehauen. Hat noch fast eine Schlägerei gegeben, weil einige Ordner geglaubt haben, wir wollen uns prügeln. Ja, stell dir vor – ich mich mit dem Franz prügeln! Er, fast eins neunzig groß! Wir haben uns an den Händen festgehalten, damit uns die Menge nicht auseinanderdrückt. Der Franz Brandl war auch Dylan-Fan. Das ist uns vorgekommen wie eine Fügung des Himmels: zwei Freunde haben sich wiedergefunden, und Bob Dylan gibt den Segen dazu ...

Das war knapp nachdem die Platte *Street-Legal* herausgekommen ist. Nach dem Konzert bin ich mit dem Franz nach Hause gefahren. Er hat in Frankfurt gewohnt. Damals. Zusammen mit einer Frau und zwei Kindern. Er war Kindergärtner von Beruf. Er besaß sämtliche offiziellen Dylan-Platten. Das war eh klar. Und dazu noch einen kniehohen Stapel mit Raubpressungen und Kassetten mit Mitschnitten von Konzerten und ausgemusterten Nummern und solche feinen Sachen. Die ganze Nacht haben wir *Street-Legal* gehört ...«

»Damals 78 ...«

»... oder 77. Weiß ich nicht mehr so genau ... 78 war es. Doch. 78 ist *Street-Legal* herausgekommen ...«

»Und über die Zeit im Heim habt ihr auch gesprochen? Damals – 78?«

»Schon. Ja. Aber nichts besonderes. Er hat mir erzählt, was er inzwischen alles erlebt hat. Und ich habe auch erzählt. Das stand in einem Verhältnis von neun zu eins. Was ich erlebt habe, und was er erlebt hat. Neun er, eins ich.«

»Über die Klassenprügel und über Gebhard Malin habt ihr auch gesprochen?«

»Nein. Das weiß ich. Darüber ist kein Wort gefallen.«

»Absichtlich nicht?«

»Vielleicht ... kann schon sein.«

»Und über Veronika Tobler?«

»Haben wir auch nicht gesprochen. Darüber haben wir erst jetzt gesprochen. Jetzt, als ich ihn besucht habe. Über diese ganzen Dinge ... Die Klassenprügel natürlich ... über den Csepella Arpad, die Veronika Tobler ... auch über die Nacht in der Kapelle vor dem Kennedyaltar ... Zizi Mennel beim oberen Sportplatz ... und so weiter ...«

»Und in der Zwischenzeit habt ihr euch nicht mehr getroffen – seit dem Dylan-Konzert?«

»Nein. Wir haben uns zwar vorgenommen, wir schreiben uns, besuchen uns, unternehmen etwas miteinander ... Ich habe ihm auch geschrieben. Wollte ihn besuchen. Ich habe an die Adresse in Frankfurt geschrieben. Das war vielleicht zwei Jahre nach dem Konzert. Der Brief ist zurückgekommen. Empfänger unbekannt. Na ja, habe ich mir gedacht, der Franz wird wieder in der Weltgeschichte herumfahren. Hat er ja vorher auch gemacht.

Damals, nach seiner zweiten abgebrochenen Lehre ist er von zu Hause davon. Wird nicht älter als achtzehn gewesen sein. Zuerst nach Berlin. Dort hat er eine Zeitlang beim Flughafen Tegel gearbeitet. Bei einer Firma, die dort Sachen verpackt und verlädt. Dann hat er ein halbes Jahr überhaupt nichts gemacht, hat sich in einer Wohngemeinschaft durchfüttern lassen, bis die ihn rausgeschmissen haben. Dann ist er herumgetrampt durch Europa, Marokko, bis hinüber nach Indien.

Dort hat er ein Ehepaar kennengelernt, das einen kleinen Sohn hatte. Der Franz hat sich mit dem Kind angefreundet, und die Eltern haben ihn engagiert als Aufpasser und ihn mitgenommen in die USA. Er hat über ein Jahr in Milwaukee gewohnt. Das sei herrlich langweilig gewesen, sagte er, schlafen, spielen, kochen, spazierengehen, das sei ein Leben nach seinen Vorstellungen gewesen, ein langweiliges Leben, aber er sei ja auch ein langweiliger Mensch. Dann ist der Bub, auf den er hätte aufpassen sollen, fast im Michigansee ertrunken, und die Eltern haben den Franz fristlos entlassen. Nicht einmal das schuldige Gehalt hätten sie ihm ausgezahlt. Aber das sei ihm egal gewesen, Hauptsache, dem Bub sei nichts passiert. Den habe er nämlich wirklich gern gemocht. Der schreibe ihm heute noch ab und zu eine Postkarte.

Jedenfalls, so erzählte der Franz in der Nacht nach dem Dylan-Konzert, er sei mitten in Amerika gestanden ohne einen Groschen Geld in der Tasche. Beschweren hätte er sich nirgends können. Er habe ja weder Aufenthaltserlaubnis noch Arbeitsgenehmigung gehabt. Also sei er quer durch die Staaten nach Kalifornien getrampt, habe unterwegs Typen getroffen, die hätten ihn ab und zu von ihrem Brot abbeißen lassen. *On the Road* wie Jack Kerouac ...

In Los Angeles lernte er einen österreichischen Regisseur kennen. Bei dem kam er unter. Die Schwiegermutter des Regisseurs, eine steinreiche Grundstücksmaklerin, hatte ein Haus in Malibu, direkt am Pazifik, in der *Colony*, wo die Stars ihre Wochenendhäuser haben. Dort habe er gewohnt. Wie Gott in Frankreich. Die Tiefkühltruhe sei immer voll gewesen, wie durch ein Wunder. Ein Filmdrehbuch sei entstanden. Der Franz und der Regisseur hatten es gemeinsam geschrieben. Es muß sagenhaft lustig gewesen sein. Sie hätten jedenfalls irrsinnig gelacht bei der Arbeit. Aber dann hätten sie das Manuskript in einer Bar liegen lassen und seien zu faul gewesen, es abzuholen. Wahrscheinlich liege es immer noch dort. Das sei auch der Grund, warum er sich jeden amerikanischen Film anschaue. Es könnte ja sein, sagte er, daß irgendein Hollywood-Fuzzi das Manuskript irgendwann einmal in die Hände gekriegt hat.

Wie auch immer, er ist nach Deutschland zurückgekehrt, hat die Frau mit den zwei Kindern kennengelernt und ist bei ihr eingezogen. Die Frau hatte nach ihrer Scheidung wieder zu studieren begonnen und wenig Zeit für die Kinder gehabt und sie deshalb in einem Ganztagskindergarten untergebracht. Ein alternativer Kinderladen. Und dort hat man einen Kindergärtner gesucht. Das war genau das Richtige für den Franz. Erfahrung mit Kindern hatte er ja, also bewarb er sich beim Elternrat um die Stelle. Man habe ein Hearing veranstaltet, bei dem auch die Kinder stimmberechtigt gewesen seien. Er hätte sein Leben vortragen müssen und er habe das auch gemacht. Ganz offen und ehrlich. Nicht einmal die Panne am Michigansee habe er verschwiegen. Aber das habe überhaupt nicht geschadet, die Eltern seien dermaßen schlecht auf die Amerikaner im allgemeinen zu sprechen gewesen, daß ihm das eher Pluspunkte eingebracht hätte.

Er bekam also die Stelle und wurde Kindergärtner. Das war der Stand seines Lebens, als wir uns bei dem Dylan-Konzert getroffen haben.«

»Ein wilder Hund ...«
»Habe ich auch zu ihm gesagt.«
»Stimmt doch, oder?«
»Klar. ›Du bist ein wilder Hund geworden‹, habe ich zu ihm gesagt.

Da hat er gelacht und genickt. Hat gleich verstanden, was ich damit meinte. Ich weiß ja nicht, was aus dem Csepella Arpad geworden ist. Aber ein viel wilderer Hund als der ehemals brave, schüchterne Franz Brandl wird der heute auch nicht sein. Aber das ist ja sowieso alles Blödsinn ... Außerdem stimmt es gar nicht. Der Franz ist immer noch brav und immer noch schüchtern. Schüchtern auf jeden Fall.«

»Und als du ihn jetzt besucht hast – wie ging es ihm da?«

»Es ging ihm nicht besonders. Die Stellung als Kindergärtner hatte er schon lange aufgegeben. Und mit der Frau und den beiden Kindern war er nicht mehr zusammen. Auch schon lange nicht mehr. Die Frau hatte ich gar nicht gesehen, damals. Als wir nach dem Konzert in Frankfurt angekommen waren, war sie schon lang im Bett, und als wir am Nachmittag aufgestanden sind, war sie in der Uni.

›Sie hat einen anderen kennengelernt‹, sagte er ›und ich hab's ein halbes Jahr lang nicht mitgekriegt.‹ Er trauere ihr immer noch nach. Er habe inzwischen zwar schon wieder mit drei anderen Frauen zusammengelebt, nacheinander natürlich, und denen trauere er auch nach. Es ging ihm nicht besonders, weil er keine Frau hatte. ›Ich habe mich so dran gewöhnt, den Haushalt zu machen‹, sagte er. ›Das kannst du dir gar nicht vorstellen, wie das ist, allein für sich zu kochen.‹

Alle seine Freundinnen hatten Kinder gehabt. Kinder und einen Beruf. ›Ich habe in den letzten zehn Jahren nicht mehr als insgesamt drei Jahre gearbeitet‹, sagte er.

Er hatte immer irgendwelche Jobs angenommen. Kindergärtner war er noch am längsten gewesen, zwei Jahre. Die anderen Jobs waren Gelegenheiten, keiner länger als ein paar

Wochen oder ein paar Monate. Die meiste Zeit aber war er Hausmann und Ersatzvater gewesen.

›Alles verändert sich immer‹, sagte er. ›Nur ich bleibe gleich. Ich könnte bis an mein Lebensende bei derselben Frau bleiben oder bei derselben Arbeit. Auf mich könnte sich jeder hundertprozentig verlassen. Ich hätte ein viel zu schlechtes Gewissen, um von mir aus irgend etwas zu verändern. Ich will doch um Himmelswillen an keiner Veränderung schuld sein! An mir liegt es nicht, verstehst du ... Aber dann passieren immer wieder solche Sachen. Entweder lernt die Frau einen anderen kennen oder ich werde entlassen ...‹

Als ich jetzt bei ihm war, arbeitete er gerade als Fahrer für eine Zahnfirma. Er hat den fertigen Zahnersatz ausgefahren, ist mit dem Auto dreimal in der Woche durch Frankfurt gekurvt, von einem Zahnarzt zum anderen. Er hat sich den Job mit einem Freund geteilt. Geld bleibt dabei nicht viel übrig. Aber der Franz ist genügsam. Und lange wollte er das ohnehin nicht machen. Alles zusammen nicht, auch nicht dort wohnen bleiben, wo er wohnte. Er wohnte in Butzbach, das liegt fast fünfzig Kilometer von Frankfurt entfernt. Dreimal in der Woche fuhr er mit dem Zug nach Frankfurt.

›Das ist ein Streß‹, sagte er. ›Und wofür das Ganze!‹ Er brauche unbedingt bald wieder eine Frau, sagte er. ›Ich komme langsam in das Alter, wo einem eine gewisse Sicherheit guttut. Und die gibt es nur bei einer Frau, die Kinder hat und einen Beruf. Einen richtigen Beruf. Mit so einer kannst du auch vernünftig reden.‹

Darüber habe ich mir keine Sorgen gemacht. Es bahnte sich nämlich bereits etwas an. Mit einer Lehrerin. Allerdings kinderlos. ›Das kann man ja ändern‹, sagte er. ›Kinder müssen her, das ist klar. Ich bin es gewohnt, für mindestens vier Personen zu kochen. Darunter gelingt nichts.‹

Sie war sehr nett, nicht schön, dünn und groß eben; aber der Franz ist ja auch kein Adonis – breit wie ein aufrechter Bär, Haare an allen Ecken und Enden, und außerdem schaut er immer so ernst unter seinen breiten Augenbrauen. Er muß immer sofort mit den Leuten zu reden beginnen, sonst kriegen sie Angst vor ihm.

›Schau‹, sagte er, ›mit der Irmtraud‹ – so hieß die Lehrerin – ›ist es kritisch. Die hat keine Kinder. Also würden wir welche machen. Dann bin ich zum ersten Mal im Leben in der Situation, daß ich eigene Kinder habe. Und dann kann ich es nicht zulassen, daß sie eines Tages von mir weggeht. Meine Kinder sollen nämlich immer denselben Vater haben. Da gibt es bei mir keine Diskussion. Also, was tu ich, wenn sie einen anderen kennenlernt. Ich muß Terror machen. Aber das kann ich nicht. Muß ich also hinter ihr herheulen, bis es ihr zu blöd wird, und sie doch bei mir bleibt. Mir wäre wahnsinnig recht, wenn sie bereits Kinder von einem anderen hätte. Dann könnte sich getrost alles entwickeln, wie es sich wahrscheinlich ja doch entwickeln wird: Sie lernt einen anderen kennen, und ich koche bis zum nächsten Mal wieder allein für mich …‹

Ich hätte die ganze Zeit lachen können. Wegen der Art, wie er redete. Ich kann mich nicht erinnern, daß ich früher im Heim über seine Art zu sprechen gelacht hätte. Vielleicht lag es auch daran, daß wir irgend so ein Kauderwelsch geredet haben. Halb Dialekt, halb Hochdeutsch. Unseren Dialekt konnte er nämlich nicht mehr richtig. Sind lauter Zwittersätze herausgekommen. Vielleicht war es das, was komisch gewirkt hat auf mich. Er fand das Thema nämlich überhaupt nicht komisch. Und er war auch prompt beleidigt, daß ich gelacht habe.

Der Franz Brandl hat immer alles tierisch ernst genommen. Schon früher im Heim. Das ist ihm geblieben. Aber das glaubt einem ja niemand, daß man alles immer nur ernst nimmt. Da denken die Leute, der tut extra so. Und sie lachen. Mit der Zeit hat sich sein Reden vielleicht dem Lachen angeglichen, und es hat einen Witz bekommen, ohne daß er es wollte, womöglich, ohne daß er es wußte. Und das ergibt einen doppelten Witz. Und weil er das nicht merkte, war er beleidigt, wenn einer lachte. Und das machte dann einen dreifachen Witz daraus.

Eine halbe Stunde lang war er beleidigt. Hat auf *entfremdet* gemacht. Kühl. Als ob ich ein Staubsaugervertreter wäre. Hat er natürlich nicht durchgehalten. Ich nahm mich zusammen, damit ich nicht mehr lachte. Es fiel mir schwer.

›Ich habe lange nachgedacht‹, sagte er, und ich glaubte es ihm, er zog die Augenbrauen zusammen, daß sie sich oberhalb der Nase übereinanderfalteten. ›Ich glaube, es gibt drei Arten von Menschen: echte Konservative, Als-ob-Konservative und Progressive. Die echten Konservativen bleiben auf dem Fleck stehen, auf den sie hingeboren worden sind. Die bewegen sich nicht. Die Als-ob-Konservativen bewegen sich in genau derselben Geschwindigkeit, in der sich die Zeit bewegt. Die Progressiven bewegen sich schneller. Weil die Bewegung der Zeit als Null angegeben wird, die Zeit aber der Maßstab der Bewegung ist, darum hat man bei den Als-ob-Konservativen den Eindruck, als bewegten sie sich nicht vom Fleck. Verstehst du das? Und bei den echten Konservativen meint man, sie bewegten sich nach hinten. Es entsteht also der Eindruck, daß sich die echten Konservativen und die Progressiven bewegen und die Als-ob-Konservativen stehen bleiben. Aber weil heutzutage kein Mensch sagen kann, wohin sich irgend etwas bewegt, kann man zwischen einem Progressiven und einem echten Konservativen nicht unterscheiden. Darum meinst du auch, ich bin ein wilder Hund. Weil ich in der Welt herumgefahren bin. Die Welt ist herumgefahren, ich bin stehengeblieben. Das ist die Wahrheit. Nur, wenn du stehenbleibst, und die Welt bewegt sich unter dir, dann hinterlassen deine Schuhe Spuren. Und hinterher sagt man, du bist es gewesen. Das macht mir Sorge. Ich will Weihnachten feiern, wenn Weihnachten ist, verstehst du. Und dann feiere ich einmal Weihnachten, das war vor fünf Jahren, damals habe ich im Westend gewohnt in einem besetzten Haus, ich bin dort rein zufällig reingekommen und halt ein paar Monate hängengeblieben, ich habe also Weihnachten gefeiert, mit Baum und Kerzen, und die Typen haben sich einen runtergelacht und gesagt, ich sei ein wilder

Hund. Wilder Hund haben sie nicht gesagt, das sagt man hier nicht. Aber etwas Ähnliches. Und ich sag drauf: Nein, ich bin ein echter Konservativer! Und sie brechen fast in der Mitte auseinander vor Lachen. Weiter: Ich habe *Stille Nacht, heilige Nacht* auf meinen Plattenspieler gelegt. Weil Weihnachten war, und ich Weihnachten feiern wollte. Und das hat ihnen den Rest gegeben. Sie haben geschrien wie die Stiere. Und ich hab zu ihnen gesagt: Seid doch still, es ist Weihnachten, das Fest der Besinnlichkeit! Und jetzt ist es erst richtig losgegangen. Schließlich haben sich die Nachbarn beschwert. Daß wir die Bräuche nicht achten, verstehst du. Daß wir *Stille Nacht, heilige Nacht* spielen und dabei herumgrölen wie auf dem *Deutsch-amerikanischen Freundschaftsfest* in Gießen. Die Bullen sind gekommen. Natürlich. Und haben uns festgenommen. Und auf dem Revier habe ich zu den Bullen gesagt: Laßt mich doch in Ruhe, ich will Weihnachten feiern, ich bin ein echter Konservativer und so weiter und so weiter, verstehst du. Und am Schluß haben die Bullen auch gelacht wie verrückt, und ich hab nur noch dumm schauen können ...‹

Ich habe auch gelacht. Und er war wieder beleidigt.

Er hatte eine nette, kleine Wohnung. Ich weiß nicht, ob er noch dort wohnt. Es ist eher wahrscheinlich, daß er nicht mehr dort wohnt. In dieser Wohnung in Butzbach war es gemütlich. Zwei Zimmer, Küche, Bad. In einem Anbau zu einem Einfamilienhaus. In dem Anbau wohnten noch zwei andere Leute. Die habe ich nie gesehen. Er wohne erst seit einem halben Jahr hier, sagte er, als er nicht mehr beleidigt war. Die Wohnung war spärlich eingerichtet, lauter Sachen vom Trödler, ein Tisch und ein Sekretär aus amerikanischen Restbeständen. Die Amerikaner verkaufen regelmäßig ihr Mobiliar, weil sie neues zugeschickt bekommen. Überall in der Wohnung standen Nippessachen herum, Erinnerungsstücke, Coca Cola-Flaschen mit arabischer Aufschrift, ein Stein aus dem Grand Cañon ...

›Solche Sachen sammelt ein echter Konservativer‹, sagte er.

›Einem echten Konservativen tut es immer leid, wenn er von irgendwo weg muß. Darum nimmt er immer ein Stück mit.‹ Am ersten Abend gingen wir gemeinsam mit der Lehrerin in eine Apfelweinkneipe. Das war ganz nett. Die meisten Leute in der Kneipe kannten den Franz. Und ich merkte auch, die mochten ihn. Besonders die Frauen. Es war völlig klar: Die Frauen mögen den Franz. Was früher niemand für möglich gehalten hätte, am allerwenigsten der Franz selber: Der Franz Brandl ist ein Frauentyp. Ich verstand schon, warum er bei der Lehrerin zögerte. Weil er sich das leisten konnte. Weil er getrost warten konnte, bis eine Frau mit zwei Kindern daherkommt. Ich glaube, er schätzte das ganz richtig ein: Früher oder später wird so eine Frau kommen. Eher früher als später. Er verläßt sich darauf. Also warum vorher einer Kinderlosen Hoffnung machen, wenn eh bald eine mit Kindern kommt. Ich glaube, er sieht das ganz pragmatisch. Am nächsten Tag sagte er: ›Komm, wir fahren nach Marburg. Dort kann man besser reden als in Butzbach.‹

Also sind wir mit dem Zug nach Marburg gefahren. Es hat geregnet und wir sind den ganzen Tag in einem Café in der Oberstadt gesessen. Ein schönes Café. Mit Ausblick auf die Stadt, auf die Universität, auf die Lahn ...«

»Hat er gewußt, warum du gekommen bist?«

»Ich habe ihm geschrieben. Seine Eltern – ich meine seine Mutter, sein Vater lebt nicht mehr – seine Mutter hat mir die Adresse gegeben. Ich habe ihm geschrieben, daß ich mit ihm gern übers Heim reden will.«

»Und das kam ihm nicht sonderbar vor? Daß du nur zu diesem Zweck zu ihm nach Butzbach fährst?«

»Ich glaube, er hat sofort begriffen, worum es ging. Wir haben uns ins Café gesetzt, auf die Glasterrasse, haben uns jeder ein Kännchen Kaffee bestellt, und sofort, ohne Umschweife, waren wir beim Thema.«

»Vor ihm warst du bei wem?«

»Beim Alfred Lässer. Zuerst beim Ferdi Turner, dann beim

Edwin Tiefentaler, dann beim Alfred Lässer. Dann beim Franz ...«

»Das hast du dem Franz Brandl erzählt? Daß du vorher schon bei den anderen warst?«

»Ja.«

»Was meinte er dazu? Daß du einen nach dem anderen besuchst ...«

»Nichts.«

»Und du hast ihm erzählt, was die anderen gesagt haben? Zum Beispiel von Alfred Lässers Blackout-Theorie?«

»Nicht gleich. Das hat sich ergeben. Im Laufe des Gesprächs. Nicht, daß ich gesagt hätte: So, das haben die anderen gesagt, und jetzt, was meinst du dazu. Der Franz hat angefangen. ›Ich kann mir vorstellen, worüber du reden willst‹, sagte er. Er ist gleich mitten hinein. Die Bedienung hatte uns noch nicht einmal den Kaffee serviert. ›Du willst über den Gebhard Malin reden, stimmt's?‹

›Stimmt‹, sagte ich.

Und dann hat er etwas Seltsames gesagt. ›Der Gebhard Malin ist ein Zuhälter‹, hat er gesagt.

Das hat mich total überrascht. Ich habe das nämlich mißverstanden. ›Weißt du denn, was er zur Zeit macht‹, fragte ich.

›Keine Ahnung‹, sagte er.

›Aber wie kannst du dann behaupten, daß er ein Zuhälter geworden ist?‹

›Ich habe ja nicht gesagt, daß er einer geworden ist. Ich habe gesagt, er ist einer.‹ Ich verstand ihn immer noch nicht. Ich war total baff. Ich habe ihn angestarrt und nicht gewußt, macht er jetzt einen blöden Witz oder was.

›Schau mich nicht so an‹, sagte er. ›Ein Zuhälter wird man nicht. Ein Zuhälter ist man von Geburt an. Und der Gebhard Malin ist einer. Wenn er noch lebt. Wenn nicht, war er einer.‹ Er sagte das gerade heraus, ohne Zorn oder Verbitterung. So etwas hätte man doch mit Verbitterung sagen müssen. Er machte daraus eine Feststellung.

›Du bist verrückt‹, sagte ich. ›Was ist denn das für ein verrücktes Gerede! Er war damals fünfzehn ...‹

›Und? Ich habe Zuhälter kennengelernt, die waren erst vierzehn. Die haben schon Damen laufen gehabt.‹

›Das glaub ich dir nicht‹, sagte ich.

›Von mir aus waren sie eben siebzehn. Aber siebzehn waren sie bestimmt. Und der Gebhard Malin war fünfzehn. Zuhälter ist eine Lebenseinstellung, verstehst du.‹

›So ein blöder Unsinn‹, habe ich gesagt.

Und er hat gesagt: ›Du verstehst überhaupt nichts von den Leuten. Alles, was man ist, ist eine Lebenseinstellung. Wenn du ein Professor bist und deine Lebenseinstellung ist die eines Lokomotivführers, dann machst du deine Professorei wie ein Lokomotivführer. Vielleicht weißt du das selber gar nicht. Aber das ist egal – der Herr Professor ist als Lokomotivführer auf die Welt gekommen, und das zieht er durch ...‹

Es kam mir vor wie der kalte Rest einer eingerauchten Hippiephilosophie, und ich wollte auch etwas in dieser Richtung sagen – kam mir saugut vor die Formulierung –, es muß mir aber im Gesicht gestanden sein, denn er ließ mich erst gar nicht zu Wort kommen: ›Das ist von mir, falls du meinst, das hätte ich irgendwo geklaut‹, sagte er. ›Dafür gibt es auch keinen Namen ... Das ist Franz Brandls Privatphilosophie. Braucht niemand zu glauben. Braucht mir auch keinen Lehrstuhl einbringen ...‹

›Und was war der Csepella Arpad‹, fragte ich. ›War der auch ein Zuhälter?‹

›Der war keiner.‹

›Aber der Arpad hat mich hinauf zum Theaterloch geführt, nicht der Gebhard Malin ...‹

›Das ist doch wurscht!‹ rief er. ›Der Csepella, der war ein Nothelfer. Das ist etwas anderes. Der hat nicht gewußt, was gut und böse ist, der hat nur gesehen, wenn es einem schlecht gegangen ist. Warum es dem schlecht geht, das hat für ihn keine Rolle gespielt, verstehst du. Der hat gesehen, dem geht's schlecht, also muß geholfen werden. Und uns beiden hat er halt angesehen, daß uns der Saft schon zu den Ohren herauskommt, und da hat er sich gedacht, da muß ich einmal nachhelfen. Eigentlich mehr ein Nachhelfer als ein Nothelfer. Und dann hat er den Malin gefragt, sag einmal, hast du nicht etwas zum Angreifen für die beiden, die rinnen sonst aus, verstehst du. Und was kommt raus, wenn du einen Nothelfer und einen Zuhälter zusammenführst? – Na also.‹

›Und du weißt, daß es so gewesen ist ...‹

›Wissen tu ich gar nichts. Aber ich wette, so war es. Kann ja eins und eins zusammenzählen ...‹

›Du machst es dir einfach‹, sagte ich. ›Du stellst einfach fest, der Gebhard Malin war ein Zuhältertyp ...‹

›... kein Zuhältertyp ... ein Zuhälter ... Das hat er sicher selber gar nicht gewußt.‹

›Aber du hast es gewußt, ha? Du weißt überhaupt alles, oder?‹

›Damals habe ich es noch nicht gewußt. Ist doch entschuldbar, oder. Aber jetzt weiß ich es. Ich habe darüber nachgedacht. Die Veronika hat es schon damals gewußt.‹

›Sie hat es schon damals gewußt. So.‹

›Richtig.‹

›Sie hat gesagt, der Gebhard Malin ist ein Zuhälter?‹

›Natürlich hat sie das nicht so gesagt. Aber sie hat gewußt, daß er einer ist ... Zumindest intuitiv hat sie es gewußt.‹

›Das versteh ich nicht‹, sagte ich, und ich muß zugeben, das hat mir einen Stich gegeben. Ganz egal, wie lange es her war. Jedenfalls sind wir ins Reden gekommen. Gleich mitten hinein. Mit dem Hammer. Das war schon immer dem Franz Brandl seine Art. Er hat erzählt. Ich habe zugehört. Das meiste von dem, was er erzählte, habe ich gar nicht gewußt.«

»Über Veronika Tobler?«

»Ja. Zum Beispiel habe ich nicht gewußt, daß es zwischen ihm und ihr danach weitergegangen ist. Nachdem ich ihm vom Theaterloch erzählt hatte. Daß sie es war. Sie haben sich trotzdem getroffen. Noch oft. Ziemlich oft. Damals hat er nie ein Wort darüber gesagt.«

»Wann haben sie sich getroffen? Nach den Klassenprügeln?«

»Ja. In der Woche danach. Erzählte er. Er habe sich mit ihr getroffen, als wäre nichts geschehen. Mitten in dieser Verwirrung.«

»Verwirrung in der Klasse?«

»Ja.«

»... wegen den Klassenprügeln?«

»Ja. Es war eine Verwirrung. Ich war völlig verwirrt in dieser Woche danach. Als der Gebhard Malin im Krankenhaus lag und wir nichts Genaues wußten. Nicht nur ich war verwirrt, die anderen waren es auch. Am wenigsten berührt davon schienen der Edwin Tiefentaler und der Alfred Lässer. Beim Tiefentaler weiß ich nicht warum, vielleicht war er wirklich so abgebrüht; der Alfred Lässer hatte das, glaube ich, gar nicht richtig mitgekriegt. Der konnte sich in seinem Engelskopf wohl nicht vorstellen, daß das etwas Böses war, was wir gemacht hatten – ein böses Spiel vielleicht, mehr nicht. Der hat immer wieder gefragt, wo denn der Gebhard Malin sei. Dabei hat man ihm schon hundertmal gesagt, er sei im Krankenhaus. Ich glaube, er hat Krankenhaus und Klassenprügel gar nicht in einen Zusammenhang gebracht.

Den Franz hat die Sache arg hergenommen. So jedenfalls habe ich sein Verhalten gedeutet. Er ist ganz still geworden; lange noch ist er so still gewesen, hat geistesabwesend gewirkt, hat sich verkrochen, ist mir aus dem Weg gegangen. Die ganze Klasse ist auseinandergefallen. Und sicher hat jeder das Gefühl gehabt, alle anderen bewegten sich von ihm weg. Ich hatte das Gefühl ganz bestimmt. Ich bezog alles auf mich. Was die anderen taten, was sie redeten. Wenn sie überhaupt redeten. Wenn geredet wurde, dann Belanglosigkeiten. Aber ich bezog alles auf mich. Trotzdem hatte ich kein Bedürfnis, mit jemandem aus unserer Klasse über die Sache zu sprechen, und die Schüler aus den übrigen Klassen sind uns aus dem Weg gegangen.

Daß mir der Franz aus dem Weg ging, das hat mich fertig gemacht. Daß ihm das schlechte Gewissen besonders stark zusetzte, das war mir klar; und dann kam auch noch diese verräterische, miese Sache von mir dazu, daß ich ihm sein Glück verdorben hatte. Der Gedanke an die Veronika wäre für ihn jetzt sicher viel wert, dachte ich. Ich ging ja davon aus, daß sie sich nicht mehr sahen. Nachdem er jetzt weiß, was oben beim Theaterloch geschehen ist, dachte ich, wird er nichts mehr mit ihr zu tun haben wollen. So habe ich ihn eingeschätzt. Ich bin mir doppelt schuldig vorgekommen – wegen dem Franz und wegen dem Gebhard Malin. Ich weiß, das läßt sich nicht miteinander vergleichen. Aber niedergedrückt hat mich beides.

Ausgerechnet mit dem Ferdi Turner habe ich manchmal geredet. Diese Gespräche waren seltsam gekünstelt.

›Soll ich dir beim Geschirrabtragen helfen?‹

›Nein, danke, das geht schon.‹

›Ich wollte nicht aufdringlich sein, ich dachte nur ...‹

›Wenn du mir wirklich helfen willst, gern ...‹

›Ich will dir gern helfen. Danke ...‹

›Wenn, dann muß ich Danke sagen. Danke!‹

›Du brauchst doch nicht Danke zu sagen, ist doch selbstverständlich, daß ich dir helfe ...‹

Das hat uns irgendwie gutgetan, so zu reden. Wir haben sogar Hochdeutsch miteinander geredet. Als ob der Dialekt etwas Schmutziges an sich hätte. Als ob wir eine Theaterrolle aufsagten. Und immer waren es Höflichkeiten. Beim ersten Mal hatte es sich so ergeben, ich meine, das war nicht geplant gewesen, weder er noch ich hatten uns das vorgenommen; dann redeten wir ein zweites Mal in dieser Art, und beim dritten Mal haben wir uns bereits dazu verabredet. Es war reines Theater.

›Dürfte ich dir über die Treppe hinauf helfen.‹

›Aber nur, wenn es dir keine Schwierigkeiten macht ...‹

Das klingt so, als hätten wir uns lustig gemacht. Stimmt nicht. Ganz und gar nicht. Sehr ernst war das. Und es war gut für mich, daß es ausgerechnet der Ferdi Turner war, mit dem ich so redete; kaum einer in der Klasse war mir fremder als er. Mit einem anderen wäre das nicht gegangen.

Die meiste Zeit allerdings war jeder für sich.

Wenn einer aus unserer Klasse in den Schlafsaal kam oder in den Studiersaal, während der Pause, dann ist es still geworden. Im Speisesaal war es am schlimmsten. Als würden uns die anderen zusammendrängen, aber gleichzeitig auch von uns abrücken. Obwohl sich nichts geändert hatte. Die Tische standen wie immer und die Stühle auch. Das hatte mit den Blicken zu tun und mit dem Reden.

Eine Panik hat mich angefallen. Daß ich jetzt alles verliere. Daß ich den Franz verliere. Das war ja immer das Wichtigste im Heim: daß du einen Freund hast. Das hast du gelernt in den ersten Wochen: Mach dir schnell einen Freund, bevor alle vergeben sind. Sonst warst du nur ein Bekannter, ein Klassenkamerad. Und das war wie gar nichts. Dann mußtest du furzen können wie der Ferdi Turner oder die Unterlippe bis zur Nase ziehen können oder beides; sonst warst du niemand. Allein. Und allein so ein schlechtes Gewissen auszuhalten, das habe ich nicht gelernt. Und die anderen auch nicht. Das wäre alles leichter zu ertragen gewesen, wenn man sich in der gemeinsamen Schuld hätte aneinanderklammern können. Ich hätte das gern beim Franz gemacht.

Einmal sind der Ferdi Turner und ich auf der Personalstiege gesessen – die führte im hinteren Trakt des Heimes durch alle Stockwerke –, wir saßen nebeneinander und spielten unser Spiel – ›Darf ich dich bitte etwas fragen, aber nur wenn ich dich nicht störe ...‹ – ›Aber bitte, du störst mich überhaupt nicht, ganz im Gegenteil ...‹ – da hörten wir einen husten, und ich wußte sofort, das ist der Franz. Er war es tatsächlich, saß eine Treppe tiefer, allein, hatte sich wohl versteckt. Die Personalstiege war ein völlig überflüssiges Ding. Sie wurde nie benützt. Sie war gut, wenn man allein sein wollte.

Ich wußte nicht, wie lange uns der Franz zugehört hatte, vermutlich die ganze Zeit über, vermutlich war er schon vor uns dagewesen. Ich schämte mich, ließ den Ferdi Turner sitzen und rannte hinauf in den Dachboden. Am liebsten hätte ich mich in ein Loch verkrochen. Aber es gab kein Loch, das nicht auch andere kannten.

Am Abend nach dem Essen habe ich den Franz angesprochen. Das erste Wort, seit ich ihm von der Sache beim Theaterloch erzählt hatte. Das war so drei, vier Tage nach den Klassenprügeln.

Ich sagte: ›Franz, der Ferdi Turner ist mir überhaupt nicht sympathisch, wir haben nur geblödelt ...‹

›Das macht doch nichts‹, sagte er.

›Ich meine, das heute nachmittag konnte so aussehen, als ob wir miteinander befreundet wären.‹

›Aber das wär doch egal.‹

›Ich wollt's nur sagen, damit du es weißt.‹

›Das brauchst du mir doch nicht zu sagen.‹

›Aber ich wollte es dir gern sagen.‹

›Na gut.‹

›Nur damit du es weißt ...‹

›Ist recht ...‹

Ich nahm mich zusammen und fragte: ›Hast du etwas gegen mich?‹

›Nein‹, sagte er.

›Bist du beleidigt?‹

›Wieso denn?‹

Ich sagte nicht, wieso er hätte beleidigt sein können. Das war alles, was wir geredet haben. Es war auch das letzte Mal, daß ich mit Ferdi Turner unser Spiel gespielt hatte.

Die Klasse ist auseinandergefallen. Wir sind im Heim herumgegangen wie vergessene Wäschestücke. Wir wurden auch nicht gestraft, wenn wir zu spät zum Studium kamen. Nicht einmal, wenn wir überhaupt nicht kamen. Auch der Präfekt ist uns aus dem Weg gegangen. Es hat nie eine Zeit gegeben, in der wir uns so frei im Heim bewegen konnten wie in dieser Woche nach den Klassenprügeln. Wir waren privilegiert. Schließlich hatten wir einem von uns beigebracht, *was Gemeinschaft ist*. Dazu hatte uns der Präfekt geraten. Und wir hatten diesen Rat angenommen. Das verdiente ein Plus. Mir wäre lieber gewesen, der Präfekt hätte mich in den Wald geschickt zum Fitzrutenschneiden. Wir trauten uns nicht einmal, beim Rektor nachzufragen, wie es dem Gebhard Malin geht, wann er wieder kommt ...

Auch in der Schule war es nicht besser. Die Professoren zogen am Beginn der ersten Stunde das Klassenbuch heraus, schauten in die Runde und sagten: ›Ja, der Malin fehlt immer noch.‹

Und wir hätten uns am liebsten den Kopf in den Rumpf gestülpt. Und daß keiner gefragt hat: Was ist denn mit dem Malin? Was hat er denn? Warum fehlt er denn?

Nichts ist gesagt worden. Wir wußten nicht einmal, ob die anderen – die Fahrschüler, die Schüler aus dem anderen Heim, die Professoren – ob die wußten, was geschehen war. Aber am meisten wehgetan hat mir der Gedanke, daß der Franz nicht mehr mein Freund sein wollte. Ich wollte ihn um Verzeihung bitten. Ich sah, daß er litt. Und ich meinte, er leidet, weil ich ihn verraten habe.

Und dann – in Marburg im Café – sagte er mir, der Franz Brandl, Folgendes: ›Damals war mir die Sache mit dem Gebhard Malin völlig wurscht. Und auch, daß du mir das vom Theaterloch gesagt hast, war mir völlig wurscht. Mich beschäftigte nur eines: Ich wollte mit der Veronika vögeln. Ich hatte mit allem abgeschlossen, verstehst du. Ich komme in die Hölle. Das war fix. Wegen allem möglichen komme ich in die Hölle. Wegen dem Wixen, wegen dem Nicht-Folgen, wegen dem Zu-wenig-Beten, wegen den schlechten Noten und natürlich auch, weil ich dem Gebhard Malin ins Maul gehauen habe und was da sonst noch alles war. Gut, das ist fix. Aber dann will ich wenigstens vorher vögeln. Ist doch eine Schande, wenn du vor den Teufel hintrittst und zugeben mußt, daß du nie gevögelt hast. Wo doch klar ist, daß ihn genau das am meisten interessiert. Wenn schon, denn schon, und alles auf einmal. Nichts auslassen. Den Schwanz vorne hinein und den Finger ins Arschloch, verstehst du. Nicht daß ich gewußt hätte, was mein Finger dort soll. Das gehörte sich eben. Hat der Csepella Arpad gesagt. Ich wußte ja auch nicht, warum ein Bohrer das Wichtigste ist, wenn man ins Schwimmbad geht.‹

›Ich dachte, du seist in die Veronika verliebt‹, sagte ich.

›Ja, mein Gott‹, sagte er. ›Was heißt Liebe angesichts der Hölle. Da reduziert sich das aufs Wesentliche.‹

Inzwischen war das Café voll geworden. Jemand setzte sich an den Flügel und begann zu spielen. Mir gefiel das. Zwei junge Frauen, ich vermute Studentinnen, fragten, ob an unserem Tisch noch frei sei. Klar doch. Sie zündeten sich mit meinem Feuerzeug ihre Zigaretten an, lächelten freundlich. Mir gefiel das.

Franz war irritiert, er fand den Faden nicht mehr oder genierte sich, vor Fremden zu reden. ›Gehn wir irgendwo anders hin‹, sagte er. ›Ich kann mich hier nicht konzentrieren.‹

›Gut‹, sagte ich, ›gehen wir in ein anderes Café.‹

›Das hat keinen Sinn, hier ist alles voller Studenten‹, flüsterte er. ›Die schauen einen immer so an.‹

›Wie denn?‹

›Ah, die merken sofort, wenn einer nicht auf der Uni war, und das finden sie interessant, und dann quatschen die einen an und behaupten hinterher im Seminar, sie hätten Verbindung zur Bevölkerung.‹

Wir bezahlten und spazierten durch die Oberstadt, vorbei an Boutiquen und Süßigkeitenläden.

›Hier sind ja auf der Straße auch nur Studenten‹, sagte ich.

›Stimmt‹, sagte er. ›Wohin soll man sich wenden?‹

Die Straße führte leicht bergan, an ihrer höchsten Stelle war ein Streifen über die Bahn gemalt in drei oder vier Farben.

›Das ist die *Wasserscheide*‹, sagte Franz. ›Hier brunzen die Verbindungsstudenten hin.‹

›Warum wolltest du denn unbedingt nach Marburg‹, fragte ich. ›Wenn dich die Studenten so aufregen?‹

›Die Stadt erinnert mich an ein Mädchen‹, sagte er. ›Eine Trotzkistin, die hat hier studiert, die habe ich in Wiesbaden kennengelernt, an einem 30. April, wir sind miteinander ins Bett gegangen und am nächsten Tag nach Marburg gefahren. Am 1. Mai haben die Verbindungsstudenten hier ihre Aufmärsche, und weißt du, wenn die in voller Uniform sind, mit Käppi und Säbel und ihren Streifen und ihrem Rausch im Gesicht, da sind das stramme Eier, das kannst du mir glauben, da dürfen die dir vor lauter Ehre keine runterhauen, wenn du ihnen auf den Fuß trittst. Dann schreit dich so einer an: Ich fordere Satisfaktion, mein Herr. Sagst du drauf: Bin erstens kein Herr und zweitens nicht satisfaktionsfähig. Kann er gar nichts machen. Dann nimmst du ihm das Käppi vom Kopf und wirfst es einem zu, der so aussieht wie du. Frisbiemäßig. Verstehst du. Und Mädchen dürfen sie sowieso nichts machen. Das war so schön. Durchgefickt bis auf die Knochen und dann den Spaß mit dem Käppiwerfen. War eine liebe Kleine, die kleine Käthe, die hat mich extra mitgenommen zum Käppiwerfen. Ist das nicht nett? Und hat hinterher keine Seminararbeit geschrieben über ihren Kontakt zur arbeitenden Bevölkerung. Die hat mir unheimlich gut gefallen ... Die Zeit kommt nie wieder ... Mensch!‹

Wir gingen die Straße hinunter, an einer zweitürmigen Backsteinkirche vorbei, gotisch.

›Elisabethkirche, feinste Gotik.‹

Vorbei an mindestens fünf Buchhandlungen, zum Bahnhof, daneben war ein griechisches Lokal. Wir waren die einzigen Gäste. Die Küche war noch nicht geöffnet. Wir bestellten Retsina.

›Du mußt eine dicke Linie ziehen‹, sagte Franz und sah mich dabei sehr ernst an. Ich verstand nicht, was er meinte.
›Was für eine Linie denn‹, fragte ich.
›Eine Linie durch diesen Freitagnachmittag‹, sagte er. – Als wäre das alles noch gar nicht lange her, als wäre es gerade vorhin in der Oberstadt in diesem Café gewesen. Ich spürte wieder etwas von diesem Zerren unterhalb der Schlüsselbeine.
›Was meinst du damit‹, sagte ich.
›Freitagnachmittag. Als du mir erzählt hast, daß Veronika diejenige beim Theaterloch war …‹
Vor fünfundzwanzig Jahren …
›Was war da?‹
›Von da an gab es für mich ein *Vorher* und ein *Nachher*. Vorher war ich vielleicht verliebt in sie, nachher vielleicht auch …‹
›Was redest du denn so komisch‹, sagte ich. – Auf einmal waren wir Gegner. – ›Wenn du vorher in sie verliebt warst und nachher in sie verliebt warst – wo ist denn da eine Linie?‹
›Bei mir. Vielleicht war ich vorher und nachher nicht derselbe. Und der eine war verliebt, und der andere war auch verliebt. Aber eben anders. An dem Freitagmittag, als ich noch von gar nichts etwas wußte, da hatte ich nichts anderes gewollt, als sie streicheln, mit ihr reden, sie vielleicht ein bißchen küssen … Das wäre das Höchste gewesen.‹
Der Wirt kam und fragte, ob wir Musik wollten. Ich wollte nicht und Franz wollte auch nicht.
An diesem Freitagmittag, als er noch von gar nichts etwas wußte, als ich ihm Deckung gab beim Präfekten – Mathematiknachhilfe in der Schule – holte Franz Brandl Veronika beim Café ab. Sie gingen zu ihr nach Hause. Ihre Eltern arbeiteten beide, zu Mittag aßen sie im Betrieb. Sie wohnte in einem Neubaublock, zehn Minuten vom Café entfernt, am Fuß von Tschatralagant, aber in der anderen Richtung. Veronika hatte ein eigenes Zimmer.
›Zu ihr nach Hause zu gehen, war ihr Vorschlag gewesen‹,

erzählte er. ›Und das war auch durchaus vernünftig. Es hat geregnet und war kalt. Ich habe mir da nichts dabei gedacht. Ist doch viel gemütlicher, in ihrem Zimmer zu sitzen. Ein bißchen streicheln, ein bißchen reden ... Weißt du, was wir gemacht haben?‹

›Was habt ihr denn gemacht?‹

›Wir haben ihr Bett repariert. Da war ein Bein angeknackst. Und als ich mich mit meiner Masse draufgesetzt habe, ist es abgebrochen. Das war so ein schräges Bein, nach unten hin ist es dünner geworden. Es ist nicht direkt abgebrochen, es hat sich nur aus der Verleimung gelöst. Ich dachte, das macht Eindruck, wenn ich das repariere. Sie hat Hammer und Nägel geholt und ich hab's zusammengenagelt. Und weißt du, was wir dabei geredet haben?‹

›Was habt ihr denn geredet?‹

›Sie hat geredet. Hat erzählt, daß es einen gibt, in den sie verliebt ist. Ganz furchtbar verliebt. Das hat mich ziemlich stumm gemacht, verstehst du. Sie hat mir erzählt, daß sie in der Nacht von ihm träumt. Hat mich gefragt, wie man als Mädchen feststellen könne, ob ein Junge in einen verliebt ist. Sie hat mich für einen Fachmann gehalten. Sie habe gleich gewußt, sagte sie, gleich, als sie mich das erste Mal gesehen hatte, habe sie gewußt, mit dem kann man reden. Bei dem kann man das Herz ausschütten, verstehst du. Sonst könne sie mit niemandem reden. Über den, in den sie verliebt ist, verstehst du. Und wer denkst du, hab ich gedacht, ist das?‹

›Ich weiß nicht, was du gedacht hast.‹

›Rate einmal!‹

›Will ich nicht.‹

›Ich habe gedacht, das bist du.‹

›Wieso denn ich?‹

›Wer denn sonst, Mensch! Natürlich du.‹

›Aber was denn – als wir zu dritt zum Aussichtsturm hinaufspaziert sind, da hat sie doch so getan, als ob sie mich gar nicht kennt. Das mußt du doch gemerkt haben.‹

›Ich hab's eben nicht gemerkt. Ich habe gedacht, sie ist in dich verliebt. Und ich habe mich geschämt, weil ich hergekommen bin, in ihr Zimmer. Um mit ihr zu schmusen, um sie zu streicheln. Den besten Freund hintergehst du, habe ich gedacht. Zum Glück liebt sie ihn, habe ich gedacht. Zum Glück liebt sie meinen besten Freund. Und was sie alles von ihm erzählt! Das heißt, sie hat gar nichts erzählt. Sie hat nur immer wieder gesagt: Ich liebe ihn. Sie hat mich an der Hand in den Flur gezogen, vor den Garderobespiegel, hat Frisuren ausprobiert und mich gefragt, welche Frisur mir am besten gefalle, die hohe oder die andere, ob sie sich die Haare färben lassen soll oder nicht, ob sie sich die Augenbrauen wieder nachwachsen lassen soll oder nicht, sie hat ihre Bluse ausgezogen und mir ihre Achselhöhlen gezeigt, die Haare habe sie sich mit einer Spezialcreme weggemacht, sie hat die Hände in die Hüften gestemmt und mich gefragt, ob mir ihre Figur gefalle, ob ich, wenn ich derjenige wäre, mich in sie verlieben würde. Und ich habe immer wieder leise in mich hineingesagt, zum Glück hast du nicht die Hand nach ihr ausgestreckt. Und habe mir gesagt: Das macht nichts, ist doch gut, wenn die beiden sich lieben, ich werde auch eine finden, und die wird mich auch lieben, und die werde ich auch lieben, es ist gerecht, daß er zuerst drankommt, er ist ja schließlich ein paar Monate älter als ich. Und außerdem muß er ja auch noch dieses grausige Erlebnis mit dieser fremden, dicken Dreißigjährigen oben beim Theaterloch überwinden. Es hat mich fast fröhlich gemacht zu denken, ich will euch helfen, will Ausreden für dich ausdenken, damit du vom Heim wegkannst. Ich war so gerührt von mir selber, daß ich auf dem Heimweg die ganze Zeit schlucken mußte. Und ungeduldig war ich, gerannt bin ich, seichnaß bin ich geworden, weil ich meinen Schirm bei ihr vergessen hatte.‹

›Aber du bist gekommen und hast gesagt, daß du in sie verliebt bist. Ich glaub dir das alles nicht, was du da erzählst, das denkst du dir aus!‹

›Kannst du dir das nicht vorstellen? Daß der große Verzicht in mir hochgekommen ist. Daß ich ein bißchen ein Held sein wollte. Du hast die Liebe, und ich bin der Held. Bogart in *Casablanca*, würde ich heute sagen. So einem abgehängten Trottel bleibt ja nichts anderes. Soll er doch wenigstens ein Held sein dürfen, verstehst du. Ich war ja noch nie im Kino gewesen damals. So hätte meine Szene ausgesehen: Ich trete vor dich hin. Sage: Ich liebe sie. Ich liebe sie über alles. Aber, sage ich weiter, sie liebt dich. Sie liebt dich über alles. Du bist mein Freund. Ich trete zurück. Ich freue mich über dein Glück. Das reimt sich sogar. Wenn man wirklich sagt, was man meint, dann reimt es sich automatisch. Aber du hast mich nicht ausreden lassen, verstehst du. Du hast geredet und damit die Linie gezogen, und ich habe gedacht, scheiß drauf!

Ich war überzeugt, daß du es bist, den sie so sehr liebt. Vielleicht ist das so, wenn man verliebt ist, daß man sich von einem Haufen Buben am Busen herumfummeln läßt, dachte ich. Jetzt war alles nichts mehr wert. Du hattest ja selber gesagt, es sei grausig gewesen. Ob dreißigjährig oder sechzehnjährig, wo war denn da der Unterschied, verstehst du. Nichts war mehr etwas wert, die Freundschaft nicht und die Liebe nicht. Und am nächsten Tag haben wir den Gebhard Malin fertiggemacht. Alles gilt. Wieso auch nicht. Soll man da noch davonrennen und oben in der Kapelle den *Schmerzensreichen* beten? Wenn man in der Kapelle sogar Zigaretten rauchen darf, ohne daß ein Blitz niederfährt und alles zu Schrott haut, so daß hinterher nur noch Splitter übrigbleiben, aus denen man dann wieder ein Kreuz schweißt, als Mahnmal für das nächste Heim, das an derselben Stelle erbaut wird – wenn das alles gilt, dann nützt kein *Schmerzensreicher* etwas.

Kaum hatten wir den Gebhard Malin in den Kellerschacht geschmissen, bin ich davon. Hinunter zum Café. Eine halbe Stunde lang habe ich gewartet, bin allein an einem Tisch gesessen, und glaub mir, nicht einen Gedanken habe ich für den Gebhard übrig gehabt. Was liegt, das pickt. Und er liegt. Die Veronika hat mich gefragt, warum ich so böse schaue.

Ich schaue doch nicht bös, habe ich gesagt, da hat sie mir eine Cremeschnitte gebracht. Die geht auf meine Rechnung, sagte sie. Ja, warum denn nicht, habe ich gedacht und die Cremeschnitte hinuntergefressen. Schön, daß du mich abholen kommst, sagte sie. Schön ja, dachte ich. Und draußen vor der Tür, da sind wir noch keine fünf Schritte gegangen, sagte ich: Ich möchte mit dir ins Bett gehen. Sie legte den Kopf ein wenig zur Seite und lachte und sagte: Dafür, daß du es repariert hast? Und es hat mich nicht eine Sekunde aus der Fassung gebracht. Ja, dafür, sagte ich. Sie hängte sich bei mir ein, und wir gingen bis zu dem Block, wo sie wohnte. Sie hat nur immer wieder gekichert. Ich auch. Vor der Tür beugte ich mich zu ihr hinunter, ich wollte sie küssen. Gehört zum Vorspiel, hat der Arpad gesagt. Vorspiel heißt das Spiel davor. Und davor war jetzt. Also jetzt: Vorspiel. Nichts war, verstehst du. Sie hat mich abgebremst. Immerhin mit dem Mund. Mit dem Mund hat sie meinen Kopf an der Nase abgebremst. Ein Nasenkuß. Es geht nicht, sagte sie, meine Eltern sind da. Und morgen, fragte ich. Ich weiß es nicht, sagte sie. Und wann weißt du es, fragte ich. Vielleicht morgen, sagte sie. Was gibt es denn da zu wissen, fragte ich. Ich muß ihn erst fragen, sagte sie. Wen mußt du erst fragen, sagte ich. Ihn, sagte sie. Wen denn um Himmelswillen? Ihn. Ich war ja immer noch überzeugt. Verstehst du. Sie mußte also erst dich fragen, ob sie mit mir ins Bett darf. Prima! Es hat mich nicht gewundert. Ich steh daneben, komplett, habe ich mir gesagt, aber das ist noch lange kein Grund, daß ich mich wundere. Ich tu, was man mir sagt. Man muß mir nur sagen, was ich tun soll.

Nächster Tag – Sonntag. Ich habe dich beobachtet, mein Freund. Was macht er? Ich mußte ja erst warten, bis sie mit dir gesprochen hat. Geht er aus dem Haus? Ja, er geht. Du bist gegangen. Ich habe dich gesehen, wie du auf der Wiese über den Hang hinaufgegangen bist. Allein. Aha, dachte ich, jetzt treffen sie sich. Jetzt trägt sie ihm mein Anliegen vor. Er wird doch nicht nein sagen, er ist doch mein Freund. Also habe ich gewartet. Und als es zur Jause geklingelt hat, habe ich dich wieder gesehen. Du bist mit den anderen in den Speisesaal gegangen. Himbeersaft und Hefebrot. Weißt du noch? War ich ganz verrückt danach. Nach Himbeersaft und Hefebrot. Aber nicht an diesem Tag. An dem über mich entschieden worden ist. Ich bin aus dem Heim und zwischen den Häusern die Abkürzung hinuntergerannt. Café zu. Hab ich nicht drangedacht. Sonntag geschlossen. Und niemand da, der mir sagt, was ich tun soll. Begibst du dich eben zur Quelle, dachte ich. Nimmst neben ihrem Block Posten ein. Sie wird schon einmal die Nase herausstrecken, die Dame. Ich bin ihr auf der Straße begegnet. Sie kam von der Stadt herauf. Als sie mich sah, lief sie auf mich zu und fiel mir in die Arme. Und in einem Augenblick war alles weg in mir. Als wäre wieder der alte Ofen in meinen Bauch eingebaut worden. Vergessen, alles vergessen. Nicht um alles in der Welt wollte ich sie noch einmal fragen.

Und dann merkte ich, daß sie heulte. Sie hat so sehr geheult, wie ich es noch nie gesehen hatte. Und meine Mutter hat oft geheult, das kannst du mir glauben. Veronika hat sich an meinen Mantel geklammert, ihr ganzes Gewicht hat sie drangehängt. Und ich hatte nicht die geringste Erklärung parat, verstehst du. Und es war mir auch egal. Von mir aus hätte man uns in Stein hauen können. Aber dann wollte ich es doch wissen und habe sie gefragt.

Was ist denn passiert, habe ich gefragt oder etwas ähnlich Blödes. Wahrscheinlich etwas noch viel Blöderes.

Sie hat nicht geredet, aber zu heulen hat sie aufgehört, und ich habe sie nach Hause begleitet. Den Arm habe ich um ihre Schultern gelegt und gedacht, vielleicht heiraten wir und leben in New York, und wenn wir an diese Zeit zurückdenken, dann lachen wir. Heileheilesegen. Als wir vor der Haustür standen, hatte sie sich einigermaßen gefangen. Kommst du morgen ins Café, fragte sie. Ja, sagte ich. Bestimmt, fragte sie. Bestimmt, sagte ich. Wo wohnst du eigentlich, fragte sie. Ich zuckte mit der Schulter.

Im Heim beobachtete ich dich wieder. Du gingst mir aus dem Weg. Und ich ging dir auch aus dem Weg. Was hat er mit ihr gemacht, dachte ich. Es stand dir nämlich nichts im Gesicht geschrieben. Das mußte ich hineindenken. Was hat er mit ihr gemacht, daß sie so heult. Und da ging der Ofen im Bauch wieder aus. Alles, was er mit ihr gemacht hat, will ich auch mit ihr machen, dachte ich. Genau dasselbe. Nur mit einem Unterschied: Ich würde es so machen, daß sie nicht weint hinterher.

Am nächsten Tag nach der Schule holte ich sie wieder vom Café ab. Es war mir scheißegal, was der Präfekt sagt, wenn ich nicht zum Mittagessen erschien. Vielleicht sagt er dann noch einmal: *Bringt ihm bei, was Gemeinschaft heißt.* Es war mir scheißegal, verstehst du.

Veronika sagte, sie habe nicht viel Zeit, höchstens ein paar Minuten, sie müsse etwas Dringendes besorgen. Sie war besser beieinander, aber geweint hat sie wieder. Wir sind vis à vis in den Schankgarten vom ehemaligen Gasthaus *Zum Adler* gegangen und haben uns unter dem Vordach auf die Mauer gesetzt. Die Berge auf der anderen Seite der Stadt waren im Nebel, es sah aus, als fehlten sie. Und Tschatralagant im Rücken.

Warum weinst du immer, fragte ich. Ich kann es dir nicht sagen, sagte sie. Sagst du es mir irgendwann, fragte ich. Vielleicht, sagte sie. Wann, fragte ich. Vielleicht morgen, sagte sie. Sehen wir uns heute abend, fragte ich. Ich weiß es nicht, sagte sie. Wenn nicht, kann ich dich morgen mittag wieder abholen, fragte ich. Ich habe sie am nächsten Mittag wieder abgeholt. Wir sind wieder nur ein paar Minuten unter dem Vordach gesessen. Sie hatte wieder keine Zeit. Ich wollte mit dir reden. Dir direkt ins Gesicht wollte ich sagen: Was bist du für ein Schwein, was hast du mit der Veronika gemacht, sag es mir, ich möchte dasselbe mit ihr machen. – Aber wir sind uns fremd geworden. Ich habe gesehen, daß du mit dem Ferdi Turner anbandelst …‹

›Aber das hat doch gar nicht gestimmt. Es hat mir wehgetan zu sehen, wie du dich von mir abwandtest. Du warst es.‹

›Ist doch egal, was ich gedacht habe, damals.‹
›Was hast du gedacht, damals?‹
›Ich dachte: Aha, ihn hat er also auserkoren. Ihn, nicht mich. Darum heult die Veronika also. Weil sie den Ferdi Turner im Theaterloch treffen soll. Diesen grausigen Sauhund, der sich die Pickel von der eigenen Schulter frißt ... oder so ähnlich. Was weiß ich, was ich gedacht habe. Ich weiß nicht einmal, ob ich wirklich so dachte. Es ist ja viel Zeit vergangen seither.

Es hat sich sowieso alles bald aufgeklärt. Ich weiß nicht mehr, wie das passierte. Ich nehme an, es war, weil ich von mir zu erzählen begann. Veronika sprach ja fast nichts, wenn wir uns trafen. Sie wollte sich mit mir treffen. Aber sie wollte nicht reden. Also habe ich geredet. Erzählt ... Daß ich mein Maul nicht halten konnte! Das wird es gewesen sein. Ich habe alles mögliche erzählt – von zu Hause, von meinen Eltern, von der Schule, daß ich ins Gymnasium gehe ... Und dann wohl auch, daß ich oben auf Tschatralagant im Heim wohne.

Und da hat sie mich angeschaut – mir ist es in den Magen gefahren. Kennst du einen Gebhard Malin, hat sie gefragt. Und ich, baff, habe gesagt: Ja, der geht in meine Klasse. So. Er geht in deine Klasse, hat sie leise nachgeredet. Ja, habe ich gesagt, er ist ein Mitschüler von mir. Sie hat einen Anfall gekriegt, ist auf mich losgegangen.

Zuerst wußte ich gar nichts. Und dann war alles klar. Du, mein Freund, hast überhaupt nie eine Rolle gespielt bei ihr, verstehst du. Natürlich, es war der Gebhard Malin. Und daß sie immer so wenig Zeit hatte, das lag daran, daß sie ihn im Krankenhaus besuchte. Dort hat ihr der Csepella Arpad alles erzählt. Daß wir den Gebhard fertiggemacht haben.

Sie hat auf der Straße herumgeschrien. Es war furchtbar. Ihre Chefin ist aus dem Café gekommen, hat gemeint, ich belästige die Veronika. Auch sie hat geschrien. Sie sind hinter mir her. Beide. Und ich bin gerannt, wie vor dem Teufel davon ... Das war's.

Weißt du jetzt, was ein echter Konservativer ist? Ein Trottel, der von überhaupt nichts irgend etwas mitkriegt. Jeder andere hätte längst überrissen, was läuft. Daß du dabei nicht die geringste Rolle spielst. Und ich auch nicht. So sieht ein echter Konservativer aus: einer, mit dem man reden kann; unheimlich gut reden kann; zu dem man Vertrauen hat; dem man die rasierten Achselhöhlen zeigen kann; bei dem sich da gar nichts regt; mit dem man unheimlich gut reden kann, ohne daß man ihm das Geringste erzählt.‹

Der Wirt kam wieder an unseren Tisch und sagte, an einem anderen Tisch säßen zwei Gäste, die wünschten Musik, ob es uns störe, wenn er doch Musik machte.

›Nein‹, sagte ich.

›Nein‹, sagte Franz.

Der Wirt gab dem Mann hinter der Theke ein Zeichen. Aus dem Lautsprecher kam griechische Musik.

›Und warum hat sie dir vorher nicht erzählt, daß sie wegen dem Gebhard Malin weint‹, fragte ich.

›Was meinst du‹, rief er. ›Was hätte sie mir erzählen sollen?‹

›Wenn sie schon so viel Vertrauen in dich hatte, wie du sagst – sie hätte dir doch erzählen können, was mit dem Gebhard Malin passiert ist.‹

›Sie hat nichts gesagt. Das meine ich damit: Ich bin ein echter Konservativer. Die Veronika hat das intuitiv erfaßt. Das und alles andere auch. – Dich wundert, daß sie nichts erzählt hat?‹

›Ja, das wundert mich.‹

›Sie hat nichts erzählt, weil sie sich schämte.‹

›Wofür schämte sie sich?‹

›Daß ihr Zuhälter verprügelt worden ist.‹

›Das ist doch Blödsinn, Franz!‹

›Du kennst die Leute nicht. Es ist so. Sie schämte sich, daß sie an einem hängt, der verprügelbar ist – wenn ich es einmal so sage, verstehst du.‹

›Das bildest du dir ein, Franz ...‹

›Du kennst die Leute nicht. Glaub mir. Nur ein echter Konservativer kennt die Leute.‹

›Ich denke, ein echter Konservativer steht daneben? Der merkt nichts?‹

›Er merkt es immer hinterher. Zu spät. Aber dann weiß er es. Dann kennt er die Leute. Weil er sie immer nur von hinten sieht. Wie sie sich von ihm wegbewegen. Er sieht nur den Rücken, verstehst du. Lügen tut man im Gesicht.‹

6

»Was hast du wirklich gewußt über das Verhältnis zwischen Veronika Tobler und Gebhard Malin?«

»Damals eigentlich gar nichts. Das waren alles nur Vermutungen. Darüber habe ich nicht nachgedacht. Ich habe ja schon gesagt, ich habe in meinem Kopf die beiden nicht zusammenbringen können. Das wird dem Csepella Arpad seine Sache sein, dachte ich. Ja, so dachte ich: Der Arpad hat dieses Mädchen kennengelernt, die Veronika, sie haben Spaß miteinander gehabt und haben den Gebhard Malin mitmachen lassen. Das war für mich klar, daß der Arpad die treibende Kraft war, nicht der Gebhard Malin. Ich dachte eher, daß der sich gar nicht für Mädchen interessiert ... für niemanden interessiert.

Und die Veronika – die Veronika wohnte in zwei verschiedenen Ländern, im einen trieb sie sich mit dem Csepella Arpad und dem Gebhard Malin oben beim Theaterloch herum, dort war sie ein geiles, nebelfeuchtes Biest, mit dem jeder machen konnte, was er wollte, oder was der Arpad wollte oder was der Gebhard Malin wollte ... der wollte es ja sowieso nicht, ich habe ihn ja gesehen, wie er hin und hergegangen ist, hab ja gehört, wie er nach einer Sekunde schon ›Es genügt!‹ gerufen hat, das war das Reich des Csepella Arpad, im Reich eines *wilden Hundes* geht's halt anders zu wie im Pausenhof und auch anders wie in den Gedichten des Herrn Präfekten, ach, davon habe ich ja noch gar nicht erzählt, der hat nämlich auch Gedichte geschrieben, der hat nämlich auch in zwei Ländern gelebt, der Präfekt, habe ich das schon angedeutet, kann sein, im einen Land Flöte und Gedichte, Schöngeist, im anderen Land Don Bosco, Fußball, Freund von Negern und Konsorten, zwei verschiedene Trainingslager für den Himmel, vielleicht hat er gehofft, oben zwei Wohnungen zu kriegen, ein Tausendsassa, vielleicht sogar drei Wohnungen, zwei Wohnungen und ein Büro, und in dem Büro hätte er dann alle möglichen Wettbewerbe und Veranstaltungen im Himmel organisiert, keine ruhige Minute hätten die dort oben mehr gehabt, Sportveranstaltungen, Himmelsolympiaden, Musikfestivals, Gedichtwettbewerbe – hat es gegeben, hat es auch gegeben, wie so vieles andere hat es auch Gedichtwettbewerbe gegeben, sind ausgeschrieben worden, erster Preis ein Buch nach Wahl, drei Bücher standen zur Auswahl, die Geschichte des heiligen Fidelis, die Geschichte des heiligen Franziskus und die Geschichte des heiligen Sowieso, und Csepella Arpad hat Gedichte geschrieben, andere auch, blasse Siebtkläßler mit Brillen wie Frösche, jeder, der etwas bezweckt hat mit der Dichterei, und das haben diese blassen Siebtkläßler, jeder hat Sonette geschrieben, ›Sonett, da weiß man wenigstens, was man hat!‹, und Csepella Arpad hat auch eines vorgelesen, öffentlich, außer Konkurrenz, weil er von vornherein klargestellt hat, daß ihn keiner der Preise interessierte, aber die Gedichte interessierten ihn, seine eigenen und die der anderen Schüler, war ja noch ganz am Anfang seiner Heimzeit, da hat ihm noch alles gefallen, da hat er überall mitgemacht, auch bei diesem Gedichtwettbewerb, bei dem der Präfekt Teilnehmer und einziger Juror in einem war, und der Präfekt hat gelächelt, als der Arpad von seinem Zettel heruntergelesen hat, nichts Sonettenhaftes, überhaupt nichts, das nach einem Gedicht geklungen hat, ›Wo soll denn da das Gedicht sein?‹ – wohlwollend sanft gelächelt hat der Präfekt. ›Ja‹, sagte der Präfekt, ›ein Sonett ist eben doch besser‹, und hat gleich hinterdrein drei eigene vorgelesen und einen Vortrag angehängt mit Kreide und Schultafel, *Der Aufbau des Sonetts*, als ob wir das nicht schon längst gewußt hätten, jeder Pimpf hat gewußt, wie ein Sonett geht, zwei Vierzeiler, zwei Dreizeiler, Reime abba, abba cdc, dcd, fünf Betonungen in einer Zeile, das war doch ein alter Hut, und an dem raspelt sich der Präfekt immer noch ab, zwei Stunden lang mit rotem Kopf aus Begeisterung für sich selbst und aus Trotz, weil der Arpad so viel Applaus bekommen hat für sein ungedichtisches Gedicht, weiß nicht mehr, was der Arpad da vorgelesen hat, ein Csepella Arpad hat immer Applaus bekommen, und daß der keine Sonette schreibt, das ist klar, war so schon komisch genug, daß der überhaupt Gedichte schreibt, Altweiber- und Pfaffenschokolade, was hat denn ein Csepella Arpad damit zu tun. Csepella Arpad, sechzehn Jahre, den der Pförtner im *Rondell-Kino* in Wien persönlich kannte, der ihn, wenn die Schule früher aus war, zwinkernd zu sich gewinkt hatte – hat der Arpad erzählt –, zu sich gewinkt hatte, ›Magst hier auf deinen Onkel warten? Magst ein bissel Dutteln schaun?‹, Csepella Arpad, sechzehn Jahre alt, schrieb Gedichte, ja, hatte obendrein einen Lieblingsdichter, Arthur Rimbaud, *Eine Zeit in der Hölle*, *Das trunkene Schiff*, da hat er uns daraus vorgelesen, immer wieder. Der Gebhard Malin ist dagesessen, Mund offen, wie er früher dagesessen ist, wenn der Spiritual aus der Heiligengeschichte vorgelesen hat, ›Die Flagge von blutigem Fleisch über der Seide der Meere und den Blumen des Nordpols …‹, Arthur Rimbaud, und der Gebhard Malin hat gestaunt, als ob er verstände, was das heißt, extra wird er staunen, nur um uns zu ärgern, immer wieder hat der Arpad aus diesen Blättern vorgelesen, die er zusammengefaltet in seiner Rocktasche stecken hatte, als ob das ein Sexheftchen wäre, nicht einmal ein Buch hat er gehabt, der Csepella Arpad, nur herausgerissene Seiten, aus einem Buch aus der Schülerleihbibliothek in Wien, und die Seiten steckten in der Innentasche seiner schwarzen Anzugjacke. Wenn wir bei der Grotte Zigaretten hinuntergezogen haben, hat er sie herausgezogen und vorgelesen, immer wieder, und Gebhard Malin, mit offenem Mund, hat zugehört, bis Zizi Mennel einmal sagte: ›Mensch Arpad, was heißt denn das?‹

Von da an hat er nicht mehr vorgelesen. Nicht mehr in aller Öffentlichkeit. Aber in der Kapelle, da habe ich einmal gesehen, während der Messe, der Sonntagsmesse, daß der Arpad die Blätter dem Gebhard Malin hinübergegeben hat. Aha, sie lesen das immer noch, dachte ich. *Die wilden Hunde.*

Ich hab gewußt, daß ich kein *wilder Hund* sein will, daß ich keiner sein will, weil ich keiner sein kann, weil ich das nie schaffe, so einen großen, radikalen Schritt in die Nacht hinein, in ein anderes Land, wo es kein Weihnachten, keine Bratäpfel und keine Zahnpasta gibt, das kann ich nicht, das schaff ich nicht, das trau ich mich nicht, weil ich die Geheimschrift nicht kenne, den Code, die ausgemachten Sätze, ich mußte ja wider Willen dem Zizi Mennel recht geben, was heißt denn das, ›Die Flagge von blutigem Fleisch über der Seide der Meere und den Blumen des Nordpols‹, was soll denn das heißen, Himmelnocheinmal, ich hab gewußt, daß ich so einen *wilden Hund* nur anschauen könnte, wie man im Zoo einen Panther anschaut, der von einer Gitterwand zur anderen geht und wieder zurück, drei Meter hin, drei Meter zurück, und seine Beine bewegen sich dabei, als hätten sie noch meilenweit Steppengras vor sich – nein, was im Reich der Panther und der *wilden Hunde* vor sich ging, das berührte mich nicht, das hatte mich nicht zu berühren, und daß sich auch Veronika, meine zarte, liebe Veronika mit der überall gleichen, hellen Haut, die vom Kinn zum Mund weicher und unmerklich heller wurde, daß sie sich dorthin verirrt hatte, ja, das war vielleicht schrecklich, das tat mir sicher weh, aber wer hat mich schließlich gezwungen, meine Hände hinüberzustrecken in dieses Reich?

Niemand hat mich gezwungen. Ein süßes Angebot. Ich bin hinaufgegangen zum Theaterloch. Freiwillig. Eifersucht war sinnlos. Genausogut könntest du eifersüchtig sein auf einen Traum. Und das andere Land? Das war meines. Dort hat mir jemand Konkurrenz gemacht ... und der hieß nicht Gebhard Malin.

An diesem Freitagnachmittag, einen Tag bevor wir den Gebhard Malin fertiggemacht haben, war er für mich kein Feind. Eher ein Verbündeter. Ich wünschte mir, er wäre mein Verbündeter. Oder ich sein Verbündeter.«

»Gegen den Franz Brandl?«

»Auch ... ja, ja, ja, ja ... Soll ich dir etwas sagen? Ich weiß gar nicht, ob das alles so stimmt, was ich hier rede. Das kommt alles viel zu ordentlich heraus. Ich hatte damals einen Haufen im Kopf, als hätte einer den Mist von einem Monat aus dem Fenster des Mariensaals auf den unteren Fußballplatz geschüttet. Und am nächsten Tag schüttet man gleich noch einen Haufen nach. Man denkt zuerst, das hat ein anderer gemacht, irgendwelche andere haben schon wieder Dreck vom Dach geschüttet. So schnell geht das Vergessen: daß man schon eine halbe Minute, nachdem alles fertig ist, sich erinnern muß: Wie war das? Wer war das? Warum war das? Aber mitten in dem Haufen liegt einer. Sand im Gesicht. Erde im Gesicht. Muß man Sand nachschütten, bis man das Gesicht nicht mehr sieht. Dann kann man antreten zum Hohen Gericht. Was soll ich dann sagen? Ich kann nichts dafür, ich habe sein Gesicht zu spät erkannt, es war bei Gott der Falsche? Dann sagen sie: Wer hätte es denn sein sollen? – Wir haben ihn in den Fensterschacht geworfen, beim Kellerfenster neben dem unteren Studiersaal, es war ja niemand im Studiersaal, der hätte zuschauen können, war ja Samstagnachmittag, da ist die Kapelle gereinigt worden, da ist der Körper gereinigt worden, Samstag – Duschtag. – Ja, natürlich, hinterher hätten wir gern seine Schmerzen aufgeteilt. Jeder von der Klasse ein gleichgroßes Stück, wer ist dafür? Aber umgekehrt geht es nicht. Wie der abstrakte Schmerzensmann oben in der Kapelle, dem der Maler ein Gesicht gemalt hat, so schräg, als wär eine Goliathwatsche gefroren, nein, umgekehrt geht es nicht, daß wir alle vier Milliarden Wappler, jeder ein gleichgroßes Stückchen abkriegen von dem seinem Schmerz. Was wäre denn das für ein Schmerzelchen! Als hätte eine Flaumfeder im Flug deine Schulter gerammt. Das Hohe Gericht will Schmerzen sehen. Sonst tritt es erst gar nicht zusammen ...«

»Hat einer von euch Gebhard Malin im Krankenhaus besucht?«

»Wo denkst du hin! Nein.«

»Nicht einer?«

»Nicht einer.«

»Hast du sie danach gefragt ... jetzt?«

»Ja. Ich habe sie danach gefragt. Sie haben sich gewundert.«

»Über die Frage?«

»Nein, über die Frage nicht. Sie haben sich gewundert, daß sie damals nicht auf den Gedanken gekommen sind. Wahrscheinlich haben sie sich deshalb gewundert.«

»Und jemand von der Heimleitung – ist einer von den Patres ins Krankenhaus gegangen?«

»Das weiß ich nicht. Am ehesten der Spiritual vielleicht. Der Manfred Fritsch behauptet, der Spiritual habe den Gebhard Malin im Krankenhaus besucht. Und das kann ich mir auch vorstellen.«

»Woher weiß das der Manfred Fritsch?«

»Er sagt, vom Csepella Arpad ...«

»Und die anderen Patres waren nicht im Krankenhaus?«

»Der Präfekt natürlich nicht. Stell dir vor! Und der Rektor ... Ich weiß es nicht, wie gesagt. Aber ich kann es mir nicht vorstellen. Wenn ihn der Rektor im Krankenhaus besucht hätte, würde er hinterher gefragt haben, was da los war – und so weiter. Dann hätte er es nicht einfach auf sich beruhen lassen.«

»Heißt das, der Rektor als Leiter des Heimes hat nicht gewußt, was passiert ist? Daß eine Klasse einen Mitschüler krankenhausreif geprügelt hat.«

»Mehr als das ...«

»Was?«

»Wir dachten, er stirbt.«

»Was heißt, ihr dachtet? Wenn niemand von euch im Krankenhaus war? Woher hattet ihr denn Informationen?«

»Ich weiß es doch nicht! Das waren eben Gerüchte. Alles Gerüchte, Getuschel. Keine offizielle Bekanntmachung oder so. Jedenfalls, als es dann hieß, er komme bald wieder zurück ins Heim, war ich unheimlich erleichtert. Und die anderen auch. Auch das waren so Gerüchte. Es ist nicht offiziell gesagt worden, daß er bald aus dem Krankenhaus zurückkommt. Ich weiß nicht, woher die Information kam. Hat in der Klasse die Runde gemacht. Es hieß, er kommt bald – und uns ist ein Stein vom Herzen gefallen. Obwohl wir natürlich Angst davor hatten. Weil ja klar war, daß es dann Diskussionen geben wird. Daß man dann nicht mehr so tun kann, als sei gar nichts. Uns ist aber trotzdem ein Stein vom Herzen gefallen. Kannst du dir ja vorstellen. Ich habe als erstes gedacht: Gott sei Dank, er stirbt nicht! Bin sofort hinauf in die Kapelle gerannt und habe einen Rosenkranz gebetet. Und ich war nicht der einzige, der gebetet hat. Die anderen haben das auch gedacht: Gott sei Dank, er ist nicht gestorben. Da bin ich mir sicher. Das lag in der Luft, die ganze Zeit – die Frage, was ist, wenn er stirbt.«

»Aber das war doch nur Einbildung, oder?«

»Wahrscheinlich schon. Klar, natürlich. Ich habe mich später – viel später – erkundigt. Es kann schon vorkommen, daß ein Schock tödlich ist.«

»Wo hast du dich erkundigt? Im selben Krankenhaus? Hast du die Ärzte gefragt, die ihn behandelt haben?«

»Nein, nein, nein ... Jahre später. An der Universität. Ich habe mit einem Mediziner darüber gesprochen. Mir ist die Geschichte auf einmal wieder eingefallen.«

»Hast du später oft daran gedacht?«

»Hin und wieder, ja.«

»Mit was für Gefühlen?«

»Wie Kino.«

»Wie Kino?«

»Als hätte ich vor langer Zeit einen Film gesehen ...«
»Er hatte also einen Schock.«
»Ja, aber es war nicht so ein Schock wie bei einem Verkehrsunfall. Wo einer noch herumläuft und redet und auf einmal umkippt. So etwas kann tödlich sein, sagte der Mediziner. Er war noch Student. Der Gebhard Malin hatte einen psychischen Schock.«
»Was heißt das?«
»Ich kenne mich da nicht aus ... Das heißt ... also, bei ihm war das so ... er hat die Sprache verloren ...«
»Die Sprache hat er verloren?«
»Ja. Hat nicht mehr reden können ... ein paar Tage lang oder so ... und gesehen hat er auch schlecht ... auch ein paar Tage lang oder so ... So war es. Ja.«
»Ist das offiziell bekannt geworden? Ich meine damit, hat die Heimleitung irgendwann einmal – während Gebhard Malin noch im Krankenhaus war oder später, als er wieder im Heim war – ist da irgendwann einmal öffentlich darüber gesprochen worden? Was der Gebhard Malin hatte – die Folgen?«
»Nein. Nicht, daß ich wüßte. Hat ja auch niemand danach gefragt.«
»Und die Heimleitung von sich aus? Der Rektor hat nichts gesagt zu euch? Heute kommt der Gebhard Malin aus dem Krankenhaus zurück, er war dort, weil – er hat das und das gehabt – und so weiter?«
»Hat nichts gesagt. Nein.«
»Der Leiter des Heimes hat also nie genau gewußt, was passiert war?«
»Sicher hat er es gewußt. Das ist anders ja nicht möglich. Aber so, wie er reagiert hat, nehme ich an, er hat es einfach ignoriert. Weggeschoben. Weg, fort damit, will ich nicht wissen ... Der Mann hat gelitten. Der Mann hat immer gelitten. Alles ist ihm über den Kopf gewachsen. Er hat getrunken. Es mußte etwas schon direkt vor seinen Augen passieren,

damit er es als wirklich akzeptierte. Ich glaube, er hat sich vor dem Präfekt gefürchtet. Der Präfekt hat sicher Meldung gemacht. Ganz bestimmt hat der Meldung gemacht. Das war seine Pflicht. Den Rektor über alles zu informieren, was im Heim vor sich ging, war seine Pflicht. Der Präfekt hat die drei Knoten in dem Strick um seinen Bauch herum sehr ernst genommen. Keuschheit, Armut, Gehorsam. Ich habe mir damals gedacht, es macht ihm richtig Spaß, gehorsam gegenüber dem Rektor zu sein. Auch schon bei anderer Gelegenheit habe ich mir das gedacht. Ich vermute, in manchen Fällen wäre es dem Rektor lieber gewesen, der Präfekt hätte seine Gehorsamspflicht nicht so ernst genommen. Dann hätte er manche Sachen nicht erfahren. Das wäre ihm sicher lieber gewesen. Im Fall Gebhard Malin ganz bestimmt. Er wird schon mitgekriegt haben, was war. Aber im Krankenhaus hat er ihn nicht besucht. Das wär ja ein Eingeständnis gewesen. Daß es mehr als ein harmloser Bubenstreich war, mehr als eine Prügelei, wie sie bei Buben vorkommt. Dann hätte er ja gesehen, wie der Gebhard Malin beieinander war. Daß es eben doch mehr war – und nicht nur eine Prügelei, bei der einer unglücklich gefallen ist, über die Stiege hinunter oder was weiß ich.«

»... unglücklich gefallen, über die Stiege hinunter?«

»Das hat der Präfekt im Krankenhaus angegeben.«

»Woher weißt du das?«

»Sagt Klassensprecher Manfred Fritsch.«

»Hat er das damals gesagt oder jetzt?«

»Jetzt, als ich ihn besucht habe.«

»Und woher weiß er das?«

»Eben vom Csepella Arpad. Eben ... und an diese Erklärung ... an diese Version wird sich der Rektor gehalten haben. Gott sei Dank, eine Erklärung, wird er sich gedacht haben. ›Ich kann nicht allen Dingen persönlich nachgehen‹, sagte er immer, ›ich muß mich daran halten können, was man mir sagt, ich muß Vertrauen haben, daß man mich nicht anlügt.‹ – Er wird schon gewußt haben, warum er so spricht. Wenn er allen

Dingen persönlich nachgegangen wäre ... das hätte er nicht verkraftet ... dann überhaupt nicht mehr. Hat so schon viel Rotwein gebraucht, um das wenige zu verkraften, das er mitgekriegt hat ... Er hat mir leid getan.«

»Der Präfekt hat ihn also angelogen?«

»Wenn wahr ist, was der Manfred Fritsch sagt, ja.«

»Zweifelst du daran?«

»Ach Gott. – Manfred Fritsch ist auf seltsame Art und Weise in die Sache verwickelt. Er würde sagen: auf *seltsame Art und Weise*. Das heißt, in diesem Fall würde er es wahrscheinlich nicht sagen. Sogar sicher würde er es nicht sagen. *Seltsam* ist ein Lieblingswort von ihm. *Seltsam* und *merkwürdig*. Alles mögliche ist *seltsam* oder *merkwürdig* oder beides. Vor allem, wenn er über sich selbst spricht. ›Seltsam, wie ich mich bei dieser oder jener Situation verhalten habe ...‹ ›Merkwürdig, was mir alles durch den Kopf gegangen ist ...‹ – Allerdings, was unsere Sache angeht, bezweifle ich, daß er sein damaliges Verhalten *seltsam* oder *merkwürdig* findet. Da steht Aussage gegen Aussage. Mit Manfred Fritsch habe ich am längsten gesprochen – abgesehen vom Franz Brandl – aber am wenigsten ist dabei herausgekommen. Der Mann ist wie Sand.«

»Wir kommen noch auf ihn zu sprechen.«

»Nur so viel: Er hat immer als die Ehrlichkeit in Person gegolten – im Heim jedenfalls. Was seine Kollegen heute von ihm halten, weiß ich nicht. Ich kann mir einerseits nicht vorstellen, daß er lügt. Andererseits kann ich ihm auch nicht glauben. Der Mann ist wie Sand. Er sagt etwas, und ich nehme dann an, es ist wahr, was er sagt, aber es bedeutet nichts. Er ist wie nichts, sagt der Franz, *Ein durchsichtiges Nichts*, hat er gesagt. Ich würde sagen: Ein undurchsichtiges Nichts. Aber was soll das bedeuten? Es ist ansteckend, wenn man mit ihm redet – die Bedeutungslosigkeit, meine ich.«

»Gut. Wir kommen darauf zurück. Bleiben wir vorläufig beim Präfekten. Manfred Fritsch sagt also, der Präfekt habe den Rektor und auch die Ärzte angelogen?«

»Er sagt das nicht dezidiert ...«

»Glaubst du, daß der Präfekt gelogen hat?«

»Ich habe ihm immer alles mögliche zugetraut; aber ich dachte nicht, daß er ein Lügner ist. In diesem Fall allerdings glaube ich, daß er gelogen hat. Ja.«

»Er hat es also in diesem Fall mit der Gehorsamspflicht nicht so genau genommen?«

»Im Ernstfall ist einem die Haut näher als die Kutte. Er wird schon eine Auslegung der Ordensregel gefunden haben, bei der dann am Ende steht: Du bist trotz allem gehorsam gewesen. Es heißt ja: Du sollst gehorsam sein! Und nicht: Du sollst nicht lügen. Lügen ist eine einfache Sünde. Verstößt nicht gegen die Ordensregel. Nur gegen die Zehn Gebote.

Aber gut – auch wenn es so ist – dazu gehören immer zwei. Einer, der lügt, und einer, der sich belügen läßt. Nein – ich will den Rektor gar nicht in Schutz nehmen. Er hätte der Sache nachgehen müssen, es wäre seine Pflicht gewesen, es wär anständig gewesen. Er wollte es einfach nicht sehen. Er wollte es nicht wissen. Weil er nicht handeln wollte. Wenn er wirklich gewußt hätte, was passiert war, wenn er den Gebhard Malin im Krankenhaus gesehen hätte, dann hätte er die Sache nicht auf sich beruhen lassen, da bin ich sicher. Ganz sicher ... Dann hätte er über seinen Schatten springen müssen ...«

»Wie meinst du das?«

»Er hätte ... ja ... er hätte einen Prozeß gemacht. Dann hätte endlich er einmal einen Prozeß gemacht, er und nicht der Präfekt ...«

»Ist das eine Redewendung oder kann man das wörtlich nehmen?«

»... einen Prozeß gemacht? Das kann man wörtlich nehmen.«

»Es sind Prozesse veranstaltet worden?«

»So etwas Ähnliches.«

»Es wird doch nicht eine eigene Gerichtsbarkeit im Heim gegeben haben?«

»Wenn du mich fragst: Es hat überhaupt keine Gerichtsbarkeit gegeben. Gerichtsbarkeit würde ja so etwas wie Recht voraussetzen, und Recht würde so etwas wie eine Gerechtigkeit voraussetzen. Und von Recht und Gerechtigkeit kann man nur dann sprechen, wenn es heute so heißt und morgen nicht gleich ganz anders. Ich meine, wenigstens einigermaßen müssen Recht und Gerechtigkeit berechenbar sein. Die drei Worte haben zumindest denselben Stamm.

Nein, das draußen geltende Recht, das war wohl zu sperrig, um durch die Heimtüren zu kommen. Nein, mit Gerichtsbarkeit haben diese Prozesse nicht viel zu tun gehabt ...

Es hat *Prozeß* geheißen. Wenn es zum Beispiel darum ging, ob einer aus dem Heim fliegt oder nicht. Aber auch bei ganz läppischen Dingen.«

»Ist das oft vorgekommen?«

»Selten. Das heißt, eine Zeitlang war es Mode. Eine Mode vom Präfekten. Wegen jedem Furz einen Prozeß zu veranstalten. Später sind diese *Prozesse* seltener geworden, die echten genauso wie die unechten.«

»Gab es *unechte* auch? Echte *Prozesse* und unechte ... Oder wie soll ich das verstehen?«

»Es war auch ein Spiel. *Prozesse veranstalten*. Angefangen hat es wohl als Spiel. Hat der Präfekt eingeführt. Ist manchmal gemacht worden. Ein fiktiver Prozeß. Ein Spiel.«

»Ein Gesellschaftsspiel im Heim?«

»Genau, ja. Am Anfang waren es nur Spiele. Bevor ich ins Heim kam, sei das öfter gespielt worden. Fiktive Gerichtsverfahren. Ich kann mich allerdings an mehr echte als unechte *Prozesse* erinnern.«

»Wie hat so ein unechter *Prozeß* ausgesehen?«

»Ja, wie ... Der Präfekt hat einen Fall ausgearbeitet. Einen Mordfall zum Beispiel ...

Also, ich kann mich nur an zwei Male erinnern, als das gespielt wurde, und da waren es Mordfälle. Es hat Täter gegeben, einen Kommissar, verschiedene Zeugen, Detektive – alle gespielt von Schülern. Den Part der Richter, Ankläger und Verteidiger hat die Heimleitung übernommen. Die Sache hat sich über Tage hingezogen – bis die Täter erwischt, die Zeugen gefunden, die Protokolle geschrieben wurden. Es muß ein unheimlicher Aufwand gewesen sein. Ich war damals in der ersten Klasse, ein Pimpf. Wir durften natürlich nicht mitspielen. Die guten Rollen haben die älteren Schüler bekommen. Wir waren das Volk.

›Wenn einer von euch später Jurist wird‹, sagte der Präfekt, ›dann wird er vielleicht einmal an die Zeit zurückdenken, als die ersten Grundlagen dafür gelegt wurden.‹ Oder so ähnlich.

Es war eine Art Theater, allerdings ohne daß die einzelnen Mitwirkenden wußten, wie es ausgeht. Den gesamten Plan kannte nur der Präfekt. Auch der Rektor und der Spiritual nicht. Und auch der Präfekt wußte letztendlich nicht, wie die Sache ausgehen wird. Behauptete er jedenfalls.

Ich kann mich an die einzelnen Fälle nicht mehr genau erinnern – weder an die echten, noch an die unechten Fälle –, in der ersten Klasse im Heim hatte man so viel mit sich selber zu tun, da sind solche Sachen an einem vorbeigegangen. An spätere *Prozesse* kann ich mich besser erinnern. Als ich in der zweiten Klasse war. Jedenfalls an einen kann ich mich erinnern – an einen echten *Prozeß*.«

»Diese gespielten Fälle ... ungefähr wenigstens ... Wie gingen die vor sich? Grob ... in Umrissen ...«

»Ja, irgendwann war der Fall abgeschlossen und ist dem *Gericht* übergeben worden. Also der Heimleitung. Und dann kam es zum *Prozeß*. Der Rektor hat den Richter gespielt, der Spiritual den Verteidiger, der Präfekt den Ankläger.

Das waren große Veranstaltungen. Getagt wurde im Speisesaal. Es war schon spannend, das muß ich zugeben. Worum es im einzelnen dabei ging, war gar nicht so wichtig. Die Auftritte waren es.

Da gab es einen älteren Schüler, der hat auch in der Theatergruppe geglänzt, der spielte den Angeklagten. Daran kann ich mich erinnern. Der hat sich in erschütternde Szenen hineingesteigert ... Ich erinnere mich an eine Szene, ich weiß nicht mehr genau das Drumherum ... der Angeklagte ist seinem eigenen Vater gegenübergestellt worden oder so ähnlich ... der Vater war also Zeuge ... wenn ich mich nicht irre, war er der Zeuge des Anklägers ... da ist dieser Schüler, also der, der den Täter gespielt hat, der ist vor seinem Vater in die Knie gegangen, hat unter Tränen gestammelt: ›Vater, Vater, warum hast du mir das angetan!‹

Es war still im Saal, kein Laut. Bei einem echten Prozeß wäre es nicht so still gewesen. Ich habe einen Knoten im Hals gehabt, und in der Nacht im Bett habe ich geweint. Ich war dann furchtbar enttäuscht, als ich erfuhr, daß die Tränen des Täters von einem Stück Zwiebel herrührten. Aber sogar der Rektor ist darauf hereingefallen, ihm sind die Tränen bei dem Auftritt über die Backen gelaufen, die echten Tränen ...«

»Und diese *Prozesse* hat der Präfekt organisiert?«

»Ja.«

»Ist doch keine schlechte Unterhaltung ... für hundert Buben.«

»Ja? Dann wird es wohl so sein ...«

»... ich meine, es gibt sicher langweiligere Spiele ...«

»Gibt es ... ohne Zweifel ...«

»Der Präfekt scheint gewußt zu haben, was ankommt. Sieht jedenfalls so aus, als hätte er sich Gedanken darüber gemacht, wie man euch unterhält: Sport, Detektivspiele, Gedichtwettbewerbe.«

»Ja, klar. Ich habe ja gesagt, der ist sich vorgekommen wie der heilige Don Bosco.«

»Aber das hat euch doch auch Freude gemacht?«

»Klar. Der heilige Don Bosco und seine Truppe. Über diese unkonventionellen Erziehungsmethoden des Präfekten ist sogar in der Zeitung geschrieben worden. Einmal war ein Artikel in der Zeitung über das Heim. ›Die erfrischenden Erziehungsmethoden‹, hieß es da. Eine Hymne! Ein Foto vom Präfekten im Schianzug – er springt gerade über eine Schanze –, ein Foto vom Präfekten mit hochgebundener Kutte – er schießt gerade ein Tor. Da haben sich die alten Pfaffen im Land aufgeregt! Ein moderner Kapuziner! Dagegen sag einmal etwas als Schüler!«

»Der heilige Don Bosco war derjenige, der in Turin ein Heim gegründet hat?«

»Für verwahrloste Buben, ja. Lauter Csepella Arpads. Gestorben am 31. Jänner 1888. An jedem 31. Jänner lagen beim Mittagessen je zwei Waffeln neben unseren Tellern. Sein Geburtstag war irgendwann im Sommer, während der Ferien: Der heilige Don Bosco hat auch so etwas wie einen Orden gegründet. *Societas Sancti Francisci Salesii*. Abgekürzt: S.S. Nach dem Zweiten Weltkrieg hat man den Orden umgetauft in *Sancti Joannis Don Bosco*. Abgekürzt: SDB. Ist verständlich ...«

»Und der Präfekt hat dem heiligen Don Bosco nachgeeifert.«

»Er hat ihn kopiert, würde ich sagen. Oder zumindest er hat es versucht. Bei jeder Gelegenheit hat er selbst den Vergleich gezogen. Auch dem Zeitungsreporter gegenüber hat er das getan. Der hat das allerdings falsch verstanden und von einem heiligen Don Boskop geschrieben. Der Rektor hat sich furchtbar darüber aufgeregt. Über solche Sachen ist der Präfekt wiederum mit Leichtigkeit drübergesprungen. Er hat sich einen Witz daraus gemacht. ›Es gibt zwei‹, hat er gesagt. ›Einen Heiligen und einen Apfel, einen Don Bosco und einen Don Boskop. Der zum Anbeißen bin ich.‹ Da hatte er die Lacher auf seiner Seite. Und der Rektor hat schließlich mitgelacht.

Der Präfekt war ein großartiger Schauspieler. Stimmt schon. Er in der Rolle des Anklägers zum Beispiel – dagegen ist der Spiritual als Verteidiger abgesunken. Und der Rektor als Richter sowieso. Gefreut hat man sich auf den Auftritt des Präfekten. Er hebt den Kopf, steht langsam auf, ernste Miene, streckt den Bart heraus ... Er hätte Schauspieler werden sollen, nicht Präfekt in einem Bubenheim! Ein Schauspieler weiß in der Regel zwischen Bühne und Wirklichkeit zu unterscheiden. Aus dem Spiel ist nämlich Ernst geworden. Das heißt, einmal war es Spiel, dann war es Ernst, dann wieder Spiel, dann wieder Ernst. Darum habe ich die Spiele in keiner guten Erinnerung. Weil da ein Schatten drüber lag.

Du mußt das so sehen: Als Erstkläßler hat man überhaupt gar nichts so richtig mitgekriegt. Hat einen ja keiner in die Sitten und Gebräuche des Heimes eingeweiht. Und als es dann hieß, es würde wieder ein *Prozeß* veranstaltet, wußte ich erst einmal nicht, warum *wieder* und zweitens wußte ich nicht, was das überhaupt bedeutete: *Ein Prozeß wird veranstaltet*. Und vor allem drittens: Ich merkte an den Reaktionen der älteren Schüler, daß die zuerst auch nicht genau wußten, was das werden würde, daß sie sogar Angst hatten, teilweise sogar Panik. Sie wußten eben nicht, ob das ein echter oder ein unechter *Prozeß* wird. Und dann – großes Trara: Es wird ein unechter. Aber die Tatsache, daß es eben auch echte *Prozesse* gab, hat einem das Spiel ein wenig vergällt.«

»Und die echten *Prozesse*?«

»Die waren in der Regel kürzer als die unechten. Und bei weitem nicht so lustig. Die meisten jedenfalls. Aber auch sie liefen sehr förmlich ab. Der Präfekt wollte es so. Ein Ankläger, ein Verteidiger, ein Richter.

Bald gab es nur noch echte *Prozesse*. Manchmal wegen Winzigkeiten. Ein angebissenes Stück Brot ist nach der Jause übriggeblieben: ›Wer geht hier so mit einer Gottesgabe um?‹

Wenn sich derjenige gleich gemeldet hat, gut; wenn nicht, mußten alle Schüler im Speisesaal bleiben und ein *Prozeß* wurde veranstaltet. Zeugeneinvernahme: ›Wem kommt die Marmelade auf diesem Brotrest bekannt vor?‹ – ›Wer im Heim ißt Brombeermarmelade?‹ – ›Wer alles sitzt in der Nähe des Fundortes dieses Brotrestes?‹ Und so weiter. Da ging es um gar nichts. Der *Täter* hat im schlimmsten Fall Küchendienst aufgebrummt bekommen. Aber ein *Prozeß* ist veranstaltet worden. Und ein Nachmittag ist draufgegangen. Und der Rektor und der Spiritual haben mitgemacht. Nicht sehr begeistert, aber mitgemacht haben sie. Und der Präfekt vorne weg. Immer der Ankläger, immer der Ankläger.«

»Du kannst den Präfekten nicht leiden – bis heute nicht, stimmt's?«

»Stimmt genau.«

»Kann es sein, daß du ihn ungerecht beurteilst?«

»Nicht ungerechter, als er uns manchmal beurteilt hat.«

»Das beantwortet meine Frage nicht.«

»Es liegt in der Natur dieser Frage, daß ich sie nicht beantworten kann.«

»Gut. Du hast gesagt, an einen dieser *echten Prozesse* kannst du dich erinnern?«

»An einen, ja. Gegen einen Schüler namens Waliser. Vorname weiß ich nicht.«

»Wie habt ihr euch untereinander hauptsächlich angesprochen, mit dem Vornamen oder mit dem Familiennamen?«

»Selten mit dem Vornamen. Fast immer mit dem Familiennamen. Zum Franz Brandl habe ich Franz gesagt. Zu den anderen nur ihre Familiennamen. Ja, den Csepella Arpad habe ich auch manchmal mit dem Vornamen angesprochen. Deshalb, weil er mich mit dem Vornamen angesprochen hat. Er hat alle mit Vornamen angesprochen. Er war die Ausnahme, auch in dieser Hinsicht.«

»Wie war das bei diesem *echten Prozeß*? Gegen den Schüler ... wie hieß er?«

»Waliser. Es war der letzte *Prozeß* dieser Art. Er hatte Briefmarken gestohlen. Und ist erwischt worden. In die Sache waren auch Zizi Mennel und Meinrad Weckerle verwickelt.«

»Wann war das?«

»Ende der zweiten. Ich war in der zweiten Klasse. Kurz vor den Ferien. Der Waliser ging in die vierte Klasse, war also zwei Klassen über mir. War eine spannende Sache. Hatte bedeutend größeren Unterhaltungswert als die Schlußaufführung der Theatergruppe.«

»Erzähl!«

»Dieser Schüler mit Namen Waliser war ein fanatischer Markensammler. Zu dieser Zeit war Markensammeln groß in Mode. Ich hatte auch ein Album. Alle hatten ein Album. Gesammelt wurden Österreich, Schweiz, Deutschland, Liechtenstein. Manche sammelten auch Motive. Zizi Mennel zum Beispiel. Der sammelte ausschließlich Marken mit Sportmotiven. Daher hatte er auch seinen Spitznamen.«

»Zizi Mennel, genannt *Das Sportheft*.«

»Genau. Auch die Heimleitung sammelte Marken. Es gab sogar ein Markenzimmer. Oben unter dem Dach, neben dem Mariensaal. Offiziell hieß es, die Marken seien für die Mission bestimmt. Ich weiß nicht, was die Missionare in Afrika oder Südamerika mit diesen Marken hätten anfangen sollen. Man hat sie lediglich gehortet. Zum Beispiel besaß das Heim eine ungestempelte *Große Dollfuß*. Die hätte einen ganz schönen Batzen gebracht. Und die ungestempelte *Rote Einschilling* aus dem Trachtensatz war gleich zweimal da. Auch viel wert. Aber warum verkaufen! Wenn man zuwartet, schaut mehr dabei raus. Also hat man zugewartet. Vielleicht wollte man sie wirklich irgendwann einmal verkaufen, im Jahr X oder später, und dann den Erlös an die Missionare schicken, damit die in Afrika und Südamerika Poststationen aufbauen können. Was weiß ich ...

Das Markenzimmer war immer abgesperrt. Es gab auch keinen Markenwart. Kein Schüler hatte Zutritt. Sonst gab es für alles mögliche einen Wart – einen Fischwart, der das Aquarium zu betreuen hatte; einen Pflanzenwart, der die Pflanzen im Haus gießen mußte; einen Rasenwart, der im Sommer den Rasen mähte – und so weiter. Einen Markenwart gab es nicht. Gut, Marken muß man weder gießen, noch schneiden, noch füttern.

Dieser Waliser war ein recht dummer Kerl. Verblendet. Und blöd. Aber geschickt. Er hatte sich in der Werkstatt des Heimes aus Draht einen Dietrich zurechtgebogen und ist damit ins Markenzimmer eingebrochen. Und was hat er geklaut? Ausgerechnet die ungestempelte *Große Dollfuß*. Das wäre wahrscheinlich niemandem aufgefallen. Es hat sich ja niemand um die Marken gekümmert. Aber er hat geredet. Er hat es dem Zizi Mennel und dem Meinrad Weckerle erzählt. Aus Angabe, vielleicht. Vielleicht glaubte er auch, der Meinrad Weckerle, der ja immer Geld gehabt hat, kauft sie ihm ab. Es hieß, er habe dem Meinrad Weckerle ein Angebot gemacht, zwei Drittel unter dem Wert der Marke. Der Meinrad Weckerle war sicher auch nicht der Hellste, aber so dumm war er nicht.

Der Zizi Mennel hat die Chance erkannt und hat sich vom Waliser den Dietrich geborgt. Er hat ein paar Sportmarken geklaut, sie aber wieder zurückgebracht, als er merkte, daß es heiß wird. Er hatte Glück. Noch am selben Tag ist nämlich alles aufgeflogen.

Aber der Reihe nach: Wie gesagt, der Waliser war dumm. Als der Meinrad Weckerle die ungestempelte *Große Dollfuß* nicht wollte, hat er einen unbeschreiblichen Blödsinn begangen: Er versuchte, die Marke in der Stadt im Philatelistenladen zu verkaufen. Der Mann wird sich gewundert haben. Eine ungestempelte *Große Dollfuß* wird ja nicht alle Tage angeboten. Und sicher nicht von einem vierzehnjährigen Buben. Da hat der Händler wahrscheinlich etwas Unsauberes gerochen. Er sagte zum Waliser, weißt du was, ich muß mir das noch überlegen, sag mir, wo du wohnst, dann geb ich dir Bescheid. Und der Waliser hat das gemacht.

Das ist alles bei dem *Prozeß* herausgekommen. Der Waliser ist wirklich sehr unvorsichtig gewesen. Die Marke hat er in einer Schatulle in seinem Pult aufbewahrt. Die Schatulle hatte er verschlossen, den Schlüssel trug er an einem Kettchen um den Hals. Am Abend desselben Tages, an dem er beim Händler gewesen ist, stellte er fest, daß die Schatulle nicht mehr da war. Er war furchtbar aufgeregt, meinte zuerst, es sei ein Witz von irgend jemandem. Den Zizi Mennel hatte er in Verdacht. Das war ihm nicht zu verübeln, ich hätte in so einem Fall auch den Zizi Mennel in Verdacht gehabt. Kurze Zeit vorher war die Sache mit der Schibindung und dem Trompetenmundstück gewesen. Aber der Zizi Mennel war es nicht, er hat die Schatulle nicht aus dem Pult genommen. Doch er hat den Wind aus der richtigen Richtung gerochen. Die Panik hat ihn gepackt, er ist sofort, noch vor dem Abendessen, mit Meinrad Weckerle zusammen in die Werkstatt gegangen und hat sich notdürftig aus Draht selbst einen Dietrich gebogen und die geklauten Sportmarken wieder zurück ins Markenzimmer gebracht. Den Waliser gewarnt hat er allerdings nicht.

Der Waliser, dieser ausgemachte Trottel, ging zum Präfekten und meldete, man habe in sein Pult eingebrochen und ihm seine Schatulle gestohlen. So blöd war er. Er war eben so blöd. Der Präfekt zeigte großes Verständnis für ihn. Das sei wirklich unerhört, sagte er, einem Mitschüler Sachen aus dem Pult zu stehlen. Das verdiene einen *Prozeß*. Erst peinliche Detektivarbeit und dann einen *Prozeß*. Nur, *was* sich eigentlich in der Schatulle befand, danach fragte der Präfekt nicht. Er werde sich selbst um die Sache kümmern, sagte er. Der Waliser solle getrost in den Speisesaal gehen und essen. Das muß großen Eindruck auf den Waliser gemacht haben. Beim Essen war er jedenfalls zuversichtlich. Er trumpfte sogar auf. ›Ich warne den Dieb zum letzten Mal‹, brüllte er in die Runde, ›jetzt hat er noch die Chance, die Schatulle zurückzugeben. Ansonsten wird der Präfekt die Sache in die Hand nehmen …‹

Es war ganz verrückt, wie dieser Kerl reagiert hat. Aber irgendwie auch verständlich. Er war zwar selber ein Dieb, aber vielleicht gerade weil er einer war, glaubte er an das Gesetz. Er glaubte an Recht und Ordnung. Wo man Recht brechen kann, dort muß es ja eines geben. Und wo es ein Recht gibt, dort gibt es auch einen, der das Recht hütet. Ist doch nicht so unlogisch. Alles mögliche hatte einen Wart – die Fische, der Rasen, die Pflanzen – wieso sollte das Recht keinen haben. Und der Rechtswart im Heim, das war der Präfekt. Daß der Waliser die *Große Dollfuß* geklaut hatte, war natürlich auch ein Rechtsbruch gewesen. Aber den hatte niemand bemerkt –

glaubte er jedenfalls. Wo kein Kläger, dort kein *Prozeß*. Den Diebstahl seiner Schatulle hatte er bemerkt. Und er hatte geklagt. Also würde es einen *Prozeß* geben.

Und den gab es dann auch. Noch am selben Abend. Nach dem Essen trat der Rektor vor uns hin und sagte: ›Die Abendandacht fällt heute aus, statt dessen werden wir hier im Speisesaal ein Gesetzchen aus dem *Glorreichen Rosenkranz* beten.‹

Der *Glorreiche Rosenkranz* wurde ganz selten gebetet. Ich habe nie herausfinden können, welche Gefühlslage den *Glorreichen* nahelegte. Beim *Schmerzensreichen* war es klar: Niederlagen, schlechte Noten, verdorbene Freundschaften, Blamagen. Der *Freudenreiche* bei Siegen, guten Noten und Todestagen der Ordensmärtyrer. Der *Glorreiche* war ein Rätsel ...

Der Rektor holte ein Kreuz und zwei Kerzenleuchter aus dem Paterzimmer und stellte sie auf den Tisch neben dem Speiseaufzug. Die Geschirrabräumer – die Tellerwarte – mußten sich mit ihrer Arbeit beeilen, dann befahl er, die Rolläden an den Fenstern herunterzulassen, löschte das Licht im Saal, ließ nur die Lampe über dem Kreuz und den Kerzenständern brennen, zündete die Kerzen an und begann zu beten.

Es war für uns ein wenig ungewohnt, im Sitzen zu beten, aber wir kamen damit zurecht. Hat auch keiner aufs Beten geachtet. Die ganze Zeit war ein Getuschel. Wußte ja niemand, was das sollte. Auch die älteren Schüler nicht. Als das Gebet zu Ende war, kamen auch der Spiritual und der Präfekt aus dem Paterzimmer. Sie setzten sich links und rechts neben den Rektor. Vor dem Rektor das Kreuz, vor Spiritual und Präfekt je ein Kerzenständer.

Dann begann der Rektor: ›Es gibt einen Dieb im Heim. Wir sind zusammengekommen, um ihn zu entlarven und um zu beraten, was mit ihm geschehen soll.‹

Der Präfekt ergänzte, unnötigerweise: ›Das ist ein Prozeß‹. Ich nehme an, in diesem Augenblick ist die Zuversicht aus dem Waliser geschwunden. Das glaubte er selbst nicht, daß wegen seiner Schatulle so ein Theater aufgezogen würde. Er hatte sich wohl schon so etwas wie einen *Prozeß* vorgestellt, aber einen kleineren, intimeren, einen marmeladenbrothaften.

Es war alles vorbereitet. Der Briefmarkenhändler hatte schon am Mittag im Heim angerufen und mitgeteilt, es sei ein Schüler namens Waliser dagewesen, der hätte ihm eine ungestempelte *Große Dollfuß* verkaufen wollen. Die Heimleitung – der Präfekt – hatte also den ganzen Nachmittag Zeit, den *Prozeß* vorzubereiten.

Der Rektor fuhr fort: ›Zu meiner Rechten sitzt der ehrwürdige Pater Spiritual; er ist so freundlich, die Rolle des Verteidigers zu übernehmen.‹

Der Spiritual erhob sich kurz, verneigte sich zum Rektor hin. Man konnte ihm ansehen, daß ihm die Sache unangenehm, ja peinlich war. Ein alter Mann, mit einem weißen Bart bis zum Strick um den Bauch, und der sollte so ein kindisches Theater mitmachen! So hatte er immer gewirkt bei Prozessen. Aber mitgemacht hat er doch immer wieder. Vor ihm auf dem Tisch lag ein Papierblock. Er beugte sich darüber und tat so, als schreibe er etwas auf. Wir Zweitkläßler saßen ziemlich weit vorne, und ich konnte genau sehen, daß er nur einen dicken Kreis malte. Sonst nichts. Und etwas anderes hat er während des ganzen *Prozesses* nicht aufs Papier gebracht. Dicke Kreise hat er gemalt, nur dicke Kreise.

›Zu meiner Linken‹, sagte der Rektor weiter, ›sitzt der hochwürdige Herr Pater Präfekt. Er vertritt die Anklage.‹

Der Präfekt erhob sich, ernste Miene, ließ seinen Blick schweifen – über uns, die wir im Dunkeln saßen – dann verneigte er sich tief vor dem Rektor und sagte: ›Ich danke dem hochwürdigen Herrn Pater Rektor für das Vertrauen.‹ Dann setzte er sich, Blick geradeaus, Kinn vorgereckt, sein Knebelbart stand ab wie ein braunes, abgebrochenes Stück Holz.

›Ja und ich‹, sagte der Rektor und ließ ein kurzes Lächeln durch den Bart hüpfen, ›ich bin wie immer so etwas Ähnliches wie ein Richter. Und ihr, ihr seid das Volk.‹ Applaus im Saal.

Dann wies er mit der Hand auf den Präfekt: ›Ich bitte dich, zu beginnen.‹

Der Präfekt erhob sich erneut, zog aus einer Mappe einige lose Blätter – die waren vollgeschrieben von oben bis unten, das sah ich – und trat vor den Tisch.

›Wir haben zwei Fälle zu behandeln heute‹, sagte er. Er bemühte sich, reines Hochdeutsch zu sprechen, das *t* in *heute* explodierte zwischen seinen Zähnen. ›Der erste Fall wird wohl schnell abgehandelt sein‹, fuhr er fort. ›Er betrifft den Diebstahl einer Schatulle.‹ Er wirbelte herum, so daß sich seine Kutte bauschte, zog blitzschnell die Schatulle vom Waliser aus seiner Mappe und hielt sie hoch. ›In diesem Fall bin ich selbst der Angeklagte‹, rief er. ›Und ich stehe nicht an, mich dem Urteil des Richters zu beugen.‹

Dem Waliser fiel das Gesicht ab. Er hatte ohnehin einen niederen Haaransatz, jetzt schien es, als ob die Stirn ganz verschwunden wäre, die Augen wurden zu verquollenen Schlitzen und der Mund zu einer Lage Haut auf dem Kinn, die abgeschnitten gehörte. Wie wenn man sein Gesicht mit Wasserfarben gemalt und das Blatt noch im feuchten Zustand an die Wand gehängt hätte. Das ganze Gesicht hätte ich ihm abschneiden lassen, wenn es nach mir gegangen wäre. Es wäre mir als ein Akt der Barmherzigkeit erschienen.

›Ich habe diese Schatulle dem Pult eines Schülers entnommen. Ich!‹ rief der Präfekt. ›Richter, ich erwarte deinen Spruch!‹

Der Rektor winkte ungeduldig ab: ›Ist schon recht‹, sagte er. ›Kommen wir zum Wesentlichen!‹

Der Präfekt verneigte sich: ›Danke. Nun gut. Ich habe also diese Schatulle aus dem Pult eines Schülers genommen, und nicht nur das – ich habe sie obendrein aufgebrochen. Sie war nämlich verschlossen.‹ Er hob den Deckel und zeigte uns die geöffnete Schatulle. ›Die Schatulle enthält drei Dinge, die für uns wichtig sind ...‹ Er stellte sie auf dem Tisch ab und entnahm ihr nacheinander diese drei Dinge. ›Eine Briefmarke, die den von mir hochverehrten, von verschiedenen Stellen zur Seligsprechung vorgeschlagenen ehemaligen Bundeskanzler der Christlich-Sozialen Partei, Dr. Engelbert Dollfuß, zeigt und zwar großformatig ...‹

Er griff die Marke mit einer Pinzette und zeigte sie. Ein Raunen ging durch den Saal. Saßen ja schließlich viele Philatelisten da.

›Zweitens: ein, aus einem im Besitze des Heimes befindlichen Draht gefertigter Nachschlüssel, der, wie nachzuweisen sein wird, nahtlos ins Schloß des ebenfalls im Besitze des Heimes befindlichen Markenzimmers paßt ...‹ Er zog ein Taschentuch aus der Kutte, legte es in seine Hand, ergriff mit spitzen Fingern den Dietrich und wies ihn vor. Wer weiß, vielleicht wollte er noch Fingerabdrücke abnehmen ...

›Drittens: ein Bündel Briefe, deren Adressat immer derselbe ist: Waliser ... sowieso ...‹ – Den Vornamen weiß ich eben nicht mehr. Dem Waliser zitterte der Kopf, so daß ihm ständig die Haare ins Gesicht fielen. Dann ging der Präfekt zur Beweisführung über. Erzählte den ganzen Sermon. Daß der Briefmarkenhändler angerufen habe und so weiter ... Tatbestandsaufnahme hieß das.

Dann Zeugeneinvernahme: Einige Schüler wurden aufgerufen, die bereits am Nachmittag bei einer harmlosen Befragung angegeben hatten, sie wüßten, daß der Waliser ein fanatischer Markensammler sei; andere bestätigten, daß die Schatulle dieselbe sei, die sie schon in der Hand des Walisers gesehen hätten ... Ich weiß nicht mehr, wieviele Zeugen der Vertreter der Anklage ins Kreuzverhör nahm. Sicher zehn oder fünfzehn. Und es ging dabei immer um dasselbe. Immer dasselbe. ›Kennst du einen Schüler namens Waliser?‹

›Ja.‹

›Ist er hier im Saal anwesend?‹

›Ja.‹

›Welcher ist es?‹

›Der da.‹

›Weißt du zufällig, ob er Briefmarken sammelt?‹
›Ja.‹
›Kann ich dein *Ja* so verstehen, daß er welche sammelt?‹
›Ja.‹
›Hast du diese Schatulle schon einmal gesehen?‹
›Ja.‹
›Möchtest du uns bitte sagen, wo du sie gesehen hast?‹
›Im Pult vom Waliser ...‹
›Schließt du daraus, daß sie dem Waliser gehört?‹
›Ja.‹
›Hat er vor dir ein oder mehrere Male behauptet, daß sie ihm gehört?‹
›Ja.‹
›Mehrere Male?‹
›Ja.‹

Und so weiter und so fort. Ich habe gedacht, das hört nie auf. Den meisten dieser Zeugen war die Prozedur unangenehm. Manche spielten das Spiel mit. Einer fragte sogar, ob er unter Eid aussagen sollte. Das hat der Rektor aber abgeblockt. Der Präfekt hätte nichts dagegen gehabt. Am Anfang war das alles noch spannend, nach zwei Stunden wurde es langweilig. Ich will es kurz machen. Nach den Zeugenverhören erteilte der Rektor dem Spiritual, dem Verteidiger, das Wort. Der Spiritual sprach im Dialekt, und es war klar, daß er das absichtlich tat. Er ging zum Waliser, legte ihm die Hand auf die Schulter.

Aber noch ehe er etwas sagen konnte, erhob sich wieder der Präfekt: ›Ich beantrage, den Angeklagten vorzuführen!‹

›Das ist doch nicht notwendig‹, sagte der Spiritual und wandte sich, ohne weiter auf den Präfekt zu achten, an den Waliser. ›Warum hast du das getan?‹ fragte er. ›Du kannst Vertrauen zu mir haben ...‹

Und das kam mir als das Allerschlimmste des ganzen Abends vor. Es kam mir obszön vor, unanständig, dreckig, schäbig ... Frag mich nicht warum, ich weiß es nicht. Ich weiß nur, daß ich nicht der einzige war, dem das so furchtbar vorgekommen ist. Dem Spiritual selber ist es auch furchtbar vorgekommen. Auf einmal wurde er schneeweiß im Gesicht, er hat uns angestiert und einen Augenblick lang nur die Lippen bewegt.

Dann sagte er: ›Pater Rektor, ich bitte dich, die Sache zu beenden. Ich bitte darum, den Schüler Waliser noch bis Ende des Schuljahres im Heim zu belassen, und dann wollen wir während des Sommers überlegen, was weiter geschehen soll. Bitte.‹

Und der Rektor sagte sofort: ›Ja, so wird es gemacht. Schluß mit dem Theater!‹

Und der Präfekt – immer noch in seiner Rolle rief dazwischen, mit schneidender Stimme: ›Ich beantrage, ihn sofort aus dem Heim zu entfernen. Auf der Stelle! Weiters beantrage ich, die Sache der Schulbehörde zu melden und zu veranlassen, daß er obendrein von der Schule fliegt. Weiters beantrage ich ...‹

Aber der Rektor ließ ihn nicht ausreden: ›Schluß, habe ich gesagt!‹

›Das kann ich nicht akzeptieren!‹ rief der Präfekt. ›Dieses Urteil verstehe ich nicht!‹

Und dann wandte er sich an uns, hob die Arme empor und donnerte mit vollem Pathos: ›Dieses Urteil versteht das Volk nicht!‹

Da habe ich den Spiritual zum ersten Mal brüllen hören. Und ältere Schüler sagten hinterher, es sei das erste Mal gewesen, daß er überhaupt gebrüllt habe. ›Wir sind auch kein Volksgerichtshof!‹ brüllte der Spiritual.

Der Präfekt hat den Schwanz eingezogen und ist ins Paterzimmer gegangen. Und wir mußten ins Bett. Das war der *Prozeß*.«

»Was ist mit dem Waliser geschehen?«

»Er ist bis zum Ende des Schuljahres geblieben. Im nächsten Jahr war er nicht mehr da. Aus der Schule hat man ihn nicht geworfen. Er ist Fahrschüler geworden. Er hat sogar die Matura gemacht. In der Schule war er nicht schlecht. Nur sonst ist er ziemlich dumm gewesen.«

»Und wie hat der Präfekt darauf reagiert, daß er sich nicht durchgesetzt hat?«

»Weiß ich nicht. Er wird sich durch seine Kutte hindurch in den Arsch gebissen haben.«

»Du beschreibst den Präfekten als das mieseste Schwein.«

»Kann sein. Es gibt miese Schweine. Wer bezweifelt das.«

»Für die Sache, über die wir hier sprechen, ist er der ideale Sündenbock.«

»Was?«

»Du hast vorhin selber gesagt, du hast über all das viel nachgedacht. Du hast dir Theorien zurechtgelegt.«

»Ich habe gesagt, ich habe mir Theorien zurechtgelegt und sie wieder verworfen. Weil das ein Trick ist, wenn man für etwas Unerklärliches eine Erklärung zusammenbastelt ... Falls du das meinst?«

»Ja, das meine ich.«

»Erklärungen sind Joker. Das habe ich gesagt.«

»Ja. Es kann doch sein, daß du, indem du den Präfekten zu einem solchen absoluten Schwein machst ...«

»Was heißt, ich mache ihn dazu ...«

»Jetzt warte doch einmal. Der Präfekt lenkt von euch ab, auch von dir ...«

»Ich weiß, was du sagen willst ...«

»Ich will sagen ...«

»... dasselbe sagt der Oliver Starche ...«

»Was sagt er denn?«

»Ich mache den Präfekten zum Universalschuldigen, sagt er.«

»Vor dem schwarzen Hintergrund des Präfekten wirkt ihr jedenfalls um einiges heller – wenn du weißt, was ich meine.«

»Der Oliver Starche ist der einzige, der den Präfekten verteidigt. Und der war sein Liebling.«

»Ich weiß nicht, wie der Gebhard Malin den Präfekten heute beurteilt, und ich weiß nicht, wie er euch beurteilt. Aber eines sollte man doch nicht vergessen: Krankenhausreif geschlagen habt *ihr* den Gebhard Malin – krankenhausreif und noch mehr, wie du selber sagst.«

»Auf Empfehlung des Präfekten!«

»Ach Gott, das ist doch eine Ausrede?«

»Was soll ich dazu sagen ...«

»Hat er euch empfohlen, ihn so zu verprügeln, daß er für ein paar Tage die Sprache verliert?«

»Natürlich nicht.«

»Eben. Und auch wenn er es getan hätte – wenn er es sogar befohlen hätte, hättet ihr euch immerhin weigern können. Wie hättest du dir denn einen *Prozeß* vorgestellt in dieser Sache?«

»Frag mich das doch nicht! Es wäre furchtbar gewesen!«

»Du hast gesagt: Dann hätte der Rektor einen Prozeß gemacht – er, nicht der Präfekt.«

»Das war so dahergeredet! Wer hätte denn die Anklage übernommen? Wer die Verteidigung? Und dann der Rektor ... Hätte er den Richter gespielt? Ein Richter, der zu urteilen hat über Dinge, die in seinem Heim passieren? Der sich schon aufregt, wenn ein Journalist nicht weiß, wie man den Namen eines Heiligen schreibt? Der schon bei einer solchen Gelegenheit, einer harmlosen, sogar witzigen Bagatelle, von Schande spricht, *die auf unser Heim geladen wurde*? Und dann? Hätte man uns aufhängen sollen oder was? Oder Strengstudium für die nächsten zehn Jahre? Darum hat ja auch keiner von uns den Gebhard Malin im Krankenhaus besucht. Uns ist es gegangen wie dem Rektor.«

»Aber da war ja nicht nur eure Klasse ...«

»Du meinst, es hätte ihn jemand aus einer anderen Klasse besuchen können? Was geht denn eine Klasse die andere an!«

»Csepella Arpad hat den Gebhard Malin im Krankenhaus besucht.«

»Sein Freund, ja.«

»Hat er mit euch geredet – hinterher? Habt ihr ihn gefragt?«

»Nein. Ich nicht. Die anderen auch nicht. Den Manfred Fritsch hat er sich vorgenommen. Von sich aus hätte der nicht mit dem Csepella Arpad über den Gebhard Malin geredet.«

»Hat Manfred Fritsch Kontakt zu Csepella Arpad? Heute?«

»Nein. Er sagt nein. Ich glaub's ihm. Wie auch?«

»Weiß irgendeiner von euch, was Csepella Arpad heute macht?«

»Nein, niemand.«

7

»Wie hat Csepella Arpad damals reagiert? Er war sein Freund, wie du sagst. Wie hat er reagiert, als er erfuhr, was ihr mit Gebhard Malin gemacht habt?«

»Katastrophal.«

»Wie – katastrophal?«

»Eine verrückte Geschichte.«

»Erzähl!«

»Ich kann mich nur auf das berufen, was Manfred Fritsch erzählt. Es ist unglaublich. Ich selbst habe davon nichts mitgekriegt. Ich habe gesehen, daß der Arpad deprimiert war – so habe ich das jedenfalls gedeutet. Er hat sich an nichts mehr beteiligt – erst als Gebhard Malin wieder aus dem Krankenhaus zurück war, da hat er dann aufgegeigt – wenn man es so nennen will.«

»Warum weiß Manfred Fritsch mehr als du?«

»Das gehört zu der Geschichte dazu ...«

»Also gut, zu Manfred Fritsch. Du hast ihn wann besucht?«

»Ebenfalls im Sommer. Bald nachdem ich aus Butzbach zurückgekommen bin, nachdem ich mit Franz Brandl gesprochen hatte.«

»Hast du das vorher so geplant? Erst Franz Brandl, dann Manfred Fritsch.«

»Ich habe gar nichts geplant. Eigentlich wollte ich nach

dem Franz noch einmal mit Alfred Lässer sprechen. Ich habe mir zwar nichts davon versprochen. Wenn ich ehrlich bin. Ich wollte seine Frau sehen.«

»Und? Hast du sie gesehen?«

»Ja ... später aber erst.«

»Den Alfred Lässer hattest du im Herbst besucht?«

»Im Herbst, ja ... und dann im Sommer, also im darauf folgenden Jahr habe ich den Franz besucht, in Butzbach.«

»Warum hast du so viel Zeit verstreichen lassen, bevor du Franz Brandl besucht hast? Ein Dreivierteljahr.«

»Vielleicht, weil ich Schiß davor hatte, mit dem Franz zu reden. Den Franz habe ich ja zudem noch aus persönlichen Gründen besucht ...«

»Was heißt aus *persönlichen Gründen*?«

»Ich will damit sagen, bei ihm war ich nicht nur, um über den Gebhard Malin zu sprechen.«

»Wären das keine *persönlichen Gründe*?«

»Doch, natürlich ... Der Franz ist mein Freund. Und seit damals war das alles irgendwie verdorben. Trotz Dylan-Konzert und so weiter. Ich dachte, wir beide haben miteinander etwas auszutragen. Am letzten Tag, bevor ich dann abgefahren bin, habe ich ihn gefragt: ›Franz, sag ehrlich, hältst du mir das noch vor?‹

›Was soll ich dir vorhalten‹, hat er gefragt.

›Daß ich dir das mit der Veronika gesagt habe. Daß sie es war oben beim Theaterloch.‹

›Quatsch‹, hat er gesagt ›Das ist so lange her ...‹

›Du reitest so oft darauf herum, daß du ein echter Konservativer seist‹, habe ich gesagt. ›Das ist doch alles ein Blödsinn! Das hat doch alles eine Richtung, daß du mir das ständig auseinanderlegst – das hat doch einen Grund.‹

›Und was für einen Grund soll das haben?‹

›Das weiß ich nicht. Aber wenn ich dauernd herausposaunen würde, ich bin ein echter Konservativer, ich bin ein echter Konservativer, und jeder würde mit den Augen schon von weitem sehen, daß das ein Quatsch ist, dann hätte das einen Grund.‹

›Und was für einen Grund hätte das bei dir?‹

›Damit würde ich nur eines sagen wollen: Ich bin einer, der nie etwas vergißt.‹

›Von mir aus, bin ich eben einer, der nie etwas vergißt. Kann ich nichts Schlimmes daran finden.‹

›Also, hast du mir das nicht vergessen, das mit der Veronika.‹

›Ach‹, sagte er, ›mach doch nicht ein Problem aus etwas, das keines ist. Was mir im Kopf herumgeht, das ist doch völlig wurscht. Und was dir im Kopf herumgeht, ist auch völlig wurscht. Was dem Gebhard Malin im Kopf herumgeht, das wäre interessant, verstehst du. Oder was der Veronika im Kopf herumgeht. Oder dem Csepella Arpad.‹«

»Da hat er ja irgendwie recht. Scheint dir das nicht selbst übertrieben, nach so vielen Jahren?«

»Wegen der Veronika? Natürlich wäre das übertrieben. Normalerweise. Aber erstens: Was heißt nach so vielen Jahren? Das ist ja eine Sache zwischen dem Franz und mir. Und wir beide können nur dort weitermachen, wo wir zusammen aufgehört haben. Da kann dazwischen so viel passiert sein, wie will. Der Franz und ich haben ja heute überhaupt nichts miteinander zu tun. Er, der so viel herumgekommen ist. Aber wenn es dann doch so ist – ich komme zur Tür herein, als wäre ich grad schnell Zigaretten holen gegangen –, dann hat man etwas miteinander zu tun. Und das heißt, man macht dort weiter, wo man miteinander aufgehört hat. Und zweitens läßt sich die Sache mit der Veronika nicht von der Sache mit dem Gebhard Malin trennen. Dann hätte ich es gleich sein lassen können. Ich kann ja nicht sagen: Reden wir über den Gebhard Malin, aber die Veronika lassen wir aus dem Spiel.«

»Aber er selbst hat das doch gemacht.«

»Er ist eben so. Vergißt nichts, redet aber nicht drüber. Dreh das um, und herauskommt der Manfred Fritsch. Vergißt alles, redet aber drüber. Ganz typisch für den Franz: Das Wichtigste spart er sich für den Schluß auf. Ich glaube, er macht das, damit es keine Diskussionen gibt. Er hat mich in Frankfurt zum Bahnhof gebracht, ich bin schon im Zug gestanden, habe aus dem Abteilfenster geschaut, da fragt er mich, ob ich schon mit dem Manfred Fritsch gesprochen hätte.

›Nein, wieso‹, habe ich gesagt. ›Der ist doch völlig danebengewesen damals. Der hat doch gar nicht mitgekriegt, was da noch alles gelaufen ist.‹

›Er hat mit dem Csepella Arpad verhandelt‹, sagte er. ›Ich würde ihn danach fragen.‹

›Was hat er verhandelt?‹

›Keine Ahnung, was herausgekommen ist. Würde mich aber auch interessieren.‹

›Was haben die miteinander verhandelt‹, habe ich noch einmal gefragt, weil so ein Lärm war und ich glaubte, ihn falsch verstanden zu haben.

Da ist der Zug angefahren. Der Franz hat gewinkt und gerufen: ›Schreib mir, wenn du es rausgekriegt hast!‹«

»Und darum hast du dann Manfred Fritsch besucht?«

»Auch. Es waren ja nur noch er und der Oliver Starche übrig. Bei den anderen war ich schon gewesen.«

»Und hat Manfred Fritsch dir von dem erzählt, was Franz Brandl angedeutet hat?«

»Ja. – Ich muß zugeben, ich hatte keine besondere Lust, lange mit dem Manfred Fritsch zu sprechen. Er ist mir von allen am meisten fremd heute. Am nächsten und gleichzeitig am fremdesten.«

»Werd ein bißchen konkreter!«

»Konkreter ... Ja, also gut. Ich will sagen ... Oder so: Es ist interessant, das an sich selbst zu beobachten: Da trägst du ein Bild von jemandem in dir, und das verändert sich, ohne daß der Betreffende selbst dazu etwas beiträgt, etwas dazu beitragen kann, denn du weißt ja gar nichts mehr von ihm. Das Bild geht durch die Jahre, am Anfang ist es noch ansehnlich, nicht unbedingt schillernd, aber angenehm zu betrachten; und am Schluß ist es häßlich geworden. Verstehst du, was ich meine?«

»Ja, ich glaub schon ...«

»Ich meine: Ich hätte nicht ein einziges Argument vorbringen können für das Vorurteil, mit dem ich Manfred Fritsch jetzt begegnete. Es ist interessant, das an sich selbst zu beobachten. Das ist doch ... interessant, oder?«

»Es ist interessant?«

»Nicht?«

»Interessant?«

»Oder *merkwürdig* ...«

»Oder *merkwürdig*?«

»Oder *seltsam* ...«

»Willst du mich auf den Arm nehmen?«

»So etwa redet der Manfred Fritsch. Man hat das Gefühl, er nimmt einen auf den Arm. Ganz kurz und bündig hätte ich sagen können: Manfred Fritsch war mir unsympathisch – jetzt, als ich ihn besucht habe. Ich habe es anders gesagt: So, wie er es sagen würde, wenn ich ihm unsympathisch wäre.«

»Das heißt, du hast ihn gerade nachgeäfft?«

»Ja, das heißt es. *Es ist interessant, das an sich selbst zu beobachten* ... Oder *merkwürdig* oder *seltsam*. Und so weiter. Das war unfair. Ich geb's zu.«

»Und was soll das?«

»So ungefähr haben wir geredet, über alles, was damals im Heim geschah, daß plötzlich diese Barbarei über uns hereingebrochen ist – so nennt er das – ist heute für ihn *interessant* oder *merkwürdig* oder seltsam.«

»Und früher war er nicht so?«

»Das ist schwer zu beantworten. Entweder er war früher auch schon so, oder aber er war früher anders und hat sich erst so entwickelt, und mein Bild von ihm hat sich in dieselbe Richtung entwickelt; aber das wäre dann wirklich merkwürdig, denn woher hätte ich wissen sollen, wie er im Laufe der Jahre geworden ist. Oder er ist ein Chamäleon, das sich genau der Vorstellung anpaßt, die sich sein Gegenüber von ihm macht. Das würde erstens auf eine monströse Menschenkenntnis schließen lassen und zweitens auf eine monströse Selbsterniedrigung, denn man benimmt sich ja normalerweise nicht wie ein Arschloch, nur weil einen der andere für ein Arschloch hält.«

»Also erzähl jetzt von deinem Besuch bei ihm!«

»Zu ihm bin ich ungern gegangen. Ich habe ihn vorher angerufen. Ich dachte, vielleicht erübrigt sich dann ein Besuch. Wir haben auch am Telephon schon über die Sache geredet. Ich geb zu, ich hätte mich gerne gedrückt. Ciao! Und aufgelegt. Und nie mehr etwas hören lassen. Aber das ging nicht. Außerdem wollte er mich unbedingt sehen. Hat er jedenfalls gesagt. Hat gleich den Terminkalender herausgezogen. Hat so geklungen am Telephon.

›Hättest du am Donnerstag um dreizehn Uhr dreißig Zeit?‹ Bin ich eben hin. Ich habe gedacht, ich mach's kurz, bin gleich mitten hinein. Ohne langes Drumherum: ›Der Franz Brandl hat gesagt, der Csepella Arpad habe damals mit dir verhandelt. Stimmt das? Und worüber?‹

So ungefähr. Vielleicht nicht so krass. Aber nicht viel weniger.«

»Und was hat er geantwortet?«

»Er hat fein lächelnd vor sich hingenickt, dann plötzlich: Kopf hoch, die Stirn gerunzelt, den Mund kreisrund, hat einen hohlen Hals gemacht – bitte, kritisiere jetzt nicht an dem Wort herum, ich habe sein Gesicht zu Hause vor dem Spiegel nachgeahmt und versucht, es zu beschreiben, vielleicht kommt man dahinter, wenn man entsprechende Worte findet, und *hohler Hals* trifft es genau – dann hat er noch einmal genickt, diesmal kräftig, und hat gesagt: ›Ja ... Das stimmt. Ich habe damals mit Csepella Arpad verhandelt. Ich habe bis heute noch mit niemandem darüber gesprochen. Es wird Zeit, daß ich es tue. Aber nicht hier und nicht jetzt, ich muß zuerst darüber nachdenken ...‹«

»Er arbeitet beim Rundfunk, hast du gesagt, wenn ich mich recht erinnere?«

»Er ist freier Mitarbeiter in der Kulturabteilung des Rundfunks hier im Land.«

»Das heißt, er macht Sendungen und so auf Honorarbasis ...?«

»So ungefähr. Statt über den Csepella Arpad zu sprechen, hat er dann über sich selbst gesprochen. An diesem Nachmittag: ›Wir haben uns ja so unheimlich lange nicht gesehen.‹ Alles mögliche hat er schon gemacht. Literatur, Feature, Hörspielregie ... kreuz und quer. In letzter Zeit hat er sich auf Umweltschutz spezialisiert. Er betreut eine fixe Sendung. Eine Umweltsendung. Einmal wöchentlich oder alle vierzehn Tage. Weiß ich nicht so genau. Ich höre seine Sendungen nicht regelmäßig. Eher zufällig, wenn ich das Radio einschalte. Wenn ich ihn höre, bleibe ich dran. Es interessiert mich zwar nicht sonderlich. Aber bitte, er ist ein ehemaliger Mitschüler, Klassensprecher dazu. Da kann man nicht einfach abschalten, wenn man seine Stimme hört. Beim Autofahren höre ich ihn ab und zu. Ich könnte dir jetzt nicht sagen, wann seine Sendung kommt. Sie hat einen regelmäßigen Termin. Ich habe ihn vergessen.«

»Ihr habt euch vorher manchmal getroffen – bevor du ihn besucht hast, um mit ihm über Gebhard Malin und Csepella Arpad und so weiter zu sprechen?«

»Zufällig ... selten ... manchmal auf der Straße ... manchmal in einem Buchladen ... oder von weitem gesehen ... Servus zugerufen ... War immer ziemlich verklemmt, die Situation. So, wie wenn man einen Verwandten trifft, mit dem man eigentlich nichts zu tun hat, an dem man aber auch nicht einfach vorbeigehen kann – eben weil er verwandt ist. Kontakt hatten wir keinen. Es ist, glaube ich, überhaupt ziemlich schwer, mit dem Manfred Fritsch Kontakt zu haben. Ich habe ihn auch nicht zu Hause besucht, sondern in der Redaktion. Im Rundfunk.«

»Ist er verheiratet?«

»Nein. Er lebt mit einer Frau zusammen. Sie haben ein Kind. Ein Mädchen.«

»Du warst nie bei ihm zu Hause?«

»Doch. Als ich ihn abgeholt habe. Er wohnt in einem Hochhaus im zehnten Stock, ganz oben. Er hat mir seine Kakteen gezeigt. Ein verglaster Balkon voller Kakteen. Ich war nicht lange in der Wohnung. Hab mich nicht einmal gesetzt. Schwedische Möbel und eine sagenhafte Stereoanlage. Wir wollten zusammen den Oliver Starche besuchen – das war dann etwas später.«

»Und? Habt ihr nicht?«

»Doch. Wir waren bei ihm. Das heißt, nicht direkt bei ihm ... Das war so ... wie soll ich sagen ... halb peinlich, halb komisch ... mehr komisch als peinlich ... Wir haben ihn predigen hören ... in der Kirche ...«

»Predigen?«

»Ach ja, das habe ich vergessen zu sagen: Der Oliver Starche ist Pfarrer.«

»Und warum wolltet ihr ihn gemeinsam besuchen – Manfred Fritsch und du?«

»Wegen der Sache eben. Gemeinsames Gespräch.«

»Um mit ihm gemeinsam über Gebhard Malin zu sprechen?«

»Ja. Es war ein Vorschlag von Manfred Fritsch gewesen. Mir war das unangenehm. Ich wollte lieber allein gehen. Auch deshalb, weil ich eigentlich den Eindruck hatte, er tut das nur, weil er denkt, ich erwarte es von ihm. Ich hatte trotz allem, trotz dieser haarsträubenden Dinge, die er mir vorher erzählt hatte – vom Csepella Arpad und so –, vom Arpad und von der Veronika, ja, ich hatte trotzdem den Eindruck, daß ihn die Sache nicht interessierte. Obwohl sie *interessant* und *merkwürdig* und *seltsam* war. Ich konnte mich des Eindrucks nicht erwehren, daß der Manfred Fritsch nur ein Interesse vorspielt. Wie ein Journalist, der für eine Sendung recherchiert, die er dann macht und damit fertig.«

»Vielleicht wollte er wirklich eine Sendung darüber machen?«

»Kann durchaus sein, ja. Er hat einmal so eine Andeutung gemacht. Es wäre eine gute Idee, wenn wir alle zusammenkämen und dann gemeinsam darüber redeten.«

»Alle? Auch der Gebhard Malin?«

»Das hat er nicht gesagt.«

»Und er, also Manfred Fritsch, würde dann das Tonbandgerät mitlaufen lassen?«

»Hat er auch nicht gesagt.«

»Hat Manfred Fritsch damals zu dem Kreis um Csepella Arpad gehört?«

»Nein, weit davon entfernt! Er war im Heim ein ganz Braver. Keine Spur von einem wilden Hund. Ein guter Kamerad, der einen hat abschreiben lassen und auch eingesagt und geholfen hat, wenn man es wollte. Aber er war ein Braver. Ein Stiller. Still nicht in dem Sinne, daß er nichts geredet hätte, der hat schon geredet, viel sogar; aber er hat immer so geredet, daß er nirgends aneckt – das meine ich mit still. Auch kein Neugieriger war er. Hätte niemand geglaubt, daß der einmal Journalist werden würde. Das hätte man sich beim Ferdi Turner vorstellen können oder vielleicht noch beim Edwin Tiefentaler. Aber niemals beim Manfred Fritsch. Einer, der seine Sachen immer vollkommen in Ordnung hatte. Ein Bauernbub, der auf Empfehlung des Dorfpfarrers ins Gymnasium geschickt worden war. Er sagt, er habe damals immer gedacht, er gehöre eigentlich nicht zu uns, er habe sich als Eindringling gefühlt, als einer, der sich eine Stellung anmaßte. Das habe in seiner Einbildung gar nichts mit Noten zu tun gehabt – in dieser Beziehung war er ja immer der Beste – er habe uns zu einem höheren Stand gerechnet.

›Uns!‹ habe ich zu ihm gesagt. ›Uns hast du zu einem höheren Stand gerechnet?‹

›Ja‹, sagte er. ›Als wir in der ersten Klasse nacheinander gefragt wurden, wie wir heißen, wo wir wohnen, Beruf des Vaters, da dachte ich, ich muß lügen, muß etwas erfinden, kann doch nicht antworten: Vater tot, Mutter Putzfrau, zwei Kühe, ein Schwein, zehn Hühner ...‹

Das war im Rundfunk, als er das sagte. Da fiel mir ein Ausdruck in seinem Gesicht auf, ein Ausdruck, den ich bei ihm nicht kannte: Er verzog seinen Mund zu einem schiefen Grinser. Das kannte ich nicht, so einen Gesichtsausdruck hatte es früher bei ihm nicht gegeben. Ich habe immer gedacht, das Mienenspiel eines Menschen bleibt über die Jahre gleich. Jedenfalls hatte ich bisher diese Beobachtung gemacht. Es entwickelt sich, aber es verändert sich nicht grundsätzlich. Ich erinnerte mich, daß mir früher im Heim die aufgerissenen Augen von Manfred Fritsch aufgefallen waren, die aufgerissenen Augen und die nach unten gezogenen Mundwinkel. Ich las diese Miene als: Der ist bei der Sache. Keine Spur von einem schiefen Grinsen. Und jetzt war keine Spur von aufgerissenen Augen und nach unten gezogenen Mundwinkeln da. Wenn ich die Fotos aus dem Heim jemandem zeigte, der den Manfred Fritsch heute kennt, dann würde er ihn darauf vergeblich suchen. Früher hatte er eher helles, glattes Haar, heute hat er schwarze Locken. Ich glaube, er hat sich die Locken machen lassen. Früher war er eher pummelig, heute ist er schlank. Ein wenig hatte ich das Gefühl, er lauert. Er sagt etwas und lauert auf meine Reaktion. ›Wunderbar!‹ rief ich. ›Und was hast du von uns gedacht? Daß wir Grafen sind, Direktorensöhne?‹

›Daß ihr irgend etwas seid. Der Geringste von euch würde noch weit über mir stehen, dachte ich. Ich habe stets damit gerechnet, daß ihr mich zum Narren haltet.‹

Und er hält mich zum Narren. Jetzt. Dachte ich. Gut, er ist Journalist. Mit Fragen verdient er sein Geld. Gute Fragen beinhalten das Gegenteil vom dem, was man hören will. Dann reden die Leute. Und ich bin sein Interviewpartner.

›Dich hat doch nie einer zum Narren gehalten‹, sagte ich. ›Du warst Klassensprecher und Klassenprimus!‹

›Die Psychologie kennt den Begriff der Projektion‹, sagte er. ›Na und‹, sagte ich.

›Ich habe euch die Meinung, die ich von mir selbst hatte, mit Hilfe einer Projektionsarbeit untergeschoben.‹

Die *Ich* und die *Du* und die *Wir* und die *Ihr* hätten wir getrost austauschen können gegen *Irgendeiner* oder *Irgendwelche*. Es handelte sich um völlig fremde Leute, über die wir sprachen. Weit unten in der Türkei ... Um Fälle. Um Versuchspersonen, VPs.

›Ja, eine Projektion‹, sagte er. ›Nur, sind die Empfindungen deswegen weniger real?‹

›Da hast du schon recht‹, sagte ich. ›Wie bist du damit fertig geworden?‹

Er setzte ein entwaffnetes Lächeln auf. Ein entwaffnetes. Er war entwaffnet. Wie es Erwachsene sind, die es aufgeben, ihre Kinder zu schimpfen, weil sie den Spinat nicht aufessen. Die lächeln auch entwaffnet. Manfred Fritsch heute lächelte über den Manfred Fritsch damals wie prahlhansische Eltern in Anwesenheit Dritter über ihre *außerordentlichen* Kinder lächeln.

›Wie ich damit fertig geworden bin? Diese Frage habe ich mir oft gestellt. Indem ich mich in ein eigenartiges, seltsam merkwürdiges permanentes Feed-back zu euch verwickelt habe. Mich beobachten, euch beobachten, Ergebnis überprüfen, neu einspeichern; mich beobachten, euch beobachten, Ergebnis überprüfen, neu einspeichern ...‹

Mir fiel ein, woran mich diese Art der Unterhaltung erinnerte: an Gespräche mit dem Spiritual. Ein liebenswerter Mensch. Einer, der es wert gewesen wäre, geliebt zu werden. Nur wäre, ihn zu lieben, unadäquat erschienen. Seltsam unadäquat. Merkwürdig unadäquat. – Welche Macht der Vernunft! Er hätte mit mir über meine Hinrichtung reden können, und ich hätte mich aufrichtig bemüht, vernünftige Vorschläge zu ihrer reibungslosen Abwicklung zu machen.

›Ja, ich habe euch damals beneidet‹, sagte Manfred Fritsch. Und das hieß nichts anderes als: Heute seid ihr dran, heute bin ich derjenige, der von euch beneidet wird. Und weil er genau wußte, daß die Wirklichkeit damals umgekehrt war, daß, wenn überhaupt einer, er es war, der beneidet wurde, hieß dieser Satz: Heute, damals, immerdar – ich bin eine beneidenswerte Person. Ich sagte nichts.

Und er wiederholte: ›Ich habe euch damals beneidet, ja.‹

Und ich sagte wieder nichts. Wollte es genau wissen. Prompt: Noch einmal: ›Ja, ich habe euch beneidet ... um eure Herkunft ...‹

Ein Wettbewerb: Wer war der Ärmste! – Manfred Fritsch, ein vaterloser Bauernbub. Gewonnen!

Ich war zweimal bei Manfred Fritsch in der Redaktion. Die ersten beiden Male haben wir fast ausschließlich über ihn geredet. Als würden wir über einen Film sprechen, in dem ein gewisser Manfred Fritsch – Näheres steht nicht im Programm – die Hauptrolle spielt.«

»Ein Angeber?«

»Es wäre leicht, das zu sagen.«

»... ein selbstverliebter ...«

»... und macht trotzdem nicht diesen Eindruck. Er redet über sich selbst so, als wäre es ein anderer, über den er spricht. Und dazu einer, für den er sich nicht sonderlich interessiert. Ähnlich wie er dann über den Gebhard Malin und Csepella Arpad und die Veronika gesprochen hat, so sprach er über sich selbst: als ob er es lediglich deshalb tut, weil er denkt, ich erwarte es von ihm. So ein zuvorkommender Mensch, redet die ganze Zeit über sich, obwohl er es gar nicht will ...

Es ging noch weiter. Er erzählte mir, seine erste längere Sendung sei die Geschichte seiner Mutter gewesen. Ein Feature. Dafür habe er einen Preis bekommen. Er zeigte mir die Urkunde. Nicht angeberisch. Bereitwillig. ›Man kennt ja die Neugierde der Leute ...‹ Sie hing im Büro über seinem Schreibtisch.

›Willst du die Sendung hören‹, fragte er, griff gleich zum Telephon. ›Ich laß das Band aus dem Archiv bringen.‹«

»Was hast du ihm denn gesagt – vorher am Telephon?«
»Wie meinst du?«
»Vielleicht hat er dich mißverstanden. Vielleicht meinte er, du willst dem Leben jedes einzelnen deiner ehemaligen Mitschüler nachgehen. Also daß es sein Part ist, dir möglichst viel von sich zu erzählen.«
»Ach so ... Das habe ich mir nie überlegt ... Würde mir trotzdem komisch vorkommen ...«
»Seltsam.«
»Ja, seltsam. Wirklich seltsam. Wenn man einmal das Wort im Kopf hat, finden sich lauter Dinge, auf die es sich anwenden läßt.«
»Er hat dir also von seiner Mutter erzählt.«
»Er hat mir ein Band vorgespielt. Er führte mich in den Abhörraum. Das Band lag schon bereit.

›Ist inzwischen in fast allen deutschen Rundfunkanstalten gesendet worden‹, sagte er. ›Habe ich vor fünf Jahren gemacht und seither nie mehr hineingehört.‹

Er spannte das Band ein. Wir setzten uns in die bequemen Sessel, legten die Füße auf das Schaltpult und hörten ...«
»Entschuldige – mir fällt ein, du hast erzählt, du hättest irgendwann einmal die Briefe gelesen, die seine Mutter an ihn geschrieben hat.«
»Kommt gleich ... Er startete also das Band und wir hörten zu. Noch vor der Ansage sprach eine Frauenstimme. Mit fränkischem Dialekteinschlag. Ich kenne diesen Dialekt, ich habe einmal ein halbes Jahr lang in Coburg gewohnt.

›Zwei Küh, gell, a Schwein, zehn Hühna ... des weißt de doch olles selba ... was frochste de denn dei Mudda so Zeuich ...?‹

Dann lachte die Stimme, darüber wurde eine Instrumentalversion von *Lili Marleen* hochgezogen und eine Sprecherin kündete die Sendung an: ›Die Kriegsbraut oder: Wie geht es dir, mir geht es gut. Ein autobiographisches Feature von Manfred Fritsch und Ernst Groß junior.‹

Er drückte auf die Stoptaste, grinste schief unter seinem schwarzen Bart und sagte: ›Ernst Groß junior bin auch ich. Das ist so ein *insider-joke*. War eine Zeitlang Mode. Die Kollegen wissen, wenn sie das hören, daß ich bei dieser Produktion sowohl Autor als auch Cutter war. Das am Anfang war übrigens meine Mutter.‹ Er drehte das Band ein Stück zurück und drückte wieder die Starttaste. Noch ein paar Takte *Lili Marleen*, dann wieder die Stimme der Mutter. Papiergeräusche. Sie las vor: ›Mein lieber Manfred, mir geht es gut, wie geht es Dir. Ich danke Dir für Deinen lieben Brief und freue mich schon auf Deinen nächsten. Ich mache Dir ein Kreuz auf die Stirn und denke viel an Dich. Deine Mutter.‹ Ich glaube, ich bin feuerrot im Gesicht geworden. Ich habe irgend etwas genuschelt und an meinem Schuh herumgemacht. Es war genau einer jener Briefe, die ihm seine Mutter ins Heim geschrieben und die ich irgendwann aus einer schadenfrohen Laune heraus aus seinem Pult gezogen und gelesen hatte.

Er blickte mir direkt ins Gesicht. Ich konnte mir nicht erklären, wie er das erfahren hatte, ich war ja allein gewesen – nein, da fiel mir ein, ich war gar nicht allein gewesen, da waren andere auch noch dabei. Ich war mir sicher, er hatte das Band nur deshalb aufgelegt, um mir damit zu sagen: Ja, ich weiß es, du hast in meinem Pult gekramt und die Sauerei begangen, die Briefe zu lesen, die die Mutter eines deiner Mitschüler geschrieben hat. Ich war mir sicher, das ganze Gerede vorher – er uns beneiden, er armer Bauernbub, er einen Minderwertigkeitskomplex – das alles hatte auf diesen Punkt gezielt.

Er stoppte das Band. ›Es ist doch seltsam‹, sagte er. ›Ausgerechnet heute kommst du, um mit mir über die Zeit damals zu sprechen, und ausgerechnet heute, noch bevor du gekommen bist, habe ich mir gedacht, ich würde wieder einmal gern in das Feature hineinhören. Und dann fängt das Feature ausgerechnet mit einem Brief an, den mir meine Mutter ins Heim geschrieben hat. Ist das nicht seltsam?‹

›Ja, vielleicht ist das seltsam‹, sagte ich.

Er schaltete wieder ein. – Kein weiteres Wort über den Brief. Seine Mutter erzählte in kurzen Sätzen ihr Leben. Es klang wie eine Inhaltsangabe.

›Ist alles zusammengeschnitten‹, sagte er darüber. ›Aus mindestens vier Stunden Interview. Ich erinnere mich noch an jeden Schnitt.‹ Er machte aus Zeigefinger und Mittelfinger eine Schere und gab Zeichen. Bei den Stellen, wo er geschnitten hatte. Keine zwanzig Sekunden ohne ein Zeichen. Ich sah weg, hörte zu, was seine Mutter erzählte: Eine Kuh, zwei Schweine und zehn Hennen.

›Waren es in der Einleitung nicht zwei Kühe gewesen?‹

›Später hatten wir nur noch eine …‹ Sie hat bei den Nachbarn geputzt. Sie, keine Ortsansässige. Eine Kriegsbraut. Aus Deutschland. Aufgelesen im zerbombten Nürnberg. Hier im Dorf hat es nur zwei Sorten Wurst gegeben. Nicht wegen dem Nachkrieg. Sondern überhaupt. Die Schwiegermutter hat vor ihr auf den Boden gespuckt. Das waren alles Katholische. Bauern. Alle Deutschen waren Nazis für die. Der Mann hat nichts dazu gesagt, hat nur gesagt: Gott sei Dank lebt der Vater nicht mehr, der würde noch viel mehr Theater machen. Die Stadt hat ihr gefehlt, der Bohnenkaffee und die Wurstsorten haben ihr gefehlt. Dann ist der Bub auf die Welt gekommen, und der Vater ist mit dem Motorrad in die Übleschlucht geschossen. Sie – evangelisch, das war eine schlimme Zeit. Den Blätterteig hat sie eingeführt im Dorf. Die Frauen haben das honoriert. Von nun an Grüß Gott auf der Straße. Sie hat Guten Tag gesagt. Stur. Sie hat Arbeit gesucht. Wo putzen, wenn alle Frauen selber putzen! Hat sie eben beim Pfarrer geputzt. Als Evangelische! Der Pfarrer hat später seinen Doktor gemacht. In dem Buben hat er einen zukünftigen Kollegen gesehen. Natürlich einen katholischen. Da hat sie den Buben nachträglich katholisch werden lassen. War eine Zeremonie gewesen. Ein Gymnasium hätte sie sich ja nie leisten können. Manfred Fritsch drückte auf die Stoptaste.

›Das Gymnasium haben mir die Kapuziner spendiert‹, sagte er. ›Ich wußte das …‹ Es seien zwar keine Bedingungen an seinen Gratisaufenthalt im Heim geknüpft worden, aber er sei davon überzeugt gewesen, daß man ihn schon nach dem ersten Zweier wieder nach Hause schicken würde, und daß sich dann seine Mutter vor den Nachbarn schämen müßte. Es sei ihm als eine unverdiente Gnade vorgekommen, daß man ihn im Heim und in der Schule behielt. Er habe nie daran geglaubt, daß er je die Matura schaffen würde. Die Schule sei ihm zwar leicht gefallen, aber er habe gedacht, er gebe sich da einer Täuschung hin, in Wirklichkeit, habe er gedacht, sei das alles sehr schwer, er sei so dumm, daß er nicht einmal merke, wie schwer das in Wirklichkeit sei. Eines Tages werde alles auffliegen. Davon sei er überzeugt gewesen. Aber diesen Tag wollte er so weit hinausschieben wie möglich. Und das habe geheißen: Nur ja nicht auffallen, ja nicht auffallen. Daß er gleich in der ersten Klasse von der Heimleitung zum Klassensprecher bestimmt worden sei, habe ihm eine schlaflose Nacht bereitet.

Und was den Csepella Arpad betreffe – er habe jeden Kontakt mit ihm gemieden, nicht etwa, weil er ihm unsympathisch gewesen sei, sondern weil sein Verhalten von Anfang an Unruhe und Unordnung verheißen habe. Und vor nichts habe er sich mehr gefürchtet als vor Unordnung und Unruhe.

Dann hat er das Band weiterlaufen lassen, und wir haben das Feature zu Ende gehört. Ich war nicht mehr richtig bei der Sache. Einige Interviews mit Nachbarn, Kirchenglocken, alte Schallplattenaufnahmen – was noch? Ja, dazwischen ein Text, verfaßt und gelesen von Manfred Fritsch, und zum Schluß wieder *Lili Marleen*, Absage und fertig.

Wir haben uns noch eine halbe Stunde unterhalten, dann hatte er einen Studiotermin. Ich solle in ein paar Tagen noch einmal kommen, sagte er. Wir verabredeten uns und ich ging.«

»Über Gebhard Malin habt ihr gar nicht gesprochen?«

»Beim ersten Mal nicht, nein. Er müsse erst über die Sache nachdenken, sagte er. Das sei schlimm gewesen, ja. Er müsse darüber nachdenken.«

»Du hast ihn also noch einmal in der Redaktion besucht?«
»Beim zweiten Mal habe ich ihn nochmal darauf angesprochen. Auf die Bemerkung von Franz Brandl – daß er, also Manfred Fritsch, mit dem Csepella Arpad verhandelt habe.«
»Und warum hat Csepella Arpad ausgerechnet mit ihm verhandelt – und worüber? Was heißt überhaupt *verhandeln*?«
»Es ist ganz einfach: Csepella Arpad hat sich an Manfred Fritsch gewandt, weil der unser Klassensprecher war.«
»Der Csepella Arpad hat sich an ihn gewandt? Hat er Manfred Fritsch um Rat gefragt?«
»Nein. Rat wollte er keinen – nein, das wirklich nicht. Es ist eine verrückte Geschichte, sagte ich schon.«
»Erzähl! Was Manfred Fritsch gesagt hat.«
»Wir haben vielleicht eine halbe Stunde in seinem Büro gesessen und haben geredet – beim zweiten Mal, meine ich –, und dann sind wir nach Tschatralagant gefahren. Auch das war ein Vorschlag von ihm. ›Vor Ort fällt einem mehr ein‹, sagte er.

Ein Teil steht ja noch. Der Bau, in dem die Studiersäle waren. Der Haupttrakt ist abgerissen worden. Man hat ein anderes Gebäude drübergesetzt. Einen häßlichen Kasten.«
»Wieder ein Heim?«
»Wie man's nimmt. Im Erdgeschoß ist ein Kindergarten untergebracht, der zweite und dritte Stock und das ehemalige Studiersaalgebäude beherbergen ein Altersheim.«
»Und die anderen Dinge – die anderen Stätten gibt es noch? Mariengrotte, Theaterloch ...«
»Ja. Alles noch so, wie es war.«
»Warst du vorher manchmal dort?«
»Nie. Nicht einmal.«
»Und Manfred Fritsch?«
»Auch nicht.
›Ich finde das ausgezeichnet, daß du dieser Zeit nachgehst‹, sagte er. ›Ich habe das alles verdrängt. Das ist nicht gut – von einem psychologischen Standpunkt aus.‹

Wir fuhren mit einem Wagen des Rundfunks. Unterhalb des ehemaligen Heimes stellten wir ihn ab, das letzte Stück sind wir zu Fuß gegangen. War mein Vorschlag. Auf diesem Weg bin ich als Bub ja hunderte Male von der Stadt heraufgekommen. Zuerst sieht man die *Rote Villa* – sie hat so geheißen, ein rotes Backsteinhaus, nicht sehr groß, mit einem Turm –, davor neigt sich eine Ulme über die Straße, und wenn man weiter hinaufkommt, wird als erstes das Studiersaalgebäude sichtbar. Es sieht freundlich aus mit den vielen Fenstern. Wir haben nichts geredet, bis wir oben waren.«

»Ins Gebäude seid ihr auch gegangen?«

»Nein. Wir sind davor stehengeblieben. Haben mit einem alten Mann gesprochen, der dort wohnte. Er saß auf der Bank und las die Zeitung. Die Bank war dieselbe, die schon zu unserer Zeit dort gestanden hatte. Eine Steinbank. Der Mann erinnerte sich noch an unser Heim. Und an das Karl-Borromäus-Haus, das vorher dort gestanden hatte, erinnerte er sich auch. Auch an den Bombennachmittag 1943 erinnerte er sich. Als die siebzig Mädchen gestorben sind. Manfred Fritsch fragte ihn, ob hinter dem Hauptgebäude immer noch die Kegelbahn sei. ›Dort war doch nie eine Kegelbahn‹, sagte der Mann.

›Aber natürlich‹, sagte Manfred Fritsch. ›Mit Gummikugeln ist gekegelt worden.‹

›Mit Gummikugeln kann man doch nicht kegeln.‹

›Wir haben mit Gummikugeln gekegelt. Stimmt's?‹

›Ja‹, sagte ich, ›aber es war ziemlich schwierig, die Kugeln sind gehüpft – wie Bälle.‹

›Dann ist es nichts‹, sagte der Mann. ›Die dürfen nicht hüpfen.‹

›Ich habe das gut gefunden‹, sagte Manfred Fritsch. ›Da hat es eine Technik gegeben, mit der hat man den König mitten herausschießen können.‹

›Und was hast du davon‹, sagte der Mann. ›Das zählt ja nichts. Wenn der König stehenbleibt und die anderen fallen, das zählt etwas. Aber nicht, wenn der König allein fällt.‹

›Wir haben uns eigene Regeln gemacht‹, sagte Manfred Fritsch.

›Das kann ich mir nicht vorstellen‹, sagte der Mann, ›daß man mit Gummikugeln kegeln kann. Richtig kegeln? Haben die Fingerlöcher gehabt, diese Gummikugeln?‹

›Kleine Mulden. Das ist schon gegangen. Man hat ein bißchen Übung gebraucht. Aber dann ist es gegangen. Wir haben Turniere veranstaltet.‹

›Turniere veranstaltet‹, sagte der Mann und blies die Backen auf, die weißen Bartstoppeln traten hervor wie winzige Dornen. Weiß Gott, was er sich unter diesen Turnieren vorstellte.

›Was ist denn jetzt hinter dem Gebäude‹, fragte ich.

›Dort wird Wäsche aufgehängt.‹ Ich wollte weitergehen zum unteren Fußballplatz, bedankte mich, warf Manfred Fritsch einen Blick zu. Er reagierte nicht darauf. Der Mann schien ihn zu interessieren. Er setzte sich neben ihn auf die Bank. Und da war wieder der alte Gesichtsausdruck: die Augen aufgerissen, die Mundwinkel nach unten gezogen.

›Spielen Sie gern Kegel‹, fragte er.

Nicht ein einziges Mal, als wir später über die Sache von damals sprachen – die Klassenprügel, seine Aussprache mit Csepella Arpad und so weiter –, nicht ein einziges Mal sah ich dabei ein solches Interesse in seinem Gesicht, wie jetzt, als er mit diesem alten Mann übers Kegeln redete.

›Ich habe immer gern gekegelt‹, sagte der Mann. ›Wenn dort wirklich einmal eine Kegelbahn war, warum baut man sie dann nicht mehr auf. Das würde uns guttun. Und wenn es wirklich Gummikugeln gibt, dann wäre das ja auch nicht gefährlich. Da kann man sich ja nicht verletzen …‹

›Sie müßten einen Vorschlag machen‹, sagte Manfred Fritsch. ›Vielleicht finden Sie ein paar andere, die sich Ihrem Vorschlag anschließen.‹

›Glaub ich nicht. Erstens trauen die sich nicht. Zweitens würden die mir nicht glauben, daß man mit Gummikugeln kegeln kann …‹

Ich stand daneben und kam mir unhöflich vor, aber ich wußte nicht, wie ich mich an ihrem Gespräch beteiligen sollte. Manfred Fritsch unterhielt sich sicher eine halbe Stunde mit ihm. Nicht nur übers Kegeln. Über alles mögliche. Der Mann kam ins Erzählen; er sei auf Tschatralagant aufgewachsen, noch heute wohne seine Schwester dort drüben, sie sei erst vor kurzem Witwe geworden und überlege, ob sie nicht auch ins Heim ziehen sollte; er erzählte vom Krieg, daß er in Paris gewesen sei und die Kunstschätze im Louvre gesehen habe; daß er sich vor dem Zusammenbruch aus dem Staub gemacht habe und zu Fuß hierhergegangen sei; daß er bei seiner Schwester auf dem Balkon gesessen habe, als die Bomben auf das Karl-Borromäus-Haus gefallen seien ...

›Du hast den Krieg ja nicht mitgemacht‹, sagte er zu Manfred Fritsch. ›Was denkst du, worauf man wartet, wenn gerade eine Bombe in ein Haus gefallen ist?‹

›Daß die nächste fällt ...‹

›Bist du verrückt! Meinst du, darauf wartet man?‹

›Dann wartet man, daß keine nächste fällt ...‹

›Ich habe ja gesehen, daß da keine nächste fallen wird. Die haben ja abgedreht. Meine Schwester und ihr Mann waren unten im Keller. Ich habe gesagt, ich leg mich auf den Balkon. Grad extra. Du weißt also nicht, worauf man wartet? Und du?‹ Er fragte mich.

›Nein‹, sagte ich.

›Man wartet darauf, daß jemand schreit. Damit man weiß, was man tun soll. Aber es hat niemand geschrien. Nicht einen offenen Mund hat es gegeben. Von einer Minute auf die andere. Nicht einen offenen Mund. Ich sage immer, es hat nicht einen offenen Mund gegeben ...‹

Im Hauptgebäude läutete eine Glocke. Der Mann raffte die Zeitung an sich, gab Manfred Fritsch die Hand und lief in kleinen Schritten zum Eingang. Er winkte uns zu. Ohne sich dabei umzudrehen.

›Ein Kollege hat so eine Sendeleiste‹, sagte Manfred Fritsch.

›Ich weiß nicht, ob du schon einmal eine Sendung daraus gehört hast. *Leute, Menschen, Nachbarn* heißt die Reihe. Porträts von ganz einfachen Leuten aus dem Land. Ich habe auch schon ein paar gemacht. Der Typ wär genau richtig – Altersheime sind Fundgruben.‹ Dann blickte er zum Gebäude hinauf. ›Alte und Junge ... ich möchte wissen, wer sich das ausgedacht hat.‹

Die Fenster im Erdgeschoß waren zum Teil bemalt. Kasperlefiguren, Sterntaler, Teddybären.

›Ich würde mein Kind nie hierher bringen‹, sagte er. ›Ich kann mir vorstellen, daß die Wände einen schlechten Einfluß auf Kinder ausüben.‹

›Warum die Wände‹, sagte ich. ›Die sind doch neu!‹

Es war heiß, Mittagszeit, ich hätte das Gebäude gern betreten, wenigstens die ehemaligen Studiersäle. Wir gingen an der Fensterfront entlang, die Sonne brannte. Manfred Fritsch voraus, ich hinter ihm her. Es roch von der Küche herauf. Die befindet sich immer noch im Kellergeschoß, genau wie damals. Es roch nach Abspülwasser. Wie es in Großküchen nach dem Mittagessen eben riecht.

›Mir wird schlecht davon‹, sagte Manfred Fritsch. ›Gehen wir hinauf zur Grotte.‹

Hinter dem Gebäude, wo früher der untere Fußballplatz war, stehen jetzt Bäume und Sträucher. Kleine Wege führen über den Rasen. Sehr schön eigentlich. Auch auf den beiden oberen Fußballplätzen stehen Bäume. Schaukeln und Rutschbahnen und Sandkästen. Ein Kinderspielplatz. Sogar ein Spülklosett in einem kleinen, bemalten Häuschen.

Wir nahmen nicht den Weg, sondern die Abkürzung durchs Gras über den Hang hinauf. Man muß dann noch ein paar Schritte auf dem Weg gehen und gelangt zur Grotte.

›Für Kinder ist es sicher schön hier‹, sagte ich.

›Nein‹, sagte er, ›mein Kind würde ich nicht hierher lassen.‹

Wir hatten uns eine Jause mitgebracht, die hatten wir in der Stadt eingekauft, ein paar Leberkässemmeln und zwei

Flaschen Mineralwasser. Wir machten es uns in der Grotte gemütlich. Es war schattig und vom Fels her angenehm kühl.

›Ich habe immer einen Bogen um die Grotte gemacht‹, sagte er. ›Das war nichts für einen braven Buben. Hier habt ihr Zigaretten geraucht, stimmt's?‹

Ich zuckte mit der Schulter. Die Muttergottes ist immer noch dieselbe – weiß und blau. Es hat mich eigenartig berührt, sie zu sehen. Den Faltenwurf ihrer Ärmel. Jetzt muß doch dieses Bild in meinem Kopf wieder entstehen, dachte ich, das Bild, wie Franz Brandl und ich hier sitzen, und ich ihm etwas vorlüge von einer dicken, fremden Dreißigjährigen, und er, die Ellbogen auf die Oberschenkel gestützt, die Augenbrauen zusammengepreßt, sagt, es wäre besser, er würde bald sterben. Aber das Bild ist nicht in meinen Kopf gekommen. Zu Hause, als ich darüber nachdachte, habe ich das alles vor mir gesehen, beinahe gerochen, und vorher, als ich mit dem Franz Brandl darüber gesprochen hatte, war es auch da. Die wirkliche, tatsächliche Mariengrotte ließ keinen Abstand für ein Nachdenken, für ein Bilderbuch im Kopf. Sie war, wie sie war. Die Erinnerung wurde vom wirklichen, tatsächlichen Gegenstand nicht entzündet, sondern von dem Bild des Gegenstandes. Die Erinnerung wurde durch die Einbildung ausgelöst. Nicht durch die Wirklichkeit. Als würde diese Muttergottes zu mir sagen: Ich habe nichts mit dir zu tun, das Bild, das du von mir in deinem Kopf hast, geht mich nichts an. Ich habe nichts gesehen, ich habe nichts gehört.

Ich war doch froh, daß wir nicht die ehemaligen Studiersäle betreten hatten. Was hätten erst die Wände dort gesagt!

Wir hatten unsere Semmeln gegessen und Manfred Fritsch drehte sich ein Zigarette. Sie wurde perfekt – wie eine aus der Schachtel. ›Ihr habt euch damals alle um den Csepella Arpad geschart‹, sagte er. ›Er war der begehrteste Schüler im Heim.‹

›Das kommt darauf an‹, sagte ich. ›Manche sind ihm ja aus dem Weg gegangen.‹

›Nein, nein‹, sagte er. ›Jeder hätte gern zu ihm gehört. Die einen haben sich getraut, die anderen nicht. Ich habe mich nicht getraut. Aber ich hätte auch gern zu ihm gehört. Er hat Gedichte geschrieben, erinnerst du dich daran?‹

›Ja, natürlich.‹

›Ich habe auch Gedichte geschrieben. Aber nicht solche wie er, sondern solche, wie der Präfekt gesagt hat, daß man schreiben soll.‹

›Sonette?‹

›Ja, Sonette. Ich finde es typisch für den Präfekten, daß er Sonette geschrieben hat.‹

›Warum findest du das typisch?‹

›Weil man bei Sonetten die Sprache prügeln muß. Hast du dir das noch nie überlegt?‹

Nein, das hatte ich mir noch nie überlegt. Ich arbeitete ja schließlich auch nicht in der Abteilung *Kulturelles Wort* ... Er stand auf, stellte die Flaschen hinter die Bank ins Gebüsch. ›Die lassen wir hier. Die nehmen wir beim Zurückgehen wieder mit.‹

›Wohin willst du denn‹, fragte ich. ›Es ist doch gemütlich hier und kühl.‹

›Zum Theaterloch. Ich brauch den Schauplatz ... die Atmosphäre ...‹ Also gingen wir. Der geschotterte Weg führt an einem breit ausladenden Haus vorbei, einem Neubau im Stil einer Almhütte, nur etwa zwanzigmal größer, die Holzteile schwarz gebeizt, eine wuchtige Doppelgarage daneben. – Dort endet der Weg und geht über in zwei Fahrrinnen durch die Wiese.

Während wir gingen, erzählte Manfred Fritsch: ›Die ersten Worte, die Csepella Arpad zu mir gesprochen hatte ... das war ein paar Tage nach der Geschichte ... oben vor der Grotte. Da war er schon fast seit zwei Monaten im Heim. Ich war nicht einer, um den sich ein Csepella Arpad Gedanken gemacht hätte.‹

›Du hast vorher nie mit ihm geredet, oder er mit dir?‹, fragte ich.

›Nicht viel. Servus, wenn ich ihm im Gang begegnet bin,

oder ob er noch einen Nachschlag will, wenn ich das Essen aufgetragen habe. Aber sonst nichts. Ja, doch – wenn man das mitzählt: Kurz bevor ich ihn bei der Grotte getroffen habe, hat er mich im Speisesaal angeredet ...‹ Einen Fuß vor den anderen setzend, ging er, die Hände in den Jackentaschen.

›Geht's nicht ein bißchen schneller vorwärts‹, sagte ich. ›Es ist so heiß, ich will in den Schatten.‹

Er kümmerte sich nicht darum. Ging bedächtig weiter – gemessenen Schrittes heißt das wohl in der Abteilung *Kulturelles Wort*. ›Es war am Montag nach den Klassenprügeln‹, fuhr er fort. ›Ich erinnere mich deshalb, weil mich an diesem Tag unser Pfarrer besucht hatte, der Pfarrer aus unserem Dorf. Er hat immer nachgeschaut, was ich so mache. Ich habe ihn gern gehabt. Er hat mich nie ausgefragt, und auch die Heimleitung hat er nie nach mir ausgefragt. Ich war sein Schützling, und er hat es als seine Pflicht angesehen, sich um mich zu kümmern. Er hat mich zweimal im Monat besucht. Immer am Montagabend kurz vor dem Essen. Die Patres luden ihn dann zum Abendbrot ein. Erinnerst du dich nicht an ihn? Er hat auch manchmal die Beichte abgenommen. Ein Großer, Dünner mit nach oben stehenden blonden Locken.‹

›Nein‹, sagte ich, ›ich erinnere mich nicht.‹

›Er hat immer so fahrige Bewegungen gemacht. Er ist heute irgend etwas in Rom. – Also, am Montagabend ... an diesem Montagabend ... Ich kam etwas später in den Speisesaal. Ihr habt schon angefangen zu essen. Ich weiß sogar noch, was es gab. Texaskäs und Pellkartoffeln.‹

›Texaskäs und Pellkartoffeln hat es jeden Montagabend gegeben – das ist nichts Besonderes, daß du dich daran erinnerst‹, sagte ich.

›Nein‹, sagte er, ›normalerweise gab es Texaskäs und Pellkartoffeln am Freitag.‹

›Immer am Montag. Ich weiß es doch!‹

›Nein, am Freitag! Wieso sollte es Pellkartoffeln am Montag geben. Das ist ein typisches Freitagessen.‹

›Es spielt ja keine Rolle‹, sagte ich. ›Gehen wir weiter, ich krieg sonst noch einen Sonnenstich.‹

›Nein, es spielt keine Rolle‹, sagte er und folgte mir, zwei Schritte hinter mir – aber nicht ich zog ihn, sondern er bremste mich. – ›In meiner Geschichte spielt es keine Rolle. Es gab an diesem Montagabend Pellkartoffeln und Texaskäs, und das kam mir vor wie eine Ausnahme.‹

›Weiter‹, rief ich.

›Ich ging also in den Speisesaal, und siehe da, auf meinem Platz saß Csepella Arpad. Ich traute mich nicht zu sagen, daß dies mein Platz sei, und er blieb einfach sitzen. Er schaute mich gar nicht an, sagte nur: Ich habe gehört, du bist der Klassensprecher, ich will mit dir reden, ich warte um sieben oben bei der Grotte. – Erinnerst du dich nicht daran, daß Csepella Arpad an diesem Abend mitten unter uns gesessen ist, daß er an meinem Platz gesessen und mit meinem Besteck gegessen hat?‹

›Nein‹, sagte ich. ›Ich erinnere mich nicht.‹

›Woran erinnerst du dich eigentlich? Du bist doch dauernd mit dem Csepella zusammengewesen, das müßte dir doch aufgefallen sein, daß er an diesem Abend bei unserer Klasse saß!‹

›Das ist doch schon so lange her. Ich erinnere mich wirklich nicht.‹

›Das versteh ich nicht‹, sagte er. ›Zugegeben, das sind kleine Dinge, aber entscheidende. Es hätte euch doch auffallen müssen, daß er auf meinem Platz gesessen ist. Der ganze Speisesaal hat sich lustig gemacht!‹

›Über wen?‹

›Über wen wohl! Über mich! Ich bin dagestanden wie der Ochs vor dem Berg.‹

Ich erinnerte mich tatsächlich nicht. Das hat mich mißtrauisch gemacht. Ich kann mir nicht vorstellen, daß mir das nicht aufgefallen wäre. Und ich kann mir auch nicht vorstellen, daß ich so etwas vergessen würde.

›Ich hätte mich nie getraut, ihm zu widersprechen‹, fuhr

Manfred Fritsch fort. ›Ich wußte, ohne daß er etwas gesagt hatte, daß er mich wegen Gerhard Malin sprechen wollte. Ich wußte es. Was er mit dem Gerhard zu tun hatte – ich hatte keine Ahnung damals. Daß er sein Freund war – keine Ahnung hatte ich. Das wirst du viel besser gewußt haben als ich. Aber du wirst mir auch recht geben: Ganz egal, wer da gekommen wäre und gesagt hätte, ich will mit dir reden, in diesen Tagen hättest du auch gedacht, es hat mit dem Gerhard zu tun.‹

›Gebhard‹, sagte ich.

Er tat, als ob er es nicht hörte. Unglaublich: Er erinnerte sich nicht einmal an den Namen, behauptete aber, daß es normalerweise immer freitags Pellkartoffeln und Texaskäs gegeben hat! – In dem anderen Punkt gab ich ihm recht, natürlich. Ganz egal, wer in diesen Tagen gekommen wäre und gesagt hätte, ich will mit dir reden, ich hätte selbstverständlich angenommen, es sei wegen Gebhard Malin.

›Ich aß nichts an diesem Abend‹, fuhr er fort. ›Daß Csepella Arpad an meinem Platz saß, hieß noch lange nicht, daß ich mich an den seinen setzen durfte. Ich stellte mich zum Speiseaufzug und wartete, bis wir gebetet hatten und der Rektor das Zeichen gab, daß wir gehen durften. – Csepella Arpad stand bereits vor dem Eingang zur Grotte, als ich über den Hang heraufkam. Er hatte die Hände in die Taschen seiner Anzugjacke gesteckt, sein Gesicht schimmerte weiß. Er stand im Schatten, aber auf sein Gesicht fiel Licht von den Laternen unten vor dem Heim. Ich blieb ein, zwei Meter vor ihm stehen. Ich hatte auf einmal Respekt vor ihm, mehr als vor der Heimleitung oder vor meinem Pfarrer. Er war mir fremd, und ich war es ihm auch. – Du heißt Manfred Fritsch, glaub ich, sagte er. – Manfred Fritsch, dritte Klasse, sagte ich. – Das weiß ich. Daß du der Klassensprecher der Dritten bist, das weiß ich. Du bist ein guter Schüler, habe ich gehört. – Es geht, sagte ich. – Du bist doch Klassenprimus. – Vorläufig noch, sagte ich. – Macht dir da einer Konkurrenz, fragte er. – Ich wurde vorsichtig, wußte nicht, was ich sagen sollte, wenn ich jetzt sage, nein, es macht mir keiner Konkurrenz, dann fragt er mich, warum ich es dann zugelassen habe, daß man den Gebhard verprügelt. Ja, das ist meine Schuld: Daß ich es zugelassen habe. Weißt du, was ich meine? Es war eine Pattsituation. Wenn ich sage, ja, es macht mir einer Konkurrenz als Klassenprimus, dann würde er womöglich fragen, ob das meine Art ist, die Konkurrenz auszuschalten, nämlich zuzulassen, daß man den Gebhard verprügelt. Eine Schleife von Interpretationen – was meint er, was will er, was sage ich, was meine ich und so weiter ... Wahrscheinlich war das nur so eine Verlegenheitsfloskel von ihm. Kannst du dir das vorstellen?‹

›Nein, eigentlich nicht‹, sagte ich und riß mir den Hemdkragen bis zum Hosenbund auf. Wir waren inzwischen beim Theaterloch angelangt. Der Schweiß stand mir auf der Stirn. Ich konnte nicht richtig denken, weil mir die Sonne auf den Kopf brannte.

›Gehen wir in den Schatten‹, sagte ich.

Von der betonierten Bühne war nichts mehr zu sehen. Brombeersträucher hatten alles überwuchert. Unter dem Felsen, wo damals Veronika gestanden hatte, war jetzt ein Abfallhaufen. Blechdosen und Flaschen, hauptsächlich Blechdosen und Flaschen. Ich ließ mich ins Gras fallen. Eine riesige Esche, die schon damals hier gewesen war, warf einen dichten Schatten.

›Wie kannst du sagen, dein Beitrag an der Sache bestand lediglich darin, daß du sie nicht verhindert hast‹, sagte ich. Und er sagte: ›Weil es meine Aufgabe gewesen wäre, sie zu verhindern.‹ Er blieb in der Sonne stehen. Ich hatte schon auf dem Weg meine Jacke ausgezogen. Naß – Gesicht, Brust, Rücken. Ihm schien die Sonne nichts auszumachen. Er behielt seine Jacke sogar zugeknöpft. Eine Hand in der Hosentasche, die Jacke zugeknöpft. Ein guter, schön fallender Stoff. Nicht eine Schweißperle auf der Stirn. Lässig ... italienisch ... ›Ich war schließlich euer Klassensprecher. Ich hätte es nicht zulassen dürfen. Csepella Arpad hatte schon recht.‹

›Jetzt wart einmal‹, sagte ich. ›Hat das Csepella Arpad gesagt – daß du es nicht hättest zulassen dürfen? Oder hast du dir lediglich gedacht, daß er sich das denkt.‹

›Ich nehme an, das wird er gedacht haben. Warum hätte er sonst ausgerechnet mich zur Grotte bestellt?‹

›Kruzifix!‹ rief ich. ›Jetzt tu doch nicht so, als ob du keine andere Schuld hättest, als lediglich nicht verhindert zu haben, daß wir – die Viecher – über den Gebhard Malin hergefallen sind! Du hast doch selber auch zugeschlagen! Und weißt du was, ich habe es gesehen. Ich habe mir sogar gedacht, aha, wenn der Manfred Fritsch das macht, dann darf ich das auch.‹ Er ließ sich nicht beeindrucken. Er nahm es auf wie ein Argument in einer akademischen Diskussion. ›Ja‹, sagte er, ›es ist furchtbar, im nachhinein zu sehen, wie das plötzlich über uns hereingebrochen ist. Und natürlich habe ich genauso schuld wie ihr. Vielleicht sogar noch mehr.‹

Ist ja klar – immer etwas Besonderes. Nein, so kann ich nicht streiten. So nicht. – Ich zog mein Hemd aus, wischte mir damit den Schweiß ab.

›Also von mir aus. Wie ging es weiter? Ihr standet bei der Grotte – Csepella Arpad und du, und dann?‹

›Ja, wir standen auf dem Weg vor der Grotte und haben geredet, und auf einmal hat er sich umgedreht ...‹

›Hast du ihn denn nicht gefragt, was er von dir will?‹

›Nein. Habe ich nicht. Wollte ich auch nicht. Wußte ich ohnehin. Daß es sich um den Gebhard Malin handelte, das wußte ich. Es ist schwer zu beschreiben, was alles in mir vorging.‹

›Beschreib es nicht‹, unterbrach ich ihn. ›Du warst grad dabei, als sich der Arpad umdrehte.‹

›Er drehte sich um und sagte: Wir gehen ein Stück. – Und ich sagte: Wohin gehen wir denn. – Und er sagte: Wir gehen. – Also sind wir gegangen ...‹

›Mach's doch nicht so spannend‹, rief ich.

›Es war aber spannend‹, sagte er ruhig. – Ach ja, fiel mir ein, er hat ja auch Hörspielregie geführt. Er grinste schief: ›Es nieselte, und ich hatte nicht einmal eine Jacke an. Er schritt voraus, drehte sich nicht nach mir um. Er drehte sich nicht um, bis wir beim Theaterloch ankamen.‹

›Willst du dich nicht endlich setzen‹, sagte ich. ›Das macht mich nervös, wenn du vor mir stehst, die Sonne im Rücken, ich seh dein Gesicht nicht.‹

›Ich finde es angenehm, wenn mir die Sonne in den Rücken scheint‹, sagte er. ›Aber wenn du willst ...‹ Er setzte sich neben mich ins Gras. Drehte sich eine Zigarette – perfekt – und fuhr fort: ›Und weißt du, was ich dachte, als ich hinter Csepella Arpad herging – denselben Weg, den wir jetzt grad gegangen sind?‹

›Nein, ich weiß es nicht‹, sagte ich.

›Ich dachte: Jetzt ist es so weit, jetzt fällt mein ganzes Kartenhaus zusammen, jetzt kommt alles heraus. Ich blickte zum Heim hinunter und dachte, ich werde heute den letzten Tag hier gewesen sein. Hier oben wird etwas Schreckliches geschehen, dachte ich. Er hat mich durchschaut und wird mich enttarnen. Der Csepella Arpad wird der Heimleitung mitteilen, er habe herausgefunden, daß ich der letzte Dreck bin, ein Unwürdiger, der sich hier eingeschlichen hat ...‹

›Ausgerechnet der Csepella Arpad‹, sagte ich. ›Er, den die Fürsorge hergebracht hat.‹

›Das habe ich gedacht, ja ...‹

Das Theaterloch, der Schauplatz, ich lag im Schatten, das war die Hauptsache, im kühlen Schatten, der Schauplatz forderte nichts, ein Loch in der Wiese, wie es anderswo auch Löcher gibt, und alles ist fünfundzwanzig Jahre her.

›Das ist doch ein unglaublicher Blödsinn, was du da redest!‹ rief ich und fühlte mich wohl dabei. ›Das ist ein wehleidiger Käs! Da haben wir erst den Gebhard Malin krankenhausreif geprügelt, und dann kommt der Csepella Arpad, sein bester Freund, und will mit dir reden, was weiß ich, warum er ausgerechnet mit dir reden wollte, vielleicht einfach nur, weil du unser Klassensprecher warst, hast du dir das nicht überlegt, der offizielle Vertreter einer Bande, die seinen Freund verprügelt hat – und da glaubst du, er hat nichts anderes im Sinn, als der Heimleitung zu beweisen, was du, ausgerechnet du, der Klassenprimus, der Bravste von allen, das Vorbild, was du für ein unwürdiger Knabe bist!‹

›Du hast recht, es ist seltsam, daß ich so gedacht habe. Aber ich habe eben so gedacht.‹

Nein, wirklich, so kann man nicht streiten! Nicht einmal, wenn man sich wohl dabei fühlt.

›Also bitte, mach's kurz‹, sagte ich. ›Erzähl einfach, was war. Und laß aus, was in deiner Seele vorgegangen ist. Das ist natürlich auch höchst interessant, aber ich möchte jetzt wissen, was der Csepella Arpad von dir wollte.‹

›Jeder von uns, der über diese Tage damals nachdenkt, tut es nur aus einem einzigen Grund‹, sagte er und machte seinen hohlen Hals. ›Nämlich um wenigstens eine winzige Erklärung dafür zu finden, warum er mitgemacht hat. Eine winzige Entschuldigung. Und mir geht es nicht anders. Auch wenn ich Klassensprecher und Klassenprimus und, wie du sagst, der Bravste war. Das kannst du mir ja nicht verbieten.‹

›Okay‹, sagte ich. ›Wohin seid ihr gegangen? Hierher zum Theaterloch also ... Und weiter?‹

›Hierher. Hierher sind wir gegangen. Er hat mich hierher geführt, weil hier jemand auf uns gewartet hat. – Ein Mädchen. – Ich habe sie nicht richtig sehen können. Es war zu dunkel. Sie trug einen hellen Mantel. Sie ist die ganze Zeit auf und ab gegangen. Ich nehme an, es war die Freundin vom Malin Gebhard. Heute denke ich mir das. Damals habe ich überhaupt nichts gedacht. Mit mir hat sie nicht geredet. Ich stand einfach da und rührte mich nicht. Dort vorne habe ich gestanden.‹ Er warf einen Stein.

›Du wußtest also nicht, wer das Mädchen war‹, fragte ich.

›Nein‹, sagte er. ›Ich weiß es bis heute nicht. Sie ist immer auf- und abgegangen. Hat geraucht dabei. Nach jedem Zug hat sie sich die Zigarette aus dem Mund gerissen.‹

›Und warum nimmst du an, sie war die Freundin vom Gebhard Malin?‹

›Heute denke ich mir das. Ich habe mich ja vorbereitet auf unser Gespräch heute. Das heißt, ich habe mir alles in Erinnerung gerufen. Warum sollte sich ein fremdes Mädchen so echauffieren?‹

Ja, warum ... ›Also weiter‹, sagte ich ungeduldig.

›Du sollst mich nicht hetzen‹, sagte er. ›Willst du hören, was war, oder nicht?‹

›Natürlich!‹

›Gut, dann bestimme aber ich das Tempo. – Gut. – Csepella Arpad fragte mich, ob inzwischen einer von uns den Gebhard im Krankenhaus besucht hätte. – Niemand hat ihn besucht, sagte das Mädchen. – Es wisse also keiner von uns, wie es mit ihm stehe, fragte Csepella Arpad weiter. – Und wieder antwortete das Mädchen, bevor ich etwas sagen konnte: Nein, das wisse keiner, keiner von uns würde sich für ihn interessieren. Sie sagte: Keiner von denen ... – Ob ich denn wüßte, daß der Gebhard nicht mehr sprechen kann, fragte Csepella Arpad. – Ich wußte es damals noch nicht. – Ob ich mir vorstellen könnte, daß er stirbt. – Was hätte ich darauf sagen sollen! Was hättest denn du darauf gesagt?‹

›Ich weiß es nicht‹, sagte ich, stand auf, ging zu dem Brombeergebüsch, spähte durch die Dornen, ob vielleicht noch ein Rest der Bühne zu sehen wäre.

›Komm her‹, rief Manfred Fritsch. ›Ich habe keine laute Stimme, ich möchte nicht brüllen.‹ Also ging ich wieder zurück, stellte mich neben ihn, blickte auf ihn nieder. ›Was hat Csepella Arpad weiter gesagt‹, fragte ich. – Inzwischen war mir nicht mehr heiß, ich zog mein Hemd wieder an.

›Er sagte, er werde mir jetzt etwas mitteilen, ich brauchte gar nichts darauf zu antworten, er würde mir sowieso nicht zuhören. Er griff in seine Tasche und zog etwas heraus. Ich konnte es nicht erkennen. – Ob ich wüßte, was das ist. – Da machte es: Klick. Und da wußte ich, was es war. – Ich brauche keine Angst zu haben, das mache er jetzt nur so. Jetzt sei es überhaupt nicht ernst. Sie, also er und das Mädchen, hätten das nur so ausgemacht, daß er mir sein Springmesser zeige, es sei übrigens total scharf, er habe es in der Werkstatt geschliffen ... Und dann hielt er mir die Klinge an den Hals.‹

›Er hat dir ein Messer an den Hals gehalten?‹

›Ja. Ich kann mir nicht vorstellen, daß einer von euch damals so sehr erschrocken wäre, wie ich erschrocken bin.‹

›Wieso denkst du das? Glaubst du, uns hat man jeden Tag ein Messer an den Hals gehalten?‹

›Du weißt genau, was ich meine‹, sagte Manfred Fritsch und hatte damit vollkommen unrecht.

›Und weiter‹, sagte ich.

Er stand auf, schaute mit einem feinen Lächeln hinauf in das Geäst der Esche und sagte, im Ton ohne jede Nuance – es sollte ganz nebenbei klingen: ›Er wolle nicht angeben, aber es sei so, daß er geschworen habe, mir den Hals abzuschneiden, wenn der Gebhard Malin stirbt ...‹

›Das glaubst du ja selber nicht‹, sagte ich.

Er unterbrach mich, fuhr im selben Ton fort, nur die ersten beiden Silben schärfer betonend: ›Und wenn sich herausstellte, daß er nie mehr reden kann, dann schneide er ebenfalls, aber nicht so tief, und dann würde er bestimmt gleich einen Doktor holen, im schlimmsten Fall könnte ich dann eben auch nicht mehr reden, und jetzt solle ich wieder gehen, das habe er mir sagen wollen und mehr nicht.‹

›Und das Mädchen?‹

›Nichts.‹

›Was nichts?‹

›Nichts. Kein Wort. Kein Wort zu mir. Hat geraucht.‹

›Hat sie gar nichts weiter gesagt?‹

›Nein.‹ – Immer noch den Kopf erhoben, die Augen inzwischen geschlossen.

›Und was hast du gemacht?‹

›Ich?‹ – Das war sein Stichwort. Er öffnete die Augen,

griff nach meinem Arm, wechselte in einen Moderatorenton, Geplauder am Kamin, er, das Radio. – ›Ich? Ich habe mich angestrengt, daß ich das Blut wieder von den Knien hinaufpumpe. Ich bin ganz langsam hinunter zum Heim gegangen. Geschlendert. Und habe dabei gepfiffen. Hoffentlich hören die beiden nicht, daß ich pfeife, dachte ich. Aber ich mußte pfeifen. Es ging nicht anders. Bis ich die Tür hinter mir zugemacht hatte. Ihr habt gerade im Gang mit einem Papierknödel Fußball gespielt.‹

›Wer wir?‹

›Du warst im Tor.‹

›Ich war im Tor?‹

›Du warst im Tor. Ich seh dich noch heute vor mir.‹

›Ich habe nie im Gang mit einem Papierknödel Fußball gespielt.‹

›Ich weiß es aber. Du warst im Tor.‹

›Also, eines weiß ich, daß ich nach dieser Sache, zwei Tage nach dieser Sache – du hast gesagt, es war am Montag? – also, drei Tage nach dieser Sache, das weiß ich, da habe ich nicht mit einem Papierknödel im Gang Fußball gespielt …‹

›Hast du aber.‹

›Das ist doch gelogen!‹

›Ich habe es aber gesehen.‹

›Im Tor war ich, sagst du?‹

›Du warst im Tor, ja.‹

›Also, das kann schon einmal gar nicht stimmen. Wenn, dann war ich immer Linksaußen.‹

›Doch! Du warst im Tor.‹

›Ich bin Linkshänder, es ist doch klar, daß ein Linkshänder immer Linksaußen spielt.‹

Wir haben auf einmal angefangen zu lachen. Haben uns sogar auf die Schultern gehauen. Und dann sind wir hinunter zum Auto spaziert. Das war's eigentlich. – Ja, er hat erzählt, was er in den letzten Jahren so alles gemacht hat. Daß er in Innsbruck studiert habe, zuerst Theologie – aber nur ein halbes Semester lang – dann Pädagogik, daß er seinen Doktor gemacht habe und so weiter und so weiter ...

›Weißt du, was der sogenannte *Heimliche Lehrplan* ist‹, fragte er.

›Keine Ahnung‹, sagte ich. ›Klingt nach irgendeiner Sauerei.‹

›Ich habe meine Dissertation darüber geschrieben. Der Begriff sagt so viel wie: Die Schüler wissen, was der Lehrer wissen will, und richten sich danach.‹

›Aha‹, sagte ich.

›Ist keine großartige Erkenntnis, oder?‹

›Nicht wahnsinnig ...‹

Er hat mich zu Hause abgesetzt, einen Kaffee bei mir wollte er nicht trinken, er habe noch etwas zu tun. War mir recht. Oder vielleicht auch nicht, am Schluß haben wir uns gut verstanden. Als er weg war, habe ich sofort den Franz in Butzbach angerufen. Das heißt, ich habe bei seinen Nachbarn angerufen, der Franz selbst hat ja kein Telephon. Er hatte mir die Nummer seiner Nachbarn gegeben. Ich habe ihm die Geschichte erzählt.

Er hat gelacht und gesagt, er halte jede Wette, wenn Csepella Arpad geschnitten hätte, aus dem Hals vom Manfred Fritsch wäre nichts gekommen. Einfach nichts. So viel Nichts, daß man es schon fast hätte sehen können. Eine durchsichtige Fontäne aus lauter Nichts. Er habe übrigens all die Jahre im Heim gegen Manfred Fritsch als Klassensprecher gestimmt. Das hat der Franz dazu gesagt.«

»Und sonst hat er zu der Geschichte nichts gesagt?«

»Doch. Er kenne die Vorgeschichte, sagte er. Er sagte: ›Ich dachte, es ist ein Tausch. Du kriegst raus, was der Arpad vom Manfred Fritsch wollte, und ich erzähl dir dann, was vorher war.«

»Und was war vorher?«

»Der Csepella Arpad sei zur Polizei gegangen.«

»Er sei zur Polizei gegangen?«

»Ja. Das wundert einen. Hat mich auch gewundert. ›Das kann ich mir nicht vorstellen‹, habe ich zum Franz gesagt, am Telephon. ›Der Csepella Arpad war doch der letzte, der zur Polizei gegangen wäre!‹

Es sei aber so gewesen. Der Csepella Arpad habe erfahren, was geschehen war und sei zur Polizei gegangen. Zuerst zum Rektor, dann zum Spiritual und dann zur Polizei. Und als auch das nichts genützt habe, hätten sich er und Veronika das andere ausgedacht.«

»Und Manfred Fritsch? Wußte er, daß Csepella Arpad vorher bei der Polizei war?«

»Ja, das wußte er.«

»Er hat dir aber nichts davon erzählt?«

»Nein, kein Wort.«

»Und warum nicht?«

»Er hatte wohl seine Gründe.«

»Wußte er schon damals, daß Csepella Arpad zur Polizei gegangen war?«

»Allerdings. Er war ja dabei.«

8

»In dieser Nacht hatte ich einen Traum. Wir waren im unteren Schlafsaal, jener Sechstkläßler, der uns immer aus Büchern vorgelesen hat, hatte Aufsicht. Und auch diesmal las er vor. Er las vor aus *Die Herrgottsschanze*. Ein Roman aus der Französischen Revolution. Daraus las dieser Sechstkläßler vor. Ein freundlicher Capo. Er las also aus dem Buch vor, und wir zogen uns dabei aus, schlüpften in unsere Pyjamas, legten uns aber nicht hin, sondern warteten neben den Betten. Wir standen stramm, die Handflächen an der Hose. Als er mit dem Vorlesen fertig war, klappte er das Buch zu, wie er es auch in Wirklichkeit immer gemacht hatte, und sagte: Ich bin als erster dran. Und wir wußten, er meinte damit, er sei beim Duschen als erster dran. Er verließ lachend den Schlafsaal. Weil er als erster beim Duschen dran war, darum lachte er. Die ersten haben am meisten heißes Wasser. Die letzten müssen kalt duschen. Wir blieben neben den Betten stehen und warteten. Warteten lange. Dann kam der Rektor herein, sagte, das sähe er gern, daß wir so brav sind, und deshalb zeige er uns etwas. Er führte uns in den Keller zu den Duschen. Aber die Duschen waren nicht dort, wo sie in Wirklichkeit waren, sondern tiefer, das heißt unter dem Kellerboden. Ich dachte, ist es also wahr, was gesagt wird, daß unter dem Keller noch ein Keller ist, nämlich der Keller des Karl-Borromäus-Hauses. Der Rektor sagte, wir sollten uns der Größe nach aufstellen. Das taten wir. Dann zog er den Vorhang zu den Duschen weg und sagte: Das will ich euch zeigen. Der Sechstkläßler hing mit dem Kopf nach unten an einem der Wasserrohre, die an der Decke entlangliefen. Durch die Sehne einer Ferse war ein Fleischerhaken gezogen, und an diesem Haken hing er. Das andere Bein stand ab. Es sah aus, als wären die Beine Zeiger einer Uhr, auf der es zehn vor zwölf war. Der Boden der Dusche war rot von Blut. Die Kehle des Sechstkläßlers war durchgeschnitten. Das letzte Blut tropfte aus seinem Hals. Der Rektor sagte: Kaum zu glauben, das hat er alles selber gemacht.«

Drittes Kapitel

9

»Sprechen wir über den Tag, an dem ihr die Lateinschularbeit zurückbekommen habt. Eine Woche, nachdem ihr sie geschrieben habt, wenn ich mich recht erinnere.«

»Ja. Auch ein Samstag. Eine Woche nach der Ermordung von John F. Kennedy.«

»Der Kennedymord war also noch ein Thema.«

»Das Thema Nummer eins – in der Schule das Thema Nummer eins, die ganze Woche über.«

»Auch bei den Kleinen? Auch in eurer Klasse? In der dritten Klasse?«

»Und wie! Bei den meisten jedenfalls. Bei den Fahrschülern und vor allem bei denen aus dem anderen Heim.«

»Das war das Heim ...«

»... *Kongregation des kostbaren Blutes Jesu* ... oder vom *kostbaren Blute Jesu* ... Die haben einen Kennedyvogel gehabt, einen Kennedywahn, die Schüler von dort, ich weiß nicht, wie die Heimleitung dort den Kennedymord aufgezogen hat.«

»Und für dich war es auch ein Thema?«

»Mich hat der Kennedy überhaupt nicht interessiert. Im Gegenteil. Mir ist der Name schon zum Hals herausgewachsen. Ich hab's nicht mehr hören können, das hat mich gestört, die dauernde Kennedyrederei und die dauernde Kennedyspielerei.«

»Und aus welchem Grund?«

»Ja, also ... Ich habe in dieser Woche einem Mädchen an den Busen gegriffen und die andere Hand habe ich in ihr Höschen geschoben, und dann hat mein bester Freund mir dieses Mädchen ausgespannt – das dachte ich jedenfalls, und außerdem war das ein Mädchen, das sich auf Befehl an den Busen greifen ließ – auf Befehl oder auf Empfehlung, oder es wurde ihr die Erlaubnis dazu gegeben, das spielt keine Rolle – das ist für einen Vierzehnjährigen ziemlich viel auf einmal! Menschenskind, das sind doch Sachen, dagegen stinkt so ein Mord an einem Präsidenten ab. Ich muß sagen, als ich zum ersten Mal das Bild von Lee Harvey Oswald, dem Mörder, gesehen habe, da war mir dieser Mann sympathisch. Ja.«

»Was heißt Kennedyspiele ... Kennedyspielerei?«

»Die vom anderen Heim haben das aufgebracht. Die von der *Kongregation vom kostbaren Blute*. Und die Fahrschüler, die haben mitgemacht. Ein paar jedenfalls. Kennedy-Mord-Nachspielen. Das ist dann ausgeartet in *Räuber und Gendarm* oder in Indianerspielen. Anschleichen, sich Verstecken, so tun, als ob man ein Gewehr hätte, Anlegen, Schießen, Kennedy bricht zusammen. Hatte nichts mit irgendwelchen Regeln zu tun. War kein Spiel, bei dem man vorher gesagt hätte, komm, spielen wir Kennedy-Mord. Der Mord war einfach Vorlage zu einem Abenteuer. Hat auch nichts zu gewinnen gegeben. Die Überwältigung und Verhaftung des Attentäters ... Die Ermordung des Attentäters ... Eine Wild-West-Geschichte. Ist ja schließlich in Amerika passiert. Kennedy war eine Art Winnetou. Sich ausdenken, was man alles mit dem Mörder gemacht hätte, wenn Jack Ruby nicht zuvorgekommen wäre.

Ja, im anderen Heim ist ein richtiger Kennedywahn ausgebrochen. Die Buben haben sich sämtliche Zeitungen besorgt, in den Kaffeehäusern gefragt, bitte dürfen wir morgen die Zeitungen von heute haben, sie haben Kennedy-Hefte angelegt, eingeklebte Artikel, Bilder aus Zeitungen und Illustrierten, handgemalte amerikanische Flaggen, handgeschriebene Noten der amerikanischen Hymne, die Skyline von New York, selbergemalt oder aus einem Buch ausgeschnitten – es gab Buben, die besaßen bereits nach drei Tagen Kennedyheft 1, 2, 3. Die vom anderen Heim waren ganz verrückt danach. Die Fahrschüler haben Material geliefert, die sind besser drangekommen. Zeitungen, Illustrierte und so ... Bilder wurden ausgetauscht, Artikel abgeschrieben – es war ein Handel wie mit Briefmarken. Die vom anderen Heim hatten sogar einen Brief an Jacqueline Kennedy geschickt.«

»Welche Adresse haben sie denn draufgeschrieben?«

»*Frau Jackie Kennedy, USA.* – Sie haben in der Klasse Unterschriften gesammelt. Ich habe nicht unterschrieben.«

»Die anderen haben alle unterschrieben?«

»Die von der Kongregation haben geschlossen unterschrieben. Bei den Fahrschülern weiß ich es nicht. Ich nehme an, die meisten haben auch unterschrieben. Es war da noch die Idee, daß man etwas mitschickt, irgend etwas für unser Land Typisches, aber man hat sich auf nichts einigen können.«

»Und von eurem Heim – haben da alle unterschrieben, außer dir?«

»Ja. Ich glaub schon. Mein Gott, ich erinnere mich doch nicht mehr daran. Der Franz Brandl vielleicht nicht. Ich habe vergessen, ihn danach zu fragen – das ist mir nun wirklich nicht wichtig vorgekommen. Ich kann mir aber nicht vorstellen, daß der Franz unterschrieben hat. Vielleicht doch, aus schlechtem Gewissen, weil wir in der Kapelle vor dem Bild ihres Mannes geraucht haben, vielleicht hat er deshalb unterschrieben. Stimmt, ja, der hat sicher unterschrieben. Schöne Grüße, Franz Brandl.«

»Kannst du dir vorstellen, daß der Gebhard Malin unterschrieben hat?«

»Nein. Kann ich mir nicht vorstellen. Der hatte sich schon zu sehr von der Klasse abgesetzt. Ich kann mir eher vorstellen, daß man ihn gar nicht gefragt hat. Wäre John F. Kennedy ein halbes Jahr früher ermordet worden, dann hätte er sicher unterschrieben. Aber so ... Nein. Aber ich weiß es nicht. Die vom anderen Heim haben den Brief vorne auf die erste Bank gelegt und gesagt, wer unterschreiben will, der soll unterschreiben und zwei Schilling hinlegen. Für das Porto. Einen möglichen Geldüberschuß wollten sie der Mission spenden, ihrer Mission, also den Missionaren vom kostbaren Blute Jesu. Hat Diskussionen gegeben deswegen – warum gerade für diese Mission und nicht für eine andere.«

»Und warum hast du nicht unterschrieben?«

»Eben weil mir der Kennedy auf die Nerven gegangen ist. Weil ich nicht wollte. Nicht weil es mir um die zwei Schillinge leid getan hätte. Ich hatte eh kein Geld. Genaugenommen hatte ich sogar Schulden. Der Franz hat mir ja Geld geborgt – für die Schaumrollen. Ich machte den toten Präsidenten für meine Misere verantwortlich. Wäre er nicht erschossen worden, hätte es keinen Kennedyaltar gegeben, hätte es keinen Kennedyaltar gegeben, wäre die Nacht mit Csepella Arpad in der Kapelle nicht gewesen, wäre die Nacht mit Csepella Arpad in der Kapelle nicht gewesen, hätte ich niemals Veronika Tobler kennengelernt ...«

»Auf euer Heim hat dieser, wie du sagst, Kennedywahn auch übergegriffen?«

»Nein. Ist verwunderlich, stimmt. Zizi Mennel wäre sicher ein Kandidat gewesen für Kennedyhefte. Aber ich kann mir auch vorstellen, daß der sich mehr für Jack Ruby interessiert hätte – für den Rächer. Aber wir hatten schließlich den Kennedyaltar. Das hat genügt, nehme ich an. Hat ja bald jeder einmal Wache gestanden und Weihrauch nachgelegt. Der Kennedy hat uns um den Schlaf gebracht, da sammelt man keine Bilder und legt Hefte an.«

»Kommen wir zurück zu dem Samstag. In welcher Stunde habt ihr die Schularbeit zurückbekommen?«

»In der dritten. Erste Stunde Mathematik, glaub ich oder Naturgeschichte ... weiß ich nicht mehr, wir hatten in beiden Fächern denselben Professor ... zweite Stunde Geographie, dritte Stunde Latein und dann zwei Stunden Turnen ...«

»Wie war die Stimmung vor der Lateinstunde?«

»Gut. War ja klar, daß die Schularbeit gut ausfallen würde.

Das heißt, die Lateinschularbeit war eigentlich gar kein Thema. Darüber gab es kein Wort zu verlieren. Das war nicht spannend.«

»Kennedy war spannender.«

»Gerade vorher in der Geographiestunde hatten wir darüber gesprochen, mit dem Professor. Vor allem über Lee Oswald, den Attentäter, haben wir gesprochen, der war ja auch schon tot, und über Jack Ruby, der ihn erschossen hat. Am Tag zuvor waren die ersten Bilder in der Zeitung gewesen. Ein Fahrschüler hatte eines von zu Hause mitgebracht, aus der Zeitung ausgeschnitten – dieses berühmte Bild: Jack Ruby, von hinten mit Hut, schießt Lee Oswald in den Bauch; Oswald, den Mund aufgerissen, sackt zusammen; daneben, mit weißem Texashut, der Sheriff. In der Naturgeschichtestunde oder Mathematikstunde ist das Bild in der Klasse herumgegangen. Einer hat es dem anderen unter der Bank weitergegeben.

Mich hat das Bild sehr beeindruckt. Der aufgerissene Mund von Lee Harvey Oswald. Sicher hat er vor Schmerz geschrien, vielleicht hat er den Mund auch nur aufgerissen, und gar kein Laut ist herausgekommen, die Bildunterschrift gab darüber keine Auskunft – ich dachte mir, der sieht so aus wie einer, der auf dem Fußballplatz ›Tooor!‹ schreit. Das ist natürlich ein Blödsinn, dachte ich, das muß ich anders sehen. Aber Schmerz habe ich in dem Gesicht nicht finden können. Also dachte ich, der schreit vor Wut, der stirbt, und aus seinem Mund schießt der letzte Haß. Was für einen Grund hatte der, den Kennedy so zu hassen, dachte ich. Er gefiel mir besser als John F. Kennedy. Eindeutig. Ich hätte mich natürlich nie getraut, das zu sagen. In der Pause vor der Geographiestunde haben sie das Bild an die Tafel geheftet und mit Gummi und Papierklümpchen darauf geschossen. Über jeden Treffer habe ich mich gefreut, so wie sich unsere Heimleitung über jeden Kolbenschlag freute, den einer ihrer Märtyrer irgendwann einmal abgekriegt hat. Und dann ist der Geographieprofessor hereingekommen ...«

»Und was hat er dazu gesagt?«

»Er hat das Bild heruntergerissen und in den Papierkorb geworfen, und der Fahrschüler, dem das Bild gehörte, ein aufmüpfiger Typ, heute ist er Direktor oder etwas Ähnliches in einer Großmolkerei, der hat den Professor gefragt: ›Haben Sie etwas dagegen, daß wir auf den Kennedymörder schießen?‹ Und einer aus dem anderen Heim hat gesagt: ›Wollen Sie nicht auch unterschreiben? Wir wollen Jacqueline Kennedy einen Brief schicken.‹

Und ein anderer hat gerufen: ›Für Schüler zwei Schilling, für Professoren zwanzig Schilling!‹ Und ein Gelächter war, und die Papierklümpchen sind geflogen. Der Professor ist, glaube ich, ein bißchen erschrocken, er war noch ziemlich jung, Professor war er noch gar nicht, nur Vertragslehrer – sonst ziemlich schlagfertig, er hat auch brüllen können – jedenfalls wußte er im ersten Augenblick nicht, was er sagen sollte, er hat das Bild wieder aus dem Papierkorb geholt und uns auf die Plätze geschickt und die Stunde damit draufgehen lassen, daß er jeden von uns nach seiner Meinung fragte, vor allem aber hat er erzählt, wer Kennedy eigentlich war, ich zumindest wußte vorher nicht mehr, als daß er Präsident der USA gewesen ist. Was das F. nach John heißt, hat er uns erklärt.

›Und was heißt Fitzgerald auf deutsch‹, wollte einer wissen. – Die vom anderen Heim hatten ihre Kennedyhefte auf der Bank und schrieben mit.

›Ein Eigenname läßt sich nicht übersetzen‹, sagte der Lehrer. In den oberen Klassen unterrichtete er Englisch.

›Aber John läßt sich doch auch übersetzen.‹

›Aber Fitzgerald nicht.‹

›Kann man das nicht einfach mit Fritz Gerhard übersetzen?‹

›Das ist doch völlig unwichtig‹, rief der Lehrer. ›Wichtig ist, wie John F. Kennedy zur Rassenproblematik stand, zur Weltraumfahrt und so weiter...‹

›Und was heißt Lee auf deutsch?‹

›Lee ist ebenfalls ein Name, das kann man nicht aus dem Englischen übersetzen, glaub's endlich!‹

›Aber Lee Harvey Oswald ist doch Russe gewesen.‹

›Nein, er war Amerikaner, er war nur in Rußland, in der Sowjetunion, und er hat eine russische Frau. Nehmt den Atlas heraus, wer zeigt mir, wo die Sowjetunion liegt?‹ Der Gebhard Malin wußte es.

Dann erzählte der Lehrer, daß Lee Harvey Oswald vermutlich ein kubanischer Agent gewesen sei, der im Auftrag von Fidel Castro auf Kennedy geschossen habe.

›Und wer weiß, wo Kuba liegt?‹ Ohne ein Wort zu sagen, hielt Gebhard Malin den Atlas in die Höhe und zeigte mit dem Finger drauf.

Der Lehrer wollte die Kurve erwischen, von Kennedy zur Geographie. Wir nahmen gerade *Österreich und seine Bundesländer* durch. Das mußte schon eine große Kurve sein. Der Lehrer versuchte es auf einem Umweg über Südamerika: ›Ein Staat in Südamerika ... Wer weiß einen Staat in Südamerika? Einen Staat und eine Hauptstadt ...‹

Es war ja keine Prüfung, also hat man sich nicht darum geschert. Außerdem war Geographie ein Nebenfach.

›Wenigstens ein Land, wenigstens eine Stadt!‹

›Paris!‹ Gelächter ...

›Vöcklabruck!‹ Gebrüll ...

Da ist der Gebhard Malin aufgestanden, langsam, als ob er Kreuzschmerzen hätte, seine Augen waren verschlafene Schlitze, schlampig hat er sie alle heruntergerattert: Venezuela, Caracas – Kolumbien, Bogota – Ecuador, Quito ...‹

Hat aber nur auf den Lehrer Eindruck gemacht. Die anderen haben sich nicht darum gekümmert, haben herumgelärmt oder waren mit ihren Kennedyheften beschäftigt oder haben sich anderweitig unterhalten. Mir fiel ein, was Csepella Arpad in der Kapelle gesagt hatte: daß er sich zur Zeit für Mexiko interessierte.

Jedenfalls: Der Lehrer hat die Kurve zu *Österreich und sei-*

ne Bundesländer nicht gekriegt. Es ist sehr laut hergegangen in dieser Stunde. Zweimal ist ein anderer Professor hereingekommen und hat seinen Kollegen gebeten, für Ruhe zu sorgen. Wir waren übermütig und albern. Ich muß zugeben, auch mich hat dieses Chaos einigermaßen aufgemöbelt. Wir haben uns schiefgelacht. Keine Ahnung, warum. Wie es eben in der Schule so ist: Wenn man einmal anfängt zu lachen, lacht man über jedes Wort. Mir hat hinterher das Gesicht wehgetan.«

»Und Gebhard Malin hat nicht mitgelacht?«

»Weiß ich nicht. Ich habe ihn nicht beobachtet. Wahrscheinlich nicht. Er hat sich mit dem Lehrer unterhalten.«

»Und du hattest nicht den Eindruck, daß ihn die bevorstehende Rückgabe der Lateinschularbeit bedrückte?«

»Ich bin ja nicht auf die Idee gekommen ...«

»Gut. Also: nächste Stunde Latein – Rückgabe der Hefte.«

»Der Gebhard Malin hat ein *nicht genügend* gekriegt, als einziger von der ganzen Klasse – nicht nur von uns Heimschülern.«

»Erzähl! Wie war das bei der Rückgabe der Hefte?«

»Da gibt es nicht viel zu erzählen. Der Lateinprofessor hat ihm als letztem das Heft gegeben – *nicht genügend*, fertig.«

»Du hast so viel über die Geographiestunde erzählt, jetzt wird dir doch auch ein bißchen mehr zur Lateinstunde einfallen! Der Professor hat Gebhard Malin das Heft gegeben ...«

»Er hat es ihm hingeschmissen. Über drei Köpfe hinweg. Das Heft ist über die Bank gerutscht und auf den Boden gefallen. Gebhard Malins Nachbar hat es aufgehoben und vor ihn hingelegt. Ich glaubte zuerst, es ist ein Scherz. Der Lateinprofessor hatte etwas übrig für solche Scherze.«

»Du dachtest, es ist ein Scherz – was meinst du damit?«

»Der Professor hat es immer sehr spannend gemacht. Er ist gekommen mit dem Stapel Hefte, hat sie auf das Pult geknallt und erst einen Vortrag gehalten. Der Vortrag war immer eine Rüge an die Klasse, ganz egal, wie die Schularbeit ausgefallen war. Mit der Zeit haben wir aus der Art der Formulierungen herausgekriegt, was zu erwarten war. Und auch am Heftstapel konnte man einiges ablesen. Die oberen Hefte waren entweder die ganz schlechten oder die ganz guten Noten.«

»Er hat also die Hefte nach den Noten ausgeteilt?«

»Ja.«

»Nicht etwa nach dem Alphabet oder so?«

»Nein. Nach den Noten. Während er seine Predigt abgelassen hat, haben wir den Stapel mit den Heften abgecheckt. Da hat man in etwa sehen können, wie die Schularbeit ausgefallen ist.«

»An den Heften habt ihr das ablesen können?«

»Wie sie gelegen sind. Der Stapel war strukturiert. Von den obersten Heften sah man beispielsweise den Rücken, von denen darunter den Schnitt, dann wieder den Rücken und so weiter. Er legte sie nach den Noten aufeinander. Das machte er immer so. Nur war nicht sicher, ob er beim Austeilen mit den Schlechten oder mit den Guten anfangen würde. Also, ob oben die Einser oder die Fünfer lagen.

Der Stapel war in fünf Zonen unterteilt. Normalerweise verteilten sich die Hefte etwa gleich über alle fünf Zonen. Diesmal war es anders. Die unterste Zone bestand aus einem einzigen Heft. In der obersten Zone waren die meisten Hefte. Er begann von oben auszuteilen, und weil wir ja wußten, daß die Schularbeit gut ausgefallen war, war klar, daß er mit den guten Noten begann. Während des Austeilens war es übrigens verboten, die Hefte zu öffnen. Wenn einer trotzdem nachschaute und dabei erwischt wurde, konnte er mit einer saftigen Prüfung rechnen. Das hat keiner riskiert.

Und jetzt zu den Scherzen: Es kam vor, daß der Professor einen Einser unter die Fünfer mischte; ja sogar, daß er einen Einser als letzten Fünfer austeilte. Das konnte alles mögliche bedeuten. Daß er den jeweiligen Schüler für einen Schwindler hielt oder daß es ein knapper Einser war oder daß er den Schüler für irgend etwas anderes strafen wollte, vielleicht dafür, daß er ihn für begabt, aber faul hielt; es konnte aber auch heißen, daß dieser Schüler eine besonders gute Arbeit geschrieben hatte, eine Sonderkategorie von Note.

Umgekehrt ist es vorgekommen, daß er einen ganz schlechten Fünfer noch vor den Einsern austeilte, um sich dann im nachhinein darüber auszulassen, daß die Einteilung in fünf Beurteilungsklassen bei dieser Arbeit nicht ausreiche, daß der Schüler eigentlich einen Siebener oder einen Zehner verdiente. Es gab einmal einen Fall, da hat ein Schüler eine Arbeit geschrieben, die der Professor als Neuner bezeichnete. Daraufhin hat sich der Schüler mächtig angestrengt und bei der zweiten Schularbeit ein *sehr gut* geschrieben. Er hat natürlich mit einem Dreier im Zeugnis gerechnet. Neuner gibt's ja nicht. Gibt ja nur fünf Noten: $5 + 1 = 6, 6 : 2 = 3$. Er bekam aber einen Fünfer. Weil: $9 + 1 = 10, 10 : 2 = 5$. Darum dachte ich zuerst, als der Professor das Heft über die Bänke warf, aha, der Gebhard Malin hat eine Sonderkategorie geschrieben. Vielleicht führt der Professor den Nuller ein. Oder den Minus Einser. Eine Note, die bei der nächsten nicht dazugezählt, sondern abgezogen wird. Wäre dem Lateinprofessor zuzutrauen gewesen. – Nur, es war mir schleierhaft, wie das der Gebhard Malin hätte machen sollen. Er konnte ja auch nicht mehr tun, als die Schularbeit fehlerfrei zu übersetzen. Das habe ich doch auch, dachte ich; und wenn ich vielleicht doch einen oder zwei kleine Fehler gemacht haben sollte, der Ferdi Turner und der Alfred Lässer und vor allem der Manfred Fritsch hatten sicher keinen Fehler gemacht. Warum ist nur dem Gebhard Malin seine Arbeit eine Sonderkategorie! Nicht eine Sekunde dachte ich, er könnte wirklich einen Fünfer haben. Auch daß der Professor ihm das Heft über drei Bänke zugeworfen hatte, mußte nicht unbedingt etwas Schlechtes bedeuten. Den Manfred Fritsch hatte er einmal nach einer brillanten mündlichen Prüfung angebrüllt: Was ihm eigentlich einfalle, ihn vor der ganzen Klasse dermaßen zu blamieren. Der Manfred Fritsch war kalkweiß geworden, hatte gestottert, er verstehe nicht, was er meine. Ob es denn keine Blamage sei, hatte ihn der

Professor angebrüllt, wenn hier ein Schüler auftrete und beweise, daß er besser Latein könne als der Lehrer. Das hat er gemacht ohne Augenzwinkern. Da warst du nie ganz sicher, ob er es vielleicht doch so meint.

Und dann fiel mir ein, daß der Gebhard Malin die ganze Stunde während der Arbeit in der Klasse gesessen hatte und nicht wie wir anderen aus dem Heim schon nach der halben Zeit aufgestanden und hinausgegangen war. Vielleicht hatte er sich einen besonderen Gag ausgedacht, vielleicht hatte er auch noch die Arbeit seines Banknachbarn dazuübersetzt. Es gab immer zwei Gruppen. Damit man nicht vom Nachbarn abschreiben konnte. Das wäre ein kleines Husarenstück gewesen. Zwei Schularbeiten in einer Stunde. Und beide *sehr gut*. Der Professor hätte sich geärgert. Darum vielleicht hat er ihm das Heft über drei Bänke hinweg zugeworfen. Andererseits hätte er doch zugeben müssen, daß dies eine einzigartige Leistung war, eine klare Sonderkategorie.

Es war nicht so. Der Professor hat sich nicht einmal die Mühe gemacht, auszurechnen, ob es ein Fünfzehner oder ein Einundzwanziger wäre. Der Ferdi Turner hat es später ausgerechnet. Wenn er die Schularbeit vom Gebhard Malin benotet hätte, sagte er, dann wär's ein Einundzwanziger geworden.«

»Wann hat er das ausgerechnet?«

»Am Nachmittag.«

»Vorher oder nachher ...«

»Vor den Klassenprügeln ... Als wir alle ...«

»Und wie hat Gebhard Malin reagiert – während der Lateinstunde, als ihr dann die Hefte öffnen durftet?«

»Gar nicht. Ich habe ihm jedenfalls keine Reaktion angesehen. Er hat kurz ins Heft geschaut und es gleich wieder zugemacht.«

»Hast du ihn beobachtet?«

»Ich glaube, wir haben alle zu ihm hingeschaut.«

»Hat der Professor gesagt, seht her, der Gebhard Malin hat ein *nicht genügend*?«

»Er hat gesagt: *Diese Arbeit ist eine Frechheit!*«

»Und da hast du gewußt, er hat einen Fünfer?«

»Nein. Wieso? Der Professor hätte vermutlich dasselbe gesagt, wenn der Gebhard Malin beide Schularbeiten mit sehr gut übersetzt hätte. *Diese Arbeit ist eine Frechheit!* Ich höre ihn direkt ...«

»Und sonst hat der Professor nichts gesagt?«

»Nichts.«

»Und woher wußtet ihr dann, daß es ein *nicht genügend* war?«

»Als der Gebhard Malin das Heft öffnete, hat sein Banknachbar einen Blick hineingeworfen. Der hat es uns gesagt.«

»Er hat es weitergesagt ...«

»Er hat seine Hand gehoben und alle fünf Finger abgespreizt. Da war es dann klar.«

»Wer war dieser Banknachbar?«

»Einer aus dem anderen Heim, glaube ich. Oder ein Fahrschüler. Keiner von uns.«

»Habt ihr mit dem Gebhard Malin gesprochen – in der Pause nach der Lateinstunde?«

»Wir sind schon zu ihm hingegangen und haben ihn gefragt, he, was war denn los, das gibt's doch nicht, daß du einen Fünfer hast, was hast du denn da gemacht?«

»Und was hat er gesagt?«

»Er hat gesagt, wir sollten ihn in Ruhe lassen. Weiß war er im Gesicht, und ich habe mir gedacht, der heult grad extra nicht, und wenn er hundertmal so aussieht, als ob er gleich zu heulen anfängt.«

»Sah er so aus, als würde er gleich zu heulen anfangen?«

»Das ist Interpretationssache. Ich dachte, er sieht so aus, ja. Aber ich dachte ja auch, Lee Harvey Oswald schreit ›Tooor!‹«

»Hat euch das die Stimmung verdorben – der Fünfer von Gebhard Malin?«

»Schade war's schon. Wir dachten, die Schularbeit wird ein As. Ein *As* hieß: die ganze Klasse *sehr gut*. Mit *ganze Klasse* meine ich uns acht Heimschüler. Aber so viel Klassenstolz hat keiner gehabt, daß ihn das aufgeregt hätte. Es hat uns leid getan – seinetwegen. Wir haben ihm auf die Schulter geklopft und gesagt, er soll sich nicht ärgern, und so weiter. – In der Turnstunde hat sich keiner mehr Gedanken gemacht. Ich glaube, auch ihm war's inzwischen schon egal. Bei ihm war ja ein *nicht genügend* keine Katastrophe. Beim Franz wär's schon eher kritisch gewesen. Wir haben in der Halle Fußball gespielt. Der Gebhard Malin war ein guter Fußballer. In allen Sportarten war er gut. Keine Spur von Niedergeschlagenheit. War voll dabei. Beim Fußball war der Gebhard Malin der alte. Da hat er sich nicht von der Klasse abgesetzt. Da hat er auch herumgebrüllt wie früher, Kommandos gegeben; sonst hat er ja kaum noch mit uns geredet.«

»Und dann im Heim?«

»Also, willst du jetzt alles der Reihe nach wissen?«

»Ganz genau will ich es wissen. So genau, wie du dich erinnerst.«

»Ziemlich genau erinnere ich mich.«

»Also, ihr seid ins Heim gegangen ...«

»Ich erinnere mich sehr genau, ja. Wir sind ins Heim gegangen ...«

»... in Zweierreihe ...«

»... das mit der Zweierreihe – an das hat man sich nicht so gehalten. In der ersten Klasse noch, vielleicht noch in der zweiten, in der dritten nicht mehr. Man ist halt irgendwie beieinandergeblieben, in einem Haufen. Der Gebhard Malin ist hinterhergezockelt.«

»An diesem Tag.«

»An diesem Tag, ja. Sonst ist er auch immer hinterhergezockelt. Die vierte Klasse hatte ja meistens zur gleichen Zeit Schulschluß, da ist er dann mit dem Csepella Arpad gegangen. Die waren immer die letzten, die im Heim angekommen sind.«

»An diesem Tag ist er aber nicht mit dem Csepella Arpad gegangen?«

»Nein, der Arpad war ja krank, das heißt, er war im Krankenzimmer, hatte Seife gegessen.«

»Steht im Tagebuch, ja.«

»Die Mädchen haben im Schulhof auf den Arpad gewartet ...«

»Welche Mädchen?«

»Die Rita, die Birgit und die Irmgard.«

»Die drei Schönen aus der Parallelklasse?«

»Sie haben nach ihm gefragt.«

»Wen haben sie gefragt?«

»Den Malin. Sie haben ihn gefragt, wo der Arpad sei. Nach der Schule haben sie im Hof gewartet. Vor der Turnhalle.«

»Und was wollten sie von ihm?«

»Vom Arpad? Ich wußte es nicht. Ein Buch, das er ihnen versprochen hat. Das konnte alles mögliche heißen. Sie waren verknallt in ihn. War allgemein bekannt. Da hat sich mancher darüber geärgert, nehme ich an.«

»Du auch?«

»Nicht mehr. Die waren mir egal ... Das kam mir alles vor, wie schon lang gewesen. Kindisch kamen sie mir vor ...«

»Und Csepella Arpad, hat er sich mit ihnen abgegeben?«

»Klar! Was denkst du denn! Die drei waren wirklich schön. Die waren wahrscheinlich die Schönsten vom ganzen Gymnasium. Auch von den älteren Schülerinnen war keine so schön wie die. In der großen Pause ist der Arpad immer bei ihnen gestanden und hat geschäkert.«

»Und es war bekannt, daß die drei in ihn verliebt waren?«

»Hat es geheißen.«

»Und sie haben nach der Schule auf ihn gewartet?«

»Ich wußte nicht, daß sie auf den Arpad warten. Gekichert haben sie. Wir sind von der Turnhalle her über den Hof gekommen. Ich habe schon vom Umkleideraum aus durchs Fenster gesehen, wie sie im Hof standen und miteinander verhandelten, und als wir aus der Turnhalle gekommen sind, ist die Rita auf den Gebhard Malin zugegangen, hat sich dabei immer wieder nach den anderen beiden umgedreht, die haben gekichert und aufmunternde Gesten gemacht. Die Rita war die Größte von den dreien und die Schönste, schlank und mit langen, blonden Haaren, offen über den Schultern, sie trug einen kurzen, dunkelblauen Mantel mit einem großen Kragen, das weiß ich noch.

Ich bin neben dem Gebhard Malin stehengeblieben, war mir völlig wurscht, was er sich denkt oder was sich die Rita denkt, ich wollte einfach hören, was da geredet wird.

›Du bist doch ein Freund vom Arpad‹, sagte sie und drehte sich gleich wieder zu den anderen um.

›Na und?‹ sagte er.

Er war ein Stück kleiner als sie, er senkte den Kopf und schaute sie von unten herauf an.

›Willst du etwas von ihm?‹

›Wo ist er denn?‹

›Das geht dich doch nichts an!‹

›Er hat mit uns ausgemacht, daß er uns ein Buch bringt – oder so …‹

Sie drückte schnell die Hand vor den Mund und versteckte ein Kichern. Der Gebhard Malin machte eine ungeduldige Handbewegung und ging den anderen nach. Er hatte sie abblitzen lassen! Er hat die Rita abblitzen lassen! Das muß man sich vorstellen! Unsereiner drückt zwei Jahre lang jede Nacht sein Kissen zurecht, bis es in der Einbildung aussieht wie der Kopf dieser Rita, trainiert Liebesgeflüster, rechnet sich aus, jeder Kuß in die Federn bringt ihn durch Zauber oder Heiligenfürsprache vielleicht einen halben Millimeter näher – und ein anderer ist so vom Glück gemästet, daß er es sich leisten kann, diese Rita abblitzen zu lassen! Gut, dachte ich, auch recht. – Weißt du, was ein Abstauber ist? Einer, der beim Fußballspielen nichts anderes tut, als vor dem gegnerischen Tor herumzulungern und zu warten, bis die anderen sich durchgekämpft haben, um dann im richtigen Augenblick den Fuß hinzuhalten. – Tor ist Tor, dachte ich, ob abgestaubt oder nicht, und weil ich gerade daneben stand, sagte ich: ›Ich glaube, der Arpad ist krank. Soll ich ihm etwas ausrichten?‹

Die Rita zog ihre Oberlippe hoch, was unverschämt verächtlich und bitterbös aussah. ›Woher weißt denn du das?‹

›Halt so …‹

›Gehst du auch ins Heim?‹

›Ja, in die dritte Klasse …‹

›In die dritte? Zusammen mit ihm?‹ – Sie machte mit dem Kopf eine Bewegung in die Richtung, in die der Gebhard Malin gegangen war.

›Ja‹, sagte ich. ›Zusammen mit ihm …‹ Damit war ja alles klar. Meine Stellung war definiert. Für sie, deren Kopf ich dutzende Male aus meinem Kissen modelliert, den ich in meiner Einbildung gestreichelt und geküßt hatte, für sie war ich ein bisher unbemerkter Klassenkamerad eines Freundes von Csepella Arpad. Das war das Ergebnis meiner zweijährigen Bemühungen. Was um Himmels willen war eigentlich in Wirklichkeit geschehen, als ich mir eingebildet hatte, sie zwinkert mir zu! Darüber gab es seitenlange Abhandlungen in meinem Tagebuch. Mindestens dreimal hatte ich mir eingebildet, sie zwinkert mir zu. Wenn ich mir meine Chancen ausgerechnet hatte, war ich bei der Rita über siebzig Prozent gelegen!

Sie lief zurück zu den beiden anderen. Dabei machte sie niedliche Schrittchen und hielt sich vorne den Mantel zu. Die drei Mädchen und ich waren inzwischen die einzigen im Schulhof. Ich wartete. – Vielleicht wollten sie doch noch mehr von mir wissen. Wie es dem Arpad geht und so weiter. Ich war ja schließlich auch ein Freund von ihm. Wenn sie durchs Tor hinaus auf die Straße wollten, mußten sie an mir vorbeigehen. Wenn ihnen der Arpad so wichtig ist, dachte ich, dann werden sie noch einmal fragen.

Sie gingen tatsächlich durchs Tor – an mir vorbei. Nicht eine hat den Kopf nach mir gedreht. Also ist ihnen der Arpad nichts wert, sagte ich mir. Aber ich glaubte es nicht. Es gab in diesem Augenblick nichts, was ich weniger glaubte.

Ich hatte eine Wut auf die drei, besonders auf die Rita. Und ich hatte auch eine Wut auf mich selbst – weil ich in alte Kindereien verfallen war. Was sind denn die drei schon gegen die Veronika! Vorbei die Zeiten, in denen Kopfkissen gekneter wurden! Meine ganze Bewunderung gehörte dem Malin, weil er diese Rita, eine Vierzehnjährige, hatte abblitzen lassen. Ich rannte unserem Haufen nach. Gebhard Malin ging als letzter.
›Hat der Arpad etwas mit denen‹, fragte ich ihn.
›Mit wem?‹
›Mit der Rita und der Irmgard und der Birgit?‹
›Wer ist das?‹
›Die drei jetzt grad ...‹
›Hab gar nicht gewußt, daß sie so heißen.‹
War klar, daß das nicht stimmte. Das hieß einfach: Laß mich in Ruh, ich will allein gehen! – Aber das war mir im Moment egal. So ist er eben, dachte ich, und er macht's richtig. Man muß sich kalt geben; wenn die Schönsten sich um einen bemühen, läßt man sie abblitzen; wenn man als einziger der Klasse einen Fünfer hat, dann schaut man kurz ins Heft und zuckt mit der Schulter – und wenn man den amerikanischen Präsidenten erschossen hat und selber grad auch erschossen wird, dann schreit man wie auf dem Fußballplatz – Tooor!
›Ich find's gut, wie du ihr die Abfuhr erteilt hast‹, sagte ich.
Er antwortete nicht.
Ich biß mir auf die Lippen. Man lobt nicht. Das heißt nur, man hat's nötig, man will selber auch gelobt werden. Wer selber kein Lob nötig hat, weiß gar nicht, was das ist, also kann er auch keinen anderen loben. Und man schaut auch nicht mit großen Augen in der Welt herum – wie ich das mache. Ich ließ die Augenlider hängen. Er warf mir von der Seite einen Blick zu, ich ihm auch einen, ebenfalls von der Seite – riß sofort die Augen wieder auf. Man macht auch nicht einen anderen nach! Der Malin macht zwar den Csepella nach, aber das ist noch lange kein Grund, daß ich den Malin nachmache!
Der Csepella ist vielleicht ein wilder Hund, dachte ich, aber

der Malin ist eine Sonderkategorie. Da gibt es nicht einmal einen Namen dafür. – Es schien mir überhaupt nicht mehr verwunderlich, daß der Csepella Arpad ausgerechnet am Gebhard Malin einen Narren gefressen hatte. Auch daß der Gebhard Malin inzwischen dem Csepella Arpad anschaffte, wunderte mich nicht mehr ...

›Scheiße mit deinem Fleck‹, sagte ich. *Fleck* hieß Fünfer. War natürlich genau das Falsche, was ich da sagte. Was wird so einen ein *Fleck* stören! Was wird er sich schon denken – daß ihm Latein scheißegal ist.

›Ich muß ihn halt das nächste Mal ausbügeln‹, sagte er.

Aha, der Fünfer tut ihm weh! Wäre ja ein kleiner Sieg für mich – ihn erwischt zu haben bei etwas, was ihm weh tut. Das wäre so, wenn ich er wäre. Ich bin aber nicht er. Kann nicht auf ihn anwenden, was sich auf mich anwenden läßt. Sicherheitshalber nachstoßen! ›Bist du deprimiert‹, fragte ich. – Er und deprimiert!

›Ja‹, sagte er.

Er ist unberechenbar. Nicht einmal das Gegenteil von mir trifft auf ihn zu!

›Wegen dem Fleck?‹ Er schaute mich an, direkt, nicht von der Seite; und wie er schaute, hatte ich das Gefühl, als machte er mich für seinen Fleck verantwortlich.

›Nein, wegen dem Fleck nicht.‹

Hätte mich auch gewundert, wenn er wegen dem Fleck deprimiert wäre. Deprimiert sein gilt also, deprimiert sein darf man also – grundsätzlich. ›Warum bist du denn deprimiert?‹

›Das geht dich doch nichts an!‹

Es liegt am Wort. Ich sage *deprimiert* und er sagt *deprimiert*; ich meine das, und er meint etwas ganz anderes; das, was ich damit meine, wär für ihn *Wäh!*; das was er damit meint, würde ich wahrscheinlich nicht einmal kapieren. Gleich wird er sagen: Du gehst mir auf die Nerven. Die anderen waren vielleicht fünfzig Meter vor uns.

›Servus‹, sagte ich und rannte ihnen nach. Auf halbem Weg

zwischen Gebhard Malin und den anderen ging Franz Brandl, ebenfalls allein.

›Servus‹, sagte ich, und wenn er geantwortet hätte, wäre ich mit ihm gegangen. Aber er sagte nichts, ging mit gesenktem Kopf.

Ich brauchte unbedingt etwas Lustiges, gesellte mich zu Ferdi Turner, Edwin Tiefentaler, Alfred Lässer, Manfred Fritsch und Oliver Starche. Die machten einen Lärm, daß die Leute zu den Fenstern herausbrüllten, es sei Mittag und man wolle Ruhe haben. Das waren zwei Welten – die fünf vorne und die beiden hinten ...«

»Und zu welcher hast du gehört?«

»Ich würde sagen, zu keiner von beiden – wenn das nicht so pathetisch wäre. Ich dachte, ich kann beides nicht richtig. Weder richtig lustig sein noch richtig deprimiert sein.«

»Aber die Lustigen waren dir im Augenblick doch lieber.«

»Die haben mich wenigstens mitmachen lassen.«

»Und oben im Heim?«

»Wir haben uns unterwegs überlegt – also, wir vorne haben uns überlegt, was man am Nachmittag alles machen könnte, wenn die Samstagsarbeiten ausfallen, Putzen, Duschen und was eben so war. Es war einigermaßen erträgliches Wetter. In der letzten Zeit hatte es dauernd geregnet.«

»Wieso sollten die Samstagsarbeiten ausfallen?«

»Bei guten Noten gab es Vergünstigungen. Lauter Einser, ein Fünfer – das war ein gutes Ergebnis, ein ausgezeichnetes sogar. Außerdem hatte der Präfekt angedeutet, daß uns die Schufterei seit Allerheiligen nicht leid tun würde. Daß die Samstagsarbeiten und das Sonntagsstudium für uns ausfallen würde, war das mindeste, was wir erwarteten. Wir rechneten sogar damit, daß wir übers Wochenende nach Hause fahren durften. Oder daß wir wenigstens Besuch bekommen durften. Die Arbeiten von Alfred Lässer, Ferdi Turner, Manfred Fritsch und auch meine waren fehlerlos, da war nicht ein roter Strich im Heft. *Sehr gut* mit Kommentar. Der Professor hatte dazugeschrieben: *Ausgezeichnete Arbeit!* Oder: *Bravo!* Oder – beim Manfred Fritsch: *Also ist es möglich!* – Das waren Kommentare, für den Präfekten bestimmt. Der Professor hat nur außerordentlich gute oder außerordentlich schlechte Arbeiten kommentiert. Beim Gebhard Malin hat er neben das *nicht genügend* geschrieben: *Kein Kommentar!* Bitte, das war vernichtend. Aber dagegen standen vier gute Kommentare. Das hat es überhaupt noch nie gegeben – acht Schüler, sieben Einser, vier davon mit Kommentar. Da machten wir uns über den einen Fünfer keine Gedanken. Und der Gebhard Malin war ja kein Hänger. Er war in Latein gehobener Durchschnitt, in Mathematik hinter Manfred Fritsch der Zweite, in Geographie sowieso unschlagbar. Eine verpatzte Arbeit bei einem sonst guten Schüler – das war kein Problem, das einem Sorgen gemacht hätte. Und er selbst hatte ja auch gesagt, das müsse er eben ausbügeln, und das hieß so viel wie: das werde er ausbügeln.

Ja, und dann oben beim Heim ... Der Präfekt hat uns vor dem Heim empfangen. Strahlend. Eine Zipfelmütze auf dem Kopf, einen Lederball in den Händen, einen neuen, und als wir über die Stiege zum Eingang heraufkamen, warf er ihn uns zu. Ferdi Turner ließ die Schultasche fallen und fing ihn auf.

›Gute Reaktion‹, rief der Präfekt. ›Du solltest ins Tor gehen, dort stört's auch niemanden, wenn du furzt!‹ Der Furz bei der Vorprüfung – Grund für unsere Schufterei – war also gestrichen.

›Ich bleib im Feld‹, rief Ferdi Turner, ›da verbläst's ihn besser!‹

Wir rannten über die letzten Stufen hinauf und warfen die Schultaschen durch die offene Tür. Jetzt war alles vergeben und vergessen. Dachten wir. Aber der Präfekt blieb beim Thema: ›Das war ja wirklich ein Ding, dein Furz‹, lachte er zum Ferdi Turner hinunter, der immer noch mit dem Ball in den Händen auf der Stiege stand. – ›Hab ich wirklich so schlecht Flöte gespielt?‹

›Überhaupt nicht‹, sagte Manfred Fritsch schnell. ›Wir haben eine sehr gute Kritik vorbereitet gehabt ...‹
›Ach was, das glaub ich nicht!‹
›Doch, wirklich – eine hervorragende Kritik.‹
›Das kann ich mir nicht vorstellen. Ihr mögt mich doch nicht. Oliver, stimmt's, ihr mögt mich nicht?‹
›Ich mag Sie‹, sagte Oliver Starche, und wir waren heilfroh, daß der Präfekt ihn gefragt hatte, seinen Liebling. Keiner von uns hätte so glaubwürdig lügen können, daß es so geklungen hätte wie beim Oliver Starche, der ja die Wahrheit sagte.
›So, ihr mögt mich‹, sagte der Präfekt mit einem Lächeln. ›Ihr mögt mich, obwohl ich so schlecht Flöte spiele.‹
›Sie haben sehr gut Flöte gespielt, Pater Präfekt‹, sagte Manfred Fritsch. Das gehörte zu seinen Aufgaben als Klassensprecher.
›Und was habt ihr in eurer Kritik geschrieben?‹
›Daß uns das Spiel gefallen hat.‹
›Das ist aber wenig. Fällt dir nicht ein Satz aus eurer Kritik ein, Manfred?‹
Manfred Fritsch riß die Augen auf, zog die Mundwinkel straff nach unten, sein Kopf rutschte zwischen die Schultern.
›... der rauchige Schmelz der Obertöne ... oder so ähnlich ...‹
›Was für ein Schmelz?‹
›... der rauchige ... oder so ähnlich ...‹
›... ein rauchiger Schmelz? Das ist ja grausig – das ist wie gelbe Zähne bei einem starken Raucher! Pfui Teufel! Und das habt ihr in der Kritik geschrieben?‹
›Oder nicht rauchig ... ich weiß es nicht mehr genau ... ich müßte nachschauen ...‹
In solchen Situationen verlor Manfred Fritsch schnell die Nerven. Den Fragelabyrinthen des Präfekten war er nicht gewachsen.
›Also das interessiert mich jetzt‹, sagte der Präfekt. ›Um was für einen Schmelz hat es sich da gehandelt?‹

›Der zarte Schmelz der Tremolos und der rauchige Klang der Untertöne‹, verbesserte Oliver Starche.

Der Präfekt verneigte sich: ›Das klingt schon besser. Viel besser. Das klingt sogar gut. Sehr gut sogar. Das hat der Oliver formuliert, stimmt's?‹

Manfred Fritsch nickte heftig mit dem Kopf.

Der Oliver Starche, direkt gefragt, hätte wohl sofort zugegeben, daß unsere *Kritik* von einem Achtkläßler, vom Missionsbriefschreiber obendrein, verfaßt worden war. Vielleicht hatte er es dem Präfekt sogar schon gesagt, und der trieb jetzt einfach ein Spiel mit uns.

›Nein, wirklich, Pater Präfekt‹, sagte Edwin Tiefentaler und zeigte dabei mit dem Finger auf, als wäre Strengstudium und er müßte aufs Klo. – ›Wirklich. Wir haben Ihr Flötenspiel ganz sehr schön gefunden. Dem Turner ist das nur so herausgerutscht.‹

›Das kann jeder sagen! Ist er dir wirklich nur so herausgerutscht, Ferdi?‹

Ferdi Turner war klüger als Edwin Tiefentaler, klüger als wir, die wir die Köpfe einzogen, viel klüger. Er wußte genau, wann welche Laune angesagt war. Meistens jedenfalls wußte er es.

›Nein‹, sagte er. ›Der ist gehörig gedrückt worden.‹

Der Präfekt schrie vor Lachen. ›Na, siehst du, Edwin! Der Ferdi ist wenigstens ehrlich. Der gibt zu, daß er mein Flötenspiel schlecht gefunden hat. Das stimmt doch, Ferdi, oder?‹

Ferdi Turner antwortete nicht. Er stand immer noch auf der Stiege. Er schaute herausfordernd den Präfekten an.

›Du hast also mein Flötenspiel schlecht gefunden, Ferdi?‹

Ferdi Turner warf den Ball auf eine Stufenkante, der Ball sprang zurück, und er fing ihn auf.

›Jetzt kannst du es ja sagen, Ferdi!‹

Ferdi Turner grinste nicht mehr. Er meint es also ernst, dachte ich. Er will, daß die ganze Scheiße wieder von vorne anfängt. Aber er wußte, wie weit man gehen durfte, und er wußte auch, daß es der Präfekt in gewissen Launen schätzte, wenn ein Bub so weit ging.

›Er hat unserer Kritik jedenfalls voll zugestimmt‹, sagte Manfred Fritsch.

›Hast du der Kritik voll zugestimmt, Ferdi?‹

›Ich verstehe nichts von Musik‹, rief Ferdi Turner. ›Ich muß mich da auf die anderen verlassen.‹

›Das ist Ehrlichkeit‹, lachte der Präfekt. ›Und wenn ich dir jetzt eine Watsche geben würde, würdest du dann immer noch sagen, daß du nichts von Musik verstehst, Ferdi?‹

›Dann würde ich sagen, was Sie hören wollen.‹ Jetzt ist er zu weit gegangen, dachte ich. Dem Präfekt fuhren die Mundwinkel zusammen, und der Ferdi Turner verbesserte sich schnell: ›Ich meine, wenn Sie mir eine Watsche geben, dann würde ich hinterher immer noch sagen, daß ich nichts von Musik verstehe. Alles andere wäre ja gelogen. Und Sie wollen doch die Wahrheit hören, Herr Pater Präfekt.‹

Der Präfekt grinste triumphierend. Der Ferdi Turner hatte verloren. Er hatte sich nicht getraut. Ich weiß nicht, was er sich hätte trauen sollen; aber er hatte es sich nicht getraut. Nicht ganz. Oder aber: Er wußte, daß man gegen den Präfekten nur gewinnt, wenn man alles so einfädelte, daß es wie eine Niederlage aussah. Wortgefechte mit dem Präfekten waren wie Schachspiele. Gewonnen hast du erst dann, wenn er überzeugt war, du bist schachmatt.

›Ich kann Ihnen unsere Kritik zu lesen geben, Pater Präfekt‹, sagte Manfred Fritsch. ›Sie liegt in meinem Pult. Soll ich sie schnell holen?‹

Einen Augenblick zögerte der Präfekt, dann schlug er sich in die Hände: ›Jetzt werden nicht Kritiken vorgetragen, jetzt wird Fußball gespielt!‹

Wir lachten laut und absichtlich derb und gaben uns ebenso bullig, wie er sich gab, stießen uns in die Seite, spuckten aus. Das war noch einmal gut gegangen. Und dabei war es nicht einmal klar, ob Ferdi Turner die Laune des Präfekten nun tatsächlich gefährdet oder umgekehrt sogar noch verbessert hatte.

›Gib den Ball her‹, rief der Präfekt. ›Noch gehört er euch nicht!‹

Ferdi Turner drehte sich auf der Stiege um und schoß den Ball in einem Rückzieher dem Präfekt genau in die Arme. ›Ein guter Ball, stimmt's?‹

›Ein guter Schuß, würde ich sagen‹, brüllte Ferdi Turner.

Das war in Maßen frech. So war es recht. Das mochte der Präfekt, wenn er aufgelegt war wie jetzt; daß man in Maßen frech und ruppig war. *Don-Bosco-mäßig.* Vorhin hatte sich Ferdi Turner haarscharf an der *Don-Bosco-Grenze* bewegt, hatte sogar schon einen Fuß drübergestreckt ... Die *Don-Bosco-Grenze* war ohnehin weit gesteckt. Wie weit, das demonstrierte der Präfekt jetzt selbst: ›Der Ball ist neu‹, sagte er. ›Wenn ihn einer über die Studiersäle kriegt, gehört er euch!‹

Einen Fußball über das Studiersaalgebäude schießen – das haben die älteren Schüler manchmal gemacht. War verboten. Wenn man dabei erwischt wurde, ist der Ball eingezogen worden. Dann war man eine Klasse ohne Ball. Jede Klasse hatte ihren eigenen Ball – und natürlich auch ihren eigenen Ballwart. Unser Ballwart war Ferdi Turner. Der Präfekt warf ihm den Ball zurück.

›Soll ich‹, fragte Ferdi Turner. Er war jetzt doch ein wenig unsicher. Ist ja auch verständlich. Hatte ja erst ein Schachspiel hinter sich. Und jetzt vielleicht gleich noch eines! Was galt – Verbot oder Ausnahme? Oder war das eine der berühmten Zwickmühlen des Präfekten?

›Wenn du ihn drüberkriegst, gehört er euch.‹

›Und wird gleich wieder abgefaßt ...‹

›Wer soll ihn denn abfassen?‹

›Sie.‹

›Warum ich?‹

›Es ist verboten, einen Ball über die Studiersäle zu schießen.‹

›Stimmt. Das habe ich fast vergessen. Also gut. Wenn ich den Ball auf der anderen Seite finde, wird er abgefaßt.‹
›Dann schieße ich nicht. Ist doch klar, daß Sie ihn finden.‹
›Wieso ist das klar? Wenn einer von euch schneller ist als ich und den Ball holt, bevor ich drüben bin? Woher soll ich dann wissen, daß du ihn über die Studiersäle geschossen hast? Also! Wer rennt mit mir?‹

Edwin Tiefentaler schlüpfte aus seinem Mantel, dünn und groß, eigentlich ein Langstreckenläufer, bei der Heimolympiade im vergangenen Sommer war er Gesamtdritter im 1000-m-Lauf gewesen. Ein Sprinter wäre eher der Gebhard Malin gewesen. Oder ich. Auf Kurzstrecken war ich gut. Sogar besser als der Gebhard Malin. Also, um genau zu sein: Ich war der beste Sprinter der Klasse. Aber ich wollte mich nicht mit Edwin Tiefentaler streiten. Außerdem, gegen den Präfekten zu laufen, das konnte einen Haken haben. Der Präfekt raffte die Kutte an sich, und die beiden stellten sich in Starthaltung nebeneinander.

›Also schieß! Wir warten!‹
›Wie viele Versuche habe ich‹, fragte Ferdi Turner.
›Einen einzigen‹, sagte der Präfekt.
›Und wenn ich ihn nicht drüberkriege?‹
›Dann ist er weg.‹
›Laß es den Malin machen oder den Brandl‹, sagte Manfred Fritsch.

Aber Ferdi Turner gab den Ball nicht aus der Hand ...«

»Hätte das der Gebhard Malin denn gemacht? Wie hat er sich verhalten bei diesem ... wie soll ich sagen ... bei diesem Spiel?«

»Natürlich hätte er es gemacht. Mit einem Fußball hast du den Gebhard Malin aus dem hintersten Loch hervorlocken können. Wie er sich verhalten hat? Er ist dabeigestanden und hat gegrinst. Es hat ihn sicher gejuckt. Er hat den Ball schon in der ersten Klasse über die Studiersäle geschossen. Das haben nicht viele hingekriegt. Und Erstkläßler schon gar nicht. Er hatte viel Kraft in den Beinen. Ohne Zweifel war er der beste Fußballer der Klasse. Ich der beste Sprinter, er der beste Fußballer. Er und der Franz. Der Franz hinten in der Verteidigung, der Malin vorne im Sturm. Da hat unsere Mannschaft alles geschlagen bis hinauf zur Fünften. Aber in diesem Fall gings ja nicht darum, wer der beste Fußballer war, sondern um den letzten Akt einer Wiedergutmachung. Der Ferdi Turner hatte uns die Allerheiligenferien verfurzt und uns damit in den Schlamassel gerittten, jetzt sollte er auch dafür sorgen, daß wir diesen neuen Ball bekamen.«

»Und vorher – das Geplänkel wegen der *Kritik* und so weiter? Wie hat sich da der Gebhard Malin verhalten?«

»Das weiß ich mit bestem Willen nicht mehr. Gesagt hat er nichts. Kann mich jedenfalls nicht erinnern.«

»Wie hat er sich denn bei ähnlichen Gelegenheiten verhalten, wenn der Präfekt solche Spiele mit euch gemacht hat – halb ernst, halb Spaß?«

»Wie wir anderen auch. Hat mitgemacht, ist vorsichtig gewesen, wie wir anderen auch.«

»War ihm das nicht zu kindisch?«

»Zu kindisch? Warum?«

»Das ist doch kindisch – dieses Geplänkel. Überhaupt die ganze Sache mit dieser Kritik zum Beispiel.«

»Natürlich ist das kindisch. Nur sagt das gar nichts. Erstens war man nie sicher, wie lange so eine Laune beim Präfekten anhält, oder ob er es nicht sowieso total ernst meint. Das war alles nicht so einfach. Es hat zwar bei ihm eindeutige Launen gegeben, aber die haben sich fast nie eindeutig gezeigt. Lachen oder Nichtlachen hat schon mal gar nichts bedeutet. Der hat lachend den größten Zorn haben können. Und umgekehrt hat er stundenlang Blödsinn machen können, ohne auch nur einmal den Mund zu verziehen. Es war schon schwierig, überhaupt herauszufinden, was für eine Laune der Herr hat. Und wenn man dann festgestellt hat, er hat eine gute Laune, dann war man so froh, daß man jeden Quatsch gern mitgemacht hat. Kindisch oder nicht kindisch – diese Frage hat sich nicht gestellt. Jedenfalls nicht in bezug auf den Präfekten. Das war ein Hindernislauf. Und dann war da noch der *Don-Bosco-Haken*. Das nenne ich jetzt so – ich meine damit, es hat passieren können, daß sich seine Laune schlagartig geändert hat, gerade wenn man ihm ständig recht gegeben und nach dem Mund geredet hat. Man mußte ihm also einerseits in allem recht geben, andererseits war es ratsam, ein bißchen wenigstens den Widerborstigen zu spielen, so ein Hauch von Schwererziehbarkeit mußte dabei sein, sonst war es ja kein Erfolgserlebnis für ihn, wenn er recht behalten hat.«

»Also so wie es Ferdi Turner gemacht hat?«

»So etwa. Der Ferdi Turner hat das damals schon überrissen. Nur hat er seine Widerborstigkeit nicht immer richtig proportioniert. Es ist manchmal mit ihm durchgegangen.«

»Und? Hat er den Ball über die Studiersäle geschossen?«

»Hat er. Und elegant dazu. Weit übers Dach.«

»Und dann?«

»Ja, der Edwin Tiefentaler und der Präfekt rannten los. Wir anderen hinter ihnen her – über die Stiege hinunter auf die Straße, an der Garageneinfahrt vorbei, hinauf in Richtung unterer Fußballplatz, am Speisesaal vorbei – und da lag der Ball, mitten in einer Dreckpfütze. Edwin Tiefentaler warf sich mit einem Hechtsprung drauf. Der Präfekt hat gelacht, hat uns auf die Schultern gehauen und gesagt: ›Gut, er gehört euch!‹

Wir johlten, wie es sich gehörte, und johlend gingen wir hinter ihm her ins Heim. Die anderen Schüler waren bereits im Speisesaal.

›So, und jetzt möchte ich die Hefte sehen‹, sagte er.

Wir holten unsere Schultaschen, legten die Hefte in alphabetischer Reihenfolge aufeinander, und Edwin Tiefentaler überreichte sie.

›Nach dem Essen reden wir weiter‹, sagte der Präfekt, und wir rannten in den Speisesaal. Jetzt hatte sogar der Franz eine gute Laune. Ich wollte mich mit ihm versöhnen. Ich habe ihm ja furchtbar wehgetan, dachte ich, und absichtlich dazu. Meine Absicht war böse gewesen, aber für die Tatsachen konnte ich nichts; daß Veronika eine war, die sich von fremden Typen an den Busen greifen läßt, und daß ich das sicher nicht getan hätte, wenn sie schon damals mit dem Franz gegangen wäre ... Was mir der Franz heute erzählt, daß er den großen Verzicht vorbereitet habe, das traf auch auf mich zu. Ich wollte ihm das alles erklären und sagen, es tut mir leid, was ich getan habe, und daß ich es dir gesagt habe, ich mische mich nicht mehr ein, ich will die Veronika überwinden, ich will mich bemühen, sie nicht mehr zu lieben und so weiter. – Jetzt waren wir alle in einer so guten Stimmung, jetzt würde es mir nicht schwerfallen, das zu sagen; ich wollte die Stimmung ausnützen. Im Speisesaal saß er neben mir. Es war keine vierzehn Tage her, da hatten wir den Edwin Tiefentaler gebeten, mit mir den Platz zu tauschen.

›Was machst du am Nachmittag, wenn wir freikriegen‹, fragte ich. Er blödelte gerade mit Alfred Lässer herum, das heißt, er zog ihn auf. Wenn es in unserer Klasse rabaukenhaft zuging, hat das meistens der Alfred zu spüren gekriegt. Rabaukenhaft hieß, wir fühlten uns um ein paar Jahre älter, redeten mit rauhen Stimmen und in derben Ausdrücken; und da konnte das ›Engelchen‹ nicht mithalten. Bei ihm hörte sich das komisch an. Wenn wir so redeten, dann machten wir Männer bei einem Bierfest nach oder Männer auf dem Bau, das heißt, wir redeten so, wie wir uns vorstellten, daß Männer bei Bierfesten oder Männer auf dem Bau redeten – rauhes Gelächter, schroffe Witze, undeutliches Genuschel. Beim Alfred Lässer wirkte das komisch, kein Bierfest und kein Bau, keine rauhe Stimme und kein derbes Wort kamen gegen seine blonden Locken, seine blauen Augen und sein zartes Stimmchen an. Es war, wie wenn der Kasperle das Krokodil nachmacht. Wir haben uns schiefgelacht über ihn, und er hat einen Wutanfall gekriegt, und das war es ja, was wir wollten.

Alfred Lässer teilte an diesem Tag das Essen an unserem

Tisch aus. Franz hörte gar nicht, was ich gesagt hatte. ›Mensch, Lässer‹, schrie er, ›schieß mir so einen halben Knödel her und einen Schlag von dem Saufraß!‹

›Klar, Brandl‹, knurrte der Alfred. ›Du kannst auch einen ganzen haben.‹ Dann bekam er einen Hustenanfall, weil er die Stimme so tief gedrückt hatte. Der Franz lachte, nahm ihm den Schöpfer aus der Hand und schlug sich eine Portion Sauerkraut auf den Teller, daß es spritzte.

Und mit zarter Stimme schimpfte Alfred Lässer: ›Gib mir den Schöpfer her, das ist meine Arbeit!‹ *Arbeit* war ein gutes Wort – wenn es rabaukenhaft in der Klasse zuging, dann war neben *Arschloch, Scheiße* und *Sauhund* das Wort *Arbeit* der meistgebrauchte Ausdruck. *Arbeit* war ein Kraftausdruck. Der ganze Tisch lachte, als Alfred Lässer *Arbeit* sagte und damit das Essenauftragen meinte. – Für *Arbeit* war er noch zu viel Kind.

Der Franz schwenkte den Schöpflöffel, daß die Sauerkrautfetzen durch die Gegend flogen. Der Alfred Lässer fuchtelte mit den Armen, aber bevor er den Löffel erwischte, gab ihn Franz an Ferdi Turner weiter. Und der: ›He, Lässer, was willst du? Das da? Wirklich das da?‹

Alfred stürzte sich auf ihn, biß die Zähne zusammen, packte ihn an den Schultern. Ferdi Turner warf den Schöpflöffel über den Tisch Oliver Starche zu, der ihn schnell an Edwin Tiefentaler weitergab. ›Komm rüber‹, sagte der, ›ich geb ihn dir. Man kann ihm doch nicht sein Werkzeug wegnehmen!‹

Alfred Lässer hetzte um den Tisch herum. Edwin Tiefentaler stand auf, hob den Löffel in die Höhe, ließ den viel Kleineren an sich hochspringen. ›Du rennst hier herum, Lässer, machst einen Wirbel, ich hab Hunger! Wieso kriege ich kein Sauerkraut! Du mußt auf dein Werkzeug besser aufpassen!‹

›Wachsen muß er‹, rief Ferdi Turner. ›Essen muß er!‹ Er griff mit beiden Händen ins Sauerkraut und häufte es auf Alfred Lässers Teller. Edwin Tiefentaler warf mir den Schöpflöffel über den Tisch zu, und der Alfred rannte wieder außen herum. Noch bevor er bei mir war, gab ich den Löffel an den Franz weiter, zwinkerte dabei mit einem Auge. ›Komm, das ganze noch einmal von vorne‹, sagte ich.

Schlagartig war die Laune aus seinem Gesicht verschwunden. Er drückte den Löffel Alfred Lässer in die Hand und sagte: ›Laßt ihn in Ruhe und mich auch, ich will jetzt essen!‹

›Aber du hast doch angefangen‹, sagte ich. Er sagte nichts, begann, Knödel und Sauerkraut in sich hineinzustopfen.

›Ich muß unbedingt mit dir reden, Franz‹, sagte ich. Er aß weiter.

›Was machst du am Nachmittag? Vielleicht läßt er uns in die Stadt?‹ Er sagte wieder nichts.

›Wir könnten ins Kino gehen, wenn du Lust hast, heute ist Nachmittagsvorstellung ...‹ Er rückte seinen Teller ein Stück von mir weg und drehte mir den Rücken zu. Da war auch meine gute Laune beim Teufel.

›Was spielen sie denn‹, fragte Ferdi Turner. Ich schämte mich, den Titel des Films zu nennen. Es sollte nicht der Verdacht aufkommen, daß ich mich für so etwas interessierte.

›*Susi und Strolch*‹, sagte Gebhard Malin.

›Und das willst du dir anschauen‹, rief Ferdi Turner. ›Einen Kinderfilm?‹

›Ich dachte, sie spielen etwas anderes‹, brummte ich. ›Einen Western oder so ...‹

›Mir hat *Susi und Strolch* gefallen‹, sagte Gebhard Malin.

›Warst du schon drin‹, fragte Ferdi Turner.

›Gestern. Mit dem Arpad.‹

Ferdi Turner lachte laut heraus, es klang wie ein Befehl: Sag schon, daß es ein Witz ist! Es sah nicht so aus, als würde der Malin einen Witz machen.

›Wenn der Arpad Geld auftreibt, gehen wir noch einmal.‹

›Zweimal in einen Kinderfilm?‹

›Dem einen gefällt's, dem anderen nicht.‹

›Und dem Csepella auch?‹

›Dem noch mehr ...‹

Der Ferdi Turner kannte sich überhaupt nicht mehr aus. Und ich auch nicht. Ganz offensichtlich war der Gebhard Malin noch viel rätselhafter, als ich es für möglich hielt. Beim Arpad konnte ich mir vorstellen, daß er aus einer Gaudi heraus zweimal in einen Kinderfilm ging. Immer wenn der Arpad eine Gaudi gemacht hatte, war es der Gebhard Malin gewesen, der ihn bremste. Dem Gebhard Malin, wie er sich gibt, muß doch sogar der härteste Western noch zu weich sein, dachte ich.

›Wieviel kostet der Eintritt‹, fragte Ferdi Turner kleinlaut.

›Sechs Schilling ...‹

Ferdi Turner griff in seine Hosentasche, zog eine Handvoll Münzen heraus, zählte sie und sagte: ›Acht Schilling kann ich euch borgen, wenn ihr mich mitnehmt.‹

›Der Arpad ist im Krankenzimmer‹, sagte Gebhard Malin. ›Morgen vielleicht. Sie spielen ihn noch bis Dienstag.‹

Ferdi Turner wandte sich an mich: ›Gehen wir beide heute nachmittag?‹

›Ich habe kein Geld‹, sagte ich.

›Ich lade dich ein!‹

›Vielleicht‹, sagte ich. Der Gedanke, mit dem Ferdi Turner ins Kino zu gehen, war nicht besonders verlockend. Mit dem Franz wär ich gerne gegangen. Ich wußte, daß er Zeichentrickfilme besonders mochte. Genau wie ich. Als ich bei ihm in Butzbach war, da sind wir nach Frankfurt gefahren und haben uns *Das Dschungelbuch* angeschaut. Ihm sind die Tränen heruntergelaufen, als der Tiger Shere Khan den Bären Baloo angefallen hat.

Nach dem Gebet *Dank für Speis und Trank* kam der Präfekt aus dem Paterzimmer, trat neben den Rektor und sagte: ›Ich bitte die dritte Klasse in den unteren Studiersaal.‹

Die unseren johlten, sprangen über die Tische, jetzt werden die Vergünstigungen bekanntgegeben, das war zu erwarten. – An meiner Stimmung hat das nichts geändert. Vielleicht durften wir wirklich in die Stadt gehen. Aber was sollte ich dort!

Mit dem Ferdi Turner *Susi und Strolch* anschauen? Danke! – Gegen meinen Kummer nützten keine Vergünstigungen.

Die anderen rannten sofort los. Es war schade um jede Minute der zu erwartenden kostbaren Gnade. Ich ließ mir Zeit. Wusch mein Besteck in der Abwaschschüssel, trocknete es ab, legte es in mein Schubfach, faltete das Tuch zusammen. Auch der Gebhard Malin war sitzengeblieben.

›Scheiße für dich‹, sagte ich. Ich nahm an, daß er mit seinem Fünfer nicht in den Genuß der Vergünstigungen kommen würde. Er zuckte mit der Schulter.

›Wahrscheinlich dürfen wir in die Stadt gehen‹, sagte ich.

›Das ist ja schön‹, sagte er. Es ärgerte mich ein wenig, daß er, der eigentlich bedrückt sein müßte, so gleichgültig war. Er übertreibt, dachte ich. Das gibt es einfach nicht! – Und was mich besonders schmerzte: daß es mir gar nicht vorkam, als ahmte er jemanden nach, daß es ganz so aussah, als wäre er tatsächlich so lässig, von Natur aus. Dagegen kommst du nicht an, dachte ich. Stecks auf! Stecks auf. Da ist es noch besser, du schaust aus wie der Alfred Lässer. Der merkt's wenigstens nicht.

Ich knallte meine Schublade zu, stieß den Stuhl an seinen Platz – sollte lässig aussehen. ›Das oben beim Theaterloch war eine runde Sache‹, sagte ich.

Er warf mir einen schnellen Blick zu, den ich nicht deuten konnte, stand auf und ging zur Tür. Als hätte er mir den Eimer mit Spülwasser über den Kopf geleert.

›Scheiße für dich, daß du nicht in die Stadt gehen kannst‹, rief ich ihm nach. Er drehte sich zu mir um, schaute mich unter gesenkten Augenlidern an – dieser beneidenswerte Blick, den ich hundertmal vor dem Spiegel geübt hatte, geht nicht mit hellen Wimpern – eine Weile schaute er mich so an, als überlegte er, ob es sich lohnte, mir zu antworten, und sein Mund machte diese beneidenswerten Kaubewegungen, hundertmal habe ich vor dem Spiegel probiert, so zu kauen, Luft kauen, nichts kauen, und dann spuckte er aus, zweimal, trocken, so als würde ein Tabakkrümel an seinen Lippen kleben – das habe ich alles nicht hergebracht, nicht einmal vor dem Spiegel, nicht einmal allein, schauen, kauen, spucken, wie lange würde das dauern, bis ich das beherrschte, in der Öffentlichkeit beherrschte, ohne daß ich darüber nachdenken mußte, was kommt jetzt als nächstes, wie löst das Spucken das Kauen ab, wie komm ich vom Spucken wieder ins Kauen zurück – und dann sagte er: ›In die Stadt gehe ich, wann ich will.‹ Drehte sich um und verließ den Speisesaal. Schauen, kauen, spucken – die Signale der Helden. Kannst du dir das vorstellen?«

»Ich weiß nicht. Das kommt mir eher vor wie Zeichen hilfloser Angeberei.«

»Wann sagt man *hilflos*? Wenn man sich selbst nicht zu helfen weiß, oder wenn man keinen hat, der einem hilft?«

»Wenn man sich selbst nicht zu helfen weiß – würde ich sagen.«

»Ja, gut. Kann ja sein, daß es uns allen so gegangen ist. Da habe ich noch gar nicht darüber nachgedacht. Sich selbst helfen – das hätte heißen können: Man richtet es sich. Zum Beispiel, man wird ein Spitzel vom Präfekt. Kam für unsereinen nicht in Frage. Oder aber: Man haut ab. Das wär der Schritt in die Nacht gewesen. Ins Reich der *wilden Hunde*. Kam ja auch nicht in Frage. Also gut, sind wir hilflos gewesen. Aber dann kommt es auf etwas anderes an: Kann ja sein, daß du dir selbst nicht zu helfen weißt, kann ja sein, daß du keinen hast, der dir hilft – aber das steht doch nur dann zur Debatte, wenn du einer bist, der Hilfe braucht, der so etwas wie Hilfe nötig hat.«

»Das hat wohl jeder nötig, oder?«

»Das weiß ich nicht. Das weiß ich wirklich nicht. Ich nehme an, das ist die Doktrin der Helfer. Die wollen ja nicht überflüssig sein. – Aber das spielt ja gar keine Rolle. Was zählt, ist der Eindruck.«

»Die ›Signale der Helden‹ – wie du sagst.«

»Womöglich.«

»Schauen, kauen, spucken.«

»Ja. Aber: Wie schauen ... wie kauen ... wie spucken?«

»Und was bedeuten diese Signale? Die verweisen doch auf eine Haltung ... sollen auf eine Haltung verweisen. – ›Seht her, ich bin der und der ... ich denk so und so ...‹ – Du sagst ja, der Eindruck zählt.«

»Ja, natürlich. Man könnte ein Buch darüber schreiben. Einen Vortrag halten. Schauen, kauen, spucken ... Das sind ja nur einige wenige Signale. Solche gab es jede Menge. Auf diesem Gebiet habe ich geforscht. Vor dem Spiegel. Was für einen Eindruck will ich vermitteln? Und: Wie zeig ich das? Ich habe immer nur abgeschaut. Und geblieben ist es mir bis heute. Das sind die letzten Reste, die bis heute übrig sind. In meinem Gesicht. Schauen, kauen, spucken ... Es muß nur eine entsprechende Situation eintreten, dann steht mir das Heim ins Gesicht geschrieben.«

»Was für eine Situation?«

»Wer etwas will, dem fehlt etwas. Wem etwas fehlt, der leidet. Darum: Wer will, der leidet. Leiden braucht Beistand. Wer Beistand braucht, ist ein Halber – das fällt mir jetzt erst ein: Ein Halber! Das war das geläufigste Schimpfwort. Du bist ein Halber! Das heißt, du bist ein Depp, ein Trottel. – Niemals zeigen, daß man etwas will. Die Devise lautet: Ich habe alles. Ich kann alles. Nein, die Devise lautet: Ich brauche nichts. Und setze stets ein Zeichen! – Kauen auf nichts. Spucken mit nichts. Trocken spucken. Leer kauen. – Schau einem Essenden zu! Er ißt gierig, er ißt gelangweilt, er ißt vornehm, er ißt herzhaft – immer aber schiebt er eine Distanz zwischen sich und alles, was ihn umgibt. Der Kauende ist mit sich selbst beschäftigt, er behält einen Teil seiner Konzentration bei sich. Der Essende wirkt ungeschützt und verletzbar. Er befindet sich in einem Zustand der Regeneration. Er führt sich Kraft zu. Das heißt, er war mit seiner Kraft am Ende. Er will essen. Er muß essen. Ihm fehlt etwas. Das Essen ist Zeichen des Mangels. Das Kauen aber ist Zeichen der Distanz. Der Kauende wirkt gleichgültig gegenüber allem, das ihn umgibt. Er ist sich selbst genug. Und wenn er nur kaut – Kauen pur – wenn er kaut, ohne zu essen, auf nichts kaut, auf Luft, dann ist er sich selbst genug, ohne daß er etwas braucht. – Luft reicht für jeden und für ein ganzes Leben. Wenn du Luft kaust, bist du nicht im Zustand der Regeneration, bist du nicht mit deiner Kraft am Ende, wirkst du nicht ungeschützt und verletzbar, sondern universell gleichgültig. – Zum Kaugummi hat uns das Geld gefehlt. Luft hat nichts gekostet. – Und trocken spucken – du gibst nichts her. Es ist nichts in dir, das dich stört. Nichts mehr. Du hast alles abgegeben. Es gibt nichts zu verteidigen. Und schauen unter gesenkten Augenlidern – du bist auf Schönheit nicht angewiesen, du brauchst nichts, das dich erfreut, weil du die Freude nicht nötig hast, es muß nur so viel Licht ins Auge fallen, daß du nicht über ein Bein fällst, das dir vielleicht einer stellt.«

»Sehr asketisch, das alles.«

»Die letzten werden die ersten sein. Wer sich nicht drängt, kriegt am meisten.«

»Und über das, was er kriegt, rümpft er die Nase.«

»Stimmt. Ja. Genau.«

»Das könnte in einem Ordensreglement stehen.«

»Das ist wohl richtig.«

»Das Kloster im Kloster ... Erzähl weiter. Ihr seid in den Studiersaal gegangen ...«

»Ich wartete noch eine Weile im Speisesaal. Ich wollte nicht, daß es so aussah, als ginge ich hinter dem Gebhard Malin her – wie ein Ministrant. Die anderen warteten im Studiersaal bereits auf mich.

›Sind jetzt endlich alle da‹, fragte der Präfekt.

›Alle da‹, sagte Manfred Fritsch.

›Gut. Ihr braucht euch gar nicht erst hinzusetzen‹, sagte der Präfekt. ›Ich mache es kurz. Ihr werdet auch die nächsten drei Wochen ausschließlich Strengstudium haben. Bis Weihnachten wird euch die Freizeit streng entzogen, das Essen morgen ist gestrichen, außerdem werde ich eure Eltern verständigen, daß ihr bis Weihnachten weder nach Hause fahren noch Besuch erhalten dürft. Zusätzlich werdet ihr euch von jetzt an jeden Morgen beim Frühstudium zu einer Prüfung melden. Das war's.‹

Nicht einer dachte, das ist ein Witz. Nicht einer ... – Vielleicht hat der Himmel seine Werte verkauft, verscherbelt, eine Art Sommerschlußverkauf. Einser gelten als Fünfer. Hätte der Präfekt gesagt, wir verehren von nun an Beelzebub, Judas und die Schlange ...

Ich weiß, ich war der einzige, der sich in diesem Augenblick empörte. Den anderen sackte einfach alles weg. Wo liegen hier eigentlich unsere Rechte, dachte ich. Wenn das Recht auf Gnade gestrichen wird, dann ist die Welt ein Zoo.

›Warum, bitte‹, fragte ich.
›Warum?‹
›Ja, bitte! Warum?‹
›Muß ich euch das noch sagen?‹
›Ja, bitte, wir wissen es nicht.‹
›Ihr wißt es nicht?‹
›Nein, wir begreifen es nicht.‹
›Ihr begreift das Allerwichtigste nicht‹, sagte der Präfekt. ›Nicht die Einser sind das Wichtigste, nicht die guten Kommentare eures Professors unter den Schularbeiten ...‹
›Was, bitte, Herr Pater Präfekt, ist dann das Allerwichtigste?‹
›Die Gemeinschaft. Der Geist der Gemeinschaft. Ihr duldet in euren Reihen einen, der darauf keinen Wert legt. Damit habt ihr versagt. Beweist mir, daß ihr in der Lage seid, diesem einen klar zu machen, was Gemeinschaft heißt. Dann wird die Gesamtstrafe erlassen.‹
›Wie geht das‹, fragte ich.
›Züchtigt ihn!‹«

10

»Hat der Präfekt wirklich *Züchtigt ihn!* gesagt?«
»Wörtlich.«
»Das klingt aber nicht – wie hast du gesagt – *Don-Bosco-mäßig?*«
»Die alten Pfaffen, die sich damals über den Artikel in der Zeitung aufgeregt haben, hätten ihre Freude gehabt.«
»Du bist dir sicher, daß sich das nicht im Laufe der Jahre in deine Erinnerung eingeschlichen hat ... Ich meine ...«
»Daß ich lüge, meinst du ...«
»Nicht lügen ... Ich meine nicht, daß du lügst! Das kann doch vorkommen. Daß sich so ein Ereignis in der Erinnerung aufbläht, daß da alles Mögliche dazukommt, Dinge, die man erlebt hat, gehört hat ... so daß diese eine Ungerechtigkeit zur Ungerechtigkeit schlechthin wird.«
»Daß ich mir das einbilde ...«
»Daß er etwas anderes gesagt hat – vielleicht inhaltlich ähnlich?«
»Er hat gesagt: *Züchtigt ihn!*«
»Hast du das in deinem Tagebuch notiert?«
»Nein.«
»Erinnern sich die anderen an diesen Satz?«
»Der Alfred Lässer und der Franz Brandl.«
»Hast du sie danach gefragt?«
»Ja.«
»Wie hast du gefragt?«
»Weiß ich nicht ... Ich versteh dich nicht ...«
»Es ist doch ein Unterschied, ob du fragst, was hat der Präfekt gesagt, oder ob du fragst, erinnerst du dich, daß er *Züchtigt ihn!* gesagt hat.«
»Findest du das wichtig?«
»Ja. Der Satz ist immerhin sehr – direkt.«
»Eine genaue Anweisung, stimmt. Wir wußten, was er damit meinte.«

»Klassenprügel?«
»Ja. Klassenprügel.«
»Hat es das öfter gegeben?«
»Hat es schon gegeben. Oft nicht – es mußte schon etwas Außerordentliches vorgefallen sein.«
»Und jedesmal auf Anweisung des Präfekten – jedesmal *Züchtigt ihn!*?«
»Meistens war es umgekehrt. Also, daß die Klasse von sich aus, ohne Anweisung von oben ... Wenn sich ein Mitschüler mies benommen hat, die Klasse hineingeritten hat oder so ... dann hat er Klassenprügel gekriegt ... dann haben sie ihm Klassenprügel gegeben.«
»Was heißt, es war umgekehrt?«
»Daß dann die Klasse einen Anschiß gekriegt hat von der Heimleitung. Man durfte ja nicht einfach einen Mitschüler verprügeln ...«
»Das heißt, meistens waren Klassenprügel so eine Art von Selbstjustiz?«
»Das war es auf alle Fälle, immer. Selbstjustiz – egal, ob die Prügel vom Präfekt befohlen worden sind oder nicht.«
»Unter Justiz verstehe ich jetzt, was von oben gekommen ist, und unter Selbstjustiz, was von unten aus der Klasse ...«
»Das ist eben eine fatale Unterscheidung! Genauso haben es unsere Eltern gemacht. Es sind Sachen vorgekommen – da war ein Freund von mir, der war im anderen Heim, bei der *Kongregation des kostbaren Blutes Jesu* – wir sind zusammen in die Volksschule gegangen, ihn hat man dann in das eine und mich in das andere Heim gesteckt –, dem hat der Superior, bei denen hieß der Leiter *Superior* – der hat ihm einmal die Hände zerschlagen mit einem gedrehten Drahtseil, die Haut auf den Handflächen hat er ihm zerschlagen, und als dann die Eltern zu Hause fragten, was er denn an den Händen habe – er hatte die Hände in Taschentücher eingewickelt – da hat mein Freund gesagt, er habe sich an einem Stacheldraht verletzt ... – Verstehst du, er hat sich nicht getraut, zu Hause zu sagen, der

Superior habe ihn geschlagen. Und warum hat er sich das nicht getraut? Weil dann sein Vater gefragt hätte, warum hat er dich denn geschlagen, – oder er hätte erst gar nicht gefragt, ist ja klar, daß ein Superior einen Grund hat, wenn er einem neunjährigen Buben das Fleisch von den Knochen haut mit einem gedrehten Drahtseil. Da hätte mein Freund vielleicht grad noch ein paar gekriegt ... *Kongregation vom kostbaren Blute Jesu* ... – haben die wörtlich genommen ...«

»War das andere Heim strenger als eures?«

»Allgemein hieß es so, ja.«

»Können wir ja noch bei anderer Gelegenheit darüber sprechen. Es hat also zwei Arten von Klassenprügel gegeben – bei euch meine ich jetzt – Klassenprügel, die von der Heimleitung angeordnet wurden ...«

»... vom Präfekten. Klassenprügel angeordnet hat ausschließlich der Präfekt.«

»Und dann gab es auch noch Fälle, in denen die Klasse von sich aus einen aus ihrer Mitte verprügelt hat.«

»Ja. Es hat Klassenprügel gegeben, wenn bei einem Fußballturnier einer ein Eigentor geschossen hat ... oder ein anderer Fall – daran erinnere ich mich – da hat ein Schüler die Quizfragen verraten. Da hat er auch Klassenprügel gekriegt.«

»Was für Quizfragen denn?«

»Das waren auch so Gemeinschaftsveranstaltungen, wie die *unechten Prozesse* oder die Heimolympiaden oder die Gedichtwettbewerbe. Es hat Quizveranstaltungen gegeben. Jede Klasse mußte sich ein paar Fragen ausdenken, die dann den übrigen Klassen gestellt wurden. Da hat einer einmal die Fragen verraten, an eine andere Klasse hat er sie verraten, er hat dafür Geld genommen, und man ist ihm draufgekommen, und da hat er Klassenprügel gekriegt.«

»Schlimme Prügel?«

»Ich glaube nicht. Er ist halt herumgeschupft worden ... vielleicht ein paar Watschen ...«

»Und das hat die Heimleitung verurteilt?«

»In diesem Falle ja. In dem Fall des Quizverräters – es ist vom *Quizverräter* gesprochen worden – in diesem Fall ist hinterher die ganze Klasse bestraft worden. Es ist als etwas Ungeheuerliches hingestellt worden, daß die ihn verprügelt haben ... herumgeschupft ... Dabei bin ich sicher, die Klasse hat damit gerechnet, daß die Heimleitung in diesem Fall die Prügel toleriert. Verräter – kannst dir vorstellen, was das für ein Wort ist in einem katholischen Heim! Verräter! Judas! Das hat die Klasse auch ordentlich herausgestrichen, die Parallele zu Judas. Aber genau in diesem Punkt haben sie sich verrechnet. Jedenfalls beim Rektor. Ist ja auch ungeheuerlich, eine blöde Quizfrage mit dem Herrn Jesus Christus zu vergleichen!

Andererseits, wenn zum Beispiel ein Drittkläßler einem Zweitkläßler oder ein Zweitkläßler einem Erstkläßler etwas angetan hat, dann war das schon in Ordnung. Jedenfalls wenn es nicht völlig aus der Luft gegriffen, also ein reiner Willkürakt war. Wenn ein Zweitkläßler einem Drittkläßler nicht gefolgt hat – das war schon Grund genug. Siehe Vorvorprüfung beim Flötenspiel. In solche Sachen hat sich die Heimleitung nicht eingemischt.«

»Und von oben angeordnete Klassenprügel?«

»... vom Präfekt angeordnete ...«

»Der Rektor und der Spiritual haben nie Klassenprügel angeordnet?«

»Solange ich im Heim war, nie.«

»Und daß der Präfekt Klassenprügel angeordnet oder empfohlen hat, ist öfter vorgekommen?«

»Oft nicht, wie gesagt. Manchmal, selten ...«

»Und dann auch: *Züchtigt ihn!*?«

»Ich weiß keinen Fall ... ich habe von keinem anderen Fall gehört, daß der Präfekt diesen Ausdruck gebraucht hätte. So scharf, unversöhnlich, deutlich. Er hat vielleicht gesagt: ›Ich glaube, dem müßte die ganze Klasse *mores* beibringen ...‹ Oder: ›Zieht dem einmal die Ohren lang ...‹ Oder ähnlich.

Vielleicht hat er auch gesagt: ›Gebt ihm Klassenprügel!‹ So ungefähr. Eher harmlos also. Darum ist mir ja auch dieses *Züchtigt ihn!* so im Ohr geblieben. Ich bin erschrocken, bis in die Zehen ist mir das gefahren. So kurz und bündig habe ich mir die Aburteilung beim Jüngsten Gericht vorgestellt. Es war ein neuer Ton, ein vorher nie gehörter, so hat der Präfekt vorher nie gesprochen. Seine Unberechenbarkeit hatte immer etwas Verspieltes, auch seine Verhöre, wie damals, als ich dieses Keks geklaut hatte – und jetzt plötzlich ein berechenbares, eindeutiges *Züchtigt ihn!* Auf seine Zweideutigkeiten und Mehrdeutigkeiten hat man sich mit der Zeit eingestellt, auch Unberechenbarkeit wird mit der Zeit berechenbar, solange sie sich aus einem halbwegs bekannten Terrain die Überraschungen holt. – Das war nun anders. Bis jetzt hat er immer nur Spaß gemacht, dachte ich, heute macht er zum ersten Mal Ernst. Und den Spaß kannten wir ja, der war ja schlimm genug – was aber wird erst sein, wenn es ihm Ernst ist! – Ja, darum ist mir dieses *Züchtigt ihn!* so im Ohr geblieben ...«

»Gut. Der Reihe nach jetzt: Der Präfekt hat seine Ansprache gehabt ... Und dann? Ist er im Studiersaal geblieben ... ist er gegangen?«

»*Züchtigt ihn!* und weg. Hinaus aus dem Studiersaal ...«

»Und ihr?«

»Zuerst ist einmal gar nichts gesagt worden. Wir sind zwischen den Pulten herumgegangen, als hätte man uns eingesperrt. Das war ja das Letzte, worauf wir gefaßt waren. Da mußte jeder zuerst seinen Kopf in Ordnung bringen, seinen Kopf umbauen. Das *Züchtigt ihn!* war zunächst gar nicht das Problem ...«

»... für euch nicht ...«

»Ja, für uns nicht ... Daß wir gestraft wurden für eine Schularbeit, wie es eine bessere in unserer Klasse noch nie gegeben hatte – das war zunächst das Problem. Eine Demütigung, eine Beleidigung. Wir hatten eine hervorragende Schularbeit geschrieben und wurden dafür bestraft, härter bestraft, als je eine Klasse für eine schlechte Schularbeit bestraft worden war.

Und dann hat jeder von uns damit zu tun gehabt, sich innerlich auf die Strafen einzurichten. Das war bitter, aber verkraftbar. Mit Strengstudium, Essensentzug hat man sich bald abgefunden. Der strenge Freizeitentzug war schon bedeutend schlimmer. Das hat geheißen, wir durften das Heimgebäude nicht verlassen, außer in Begleitung des Präfekten – um frische Luft zu holen: Fußballspielen auf Befehl, im Kreis rennen auf Befehl und so weiter. Das hieß unter dem Strich: Man war nie ohne Aufsicht, nie allein – außer nachts im Bett –, und die meiste Zeit durfte nicht gesprochen werden. Und das fast einen Monat lang. Heimfahrverbot und Besuchsverbot trafen einige sicher noch härter. Das war unterschiedlich. Den Manfred Fritsch hat das fertiggemacht. Den Oliver Starche wird das keinen Gedanken gekostet haben. – Darauf mußte man sich also einstellen.

Und dann: Wie verliere ich diesen Kampf in der Öffentlichkeit des Heimes, ohne gleichzeitig mein Gesicht zu verlieren? Stell dir die Schadenfreude der anderen vor! Beim Essen haben wir herumgelärmt und uns aufgeführt wie die Jecken – aha, eine gute Schularbeit ist dort hinten geschrieben worden, dort hinten wird mit Vergünstigungen gerechnet – und dann stehen sie da wie die Begossenen. Du mußt also gegensteuern. Auch wenn du besiegt bist, nie den Besiegten heraushängen! Wenn dir der Sieg des Präfekten nicht mehr wert ist als ein Schulterabwischen, dann hebt dich das als Besiegten auf Höhen, die ein Sieger nie erreichen kann. Das ist der letzte Stolz der Gedemütigten. Dazu muß aber erst der Kopf umgebaut werden.

Also jeder von uns hat mit sich selber zu tun gehabt – zuerst. Und dann – wenn der Kopf umgebaut ist, wird beispielsweise aus einem Franz Brandl, den jeden Tag vom Aufwachen bis zum Einschlafen das schlechte Gewissen gequält hat, ein harter Knochen, einer, der aussieht, als gäbe es nichts, was ihn aus der Ruhe bringen könnte, und würdest du ihm den

Kopf abschlagen und auf den Boden werfen, er wäre ihm grad recht, um damit Fußball zu spielen. – Der heilige Laurentius soll, als er auf dem Grill geröstet wurde, gesagt haben, man könne ihn jetzt umdrehen, auf der einen Seite sei er durch – Kopfumbauen hieß einfach: still jammern. Sonst nichts. Sich ausjammern. Eine kleine Zeit hat man dafür gebraucht. Dann ist nicht mehr gejammert worden. Da waren dann lauter Kerle im Studiersaal. Eine Ausnahme war vielleicht Alfred Lässer. Ein Engel ist immer eine Ausnahme ... Am liebsten hätten wir alle geheult, eine Stunde lang.«

»Und der Gebhard Malin, der Betroffene? Er war ja der Betroffene ...«

»Zumindest der Betreffende ...«

»Ja, gut. Die paar Strafen, die ihr gekriegt habt, das war doch ein Klacks gegen das, was ihr mit ihm gemacht habt.«

»Das war ja überhaupt nicht heraus. Zuerst war ja von Klassenprügeln nicht die Rede ... und dann ... daß es so werden würde ... das hat hundertprozentig niemand gedacht ... und auch nicht gewollt ...«

»Was hat er gemacht, als der Präfekt aus dem Studiersaal war? Hat er auch *seinen Kopf umgebaut?*«

»Der Gebhard Malin hat sich gleich einmal nach hinten zur Tür verdrückt.«

»Er hat Angst gehabt.«

»Kann sein. Er wollte auf jeden Fall aber zeigen, daß er mit uns nichts zu tun hat.«

»Ist das so verstanden worden?«

»Ja, schon ... zum Teil ...«

»Habt ihr ihn gehen lassen?«

»Hätten wir anderen wahrscheinlich schon, aber der Alfred Lässer hat gesagt: ›Du bleibst hier!‹«

»Der Alfred Lässer hat das gesagt ... das Engelchen?«

»Jawohl. Sogar sehr scharf hat er das gesagt. Und niemand hat über ihn gelacht. Hat eben diesmal auch umgebaut, der Alfred Lässer. Hat es zumindest versucht. Lange gehalten hat es bei ihm nicht. Und der Gebhard Malin ist bei der Tür stehengeblieben.«

»Gehorsam – auf das Kommando vom kleinen Alfred Lässer?«

»Das würde ich nicht sagen. Eher das Gegenteil. Daß ausgerechnet das Engelchen kommandierte, hat es ihm wahrscheinlich leichter gemacht, noch abzuwarten. Wäre doch lächerlich gewesen, dem Alfred Lässer zum Trotz zu gehen. Den hat der Gebhard Malin doch nicht für voll genommen. Es wäre die Sache vom Manfred Fritsch gewesen – daß er anfängt zu reden. Er war ja der Klassensprecher. Hätte er gesagt, du bleibst hier, dann wär der Gebhard Malin gegangen, da bin ich sicher. Aber der hat sich nicht gemuckst. Daß ausgerechnet der Alfred Lässer anfängt herumzukommandieren, hat die Situation eher entschärft. Obwohl das schon einigen nicht gepaßt hat. Mir zum Beispiel hat das gar nicht gepaßt. Und dem Ferdi Turner auch nicht. Und dem Franz auch nicht. Daß der Alfred Lässer den Gebhard Malin so anfährt. Das hätte jeder andere von uns auch gemacht in so einer Situation, daß er sich davongeschlichen hätte ... es zumindest gewollt hätte ...

Der Ferdi Turner hat den Alfred Lässer auf einen Stuhl gedrückt: ›Jetzt sei halt einmal still‹, sagte er.

War ja noch keiner von uns ganz fertig mit dem Umbauen. Einer, der zum ersten Mal seinen Kopf umbaut, tut sich vielleicht leichter; der Alfred Lässer.

Sicher wär's den anderen auch lieber gewesen, der Gebhard Malin wär gegangen. Mir wär's auf jeden Fall lieber gewesen. War ja klar, daß jetzt gleich über ihn verhandelt wird. Tut man doch nicht gern, wenn der Betroffene dabei ist.

›Frage: Soll der Malin dableiben, oder sollen wir ihn gehen lassen‹, sagte Edwin Tiefentaler.

›Er muß dableiben‹, beharrte Alfred Lässer.

›Ich bin dafür, daß er geht‹, sagte Edwin Tiefentaler, ›und wir geben ihm in einer halben Stunde Bescheid, was wir machen.‹

›Wollen wir denn überhaupt etwas machen?‹ stichelte Ferdi Turner. – Nach Kopfumbauten dieser Art war Ferdi Turners Witz gefürchtet. Er hat dich in Wortstrudel hineindrehen können, daß du hinterher wie ein Aff im ersten Semester ausgesehen hast. Sein bevorzugtes Opfer war immer Edwin Tiefentaler.

›Wieso‹, fragte der. ›Ich versteh dich nicht?‹

›Du verstehst mich nicht?‹

›Nein ... Machen muß man doch etwas, oder?‹

›Sollten wir nicht, bevor wir etwas machen, abstimmen, ob wir überhaupt etwas machen?‹

›Aber wir müssen etwas machen!‹

›Aber wir müssen etwas machen‹, äffte ihn Ferdi Turner nach.

›Was sollen wir denn sonst machen?‹ verteidigte sich Edwin Tiefentaler. ›Sollen wir gar nichts machen? Was machen wir dann?‹

›Du weißt nicht einmal, was für einen Blödsinn du redest‹, lachte Ferdi Turner. Er war sicher, daß er im Sinne der Mehrheit lachte. Für Franz Brandl, Oliver Starche, Manfred Fritsch, für mich und natürlich auch für den Gebhard Malin. Zwei Stunden später, als die Stimmung in der Klasse umgeschlagen hatte, war Ferdi Turner derjenige, der lauthals vorrechnete, daß dieser Fünfer eigentlich ein Einundzwanziger sei, daß da also sechzehn Noten fehlten, weswegen er für sechzehn Watschen plädiere – *Grundwatschen*, wie er es nannte, *Grund* im Sinne von Grundlage, Grundlage im Sinne von: Da läßt sich drauf aufbauen ... Und auch dies war für die Mehrheit geredet. Und als dann abgestimmt wurde – über die *Grundwatschen* –, haben ich und die anderen die Hand gehoben.

Zwei Stunden vorher war alles anders. Die Mehrheit war anders. Wir waren anders. Zwei Stunden vorher ging es darum, ob überhaupt etwas *gemacht* werden sollte.

›Also, wer ist dafür, daß wir etwas machen‹, rief Edwin Tiefentaler in die Runde.

›Ich bin dafür‹, sagte Alfred Lässer, Robespierre in *Die Herrgottsschanze* – wurde zu dieser Zeit gerade vorgelesen im unteren Schlafsaal – kein origineller Umbau in Alfred Lässers Kopf, aber immerhin ein Umbau. Das Engelchen hatte seine Reinheit verloren. Bis dahin war Alfred Lässer immer Alfred Lässer gewesen, und das war auch der Grund, warum er immer ausgelacht worden war. Jetzt lachte niemand – Robespierre, der Ankläger: ›Der Malin soll dableiben und zuhören, und erst am Schluß soll er etwas dazu sagen dürfen.‹ – Für wenige Minuten war Alfred Lässer der Ankläger. Wo es einen Ankläger gibt, dort muß es auch einen Anwalt geben.

›Frag ihn doch erst, ob er das will‹, sagte ich.

›Was der will, ist mir egal‹, rief Alfred Lässer. ›Er hat uns zuzuhören, und zwar schweigend.‹

›Was redest du denn für einen Blödsinn! Wer will ihn denn dazu zwingen und warum um Himmels willen!‹

›Weil wir lauter Einser geschrieben haben und er einen Fünfer!‹

›Und was ist, wenn du nächste Woche in Mathematik einen Fünfer schreibst? Machen wir's dann genauso?‹

›Ich? Ich schreibe keinen Fünfer – in keinem Fach.‹

›Oder wenn ein anderer einen Fünfer schreibt? Der Tiefentaler oder ... oder ...‹ – Ich wollte sagen: oder der Franz Brandl. Ich hab's rechtzeitig hinuntergebissen.

›Wir haben vom Präfekten eine klare Anweisung bekommen‹, sagte Alfred Lässer, der gar nicht wußte, was er da redete. ›Und entweder wir tun, was er sagt, oder es geht uns allen an den Kragen.‹

›Es dreht sich also gar nicht um das *nicht genügend?*‹, fragte ich.

›Nein‹, sagte er. – Fünfundzwanzig Jahre später hat ihn nur eine Frage interessiert: Warum hat Gebhard Malin ein *nicht genügend* geschrieben? Sich ganz einem Image hinzugeben, ist auch eine Art von Blackout – da mußt du ja dein eigenes Ich, sofern eines vorhanden, ausblenden.

›Also um das *nicht genügend* dreht es sich nicht‹, wiederholte ich.

›Absolut nicht‹, sagte er und übertrieb dabei sein neues Herrgottsschanzengesicht. Ich mußte lachen.

Irgendwie hat mir die Situation gefallen. Vorläufig war ja alles nur Spiel. Der Alfred Lässer sah so komisch aus, ich durfte ihn gar nicht anschauen, sonst hätte ich nur noch gelacht, und dann wäre er als Ankläger hinten hinuntergefallen. Das wäre nicht der Sinn der Sache gewesen. Wo es keinen Ankläger gibt, dort gibt es auch keinen Anwalt. – Und ich war der Anwalt. Ich wollte der Anwalt sein. Der Anwalt des Verlorenen, irgendeines Verlorenen – das war eine gute Rolle, sie gefiel mir.

Ich setzte mich auf eines der Pulte und klopfte mit den Fingerknöcheln auf den Deckel. ›Ich möchte, daß ihr mir einen Augenblick zuhört‹, rief ich. ›Ich komme mir nämlich vor wie in einem Hühnerstall! Ich möchte, daß wir einen klaren Kopf behalten, und darum finde ich, ist es gut, wenn wir einen Moment lang so tun, als wäre nichts geschehen. Ich meine damit: Denken wir uns eine andere Situation. Was wäre mit uns, wenn der Präfekt keine Gesamtstrafe über die Klasse verhängt hätte, wenn der Malin ebenfalls ein *sehr gut* geschrieben hätte, wenn uns der Präfekt einen ganzen Haufen von Vergünstigungen zugestanden hätte?‹

Ich kann mich natürlich an die genaue Formulierung meiner Rede nicht mehr erinnern – ja, es war durchaus eine Rede – sicher kann ich heute viel geschickter mit Worten umgehen, aber das macht eine Rede ja nicht unbedingt zu einer guten Rede. Sie haben mir jedenfalls sehr aufmerksam zugehört – alle, außer Manfred Fritsch, der kehrte mir den Rücken zu; aber der interessierte mich am wenigsten. Ich wußte zwar nicht genau, worauf ich hinauswollte, aber ich war davon überzeugt, es würde mir schon noch einfallen, und vor allem war ich überzeugt, daß ich die anderen auf meine – also auf die Seite meines Klienten bringen würde.

›Stellen wir uns das vor‹, sagte ich. ›Was wäre, wenn wir ein *As* in dieser Schularbeit gebracht hätten, lauter Einser, vielleicht sogar lauter Einser mit Kommentar? Wir hätten den Nachmittag freibekommen, wir würden morgen zum Mittagessen einen Nachtisch bekommen, wir dürften von jetzt an bis Weihnachten jedes Wochenende nach Hause fahren und ... und ... und ... Wir würden herumlärmen und hätten eine Freude und würden uns denken, der Präfekt ist im Grunde genommen doch eigentlich ein netter Kerl, wir würden ihn zu einem Fußballmatch mit dem neuen Ball einladen, und alle wären wir Freunde, und Diskussionen würde es keine geben ...‹

›Aber so ist es nicht‹, sagte Edwin Tiefentaler. ›Also warum sollen wir uns das vorstellen!‹

›Es schadet ja nicht unbedingt, wenn man sich einmal etwas vorstellt‹, schnitt ihm Ferdi Turner das Wort ab. – Und damit war Edwin Tiefentaler, vorläufig jedenfalls, still.

›Ich will damit sagen‹, fuhr ich fort. ›Ich will damit sagen – wir wären dieselben Trotteln, die wir jetzt sind, nur würde es keiner von uns merken. Aber Trotteln wären wir trotzdem. Man ist nämlich ein Trottel, wenn man immer genau das tut, was ein anderer von einem will. Wenn uns der Präfekt Vergünstigungen gewährt, dann freuen wir uns, weil der Präfekt will, daß wir uns freuen; und wenn er sagt, wir sollen einem von uns Klassenprügel geben, dann tun wir das genauso, und er hat wieder, was er will. Weil im Grunde will er, daß wir Trotteln sind. Und weil er es will, stellen wir uns so an.‹

An dieser Stelle hätte ich abbrechen, einfach still sein sollen. Vielleicht hätte sich Ferdi Turner dann gemeldet und dem ganzen noch eins draufgesetzt. Der hat ja auch auf die Rolle des Anwalts gespitzt. Und weil ich nicht wollte, daß er mir die Schau stiehlt, habe ich weitergeredet: ›Ich jedenfalls mach da nicht mit!‹ rief ich. ›Ich nicht! Daß das klar ist! Wenn der Präfekt von Klassenprügeln redet, dann geht mich das einfach nichts an. Das ist dem Präfekt seine Sache. Und es ist die

Sache vom Malin. Das ist eine Sache zwischen dem Malin und dem Präfekten, bestenfalls. Mich geht das nichts an. Und ich bin der Meinung, uns alle geht das nichts an. Was der Präfekt tut, ist mir sowieso egal. Und was der Malin tut, das ist seine Sache. Wir sind keine Vollzugsbeamten!‹

Stimmt schon, ich hätte mir genauer überlegen sollen, was ich reden will. Ich wußte, wie gesagt, selbst nicht so genau, worauf ich hinauswollte. Aber ich hatte ja auch keine Zeit, mich vorzubereiten. Ich hätte warten sollen, sicher ... ein guter Anwalt hält sein Plädoyer erst am Schluß ... Ich merkte, das Interesse der anderen ließ nach, und je mehr es nachließ, desto wirrer wurde meine Rede.

Zum Schluß habe ich es dann mit Lautstärke versucht: ›Ich bin dafür, daß der Malin tut, was er will‹, brüllte ich. – Ist eine komische Formulierung, geb ich zu. Hätte ich mir lieber sparen sollen.

Der Gebhard Malin verzog den Mund und sagte prompt: ›Ihr könnt ja darüber abstimmen, was ich tun will.‹

Da habe ich wohl ziemlich alt ausgesehen. ›Ich bin doch für dich‹, rief ich, hob die Arme, ließ sie eine Weile in der Luft wirken ...«

»Und? Wirkten sie?«

»Was meinst du?«

»Ob die Arme in der Luft wirkten?«

»Ach so ... Nein ... ich habe mir durch meine blöde Rede einen Bonus genommen ... Was ist denn das für ein Anwalt, der sogar seinen Klienten gegen sich hat! Aber immerhin ... Ich habe wenigstens so getan, als wär ich ein Anwalt ... ein Anwalt, nicht ein Ankläger ... immerhin ...«

»Nur genützt hat's nichts.«

»Alles Imitation! Immer nur als ob ... immer nur als ob ... Fremde Kleider, fremde Haut, fremde Gliedmaßen, fremder Kopf ... Alles geliehen, alles Imitation ... Kunsthonig ... Wie soll einer Kunsthonig von Bienenhonig unterscheiden können, wenn er Bienenhonig gar nicht kennt! Auch die Klassenprügel zwei Stunden später waren Imitation. Da imitierten wir eben die Vollzugsbeamten ... halt, was wir uns darunter vorstellten ...«

»Nur mit dem Unterschied, daß dann Imitation und Original auf dasselbe hinausliefen – oder?«

»Ja, schon ... natürlich ... Klarer Grundsatz: Du selbst bist nichts, gar nichts. Mach einen! Mach wenigstens einen! Ich habe eben den Anwalt gemacht ...«

»Sein und Machen.«

»Sein und Machen, ja. – Aber was kann der Anwalt zu seinem Klienten anderes sagen als: ›Ich bin doch für dich!‹?«

»Dumm, wenn der andere den Klienten nicht spielen will.«

»Ja ... eben ... Er lehnte mit dem Rücken am Türpfosten und kaute. Er hatte nichts im Mund und kaute. Den Unterkiefer mehr hin und her als auf und ab. Er kaute schräg. Es wäre besser gewesen, er wäre gegangen.

›Also, was machen wir‹, wiederholte Edwin Tiefentaler. Auf meine Rede ging niemand ein, erinnert sich auch heute keiner mehr daran. – Und weil der Franz Brandl die Respektsperson Nummer eins in der Klasse war und nur deshalb nie zum Klassensprecher gewählt wurde, weil man mit seinen schulischen Leistungen bei der Heimleitung keinen Staat machen konnte, drehten sich alle zum Franz hin und schauten ihn an – wäre ja ein Märchen, wenn der jetzt die Erlösung aufblättern könnte, wenn der einen genialen Vorschlag parat hätte.

Der Franz sagte: ›Was glotzt ihr mich an! Zuerst soll der Fritsch reden. Er ist Klassensprecher ...‹ Wenn es stimmt, was er heute behauptet, daß er ihn nie gewählt hat. Jetzt schau, wie du dich da herausredest, hat das wohl heißen sollen. Manfred Fritsch blickte aus dem Fenster, er zeigte uns den Rücken, war immer noch nicht ganz fertig mit dem Umbau, hatte wohl Schwierigkeiten, das Heulen abzubeißen. Die längste Zeit sagte er nichts.

›Fritsch, wir warten auf dich‹, rief Ferdi Turner. Unser Klassensprecher muß ziemlich zu kämpfen gehabt haben. Es war sonst nicht seine Art, nicht zu antworten, wenn man ihn rief. Heute sagt er, er habe damals geahnt, was kommen würde. Kann sein. Will gar nicht bestreiten, daß der Manfred Fritsch hellseherische Fähigkeiten hat. Oder hatte. Wenn es so gewesen wäre, würde ich mich an seiner Stelle nicht unbedingt interessant machen damit. – Heimweh hat er gehabt! Präventives Heimweh.

Der Franz zog seinen Pullover aus, knäuelte ihn zusammen und warf ihn Manfred Fritsch an den Kopf. ›Klassensprecher!‹ rief er. Jetzt drehte sich Manfred Fritsch zu uns. Wir konnten an seinen Augen sehen, daß er tatsächlich geweint hatte.

›Ich schlage vor, wir sammeln zuerst die Meinungen‹, nuschelte er. ›Jeder soll sagen, was seines Erachtens zu tun wäre.‹

›Und der Malin soll auch seine Meinung abgeben dürfen?‹ fragte Alfred Lässer.

›Es betrifft ihn schließlich.‹

›Eben.‹

›Wieso nur ihn?‹ rief ich. ›Es betrifft doch uns genauso. Nicht mehr und nicht weniger. Ich bin sogar dafür, daß wir seine Meinung zuerst anhören!‹ Aber auch ihn wollte Gebhard Malin nicht spielen: den Entrechteten, dem zum Recht verholfen wird.

›Ich habe überhaupt keine Meinung dazu‹, sagte er.

Es sah aus, als hätte er die Augen geschlossen. Seine Stimme war ein tiefer Baß. Will er jetzt wirklich Lee Harvey Oswald machen, dachte ich. Ja, wieso soll er nicht auch jemanden *machen?*

›Ihr könnt reden, was ihr wollt‹, sagte er. ›Das interessiert mich nicht. Und eure Meinungen interessieren mich auch nicht. Und ihr interessiert mich am allerwenigsten.‹

›Warum tust du denn so, als ob wir gegen dich wären‹, sagte ich.

›Das ist mir doch scheißegal, ob ihr für mich oder gegen mich seid!‹

›Aber wir sind doch gar nicht gegen dich!‹

›Ihr könnt ruhig gegen mich sein, das interessiert mich nicht!‹

›Aber uns interessiert, daß du uns die Schularbeit verpatzt hast‹, kreischte Alfred Lässer dazwischen.

Und ich sagte: ›Lässer, du redest schon genau gleich wie der Präfekt.‹

›Ich möchte, daß wir Vorschläge machen‹, sagte Manfred Fritsch. Edwin Tiefentaler zeigte auf. ›Das ist doch alles ein Unsinn‹, sagte er grinsend. ›Der Präfekt macht doch nur Theater. Was will er denn! Er will, daß wir dich ein bißchen herumschupfen. Wir schupfen dich ein bißchen herum – und dann verzuselst du dir die Haare und reißt dir einen Knopf von der Jacke ab. Und dann sagen wir, wir haben dir Klassenprügel gegeben. Fertig! Das macht doch nichts!‹

›Das wäre eine Möglichkeit‹, sagte Manfred Fritsch. ›Meinungen dazu?‹

›Da kommst du doch unheimlich gut weg!‹ piepste Alfred Lässer. ›Da kannst du doch nichts dagegen haben.‹

›Da habe ich aber etwas dagegen‹, sagte Gebhard Malin. ›Wenn mich einer von euch angreift, kriegt er einen Schwinger!‹

›Wir stucken wie die Deppen, und du blöder Hund schreibst einen Fleck!‹ schrie Alfred Lässer.

›Du kannst ja gleich damit anfangen‹, sagte Gebhard Malin. Er stellte sich breitbeinig vor die Tür, hob die Fäuste hoch. Dabei wirkte er völlig ruhig – er wird angegriffen, folglich erwarten wir, daß er die Fäuste hebt, also hebt er die Fäuste – geistesabwesend, gleichgültig.

Alfred Lässer wackelten die Locken vor Aufregung. ›Was soll ich jetzt machen‹, sagte er. – Der Robespierre war längst wieder ins Buch zurückgeschlüpft. – ›Ich kann doch nicht anfangen. Ich bin's ihm nicht. Machen wir aus, daß ihm jeder eine herunterhaut.‹

›Also, fang du an‹, sagte Gebhard Malin. ›Ich schmeiß dich zum Fenster hinaus!‹

›Was soll ich jetzt machen‹, sagte Alfred Lässer wieder. ›Was soll ich jetzt machen. Der Brandl soll sich hinter mich stellen, dann hau ich ihm eine herunter.‹

›Sonst noch was‹, sagte der Franz.

Edwin Tiefentaler breitete die Arme aus und schob den giftenden Alfred Lässer beiseite. Er gab sich jetzt als Bürgermeister, ganz so wie bei den Vorvorprüfungen, wenn den Erst- und Zweitkläßlern die Schillinge ausgesackt wurden. ›Klassensprecher, darf ich etwas sagen?‹

Manfred Fritsch erteilte ihm mit einer Handbewegung das Wort.

Edwin Tiefentaler ging langsam, mit langen Schritten zur Tür, stellte sich, die Hände in den Hosentaschen – demonstrative Geste – vor Gebhard Malin hin. Es sollte heißen, ich komme in friedlicher Absicht, die Waffen sind eingemottet.

›Wir können dich doch bei Gott einfach ein bißchen herumschupfen‹, sagte er. ›Das hat man doch schon mit jedem gemacht. Wir schupfen dich herum, und jeder verspricht, daß er dir nicht weh tut. Was meinst du dazu?‹

Die beiden sahen aus wie Freier und Bauer. Edwin Tiefentaler war immer sehr modisch gekleidet. Falsche Wildlederjacke, Krawatte mit kleinem, schrägem Knopf, enge, zigarettenförmige Hosen, spinnenbeinig wirkte er darin, er verwendete Rasierwasser, als einziger von der Klasse, obwohl er sich höchstens einmal in der Woche rasierte.

›Du stinkst‹, sagte Gebhard Malin – grüne Strickjacke mit Talerknöpfen, kariertes Hemd, derbe Hosen, unten Stulpen, Filzpatschen – der Bauer.

Edwin Tiefentaler grinste: ›Ich versteh, daß du einen Zorn hast. Hätte ich auch. Wir könnten dir auch eine gewisse Entschädigung …‹ Klimperte in der Hosentasche.

Er hielt sich leicht vorgebeugt, das war seine übliche Haltung, er war sich selbst zu groß; ein kleiner, dreieckiger Kopf, wie eine Vorfahrtstafel; die Augen leicht geschlitzt; in den Mundwinkeln wartete ein Grinsen, immer wartete dieses

Grinsen; ein Grinsen, das im Laufe der Jahre aus Unmengen nicht gewußter oder falsch gesagter Vokabeln, aus herausgerutschten Peinlichkeiten, ganzen Schwimmbädern von Blößen und Blamagen gewachsen und zum stets paraten Korrektiv geworden war, das, wenn es zum Einsatz kam, die Aufgabe hatte anzudeuten: Es war nicht so gemeint, ich habe nur einen Spaß gemacht, ich mache immer gern einen Spaß, und auch das nächste, was ich sagen werde, könnte ein Spaß sein, wer weiß.

›Hast du einen anderen Vorschlag?‹ – Klimperte wieder in der Hosentasche.

›Hau ab!‹ Gebhard Malin: stämmig, breitbeinig, schwerfällig; der Kopf eine Kugel, kaum Hals, Haare wie ein dunkles Fell; um seine Haut beneidete ich ihn, das ganze Jahr über braun, nicht nur im Sommer.

Edwin Tiefentaler drehte sich zu uns. Er hob die Schultern, sollte heißen: Ich hab's probiert. ›Es geht dem Präfekten ja nicht darum, daß wir ihn verprügeln‹, sagte er, war sich gewiß, wir meinten dasselbe. ›Es geht ihm nur um den Schein. Da wette ich – aber bitte ...‹

›Woher willst du das denn wissen‹, fragte Ferdi Turner.

›Ist doch ganz egal, worum es ihm geht‹, sagte Manfred Fritsch. ›Wir brauchen uns ja wirklich nicht alles von ihm vorschreiben zu lassen. Wir machen es nur zum Schein und sagen, wir hätten es echt gemacht, kann er ja nicht nachweisen. Wer ist dafür?‹

›Du willst mich also nur zum Schein verprügeln‹, sagte Gebhard Malin. ›Dann komm her und zeig mir, wie du das machen willst!‹

›Ich will überhaupt nicht‹, sagte Manfred Fritsch. ›Aber zum Schein ist besser als echt.‹

›Da bin ich dagegen‹, schrie Alfred Lässer. ›Mich will er zum Fenster hinausschmeißen, und ich habe einen Einser gehabt mit Kommentar, und er hat einen Fleck gehabt, einen hochkantigen, und er soll einfach nur herumgeschupft werden.‹

›Also, Lässer, was schlägst du vor‹, sagte Manfred Fritsch. – Er holte einen Schreibblock und einen Kuli aus seinem Pult.

›Sag mal, bist du verrückt‹, fuhr ich ihn an. ›Willst du ein Protokoll machen?‹ Das ist mir auf einmal so in den Kopf geschossen. Die *Prozesse,* die echten und die unechten. Das hat auf einmal so danach ausgesehen. Bei den *Prozessen* ist auch Protokoll geführt worden. Was ist denn mit all diesen Protokollen geschehen hinterher, dachte ich. Warum schreibt man das alles auf, wenn man es hinterher sowieso wegschmeißt! Protokolle und Terminkalender – die einen für hinterher, die anderen für vorher. Eine rechte Krücke und eine linke, nur damit die Füße ja nie auf dem Boden sind. Alles Aufgeschriebene ist gewesen. Bei Gewesenem kann man nichts mehr machen. Mach einen Plan, schreib auf, was werden soll, Buchstabenmännchen aus harmloser Tinte, tun niemandem etwas, sind durchgerast durch den Gegenwartspunkt in dem Augenblick, in dem du den Stift absetzt, sind hinten hinausgeflogen, ins Weltall gepurzelt: Man kann nichts mehr machen. Heißt: Nie habe ich diesen Boden getreten. Krücken haben keine Seele, Kugelschreiber noch viel weniger.

›Das ist kein Prozeß‹, sagte ich.

›Warum denn nicht‹, sagte Manfred Fritsch. ›Warum machen wir es nicht gleich so! Du bist der Verteidiger, der Lässer der Ankläger ...‹

›Und du der Richter‹, fuhr Ferdi Turner dazwischen.

›Den können wir wählen‹, sagte Manfred Fritsch ruhig. ›Ich mach den Protokollanten.‹

›Aber es ist kein Prozeß‹, rief ich.

›Was denn sonst‹, sagte er. ›Ist doch nichts dabei. Ist doch besser, als wenn man nur herumschreit. Dann kann man hinterher auch nachlesen, was jeder gesagt hat.‹

›Wer soll denn das nachlesen?‹

›Jeder, der will. Ich habe eine deutliche Schrift.‹

›Ich will nicht, daß du mitschreibst‹, brüllte ich ihn an. – Ja, vielleicht hatte ich auch eine Ahnung.

Er unterbrach mich: ›Der Lässer hat das Wort!‹

Der fragte: ›Bin ich der Ankläger?‹

›Wenn du willst.‹

Robespierre entstieg erneut der *Herrgottsschanze* ... knapp einen Meter sechzig groß. ›Dann schlage ich vor, daß er Klassenprügel kriegt. Das ist gerecht. Jeder eine Watsche.‹

›Macht sieben‹, sagte Manfred Fritsch und schrieb es auf.

Ferdi Turner kicherte: ›Und wer fängt an?‹

Alfred Lässer stellte sich stramm hin, schluckte und sagte: ›Ich schlage vor, daß der Brandl anfängt.‹

Der Franz tippte sich mit dem Finger an die Stirn: ›Du bist einfach ein Trottel, Lässer, kapier das endlich!‹

›Über Klassenprügel sollten wir gar nicht reden‹, sagte ich. ›Wir zeigen dem Präfekten, daß er mit uns nicht machen kann, was er will.‹

›Du sagst immer dasselbe‹, kommentierte Manfred Fritsch.

›Dann schreibe es auf!‹

›Wenn du mir sagst, wie wir das machen sollen, schreib ich es auf.‹

›Das weiß ich nicht. Aber ich möchte, daß wir darüber reden! Und darum möchte ich auch, daß du es aufschreibst!‹

›Gut‹, sagte er, ›diktier mir, was ich schreiben soll!‹

›Schreib auf, daß ich gegen Klassenprügel bin.‹

›Sonst nichts?‹

›Von mir aus sonst nichts.‹

›Das schreib ich nicht auf.‹

›Und warum nicht, wenn ich fragen darf?‹

›Weil es ein Unsinn ist, aufzuschreiben, was wir nicht machen sollen. Ich schreib nur auf, was wir machen sollen!‹

›Also, dann schreib auf: Wir gehen zum Präfekt, alle miteinander, und sagen ...‹

›Der Reihe nach ... Du bist noch nicht dran.‹ Manfred Fritsch hatte sein meisterhaftes Unbeteiligtsein wiedergewonnen. Bei ihm kann man eigentlich nicht von einem Umbau im Kopf sprechen, oder daß er jemanden anderen spielte. Er war der Unbeteiligte – der Unbeteiligte mit dem kleinen Teufel Heimweh, der manchmal aus den Augen kroch und ihm das glatte Gesicht zerkratzte. Wunden, die schnell heilten. Und wenn sein Verhalten, wie er heute sagt, doch ein Spiel war, ein Versteckspiel, aus einem Minderwertigkeitskomplex heraus – meinetwegen, kann ja sein – dann hat er dieses Spiel gut beherrscht, besser als jeder von uns das seine. Das ist die höchste Kunst der Nachahmung: Wenn keine Spur eines Vorbilds übrigbleibt. Wenn der Nachahmende beim Namen genannt wird. Nicht: Gebhard Malin, der Kalte, oder: Edwin Tiefentaler, der Bürgermeister, oder: Ferdi Turner, der gefürchtete Clown – sondern wenn es heißt: Manfred Fritsch, der Manfred Fritsch. Wenn es heißt: Unbeteiligt wie Manfred Fritsch. Wenn die Nachahmung zum Vorbild wird.

Er legte den Block auf seine Knie und schrieb. Langsam in Druckschrift. ›Edwin Tiefentaler schlägt Herumschupfen vor.‹

›Du kannst auch leichte Klassenprügel schreiben‹, sagte Edwin Tiefentaler großzügig.

›Gut, leichte Klassenprügel ... muß erst noch definiert werden. Ich halte es vorläufig fest ...‹

›Ich habe auch einen Vorschlag‹, sagte Ferdi Turner.

›Langsam ...‹

Und ich rief dazwischen: ›Wir gehen zum Präfekt und sagen, wir tun nicht, was er von uns verlangt.‹

›Ich komme mit dem Schreiben nicht mit‹, sagte Manfred Fritsch. ›Der Reihe nach: Der Lässer ist also für Klassenprügel, sieben Watschen ... Mehr?‹

›Von mir aus genügt das‹, sagte Alfred Lässer.

›Gut ... sieben Watschen ... und du bist dagegen ...‹

›Ich bin gegen Klassenprügel, ja‹, sagte ich.

›Ich bin für Präfektprügel‹, rief Ferdi Turner. ›Ich möchte, daß du das auch aufschreibst!‹ Ein bißchen wurde gelacht. Immerhin.

›Ich meine es ernst!‹

›Das kann ich doch nicht aufschreiben!‹

›Ist ein schwieriges Wort, Präfektprügel. Soll ich es dir buchstabieren?‹

Manfred Fritsch zog sein Nachdenkgesicht. – Augen auf, Mundwinkel nach unten, wußte nicht, was er sagen sollte – da machte es einen Knall und die Tür war zu, und Gebhard Malin war weg. Ende des ersten Aktes. Wenn du so willst.«

»Einer fehlt mir. Oliver Starche ...«

»Ja, ... er fehlt ...«

»Hat er gar nichts gesagt?«

»Ich muß zugeben, das weiß ich nicht. Und das geht mir nicht nur bei dieser Szene im Studiersaal so. Ich kann mich an fast gar nichts erinnern, was mit dem Oliver Starche zu tun hat. Ich sehe ihn nicht vor mir. Ich muß mich selbst immer daran erinnern, daß er ja auch bei uns in der Klasse war. Jeder aus der Klasse kommt irgendwann einmal in meinem Tagebuch vor. Er nicht. Es gibt eine Stelle – zu Beginn der dritten Klasse, am ersten Schultag – da habe ich alle Mitschüler im Tagebuch aufgezählt und mit ein paar Sätzen beschrieben. Oliver Starche steht nur als Name da.«

»Und in der Geschichte – also unserer Geschichte – spielt er auch keine Rolle? Ich meine, außer daß auch er geschlagen hat?«

»Das ist eine Kette ... wie soll ich sagen ... Er spielt eine wichtige Rolle sogar, nicht unmittelbar ... aber doch. Er war der beste Freund von Gebhard Malin – bis der Csepella Arpad ins Heim kam ...«

»Wir kommen auf Oliver Starche zurück. Erzähl erst mal weiter ...«

»Und noch etwas: Oliver Starche bestreitet, daß er geschlagen hat.«

»Bestreitet?«

»Ja. Die Grundwatsche, mehr nicht. Bei der Grundwatsche sei er dabeigewesen, sagt er. Weil er durch das Los als erster bestimmt worden ist. Sagt er. Er habe dem Gebhard Malin eine ganz leichte Ohrfeige gegeben. Das sei alles gewesen.«

»Kannst du das bestätigen?«

»Nein ... Aber ich kann auch nicht sagen, daß es nicht so gewesen ist. Ich habe nicht darauf geachtet ...«

»Gut. Wir werden noch ausführlich darüber sprechen. Auch über Oliver Starche. Weiter. Studiersaal: Gebhard Malin ist gegangen. Was dann?«

»Dann kam ein Anruf für mich.«

»Was?«

»Ja. Ein Erstkläßler platzte in den Studiersaal und rief, ich sollte schnell an die Pforte kommen: ›Ein Ferngespräch!‹ – Meine Tante aus Deutschland. – Es war kein Ferngespräch. Sie rief von meinen Eltern aus an. Sie war auf Besuch gekommen und sagte, sie wolle mich übers Wochenende abholen. Der Hausmeister dachte, es sei ein Ferngespräch, weil sie Hochdeutsch redete. Sie war schon seit dreißig Jahren in Deutschland, hat unseren Dialekt verlernt.«

»Dann hast du ihr ja gleich sagen können, daß das nicht geht – kein Nachhausefahren, keinen Besuch.«

»Ich habe gesagt, es geht wahrscheinlich nicht. War ja noch nicht heraus, wie sich das weiterentwickelt. Ein bißchen Herumschupfen würde ja nicht lange dauern ... oder was weiß ich ... irgendeine Lösung, die schnell geht und niemandem weh tut ...«

»Das heißt, du hast selber drangedacht – an Klassenprügel ... leichte Klassenprügel?«

»Ich war nach wie vor dagegen.«

»Hast aber gedacht, vielleicht setze ich mich nicht durch? Oder hast du gedacht, hoffentlich setze ich mich nicht durch?«

»Ich war gegen Klassenprügel, auch gegen leichte. Aber ich dachte, wahrscheinlich setze ich mich nicht durch. Ja. – Wahrscheinlich – nicht hoffentlich. Es war eine realistische Einschätzung. Wenn es schon so ist, daß ich mich eh nicht durchsetze, wenn also der Gebhard Malin auf alle Fälle herumgeschupft wird, dachte ich, dann ist es mir lieber, es geschieht gleich und nicht erst am nächsten Tag oder in der nächsten Woche. Dann kann ich meine Tante noch sehen. Sie war ja nur einen Tag hier, sie wollte gleich wieder weiter.«

»Und diese Tante hast du gern gehabt?«

»Ja. Sehr gern. Wirklich sehr gern. Aber ich merke, worauf du hinauswillst. Ich war gegen Klassenprügel. Und das war nicht allein Anwaltspielen. Das auch. Aber das entwertet meine Haltung nicht. Warum wähle ich mir dieses Image und nicht ein anderes?«

»Vielleicht weil der Ankläger schon besetzt war – durch Alfred Lässer?«

»Das kann ich beschwören, daß es nicht so war. Es hat mir einfach gereicht! Der Terror des Präfekten, sein lustiger Terror hat mir gereicht, und sein ernster auch. Ab *Züchtigt ihn!* war's bei mir aus. Mit dem nicht mehr! Das war wie ein Denkmal aus Beton in meinem Kopf: Mit dem nicht mehr! Nie mehr! Als der Ferdi Turner diesen Witzvorschlag machte – *Präfektprügel* – da ist mir das Blut hochgeschossen, einen Augenblick lang bin ich ganz matt geworden, so eine lustvolle Mattigkeit, nur einen Augenblick lang, einen Augenblick lang habe ich mir gegönnt, diesen Vorschlag ernst zu nehmen. Nein, ich war nicht nur deshalb gegen Klassenprügel, weil ich zufällig in die Rolle des Anwalts hineingeschlittert bin. Ich bin nicht hineingeschlittert. Daß mir dann die Rolle gefallen hat, das ist etwas andres. Ich war gegen Klassenprügel. Prinzipiell. Auch gegen Herumschupfen. – Natürlich hätte ich meine Tante gern gesehen. Meine Taufpatin, Schwester meines Vaters. Und es tut mir bis heute leid, daß ich sie damals nicht gesehen habe. Sie ist bald darauf weggefahren, das heißt, sie hat ihre Wohnung in Frankfurt aufgelöst. Sie ist *in den Süden* gezogen ... Ich ziehe in den Süden, habe sie gesagt. Erzählte mir meine Mutter. Und dann hat die Tante nie mehr etwas von sich hören lassen. Keine Adresse, nichts.«

»Du hast also am Telephon gesagt, wahrscheinlich kannst du nicht weg. Hast du deiner Tante gesagt, warum nicht?«

»Nein, natürlich nicht ... das am Telephon zu erklären ...

der Hausmeister stand daneben ... Ich habe ein bißchen mit ihr geplaudert ... sie hat mich eingeladen, ich soll in den Weihnachtsferien zu ihr nach Frankfurt kommen ... oder in den Osterferien ... Darum habe ich mich auch so gewundert, als es dann hieß, sie sei weg, habe ihre Wohnung aufgelöst. Sie sei *in den Süden* gezogen – was immer das auch geheißen hat.«

»Du warst an der Pforte, hast telephoniert. Du hast also das weitere im Studiersaal nicht mitgekriegt?«

»Doch, doch. Ich habe ja nicht lange telephoniert ...«

»Und dann bist du wieder zurück zu den anderen gegangen?«

»Ja. Das Telephonat war genau im richtigen Augenblick; besser sollte ich sagen, genau im unrichtigen Augenblick. – Kommt mir typisch vor für meine Tante ... Ich war mir bei ihr nie sicher, ob das, was sie tut, richtig ist oder falsch; ich wußte nur, entweder es ist grundrichtig oder grundfalsch. – Ich war vielleicht fünf, zehn Minuten weg. Und in diesen fünf, zehn Minuten hat die Klasse einen Entschluß gefaßt. Der Entschluß lautete: Klassenprügel. Nicht echte, sondern nur gespielte. So tun als ob. Also auch nicht Herumschupfen, wie Edwin Tiefentaler gemeint hatte. – Man hatte sich darauf geeinigt, dem Gebhard Malin vorzuschlagen, er solle sich selbst die Haare verstrubbeln und sich selbst einen Knopf von der Jacke abreißen, dann solle er selber seine Schuhe zum Fenster hinauswerfen – das ist bei Klassenprügeln so üblich gewesen, daß man dem Opfer die Schuhe zum Fenster hinausgeworfen hat –, das solle er machen, selber, keiner würde ihn angreifen; und dann wollte man zum Präfekten gehen und den Gebhard Malin vorführen, mit zerzausten Haaren, abgerissenem Jackenknopf und in Strümpfen, und sagen: Pater Präfekt, wir haben ihn gezüchtigt ...«

»Und warum sagst du, du hast genau im richtigen, beziehungsweise genau im falschen Augenblick mit deiner Tante telephoniert?«

»Man hatte sich für Klassenprügel entschieden; zwar für unechte, aber das macht nichts. Man hat sich dafür entschieden, zu tun, was der Präfekt wollte. Als ich den Studiersaal betrat, war die Entscheidung gefallen.«

»Du meinst, du bist da heraus ... weil du nicht dabei warst, als das entschieden wurde?«

»Ja, das meine ich.«

»Und darum hat deine Tante im richtigen Augenblick angerufen? Sie hat dir quasi ein Alibi verschafft. Das meinst du?«

»Ja. Da brauch ich ja nicht drumherum zu reden. Das meine ich. Diese Entscheidung hat die Richtung angegeben. Man hat sich entschlossen zu tun, was der Präfekt gesagt hat. Man hat zumindest beschlossen, so zu tun als ob. – Verstehst du ... man hat sich auf einen Weg geeinigt; man hat gedacht, man muß ihn ja nicht bis zu Ende gehen, diesen Weg, nur ein paar Schritte ...«

»Und warum sagst du, deine Tante hat im falschen Moment angerufen?«

»Weil ich das hätte verhindern können. Ich hätte dagegen geredet. Gegen Klassenprügel – gegen echte genauso wie gegen unechte. Ich konnte ganz gut reden, und ich hatte einen guten Stand in der Klasse. Der Franz hat geschwankt, das hat mir der Ferdi Turner später erzählt, und der Ferdi Turner selbst hat auch geschwankt, auch der Oliver Starche habe geschwankt. Vehement dafür waren der Alfred Lässer und der Edwin Tiefentaler. Der Manfred Fritsch hielt den Vorschlag für vernünftig ...«

»Und du wärst sozusagen das Zünglein an der Waage gewesen?«

»Dieser kleine Anruf ... Es ist eine merkwürdige Sache ... ach ja, das klingt nach Manfred Fritsch, ja ... merkwürdig ... seltsam ... eigenartig ... die Sache mit meiner Tante, meine ich ... mit dem Anruf ... Ich habe nie mehr etwas von ihr gehört, auch meine Leute zu Hause nicht. Sie ist *in den Süden* hieß es. Und dann – ich muß vorgreifen, ich muß das erzählen ... ist das in Ordnung, wenn ich kurz vorgreife?«

»Wenn es dir wichtig erscheint ...«

»Ja ... schon ... Wenige Wochen bevor das Heim abgerissen wurde, der Haupttrakt, die Studiersäle hat man ja stehenlassen, wenige Wochen davor bin ich hinauf nach Tschatralagant gegangen. Das war im November 1966, also ziemlich genau drei Jahre danach, nach diesem Nachmittag, nach der Sache mit Gebhard Malin. – Im Sommer 66 war das Heim aufgelöst worden, und bereits im Dezember hat man es abgerissen. Ich bin nach der dritten Klasse aus dem Heim ausgetreten und Fahrschüler geworden und war seither nie mehr oben gewesen. – Ich war also in der Sechsten. Wir hatten am Nachmittag Unterricht, erst eine Stunde Turnen, dann eine Stunde Geographie, ich hatte mich gerade von einer Rippenfellentzündung erholt und war vom Turnen befreit, hatte also eine lange Mittagspause, und nach Hause zu fahren rentierte sich nicht. Es war ein sonniger Spätherbsttag, ich spazierte durch die Stadt und schlug ganz automatisch, gewohnheitsmäßig den Weg nach Tschatralagant ein. Gut, schau ich's mir noch einmal an, dachte ich. Ich wußte ja, daß das Heim bald abgerissen wird.«

»Warum wurde es überhaupt abgerissen? Es ist ja sinnlos, es erst abzureißen und dann ein neues draufzusetzen.«

»Darüber müssen wir noch sprechen, ja ...«

»Gut ... erzähl weiter ... in deinem Vorgriff ...«

»Will ich ja. Ich ging also den Weg hinauf ... Und dann stand ich davor. Die Fensterscheiben beim Haupttrakt waren eingeschmissen, das Studiersaalgebäude war unversehrt. Das Haupttor dazwischen war herausgebrochen. Ich trat ein, und glaub mir, das Herz schlug mir bis in den Adamsapfel hinauf, das Schlucken tat weh.

Auf der Stiege vor dem unteren Studiersaal, auf der uns der Präfekt geprüft hatte – er hat immer auf der Stiege geprüft, wir sind auf den Stufen gesessen, unter dem Hintern ein

Buch, und er ist vor uns auf- und abgegangen – auf der Stiege waren Bretter gestapelt, alte Bohlen, nur ein schmaler Gang dazwischen war frei, gebohnerte Bohlen, ich erkannte die Bretter, glaubte sie zu kennen, ich ging über die Stufen hinauf, nach links, öffnete die Tür zum Speisesaal, der Fußboden war herausgerissen ... Die Balken lagen nackt auf der betonierten Kellerdecke, überall Staub und Sägemehl, die Tür zum Paterzimmer fehlte, der Speiseaufzug war ausgebaut worden, durch die eingeschlagenen Fenster zog der Wind ...

Aber die Bilder an den Wänden hatte man hängen lassen: Der heilige Karl Borromäus im Bischofsgewand beugt sich über einen Aussätzigen, seine Nase scharf wie ein Fallbeil, da hat die Natur diesem Inquisitor die Missetaten ins Gesicht geschrieben, noch ehe er sie begangen hatte. – Der heilige Fidelis, die Marterwerkzeuge in den Händen, den Morgenstern und die Axt, quer über den Schädel ein roter Strich, die Augen nach oben gerichtet, der Mund lächelnd; der heilige Franziskus in einer Kutte, die ihm zu kurz war, die Ärmel reichten nicht bis zu den Ellbogen, er breitet die Arme aus, und bunte Vögel schicken sich an, darauf zu landen.

Ich verließ den Speisesaal, stieg die Stufen weiter hinauf zum unteren Schlafsaal. Die Spinde und die Betten waren entfernt worden, aber der Fußboden war unbeschädigt. Die Lampen – es waren große, weiße Glaskugeln gewesen – fehlten, von der Decke herab hingen nur die Glühbirnen ... – Ich durchquerte den Schlafsaal, betrat den Waschraum. Hier war nichts verändert worden. Die Regale für die Waschutensilien hingen noch an ihrem Platz, ich drehte einen Hahn auf, das Wasser rann heraus, träge wie eh und je.

Ich stieg hinauf in den nächsten Stock. Die Tür zur Kapelle war abgesperrt, das wunderte mich –, auch die Räume, die dem Rektor gehört hatten, waren abgesperrt. – Der obere Schlafsaal sah aus wie der untere. Ich ging die letzte Stiege hinauf zum Mariensaal. Hier war alles so, wie ich es in Erinnerung hatte. Die Holzbänke standen rundum an den Wänden, die gelben Vorhänge waren da – gelb, weil die Sonne gelb ist und die Mutter Maria schön wie die Sonne ist. Hier hatten wir die ›Vorvorprüfungen‹ abgenommen. Mir fiel der Edwin Tiefentaler ein. Der war damals schon nicht mehr an der Schule.

Zuletzt kletterte ich über die Leiter hinauf in den Raum, wo die Wasserbehälter gestanden hatten, und stieg durch das Dachfenster aufs Dach. – Das Dach war wenig abschüssig, und wenn es trocken war, konnte man ohne Gefahr auf den Ziegeln gehen. Hinter einem der Kamine war eine flache, mit Blech ausgelegte Stelle, früher, vor meiner Zeit, soll hier ein Taubenschlag gewesen sein, eine ins Dach eingelassene Kerbe, ein Nest, windgeschützt, zur Hälfte überdacht. Hier konnte man nicht gesehen werden. Dennoch war es kein gutes Versteck gewesen. Weil es jeder kannte. – Ich setzte mich auf das Blech und lehnte mich mit dem Rücken an den Kamin.

Jedenfalls, und darum erzähle ich das ... Auf einmal stand der Rektor neben mir. Ich hatte ihn nicht durchs Dachfenster steigen hören. Er hatte die Ärmel seiner Kutte hochgekrempelt, noch nie hatte ich seine Unterarme gesehen, sie waren stark behaart. Er blickte auf mich nieder und strahlte übers ganze Gesicht. Die weißen Streifen in seinem Bart unterhalb des Mundes waren breiter und länger, als ich sie in Erinnerung hatte.

›Schön, daß du uns besuchen kommst‹, sagte er.

Ich war so erschrocken, daß ich den Mund nicht aufbrachte. Er leckte mit der Zunge über die Lippen, das hatte er immer gemacht, wenn er betrunken war.

›Genießt ein bißchen die letzte Sonne‹, sagte er. ›Das ist recht. Darf ich mich zu dir setzen?‹

Ich stand auf, wollte eine Erklärung abgeben, warum ich hier oben auf dem Dach sitze, warum ich, ohne zu fragen, das Heim betreten hatte ...

›Bleib doch sitzen‹, sagte er. ›Setzen wir uns ein bißchen hin. Ich bin fast jeden Tag hier oben. Der Herbst ist wunderschön heuer.‹

Wir setzten uns nebeneinander auf das Blech, er legte den Kopf in den Nacken, schloß die Augen und ließ sich die Sonne ins Gesicht scheinen. Seine Haare waren lang, früher hatte er immer eine streng ausrasierte Tonsur gehabt, jetzt war sein Kopf mit dunklen Haaren überwachsen.

›Kennen Sie mich denn noch‹, fragte ich.

Er lächelte, ließ die Augen geschlossen. ›Freilich‹, sagte er. ›Ich kenne jeden von euch. Was wäre ich denn für ein Rektor, wenn ich einen von euch vergessen würde.‹

Er roch nach Wein, nach Wein und Weihrauch. Ein vertrauter Geruch. Ich habe ja oft genug ministriert, wenn er die Messe gelesen hatte, so hatte er gerochen bei der Wandlung, wenn ich ihm Wasser und Wein in den Kelch gegossen hatte, einen Tropfen Wasser und einen Viertelliter Weißwein, Blut Christi.

›Warum seid ihr alle weggegangen‹, sagte er. ›Ein Dach ist kein Dach, wenn sich niemand unterstellen will.‹

›Ach‹, sagte ich, ›meine Eltern haben gedacht, ich soll Fahrschüler werden.‹

›Ja‹, sagte er, ›die Eisenbahn ist schuld.‹

Er legte sich zurück, die Augen immer noch geschlossen, so lag er da, ausgestreckt auf dem Blech, die Hände über dem Bauch gefaltet. Mir fiel auf, daß er einen vierten Knoten in seinem Strick hatte, aber ich habe mich natürlich nicht getraut zu fragen, was für eine Bedeutung dieser vierte Knoten hätte.

Er sagte nichts mehr, und es sah aus, als wäre er eingeschlafen. Ich wartete eine Weile, dann stand ich leise auf und schlich auf Zehenspitzen über das Dach. Gerade als ich das Dachfenster erreicht hatte, sagte er: ›Deine Tante hat angerufen.‹ Dabei rührte er sich nicht von der Stelle, auch die Augen behielt er geschlossen.

›Wann‹, fragte ich.

›Vor zwei Jahren. Du warst schon nicht mehr hier.‹

›Was hat sie denn gesagt?‹

›Ich weiß es nicht mehr‹, sagte er. ›Ich habe es aufgeschrieben, aber sei mir nicht böse, ich bin ein Schlampertatsch, ich habe den Zettel verloren.‹

›Was hat sie denn ungefähr gesagt‹, fragte ich.

›Keine Ahnung, wirklich keine Ahnung‹, kicherte er. ›So ein Schlampertatsch bin ich geworden!‹

›Ich muß jetzt gehen‹, sagte ich, ›ich habe Schule.‹

›Ja, geh nur‹, sagte er. ›Aber versprich mir, daß du mich wieder besuchen kommst!‹ Ich bin natürlich nicht mehr hingegangen, und eine Woche später hat man das Heim abgerissen.«

»Und den Rektor hast du nicht mehr gesehen?«

»Ihn nicht und meine Tante auch nicht. Meine Mutter glaubte mir das nicht ... daß die Tante im Heim angerufen haben soll ... nachdem sie schon *im Süden* war ... sie sagte, ich hätte mir das eingebildet ... daß der Rektor das gesagt hat. Ist ja egal ... Das hat mich jedenfalls sehr hergenommen, nicht nur wegen der Tante, die ist ja verlorengegangen, natürlich auch wegen der Tante ... das alles zusammen ... weil oben auf dem Dach ... dort oben auf dem Dach hat sich der Gebhard Malin nämlich versteckt gehabt ... als wir ihn dann suchten ... Darum ist das so ...«

»Weil der Gebhard Malin auch verlorengegangen ist?«

»Wieso? Das habe ich nicht gesagt.«

»Aber du weißt nicht, was aus ihm geworden ist.«

»Aber das heißt ja nicht ... Der wird schon irgendwo sein ...«

»Auch *im Süden*?«

»Was? Nein ... wieso sagst du das ... Ich weiß nicht, wo er ist. Die anderen auch nicht ...«

»Aber du hast versucht, mit ihm Kontakt aufzunehmen?«

»Ja ... das kann ich sagen ... ja.«

»Du hast ihn gesucht?«

»Gesucht ... nein, gesucht habe ich ihn nicht. Ich weiß nicht, was du darunter verstehst ... Ich war in dem Dorf, aus dem er gekommen ist ...«

»Und der Rektor? Was ist mit ihm?«

»Er ist gestorben. Er ist ins Kloster zurückgekehrt ... und dort ist er gestorben – im Stammkloster in Imst.«

»Wer sagt das?«

»Ich war bei seiner Beerdigung. Als ich Ferdi Turner besucht hatte ... was heißt besucht ... als ich bei ihm war eben. Der wohnt ja in Imst, ist dort Biologieprofessor am Gymnasium.«

»Gut. Weiter: Zurück zu dem Anruf deiner Tante – dem ersten Anruf, wenn ich einmal so sage. Als man dich aus dem Studiersaal geholt hat. Die Klasse hat sich also für Prügel entschieden. Das war fix, als du in den Studiersaal zurückkamst?«

»Für *unechte* Klassenprügel haben sie sich entschieden. Noch unechter als unecht – für Als-ob-Klassenprügel.«

»Wer hat denn diesen Vorschlag gemacht: unechte Klassenprügel – Als-ob-Klassenprügel?«

»Ich weiß es nicht.«

»Manfred Fritsch hat doch Protokoll geführt. Man hätte das ja nachlesen können.«

»Ach was!«

»Und habt ihr geglaubt, der Gebhard Malin macht das mit? Sich selbst die Haare zerzausen, selbst seine Schuhe zum Fenster hinausschmeißen?«

»Nein. – Sie haben sich in meiner Abwesenheit etwas ausgedacht. Ich sollte mit dem Csepella Arpad reden und ihm die Situation schildern. Ich sollte sagen, wir hätten uns einen Schmäh ausgedacht, wie wir den Präfekt linken könnten. Auf diese Art sollte ich das Ganze darstellen – und der Csepella Arpad soll dann mit dem Gebhard Malin sprechen. Wenn einer auf ihn Einfluß hat, dann der Arpad. Stimmt ja auch.«

»Und Csepella Arpad würde da mitmachen, dachtet ihr?«

»Ich nicht! Ich habe den anderen gleich gesagt, das könnt ihr vergessen, das macht der Arpad nicht. – Man muß es wenigstens versuchen, wurde gesagt.

Und der Edwin Tiefentaler fügte hinzu: ›Sag ihm, unechte

Klassenprügel sind besser als echte – für den Malin!‹ – Ein recht überflüssiger Kommentar.«

»Eine Drohung. Was war den vorgesehen für den Fall, daß sich Gebhard Malin nicht bereit erklärte, bei dem Bluff mitzumachen?«

»Nichts. Darüber ist gar nicht gesprochen worden.«

»Sie dachten, der Csepella Arpad macht es und schafft es?«

»Sie haben den Arpad nicht gekannt. Sonst hätten sie so einen Vorschlag nicht gemacht. Auf so etwas hätte er sich nie eingelassen. Hinter einem solchen Vorschlag steht so viel Ängstlichkeit und Kleinkriecherei, Liebedienerei, Lakaienschlauheit – der Arpad hätte gar nicht begriffen, wo da der Witz sein soll. War sinnlos, überhaupt mit ihm darüber zu reden.«

»Du hast also nicht mit ihm darüber gesprochen?«

»Nein.«

»Aber du hast ihn im Krankenzimmer besucht.«

»Ich habe ihn im Krankenzimmer besucht. Doch. Später ... Es war schon einmal ein Fehler, daß ich mich habe einspannen lassen für einen Vorschlag, den ich ablehnte. Sie haben gedrängt, Manfred Fritsch hat gesagt: ›Daß du dagegen bist, habe ich ja notiert. Das, worum wir dich bitten, hat ja auch gar nichts damit zu tun. Du bist der einzige, der gut steht mit dem Csepella, darum mußt du das machen.‹

›Der Franz steht genauso gut mit ihm‹, sagte ich. ›Warum redest du nicht mit ihm, Franz?‹

Der Franz ist im Studiersaal herumgegangen, hat die Deckel der Pulte hochgehoben, einen nach dem anderen, hat so getan, als hörte er mich nicht.

›Er meint, es ist besser, wenn eine neutrale Person geht‹, sagte Manfred Fritsch.

›Wieso bin ich denn eine neutrale Person‹, fragte ich.

›Du bist der einzige, der dagegen ist, darum.‹

›Bist du wirklich dafür, daß der Malin Klassenprügel kriegt, Franz?‹ Ich stellte mich vor ihn hin, schaute ihm in die Augen.

›Er kriegt ja keine‹, sagte er leise.

›Das haben wir beschlossen‹, sagte Manfred Fritsch. ›Daß richtige Klassenprügel nicht in Frage kommen. Das habe ich notiert. Das liegt schriftlich vor.‹

›Du mußt das so sehen‹, mischte sich Edwin Tiefentaler ein. ›Du bist jetzt so etwas wie ein Beamter der Klasse, kommt ja auch vor, daß ein Beamter eine andere Partei gewählt hat als die, die an der Regierung ist, und trotzdem tut er dann, was man ihm sagt, verstehst du das?‹

›Erstens verstehe ich das nicht‹, sagte ich, ›und zweitens bin ich nicht euer Beamter! Oder habt ihr das auch beschlossen?‹

›Nein, das haben wir nicht beschlossen‹, sagte Manfred Fritsch. Er hielt mir in der ausgestreckten Hand das Protokoll hin. ›Du kannst alles nachlesen.‹

›Ich will nichts nachlesen‹, sagte ich.

›Laß es mich erklären‹, fing Edwin Tiefentaler wieder an. ›Es ist ja schließlich mein Vorschlag.‹

›Dein abgeänderter Vorschlag‹, verbesserte Manfred Fritsch.

›Schon *mein* Vorschlag …‹

›Nein, dein Vorschlag war Herumschupfen und leichte Klassenprügel, kannst du ja nachlesen …‹

›Das ist doch dasselbe.‹

›Nein, eben nicht …‹

›Dann laß mich meinen Vorschlag noch einmal erklären!‹

›Also‹, unterbrach ihn Ferdi Turner, ›bevor der Lange endgültig jede Klarheit beseitigt, mache ich jetzt ein Angebot.‹ Augen, Nase und Mund standen ganz eng übereinander in seinem Gesicht, links und rechts davon die breiten, gelben, zu den Ohren hin roten Backen, auf der Stirn eine tiefe Falte; als ob diese Falte alles Blut aus der Mitte des Gesichts an die Ränder preßte. Der Witz war ihm vergangen. – Daß ich mich schließlich doch einverstanden erklärte, mit Arpad zu sprechen, lag an dem Angebot des schlauen Ferdi Turner: ›Du gehst zum Csepella, wenn er den Malin überredet, ist sowieso alles klar, und wenn nicht, dann machen wir, was du sagst.‹

›Damit bin aber ich nicht einverstanden‹, rief Alfred Lässer dazwischen. ›Das war nicht ausgemacht. Dann kriegen wir zuletzt doch noch alles ab.‹

›Du weißt ja gar nicht, was er dann vorschlägt‹, sagt Ferdi Turner.

›Er wird dann gar nichts vorschlagen‹, sagte der Franz und machte weiter mit dem Heben der Pultdeckel.

›Was heißt das‹, fragte ich.

›Das heißt, daß du ja doch nur redest‹, sagte er. Ohne mich anzusehen. Das hat mich durcheinandergebracht. Natürlich hatte er recht. Es drängte mich wirklich nicht, etwas zu unternehmen. Was denn unternehmen! Als Anführer der Klasse beim Sturm auf das Paterzimmer habe ich mich weiß Gott nicht gesehen. Natürlich war mir reden lieber. Reden, reden, reden, bis vielleicht irgendwo ein Brocken herausfällt, ein Ergebnis, nicht nur in Mund und Kopf. – Aber der Franz meint ja etwas anderes, dachte ich, dem geht es um eine Revanche wegen gestern abend. Hätte ich ihm gestern abend nicht sein Glück aus den Augen gerissen, er würde jetzt an meiner Seite stehen – besser: Ich würde an seiner Seite stehen. Er würde viel überzeugender argumentieren als ich. Veronika läßt sich im Theaterloch von Typen angreifen, Franz Brandl ist beleidigt, und Gebhard Malin kriegt Klassenprügel …

›Der Franz hat nicht recht‹, sagte ich. ›Ich will nicht nur reden. Ich bin dafür, daß wir zum Präfekten gehen und sagen, daß wir uns das nicht gefallen lassen.‹

›Das ist genauso nur geredet‹, sagte Alfred Lässer.

›Und protokolliert ist das auch schon‹, sagte Manfred Fritsch.

›Das wird man ja sehen, was bei dem Gespräch herausschaut‹, sagte ich. ›Das hat ja noch nie jemand probiert. Dem Präfekten ins Gesicht zu sagen, nein, wir tun nicht, was Sie wollen.‹

›Dann streicht er uns alles bis Ostern‹, kreischte Alfred Lässer. ›Da mach ich nicht mit! Das ist ein Blödsinn!‹

›Das ist überhaupt nicht heraus, wie er dann reagiert, wenn wir alle aufmarschieren‹, sagte ich.

›Also gut‹, sagte Ferdi Turner. ›Ich geh mit.‹

›Das heißt‹, fragte ich, ›ich rede mit dem Csepella, und wenn es nichts nützt, gehen wir alle gemeinsam zum Präfekten?‹

›Das ist mein Angebot, ja.‹

›Wer ist dafür‹, fragte Manfred Fritsch.

Ferdi Turner hob die Hand. Ich. Auch Oliver Starche. Da sehe ich ihn noch genau vor mir. Ja, Oliver Starche hat gleich die Hand gehoben. Schließlich sagte der Franz: ›Von mir aus. So ein Blödsinn oder ein anderer – ist ja eh wurscht.‹ – Und er hob ebenfalls die Hand. Nun waren auch Edwin Tiefentaler und Manfred Fritsch dafür. Alfred Lässer war als einziger dagegen.

›Siehst du‹, sagte Ferdi Turner zu ihm. ›Du wirst den Malin allein verprügeln müssen.‹

Gut. – Ich versprach, mit dem Arpad zu reden und ihm das Anliegen der Klasse vorzutragen. Gemacht habe ich es nicht.«

»Du bist aber doch zu ihm ins Krankenzimmer gegangen. Steht ja auch in deinem Tagebuch.«

»Ja, ja, schon ... aber das war erst später ...«

»Was heißt später?«

»Ich bin erst später ins Krankenzimmer gegangen ... nicht gleich ... später erst ...«

»Also, jetzt komme ich durcheinander. Du bist ins Krankenzimmer gegangen, hast aber nicht mit Csepella Arpad über den Vorschlag der Klasse geredet?«

»Ja.«

»Und warum nicht?«

»Ich wollte mich nicht vor dem Arpad blamieren. Komme da an wie ein Abgesandter ... nicht wie, sondern wirklich ... ich wär ja ein Abgesandter gewesen ... ein Dienstbote der Klasse ... ein Beamter, wie Edwin Tiefentaler gesagt hat ... eine Art Briefträger ...«

»Ein Diplomat. Man kann es ja auch so sehen.«

»Sicher kann man. Ich sah es nicht so. Und der Arpad hätte es auch nicht so gesehen. Der hätte gesagt: Und was ist mit dir? Willst du dem Gebhard auch *unechte* Klassenprügel geben? Ich bring dir eine Frau, die dich an ihren Busen greifen läßt und an ihr Höschen, und du willst meinem Freund Klassenprügel geben! – Ob unechte oder echte, das wär ihm wurscht gewesen. Dieses Theater – unecht, echt – das hätte ein Csepella Arpad sowieso nicht verstanden, das heißt, da hätte er sich an den Kopf gegriffen. Jeder vernünftige Mensch hätte sich an den Kopf gegriffen. Ja, vielleicht war der Csepella Arpad der einzige vernünftige Mensch in diesem ganzen Narrenhaus!«

»Du hättest ihm die Sache ja erklären können. Daß du selbst dagegen bist, die ganze Debatte ...«

»Dann hätte ich mich erst richtig lächerlich gemacht. Stell dir einen Diplomaten vor – weil du das gesagt hast – einen Diplomaten, der über eine Sache verhandeln soll und gleich als erstes sagt, du, ich finde diese Sache selber auch total beschissen und ich bin dafür, daß du nein sagst, aber ich bin geschickt worden, um dich herumzukriegen, damit du ja sagst. Dann hätte er nicht einmal mehr gelacht. Dann hätte sich der Arpad Sorgen um mich gemacht. Um meinen Geisteszustand. – Ich meine, was der Arpad von mir hält, das war mir wichtig, das war mir wirklich wichtig, vor dem Arpad wollte ich nicht dastehen wie der Entwurf eines Volltrottels! Ich bin nicht hingegangen.«

»Erst später ...«

»Ja ...«

»Und was wolltest du später vom Csepella Arpad?«

»Da wollte ich gar nichts von ihm. Eigentlich wollte ich da nichts von ihm.«

»Und warum bist du dann ins Krankenzimmer gegangen?«

»Das ist mein beschissener Punkt an der Sache ... hab ich schon einmal gesagt.«

»Also gut. Stellen wir das vorläufig zurück. – Die Klasse war aber überzeugt, du gehst zum Csepella und bittest ihn, er soll mit dem Gebhard Malin reden ... daß er sich für diese *unechten* Klassenprügel zur Verfügung stellt?«

»Ja. Die haben geglaubt, ich mach das.«

»Haben Sie gewartet auf dich?«

»Ja. Sie haben im Studiersaal gewartet. War ja sonst keiner im Studiersaal. Die erste und zweite Klasse haben frei gehabt an diesem Nachmittag. Jedenfalls bis um fünf. Bei halbwegs gutem Betragen hat man am Samstag bis fünf freigehabt. Was heißt frei. Man ist klassenweise zum Duschen gegangen oder man hat, wenn man dabei war, mit der Blaskapelle geübt oder in der Theatergruppe geprobt oder man hat sich freiwillig zum Kapellenputzen gemeldet. Da gab es immer etwas. Pflichttermine oder andere Sachen. Einfach nur Freizeit hat es an Samstagnachmittagen selten gegeben, höchstens eine oder zwei Stunden. Aber die Studiersäle waren leer. Wir haben ausgemacht, die anderen warten im Studiersaal, und ich geh ins Krankenzimmer.«

»Und was hast du in Wirklichkeit gemacht?«

»Ja ... also ... Ich habe mit dem Gebhard Malin geredet ...«

»Du hast mit dem Gebhard Malin geredet?«

»Ich habe ihn getroffen, zufällig, ja ... und da habe ich mit ihm geredet.«

»Was heißt, du hast ihn zufällig getroffen?«

»Ich bin aus dem Studiersaal gegangen und habe mir gedacht ... das heißt, ich habe mir überhaupt nichts gedacht ... also, was ich jetzt wirklich tun soll, habe ich nicht gewußt. Nur, daß ich nicht mit dem Arpad reden werde, das habe ich gewußt. Ich dachte, ich verdrück mich eine halbe Stunde, versteck mich, hätte ja sein können, daß die anderen im Haus herumstrawanzen und mich irgendwo sehen ... das wär nicht gut gewesen, dann wär ich vielleicht noch selber drangekommen. Also, habe ich gedacht, ich versteck mich, wart eine halbe Stunde, geh dann zurück in den Studiersaal und sage, der Csepella Arpad hat abgelehnt ... oder sage etwas anderes, das wollte ich mir erst noch überlegen ...

Man war ja öfter in der Situation, daß man sich verstecken wollte. Oder mußte. Und jeder hat so seine Verstecke gehabt im Haus oder auch draußen. Ich bilde mir ein, ich hatte ein sehr raffiniertes Versteck. Raffiniert deshalb, weil es eigentlich gar kein Versteck war. – Die Personalstiege, die hinten durchs ganze Haus führte. – War weder abgesperrt noch entlegen. Ist aber nie benutzt worden. Auch vom Personal nicht. Von der Stiege aus hatte man Zugang zu allen drei Stockwerken, zum Keller und zum Dachboden. Es war ruhig dort. Wenn man sich in der Mitte aufhielt, konnte man hören, wenn jemand die Stiege betrat, ob im Keller oder im Dachboden oder sonstwo, und man konnte schnell durch einen der Ausgänge verschwinden. Um jemanden zu erwischen, der sich dort versteckte, hätte man an jedem Ausgang jemanden postieren müssen.

Ich habe manchmal ganze Nachmittage dort verbracht, Sonntagnachmittage, Samstagnachmittage, habe eine Tüte Kekse mitgenommen oder eine Tafel Schokolade – wenn ich so etwas hatte, eine Tasse Malzkaffee – Malzkaffee mochte ich ganz gern – mein Kopfkissen, ein Buch – und dann habe ich gelesen oder ein bißchen gedöst oder Luftschlösser gebaut. Das habe ich am liebsten gemacht, mir Sachen ausgedacht. Ganze Serien hatte ich laufen, Abenteuerserien, in denen ich die Hauptrolle spielte, Pferde, Zelte, Orient, Krieg, unter dem Wasser, unter der Erde. Gegen Abend, im Sommer, schien die Sonne durch die Fenster, und von weitem drang der Lärm von den Fußballplätzen herein. Die Geräusche ließen sich mühelos in meine Phantasien einbauen. – Und dann hat einmal einer aus der Klasse gesagt, wo warst du denn, wir haben dich im ganzen Haus gesucht – es war etwas Wichtiges, ich weiß nicht mehr was, sie hatten mich wirklich gesucht, waren ausgeschwärmt, hatten in jeden Winkel geschaut, sogar in die Sakristei – auf die Idee, ich könnte auf der Personalstiege sein, sind sie nicht gekommen. Da wußte ich, das ist ein gutes Versteck, das darfst du nicht verraten.

Ich schlich also zur Personalstiege, setzte mich auf die Stufen und wartete. Ich war vielleicht fünf Minuten dort, da hörte ich, daß über mir im zweiten Stock die Tür geöffnet wurde. Ich sprang auf, drückte mich an die Wand, wenn der die Stiege herunterkommt, dachte ich, verschwinde ich durch die Tür in den Gang hinter dem Speisesaal.

Die Tür wurde geschlossen, dann war es wieder still. Entweder er steht jetzt auch da und lauscht, oder er hat sich auf die Stiege gesetzt. Ich beugte mich ein wenig vor, sah zwei Hosenbeine, braun, grob, mit Stulpen unten und Filzpatschen. Gebhard Malin, kein Zweifel.

Gut, dachte ich, soll es so sein ... sind die Dinge eben so eingerichtet worden, wie der Spiritual zu sagen pflegte. Gut. Die Dinge sind so eingerichtet worden, daß ich hier mit dem Gebhard Malin zusammentreffe. Kann ich mich nicht davonmachen.

Ist es eben so bestimmt, daß ich direkt mit ihm verhandle.«

11

»Oder auch nicht verhandle: Sind die Dinge so eingerichtet worden, daß hier auf der Personalstiege Verurteilter und Unterhändler zusammentreffen? Daß ich der Knecht bin, der in die Zelle geht und sagt, es ist soweit? Für wen! Für den Präfekten? Oder für die anderen, von denen sich keiner über sein *Züchtigt ihn!* gewundert hat, auch der Franz nicht, auch der Ferdi Turner nicht! Ich bin nicht ihr Unterhändler. Ich bin nicht ihr Beamter! Wenn man dem Präfekten trotzen kann, kann man auch den Dingen trotzen, die so eingerichtet sind.

Ein Mut packte mich, ganz plötzlich, den Hals schnürte es mir zu, so war ich beseelt von dem Gedanken einer heldenhaften Freundschaft zwischen Gebhard Malin und mir, Handschlag und Treue bis in den Tod, wir beide Rücken an Rücken gegen die ganze Klasse, gegen das ganze Heim, gegen den Präfekten, gegen den ganzen Orden meinetwegen, eine Bilderfolge, Krieg, Schreie, Flüche, Zielfernrohr und als letztes Bild: unsere zerschossenen Leiber über die Stufen ausgestreckt, Kopf nach unten, die Stirn trotzig und stolz, die Augen offen, der Mund offen, *Tooor* ...

Ich hustete, machte ein paar schwere Schritte – wenn er sich davonmachen wollte, sollte er die Gelegenheit dazu haben. Langsam ging ich die Stufen hinauf.

Er saß auf dem obersten Absatz, die Arme auf den Knien verschränkt. Ich versuchte, ein unbeschwertes Gesicht zu machen. Er blickte mich an, machte keine Anstalten aufzustehen.

›Servus‹, sagte ich.

›Läufst du mir nach‹, fragte er.

›Nein‹, sagte ich, ›woher sollte ich denn wissen, daß du hierherkommst.‹

›Ich brauch keinen, der mich verteidigt.‹

›Klar‹, sagte ich. ›Da brauchst du sicher keinen.‹

›Denkst du, ich versteck mich?‹

›Nein‹, sagte ich. ›Ich denke mir höchstens, du willst deine Ruhe haben.‹

›Genau.‹

›Stört es dich, wenn ich mich zu dir setze?‹

›Wenn es mich stört, geh ich‹. – Soll heißen, so einer wie du ist nicht einmal in der Lage, mich zu stören. – Hab schon verstanden. – Früher war er der Aufdringliche gewesen, hatte sich an jeden rangemacht, hatte sich selbst zu Autofahrten eingeladen, bei denen es ihm nicht schnell genug gehen konnte.

›Stört es dich wirklich nicht?‹

Jetzt krieg ich nicht einmal mehr eine richtige Antwort. – Und ich gab ihm recht. Ein Held, der gleich das halbe Heim zusammenschießt, hat andere Sorgen.

Ich setzte mich neben ihn, ich wollte bis zwanzig zählen, wenn er bis dann nichts sagte, würde ich beginnen. Nur womit, das wußte ich nicht. Am besten gleich mitten hinein: Gehen wir hinunter in die Werkstatt und holen uns jeder einen Franzosen ...

›In der Kapelle montieren sie den Kennedy um‹, sagte er, da war ich grad bei elf.

›Warst du in der Kapelle?‹ Er antwortete nicht.

›Was willst du denn in der Kapelle‹, fragte ich.

›Was will man in der Kapelle, ha?‹

Ich grinste schief: ›Beten, ha!‹ Mein Grinser wartete vergebens auf den seinen. Vielleicht hat er nicht mitgekriegt, daß ich seinen Witz verstanden hatte.

›Du hast also gebetet?‹ Er reagierte nicht.

Ich holte den Grinser ein. Ist ja auch wirklich ein Witz, dem besten Freund vom Csepella Arpad zu unterstellen, daß er betet. Nur lacht da vielleicht jeder andere drüber, nur er selbst nicht. Ich kann dem Malin nicht einmal einen Witz anbieten, dachte ich. Über den Pfarrer im Puff lacht ja nur der, der sich dann die Beichte abnehmen läßt. – Menschenskind, ich war so kopflos, irgend etwas muß doch, Himmelnocheinmal, an mir sein, eine winzig kleine Sensation, bitte! Ich kam mir unentschuldbar vor.

›Und hier bist du wieder nicht allein‹, sagte ich.

›Kann man nichts machen.‹

›Stör ich dich auch wirklich nicht?‹ Er verdrehte die Augen. Bei einem wie mir reicht's nicht einmal für einen Ärger.

›Sie montieren den Kennedy auf den Franziskusaltar‹, sagte er. ›War der Vorschlag vom Spiritual.‹

›Aha‹, sagte ich. – Mehr Zeit ließ er mir nicht.

›Er meint, die Maria ist wichtiger als der Franziskus‹, sagte er.

›So ...‹

›Der Rektor ist für den Marienaltar. Daß der Kennedy dort hängen bleiben soll.‹

›Aha ...‹

›Sie haben sich angefahren ...‹

›Der Rektor und der Spiritual ...‹, fragte ich.

›Die beiden.‹

›In der Kapelle?‹

›In der Sakristei.‹
›Aha …‹
›Man kann wegen dem Kennedy nicht die Muttergottes wegmachen.‹
›Ja …‹
›Sagt der Spiritual …‹
›Da hat er recht‹, sagte ich.
›Mir ist das wurscht‹, sagte er.
›Mir auch‹, sagte ich schnell.
›Von mir aus sollen sie den Kennedy zum Jesus hängen.‹ Darauf sagte ich nichts. Gleich den ganzen Himmel wollte ich nicht gegen mich haben. Für einen *wilden Hund* ist das Voraussetzung. – Und ich? Zigarettenrauchen vor dem Kennedyaltar: mein größtes Abenteuer. Der heldenhafte, blutige Samstag in meinem Kopf schnurrte zusammen auf das Format eines Schulaufsatzes: *Dein größtes Abenteuer*. Mit so einem wie mir ist nicht gut morden. Ich gab ihm wieder recht.

Wir saßen eine Weile nebeneinander, vermieden es, uns anzusehen. Plötzlich fragte er: ›Was hast du mit ihr gemacht?‹ Ich spürte ein Kribbeln im Gesicht bis hinauf zu den Haarwurzeln. ›Mit wem?‹

›Mit wem …‹, sagte er leise und gedehnt. Er rückte noch weiter zur Wand, drehte sich zu mir, schaute mich an. Nicht, daß er mich neugierig anschaute. Als suchte er etwas an mir, das er bisher noch nicht bemerkt hatte. Irgend etwas muß ich wohl mit ihm reden, wird er sich denken, bis er selber draufkommt, daß er stört. Ein Pausenfüller. – Worüber lacht der Malin eigentlich? Über geile Geschichten sicher nicht, und lügen war mir zu anstrengend.

›Ich habe ihr an den Busen gegriffen‹, sagte ich. ›Es ist schnell gegangen.‹

Er nickte. – ›Wie gefällt sie dir?‹
›Gut.‹
Er nickte wieder. Als ginge er einen Fragenkatalog durch.
›Und dir …‹, fragte ich.

›Gut. Nackt oder war der Pullover drüber?‹
›Nackt.‹
›Nackt‹, wiederholte er und nickte: ›Wie lang ... ungefähr?‹
›Ganz kurz ...‹
›Wie kurz ... eine Minute ... zehn Sekunden?‹
›Du warst doch dabei‹, sagte ich. ›Du bist doch daneben gestanden.‹
›Ich habe nicht zugeschaut.‹
›Ich dachte, du schaust zu.‹
›Ich habe aber nicht zugeschaut. Ich habe nicht zugeschaut, und ich habe nicht auf die Uhr geschaut. Ich weiß nicht, wann du hingegriffen hast, und ich weiß nicht, wann du die Hand wieder weggetan hast.‹

Seine Art zu reden schüchterte mich ein. Nicht einmal einschnaufen ließ er mich, schon fetzte die nächste Frage nach. Alle meine Vorsätze zerbröselten wie eine dünne, trockene Maske.

›Wie lange also?‹
›Vielleicht zwei Sekunden ...‹
›Zwei Sekunden ...‹
›Oder drei ...‹
›Und nur an den Busen?‹
›Nein ... sonst auch ...‹
›Wo?‹
›Unten ...‹
›Unten also auch ...‹
›Ja ...‹
›Richtig?‹
›Wie meinst du das?‹
›Hast du unten richtig hingegriffen?‹
›Nicht richtig ...‹
›Was heißt nicht richtig?‹
›Halt ... nicht richtig ...‹
›Nicht tief genug?‹
›Ja... nicht tief genug ...‹

Er nickte wieder. Dann stand er auf. ›Ich will dich nicht länger stören.‹ Verhör beendet.

›Du störst mich doch nicht‹, sagte ich. ›Ich wollte sowieso mit dir reden.‹

Es sah aus, als hätte er die Augen geschlossen. ›Und worüber?‹

Ich wußte es nicht. Ich wußte nur, wenn mir nicht sofort etwas einfällt, geht er, und ich bleib übrig – keine gute Figur. Er stand bereits bei der Tür zum zweiten Stock. ›Ich wollte schon lange einmal mit dir reden‹, sagte ich.

›Und worüber willst du mit mir schon lange reden?‹

Und wenn ich ihm nun doch erzähle, was wir im Studiersaal ausgemacht hatten? Dann würde er sagen: Und darüber willst du mit mir schon lange reden? Was heißt denn schon lange? Weißt du denn schon lange, daß die mich verprügeln wollen? Und ich müßte mich in eine Spirale hineinlügen. Nein, diese *unechten* Klassenprügel waren kein Thema. Was gäbe es darüber schon zu reden? Das war kein Thema. Für ihn sowieso nicht. Und für mich auch nicht mehr so. – Eine winzig kleine Sensation, bitte!

›Hauen wir ab!‹ sagte ich. ›Vielleicht geht der Arpad mit. Hauen wir zu dritt ab!‹ – Das war einfach so dahergeredet, ohne Überlegung. Und das war sie. Die winzig kleine Sensation. Die Sensation. – Am Boden liegt Heu, du trittst drauf und spürst durch die Sohle den Diamantring. Er starrte mich an. Keine hängenden Augenlider mehr, keine allumfassende Gleichgültigkeit mehr, kein lässiges Kauen auf nichts. Er setzte sich wieder, schüttelte den Kopf und nickte. Abwechselnd.

Nach einer Weile fragte er: ›Woher weißt du das?‹

›Woher soll ich was wissen?‹

›Das mit dem Abhauen.‹

Gut, dachte ich, leg ich noch etwas nach. Ich machte das Gesicht, das eigentlich er hätte machen sollen – hängende Augenlider, kauender Mund. ›Hab ich mir schon lang durch den Kopf gehen lassen ... Du nicht?‹

›Hast du mit dem Arpad geredet?‹
›Nein, bis jetzt noch nicht‹, sagte ich.
›Wie kommst du dann darauf?‹
›So ... eben ... nur so ... Willst du ewig im Heim bleiben?‹
Er spuckte auf die Treppe. Spuckte gleich noch ein zweites Mal. Kein trockenes Spucken, Spucken in der Folge eines unterdrückten Räusperns – kein Signal des Helden, nur zu viel Speichel. ›Der Arpad hat also mit dir geredet‹, sagte er. Ich brummte irgend etwas, das genauso *nein* wie *ja* heißen konnte. Um durchzurechnen, was besser wäre, fehlte mir die Zeit. Soll er es sich selbst aussuchen.
›Hätt ich dir nie zugetraut‹, sagte er.
›Was hättest du mir nie zugetraut‹, fragte ich.
›Abhauen‹, sagte er, und wie er es aussprach, traute ich es mir selbst auch nicht zu.
›Abhauen‹, wiederholte ich. – Nein, es lag doch nicht daran, wie man es aussprach.
›Du willst also auch abhauen.‹
Auch? – Jetzt hätte ich doch ganz gern ein bißchen widersprochen, wenigstens einen Brummer mit Fragezeichen hätte ich gern angebracht; aber er ließ mich nicht, fuhr gleich fort: ›Hast du Geld? Das ist das Hauptproblem, hast du dir das überlegt? Der Arpad wird's dir ja gesagt haben.‹
›Mhm ...‹
›Hat er?‹
›Hm ...‹
Es geht um Bruchteile von Sekunden. Wenn dir nicht sofort der richtige Gedanke kommt, ist es zu spät. Ich wollte gerade Luft holen und sagen, he, da liegt ein Mißverständnis vor; oder: so habe ich das nicht gemeint; oder: ich habe einen Unsinn geredet, ich will doch gar nicht abhauen; oder gerade heraus zugeben: ich habe mich nur interessant machen wollen –; da hat sich bei mir der Held wieder gemeldet, ist hineingehüpft in das Gedankenloch, das für die Klarstellung reserviert gewesen wäre und hat mir zugeflüstert: Du mußt ja

nichts sagen, mußt nicht einmal brummen, es genügt, wenn du schweigst, vorläufig.

›Der Arpad hat also mit dir geredet‹, sagte er. ›Stimmt's?‹

Ich schwieg.

›Was hat er gesagt?‹

Ich zuckte mit der Schulter.

›Ich gebe zu‹, sagte er, ›ich wär nicht auf dich gekommen. Aber bitte, der Arpad ist ein guter Menschenkenner. Wenn er sagt, du bist in Ordnung, dann bist du in Ordnung. Ich bin kein Menschenkenner. Ich nicht! Das ist bewiesen.‹ Er schaute mich an und lächelte. Ein verzerrtes Lächeln. Ich habe das nicht ungern gesehen, wie der Gebhard Malin auf einmal so aus der Fassung geriet. Darum hat es mir auch nicht mehr so viel ausgemacht, als er sagte: ›Ich bin nicht für dich. Nur damit du es weißt. Ich will dich nicht anlügen. Ich wär nie darauf gekommen und ich versteh's auch nicht. Aber das soll der Arpad entscheiden.‹ Er schluckte und drehte sich zur Seite. ›Das brauchst du aber nicht dem Arpad zu sagen, darüber rede ich mit ihm selber ...‹

›Du brauchst gar nicht mit ihm darüber zu reden‹, sagte ich. ›Am besten ist, wir vergessen das alles!‹

›Nein, nein‹, sagte er schnell. ›Wenn der Arpad das so will, da möchte ich mich nicht querlegen ... wirklich nicht ...‹

›Blödsinn‹, sagte ich. ›Wenn du nicht willst, dräng ich mich doch nicht auf!‹

Er schüttelte heftig den Kopf: ›Nein, nein, das ist es doch gar nicht. Ich hab ja auch gar nichts gegen dich. Ich muß mich erst an den Gedanken gewöhnen. Das ist alles.‹

Keine Spur mehr im Gesicht von jenem Gebhard Malin, der sich in den letzten Monaten von uns abgewandt hatte, um den Gipfel einer beneidenswerten Einsamkeit zu besteigen und von dort oben unter gesenkten Augenlidern auf uns Wichte herunterzuschauen. – Also hat doch noch der Csepella Arpad das Kommando, dachte ich. Ist die Welt doch noch halbwegs in Ordnung.

Und dann sagte er etwas Seltsames, haspelte es heraus, ohne mich dabei anzusehen: ›So weit man gehen kann, muß man gehen. Die ersten 30 Kilometer müssen wir zu Fuß gehen, und zwar in der Nacht. 30 Kilometer sind am Stück zu schaffen. Wenn einer nicht mehr kann, wird er vom anderen auf den Rücken genommen. Nach 30 Kilometern steigen wir in den Zug. Wenn du ab jetzt dabei bist, müssen wir einen neuen Plan machen. Was kannst du denn am besten?‹

›Ich weiß nicht ...‹
›Du weißt nicht, was du am besten kannst?‹
›Ich kann gut rennen ...‹
›Und was soll das nützen?‹
›Weiß ich nicht.‹
›Kurzstrecke, nicht Langstrecke, stimmt's?‹
›Ja ...‹
›Kurzstrecke nützt gar nichts. Und Geld hast du auch keines?‹
›Nein, ich habe kein Geld ...‹
›Und weiß das der Arpad?‹
›Ich habe nicht mit ihm geredet, ich habe ...‹
›Traust du dich stehlen?‹
›Vielleicht ...‹
›Hast du schon einmal etwas gestohlen?‹
›Ja ...‹
›Was?‹
›Zigaretten ... beim Rektor ...‹
›Das ist geklaut. Ich meine gestohlen ... Geld.‹
›Nein.‹
›Und das weiß der Arpad auch nicht?‹
›Nein.‹

Nicht einen Satz ließ er mich zu Ende bringen. Allmählich gewann er seine Überlegenheit zurück. Seine Augenlider sanken herab, sein Mund begann mit den Kaubewegungen. ›Und sonst irgendwie Geld organisieren – kannst du das?‹

›Weiß ich nicht ...‹

›Hast du keine Ahnung, wie man das machen könnte?‹
›Nein.‹
›Denk nach!‹
›Ich habe zu Hause in meiner Schublade ...‹
›Nach Hause geht's nicht mehr. Arbeit?‹
›Vielleicht ...‹
›Hast du schon einmal gearbeitet?‹
›Beim Hausbauen habe ich geholfen ... meinem Onkel ...‹
›Für Geld?‹
›Nein.‹
›Das zählt nicht. Wie viele Zementsäcke kannst du tragen?‹
›Weiß ich nicht. Auf einmal?‹
›Hintereinander natürlich!‹
›Weiß ich nicht ...‹
›Hast du nie gemacht?‹
›Nein.‹
›Auch auf dem Bau nicht?‹
›Nein, ich hab nur ...‹
›Warst du schon einmal in Hamburg?‹
›Nein ... nur in Frankfurt ...‹
›Kennst du die Admiralstraße?‹
›In Frankfurt?‹
›In Hamburg!‹
›Nein ...‹
›Schiffe aufladen ... Kannst du das?‹
›Ich habe noch nie ein Schiff aufgeladen ... Du?‹
›Nein, aber ich kann zwanzig Zementsäcke in einer halben Stunde tragen.‹
›Wie weit?‹
›Das spielt keine Rolle. Kannst du das?‹
›Ich glaub nicht ...‹
›Wissen tust du es nicht?‹
›Nein ...‹
›Dann kannst du es auch nicht. Wenn du es könntest, wüßtest du es. Kannst du Autofahren?‹

›Darf man doch erst ab achtzehn ...‹

›Machst du nur Sachen, die man darf?‹

Darauf wußte ich nichts zu sagen. Ich wußte auch nichts zu brummen. Ich wußte gar nichts mehr.

Er schüttelte den Kopf. ›Du kannst gar nichts. Ich versteh den Arpad nicht.‹

›Was muß man können‹, fragte ich kleinlaut.

›Hungern zum Beispiel.‹

›Hungern?‹

›Wie lange kannst du nichts essen?‹

›Ich weiß es nicht.‹

›Hast du es nie probiert?‹

›Nein. Und du?‹

›Ich habe es probiert.‹

›Und wie lang?‹

›Das sag ich nicht.‹

›Und warum sagst du das nicht?‹

›Weil Hungern können eine Waffe ist.‹

›Hat das der Arpad auch probiert?‹

›Der braucht das nicht.‹

›Und warum brauch ich das, wenn er es nicht braucht?‹

Er warf mir einen mitleidigen Blick zu. ›Du weißt nicht, wie man Geld organisiert, wie willst du dann wissen, wie man etwas zu essen organisiert! Also mußt du hungern.‹

›Und der Arpad weiß, wie man etwas zu essen organisiert?‹

›Allerdings.‹

›Und wie?‹

›Vielleicht sagt er's dir, vielleicht sagt er's dir nicht.‹

›Er wird's mir schon sagen ...‹

›Wenn nicht, mußt du hungern.‹

›Aber heute hungert doch niemand mehr ...‹

Er schüttelte den Kopf, als hätte ich soeben behauptet, die Bienen stammten vom Krokodil ab. ›Was stellst du dir denn unter Abhauen vor?‹ fragte er.

›Ich weiß es nicht. Eigentlich nichts.‹

›Nach Hause fahren mit dem Zug?‹
›Nein ... das nicht ...‹
›Du hast dir nicht viel Gedanken darüber gemacht, stimmt's?‹
›Nein ...‹, sagte ich.
Er lächelte triumphierend. ›Wir müssen dich vorher testen‹, sagte er. ›Darauf bestehe ich.‹
›Wie denn testen?‹
›Meinst du, wir nehmen irgendeinen Beliebigen mit? Wir müssen dich testen, ob du der Richtige bist ...‹
›Vielleicht bin ich wirklich nicht der Richtige‹, sagte ich.
Eine Weile lang schaute er mich an. Von oben herab. ›Was hältst du von mir?‹, fragte er.
›Ich versteh dich nicht ...‹
›Mit so einem Gerede kannst du bei mir abfahren‹, unterbrach er mich barsch. ›Du verstehst genau, was ich meine. Ich halte nichts von so einem Herumgerede!‹ Er ging die paar Stufen hinunter zum Treppenabsatz, stellte sich mit dem Rücken zum Fenster. Er legte die Hände wie Scheuklappen an seine Stirn. Nun war sein Gesicht ganz im Schatten. ›Also‹, sagte er noch einmal. ›Was hältst du von mir?‹
›Ich kenn dich nicht besonders ...‹, sagte ich.
›Das ist ein anderes Thema. Du wirst ja irgend etwas von mir denken. Man will ja nicht mit einem abhauen, über den man noch nie nachgedacht hat.‹
›Hast du über mich nachgedacht‹, fragte ich.
›Das steht nicht zur Debatte‹, sagte er. ›Ich habe ja auch nicht gesagt, daß ich mit dir abhauen will.‹
›Ich finde‹, begann ich zögernd. ›Ich finde ... das heißt, du machst den Eindruck ... ich denke mir, du stehst darüber ...‹
›Das ist doch wieder ein dummes Gerede‹, sagte er. ›Da weiß ich wirklich nicht, was das bedeuten soll.‹
›Du kennst doch den Ausdruck ... einer steht drüber ...‹
›Über was drüber steht einer?‹
›Daß ihm nichts etwas ausmacht ... das meine ich ...‹
›Und so einer bin ich, denkst du?‹

›Ja, das denke ich …‹

›Zum Beispiel, daß ich über einem *nicht genügend* drüberstehe, das meinst du – oder daß ich zum Beispiel …‹

›Ja, heute zum Beispiel‹, unterbrach ich ihn, ›in der Lateinstunde … wie du das aufgenommen hast … den Fleck …‹

›Was war da?‹

›Ja … das hat mir imponiert … ich meine, der einzige Fleck bei so einer Schularbeit …‹

›Denkst du, daß ich zu blöd bin für diese Schularbeit?‹

›Nein … natürlich nicht … Ich denke, daß es dir wurscht ist…‹ Das Gespräch bewegte sich in eine gefährliche Nähe zu meiner Mission. Ich war mir nicht sicher, ob er es genau darauf anlegte. ›Also, das mit der Lateinschularbeit mußt du mir näher erklären‹, sagte er.

›Ich finde, du bist ein wilder Hund‹, sagte ich schnell.

Er lachte, nahm die Hände von der Stirn. ›Was sind das für Kindereien‹, sagte er. ›Da fehlt ja nur noch das Nasenbohren. Ist dir aufgefallen, daß ich mich mit dem Rücken zum Licht gestellt habe?‹

›Natürlich‹, sagte ich. ›Damit ich dein Gesicht nicht sehen kann. Ist ein alter Trick …‹

›Nicht schlecht, he, nicht schlecht! Und jetzt sag mir, ob du mich sympathisch findest!‹

Eine kurze Überlegung: ›Nicht besonders‹, sagte ich. – Wenn Ferdi Turner mit dem Präfekten Schach spielen kann, kann ich es mit dem Gebhard Malin zumindest versuchen.

›Na also‹, rief er und kam über die Stufen herauf. ›Ich finde dich nämlich auch nicht besonders sympathisch.‹

›Ich dich auch nicht‹, sagte ich.

›Ich dich auch nicht‹, sagte er.

›Ich dich auch nicht‹, sagte ich.

›Ja‹, sagte er, ›aber du hast so getan, als ob du mich sympathisch findest … das habe ich nie getan …‹

›Wann habe ich so getan?‹

›Zum Beispiel vorhin im Studiersaal … oder vorher im

Speisesaal ... oder auf dem Schulweg ... oder schon die ganze Zeit ...‹

›Da hast du dich eben getäuscht‹, sagte ich. Worauf will er eigentlich hinaus, dachte ich. Gut, wenn er mir beweisen will, daß ich der Falsche zum Abhauen bin, gut, soll mir recht sein; vielleicht aber will er mir beweisen, daß ich eigentlich aus einem ganz anderen Grund hierher zur Personalstiege gekommen bin.

Plötzlich hielt er mir die Hand hin. ›Der Arpad ist ein guter Menschenkenner‹, sagte er. ›Wenn er meint, es muß unbedingt zu dritt sein, gut bitte, an mir soll es nicht liegen.‹ – Und dabei die zusammengekniffenen Lippen, der Wir-werden-es-schon-schaffen-Mund und Nicken mit geschlossenen Augen: Das *Don-Bosco-Gesicht* des Präfekten, wenn er einen Neuling begrüßte. (›Ich glaube, wir beide werden noch viel zu raufen haben miteinander, aber eines weiß ich jetzt schon, wir beide verstehen uns ...‹)

Ich nahm seine Hand nicht. Er ballte die Faust und berührte damit meine Schulter. ›Ich war nämlich gar nicht mehr sicher, ob der Arpad überhaupt noch will‹, sagte er. ›Ohne Arpad können wir das sowieso vergessen. Der kennt sich aus. Hat er von Mexiko geredet oder von Südamerika – Brasilien?‹

Mir wurde kalt im Nacken. ›Das ist so‹, stammelte ich. ›Ich bin einfach nur so auf die Idee gekommen ... wirklich ... und dann dachte ich, ich sag das jetzt einmal ... weil mir die Idee durch den Kopf gegangen ist ... aber ich wußte wirklich nicht, daß ihr abhauen wollt ... ich meine ... ich bin nur so auf die Idee gekommen ...‹

›Ist ja keine Kunst, hier auf so eine Idee zu kommen‹, sagte er.

Ideen!

›Brasilien oder Mexiko?‹ Ich zuckte mit der Schulter.

Ideen! Auf was für Ideen ich hier auf dieser Stiege schon gekommen bin! Ich habe mich von hier aus schon mitten durch die Erdkugel gegraben! Mit den Händen! Heißt *Idee*, daß man das tut? Dann bin ich in meinem ganzen Leben noch nie auf eine *Idee* gekommen. Das wär eine wunderbare Geschichte gewesen: Der Csepella Arpad ist abgehauen, zusammen mit dem Gebhard Malin, sie sind die ersten 30 Kilometer zu Fuß gegangen, haben sich abwechselnd getragen, haben sich über die Schweizer Grenze geschmuggelt, sind in Italien auf ein Schiff gegangen, haben sich als blinde Passagiere über den Ozean geschlichen, haben sich quer durch Südamerika geschlagen ... eine wunderbare Geschichte zum Weitererzählen – aber selber dabei sein?

Ich nahm mich zusammen: ›Der Arpad hat wirklich nichts gesagt. Und ich zum Arpad auch nichts ... Das ist mir jetzt im Augenblick so gekommen ... Ehrlich!‹

Er überhörte es oder nahm es als einen Versuch von mir, meine Verschwiegenheit zu beweisen. ›Ich habe dich für einen falschen Hund gehalten‹, sagte er. ›Für einen hinterfotzigen Hund, das muß ich ganz ehrlich sagen. Zum Beispiel vorhin im Studiersaal. Daß der Lässer einen Zorn hat, das ist ja irgendwie verständlich, er ist halt ein kindischer Trottel, der sich nichts traut. Ich an seiner Stelle wäre einfach hingegangen und hätte mir eine heruntergehauen. Traut er sich natürlich nicht. Aber daß er einen Zorn hat, versteh ich. Bei dir habe ich mir gedacht, das ist ein Trick. Warum soll der mich verteidigen! Sei mir nicht böse, das hat wirklich ausgesehen wie ein Trick. Und wenn jemand einen Trick macht, da kenne ich mich nicht aus. Da kennt sich der Arpad aus. Und darum, wenn der Arpad sagt, du bist in Ordnung, dann gebe ich das zu. Über ein paar Sachen müssen wir noch reden, am besten ohne den Arpad, das würde er nicht verstehen, und ich möchte nicht, daß er denkt, ich bin nachtragend oder so, darum ist es gut, wenn wir beide zuerst miteinander reden.‹

Und er redete und redete, ich habe gar nicht mehr zugehört, die Ohren sind mir zugefallen, wie wenn man vom Berg herunterfährt. In meinem Kopf war nur ein Gedanke, hart wie tropisches Holz: Ich lande in Südamerika. Weil das grad noch hätte passieren können: Die wollen ja wirklich abhauen, und dann bin ich mit dabei, und dann trau ich mich das ganze Leben lang nicht mehr zu sagen, daß das alles nur ein Irrtum war, ein Mißverständnis, mein Vater hat gesagt, er sehe mich als Anwalt vor Gericht, das war irgendwann einmal beim Abendessen, als Verwandte dagewesen waren und ich ein großes Mundwerk geführt hatte, das ist jetzt den Bach hinunter, dachte ich, kein Anwalt und auch kein Arzt, meine Mutter hätte mich gern in einer Landpraxis gesehen, auch den Bach hinunter, Detektiv genauso, Detektiv, bisher das Verwegenste vom Verwegenen, im Vergleich zu Südamerika ein gemütliches Aktentaschentragen.

Und dann sagte er etwas, das ich wieder nicht verstand: ›Wir dürfen nicht zurückschauen. Mindestens so lange nicht, bis wir beim Bahnhof sind. Bis zum Bahnhof genügt, denke ich … Schaffst du das, 30 Kilometer nicht zurückzuschauen?‹

›Aber es sind doch nicht 30 Kilometer bis zum nächsten Bahnhof‹, sagte ich.

›Der nächste Bahnhof interessiert uns auch nicht‹, sagte er.

›Wohin wollt ihr gehn‹, fragte ich. Ziemlich leise.

›Das hat er also nicht gesagt, der Tscheps?‹

›Nein.‹

Und damit saß ich endgültig in der Falle. Dieses *Nein* war eine Bestätigung für alles andere. Über alles hatte der Csepella Arpad also mit mir gesprochen, nur nicht darüber. Es gab keine andere Möglichkeit, dieses *Nein* zu interpretieren.

›Na gut‹, sagte er, zwinkerte mir zu, ›wenn der Tscheps nicht darüber geredet hat, dann tu ich's auch nicht. Oder soll ich‹?

›Du brauchst nicht darüber zu reden‹, sagte ich.

›Interessiert es dich denn nicht?‹

›Doch schon … Mexiko? Brasilien?‹

Er lachte schallend heraus: ›Da würden sie blöd schauen, die Idioten!‹

›Wollt ihr wirklich nach Mexiko oder nach Brasilien‹, fragte ich.

›Wieso wir?‹ fragte er. ›Du doch auch.‹ Und im gleichen Augenblick sprach er weiter: ›Wenn der Tscheps will, daß du statt ihr mitgehst, dann ist das schon in Ordnung. Er behauptet ja, es müssen unbedingt drei sein. Nicht zwei und nicht vier. Von mir aus könnten wir auch zu zweit gehen.‹

Und mit dem Besen waren Mexiko und Brasilien aus meinem Kopf gekehrt. ›Statt wem soll ich mitgehen‹, fragte ich.

›Statt der Hur‹, sagte er.

›Welche ... bitte ... welche Hur denn ...‹

Er kaute. Auf nichts. Und ich wußte, das würde ich in meinem ganzen Leben nie mehr tun! ›Du weißt doch selber, daß sie eine Hur ist‹, sagte er.

›Ich ... weiß es nicht‹, sagte ich.

›Aber ich weiß es.‹

›Und woher weißt du das ... bitte?‹

Er blinzelte mir unter den halbgeschlossenen Augen zu.

›Was redest du eigentlich‹, sagte er. ›Du mußt es doch am besten wissen.‹

›Warum sagst du, die Veronika ist eine Hur‹, fragte ich.

›Meinst du, man kann jeden mitnehmen, jeden beliebigen‹, sagte er, ›einfach so, weil sie schöne Sachen redet?‹

›Ich versteh dich nicht‹, sagte ich.

›Du brauchst mich nicht zu verstehen.‹

›Woher weißt du, daß die Veronika eine Hur ist‹, fragte ich noch einmal.

›Ich weiß es, weil ich sie getestet habe. Darum.‹

›Du hast sie getestet?‹

›Jawoll!‹

›Wie getestet?‹

›Tust du so blöd oder bist du so blöd?‹

›Ich will wissen, wie du sie getestet hast!‹

›Mit dir zum Beispiel!‹

›Wie getestet? Mit mir getestet ... wie!‹

›Ich hab ihr gesagt, sie soll sich von dir angreifen lassen. Wenn sie keine Hur wär, hätte sie nein gesagt.‹

Einen Augenblick lang wurde mir schwarz vor Augen, und eine wohlige Wärme stieg durch meine Adern – wie vorhin im Studiersaal, als Ferdi Turner den Vorschlag mit den ›Präfektprügeln‹ gemacht hatte.

›Ist doch klar, daß sie eine Hur ist‹, sagte er.

›Ja‹, sagte ich, ›das ist klar …‹ Das hat mich umgehauen, das kannst du mir glauben.«

»Hast du ihm das denn geglaubt, daß er der Veronika gesagt hat, sie solle sich von dir angreifen lassen?«

»Nicht gesagt … befohlen … daß er sie erpreßt hat, glaubte ich. Daß er derjenige war … mit irgend etwas hat er sie erpreßt, dachte ich, was weiß ich womit. Natürlich habe ich es ihm geglaubt. Ich wollte jedenfalls nicht nachfragen … wollte nicht weiter darüber reden … nur nicht weiter darüber reden! – Ich kann mich nicht erinnern, daß ich je vorher etwas Ähnliches empfunden hätte … eine Leere … alles ist mir weggerutscht. Wie Jahre später, als mir meine Frau sagte, sie habe einen anderen. Nicht einmal der Gedanke, nicht mehr leben zu wollen, kam mir. Solche Gedanken kommen einem nach verpatzten Schularbeiten, nach verpatzten Prüfungen … da will man nicht mehr leben … weil man merkt, man lebt eigentlich ja noch.«

»Und ihm gegenüber – was hast du ihm gegenüber empfunden?«

»Nichts …«

»Nichts? Auch nicht – Vergeltung, Heimzahlen oder so?«

»Ach, die Klassenprügel – habe ich doch nicht daran gedacht. Im Augenblick bestimmt nicht. – Ich stand auf, streckte ihm die Hand hin, als wollte ich ihm ein Gutes Neues Jahr wünschen. Er nahm sie und hielt sie fest.

›Wo gehst du hin‹, fragte er.

›Ach‹, sagte ich, ›ich will noch meine Tante anrufen. Das habe ich total vergessen.‹

›Wir müssen mit dem Arpad reden‹, sagte er.

›Später …‹, sagte ich. ›Das machen wir später.‹

In seinem Gesicht war ja auch keine Freude. Wir beiden haben gelächelt, uns angelächelt – wie angebrunzt.

›Ich habe wirklich nichts gegen dich‹, sagte er. ›Ich find's eigentlich sogar gut, daß du mitgehst.‹

›Ja, ja ...‹, sagte ich.

›Also, wann reden wir mit dem Arpad?‹ fragte er.

›Nachher‹, sagte ich.

›Ich warte bei ihm im Krankenzimmer‹, sagte er.

›Nein, nein‹, sagte ich. ›Warte hier – ich komme gleich wieder.‹ – Vielleicht habe ich in diesem Augenblick an die Klassenprügel gedacht – aber nicht in Wut. Man muß doch für etwas gut sein, dachte ich, wenn schon nicht für sich selber, dann wenigstens für die Allgemeinheit.

Wir haben uns die Hand geschüttelt. Zuerst haben wir beide geschüttelt, dann nur noch er.

›Also, dann warte ich‹, sagte er.

›Du mußt nicht‹, sagte ich.

›Ich warte gern hier‹, sagte er.

›Ja dann ...‹, sagte ich.

Ich mußte meine Hand aus seiner reißen. – Er blieb sitzen, winkte mir mit zwei Fingern nach.«

12

»Und dann bin ich zurück zu den anderen in den Studiersaal gegangen.«

»Die haben dort gewartet?«

»Ja. Der Franz nicht. Der war nicht dort.«

»Und was war weiter?«

»Ich habe mich nicht mehr sonderlich dafür interessiert ... kannst du mir glauben ... Ich konnte ja nichts anderes denken, als ...«

»Lassen wir das einmal beiseite. Erzähl einfach, was weiter geschehen ist. Oder erinnerst du dich nicht daran?«

»Doch, doch ... Sie haben mich ausgefragt ... klar ...«
»Gut. Was hast du ihnen gesagt?«
»Was habe ich gesagt ... die Wahrheit. Ich habe gesagt, beim Csepella war ich gar nicht, den Malin habe ich getroffen, aber geredet habe ich mit ihm nicht über die Sache. Das habe ich gesagt.«
»Und sie?«
»Du bist ein Idiot, hat der Ferdi Turner gesagt. – Die anderen haben zuerst nichts gesagt, waren wohl ziemlich ratlos, hatten sich darauf verlassen, daß alles so läuft, wie sie es sich vorgestellt hatten. Der Ferdi Turner war zornig.

›Jetzt kannst du meinen Vorschlag vergessen‹, sagte er. ›Du bist derselbe sture Hund wie der Malin. Ich habe zu dir geholfen. Ich wär mit dir zum Präfekten gegangen, hätte auf den Tisch gehauen und gesagt, das tun wir nicht ...‹ – Und so weiter und so weiter ...

Er hat sich aufgeführt – viel zu übertrieben. Ich dachte, der übertreibt. Und mir war im Augenblick nicht nach Streiten. Aber er hat nicht lockergelassen, ist laut geworden, hat mich beschimpft. Da ist mir dann schon die Galle hochgestiegen. Ich hätte ihn gern daran erinnert, daß er es war, der mit seinem Furz uns letztlich in diese Situation gebracht hat, der Spaßmacher mit den hundert Spitznamen, der sich immer über alles lustig machte. Aber ich habe nichts gesagt.«

»Und für Ferdi Turner war es kein Spaß mehr? Also keine Witzchen mehr – *Präfektprügel* und so?«

»Nicht mehr. Das ist abgegangen bei ihm – während ich weg war wohl – und so lustig waren die Witze vom Ferdi Turner ohnehin nicht.«

»Vielleicht wäre ein Witzbold gut gewesen, in dieser Situation.«

»Aber das war er halt eben doch nicht, ein Witzbold war er nicht, der Ferdi Turner, das war seine Verstellung, und das haben wir auch gewußt, der hat nämlich in Wirklichkeit alles sehr ernst genommen, auch den Witzbold, und das geht nicht; aber so einen wollten wir nicht; er hat sich ja regelmäßig als Klassensprecherkandidat aufgestellt; wenn der Ferdi Turner Klassensprecher geworden wäre, dann wäre, wie er sagte, etwas vorwärtsgegangen. – Da war uns der Manfred Fritsch lieber, der hat wenigstens keinen Entwurf von einer Musterklasse im Kopf gehabt. Der hat höchstens – wie auch jetzt – seinen Schreibblock herausgeholt und gesagt: ›Also, das Ganze noch einmal von vorne. Vorschläge!‹

›Wo ist er denn jetzt‹, fragte Edwin Tiefentaler.

›Auf der Personalstiege‹, sagte ich.

›Gut, dann gehe ich hin und rede mit ihm.‹

›Von mir aus‹, sagte ich, ›wenn du meinst, du kannst es besser.‹

›Besser als du kann es wohl jeder‹, sagte Edwin Tiefentaler.

›Gut, dann soll er gehen‹, sagte ich.

›Habe ich euer Vertrauen‹, fragte Edwin Tiefentaler. – Der hat sich bolzgrad bis zum heutigen Tag entwickelt. Habe ich schon erzählt, daß er heute auf den Bürgermeisterposten schielt?

Alfred Lässer zuckte mit der Schulter, mir war es auch egal, dem Oliver Starche auch, nehme ich an, und Ferdi Turner sagte auch nichts dagegen. Es war schlicht so, daß keiner die Vorschläge vom Edwin Tiefentaler ernstgenommen hat.

›Also darf ich davon ausgehen, daß ihr mir den Fall übertragt‹, fragte er.

›Von einem Fall kann nicht die Rede sein‹, sagte Ferdi Turner. ›Probieren kannst du es ja.‹

›Aber‹, sagte Edwin Tiefentaler und zeigte dabei auf wie in der Schule, er hat immer aufgezeigt, sogar auf dem Fußballplatz, sogar wenn er in der Kapelle vorgebetet hat. ›Aber ich bin für echte leichte Klassenprügel, für echtes Herumschupfen – nicht: er selber machen, er selber Schuhe zum Fenster hinauswerfen, er selber Knopf abreißen. Das wir machen. Wir Schuhe zum Fenster hinauswerfen, wir Knopf abreißen … Daß das klar ist. Das werde ich ihm sagen.‹

›Meinst du, dann kommt er freiwillig mit‹, sagte Manfred Fritsch.

›Das ist mir wurscht, ob der freiwillig kommt.‹

›Willst du ihn hertragen?‹

›Das werden wir dann schon sehen.‹

›Das ist doch ein Unsinn‹, sagte Manfred Fritsch. ›Ich schlag vor, der Oliver Starche geht zu ihm. Ihr seid ja befreundet.‹

Der Oliver Starche ist sehr verlegen geworden und hat irgendetwas genuschelt. Also, ich muß korrekt sein. Ich erinnere mich nicht daran, wie der Oliver Starche reagiert hat. Wie gesagt, er kommt in meinem Bild nicht vor. Er selbst sagt das heute ... ja, er erinnert sich daran, daß der Manfred Fritsch vorgeschlagen hat, er solle zur Personalstiege gehen und mit dem Gebhard Malin reden. Er habe das abgelehnt, sagt er heute. Kann sein. Weiß ich nicht. Er sei damals nicht mehr mit dem Gebhard Malin befreundet gewesen. Im Gegenteil. Er habe damals gesagt: ›Wenn ich gehe, kommt er auf gar keinen Fall.‹ – Kann sein, daß er so etwas gesagt hat. Ich weiß es nicht. Ich kann mich auch an keine Debatte darüber erinnern. Er sagt nämlich, es sei ausführlich darüber debattiert worden. Wie gesagt, ich weiß es nicht. – Gegangen sind schließlich der Ferdi Turner und der Edwin Tiefentaler. Zuerst wollte der Ferdi Turner allein gehen – wär auch gescheiter gewesen –, aber der Edwin Tiefentaler hat darauf bestanden, daß er mitgeht, und bevor es da noch eine Streiterei um nichts gab, waren wir einverstanden.«

»Und was war ihr Auftrag?«

»Nichts Bestimmtes. Sie sollten halt schauen, daß er herkommt ... zu uns in den Studiersaal.«

»Und was war mit Franz Brandl? Der war nicht mehr bei euch, sagst du?«

»Der sei im unteren Speisesaal, hieß es. Tischtennisspielen ...«

»Er hat sich abgesetzt?«

»Sozusagen. Er wolle mit der ganzen Sache nichts zu tun

haben, habe er gesagt, er sei mit den Gesamtstrafen einverstanden, seinetwegen könne man ihn auch aus der Klassengemeinschaft ausschließen und so weiter und so weiter. Das habe er gesagt, gleich nachdem ich den Studiersaal verlassen hatte. Und sei gegangen. Man hat den Franz ja gekannt. Mit Reden war da nichts zu machen. Man hat aber auch gewußt, daß er das nicht lang durchzieht. Also hat man sich erkundigt, wo er ist. Für den Fall der Fälle. Man hat den Alfred Lässer nachgeschickt. Der Franz war im unteren Spielsaal und spielte mit ein paar Zweitkläßlern Tischtennis. – Inzwischen wird ihn das Gewissen schon geplagt haben. Ich habe mir da keinen Kummer gemacht. Der wird schon noch kommen, dachte ich. Daß er sich von der ganzen Klasse abwendet – nein, der Franz nicht. Der hat immer einen gebraucht. Mir hat Kummer gemacht, daß es nicht mehr ich sein könnte, den er braucht. Ich wollte mit ihm reden, ich wollte ihm das alles erklären – und dann noch sagen, was neu dazugekommen ist. Ich meine, das alles mit der Veronika.«

»Und wie haben die anderen sein Verhalten beurteilt – daß er sich abgesetzt hat?«

»Den Alfred Lässer hat das ziemlich verunsichert. Der hat ja vorher das größte Mundwerk gehabt ... sieben Watschen und so ... Als ich zurückgekommen bin, war er ziemlich still. Vielleicht hat er sich auch einfach abgeregt inzwischen. Typisch für ihn. Er kriegt einen Zorn, da hängt etwas in seinem Kopf nach außen, aber er beruhigt sich schnell wieder. Ich bin sicher, wenn wir noch einmal abgestimmt hätten, hätte er auf seinen Vorschlag mit den sieben Watschen verzichtet. War dann auch so.«

»Und was haben die anderen dazu gesagt, daß sich Franz Brandl aus dem Staub gemacht hat?«

»Manfred Fritsch, nehme ich an, wird es in seinem schlauen Buch registriert haben ... und der Edwin Tiefentaler ... mein Gott, ... was sich der gedacht hat ... das hat mich keine Überlegung gekostet ... Den Ferdi Turner hat das Verhalten vom Franz geärgert. Darüber habe ich mit ihm später geredet ...«

»Jetzt, als du ihn besucht hast?«

»Nein, jetzt nicht. Ich glaube nicht, daß er sich an diese Einzelheit jetzt noch erinnert. Nein, hinterher ... eine Woche später oder so. Ich habe ja erzählt, daß wir beide, der Ferdi Turner und ich, nach der Sache öfter beieinander waren. Er war die Ausnahme. Er war der einzige, mit dem ich bald danach über die Sache gesprochen habe. Wir haben nicht viel gesprochen, über die Prügel sowieso nicht. Es war so ein Vortasten: einerseits hatten wir beide ein Bedürfnis, darüber zu sprechen, uns darüber klar zu werden, was eigentlich geschehen war; andererseits haben wir uns nicht getraut, über *alles* zu sprechen, *alles* auszusprechen. Wir haben immer wieder einen Anlauf genommen – hinein in diesen Nachmittag, haben angefangen: Wie war das? Was hat der Präfekt gesagt? Was haben wir dann gesagt? Dann hat er mich gefragt, was ich mit dem Malin auf der Personalstiege geredet hätte. – Hab ich natürlich nicht erzählt. – ›Nichts haben wir geredet, jedenfalls nichts über das, was im Studiersaal ausgemacht worden ist ...‹ – Und dann hat er eben auch gesagt, daß ihn das Verhalten vom Franz so geärgert hat. ›Ich war genauso wie du dagegen‹, sagte er, ›und ich habe angenommen, der Brandl ist auch dagegen; und dann geht er und sagt, er will mit dem allem nichts zu tun haben, und du kommst zurück und sagst, du hast mit Csepella überhaupt nicht geredet! Da bin ich auf einmal total allein gestanden.‹ So hat der Ferdi Turner es gesehen.«

»Und er ist dann zusammen mit Edwin Tiefentaler zur Personalstiege gegangen ... zum Gebhard Malin ... Was haben die beiden erreicht?«

»Nichts. Natürlich nichts. Er hat sie abblitzen lassen. Es ist dazugekommen, daß sie sich selbst nicht einig waren. Das muß eine komische Situation gewesen sein. Der Ferdi Turner bestand auf der sanften Version von *unechte Klassenprügel*, und der Edwin Tiefentaler sagte, nein, herumschupfen sei ausgemacht worden, *echtes Herumschupfen*. Sie haben sich auf der Personalstiege vor dem Gebhard Malin gestritten, es hat grade noch gefehlt, daß sie sich in die Haare geraten sind. Die beiden haben sich nie leiden mögen. Es hieß, sie treiben es miteinander. Ich habe das nie gesehen. Natürlich nicht. Manchmal hat der Ferdi Turner Anspielungen gemacht. Oder der Zizi Mennel hat den Edwin Tiefentaler deswegen aufgezogen. Der Edwin Tiefentaler hat sich dafür geschämt. Ich bin ja auch manchmal mit dem Franz auf den Dachboden gegangen. Aber wir beide haben uns gemocht. Das war, bevor wir die Veronika kennenlernten. Danach sind wir nie mehr miteinander auf den Dachboden gegangen. Wie soll das gehen bei zweien, die sich nicht leiden können! Bei jeder sich bietenden Gelegenheit ist der Ferdi Turner auf dem Edwin Tiefentaler herumgetrampelt. Manchmal habe ich versucht, mir vorzustellen, wie das wohl ist, wenn die beiden nebeneinandersitzen und sich berühren. Da muß doch ein klein bißchen etwas Liebes dabei sein, dachte ich. Das ist doch entsetzlich, wenn das zwei tun, die sich sonst so wenig leiden können wie der Ferdi Turner und der Edwin Tiefentaler ...«

»Und was hat sich der Gebhard Malin gedacht, als die beiden auf der Personalstiege miteinander gestritten haben? Darüber, was für eine Art Klassenprügel er kriegen soll?«

»Weiß ich doch nicht, was sich der Gebhard Malin gedacht hat, Mensch! – Ich nehme an, er wird gemerkt haben, daß es allmählich ernst wird. Er hat jedenfalls nicht mehr länger auf der Personalstiege auf mich gewartet.«

»Woher weißt du das?«

»Ich bin ja noch einmal hingegangen ... etwas später ... und da war er nicht mehr dort.«

»Der Reihe nach. Als die beiden zurückgekommen sind – Ferdi Turner und Edwin Tiefentaler?«

»Ja, sie haben gesagt, der Gebhard Malin habe sich geweigert mitzukommen ... so etwa ...«

»Und was ist dann beschlossen worden?«

»Beschlossen eigentlich nichts. Ratlos waren wir. Gut, eines war schon klar: daß es mit einem einfachen Als-ob jetzt nicht mehr abgehen würde.«

»Das heißt: Klassenprügel. Jetzt definitiv.«

»Wurde nicht ausgesprochen ...«

»Aber das war der Konsens.«

»Wie die Dinge lagen, gab es nur zwei Möglichkeiten. Entweder wir blasen die ganze Aktion ab und stellen uns auf den Standpunkt vom Franz – *Soll kommen, was will!* –, akzeptieren also die Gesamtstrafen; oder aber irgend etwas muß geschehen mit dem Gebhard Malin. Die Erstürmung der Bastille war abgesagt ... daß wir gemeinsam zum Präfekten gehen und sagen, so nicht und so weiter. War meine Schuld.«

»Wieso?«

»Ja, gut, dieser Vorschlag von mir war ja sowieso ... wie soll ich sagen ... hat ja keiner wirklich geglaubt, daß wir so etwas machen.«

»Du also auch nicht?«

»Doch schon ... Vielleicht war es auch nur so eine Stimmungssache. Wenn sofort alle aufgestanden und mit zum Präfekten gegangen wären, ja, dann ... Über so einen Vorschlag darf man nicht debattieren. Vielleicht wär der Ferdi Turner sogar mit mir allein gegangen, feig war er nicht; aber dann ... ich habe meinen Part vermasselt ... komme zurück mit nichts. Wie der Franz gesagt hat: Einer, der nur redet. Wenn ich jetzt noch einmal denselben Vorschlag gemacht hätte – die hätten sich an die Stirn getippt.«

»Also wieder eine Imagesache?«

»Wie meinst du?«

»Das Image desjenigen, der die Bastille stürmt, das hat dir genügt.«

»Ja ... wahrscheinlich ja ... So ist es eben ...«

»Zwei Möglichkeiten? Du hast gesagt, es gab nur noch zwei Möglichkeiten.«

»Ja. Entweder alles sausen lassen oder ihn holen. Daß er

freiwillig kommt, das glaubte niemand mehr. Daß er sich freiwillig die Haare zerrauft, sich einen Knopf abreißt und seine Schuhe zum Fenster hinausschmeißt – kein Gedanke daran. Hätte er nie gemacht. Aber *wie* sollen wir ihn holen? Das war die Frage. Der Gebhard Malin war stark, ein guter Ringer. Er hätte sich gewehrt. Ganz bestimmt. Und ohne den Franz hätten wir da alle miteinander viel zu tun gehabt. Das würde nicht ohne Gewalt abgehen.«

»Und du hast nicht dafür geredet, die ganze Sache abzublasen und einfach die Strafen auf euch zu nehmen?«

»Nein. Es hätte auch keinen Sinn gehabt. Sie hätten nicht mehr auf mich gehört.«

»Du hättest es wenigstens versuchen können.«

»Hätte ich, ja.«

»Aber du wolltest es gar nicht versuchen.«

»Ich wollte es nicht ... wahrscheinlich habe ich es nicht gewollt ...«

»Wenn abgestimmt worden wäre ...«

»Es ist nicht abgestimmt worden ...«

»Angenommen ... Wärst du jetzt für Klassenprügel gewesen – echte Klassenprügel?«

»Ich hätte wahrscheinlich nicht dagegen gestimmt.«

»Wegen der Veronika?«

»Ja. Natürlich. Aber andererseits ... nein ... die Klasse hatte damit nichts zu tun ... Vorläufig ging es immer noch um das *nicht genügend* ...«

»Was heißt *vorläufig*?«

»Jeder hat noch das *nicht genügend* im Kopf gehabt ... eine Strafe für ein *nicht genügend* ... später haben wir das vergessen. Ich jedenfalls. Ich habe an die Lateinschularbeit gar nicht mehr gedacht, auch nicht mehr an das *Züchtigt ihn!* des Präfekten. Käme ja niemand auf den Gedanken, einen Mitschüler wegen so einem *nicht genügend* krankenhausreif zu schlagen ... würde ja in keiner Relation stehen ...

Wir waren ratlos, die ganze Rederei hatte nichts genützt,

war für die Katz. Irgend etwas mußte geschehen ... Wenn es zu einer Abstimmung gekommen wäre – Klassenprügel, ja oder nein – vielleicht hätte ich doch dagegen gestimmt. Wahrscheinlich doch, ich weiß es nicht. Von mir aus hätten sie ihn ruhig herumschupfen können, meinetwegen auch die sieben Watschen vom Alfred Lässer. Aber das, was man sich in Wirklichkeit gedacht hat, das spielte gar keine Rolle. Ich hätte ihm gern wehgetan, dem Gebhard Malin ... nicht Prügel, das entspricht mir nicht ... nein, wirklich, das entspricht mir nicht, auch wenn das komisch klingt, nach dem, was dann passiert ist. Am liebsten hätte ich ihn blamiert oder so etwas – lächerlich gemacht. Das wäre mir als die geeignete Rache vorgekommen ... Prügel nicht ... gut von mir aus auch Prügel ... ein paar Watschen, das ist ja auch eine Demütigung. – Aber was man sich denkt, was man will, das spielt keine Rolle. Man hat ja ein Image. Ich war immer noch der Anwalt ... für die Klasse meine ich... Image, verstehst du ... Also hätte ich wahrscheinlich doch dagegengeredet ... bei einer Abstimmung. Bei einer Abstimmung hätte man vom Anwalt erwartet, daß er dagegenredet. Also hätte ich es wohl getan. Aber es hätte nichts genützt. Der Ferdi Turner hat mich nicht mehr unterstützt. Und ohne seine Unterstützung hätte ich bis zum Jüngsten Gericht dagegenreden können. So leicht war der nicht aus der Fassung zu kriegen, aber als er zurückkam, war er zornig. Das hat jeder gesehen. Der ist hellgelb im Gesicht geworden, wenn er sich geärgert hat, wie aus einem Faß Vanillepudding geschöpft. Das hat alle geärgert, daß der Gebhard Malin die beiden so hat abblitzen lassen. Da spiel einmal den Anwalt!«

»Was hat er denn zu ihnen gesagt?«

»Weiß ich nicht ... Sie sollen ihn am Arsch lecken oder so etwas ähnliches. Der Edwin Tiefentaler war in seiner Bürgermeisterwürde gekränkt. Seine Masche war ja das Vernünftigtun ... kennst du ja: Da tritt einer auf nach dem Motto, man kann über alles reden. Laß so einen nicht zu Wort kommen, dann will der schon nach deinem zweiten Wort über gar nichts mehr reden, dem kannst du mit Vernunft dann nicht mehr kommen. Sag einem einmal ganz vernünftig, daß du ihm sieben Watschen geben willst, ganz vernünftig einen Knopf von der Jacke reißen willst, ganz vernünftig seine Schuhe aus dem Fenster schmeißen willst! Weiß gar nicht, was da im Edwin Tiefentaler vorgegangen ist! Er hat ja wirklich geglaubt, darüber könne er mit dem Gebhard Malin reden. Und dann war er beleidigt, daß er abgeblitzt ist. Der Edwin Tiefentaler war, als er zurückkam, für harte Klassenprügel – also nicht mehr nur *echtes Herumschupfen*.

›Wir haben es nicht nötig, uns von ihm auch noch zum Narren halten zu lassen‹, schimpfte er. ›Jetzt ist Schluß mit dem Firlefanz. Man kann mit mir über alles vernünftig reden, aber nur dann, wenn man vernünftig reden will!‹

›Und was sollen wir jetzt tun?‹ fragte Alfred Lässer.

›Wir holen ihn‹, sagte Edwin Tiefentaler.

›Du holst ihn?‹ fuhr ihn Ferdi Turner an. ›Du?‹

›Wenn's sein muß ich, ja!‹

›Habt ihr gehört‹, fragte Ferdi Turner in die Runde. ›Habt ihr gehört? Er will ihn holen! Ausgerechnet er!‹

›Und von mir aus allein‹, gab Edwin Tiefentaler drauf.

›Allein will er ihn holen! Daß man dich überhaupt allein auf die Straße läßt ...‹

Mit erhobenem Zeigefinger wandte sich Edwin Tiefentaler an Manfred Fritsch: ›Muß ich mir das gefallen lassen? Muß ich mir das gefallen lassen? Ich verlange, daß der Klassensprecher etwas sagt!‹

›Bitte hört jetzt auf‹, sagte Manfred Fritsch.

›Er hat alles noch viel schlimmer gemacht‹, schrie Ferdi Turner. ›Er ist einfach schlichtweg krank im Kopf. Fragt der Trottel den Malin, ob er freiwillig mitkommt, um sich die Prügel abzuholen!‹

Und Edwin Tiefentaler schrie zurück: ›Ich habe in einem ausgesucht höflichen Ton mit ihm geredet, und wenn du mir nicht dauernd dazwischengefunkt hättest, wär er auch mitgekommen!‹

Ferdi Turner schlug sich an die Stirn, drehte eine Runde durch den Studiersaal, schlug sich immer wieder mit der Hand an die Stirn: ›Da gibt es acht Klassen im Heim‹, rief er. ›Acht Klassen! Und ausgerechnet in unserer Klasse stauen sich die Deppen!‹

›Man sieht ja, wohin man mit deinem gescheiten Kopf kommt‹, brüllte Edwin Tiefentaler. ›Das ist keine Lateinschularbeit hier, da muß man es halt auch einmal in den Armen haben!‹ Er schlüpfte aus seinem falschledernen Jackett und krempelte die Ärmel an seinem Hemd hoch. Aber weil keiner sich muckste, krempelte er sie wieder hinunter. Da hat Manfred Fritsch einen seltsamen Vorschlag gemacht ... einen wirklich *seltsamen* Vorschlag: ›Wir kennen uns bei so etwas nicht aus‹, sagte er. ›Wir haben keine Erfahrung. Ich schlage vor, wir fragen einen, der schon einmal bei Klassenprügeln dabei war.‹

Stimmte ja, in unserer Klasse hat es bis dahin keine Klassenprügel gegeben. Und ich muß zugeben, so seltsam dieser Vorschlag für jemanden, der nicht dabei war, klingen mag – und für mich klingt er heute auch seltsam –, damals kam er mir vor wie die Lösung, und den anderen auch.

Wir waren in einer Zwickmühle. Eines war uns allen klar, ohne daß es einer ausgesprochen hätte: Ohne Gewaltanwendung kriegen wir den Gebhard Malin nicht her. Jetzt, nachdem Ferdi Turner und Edwin Tiefentaler bei ihm waren, erst recht nicht. – Aber das wollte ja niemand, nicht zu diesem Zeitpunkt, niemand außer dem Edwin Tiefentaler vielleicht. Man wollte ja keine Schlägerei, davor hat man sich gefürchtet. Und so abwegig das war, wir dachten: Vielleicht gibt es einen, der einen dritten, vielleicht sogar ganz einfachen Weg weiß ...«

»Ihr habt also einen geholt und gefragt, wie geht das – Klassenprügel?«

»So ungefähr. Wir haben ihn nicht geholt, wir sind hingegangen. Ein Fünftkläßler. Der Quizverräter übrigens – habe ich schon erzählt von ihm?«

»Der die Quizfragen verraten hat, ja. Aber der war doch ein Opfer gewesen, der hat die Klassenprügel ja gekriegt?«

»Eben ... der wird sich am besten daran erinnern, dachten wir ... erstens; und zweitens: Der würde uns am besten sagen können, wie sich der Gebhard Malin verhalten wird.«

»Ein Opfer als Experte.«

»Kann man so sagen.

Es war so gegen zwei, halb drei Uhr. Um diese Zeit war die fünfte Klasse im Keller bei den Duschen. Wir sind also alle miteinander nach unten gegangen und haben vor den Duschräumen gewartet.

Er hieß Fenkart oder Mangold oder ... ich weiß nicht mehr. Ich sage einfach Fenkart ... ist ja egal. Er war schmächtig, hatte ein breitmundiges Gesicht und eng beeinanderliegende, kleine Augen und so einen eingeknickten Gang, daran erinnere ich mich noch.

Als er aus dem Duschraum kam, hat ihn Manfred Fritsch direkt angesprochen: Wir möchten dich etwas fragen ... unser Problem ist das und das ... wir sollen einem Klassenprügel geben ... und so weiter ... Völlig ruhig hat Manfred Fritsch gesprochen, so als ob es darum ging, einen Ratschlag fürs Fahrradflicken zu holen.

Und ich muß sagen, der dings ... der Fenkart ... war wirklich sehr hilfsbreit. Er hat sich sogar gefreut, daß die alte Geschichte von uns aufgewärmt wurde, irgendwie war das ja eine Art Abenteuer gewesen, Quizfragen verraten, Klassenprügel kriegen, dann der Ärger mit der Heimleitung, Quizverräter, der Vergleich mit Judas. Da steht einer schon für eine gewisse Zeit im Zentrum des Interesses. Das ist Ruhm. Auch das ist Ruhm. Ja, er hat sich gefreut, daß es Leute gibt, die seinen Fall nicht vergessen haben.

Wir sind mit ihm in den Schuhputzraum gegangen, dort hatte man seine Ruhe. Wir mußten ihn natürlich reden lassen, und das hat er auch getan. Hat seinen ganzen Fall noch einmal aufgerollt. Er war von seiner Unschuld immer noch überzeugt, oder tat zumindest so, als habe er die Quizfragen in Wirklichkeit gar nicht verraten, sie seien aus ihm herausgepreßt worden, und Geld habe er auch keines genommen und so weiter und so fort ... Hat keinen von uns interessiert. Aber wir mußten ihn reden lassen und wir mußten ihm zuhören, wir wollten schließlich etwas von ihm.

›Und wie hat das die Klasse gemacht‹, fragte Manfred Fritsch. ›Du wirst ja nicht freiwillig gekommen sein, um die Prügel abzuholen.‹

›Das war ja die Sauerei‹, sagte er. ›Die hätten mich nie erwischt. Die haben mich angelogen.‹

›Hast du dich versteckt?‹

›Klar habe ich mich versteckt. Aber sie haben mich gefunden. Das hätte ihnen eigentlich nichts genützt, weil sie mich dort nicht herausgebracht hätten. Und jetzt die falschen Hunde: Sie haben gesagt, du, es hat sich herausgestellt, daß ein anderer die Fragen verraten hat, und den wollen wir verprügeln. Und ich solle herauskommen und mitmachen, ich darf ihm sogar die erste Watschen geben. Und gutgläubig, wie ich war, bin ich herausgekommen. Da haben sie mich gehabt.‹

›Und dann, wie haben sie es gemacht‹, fragte Edwin Tiefentaler.

›Jeder hat mir eine geputzt.‹

›Eine Watsche?‹

›Jeder eine, genau ...‹

›Wie ich vorgeschlagen habe‹, sagte Alfred Lässer.

›Und dann noch ein paar Arschtritte ...‹

›Und haben sie dich dabei festgehalten‹, fragte Edwin Tiefentaler.

›Zu viert, ja‹, sagte er. ›Und dann haben sie den Brunnen im Waschraum voll Wasser laufen lassen und mir den Kopf untergetunkt. Da haben sie mich dann schon zu sechst halten müssen.‹

Er war sicher viel schwächer als Gebhard Malin und sicher auch viel feiger.

›Was wollt denn ihr mit ihm machen?‹ fragte er.

›Auch so etwas in dieser Richtung‹, sagte Edwin Tiefentaler.

›Das ist noch nicht heraus‹, korrigierte ich.

›Das ist sehr wohl heraus‹, fuhr er mich an.

›Es ist überhaupt nichts ausgemacht‹, sagte Manfred Fritsch.

›Wer ist es denn‹, fragte der andere und grinste dabei schadenfroh.

›Das geht dich nichts an‹, sagte Ferdi Turner. – Der Ferdi Turner und der Gebhard Malin waren wohl die einzigen, die sich auch zu einem Fünftkläßler frech zu sein trauten.

Der, von dem ich denke, daß er Fenkart hieß, schaute uns der Reihe nach an, grinste noch mehr und sagte: ›Ich mein ja nur ... Ich kann mir ja denken, um wen es sich dreht ...‹

›Mit Denken geht gar nichts mehr‹, sagte Edwin Tiefentaler und meinte, er kriegt Beifall dafür.

›Stimmt‹, sagte Ferdi Turner, ›bei dir ging's nie mit Denken.‹ Da wäre der Edwin Tiefentaler fast auf ihn losgegangen.

›Eines muß euch klar sein‹, sagte der Fünftkläßler. ›Ihr müßt das ruckzuck machen, sonst geht die Partie nicht auf ...‹

›Was meinst du damit‹, fragte Manfred Fritsch.

›Sofort, wenn ihr ihn erwischt, sofort eine ins Maul – ein Schlag. Das muß überhaupt der festeste Schlag sein, der erste Schlag. Das andere ist dann bloß noch ein Herumtun, so eher ein Spiel ...‹

›Und warum gleich der erste Schlag?‹

›Ist doch logisch‹, sagte Edwin Tiefentaler.

Manfred Fritsch wiederholte geduldig: ›Warum der erste Schlag?‹

›Das haben sie bei mir nicht gemacht‹, sagte der Fenkart oder Mangold. ›Die haben mich zuerst einfach nur so geboxt, und da habe ich – klar – gedacht, das ist ein Schmäh, habe nicht einmal gewußt, ob ich lachen soll oder so etwas. Und dann die erste Watsche – auch nicht fest, grad so ein Streichler.

Und ich ... Was hab ich gemacht? Ich hab mich gewehrt und so weiter ... Die haben viel zu tun gehabt mit mir. Ich wette, wenn die mir sofort, ruckzuck, mittenhinein, einen Schwinger, daß das Blut aus der Nase rinnt ... dann wär ich still gewesen. Da wär ich baff gewesen. Man muß das können. Da hätten sie sich dann leichter getan. Und für mich wär's auch besser gewesen. Ein klarer Schwinger – da weißt du dann, wo du dran bist. Eine klare Sache. So zutzelweise anfangen, das ist nichts. Da gibt es dann kein Ende ...‹

›Und wohin soll man am besten schlagen‹, fragte Alfred Lässer.

Der Fünftkläßler lachte: ›Du am besten gar nicht. Aber wenn ihr mich schon fragt: die Nase. Eindeutig die Nase.‹

›Und warum die Nase‹, fragte Manfred Fritsch.

›Weil's dort gleich blutet. Nicht, weil's am meisten weh tut. Am meisten weh tut sicher, wenn ihr ihm ein Knie in den Bauch haut. Ganz gut ist auch, wenn ihr ihm mit den Schuhen ans Schienbein haut – Schienbein ist gut, weil er dann sofort deprimiert wird. Ein Schlag ans Schienbein macht deprimiert, das ist nachgewiesen. Aber am besten ist es, wenn Blut kommt. Drum ist die Nase am günstigsten. Das tut nicht so wahnsinnig weh, aber blutet gleich. Und der dann – ich weiß ja nicht wer –, wenn der dann Blut sieht, dann ist die Sache für euch so gut wie gelaufen.‹

›Danke‹, sagte Manfred Fritsch.

›Und noch etwas: Könnt ihr überhaupt zuschlagen?‹

›Ich schon‹, sagte Edwin Tiefentaler.

›Hast du schon einmal?‹

›Sicher, he ...‹

›Mit der Faust auch?‹

›Du brauchst gar nicht auf ihn zu hören‹, sagte Ferdi Turner, ›er redet nur dummes Zeug. Sei froh, daß ihr so einen nicht habt!‹

›Wart nur‹, sagte Edwin Tiefentaler und zitterte einen Grinser in den Mundwinkel.

›Nein, das ist wichtig‹, sagte der Fünftkläßler, der Fenkart oder Mangold. ›Da gibt es einen Trick, und wenn du den kennst, dann kannst du, und wenn du den nicht kennst, dann kannst du nicht.‹

›Und wie geht dieser Trick‹, fragte Alfred Lässer.

Der Fünftkläßler schaute ihn schäbig wohlwollend an: ›Wohin zielst du denn, wenn du ihm eine auf die Nase geben willst, ha?‹

›Auf die Nase natürlich‹, sagte Alfred Lässer.

›Falsch. Dann triffst du die Nase nie.‹

›Aber ich muß doch auf die Nase zielen, wenn ich die Nase treffen will ...‹

›Wenn du auf die Nase zielst, dann hört dein Schlag genau fünfzehn Zentimeter vor der Nase auf. Das ist wissenschaftlich untersucht worden. Also folglich: Wohin mußt du zielen?‹

›Ich weiß es nicht.‹

›Ist doch ganz klar! Fünfzehn Zentimeter hinter die Nase ...‹

›Hinter die Nase?‹

›Ja. Du mußt dir einen Punkt hinter der Nase denken. Fünfzehn Zentimeter hinter der Nase. Oder wenn du ihm die Nase zwei Zentimeter einhauen willst, dann mußt du dir den Punkt siebzehn Zentimeter hinter der Nase denken. Ist doch eine einfache Rechnung!‹

›Danke‹, sagte Alfred Lässer.

›Nichts zu danken‹, sagte der Fenkart. ›Man freut sich ja, wenn man sein Wissen irgendwo anbringen kann. Und nicht vergessen: Das Wichtigste ist der erste Schlag! Sonst dauert die Sache ewig.‹

Vielleicht hätten wir diesen Ratschlag befolgen sollen...«

»Bei euch hat es ewig gedauert?«

»Hinterher kam mir das so vor. Während ... während der Sache selbst ... da hatte ich überhaupt keine Zeit ... im Kopf hatte ich kein Zeitmaß ... war so, als ob alles stehen würde ...«

»Weiter!«

»Gut, wieder zurück in den Studiersaal. Da waren inzwischen

ein paar Erstkläßler, die haben mit Zehngroschenstücken und abgebrochenen Linealen gespielt, Zicken hat das Spiel geheißen. Das haben wir auch gern gespielt. Ich war in diesem Spiel Klassenmeister. Es hat richtige Turniere gegeben.«

»Erzähl jetzt bitte nicht von diesem Spiel ...«

»Ja, natürlich nicht. Wir sind also zurückgegangen in den Studiersaal. Die Erstkläßler haben wir hinausgeschickt. Und kaum, daß sie die Tür hinter sich zugemacht hatten, hat Edwin Tiefentaler *seinen* Vorschlag gemacht. Das heißt, er hat nicht gesagt, das sei ein Vorschlag, er hat einfach bekanntgegeben: ›Ich hol Verstärkung.‹ – Und schon war er weg ...«

»Was hat er damit gemeint ... Verstärkung?«

»Wir haben dann gesehen, was er damit gemeint hat. Er ist zurückgekommen mit drei Typen aus höheren Klassen. Sechste sogar oder so ... Ich weiß nicht, wie er die überredet hat, vielleicht hat er ihnen etwas bezahlt, der Edwin Tiefentaler hat gern Sachen mit Geld erledigt, und Geld hatte er immer. Ich weiß auch nicht, wie das so schnell hatte geschehen können, er war keine Viertelstunde weg; ich weiß nur, daß die drei sehr stark ausgesehen haben und sicher auch stark waren, ich habe keinen von den dreien näher gekannt, eben nur vom Sehen.

›Also‹, sagte Edwin Tiefentaler, ›wir vier holen ihn jetzt. Und dann können wir immer noch weitersehen.‹

Da hat sich auch der Ferdi Turner nicht mehr frech reden getraut – zuerst jedenfalls nicht.«

»Und wie hat Edwin Tiefentaler tatsächlich die drei so schnell aufgetrieben? Hast du ihn jetzt nicht danach gefragt?«

»Der erinnert sich an gar nichts mehr, nicht einmal an die Prügel selber. Meinst du, der erinnert sich daran, daß er die drei Typen geholt hat?«

»Ist das glaubhaft, daß er sie bezahlt hat? Oder ist das nur eine Vermutung von dir?«

»Ich weiß ja nicht, was er zu ihnen gesagt hat. Wenn er zu ihnen gesagt hat, ihr kriegt jeder einen Zehner, also zehn

Schilling, wenn ihr einen aus unserer Klasse in den Studiersaal bringt, dann kann ich mir das schon vorstellen, daß die das gemacht haben. Vielleicht hat er ihnen auch fünfzehn Schilling versprochen ... für jeden ...«

»Und für Geld hat man so etwas schon gemacht? Ich meine, die drei waren nicht unbedingt eine Ausnahme?«

»Vielleicht hat der Edwin Tiefentaler sonst auch mit ihnen irgendwelche Geschäftchen gehabt ... Sexheftchen oder so ... ich will ihm nichts unterstellen, wär ja auch harmlos. Aber wie gesagt: Wenn es nur darum ging, daß die drei den Malin holen ... – warum nicht für zehn oder fünfzehn Schilling, ist ja nichts dabei! Die werden sich gedacht haben, den lupfen wir an der Hose hoch, tragen ihn in den Studiersaal, setzen ihn ab und kassieren. Was die mit dem machen, ist nicht unsere Sache. Für fünfzehn Schilling! Fünf Minuten Arbeit. Gibt einen guten Stundenlohn. Drei Raucher ... Gibt eine Weile zu rauchen.«

»Und wie habt ihr darauf reagiert?«

»Dem Alfred Lässer ist's in die Knochen gefahren. Für ihn war das Robespierrespielen schlagartig vorbei, als er die drei sah. Die sind hinten an der Tür gestanden, eingemischt haben sie sich nicht, haben gewartet, daß ihnen Edwin Tiefentaler Anweisung gibt. Übrigens, einen von den dreien sehe ich manchmal ... heute. Er kennt mich nicht, weiß also nicht, daß ich auch im Heim war. Er arbeitet beim Zoll im Büro, ich muß dort manchmal Postsendungen aus Deutschland abholen, da sehe ich ihn. Ich habe mir überlegt, ob ich ihn ansprechen soll. Habe mich dann aber, ehrlich gesagt, nicht getraut. Er macht einen so freundlichen, höflichen Eindruck. Und schließlich, was soll's, er hatte ja nichts damit zu tun, er hat ja nichts gemacht. Ja, ich bin mir ganz sicher, die drei haben sich nichts weiter gedacht, die waren sicher überzeugt, daß das eine harmlose Sache ist. – Nein, Blödsinn! Daß es um Klassenprügel geht, das müssen sie mitgekriegt haben. Taub waren sie ja nicht. Aber zu der Zeit hat man eben noch denken können, Klassenprügel sind eine harmlose Sache.«

»Nochmal: Wie habt ihr auf diese – soll ich sagen *Söldner* – reagiert?«

»Der Edwin Tiefentaler ist immer unter dem Streß gestanden, daß ihn die Klasse nicht anerkennen könnte, hat ihn auch niemand anerkannt. Ein langer, krummer Nagel. Wenn wir in der Gruppe gegangen sind, dann hat er ausgesehen wie unser Mast. Er war noch ein ganzes Stück größer als der Franz und hat noch größer gewirkt. Weil er den Kopf immer eingezogen hat und weil er so dünn war. Der Franz war wuchtig und aufrecht. Der Edwin Tiefentaler hat immer versucht, sich kleiner zu machen. Und dadurch wirkt einer dann noch größer. – Also, ich muß ganz ehrlich sagen, ich dachte, das ist nur wieder so eine Aufspielerei von ihm. Und das war es sicher auch. Der wollte die Gelegenheit beim Schopf packen. Endlich einmal wollte er derjenige sein, der die Sache *schupft*.

Aber er ist damit selber in Zugzwang geraten. Folgenlos angeben kann man nur mit Worten, und die sind weg, wenn man den Mund zumacht. Was man tut, das ist getan. Und die drei waren nun einmal da.

›Ich bin absolut dagegen, daß sich irgend jemand in unsere Angelegenheiten mischt‹, rief Manfred Fritsch. ›Da mach ich nicht mit.‹ Er klappte seinen Schreibblock zu.

Und Ferdi Turner sagte zum Edwin Tiefentaler: ›Also, entweder du sagst den dreien, sie sollen verschwinden, oder du kannst gleich mit ihnen gehen!‹

Und Alfred Lässer – dem wäre lieb gewesen, wenn der Franz neben ihm gestanden hätte. Ist er aber nicht. Hat er sich an mich gedrückt. Der war ein richtiges Kind. Ich habe meinen Arm um seine Schultern gelegt.

Der Oliver Starche sagt heute, erst in diesem Augenblick sei ihm aufgegangen, worum es eigentlich die ganze Zeit ging. Daß wir einen Mitschüler verprügeln wollen. Und ich glaube ihm das. Vorher war ja nur geredet worden. An diesem Punkt hätten wir abbrechen sollen, sagt Oliver Starche. Er meint damit, an diesem Punkt hätten wir noch abbrechen können.

Das glaube ich wiederum nicht. Der Weg hat sich gegabelt nach dem *Züchtigt ihn!* des Präfekten. Das war die Frage an uns: Was macht ihr jetzt? Wir haben diese Frage beantwortet. Von da an, davon bin ich überzeugt, von da an gab es kein Abbrechen mehr.

Der Oliver Starche kann sich an vieles nicht mehr erinnern. Zum Beispiel, daß wir mit dem Fünftkläßler geredet hatten, mit dem Fenkart oder Mangold. Davon weiß er nichts mehr. – ›Ich bete so viel‹, sagte er, als ich jetzt bei ihm war, ›es ist wie eine Sucht.‹ – Und er sagte, es würde ihn sehr freuen, ja, er bitte mich darum, daß wir uns niederknien und ein Vaterunser gemeinsam beten. – ›Warum denn jetzt‹, fragte ich ihn, wir waren mittendrin im Erzählen und Erinnern, gerade waren wir bei dem Punkt, an dem wir, wie er sagte, damals hätten abbrechen sollen. ›Ich bete ja mit dir, wenn's dir Freude macht, aber laß uns doch erst weiterreden.‹ – ›Bitte‹, sagte er, ›wenn ich bete, kann ich mir einbilden, es nützt etwas, und dann will ich mir einbilden, daß das alles nicht gewesen ist.‹ – Das sei die Sucht beim Beten, sagte er, daß man sich, während man betet, einreden könne, es nütze etwas. – ›Von mir aus‹, sagte ich, ›beten wir, wenn's nicht mehr als ein Vaterunser ist.‹ – Und dann habe ich gemerkt, daß ich das Vaterunser nicht mehr richtig kann. *Unser tägliches Brot gib uns heute* habe ich vergessen.«

»Und was sagt Oliver Starche dazu, daß sich Edwin Tiefentaler an nichts erinnert?«

»Ich habe es ihm nicht gesagt. Das hätte ihn, glaube ich, entsetzt.«

»Was geschah weiter – im Studiersaal. Edwin Tiefentaler und die drei aus einer oberen Klasse ...«

»Nein, nein, so sicher war sich der Edwin Tiefentaler seiner Sache nicht. Ich habe ihm angesehen, daß ihm das alles nicht mehr recht war, daß er selber gemerkt hat, daß er einen Blödsinn gemacht hatte. Daß er Angst vor seiner eigenen Courage hatte. Aber jetzt konnte er nicht mehr zurück. Das war klar.

Dann hätte er ja total verloren – vor uns sowieso, und jetzt auch noch vor den dreien. Also hat er sich noch weiter hineingedreht in seinen Blödsinn: ›Wir verlassen diesen Studiersaal nicht‹, sagte er. ›Wer gehen will kann gehen. Wir bleiben da!‹

In solchen Situationen, das muß ich zugeben, habe ich den Manfred Fritsch um seine Ruhe beneidet. Er hat seinen Block wieder aus dem Pult geholt und gesagt: ›Gut, dann gehen wir.‹ Und ist gegangen. Der Ferdi Turner hinter ihm her. Der Alfred Lässer hinter ihm her. Der Oliver Starche hinter ihm her.

Ich habe zum Edwin Tiefentaler gesagt: ›So, ab jetzt geht dich die Sache nichts mehr an.‹ Ich wollte noch weiterreden, bin aber gar nicht dazu gekommen, weil er mich am Hemd gepackt und gesagt hat: ›Ich warte hier eine halbe Stunde lang, und dann holen wir ihn uns. Das kannst du den anderen mitteilen!‹

Und ich habe gewußt, der kann endgültig nicht mehr zurück.

Für den ist es ernst geworden. Der Edwin Tiefentaler war der erste. Einen haben wir verloren, einen müssen wir gewinnen. Jetzt wurde es ernst, jetzt würde sich Franz Brandl nicht mehr einfach drücken können. Wir gingen in den Spielsaal.

›Was wollt ihr‹, fragte er.

›Es hat sich etwas ergeben‹, sagte Manfred Fritsch.

›Ich will nichts damit zu tun haben‹, sagte er und spielte weiter. Er spielte allein gegen zwei Zweitkläßler, und die haben ihn ordentlich eingeseift, die haben ihn rennen lassen, Katz und Maus, entweder haben sie den Ball so angeschnitten, daß sein Gegenschlag an der Decke landete, oder sie haben ihm einen hinübergeschmettert, daß er dem Ball mit den Augen nicht mehr nachgekommen ist.

Wir stellten uns hinten an der Wand auf und warteten. Ich hätte den anderen wohl mitteilen sollen, was Edwin Tiefentaler gesagt hatte. Daß er uns eine Frist von einer halben Stunde gibt. Aber ich tat es nicht, ich wollte es nicht. Alles, aber nicht der Bote von dem sein.

Als das Spiel zu Ende war, sagte Manfred Fritsch zu den beiden Zweitkläßlern: ›Könnt ihr nicht einen Augenblick hinausgehen, wir müssen mit dem Brandl reden.‹

›Es gibt nichts zu reden‹, sagte Franz und warf den Ball ein.

Ferdi Turner fing ihn aus der Luft und steckte ihn in die Tasche. Ich merkte, wie dem Franz die Wut hochkam; aber er nahm sich zusammen, gab den beiden Zweitkläßlern einen Wink, sie verließen den Saal.

›Ich habe mir viel zu lange euren Blödsinn angehört‹, sagte Franz. ›Wenn ihr wieder vorhabt, stundenlang zu debattieren, dann sagt das gleich!‹

Es liegt an mir, dachte ich. Daß der Franz so bockig ist, daß er nicht mit uns reden will, das liegt an mir, weil ich ihm alles verdorben habe. Aber andererseits war mir auch alles verdorben worden, doppelt verdorben worden – erst durch mich selbst, dann durch den Malin. Dreifach sogar, weil doppelt durch mich selbst. Ich war ja der Beweis dafür, daß die Veronika eine Hur ist. O ja, dachte ich, Franz Brandl, mit deinem Schmerz nehme ich es noch lange auf!

Ich habe die Tür hinter mir zugeknallt, bin über den Flur gerannt, am Speisesaal vorbei, durch den schmalen Gang nach hinten zur Personalstiege. Dort blieb ich stehen, öffnete vorsichtig die Tür. ›Malin‹, rief ich, ›bist du da?‹

Ich hastete über die Stiege hinauf bis auf den Dachboden und wieder hinunter. – Er wird beim Arpad im Krankenzimmer sein, dachte ich. Also ging ich hin. Das war mein Besuch im Krankenzimmer.«

»... von dem du im Tagebuch schreibst ...«

»Ja. Genau ...

Du hast mich irgendwann gefragt, warum ich über meinen Besuch im Krankenzimmer mehr ins Tagebuch geschrieben habe als über die Klassenprügel. Ich habe das so hingefetzt, im Schlafsaal, als das Licht schon gelöscht worden ist. In der dritten Klasse stand mein Bett unter dem Nachtlicht. Seitdem hatte ich das Tagebuch unter der Matratze liegen. Ich habe seitdem nur in der Nacht hineingeschrieben. Mit Bleistift. In der ersten und zweiten Klasse hätte ich mich nicht getraut, das Tagebuch unter der Matratze liegen zu lassen. In der ersten Klasse ganz bestimmt nicht. Da ist es öfter vorgekommen, daß der Präfekt das Bettzeug samt Matratze herausgerissen hat. Wenn der Bettenbau seiner Meinung nach nicht gestimmt hat. Von der dritten aufwärts hat er einen damit in Ruhe gelassen. Meine Bettnachbarn haben nie mitgekriegt, daß ich nachts ins Tagebuch schreibe. Es hat überhaupt niemand gewußt, daß ich ein Tagebuch führe. Auch der Franz nicht. Nicht dem besten Freund hätte ich das gesagt. Etwas kleines Eigenes war das. Außerdem hätte ich mich geschämt. Mädchen führen Tagebuch. Poesiealben und Tagebücher. – Und an diesem Abend im Bett, da waren die Klassenprügel wirklich nur ein Wort. Ich glaube, ich habe in diesen wenigen Stunden danach jede Erinnerung daran verloren. Ich wußte nur: Klassenprügel haben stattgefunden. Und ich wußte, ich war dabei, ich habe mitgemacht. Das war abstrakt, abstrakt wie das Wort *Klassenprügel*. So ein Wort bedrückt einen nicht. – Der Besuch beim Arpad im Krankenzimmer bedrückte mich. Das Schlagen ging auf in dem Wort *Klassenprügel*, und in diesem Wort erlosch ich als Person. Das gehörte uns allen. Außer uns selbst gab es nur einen Zeugen, und der war nicht da. *Klassenprügel* waren wir alle. Zum Csepella Arpad ins Krankenzimmer bin ich allein gegangen. – Was dort geschehen war, hieß *Verrat*. Auch etwas Abstraktes. Aber das konnte ich mit niemand teilen. Und dafür gab es einen Zeugen. Mein Anteil an dem Geschehen war also um ein Wort größer. Und dieses Wort lastete auf mir.«

»Was war im Krankenzimmer?«

»Ich bin ins Krankenzimmer gegangen, weil ich damit rechnete, den Gebhard Malin dort zu treffen.«

»Was wolltest du von ihm?«

»Das war mir nicht klar. Ist es mir bis heute nicht. Ich wollte ihn einerseits vor Edwin Tiefentaler und seinen dreien warnen, andererseits wollte ich ihn überreden, doch mit in den Spielsaal zu kommen. In Wirklichkeit wollte ich ihn wegen Veronika zur Rede stellen – und noch etwas: Vielleicht würde sich alles anders entwickeln, und der Arpad, der Gebhard Malin und ich würden mit dem Nötigsten unter dem Arm das Heim verlassen. In Richtung Südamerika. Ein Kuddelmuddel war in meinem Kopf.

Im Krankenzimmer war er jedenfalls auch nicht, der Gebhard Malin. Zizi Mennel und Meinrad Weckerle waren dort. Sie saßen rechts und links auf Arpads Bett.

›Was willst denn du hier‹, fragte Zizi Mennel. ›Haben wir dich eingeladen?‹

›Das geht dich nichts an‹, sagte ich.

›Schön, daß du mich im Paradies besuchst‹, lachte Arpad. Er hatte ein weißes Leinennachthemd an. Diese Hemden wurden an alle ausgegeben, die im Krankenzimmer lagen. Die Hemden wurden hinterher ausgekocht. Unsere eigene Dreckwäsche stopften wir in einen Wäschesack, der ist dann alle Monate nach Hause geschickt worden, oder die Eltern haben ihn geholt.

›Ich muß mit dir reden‹, sagte ich zum Arpad.

›Siehst du denn nicht, daß er krank ist‹, sagte Zizi Mennel.

Meinrad Weckerle lachte laut heraus: ›Der Arpad ist der größte Krankmacher, den es gibt!‹ Er hatte Arpads Kamm in der Hand, den kannte ich, einen braun-gelb schimmernden Hornkamm, er leckte ihn ab und begann, seine Haare nach hinten zu kämmen. Im Hinterkopf legte er sie übereinander zu einem sogenannten Schwalbenschwanz. Auch Zizi Mennel hatte seine Haare frisch gekämmt. Arpad auch: Offensichtlich hatten sie gerade Frisuren ausprobiert, als ich hereinkam. Frisuren wie Elvis.

›Wenn du schon da bist‹, sagte Zizi Mennel, ›kannst du etwas lernen. Da friß!‹ Er hielt mir ein Stück Seife vor die Nase.

›Friß doch selber‹, sagte ich.

›Wieso ich? Ich will doch nicht krank sein!‹

›Er kennt den Trick nicht‹, kicherte Meinrad Weckerle.
›Sei still‹, sagte Zizi Mennel, ›muß man doch nicht jedem verratschen.‹
›Kennst du das nicht?‹ fragte Arpad.
›Was meinst du‹, fragte ich.
›Fiebermachen ...‹
›Nein ...‹
›Willst du Fieber haben?‹
›Eigentlich nicht.‹
›Wenn du willst, kann ich dir sagen, wie es geht.‹
›Der Arpad behauptet nämlich, er hat sich das Fieber selber gemacht‹, sagte Zizi Mennel.
Arpad lachte breit: ›Sie glauben es mir nicht.‹
›Hast du dir wirklich selber Fieber gemacht‹, fragte ich.
›Klar! Willst du auch? Wir hätten das Krankenzimmer für uns allein. In der Nacht kann man hier auch rauchen, da merkt es keiner.‹
Einen Augenblick schwankte ich. Es wäre eine Möglichkeit gewesen, mit einem Schlag, mit einer prachtvollen Ausrede aus allem herauszusein. ›Wie soll denn das gehen mit dem Fieber‹, fragte ich.
Zizi Mennel warf das Stück Seife von einer Hand in die andere und kicherte dabei.
›Seifeessen‹, sagte Arpad, ›dann kriegst du Fieber.‹
›Der Arpad meint, ich glaub ihm jeden Schmäh‹, sagte Zizi Mennel. ›Ich wette fünf Schilling, daß du dich nicht traust ...‹
›Daß ich mich nicht trau, die Seife da zu essen?‹
›Fünf Schilling!‹
›Ich wette zehn‹, sagte Meinrad Weckerle.
›Und du‹, fragte mich Arpad.
›Ich glaub's dir‹, sagte ich.
›Also‹, sagte Arpad. ›Herlegen. Meinrad zehn, Zizi fünf ...‹
Die beiden griffen in die Hosentaschen und zählten das Geld auf Arpads Zudecke.
›Schau her!‹ sagte Arpad. Er nahm Zizi Mennel die Seife

aus der Hand und biß die Hälfte ab. Ohne das Gesicht zu verziehen, kaute und schluckte er.

›Der Arpad!‹ rief Meinrad Weckerle.

›Ein wilder Hund‹, sagte Zizi Mennel, nahm den Rest von der Seife und roch daran.

›Das ist ja grausig‹, sagte ich.

›Geht schon‹, sagte Arpad. ›Du darfst bloß kein Wasser darauf trinken. Das ist das wirklich Grausige. Kriegst nämlich einen Wahnsinnsdurst.‹

›Wenn du Wasser trinkst, dann schäumt es dir aus den Ohren heraus‹, meckerte Meinrad Weckerle. ›Das wär eine Sensation!‹

Unter anderen Umständen hätte ich die Sensation besser zu würdigen gewußt. ›Ich muß mit dir reden, Arpad‹, sagte ich. ›Es ist dringend.‹

›Was willst du denn von ihm‹, fragte Zizi Mennel. ›Kannst es uns sagen, wir geben es dann an ihn weiter.‹

Arpad winkte mich mit dem Zeigefinger zu sich. Ich beugte mich über Meinrad Weckerle, und Arpad flüsterte mir ins Ohr: ›Ist es wegen dem Gebhard?‹

Ich nickte. Er weiß also schon Bescheid, dachte ich.

Er sprang aus dem Bett, hüpfte auf einem Bein hinter den Vorhang, der eine Ecke des Zimmers abteilte, dort waren das Klo und das Waschbecken, wir hörten ihn kotzen, dann hörten wir das Wasser laufen und er kam wieder zurück. ›Ich hab noch Fieber genug‹, sagte er. ›Brauch erst morgen die nächste Portion.‹

Er war weiß im Gesicht, seine Laune war weg. Er schaute mich ernst an und nickte, und zu den beiden anderen sagte er: ›Ist mir lieber, wenn ich jetzt allein bin.‹

Meinrad Weckerle starrte ihn mit offenem Mund an, auch Zizi Mennel war das Grinsen vergangen. ›Ist dir schlecht‹, fragte er.

›Ich hab nur den Finger hinuntergesteckt‹, sagte Arpad. ›Ich muß mit ihm reden. Seid so gut und laßt uns allein.‹

›Wieso denn mit ihm‹, fragte Zizi Mennel.

›Ich kann's euch nachher erzählen, wenn ihr wollt.‹ – Dabei zwinkerte er mir schnell zu.

›Aber die Wette ist verloren‹, murrte Zizi Mennel. ›Herauskotzen gilt nicht, ist doch wohl klar.‹

›Ich hätte das Geld eh nicht genommen‹, sagte Arpad und hielt ihnen die Münzen hin. Zizi Mennel hob die Schulter, nahm das Geld, boxte Meinrad Weckerle in die Seite und langsam, langsam verrollten sie sich.

›Kann ich den Kamm haben‹, fragte Meinrad Weckerle an der Tür.

›Von mir aus‹, sagte Arpad, ›ich schenk ihn dir!‹

›Merci‹, rief er und war weg.

Arpad ging noch einmal hinter den Vorhang. ›Ich komme gleich‹, sagte er.

Ich hörte, wie er sich die Zähne putzte. Und noch hinter dem Vorhang sagte er: ›Wie kommst du eigentlich auf die Idee, dem Gebhard zu sagen, wir beide hätten ausgemacht, du gehst mit, wenn wir abhauen?‹

›War er hier‹, fragte ich.

›Ja, vor einer Viertelstunde. Als die beiden gekommen sind, ist er gegangen.‹

›Vom Abhauen hab ich gar nicht angefangen‹, log ich. ›Er hat damit angefangen.‹

Er kam hinter dem Vorhang hervor. ›Er will nämlich wirklich abhauen‹, sagte er. ›Weißt du das?‹

Ich nickte.

›Und du hast wirklich nichts zu ihm gesagt? Daß ich gesagt hätte, du sollst mitgehen oder so?‹

Ich schüttelte den Kopf.

›Ich würde ja schon mit ihm abhauen‹, sagte er. ›Das wäre überhaupt kein Problem. Aber im Winter kann man nicht abhauen.‹

›Warum will er denn eigentlich abhauen‹, fragte ich.

›Weil das meine Schuld ist‹, sagte er. ›Weil wir die ganze

Zeit davon geredet haben, weißt eh, wie das ist. Hat er dir gesagt, wohin er gehen will?‹

›Nach Brasilien‹, sagte ich. ›Nach Mexiko.‹

›Da siehst du's‹, sagte er. ›Darüber haben wir immer geredet, und jetzt will er es auf einmal. Hat er dir gesagt, warum er auf einmal wirklich abhauen will?‹

›Nein‹, sagte ich. ›Es ist keine Kunst, auf die Idee zu kommen, von hier abzuhauen.‹

›Aber wieso denn‹, rief er aus. ›Ich find's doch nicht schlecht hier!‹

›Ich weiß es nicht‹, sagte ich.

›Findest du es so schlecht hier?‹

›Es geht‹, sagte ich.

›Willst du abhauen? Ehrlich …‹

›Nein‹, sagte ich.

›Ich auch nicht‹, sagte er. ›Jedenfalls nicht jetzt. Grundsätzlich klar … Grundsätzlich willst du doch auch abhauen oder?‹

›Klar‹, sagte ich.

›Irgendwann …‹

›Klar‹, sagte ich.

Irgendwann war weit, sehr unwahrscheinlich, daß dort der Csepella Arpad auf mich warten und sagen würde: Jetzt ist irgendwann, jetzt ist es soweit.

›Irgendwann‹, sagte ich, ›will ich klar abhauen …‹

›Aus Europa …‹, sagte Arpad.

Und es war mir egal, daß ich schon zum x-ten Mal klar gesagt hatte.

›Klar, aus Europa‹, sagte ich.

›Nach Brasilien oder Mexiko‹, sagte er.

›Klar‹, sagte ich.

›Oder nach Aden …‹

›Oder nach Aden‹, sagte ich, wußte gar nicht, daß es so etwas gibt.

Er fuhr sich mit den Fingern durch die schwarzen Haare,

schüttelte sie am Hinterkopf zurecht, drehte vorne die Haartolle über die Stirn.

›Aber ich würde wenigstens gern die Vierte fertig machen‹, sagte er. ›Am liebsten auch noch die Fünfte ... vielleicht überhaupt erst nach der Matura. Mit der Matura im Sack, im Sommer – ab nach Mexiko ... oder Brasilien ... oder Aden ... Sowieso ... Aber jetzt! Das wär ja ein Wahnsinn mitten im Winter, mitten in der Vierten ... Wär das nicht ein Wahnsinn?‹

Ich nickte. Wenn Edwin Tiefentaler wirklich genau eine halbe Stunde wartete, dann mußte ich mich beeilen.

›Ich wollte eigentlich wegen etwas anderem mit dir reden‹, sagte ich.

Er achtete nicht darauf, trat ganz dicht an mich heran, packte mich am Oberarm und blickte mir gerade in die Augen. ›Es ist ganz beschissen, was ich jetzt zu dir sage, das weiß ich. Himmelkruzifix, ich will nicht abhauen. Aber ich kann nicht mit ihm darüber reden. Und er will gleich gehen. Morgen oder übermorgen. Wenn's nach ihm ginge – gleich, sofort. Wenn ich ihm sage, daß ich nicht will, dann ist es aus, das weiß ich. Dann ist der so beleidigt auf mich, dann redet er kein Wort mehr. Du mußt mit ihm reden. Du mußt ihm das ausreden! Du willst ja selber auch nicht gehen, oder? Du kannst ja einfach zu ihm sagen, du gehst nicht. Himmelkruzifix, ich will ihn ja auch nicht anlügen, aber dann kann ich sagen, zu zweit geht das nicht. Du bist ja eh nicht mit ihm befreundet ... Ich weiß das ... Ich weiß, daß er dich nicht besonders leiden kann. Sonst hätte er auch nicht so ein Theater gemacht oben beim Theaterloch.‹ – Typisch für den Arpad, daß er lachen mußte. Ich glaub, wenn der beim Jüngsten Gericht grad seine Aburteilung gehört hätte – *Ab in die Hölle* – und wenn in der Urteilsverkündung zufällig ein Wortspiel oder ein Kalauer gewesen wäre, dann hätte er auch gelacht. – ›Ein Theater beim Theaterloch ... das ist gut. Dabei ist das so eine himmeltraurige Sache. Ich hab ja nicht gewußt, daß der Gebhard mit der Veronika gehen will. Wenn man mit einem Mädchen eine Gaudi hat – ist doch in Ordnung, wenn man eine Gaudi hat, wenn sie selber auch eine Gaudi haben will, oder nicht? Dann genügt's doch eigentlich. Mehr schaut sowieso nie heraus dabei.‹

›Was willst du also, daß ich tue‹, unterbrach ich ihn, und dabei war ich ziemlich laut.

Er erschrak. Seine Augen wurden eng, sein Mund begann zu kauen.

›Hab ich eh schon gesagt ... Red ihm das aus ... mit dem Abhauen ... Red ihm das aus, verdammtnochmal!‹

Eine Weile sagte ich nichts, dann drehte ich mich von ihm weg, drückte die Augen zu und fragte: ›Ist er in die Veronika verliebt?‹ – und drehte mich schnell wieder zu ihm um, wollte keine Regung in seinem Gesicht versäumen, ein Zucken oder Rümpfen oder schmal gemachte Augen oder hohl gemachte Wangen, irgend etwas, was sich dann in der Nacht deuten ließe – in der Nacht, auf dem Kopfkissen, das nach meinen ungewaschenen Haaren roch.

Er blickte mich lange an. Schließlich hob er die Schultern. Wie er dastand, vor mir, in dem weißen Nachthemd, wirkte er hilflos. Alles andere als ein *wilder Hund*. ›Ich mag keine komplizierten Sachen‹, sagte er leise.

›Ich auch nicht‹, sagte ich. ›Und die Veronika?‹

›Was ist mir ihr? Die haut sicher nicht mit ab.‹

›Nein‹, sagte ich, ›das mein ich nicht ... Ich meine ... ob sie ... meine ich ... ob sie ... von sich aus ...‹

Er zwinkerte mir zu, schlug schnell die Fäuste aufeinander und grinste: ›So?‹

›Nein, das meine ich nicht ...‹

›Was denn?‹

›Ob sie ... verliebt ist ... in ihn ... meine ich ...‹

›Vielleicht hat er es ihr eingeredet‹, sagte er. ›Der kann allen alles einreden. Ich würde wahnsinnig gern eine Zigarette rauchen. Aber wenn's der Rektor merkt, schmeißt er mich hier raus ...‹

Er will nicht darüber reden, und ich will eigentlich auch

nichts davon hören. Gut. Recht so. ›Wo ist der denn jetzt‹, fragte ich.

›Auf dem Dach. Am besten, du redest gleich mit ihm.‹

›Wo auf dem Dach?‹

›Oben auf dem Dach. Hat er jedenfalls gesagt.‹

›Hinter dem Kamin?‹

›Ja ... hat er gesagt ... daß er hinaufgeht ... Ich weiß nicht, was er dort will bei der Kälte ...‹

›Gut‹, sagte ich, ›ich rede mit ihm.‹

›Aber vorsichtig‹, sagte er.

›Klar vorsichtig‹, sagte ich.

Ich wollte gehen, aber er hielt mich zurück. ›Ich habe noch nie so nette Typen getroffen wie hier‹, sagte er. ›Auch in Wien nicht.‹ Und dann ballte er die Faust und drückte sie mir sanft an die Wange: ›Wirklich nicht, auch in Wien nicht ...‹

›Übrigens‹, sagte ich, ›die drei haben auf dich gewartet.‹

›Wer?‹

›Die Rita, die Irmgard und die Birgit ... nach der Schule ... im Hof ... Du hast ihnen etwas versprochen, haben sie gesagt ... du wolltest ihnen etwas mitbringen ...‹

›Ach, ja‹, sagte er, ›sie mögen Gedichte.‹

›Gedichte ... eigene von dir?‹

›Sie bilden sich ein, sie mögen Gedichte, ja. Hab aus Blödsinn gesagt, daß ich für jede eines geschrieben habe.‹

›Und hast du?‹

›Ich wollte ein Sonett probieren, aber ich komm nicht vorwärts. Das hat einfach zu viele gleiche Reime – da fehlen mir die Wörter ...‹

›Aha‹, sagte ich, ›die mögen also Gedichte.‹

›Ach was!‹, rief er. ›Weißt doch, was die mögen ...‹

›Klar‹, sagte ich.

Wenigstens einmal ausprobieren wollte ich es ... Also habe ich auch die Faust geballt und sie dem Arpad an die Wange gedrückt. Eine wunderschöne Geste bei einem *wilden Hund*. – Aber wer war hier ein *wilder Hund*?

›Ich zeig dir etwas‹, sagte er.

Er ging zu seinem Bett und hob das Kopfpolster. Darunter lag ein zusammengeklapptes Springmesser. Der Griff aus glänzendem Perlmutt. ›Das ist das Beste dieser Art‹, sagte er. Er nahm es in die Hand, drückte mit dem Daumen auf den Metallknopf, und die Klinge schnellte heraus. Er schob sie wieder zurück. ›Probier einmal! Man muß das in der Hand halten.‹

Ich nahm das Messer und ließ die Klinge herausspringen.

›Ich schenk es dir‹, sagte er.

Ich schüttelte den Kopf: ›Nein ... bitte nicht‹, stammelte ich. ›Warum denn ... das ist doch ein Blödsinn ...‹

›Ich krieg wieder eins‹, sagte er. ›Mein Onkel beschafft mir sofort eines, wenn ich es ihm sage. Der hat es mir gegeben, der meint, man braucht hier so etwas.‹

›Nein‹, sagte ich, ›ich wüßte gar nicht, was ich damit anfangen soll.‹

›Ich hätte es aber gern, wenn du es nimmst.‹

›Später‹, sagte ich. ›Später vielleicht ... wenn ich mit ihm geredet habe ... mit dem Malin ... mit dem Gebhard ...‹ Ich legte das Messer aufs Bett und deckte es mit dem Kopfkissen zu.

Er war enttäuscht. ›Gut‹, sagte er. ›Red mit ihm ... und sag mir dann, was er meint ... und rede vorsichtig mit ihm ...‹

Ich ging auf den Dachboden, über die Personalstiege hinauf und dann weiter über die Leiter hinauf in den Raum, wo die Wasserbehälter standen, und dann durchs Fenster aufs Dach.

Hinter dem Kamin auf dem Blech ist der Gebhard Malin gesessen. Er winkte mir zu, als hätte er auf mich gewartet. Ich solle mich neben ihn setzen, sagte er. Und das habe ich gemacht. Ich habe auf die Uhr geschaut und gedacht, wenn es der Edwin Tiefentaler ernst meint, dann sucht er bereits seit drei Minuten. Und wenn er nicht noch blöder ist, als ich mir denke, dann kommt er spätestens nach weiteren drei Minuten auf die Idee, hier oben auf dem Dach nachzuschauen.

›Warst du beim Arpad‹, fragte er.

›Ja‹, sagte ich.

›Es ist vielleicht wirklich eine gute Idee von dir‹, sagte er.

›Was denn‹, fragte ich.

›Wir drei‹, sagte er. ›Der Arpad meint auch, das ist eine gute Idee, wenn du mitgehst. Wir müssen über alles reden ... zu dritt ... möglichst bald.‹

›Ja‹, sagte ich, ›am besten gleich.‹

›Jetzt hat es keinen Sinn‹, sagte er. ›Jetzt sind die beiden Idioten bei ihm ... der Zizi und der Weckerle.‹ Er lehnte sich zurück, ließ sich sanft mit dem Rücken auf dem Blech nieder. Der Himmel war wolkenlos, der obere Fußballplatz lag in der Sonne, das Geschrei der Spielenden drang zu uns herüber. Aber unten, dort wo die Stadt war, lag ein dünner, weißer Nebel. Noch bevor die Sonne unterging, würde der Nebel heraufquellen nach Tschatralagant.

›Frierst du denn gar nicht‹, fragte ich.

›Nein‹, sagte er. ›Hungernkönnen und Frierenkönnen – das sind Waffen.‹

›Die anderen wollen dir Klassenprügel geben‹, sagte ich.

›Das sollen sie probieren‹, sagte er.

›Sie wollen wirklich.‹

›Für mich sind das alles Idioten‹, sagte er.

Ich hätte ihn gern gefragt, wie das war, als Ferdi Turner und Edwin Tiefentaler mit ihm auf der Personalstiege gesprochen hatten; aber ich ließ es. Er hätte mißtrauisch werden können.

›Und ich‹, fragte ich, ›ich bin für dich auch ein Idiot?‹

Er richtete sich auf, ballte die Faust und drückte sie mir an die Wange. Vor einer Stunde noch hätte ich meine Matura dafür gegeben – für diese Geste von ihm.

›Was heißt das‹, fragte ich.

›Das ist unser Zeichen‹, sagte er. ›Jetzt auch deines.‹

Und dann hielt er mir eine Rede: ›Für mich sind das alles hier Idioten‹, sagte er. ›Die nützen jeden aus. Die lassen einem gar nichts. Die machen aus dir etwas, was du nicht willst. Und deshalb ist es besser, man schaut sie nicht an. Soll ich mit denen über Klassenprügel verhandeln? Ist doch nicht meine Sache, wenn die bis Weihnachten nicht nach Hause dürfen und morgen nichts zu essen kriegen und stucken müssen. Mit denen red ich nicht. Der einzige Mensch hier ist der Arpad. Und der wird ausgenützt von allen. Weißt du, wie leicht es ist, den Arpad auszunützen? Und ich kann dir eines sagen: Wenn ich den großkotzigen Kennedy auf dem Marienaltar sehe, wie er seine Hände faltet, oder auf dem Franziskusaltar oder von mir aus auf dem Hauptaltar – keiner kann Präsident werden, ohne daß er andere ausgenützt hat, und zuletzt steht er auf dem Altar. Ich würde ein Farbfoto vom Arpad machen und es auf den Altar hängen, und zwar noch zu seinen Lebzeiten. Heilige sind solche, die ausgenützt werden, die ausgenützt werden und trotzdem immer gut aufgelegt sind. – Das hier sind doch alles Idioten, habe ich zum Arpad gesagt, der Zizi Mennel und der Weckerle zum Beispiel, Idioten, die dich ausnützen wollen. – Das seh ich doch selber, hat er gesagt, aber wenn ich denen die Hand gebe, reißen sie sie auch nicht aus. – Es ist ja ein Glück, daß der Arpad ein wahnsinnig guter Menschenkenner ist, aber er ist eben freigiebig, er ist so freigiebig und versteht nicht, wenn einer etwas hat und es nicht hergeben will, er würde nämlich alles hergeben, außer seinen Hanteln und seinem Springmesser, und die würde er auch hergeben, wenn einer bettelt ...‹

›Hat er ein Springmesser‹, fragte ich.

›Hat er's dir nicht gezeigt?‹

›Nein‹, sagte ich.

›Macht ja nichts, er wird es dir sicher bald zeigen. Aber komm bitte nicht auf die Idee und frag ihn, ob er es dir schenkt, auch nicht zum Spaß, er tut's nämlich. Ich will nicht, daß er sein Springmesser verschenkt. Es würde ihm sicher leid tun, wenn er sein Springmesser hergeben würde oder seine Hanteln. Aber wenn da einer käme und jammern würde, ich hätte so gern so ein Springmesser oder ich hätte so gern solche

Hanteln, dann, da wett ich, dann würde er sie hergeben. Er kann sich einfach nicht vorstellen, daß einer unbedingt etwas für sich behalten will, und daß er seine Sachen auch an die größten Idioten verschenken würde, das ist das, warum ich sage, er ist im Grunde genommen ein Heiliger und zwar ein doppelter Heiliger, weil er auf der anderen Seite eben auch ein wahnsinnig guter Menschenkenner ist. Es wäre ja nur ein einfacher Heiliger, der alles verschenkt, weil er so blöd ist und nicht merkt, was da für lauter Idioten um ihn herum sind. Der Arpad verschenkt sein Zeug, obwohl er weiß, was das alles für Idioten sind. Und warum soll der dann kein Heiliger sein! Ist der ein Teufel, weil er sich bei den Weibern auskennt? Da kennt er sich nämlich aus. Die Weiber wollen eine Gaudi haben, hat er gesagt, weil denen jeden Monat einmal das Blut zur Fut herausrinnt, drum wollen die in der übrigen Zeit eine Gaudi haben. Wenn uns jeden Monat einmal das Blut zum Schwanz herausrinnen würde, dann wären wir auch froh, wenn wir in der übrigen Zeit eine Gaudi hätten ... das sagt er. Hat er ja recht. Die Weiber wollen eine Gaudi haben, stimmt's nicht? Das weißt du doch auch. Da kann doch einer trotzdem ein Heiliger sein, auch wenn er das weiß! Steht ja nirgends, daß ein Heiliger ein schlechter Menschenkenner sein muß! Oder weil er zum ersten Mal in seinem Leben hier gebeichtet hat? Es muß ja nicht einer ein Heiliger sein, wenn er die ganze Zeit betet. Oder wenn er sich in der Kapelle auf den Boden legt. Weißt du, wen ich meine ...‹

Ich wußte es.

›Das weiß die Heimleitung natürlich, und deshalb haben sie sich den Arpad geholt. Daß sie einen richtigen Heiligen hier haben. Sie haben sich gedacht, vielleicht ist der Spiritual ein Heiliger, das kann sein, aber sie sind sich nicht sicher. Der Präfekt ist wahrscheinlich kein Heiliger. Er gibt zwar auch alles her, was er hat, und der Rektor gibt auch alles her. Aber sie müssen. Der Arpad muß nicht. Und alles geben sie auch nicht her. Zum Beispiel das Pateressen. Das würden sie nie tauschen gegen unseren Fraß. Die können auch keine richtigen Heiligen sein bei diesen Idioten hier.‹

Seit mich Edwin Tiefentaler am Ärmel festgehalten hatte, waren genau vierzig Minuten vergangen.

›Komm‹, sagte ich. ›Der Tscheps hat gesagt, er wartet unten im Spielsaal auf uns.‹

›Wieso denn im Spielsaal‹, fragte er. ›Er ist doch krank, er hat doch Fieber.‹

›Nein, nein‹, sagte ich, ›er hat da so einen Schmäh, wie man das Fieber sofort runterkriegt. Er hat gesagt, er wartet im Spielsaal auf uns.‹

›Was hat er denn genau gesagt?‹

›Daß ich mit dir reden soll.‹

›Und worüber?‹

›Daß wir gleich zu ihm hinunterkommen sollen.‹

›Und warum sagst du das erst jetzt?‹

›Wegen dem Meinrad Weckerle und dem Zizi Mennel. Der Tscheps hat gesagt, wir sollen erst in zehn Minuten unten sein.‹

Er warf mir einen mißtrauischen Blick zu. – Ich ballte die Faust, dabei schaute ich noch einmal auf meine Armbanduhr – einundvierzig Minuten – ballte die Faust und drückte sie sanft an seine Wange. Alles Mißtrauen wich aus seinem Gesicht.

Ich ging voraus, drehte ihm den Rücken zu. Ich wollte ihm die Chance geben, mich hinunterzustoßen. Nur, warum hätte er das tun sollen?

Gestoßen habe ich. Ich habe die Tür zum unteren Spielsaal aufgemacht und den Gebhard Malin hineingestoßen.«

Viertes Kapitel

13

»Diese ... wie du sagst ... Rede, die er oben auf dem Dach gehalten hat ...«

»Was heißt Rede? Er hat eben lang gesprochen, und ich habe ihm zugehört ... und bin auf Kohlen gesessen ... und habe mich gewundert ... gelinde ausgedrückt: gewundert ...«

»Und wirklich: der Arpad sei ein Heiliger?«

»So, wie ich es in Erinnerung habe. Ja, ja, das hat er schon gesagt.«

»Ein Heiliger? Ein *wilder Hund* und ein Heiliger? Wie geht das zusammen?«

»Das habe ich mich allerdings auch gefragt. Heute wundert's mich nicht mehr. Der Arpad hat für jeden Traum herhalten können. Eine Leinwand, auf die man seine Träume projiziert. Und es kommt noch etwas dazu: Was man auf ihn projiziert hat, das ist wieder auf einen selbst zurückgefallen, und zwar verstärkt. Du denkst, der ist ein wilder Hund, schaust ihn an, siehst einen noch viel wilderen Hund, als du ihn dir vorgestellt hast, setzt in deinem Kopf neue Maßstäbe, arbeitest dich langsam zu ihm hinauf, schaust ihn wieder an, stellst fest, der ist ja noch viel wilder, da bist du noch nicht einmal beim Sockel seines Denkmals angekommen, und so weiter ...«

»Ja, ein *wilder Hund* – aber ein Heiliger?«

»Wo ist da der Unterschied? Ist ein Heiliger nicht auch ein *wilder Hund*? – Der Gebhard Malin hat eben einen Heiligen aus dem Arpad gemacht. Hat offensichtlich funktioniert. Vielleicht einen *wilden Heiligen*. Das soll es ja gegeben haben. – Der Präfekt hat Geschichten vom heiligen Don Bosco erzählt, wie sie den einmal ins Irrenhaus schleppen wollten und er sich mit der Polizei geprügelt hat, und zum Schluß sind die anderen im Irrenhaus gesessen, und er hat sich einen gegrinst und hat gefestet mit den Huren und den Zuhältern und den Dieben. Oder die Missionare am Xingu, die sich mit Riesenschlangen geprügelt haben – uns ist die Christianisierung Mittelamerikas unter Cortes und Konsorten als ein nachahmenswertes Abenteuer dargestellt worden. Waren das keine *wilden Hunde*? Oder der heilige Karl Borromäus, als Inquisitor eine Sonderkategorie? Oder der heilige Fidelis, der die calvinistischen Bauern in Graubünden rekatholisieren wollte, ein Meister des Wortes, ein Redner, wie die Kapuziner keinen zweiten hervorgebracht haben – schließlich haben ihn die Bauern erschlagen. Der war doch auch so etwas wie ein *wilder Hund*. Ach ja, Redewettbewerbe sind auch abgehalten worden im Heim ...«

»Hast du die Heiligen als *wilde Hunde* gesehen?«

»Ich nicht. Hab ich schon gesagt. Für mich hat die Muttergottes gezählt und sonst niemand. Die Heiligen waren für mich entweder Arschkriecher oder Rausschmeißer. Aber das heißt ja nichts. Wenn einer beispielsweise in den Don Bosco vernarrt war, dann kann ich mir leicht vorstellen, daß er den Csepella Arpad zu einem Heiligen gemacht hat. Vielleicht hat der Gebhard Malin selbst auch Ambitionen zu einem Heiligen gehabt ... wird behauptet ...«

»Von wem?«

»Oliver Starche hat darüber seltsame Geschichten erzählt ... über den Gebhard Malin.«

»Franz Brandl sagt, er sei ein Zuhältertyp gewesen.«

»Der Gebhard Malin ... Und was hat der Franz vom Csepella Arpad gehalten? Was hat er im Arpad gesehen? Einen Nothelfer. Einen, der zwischen Gut und Böse nicht unterscheiden kann, der sieht, da ist einer, dem geht es nicht gut, also muß ich nachhelfen. Ein Nachhelfer. – Stimmt und stimmt nicht. – Ich habe gedacht, der Arpad steht drüber, der macht sich seine Gaudi, wenn es ihm paßt, aber sonst interessiert er sich für nichts, was das Heim betrifft. – Stimmt und stimmt nicht. – Manfred Fritsch hielt ihn für gefährlich. – Stimmt und stimmt nicht. – Ferdi Turner für schlicht asozial, das hat er mir gesagt, als ich ihn besucht habe. Und so weiter ... Ja und der Franz sagt, der Gebhard Malin ist ein Zuhälter. Nicht ein Zuhältertyp. Ausdrücklich ein Zuhälter.

Eine Zeitlang hat der Rektor versucht, Persönlichkeitsbildungsstunden abzuhalten. Oben im Mariensaal. Die waren so wie das Wort. Lang und klobig. *Du mußt den anderen nehmen, wie er ist ...* So etwas rutscht einem flott aus dem Mund. Der Rektor hat auf die Wirkung von Parolen gesetzt. Eine Zeitlang. Er hat Transparente malen und sie überall im Heim aufhängen lassen. Absichtlich keine Bibelsprüche. *Du mußt den anderen nehmen, wie er ist!* Das hing in vierfacher Ausfertigung – eines im Speisesaal, eines im oberen Studiersaal, eines im unteren Studiersaal und eines in der Halle. Haben Erstkläßler gemalt. Ich habe diesen Satz ernst genommen, habe über ihn nachgedacht. Parole des Monats. Das war die Ambition des Rektors: Jeden Monat eine neue Parole. Er dachte wohl, auf diese Weise lassen sich in acht Jahren alle wesentlichen außerkapuzinerischen Verhaltensmaßregeln einbleuen. Irgendwann wird er eingesehen haben, daß nicht alle Schüler Kapuziner werden. Daß ein großer Teil der Schüler mehr als drei Knoten lernen muß – mehr als Armut, Keuschheit, Gehorsam. Die müssen ja für's Leben lernen, nicht für einen Orden. Da hat er sein Parolenprogramm entwickelt. – Aber der Rektor besaß nicht das Durchhaltevermögen des Präfekten. Mehr als diese eine Parole hat es nicht gegeben. Mehr als dieses eine Transparent ist nicht gemalt und aufgehängt worden. Aber bitte, ich hab's ernst genommen. Habe darüber nachgedacht. *Du mußt den anderen nehmen, wie er ist!* – Was ist er denn, dachte ich. Frag ihn selber – was sagt er?

Angebereien, Verstellung. Was die anderen von ihm denken sollen. – Frag die anderen – was sagen die? Vielleicht das gleiche. Was jetzt mit dieser Parole? Könnte sich als eine höchst komplizierte Verspiegelung herausstellen: – ›Du mußt das akzeptieren, was die anderen aus ihm gemacht haben. – Du bist ja nie der erste, der ein Bild macht. Eigentlich kommst du immer zu spät. Immer schon waren andere vor dir da. Also: Was ist der andere?

Keiner war etwas, aber jeder hat vom anderen irgendein Bild gehabt. Aber aus nichts kann man kein Bild machen. Das heißt, du hast aus dem anderen entweder etwas machen oder aber ein fertiges Bild von ihm übernehmen müssen. Also nicht *nehmen, wie er ist* ... Sondern übernehmen. Und das soll man akzeptieren? Ein Bild? Ein übernommenes Bild. Eine Einbildung? Eine fremde Einbildung. Nur: Ohne Bild stößt du alle vor die Stirn. – So hat der ganze Verein aus einem komplizierten Netz von Einbildungen bestanden. Und wehe, das Netz reißt irgendwann ...«

»Wann reißt dieses Netz?«

»Wenn einem auf einmal das Image vom Gesicht fällt.«

»Das Image, das er sich selbst verpaßt hat, oder das Image, das ihm die anderen verpaßt haben?«

»Finde heraus, was was ist. Das ist es ja gerade! Auf diese Art und Weise kriegst du nie ein eigenes Bild von dir selbst fertig. Mit jedem Versuch, dich dir selbst vorzustellen, schiebst du dich von dir weg ... ein kompliziertes Netz aus fremden Einbildungen ... eine Notvorrichtung allerdings!«

»Und nach der Rede von Gebhard Malin ist dieses Netz gerissen – in deinem Kopf?«

»Wie meinst du?«

»Daß er gefallen ist – in deinen Augen, daß die Einbildung nicht mehr gestimmt hat. Es hat ja wohl nicht zu deinem Bild von ihm gehört, daß er aus einem Mitschüler einen Heiligen macht.«

»Da habe ich schon nicht mehr daran gedacht. Nach seiner

Rede. Das war ja ein furchtbarer Weg ... über die Personalstiege hinunter, durch den Gang neben dem Speisesaal, durch die Halle ... Da war das Netz schon längst gerissen ... hat nichts mehr bedeutet. Da habe ich auch die Heiligsprechung vom Arpad in Kauf genommen. Noch eine Stunde vorher hatte ich im Malin den Zwillingsbruder vom Csepella Arpad gesehen. – Von welchem Csepella Arpad? – Sein wie Csepella Arpad – das hieß: Drüberstehen. Sich von niemanden etwas sagen lassen. Auch nicht von einem Heiligen. Von einem Heiligen schon gar nicht. Der Csepella Arpad, das war einer, der auf die Schule pfeift, nicht einer, der wie mein Vater argumentiert: *Erst einmal die Matura machen* ... Einer, der es nicht nötig hat, jemanden zu verehren. Der es nicht nötig hat, verehrt zu werden. Der eine Matura nicht nötig hat. Der einen Freund nicht nötig hat. Der überhaupt nichts nötig hat. Der sich die Schulter abwischt, wenn Gottvater persönlich ihm die halbe Welt um die Ohren haut ...«

»So einer wärst du gern gewesen?«

»Ja ... Der Malin war's nicht. Der Arpad war's auch nicht. Der Held, für den ich dich gehalten habe, mein Freund, der bist du nicht, dachte ich.«

»Hat dir das leid getan?«

»Einerseits hat mich das befriedigt, ich hatte ihn in meinem Kopf ja in eine Höhe katapultiert, das war schon nicht mehr feierlich. Wenn du dauernd denken mußt, im Vergleich zu dem bist du so klein, da mußt du aufpassen, daß du ihm nicht durch die Schuhöse fällst ... Andererseits war ich enttäuscht, ja. Ein Held kaut auf etwas herum, was nichts ist, sagt ab und zu ein Wort, das sitzt wie der Nagel im Brett; aber eine Litanei läßt er keine ab. Und dem Präfekten seine Sonette nachäffen, das tut er auch nicht. Und Heiligenverehrung betreibt er schon gar nicht. Ihr seid halt auch nicht anders als wir, dachte ich. Schade ...«

»Keine zum Bewundern ...«

»Keine zum Bewundern, ja. – Und ein kleiner Trost sprang

dabei für mich heraus. Das ist schwer zu erklären ... Der Gedanke, daß so einer der Veronika anschafft, war leichter für mich zu ertragen. Ich weiß nicht, wie ich heute in einem ähnlichen Fall denken würde – vielleicht genauso. Der ist ja auch nicht viel anders als ich selber ... So einem verzeiht man mehr ... weil man sich selber mehr verzeiht ... weil man sich selber auch viel weniger zutraut ... und ihm dann auch weniger zutraut ... – Nein, keine zum Bewundern – beide nicht. Csepella Arpad und Gebhard Malin ... beide nicht ... Vielleicht gibt's so einen gar nicht, dachte ich. Das war wie ein Loch.«

»Wie hast du dich denn selber gesehen?«

»Ich weiß es nicht. Hab lieber nicht darüber nachgedacht.«

»Von heute aus betrachtet ...«

»Das macht es nicht einfacher. Ich habe bei jedem Wort, das ich über mich selbst sage, das Gefühl, ich erfinde etwas. – Der Franz hat einmal zu mir gesagt, wenn er an einem Schaufenster vorbeigeht und sich in der Scheibe sieht, dann denkt er, Grüß Gott, ein Scheißhaufen auf Stelzen. Da habe ich nichts darauf geantwortet. Weil, wenn ich mich gemeinsam mit dem Franz in einem Schaufenster gesehen habe, habe ich gedacht, Grüß Gott, ein Herr und ein Lump. – Der Herr war er. Hab ich schon erzählt, glaube ich. Ist ja nicht unbedingt etwas Erhebendes, der Lump von einem Scheißhaufen zu sein ...

Aber wir beide, der Franz und ich, wir haben uns wenigstens, was den Himmel betrifft, an eine der Höchsten gehalten, an die Muttergottes. An Heilige wenden sich nur solche, die vor denen ganz oben Schiß haben. Für solche sind die Heiligen gemacht worden. Wir beide, der Franz und ich, wir haben uns immerhin die Muttergottes zum Kumpan gemacht.«

»Und was war mit deinem Image – nachdem du ihn vom Dach geholt hast?«

»Wie meinst du das?«

»Du hast den Gebhard Malin belogen, hast ihn in den Spielsaal geführt und der Klasse übergeben. Zwecks Klassenprügel. Verrat – oder nicht?«

»Das habe ich vor mir gerechtfertigt – Verrat für eine gute Sache. So ungefähr. Dieser Verrat war die einzige Möglichkeit, ihn vor Edwin Tiefentaler und seinen Sechstkläßlern zu schützen. Die hätten ja noch viel Schlimmeres ...«
»Viel Schlimmeres?«
»Also bitte, ich wußte ja nicht, was kommen wird. Hinterher ist leicht reden!«
»Wer hat sich in der Kapelle auf den Boden gelegt?«
»Ich versteh dich nicht ...«
»Gebhard Malin hat davon gesprochen.«
»Wie kommst du jetzt darauf?«
»Gut, wir können auch weiter über deinen ... Verrat sprechen. Image: Verräter. Paßt das?«
»Sag das doch nicht! Verrat beinhaltet eine Absicht ... eine verräterische Absicht ...«
»Und du warst der Retter – nicht der Verräter. Für jeden Schritt ein Image. Ist das so?«
»Was meinst du denn ...«
»Kann ja sein, daß alles ganz einfach war. Ganz einfach. Er sagt, deine liebe, zarte Veronika ist eine Hur – so, und dafür soll er Klassenprügel kriegen. War es so einfach?«
»Auch ... sicher auch ... aber sicher nicht allein so ...«
»Du meinst, es ist immer alles komplizierter?«
»... ja, es ist immer alles komplizierter ...«
»... als man denkt, ja ...«
»Also gut, was willst du wissen? Am Boden liegen in der Kapelle.«
»Du hast gesagt, du wußtest wer das war. Wen Gebhard Malin meinte.«
»Ach so. – Das war der Oliver Starche. Der ist einmal in der Nacht erwischt worden, wie er ausgestreckt mit bloßer Brust auf dem Boden in der Kapelle gelegen ist. Er hatte sich die Pyjamajacke aufgeknöpft.«
»Und warum hat das der Gebhard Malin erwähnt?«
»Bevor der Arpad ins Heim gekommen ist, waren die bei-

den miteinander befreundet. Der Oliver Starche und der Gebhard Malin.«

»Und zu dieser Zeit hat Gebhard Malin auch solche Sachen gemacht?«

»Ist mir nie bekannt geworden. Habe ich nie mitgekriegt. Hat er aber doch, wenn stimmt, was Oliver Starche erzählt. Und ich glaub's ihm.«

»Was hat er denn gemacht ... Gebhard Malin?«

»Gefastet, nichts getrunken.«

»Hungern als Waffe?«

»Ja. Er habe einen ganzen Samstag lang nichts getrunken und nichts gegessen und dann am Sonntag während des Hochamtes in der Kapelle einen Schluck Wasser im Mund behalten und ihn erst vor der Kommunion hinuntergeschluckt.«

»Sagt Oliver Starche?«

»Schreibt er ...«

»Schreibt er?«

»Er hat mir einen sehr langen Brief geschrieben. In diesem Brief hat er das erzählt, ja.«

»Und das habe Gebhard Malin aus religiösen Motiven getan?«

»Ja, sicher. Noch am Beginn der dritten Klasse, gleich nach Schulbeginn. Im Hochamt zum Schulbeginn. Das fand am ersten Sonntag des Schuljahres statt und dauerte an die drei Stunden.«

»Hat es so etwas gegeben im Heim – religiöse Fanatiker?«

»Mehr als genug. – Was heißt religiöse Fanatiker. Religiöse Moden hat es gegeben. Und die sind dann fanatisch durchgezogen worden. Sich ausgestreckt in der Kapelle auf den Boden legen, eine halbe Nacht lang, ist dann Mode geworden. – Der Oliver Starche hat das wahrscheinlich nicht aus einer Mode heraus gemacht. Hat aber alle sehr beeindruckt. Oder fasten, tagelang. Rosenkranzbetwettbewerbe, quasi Wettbewerbe. Ich glaube, der Reiz hat darin bestanden, die Patres zu verunsichern. Sie haben das natürlich nicht gern gesehen, aber was sollten sie machen, es war ja Religion, das haben die Heiligen ja auch gemacht. Die seltsamsten Dinge hat es da gegeben. Einmal, als beim unteren Fußballplatz die Mauer neu betoniert wurde, ist so eine Zementmischwanne liegengeblieben, da haben zwei Schüler ein Ritual entwickelt, sie haben die Wanne umgekippt, es war eine schwere Eisenwanne, dann haben sie Rosenkranz gebetet, abwechselnd einer unter der Wanne, der andere auf der Wanne, ein Gesetzchen unter der Wanne, ein Gesetzchen auf der Wanne. Dem unten ist schier die Luft ausgegangen, und Angst wird er natürlich auch gehabt haben, aber das war das Überfromme an der Sache.«

»Und Oliver Starche war so ein Fanatiker – so ein Überfrommer?«

»Er selbst sagt heute, er sei so gewesen.«

»Und hat tatsächlich Einfluß auf Gebhard Malin gehabt?«

»Ja. Hatte. Eben bevor Csepella Arpad ins Heim kam. Und auch später noch. Er war in einem Konflikt, der Gebhard Malin – zwischen Oliver Starche und Csepella Arpad.«

»Das meint Oliver Starche heute?«

»Ja.«

»Erinnert er sich an alles?«

»Wie soll ich sagen … an vieles. Und an vieles sehr genau. An anderes kaum. An die Schularbeit zum Beispiel. An das ganze drum herum, auf das sich Alfred Lässer so kapriziert. Er sagt, er erinnere sich überhaupt nicht an den Anlaß für die Klassenprügel. Er wisse, daß der Präfekt uns quasi dazu aufgefordert habe – an das *Züchtigt ihn!* erinnert er sich nicht, hält es aber für möglich, – daß es mit einem *nicht genügend* zu tun hatte, daran erinnert er sich auch nicht. Aber bitte, das ist nicht das Entscheidende. Er erinnert sich dafür an andere Dinge. Er weiß Dinge, die mir viel wichtiger erscheinen.«

»Was zum Beispiel?«

»Die ganze Sache mit Veronika … mit Veronika und Arpad und so weiter …«

»Was hatte er damit zu tun?«

»Nichts. Nichts. Eifersucht. Er ist abgedrängt worden. Vom Arpad. Ohne daß der es gewollt hätte. Von der Veronika. Ohne daß sie es gewußt hätte.«

»Gut, dann erzähl jetzt von deinem Besuch bei ihm.«

»Bei Oliver Starche?«

»Ja. Bei Oliver Starche – genannt *der Deutsche* – wenn ich mich recht erinnere.«

»Weil er aus Deutschland kam, ja. Er war der einzige Deutsche im Heim. Gut. – Ich habe ja schon erzählt, daß der Manfred Fritsch und ich gemeinsam zu ihm gefahren sind, daß wir ihn predigen gehört haben, in der Kirche.«

»Wo?«

»Irgendwo im Allgäu. Dort ist er Pfarrer. Das hat alles Manfred Fritsch herausgefunden, und er hat auch vorgeschlagen, daß wir an einem Sonntag hinfahren. ›Einen Pfarrer besucht man am Sonntag‹, sagte er. ›Es ist immer am besten, wenn man die Leute bei der Arbeit besucht. Vorausgesetzt, sie machen diese Arbeit gern.‹ Er halte das immer so, sagte er, wenn er ein Interview mit jemandem aufnehmen wolle, dann besuche er ihn an seinem Arbeitsplatz, dann sage der zwar immer, ob man das Interview nicht besser verschieben sollte und so weiter, aber dann habe man sozusagen schon den Fuß in der Tür, und schließlich kennen sich die meisten Leute, jedenfalls die meisten Männer, selbst zu Hause nicht so gut aus wie an ihrem Arbeitsplatz, fühlten sich selbst zu Hause viel fremder als an ihrem Arbeitsplatz, und für ein gutes Interview sei es wichtig, daß der Befragte sich in einer ihm vertrauten Umgebung aufhalte ... und so weiter ...

›Willst du ein Interview mit dem Oliver Starche machen‹, fragte ich ihn.

Einen Augenblick dachte er nach. ›Wär keine schlechte Idee‹, sagte er, ›vielleicht später ...‹

Wie gesagt, ich wäre lieber allein gefahren, aber dann ... na ja ..., ist eh nichts draus geworden.

Wir sind genau während der Messe angekommen. Ein Nest.

Die Männer sind vor der Kirche unter den Kastanienbäumen gestanden. Hat ausgesehen wie auf einer alten Fotografie. Aus der Kirche hat man die Orgel gehört. Wir beide, der Manfred Fritsch und ich, natürlich nicht im Sonntagsgewand. Bei ihm ist's nicht so aufgefallen, bei mir schon – Lederjacke und rotes Hemd, ein kariertes. Und gleich mitten hinein in die Kirche, mitten hinein in die Predigt.

Als wir eintraten, drehte er sich gerade zur Gemeinde. Der Oliver Starche. Ich hätte ihn nicht wiedererkannt. Nicht, weil er sich so verändert hat. Später schien mir sogar, er habe sich sehr wenig verändert. Ich hatte sein Gesicht nicht mehr in Erinnerung. Auf dem Foto fehlt er. War krank oder so. Hat nichts zu sagen, daß er nicht drauf ist.

Da stand er also. Im Priestergewand. Ein zierlicher Mann, mit wenig blondem, krausem Bart. Von weitem wirkte er sehr jung. Wir lehnten hinten an den Weihwasserkesseln. Vor uns auf der linken Seite die Frauen, auf der rechten die Männer. Und vorne dran – unser Oliver Starche. Der Deutsche. Katholischer Pfarrer. Und hat gepredigt. Und immer noch – astreines Hochdeutsch, wie im Heim. Daß seine Stimme so kräftig gewesen war, daran erinnerte ich mich nicht. Ist vielleicht auch erst so geworden.

Er hat eine Stelle aus der Heiligen Schrift interpretiert. Aus der Apostelgeschichte. Petrus heilt einen Lahmen. Vor dem Tempel heilt er einen Lahmen. Der Lahme kommt in den Tempel und schmeißt seine Krücken von sich.

Noch bevor er mit der Predigt zu Ende war, sind Manfred Fritsch und ich aus der Kirche gegangen. Wir konnten einfach nicht mehr. Wir haben einen Lachkrampf gekriegt. Sicher auch, weil wir aufgeregt waren. Aber doch hauptsächlich, weil er so einen Unsinn geredet hat – uns kam es jedenfalls so vor. Auf der Heimfahrt haben wir gelacht, daß mir die Lunge wehgetan hat.«

»Was hat er denn gesagt in seiner Predigt?«

»Ungefähr so: Was will uns die Apostelgeschichte mit dieser

Legende sagen? Es geht ja nicht einfach um eine simple Heilung. Also, daß ein Lahmer wieder gehen kann, sei etwas Simples. Es gehe um viel mehr. Die Heilung sei ja nur eine Äußerlichkeit. Es gehe um Tieferes ... und so weiter ... Da kann einer wieder gehen, aber es ist nur eine Äußerlichkeit, PR sozusagen. – Menschenskind, habe ich mir gedacht, so weit sind die also schon, daß sie die Wunder zu Faxen erklären.«

»Ihr seid gleich wieder weggefahren, habt gar nicht probiert, mit ihm Kontakt aufzunehmen?«

»Nein. Das wäre furchtbar geworden. Der hätte geglaubt, wir seien besoffen. War besser so. War mir ohnehin lieber. Ich wollte mit ihm allein sprechen. – Ich habe dann seine Telephonnummer herausgesucht und ihn angerufen. Vielleicht einen Monat später. Hab ihn angerufen und gesagt, ich würde gern vorbeikommen und mit ihm reden.«

»Hat er sich gleich an dich erinnert?«

»Ja ... und wie ... angeblich ...«

»Und wollte er wissen, warum du kommst?«

»Ich habe das am Telephon so dargestellt: Ich hätte zufällig in der Gegend zu tun und habe erfahren, daß er hier Pfarrer sei und so weiter ...«

»Ihr habt ja nie viel miteinander zu tun gehabt im Heim, oder?«

»Nichts. Wenn er mich angerufen hätte, ich hätte mich gewundert. Mir wär's peinlich gewesen.«

»Also, wie war dein Besuch bei ihm?«

»Er ist ein klassischer Pfarrer, wohnt im Pfarrhaus, hat eine Köchin, alles riecht nach Weihrauch, er hat Mundgeruch – alles, wie es sich gehört. Auf seine Version der Sache war ich nicht besonders neugierig. Was der sagen wird, weiß ich, dachte ich mir. Mein Fehlschluß war: Weil ich mich an ihn nicht erinnern kann, also weil ich ihn in der Erinnerung an jenen Nachmittag nicht vor mir sehe, kann auch er sich an nichts erinnern. – Es ist dann ganz anders gewesen. Das heißt, erzählt hat er wirklich nicht viel. Das ist wohl nicht seine Art. Er hat mir hinterher einen Brief geschrieben. Hat ja auch schon in der Schule immer die besten Aufsätze geschrieben ... der Liebling des Präfekten. Weil er den Konjunktiv eins und den Konjunktiv zwei immer richtig angewendet hat, und nie einen Wenn-Satz mit *würde* ... Wenn-Sätze sind würdelos ... niemals zweimal denselben Ausdruck auf einer Seite.

Noch etwas, das muß ich erzählen: Ich ging nicht gleich ins Pfarrhaus, als ich ankam, sondern erst in die Kirche. Es war an einem Werktagnachmittag, niemand hielt sich dort auf. Ich habe mir den Rat von Manfred Fritsch zu Herzen nehmen wollen. Die Kirche ist der Arbeitsplatz von Oliver Starche, dachte ich, gut, in der Kirche kann ich mit ihm zwar nicht über die Sache reden, aber wenigstens ein bißchen Atmosphäre wollte ich schnüffeln. Der Manfred Fritsch hätte seine Freude gehabt. An mir und an ihm. Links vom Kirchentor hing ein Regalständer mit Broschüren, Missionsheftchen, Aufklärungstraktätchen, das Kirchenblatt und so weiter. Die meisten Sachen waren gratis. – Aber da gab es noch etwas, das kostete zehn Mark. Eine Tonbandkassette, vorne drauf ein fotokopiertes Bild dieser Menschendarstellung von Leonardo da Vinci, du weißt, welche Darstellung ich meine, ein Mann, nackt, mit ausgebreiteten Armen, die Beine leicht gespreizt, umgeben von Kreisen. Diese Studie über die Proportionen des menschlichen Körpers, du weißt, was ich meine ...«

»Ich glaub schon ...«

»Ja. Und ein Titel: *Des Trostes bedürfen wir.* Und darunter: *Von Pfarrer Oliver Starche.* Hinten drauf stand: *Auswahl aus seinen Vorträgen und Predigten.* Und: *copyright Oliver Starche.* Zehn gleiche Kassetten aufeinandergestapelt. Das Stück zehn Mark. – Na gut, das hat mich interessiert. Ich hatte kein deutsches Geld dabei, schob einen Hunderter in die Kasse, hundert Schilling, und steckte die Kassette ein. Ich überlegte, ob ich zuerst ins Auto gehen und sie mir anhören sollte. Aber es war zu spät. Weiß Gott, Manfred Fritsch hätte seine Freude gehabt ... hatte er auch ...«

»Hast du ihm davon erzählt?«

»Ja. Er hat mich noch einmal angerufen. Da habe ich ihm davon erzählt. Daß ich noch einmal bei Oliver Starche war. – Das war, bevor ich den Brief bekommen hatte, den Brief von Oliver Starche. – Ich habe dem Manfred Fritsch die Kassette geschickt. Ohne daß ich vorher hineingehört hätte.«

»Haben dich die Predigten und Vorträge von Oliver Starche nicht interessiert?«

»Nein ... wenn ich ehrlich bin, nein. Nachdem ich seinen Brief bekommen hatte, hätte mich die Kassette schon interessiert, aber da war sie schon weg. Und Manfred Fritsch in dieser Sache anrufen, wollte ich nicht. Übrigens, der Grund, warum mich Manfred Fritsch angerufen hat ...«

»Kommen wir noch darauf. Der Reihe nach. Erst zu Oliver Starche. Nachdem du in der Kirche warst, bist zu ihm gegangen?«

»Er wartete im Pfarrhaus bereits auf mich. In Bluejeans und T-Shirt. Stand in der Tür zu seinem Arbeitszimmer und breitete die Arme aus. Hoffentlich schließt er sie nicht um mich herum, dachte ich. Aus der Nähe wirkte er älter, ein Faltennetz übers ganze Gesicht, ein viel zu altes Gesicht für diese Statur, vor allem sein runder Hinterkopf wirkte jugendlich. ›Eine wirkliche Freude‹, rief er, ›eine wirkliche Freude. Schau her, das ist mein Mitschüler!‹

Eine kleine, ältliche Frau mit schmaler Brust, breiten Hüften und Stecknadelkopf schlüpfte neben ihm durch die Tür, sie hatte eine Speckplatte angerichtet, sie gab mir die Hand, ohne mich anzusehen, er sagte zu ihr, er wolle nicht gestört werden. Den Schnaps holte er selbst aus dem Schrank.

Wir setzten uns an den Tisch – ein Bauerntisch mit einer Schieferplatte in der Mitte –, prosteten uns zu, tranken ex, dann sagte er: ›Ja.‹ Und ich war dran.

Einem Pfarrer machst du nichts vor, dachte ich, der muß die Leute ja schließlich kennen, der Oliver Starche wird ja auch die Beichte abnehmen und folglich schon in so manche

Schweinerei gegriffen haben. ›Ich geh der Sache mit dem Gebhard Malin nach‹, sagte ich.

›Ja‹, sagte er.

›Den Klassenprügeln ...‹

›Ja‹, sagte er.

›Du erinnerst dich ...‹

›Ja‹, sagte er.

›1963 im November ...‹

›Ja‹, sagte er.

›30. November, 1963 ...‹

›Ja.‹

Ein eindeutiges Beichtvater-Ja. Ich habe zwar, seitdem ich aus dem Heim war, nie mehr gebeichtet, aber das kenne ich. Das Ja und das unerschütterliche Zuhören. ›Ich will mit dir über ihn sprechen‹, sagte ich.

›Ja‹, sagte er. Er schenkte noch einmal Schnaps nach. Wir tranken wieder ex. Er fragte mich, was aus mir geworden sei, was ich mache und so weiter. Ich erzählte. Ich erzählte auch, daß ich inzwischen schon mit den anderen gesprochen hatte, mit Ferdi Turner, Edwin Tiefentaler, Alfred Lässer, Franz Brandl, Manfred Fritsch.

›Mit ihm auch‹, fragte er.

›Nein‹, sagte ich. ›Weißt du, wo er ist, was er macht?‹

Er schüttelte den Kopf, griff zur Schnapsflasche, ich legte meine Hand aufs Glas. Da trank er allein. ›Und worüber genau willst du mit mir reden‹, fragte er.

›Über die Klassenprügel‹, wiederholte ich. ›Darüber, daß wir ihn krankenhausreif geschlagen haben ...‹

›Ich habe nur einmal geschlagen‹, sagte er. ›Einmal und leicht. Den ersten Schlag, den er empfangen hat, habe ich gegeben. Das macht mich schuldiger als euch, die ihr ihn halbtot geschlagen habt.‹

Da war ich baff. – Und dann ... dann wollte er beten.«

»Beten? Einfach so ... zack ... wollte er beten?«

»Nein, wir haben schon noch eine Weile geredet – über alles

mögliche. Er hat mich überrumpelt, ja. Hat getan, als wären wir im Heim die besten Freunde gewesen. Er wollte vom Thema weg, das war mir schon klar. Sobald ich vom Gebhard Malin anfing und von den Klassenprügeln, ist er einsilbig geworden. Im wörtlichen Sinn – eine Silbe: *Ja*.«

»Stimmt das? Daß er nur einmal geschlagen hat?«

»Hast du schon einmal gefragt. Ich weiß es nicht. Ich wäre nie auf die Idee gekommen, daß einer nur einmal geschlagen hat. Ich habe die anderen nicht beobachtet.«

»Glaubst du ihm?«

»Ja.«

»Du hast ihn als ehrlich charakterisiert. Also einer, der immer die Wahrheit sagt.«

»Dem man das aber nicht glaubt. Ich weiß, was du meinst. Als er damals vor Allerheiligen geschickt wurde, den Spiritual zu holen und mit dem Präfekten zurückkam ...«

»Ja, das meine ich. Da habt ihr ihm nicht geglaubt.«

»Er galt als falsch, obwohl ich mich nicht erinnern kann, daß es je irgendeinen Beleg dafür gegeben hätte. – Hab ich diesmal übrigens auch gehabt, dieses Gefühl, daß nicht wahr ist, was er sagt. Zuerst habe ich gedacht, das kann ja lustig werden, wenn der die ganze Zeit nur *Ja* sagt. Und dann dachte ich, er lügt.

Nach dem vierten Schnaps taute er ein wenig auf. Da hat er angefangen, mir dauernd in die Augen zu schauen. Wie schön das sei, daß gerade ich ihn besuchen komme und so weiter. Daß er sehr oft an mich gedacht habe, daß ich ihm von allen Mitschülern in bester Erinnerung sei, daß er zu keinem mehr Vertrauen gehabt habe als zu mir ...

›Aber du warst doch mit dem Gebhard Malin befreundet‹, sagte ich.

›Ja, ja‹, sagte er, ›aber nur kurze Zeit. Für mich warst du der ruhende Pol in der Klasse. Noch heute denke ich oft an die Gespräche, die wir zwei miteinander geführt haben.‹

Ich dachte, der verwechselt mich mit einem anderen, vielleicht mit dem Franz. Den Franz hätte man als ruhenden Pol bezeichnen können, aber auch nur dann, wenn man ihn nicht richtig kannte. Und daß ich mit ihm damals Gespräche geführt hätte ... Keine Ahnung. Ich kann mich nicht erinnern. Habe ja gesagt, er fehlt in meinem Bild. Oliver Starche kommt in meiner Erinnerung nur als Name vor.

›Es ist gut, daß ausgerechnet du gekommen bist‹, sagte er, ›das macht es mir leichter, über manche Dinge zu sprechen.‹

Entweder, dachte ich, ich muß jetzt ein schlechtes Gewissen haben, weil ich mich an so überhaupt gar nichts mehr erinnern kann oder aber ich muß mich ärgern, weil er lügt. Ein schlechtes Gewissen hatte ich keines. ›Reden wir vom Gebhard Malin‹, sagte ich.

›Was soll ich denn sagen‹, fragte er. ›Wir waren nur kurze Zeit miteinander befreundet.‹

›Dann erzähl davon‹, sagte ich. ›Und davon, wie es auseinandergegangen ist.‹

Ein bißchen hat er erzählt, ja. Es war so ein kurzes Aufwallen, ein kurzer Bekenntnisdrang. Nach dem sechsten Schnaps war das wieder vorbei. ›Ich habe die größte Schuld von euch allen‹, sagte er. Das hat er dauernd gesagt: ›Ich habe die größte Schuld zu tragen von euch allen ...‹ – Das war seine Art zu sprechen – als würde er sich nach einem Metrum richten.

Gut, ein wenig hat er immerhin erzählt. Während der zweiten Klasse hätten sich er und Gebhard Malin befreundet. Nicht eng befreundet. Aber dann in den Ferien zwischen zweiter und dritter Klasse seien sie gemeinsam in einem Lager, einem Pfadfinderlager gewesen. Wie es dazu gekommen war, wußte er nicht mehr. Die Pfadfinderei war im Heim nicht gern gesehen, also vom Heim aus war dieses Lager sicher nicht mitorganisiert worden.

Erst einen Tag vor Schulbeginn waren sie aus dem Lager zurückgekehrt. Sie hatten zu Hause bei Gebhard Malin übernachtet, auf dem Alkoven. Gebhard Malins Mutter hatte ihnen ein Bett aus Matratzen bereitet. Es sei eine warme Septembernacht gewesen, sie beide seien traurig gewesen, daß die Ferien vorbei waren, sagte er, das Ferienlager sei ihnen beiden ein Graus gewesen, alles sei militärisch abgelaufen, sie hätten niemanden gekannt, die anderen seien in festen Gruppen aufgetreten, hätten es nicht zugelassen, daß andere Buben da eindrangen, und so hätten sie sich ganz automatisch enger zusammengeschlossen und schließlich von den anderen abgesetzt, hätten bald an den gemeinsamen Unternehmungen gar nicht mehr teilgenommen, man habe sie links liegen lassen, und von da an sei es schön gewesen.

Und in der ersten Nacht nach dem Ferienlager, draußen auf dem Alkoven, hatten sie sich ewige Freundschaft geschworen. Und er, Oliver Starche, habe das sehr ernst genommen. Und diese Freundschaft, so sei es ihm damals erschienen, habe Gebhard Malin gebrochen.

›Wie gebrochen‹, fragte ich.

›Ach weißt du‹, sagte er. ›Euch wird eine Freundschaft nicht so viel bedeutet haben, ihr hattet ja alle einen Freund. Ich hatte keinen, und da wird der Mensch ungerecht.‹

›Was heißt, der Gebhard Malin hat die Freundschaft gebrochen‹, fragte ich noch einmal.

›Die Eitelkeit‹, sagte er. ›Die Eitelkeit …‹

Ich wollte ihn drauflupfen, fragte: ›Hat es mit dem Csepella Arpad zu tun gehabt?‹

›Ja, ja‹, sagte er.

›Und vielleicht auch mit einem Mädchen‹, fragte ich weiter.

›Ja, ja‹, sagte er.

›Wie hieß dieses Mädchen?‹

›Ich weiß es nicht mehr.‹

›Hieß sie Veronika?‹

›Kann sein, kann sein.‹

Und dann war der Herr Pfarrer besoffen. Er redete immer weniger und weniger, und was er sagte, war unzusammenhängend, wenngleich immer noch in klarem Hochdeutsch und rhythmisch fließenden Sätzen vorgetragen, zum Schluß sagte er nur noch ›Ja, ja …‹, und ich mußte wieder anfangen zu bohren, und das machte ich eine Zeitlang, bis klar war, da kommt nichts mehr.

Und dann saßen wir eine Weile da und sagten nichts. – Und dann wollte er beten. Unbedingt wollte er beten. Hab ich ihm eben den Gefallen getan ...«

»Und wann hast du seinen Brief erhalten?«

»Vielleicht eine Woche später ... eine Woche später oder zehn Tage. Ich nehme an, er hat seinen Rausch ausgeschlafen und gleich mit dem Schreiben begonnen.

›Lieber Freund‹, heißt es da. ›Lieber Freund, hast Du Dir jemals überlegt, um wieviel schwerer zu beichten es für einen Geistlichen ist?‹ – Diese Art, Sätze zu bilden, hat den Präfekten zum Jubeln gebracht. – ›Die Beichte ist ein Eingeständnis der Schuld vor Gott, der um jede Schuld weiß, weswegen es ihm gegenüber nicht so sehr darauf ankommt, was einer gesteht, sondern um den Akt des Geständnisses selbst. Ein Geständnis gründet im freien Willen, dem vornehmsten Geschenk Gottes an uns Menschen. Das Geständnis vor Gott hat also den Sinn, einen Beweis zu geben dafür, daß wir mit dem freien Willen in richtiger Weise umzugehen verstehen ...‹

So beginnt der Brief. Und noch zwei weitere Seiten lang breitet er eine Theorie, oder besser gesagt, eine Theologie des Beichtens aus, und ich habe mich die ganze Zeit gefragt, wann sagt er denn endlich, warum es für einen Geistlichen so viel schwerer ist zu beichten als für unsereinen.

Dann steht da: ›Ich bin nicht der Meinung, daß wir Gott selbst gegenüber eine Verantwortung haben. Unsere Verantwortung Gott gegenüber kann doch nichts anderes sein als die Verantwortung seiner Schöpfung, der Natur, unseren Mitmenschen gegenüber. Darum muß ein Eingeständnis von Schuld immer beinhalten ein Eingeständnis dem gegenüber, an dem man schuldig geworden ist. Und das macht es einem Geistlichen so schwer zu beichten: daß er, dem so oft von Schuld erzählt wird, dessen Pflicht es ist, dessen Berufung es ist, Schuld im Namen Gottes zu tilgen, nun selbst, zum Schuldigen geworden, jenen als Schuldiger entgegentreten muß, die doch eigentlich seines Trostes bedürfen ...‹

Ich habe die ganze Zeit vor mich hingeflucht: Himmel, was meinst du denn eigentlich! Sag endlich, was du sagen willst! Schließlich fängt er doch an zu erzählen. In jener Nacht, also in der ersten Nacht nach dem Pfadfinderlager, als er und Gebhard Malin auf dem Alkoven lagen, schreibt er, schworen wir uns ewige Freundschaft.‹

Ich zitiere jetzt ganz aus dem Brief. Da heißt es weiter:

›Wir lagen unter dem Vordach, konnten aber in den sternenklaren Himmel schauen. Er fragte mich, was ich einmal werden wolle. Er lag hinten an der Wand des Hauses, ich vorne beim Geländer des Alkovens. Der Mond schien an die Hauswand, Gebhard lag in seinem Licht. Ich war im Schatten.

Ich will Missionar werden, sagte ich, das will ich werden, ich will es, so lange ich denken kann.

Und wohin willst du gehen, fragte er.

Zum Xingu, sagte ich.

Die Erzählungen des Missionars, Du erinnerst Dich sicher an ihn, des Missionars, der schon seit fünfundzwanzig Jahren in Brasilien unter den Indianern lebte, Du erinnerst dich sicher an seinen Vortrag im Speisesaal, diese Erzählungen hatten großen Eindruck auf mich gemacht.

Ich möchte so werden wie dieser Missionar, sagte ich zu Gebhard, mein Leben gemeinsam mit diesen Menschen verbringen und ihnen, ohne aufdringlich zu sein, sondern lediglich durch mein Beispiel, das Evangelium verkünden.

Du wirst dort sehr allein sein, sagte er. Du kennst dort niemanden, du mußt erst die Sprache der Indianer lernen.

Er habe, sagte er, irgendwo gelesen, daß die Indianer absichtlich den Eindringlingen eine falsche Sprache beibrächten, daß sie eine Zeitlang mit ihnen in dieser Sprache sprächen und dann plötzlich nicht mehr, das führe dazu, daß die Eindringlinge wahnsinnig würden.

Stell dir vor, wenn einer von uns bei diesem Pfadfinderlager allein gewesen wäre, sagte er.

Es wäre schön, wenn wir beide gemeinsam Missionare werden würden, sagte ich.

Da hielt er meine Hand fest und sagte, er selbst habe sich das nicht vorzuschlagen getraut, in Wahrheit sei es nämlich so, daß auch er keinen anderen Berufswunsch habe als eben Missionar am Xingu zu werden.

Dann schmückten wir uns unsere Zukunft aus, erzählten uns von der Überfahrt über den Atlantik, die wir gemeinsam machen würden, im Unterdeck dritter Klasse, wo wir uns um die Ärmsten der Armen kümmern wollten. – Er hatte viel gelesen, ich hatte auch viel gelesen, und diese Leseerinnerungen brachten wir ein, Abenteuergeschichten, Karl May und so weiter. – Wir erzählten uns von unserer Landung in Rio de Janeiro, von unserem abenteuerlichen Flug in einer alten, klapprigen Viermotorigen nach Belem, dem Flughafen im Amazonasdelta. – Er wußte viel mehr als ich, hatte sich, wie er sagte, schon vorher alles ausgedacht, hatte in Atlanten und Lexika geblättert. Er sagte, er führe im Heim ein Missionsheft, dort habe er alles niedergeschrieben, und er versprach, mir dieses Heft zu zeigen. Ich sei der erste und der einzige.

Die halbe Nacht sprachen wir, flüsterten wir, wir wollten nicht, daß uns seine Schwestern hörten, die nebenan schliefen. Er lehnte mit dem Rücken zur Wand, ich mit dem Rücken am Geländer. An den Händen hielten wir uns fest. Wir waren aufgeregt, nicht allein wegen der Erzählungen und der Luftschlösser, die wir gemeinsam bauten, auch und vor allem wegen des Schulbeginns am nächsten Tag, wegen des Schulbeginns und dem neuen gemeinsamen Schuljahr im Heim.

Das geht alles so langsam, sagte Gebhard, wir kommen erst in die dritte Klasse, noch sechs Jahre bis zur Matura, dann noch einige Jahre bis zur Priesterweihe. Er halte das nicht aus, so lange zu warten, das seien so viele Jahre der Ungewißheit.

Wer weiß, sagte er, ob du nicht bald einen anderen findest, mit dem du lieber zum Xingu gehst.

Ich schwör es dir, sagte ich, ich will nur mit dir gehen und sonst mit niemandem.

Schwören wir uns ewige Freundschaft, sagte er.

Ja, sagte ich, schwören wir uns ewige Freundschaft.

Du kannst dir nicht vorstellen, was das für mich bedeutet hat. Ich hatte nie in meinem Leben einen Freund gehabt. Ich habe keine Mutter und keinen Vater gehabt, ich weiß bis heute nicht, was mit ihnen passiert ist. Meine Großmutter, bei der ich aufgewachsen bin, wehrte alle meine Fragen ab mit dem Hinweis: Ich sage es dir, wenn du erwachsen bist. Sie starb, als ich zwanzig war. Niemand hat mir je von meinen Eltern erzählt. Mein Großvater, der von meiner Großmutter getrennt lebte, im Haus daneben übrigens, kam erst gar nicht auf die Idee, mir von meinen Eltern zu erzählen. Er nahm sicher an, seine Frau habe das getan, als sie noch lebte. Meine Großmutter war sehr streng mit mir gewesen, sie war unnahbar. Ich mußte mit ihr sprechen wie mit einer Vorgesetzten. Ich habe nie einen Gutenachtkuß von ihr bekommen und nie eine Umarmung. Ich kann mich nicht erinnern, daß mich bis zu diesem Abend je ein Mensch umarmt hätte.

Wir saßen uns gegenüber mit bloßen Oberkörpern, und als wir uns ewige Freundschaft schworen, umarmten wir uns. Ich legte einen Arm unter seine Achseln, den anderen um seinen Hals. Ich berührte mit meiner Brust seine Brust, und meine Hände lagen auf seinem Rücken. Ich spreizte die Finger weit auseinander, um so viel wie möglich von ihm zu halten. Mein Herz schlug so heftig, daß ich meinte, es müsse ihm in die Rippen boxen. Ich sagte, daß ich ihn liebe, und er sagte, er liebe mich auch. In der Umarmung schlug ich ihm vor, wir sollten gemeinsam beten, und er schlug vor den *Glorreichen Rosenkranz*, und daß wir ihn uns gegenseitig ins Ohr flüstern sollten. Das taten wir, und als der *Glorreiche* zu Ende war, beteten wir den *Freudenreichen*, und als der *Freudenreiche* zu

Ende war, den *Schmerzensreichen*. Wir beteten einen großen Psalter und ließen nicht ab, uns dabei immer wieder zu umarmen und zu streicheln.

Am nächsten Tag fuhren wir ins Heim. Erst mit dem Postauto, dann mit dem Zug. Ich war ein schlechter Lateiner und ein noch schlechterer Mathematiker. Er versprach, mit mir zu lernen. Ich versprach, mit ihm Deutschaufsatz zu üben. Ich bewunderte seine Fähigkeiten im Kopfrechnen, und er wollte immer wieder, daß ich ihm einen Vortrag halte. Ich gab ihm Rechnungen auf, Multiplikationen von vierstelligen Zahlen; er gab mir Themen für Aufsätze, die ich ihm aus dem Stegreif vortrug.

Erinnerst Du Dich, daß ich Dich darum bat, im Studiersaal mit mir den Platz zu tauschen? Ich wollte neben dem Gebhard sitzen. Ich hatte den Präfekten gefragt, und er sagte, er sei einverstanden, wenn Du auch einverstanden seist. Du warst einverstanden …‹

Er schreibt weiter, sie beide, der Gebhard Malin und er, hätten in den ersten Wochen nach Schulanfang so eine Art Reinigungsprogramm zusammengestellt – das sei übrigens ein Vorschlag von Gebhard Malin gewesen. Hungern zum Beispiel. Beten. Immer wieder den Rosenkranz. Und bei jedem Wort, das nicht bedacht war, neu anfangen. – Kannst dir vorstellen, wie schwer das ist? Der Rosenkranz ist eine Leierpartie, ist ja dafür gemacht worden, daß man die Gedanken abschaltet. – Oder Durst aushalten. Die Geschichte mit dem Schluck Wasser im Mund. – Reinigungsprogramm, das habe geheißen, sich reinigen von allem Unheiligen. In der Heiligengeschichte gibt es dafür ja Anleitung genug.

Sie hätten sich oben auf Tschatralagant im Wald einen kleinen Altar aus Steinen gebaut, schreibt er. Jeden Tag nach dem Mittagessen seien sie dorthin gegangen, hätten gemeinsam auf einen Zettel ihre Vorsätze für den Tag geschrieben und die Zettel neben dem Altar im Waldboden vergraben. Und dann, ganz abrupt, kommt er in seinem Brief auf den Präfekten zu sprechen:

›Ich weiß, ihr habt den Präfekten nicht gemocht‹, schreibt er. ›Ich habe mich manchmal dafür geschämt, daß er mich bevorzugt behandelt hat. Aber ich habe ihn besser gekannt als ihr. Soll ich sagen: Ich habe ihn anders gekannt, als ihr ihn kanntet?

In den kleinen Ferien, Ostern, Pfingsten, Allerheiligen oder im Mai, wenn die Feiertage nahe dem Wochenende lagen, und ihr zwei, drei, manchmal sogar vier Tage nach Hause fahren durftet, da blieb ich im Heim. Meine Großeltern wohnten zu weit weg, als daß es sich gelohnt hätte, sie zu besuchen, und sie hatten zu wenig Geld für die lange Fahrt. – Und was Du vielleicht gar nicht weißt: Auch die Patres hatten Ferien, kehrten für ein paar Tage im Kloster ein oder besuchten Freunde in anderen Klöstern oder Verwandte. Der Spiritual besuchte regelmäßig seine Schwester, der Rektor fuhr nach Tirol, nach Imst, wo er im Kloster Freunde hatte.

Auch der Präfekt hatte Angehörige, die er gern besucht hätte. Aber er blieb meinetwegen im Heim. Er blieb, damit ich nicht allein wäre. Es war vorgeschlagen worden, mich allein zu lassen, das Küchenpersonal war ja da, man hätte für mich gekocht, und ich wäre auch durchaus damit einverstanden gewesen. Ich war es gewohnt, allein zu sein. – Der Präfekt aber sagte, es sei nicht gut für einen Buben in meinem Alter, drei Tage allein zu sein. Und er blieb im Heim.

Einmal sagte er zu mir: Du bist der Traurigste von allen, und darum mag ich dich am liebsten. – Du wirst mir sicher glauben, wenn ich Dir sage, daß ich mich geschämt habe.

Er war ganz anders, wenn er mit mir allein im Heim war. Beinahe zurückhaltend war er, höflich, freundschaftlich, nicht wie ein Vorgesetzter. Am Abend holte er seinen Plattenspieler aus seinem Zimmer, stellte ihn im Schlafsaal auf, und dann hörten wir Musik. Er drehte auf volle Lautstärke, löschte die

Lichter im Saal und zündete zwei Kerzen an. Manchmal brachte er in einer Schale Süßigkeiten mit oder eine Kanne Tee.

Besonders liebte er Mozarts Requiem. Beim *Lacrimosa* rannen ihm die Tränen über die Wangen. Die Streicher kommen daher wie auf Zehenspitzen, sagte er, und du fürchtest, sie bringen Unheil, doch dann setzt der Chor ein, und du weißt wieder, diese Musik kann nur Trost bringen, eben weil sie von Gott kommt.

Manchmal haben wir dreimal hintereinander Mozarts Requiem gehört. Und jedesmal, wenn das *Lacrimosa* begann, straffte er seinen Rücken, setzte sich aufrecht hin und öffnete die Augen. Den anderen Sätzen hatte er mit geschlossenen Augen zugehört. Und glaube mir, er hat nicht Theater gespielt wie sonst so oft, ich konnte es ihm ansehen, beim Einsetzen der Streicher hatte er Angst. Jedesmal.

Wir müßten versuchen, so zu leben, wie es uns diese Musik vorgibt, sagte er. An der Musik Mozarts müssen wir uns ein Vorbild nehmen. Alle Tiefen des vom Menschen erlebbaren Schmerzes sind im *Lacrimosa* erfüllt und gesehen, sagte er, aber weil diese Musik über uns hinausweist, stehen wir auch an unserem tiefsten Punkt noch vor einem Abgrund, und für einen kurzen Augenblick schickt Mozarts Musik einen Lichtstrahl in diese Tiefe vor uns und läßt uns ahnen, welches Leid und welchen Schmerz der Erlöser auf sich genommen hat. Das *Lacrimosa* ist für mich eine einzige Frage, sagte er. – *Wo heilt die Welt?* – Und in einem einzigen Akkord, im Schlußakkord, gibt Mozart die Antwort: *Wo einer leidet an allem.* – Und dieses universelle Leiden, sagte er, schließt den Kreis von Glück und Unglück – ersehntes Glück im Unglück, befürchtetes Unglück im Glück – schließt diesen Kreis, das ist Trost. Daß die Kreise von Dir ausgehen, die ganze Schöpfung umrunden und wieder in Dich zurückfallen, so daß Du selbst zwar nicht Anfang und Ende, aber dafür teilhaftig bist, unauslöschbar, ewig wie die Schöpfung selbst ...‹

Und Oliver Starche schreibt in seinem Brief weiter: Gebhard hat viel für Musik übrig gehabt und noch viel mehr für Gedichte. Er hat Gedichte geschrieben, wußtest Du das?‹

Ich wußte es nicht.

›Er hat sie niemandem außer mir zu lesen gegeben. Bei den öffentlichen Wettbewerben im Heim wollte er sich nicht beteiligen. Er hatte sehr wenig Zutrauen.

Einer, der so schlechte Aufsätze schreibt wie ich, sagte er, der macht sich lächerlich, wenn er meint, er könnte dichten. Ich habe versucht, ihm Mut einzureden, habe seine Gedichte gelobt, sagte, ich selbst, der ich immer der Beste im Aufsatz war, ich selbst würde nie solche Gedichte zustandebringen. Jedesmal, wenn er ein neues Gedicht geschrieben hatte, las er es mir vor. Wir spazierten hinauf in den Wald, setzten uns neben unseren Altar und er las vor.

Der Altar stand mitten im Wald unterhalb einer Felsschanze. Durch einen Zufall hatten wir diese Stelle entdeckt, und wir waren davon überzeugt, daß hier noch nie ein Mensch gewesen war. Der Platz lag den ganzen Tag im Schatten, war kühl und feucht, die Steine waren mit glitschigem Moos überwachsen. Wir breiteten Tannenreisig aus und knieten uns darauf. Wie damals auf dem Alkoven umarmten wir uns, wenn wir beteten. Den ganzen Tag freute ich mich auf diese Umarmungen. Ich weiß, daß ich in meinem Leben bis heute nie mehr so inbrünstig gebetet habe.

Je mehr wir über unsere Pläne sprachen, desto ungeduldiger wurde Gebhard. Er halte es nicht aus, noch länger zu warten, sagte er, er wolle hinaus in die Welt, den Amazonas wolle er hinauffahren mit einem Raddampfer und sich absetzen lassen an der wildesten, unwirtlichsten Stelle, zu Fuß wolle er durch den Urwald gehen, bis er auf ein Indianerdorf treffe, dort wolle er das Evangelium verkünden, und wenn er an Krankheit und Erschöpfung sterbe, dann würde er glücklicher sein als nach einem langen Leben hier, wo alles so langweilig und lauwarm sei.

Missionare müssen Priester sein, sagte ich, und Priester müssen geweiht werden, und bis zur Weihe vergehen noch Jahre. Er wurde zornig und beschimpfte mich. Die Heiligen hätten sich auch nicht um irgendwelche Vorschriften gekümmert. Er spüre die Berufung in sich, sagte er, und er wisse, es sei Sünde, dieser Berufung nicht zu folgen, daran änderte auch sein Alter nichts.

Ich versuchte, ihn zu beschwichtigen.

Beten wir, sagte ich, beten ist alles, was wir können.

Ich umarmte ihn, drückte ihn an mich. Ich hatte Angst, er könnte wirklich einfach so fortgehen – ohne mich.

Du bist wie die anderen, rief er. Du meinst, es genügt, sich niederzuknien und ein Vaterunser herunterzuleiern. Es genügt nicht, sage ich dir. Nur zu beten und Durst auszuhalten und Hunger auszuhalten, das genügt nicht. Das ist ja alles nur Spaß. Wir wissen ja, daß wir jederzeit trinken und jederzeit essen können. Das ist kein Opfer.

Von da an merkte ich, daß er sich beim Beten manchmal gegen meine Umarmungen sperrte. Und ich merkte noch etwas: Daß ich beim Beten nicht mehr auf die Worte achtete.

Ich hatte Lust, seine Haut am Rücken zu berühren, wie in der Nacht auf dem Alkoven. Wenn wir in unserem Versteck waren, wären wir nie auf die Idee gekommen, unsere Hemden auszuziehen. Es war dort kühl. Einmal sagte ich zu ihm: Es friert mich an den Händen, darf ich sie beim Beten in deine Achselhöhlen legen, damit sie sich erwärmen. – Er ließ es zu, und ich berührte seine Haut, und es tat mir so gut, und im Augenblick war alle Angst, er könnte sich von mir abwenden, aus mir gewichen. Ich bewegte meine Finger, da begann er zu lachen, riß mir die Hände aus seinem Hemd. Ich bin kitzlig, rief er. Ob ich denn gar nicht kitzlig sei, und er stippte mich mit dem Zeigefinger in die Rippen, und ich stippte zurück, und bald balgten wir uns auf dem Tannenreisig. Er war viel stärker als ich, drückte mich auf den Boden, legte sich über mich, hielt meine Arme fest und bohrte mir sein Kinn in die Brust. Ich bekam kaum Luft, so mußte ich lachen.

In derselben Nacht schlich ich mich zu seinem Bett.

Wir haben am Nachmittag nicht gebetet, sagte ich.

Beten wir dafür morgen mehr, sagte er.

Ich habe ein Gelübde getan, daß ich jeden Tag beten werde, sagte ich.

Dann bete eben heute ausnahmsweise allein, sagte er.

Ich habe aber ein Gelübde getan, daß ich jeden Tag mit dir bete, sagte ich.

Gut, sagte er, gehen wir in die Kapelle.

Ich will hier mit dir beten, sagte ich.

Sollen wir uns neben das Bett knien, fragte er.

Nein, sagte ich, dann lachen sie uns aus.

Das ist mir egal, sagte er.

Ich dachte, es ist unser Geheimnis, sagte ich.

Also, fragte er, was willst du tun?

Ich möchte mich zu dir legen, sagte ich.

Also gut, sagte er und hob die Zudecke hoch.

Ich schlüpfte zu ihm, wir umarmten uns und beteten. Und schliefen ein.

Ich wachte auf, weil mich jemand an der Schulter rüttelte. Es war der Schlafsaalcapo. Ich weiß seinen Namen nicht mehr. Vielleicht erinnerst Du Dich an ihn. Es war jener Sechstklässler, der uns manchmal aus einem Buch vorgelesen hat. Was ich in Gebhards Bett mache, fragte er.

Gebhard erwachte mit einem Ruck, setzte sich auf und stieß mich beiseite.

Ich war ganz kopflos, rannte zu meinem Bett. Aber der Capo folgte mir. Ich solle mit ihm in den Waschraum kommen, sagte er. Ich wußte, was er sich dachte. Sicher, ich war naiv, aber ich war ja nicht blind. Ich wußte, daß es Schüler gab, die sich in der Nacht zu zweit in ein Bett legten, um sich gegenseitig zu befriedigen. Ich sah keine Möglichkeit, dem

Capo zu erklären, daß der Fall bei mir und Gebhard anders liege.

Im Waschraum wartete Gebhard bereits auf uns.

Also, sagt schon! Was habt ihr gemacht, zischte der Capo. – Ich war ihm dankbar, daß er wenigstens nicht laut redete. Wir haben gebetet, sagte ich, und dabei sind wir eingeschlafen.

Er grinste: So, gebetet habt ihr, sagst du. Und was meinst du, fragte er Gebhard.

Gebhard sagte nichts. Er blickte vor sich auf den Boden. Ich sah ihm an, daß er zornig war.

Soll ich euch dem Präfekten melden, fragte der Capo.

Bitte nicht, sagte ich.

Wieso denn nicht, sagte er. Wenn ihr gebetet habt! Beten ist im Heim erlaubt.

Wir haben wirklich nur gebetet, sagte ich. Ich schwöre es!

Und was sagst du?

Gebhard schwieg.

Ich glaub *ihm*, sagte der Capo.

Aber er hat doch gar nichts gesagt, rief ich.

Bei so etwas ist Schweigen die beste Antwort, sagte er.

Bitte, Gebhard, flehte ich, sag ihm, daß wir gebetet haben!

Aber er sagte nichts.

Gut, sagte der Capo, noch einmal will ich es durchgehen lassen. Aber wenn ich euch wieder miteinander im Bett erwische, dann muß ich euch melden.

Danke, sagte ich.

Er verließ den Waschraum, und wir blieben allein zurück.

Jeder andere Capo hätte uns gemeldet. Es tut mir leid, daß ich seinen Namen nicht mehr weiß. Es ist traurig, daß man die Namen derer vergißt, die gut zu einem waren, und sich nur die Namen der anderen merkt.

Als der Capo die Tür hinter sich zugemacht hatte, sagte Gebhard: Warum bedankst du dich bei ihm?

Weil er uns nicht beim Präfekten angezeigt hat, sagte ich.

Du bist kleinmütig, sagte er.

Wir gingen zwar auch am nächsten Tag und auch an den folgenden Tagen hinauf in den Wald zu unserem Platz, aber es war nicht mehr so wie vorher. Wir beteten, ohne uns zu umarmen. Ich getraute mich nicht, meinen Arm um ihn zu legen, wartete darauf, daß er es tun würde. Aber er tat es nicht.

Dann trat der Ungar ins Heim ein.

An viele Geschehnisse, die Du mir bei Deinem Besuch erzählt hast, erinnere ich mich nicht. Nur sehr schwach erinnere ich mich an den Flatus von Ferdi Turner im Schlafsaal, damals vor Allerheiligen. Auch diese drei Wochen, die dann folgten, in denen wir, wie Du sagst, so viel lernen mußten, sind mir nicht gegenwärtig, ebensowenig wie die Lateinschularbeit, die der Anlaß für das Schreckliche war. Es gab zu viel anderes, was mich in dieser Zeit beschäftigte.

Du hast mich gefragt, ob ich wüßte, wie diese Freundschaft zwischen Gebhard und dem Ungarn entstanden sei. – Gut, etwas kann ich zu Deiner Recherche beisteuern. Ein wichtiges Ereignis. Für mich ganz bestimmt.

Ich meine den Gedichtewettbewerb, der Ende Oktober um Euren Nationalfeiertag herum stattgefunden hat. – *Tag der Fahne* habt Ihr damals gesagt. Oder war das der offizielle Titel? Heute sprecht Ihr, so viel ich weiß, vom Nationalfeiertag.

Nun, an dem Samstag vor oder nach diesem Feiertag fand jener Gedichtewettbewerb statt. Im oberen Studiersaal. Wie auch bei den Theateraufführungen wurden die Pulte an den Rand des Saals geschoben. Der Saal war bestuhlt worden für die Schüler des Heims, für die Heimleitung, und, wenn ich mich recht erinnere, es waren auch einige Schülereltern da. Zwei Tage vorher mußte man sich beim Präfekten anmelden, wenn man an diesem Abend ein Gedicht vortragen wollte. Die Bühne des oberen Studiersaals war mit schwarzen Tüchern ausgelegt, in der Mitte stand ein Pult, angestrahlt von einem Scheinwerfer.

Der Präfekt hatte mich gefragt, ob ich nicht auch mitmachen

wollte, und er hatte sogar angedeutet – ich muß es zugeben –, er werde sein Möglichstes tun, mir einen guten Platz in der Bewertung zukommen zu lassen. Aber ich hatte nie Gedichte geschrieben und schrieb auch für diesen Wettbewerb keines und habe bis heute nie eines geschrieben.

Ich sprach mit Gebhard. Er solle sich bewerben, sagte ich, ich sei überzeugt, sagte ich, daß keines der anderen Gedichte dieses Feuer, diese Inbrunst und diese schönen Bilder in sich trüge wie die seinen.

Ich kann mich tatsächlich nicht mehr an seine Gedichte erinnern. Ich glaube, ich habe ihn angelogen. Ich glaube, seine Gedichte kamen mir übertrieben vor, schwülstig, ich war in Wahrheit davon überzeugt, er würde keinen Preis gewinnen; aber darauf kam es mir nicht an. Du weißt ja, wie das im Heim war mit Verlierern und Gewinnern. Alle würden sich um die Gewinner scharen, und jene, die nicht beachtet oder gar verlacht worden waren, würden allein sein. Es wäre schön, dachte ich, Gebhard in einer solchen Situation zu trösten. Aber Gebhard machte nicht mit. Ich glaubte sogar, er spürte, was meine wirklichen Motive waren, warum ich ihn so drängte. Es hatten sich nur wenige Schüler bei diesem Wettbewerb angemeldet, viel weniger, als tatsächlich Gedichte schrieben. Ich hatte manchmal den Eindruck, in unserem Heim schrieb jeder zweite Gedichte. Eine Zeitlang war das ja durchaus Mode. Aber entweder war diese Mode vorbei oder die Dichter unter den Schülern fürchteten den möglichen Spott des Präfekten mehr, als ihnen ein eventueller Ruhm wert war.

Der Präfekt begann mit eigenen Gedichten. Sonette, versteht sich. Dann trugen einige Achtklässler ihre Werke vor, ebenfalls Sonette, versteht sich; und ehe der Abend richtig angefangen hatte, wäre er auch schon vorbei gewesen.

Da rief der Präfekt: Die Bühne ist frei für jeden!

Der Ungar stand auf und sagte, man solle einen Augenblick warten, er werde auch etwas vorlesen, und verließ den Studiersaal. Alle lachten. Dieser Schüler war ja etwas ganz Besonderes, das brauche ich Dir nicht zu sagen. Ich weiß nicht, was man sich erwartete, jedenfalls eine Sensation, etwas Freches, etwas, das gegen den Präfekten gerichtet war.

Der Präfekt ermahnte uns zur Freundlichkeit ihm gegenüber: Ich wußte wirklich nicht, daß er Gedichte schreibt, sagte er. Er ist ja erst vor wenigen Tagen angekommen, er konnte ja nicht ahnen, daß wir heute einen Wettstreit der Poesie abhalten. Und, sagte er weiter, ich bitte euch, seid rücksichtsvoll ihm gegenüber, macht euch nicht lustig über das, was er vorträgt, er ist ein armer Bub, der viel mitgemacht hat. Wo hätte er denn lernen sollen, wie man ein gutes Gedicht schreibt!

Dann kam der Ungar zurück mit einem blauen Schulheft in der Hand. Was gibt es zu gewinnen, fragte er als erstes. Der Präfekt nannte die Buchpreise. Diese Bücher interessierten ihn nicht, sagte der Ungar, falls er gewänne, verzichte er freiwillig darauf. Dann las er vor. – Er bekam weit stärkeren Applaus als die anderen. Er solle mehr vorlesen, mehr, mehr, riefen einige. – Er war gerne dazu bereit. Schließlich sagte der Präfekt: Danke, das genügt.

Diese Gedichte waren sicher nicht nach dem Geschmack des Präfekten gewesen. Wie sie waren, weiß ich bei Gott nicht mehr; aber nach dem Geschmack des Präfekten waren sie nicht. Den Geschmack des Präfekten kannte ich.

Zwei Jahre später, wir waren in der fünften Klasse, Du hattest das Heim längst verlassen, da sprach der Präfekt einmal mit mir über seine Ambition, Gedichte zu verfassen. Es war in der Karwoche. Die anderen Schüler waren über die Osterferien bei ihren Eltern zu Hause. Der Präfekt und ich saßen in seinem Zimmer. Er hatte mir ein Glas Wein eingeschenkt. Über seinem Schreibtisch an der Wand hing ein Plan, ein Bogen weißen Packpapiers, das mit Reißzwecken befestigt war.

Das ist der Plan für mein neuestes Sonett, sagte er, und es wird, wenn es fertig ist, mehr als nur ein Sonett sein.

Er erklärte mir dieses Gedicht. Ich habe es bis heute nicht vergessen. Jahre später, ich hatte das Abitur längst hinter mir und studierte in Regensburg Theologie, da bekam ich ein Paket. Darin dieser Plan und ein Brief.

Ich habe es nicht geschafft, schrieb er.

Ein Sonett sei nicht singbar, sagte er an jenem Tag in der Karwoche zu mir, als ich bei ihm im Zimmer saß und Wein trank. Das mache ihm einen großen Kummer, daß sich das Sonett gegen die Musik sperrte. Wie soll man etwas singen können, sagte er, das nicht lauter gleiche Strophen hat! Er begann, mir seinen Plan auseinanderzusetzen. Wie viele betonte Silben hat ein Sonett, fragte er.

Ich wußte es nicht.

Er wurde beinahe zornig: Wie oft habe ich versucht, euch beizubringen, wie ein Sonett aufgebaut ist, rief er. Wenn ein Sonett vierzehn Zeilen und in jeder Zeile fünf betonte Silben hat, wie viele betonte Silben hat es dann insgesamt?

Siebzig, sagte ich.

Richtig, sagte er. Geh in die Kapelle und hol dein *Gotteslob*! Ich wußte nicht, was er vorhatte, aber ich gehorchte natürlich. Zu fragen hätte keinen Sinn gehabt.

Schlag auf *Gotteslob* Nummer 222, sagte er. Lies vor!

Nun freue dich, du Christenheit
der Tag, der ist gekommen,
an dem der Herr nach Kreuz und Leid
die Schuld von uns genommen.

An diesem österlichen Tag,
laß uns den Vater loben;
denn er, der alle Ding vermag,
hat seinen Sohn erhoben.

Du lieber Herre Jesu Christ
da du erstanden heute,
so lobt dich alles, was da ist,
in übergroßer Freude.

Das werden wir morgen in der Kapelle singen, sagte er. Ein Lied mit drei Strophen, und jede Strophe hat vier Zeilen. – Ja, so etwas kann man singen!

Ja, sagte ich, es ist ein schönes Lied.

Ach was, sagte er, es ist ein gräßliches Lied. Aber es hat den richtigen Rhythmus! Die erste Zeile hat vier betonte Silben, die zweite drei, die dritte wieder vier und die vierte wieder drei. Wie viele Betonungen hat also eine Strophe?

Vierzehn, sagte ich.

Richtig, sagte er. Dividiere siebzig durch vierzehn! Wieviel kommt da heraus?

Fünf, sagte ich.

Richtig, sagte er. – Also, wäre es möglich, aus der Anzahl der betonten Silben eines Sonetts ein fünfstrophiges, singbares Lied zu machen! Aber die Reime sind das Problem! rief er. Die Reime! Sie stehen dann nicht mehr an derselben Stelle! Das will ich, verstehst du: ein Gedicht schreiben, das gleichzeitig ein Sonett und ein singbares, fünfstrophiges Lied ist! Verstehst du das!

Warum wollen Sie das? fragte ich.

Warum! rief er. Es würde so viele Fragen beantworten!

Es war ein Spleen, sicher. Aber es schien, als verzweifle er darüber. Er könne nicht mehr schlafen, sagte er, Reime und Rhythmen geisterten durch seinen Kopf. Es war stets mein Wille, euch etwas beizubringen, sagte er, nicht irgend etwas, sondern alles, und von allem das Edelste. Und das Edelste in der Dichtkunst ist das Sonett, und das Edelste in der Musik ist das Lied. Warum wollen die beiden nicht zusammen! Warum! Ja, die Gedichte des Ungarn konnten ihm nicht gefallen. Und daß er so viel Applaus dafür bekam, ärgerte den Präfekten. – Aber dem Gebhard gefielen die Gedichte des Ungarn. Er schrieb sie ab, trug sie bei sich und verbrannte seine eigenen Gedichte. Oben vor unserem Altar verbrannte er sie.

Das ist alles Dreck, sagte er.

Ich mußte ihm versprechen, nie jemandem zu verraten, daß

er Gedichte geschrieben habe. Vor allem der Ungar sollte es nicht wissen. – Wie wäre ich dazugekommen, es ihm zu sagen! Von da an wurde alles anders. Gebhard ging nicht mehr mit mir hinauf in den Wald zu unserem Platz. Er betete nicht mehr mit mir. Er vermied es, vor anderen mit mir zu sprechen. Als ob er sich schämte. Du kannst mir glauben, das tat sehr weh. Er wurde der Freund des Ungarn.

Und dann lernten sie das Mädchen kennen. Gebhard verliebte sich in sie. Für eine kurze Zeit wandte er sich wieder mir zu. Mit dem Ungarn konnte er über seine Liebe nicht sprechen. Für den Ungarn waren Mädchen ein Spaß. Der Gedanke, er, Gebhard, könnte für dieses Mädchen ebenfalls nicht mehr sein als ein Spaß, quälte ihn. So kam er wieder zu mir, erzählte mir von ihr, erzählte, wie er sie kennengelernt hatte. – Nein, nicht er hatte sie kennengelernt. Der Ungar hatte sie für ihn kennengelernt. Er hatte sie für ihn *aufgerissen*, wie ihr gesagt habt. Sie war eine Art Freundschaftsgeschenk.

Der Ungar sei eines Tages gekommen und habe gesagt: Gebhard, ich hab etwas für dich.

Sie seien ins Café gegangen, in dem das Mädchen bediente, der Ungar habe gesagt: Ich habe sie gestern kennengelernt, sie ist nett, ich kann mir vorstellen, daß sie dir gefällt. Dann habe er das Mädchen zu ihrem Tisch gerufen und die beiden miteinander bekannt gemacht. Er habe bezahlt, sei gegangen und habe sie allein gelassen.

Gebhard erzählte, er sei einfach nur dagesessen und habe nicht gewußt, was er sagen sollte. Das Mädchen habe inzwischen die anderen Gäste bedient und ab und zu zu ihm herübergeschaut. Schließlich sei ihm die Situation so peinlich geworden, daß er es nicht mehr ausgehalten habe und gegangen sei.

Und im Heim habe ihn der Ungar gefragt: Na, hat es funktioniert?

Gebhard habe sich nicht getraut, ihm die Wahrheit zu sagen. Aber der Ungar habe herausbekommen, daß gar nichts geschehen war, und habe die Sache selbst in die Hand genommen. Er habe sich ohne Auftrag zum Vermittler gemacht, habe zu dem Mädchen gesagt, Gebhard wolle sie sprechen, und zu Gebhard habe er gesagt, das Mädchen wolle ihn sprechen. Als Ort der Verabredung habe er das Theaterloch angegeben. Jedenfalls, so erzählte Gebhard, sei es dort oben zum ersten Kuß gekommen. Er hatte sich sofort in sie verliebt. Und aus allem, was er erzählte, schloß ich, daß auch das Mädchen in ihn verliebt war.

Ich war verzweifelt. Ein Mädchen, das sich auf diese Art und Weise vermitteln lasse, sagte ich, ist nichts wert. Außerdem, sagte ich, dürfe jemand, der Priester werden wolle, niemals im Leben ein Mädchen lieben.

Gut, sagte er, dann werde ich eben nicht Priester.

Du hast es versprochen, sagte ich.

Er könne es auch nicht ändern, sagte er.

Dann will ich nie wieder etwas mit dir zu tun haben, rief ich.

Er hob die Schulter und ließ mich stehen.

Wenn er mir im Heim begegnete, tat er, als würde er mich nicht kennen. Auf dem Schulweg, wenn ich auf ihn wartete, ging er an mir vorbei, als wäre ich aus Luft. – Ich war wieder so einsam wie vorher, als ich noch keinen Freund hatte. Nur tat die Einsamkeit diesmal weh.

Seit er das Mädchen kennengelernt hatte, waren vielleicht drei Wochen vergangen, da steckte mir Gebhard eines Abends in der Kapelle einen Zettel zu. Ich muß mit dir sprechen, stand auf dem Zettel.

Ich schaute zu ihm hinüber. Er kniete in der Bank, preßte die Hände vors Gesicht. Was willst du, flüsterte ich.

Er warf mir einen Blick zu, und ich sah, daß ihm die Tränen aufstiegen. Und hätte ich ihm etwas nachtragen wollen, es wäre mir in diesem Augenblick nicht gelungen. Am liebsten hätte ich noch in der Kapelle meine Arme um ihn gelegt.

Bald nachdem das Licht im Schlafsaal gelöscht worden war,

fragte ich den Capo, ob ich auf den Abort dürfte. Ich wartete vor dem Schlafsaal, bis Gebhard kam.

Komm mit, sagte er und führte mich zur Personalstiege. Wir setzten uns auf die Stufen. Lange Zeit schwiegen wir. Schließlich sagte er: Ich habe mit ihr geschlafen.

Ich gebe zu, ich war entsetzt. Mir wurde schlecht, ich glaubte, ich müßte mich übergeben. Meine Hände und Füße waren kalt. Ich wollte nicht mehr leben. Wenn sie das getan hat, sagte ich, dann ist sie eine Hure.

Er schlug mir so fest ins Gesicht, daß mir das Blut aus der Nase rann.

Es nützt nichts, sagte ich, du kannst mich ruhig schlagen, wenn sie das getan hat, dann ist sie eine Hure.

Es war das Schönste, was mir in meinem Leben passiert ist, sagte er.

Es nützt nichts, sagte ich, wenn sie das getan hat, dann ist sie eine Hure, und der Ungar ist der Teufel.

Er hat nichts damit zu tun, sagte er.

Es nützt alles nichts, was du dir einredest, sagte ich. Er hat sie dir vermittelt, er wollte, daß das passiert.

Und wenn, sagte er, es ist doch nichts Schlimmes!

O doch, sagte ich, es ist etwas Schlimmes, und das weißt du genau.

Nein, sagte er, ich liebe sie, und sie liebt mich.

Wenn sie das getan hat, sagte ich, dann ist sie eine Hure.

Er begann zu weinen, preßte wieder die Hände vors Gesicht. Du mußt sie lassen, sagte ich, du darfst sie nie mehr wiedersehen, du mußt es beichten.

Laß mich in Ruhe, sagte er. Du bist verrückt! Du denkst dir nur Sachen aus und hast dann Angst davor, sie zu tun. Du hast keine Ahnung vom Leben!

Einmal noch versuchte ich, ihn zu umarmen. Er schlug mir auf die Unterarme und schrie mich an: Was willst du eigentlich von mir! Du schmierige, schwule Sau, rühr mich nie mehr an!

Da tat es in meinem Kopf einen Knacks. Es nützt nichts, wenn du mich beleidigst, sagte ich, du weißt es selbst, sie ist eine Hure.

Nein, schrie er.

Du kannst so laut schreien, bis das ganze Heim zusammenrennt, sagte ich, es nützt nichts!

Es stimmt nicht, schluchzte er, es stimmt nicht!

Dann prüfe sie, sagte ich.

Er starrte mich an, sein Gesicht war verquollen vom Weinen. Wie meinst du das, fragte er.

Kennst du nicht die Geschichte vom heiligen Antonius, sagte ich, er ist auch geprüft worden.

Wie soll ich sie denn prüfen, fragte er.

Sag ihr, sie soll dasselbe mit dem Ungarn tun, sagte ich.

Du bist verrückt, sagte er.

Es nützt nichts, sagte ich, wenn du sie nicht prüfst, wirst du es nicht wissen.‹«

14

»Den Rest konnte ich mir zusammenreimen. Jedenfalls reimte ich ihn mir zusammen.«

»Und wie hast du gereimt?«

»Liegt doch auf der Hand. Gebhard Malin hat die Veronika getestet. Der eine sagt *Prüfung*, der andere sagt *Test*. Er sagte *Test* dazu. – Was soll das heißen? Er wird so lange auf sie eingeredet haben, bis sie sich mit dem Csepella Arpad hingelegt hat. Denke ich mir. Ich weiß ja eigentlich gar nichts über Veronika. Ich weiß auch nicht, wie der Gebhard Malin mit ihr geredet hat. Vielleicht hat er zu ihr gesagt, wenn du mich wirklich liebst, dann mach mit meinem Freund dasselbe wie mit mir. Und sie hat es getan. Vielleicht weil sie den Gebhard Malin wirklich geliebt hat, vielleicht weil sie es ohnehin gern mit dem Arpad gemacht hätte. Der Arpad wird sich auf jeden Fall gefreut haben. – Vielleicht ist das grade am Abend vor der Lateinschularbeit geschehen. Wäre eine Erklärung für das *nicht genügend*. Auch eine Art von Blackout. Da wird's dem Gebhard Malin nicht nach Latein zumute gewesen sein. – ›Schluß, ich will mit all dem nichts mehr zu tun haben, ich geh eh weg!‹ – Vielleicht hat er nach den ersten drei Sätzen diesen endgültigen Entschluß gefaßt. Warum dann noch weiterschreiben!

Und der Arpad – mein Gott, der wird sich gedacht haben, das ist ein schöner Spaß, und warum soll ich einen Spaß, der mit mir geteilt worden ist, nicht auch mit anderen teilen. Ich meine damit den Franz und mich.«

»So stellst du dir die Sache vor?«

»Wäre doch eine Möglichkeit, oder?«

»Aber du weißt nicht, wie es wirklich war?«

»Wissen tu ich es nicht, nein … woher auch … Kann alles auch ganz anders gewesen sein …«

»Was hält Franz Brandl davon, er wäre ja auch ein Betroffener gewesen. Von diesem *Test* …

»Wenn du zynisch wärst, würdest du sagen, er war ein Nutznießer.«

»Auch im Konjunktiv gesagt, ist etwas gesagt. Was jetzt? Bist du zynisch?«

»Vielleicht sind es die Umstände …«

»Das ist ein Unsinn.«

»Der Oliver Starche, Pfarrer, heute Pfarrer, gibt vor, was eine Hure ist; der Gebhard Malin, der Franz Brandl und ich, alle drei verliebt in dieses Mädchen, bestätigen ihn. Der Oliver Starche schreibt einen schönen Brief, mir ist das Herz in die Kehle gerutscht. Ich gestehe ihm zu, daß er um seine Liebe gekämpft hat – ganz offensichtlich war er in den Gebhard Malin verliebt –, Verständnis für alles, Gerechtigkeit für alle … Das sind doch Umstände, nicht? – Jeder will lieben und geliebt werden – die Veronika, der Gebhard Malin, der Oliver Starche, der Franz, ich – und dann wird aus dem Malin ein Zuhälter, aus der Veronika eine Hure, aus dem Franz und mir ein Nutznießer, aus dem Arpad ein Nothelfer und aus dem Oliver Starche ein Intrigant. Das sind doch Umstände, nicht? Das wollte doch keiner von uns.«

»Wie hätte denn die Veronika sein sollen, damit sich die *Umstände* für euch günstiger dargestellt hätten?«

»Ich verstehe dich nicht?«

»Der Drang zur Heiligsprechung war bei euch allen ja ziemlich ausgeprägt ...«

»Die Versuchung des heiligen Antonius – ohne Heiligkeit wird aus diesem Antonius ein Zuhälter. Die heilige Veronika mit dem Schweißtuch – ohne die Heiligkeit wird aus dem Schweißtuch ein Wixlumpen. Und der Franz und ich, Diener der Muttergottes, wir werden zu Nutznießern. Uns war die Heiligkeit verwehrt. Nimm ein Wort weg, und die Welt verkehrt sich.«

»Hast du mit dem Franz Brandl darüber gesprochen? Du hast angedeutet, du habest ihn noch einmal besucht.«

»Er mich ... er hat mich besucht ... hat bei mir gewohnt ...«

»Nachdem du den Brief von Oliver Starche bekommen hast?«

»Später, ja. Vielleicht ein halbes Jahr danach. Im Winter.«

»Da hast du bereits mit allen aus deiner Klasse gesprochen ...«

»Natürlich. Oliver Starche war der letzte.«

»Du hast das alles so durcheinander erzählt. Gib mir noch einmal die Reihenfolge deiner Besuche.«

»Ferdi Turner, Edwin Tiefentaler, Alfred Lässer, Franz Brandl, Manfred Fritsch, Oliver Starche ...«

»Franz Brandl hat dich also hinterher besucht, und ihr habt noch einmal über alles gesprochen, nehm ich an.«

»Über den Brief von Oliver Starche haben wir gesprochen.«

»Das allein wird aber nicht der Grund gewesen sein, warum er dich besucht hat?«

»Der Grund, warum er hergefahren ist, von Butzbach, war ... Also: Alfred Lässer hat ein Klassentreffen organisiert ... das heißt, er wollte so etwas organisieren ... Oliver Starche, Ferdi Turner und natürlich Edwin Tiefentaler sind nicht gekommen.«

»Und warum – warum hat Alfred Lässer das organisiert? Wegen der Sache von damals? Wegen Gebhard Malin?«

»Ja. Das hat ihm wohl keine Ruhe gelassen, nachdem ich bei ihm war.«

»Und Gebhard Malin hat er nicht eingeladen?«

»Um ihn ging's ja. – Mir kam das auch reichlich merkwürdig vor. Das wäre der Zweck des Klassentreffens gewesen, so hat er es sich vorgestellt, der Alfred Lässer: daß wir alle zusammen den Gebhard Malin besuchen und mit ihm über die Sache von damals sprechen. Uns mit ihm aussprechen. Uns mit ihm versöhnen.«

»Hat er denn gewußt, wo Gebhard Malin wohnt?«

»Nein, eben nicht. Auf die Idee, daß er so etwas ins Blaue hinein organisiert, wär ja niemand von uns gekommen! Der Alfred Lässer ist so ein Überdampf. Er war immer ein guter Schüler, und er wird auch an der Uni in seinem Fach gut sein, sicher hervorragend – aber wenn es ums praktische Denken geht, da kann man sich bei ihm an den Kopf greifen. Ich nahm selbstverständlich an, er wüßte, wo der Gebhard Malin wohnt, was macht; nahm an, er hätte sich mit ihm vorher in Verbindung gesetzt. – Der Franz und der Manfred Fritsch haben sich das natürlich auch gedacht. Die beiden sind gekommen, der Franz extra von Butzbach her – es war ein Fiasko.«

»Wie hat er sich das vorgestellt, der Alfred Lässer. Wenn er nicht einmal wußte, wo Gebhard Malin wohnt?«

»Der hat sich überhaupt nichts vorgestellt. Er ist ein Diktator. Ein Diktator kann sich nichts vorstellen. Kann sich nicht vorstellen, daß etwas anders ist, als er es haben will. Das ganze Leben muß so sein, wie er es haben will, alles, nicht nur die Leute – die Umstände, die Bahnschranken, alles. Und alle, die sich mit ihm einlassen, müssen permanent vorausrennen und alles so einrichten, daß er dann bequem drüberwalzen kann.

Er sagte am Telephon: ›Wir müssen endlich das einzig Richtige tun! Was wir schon lange hätten tun sollen. Wir müssen mit ihm reden.‹

›Wie stellst du dir das vor‹, sagte ich.

›Was gibt es da zu fragen‹, sagte er. ›Ich habe gedacht, wenigstens du verstehst sofort, was ich meine.‹

›Was sollen wir ihm denn sagen‹, fragte ich weiter.

›Alles‹, sagte er.

›Was heißt alles?‹

›Alles heißt, wir müssen diese ganze Zeit wieder heraufholen, gemeinsam mit ihm, über alles reden, da gibt es keine Strategie und keine Taktik. Wir müssen uns bei ihm entschuldigen, kapierst du das nicht!‹

›Du hast immer noch nicht kapiert, worum es eigentlich geht‹, sagte ich. ›Daß das unser Problem ist, nicht seines, daß er uns da nicht weiterhelfen kann. Vielleicht gibt es für ihn gar nichts zum Heraufholen.‹

›Natürlich gibt es das‹, sagte er. ›Das wär doch völlig unverständlich, wenn das für ihn kein Problem wäre.‹

›Und wenn es trotzdem keines ist?‹

›Das kann ich mir nicht vorstellen.‹

›Was du dir alles nicht vorstellen kannst‹, rief ich. ›Was du dir vorstellst, was wir uns vorstellen, das ist doch völlig unerheblich!‹

Da war er eingeschnappt. ›Wenn du nicht mitgehen willst, bitte‹, sagte er. ›Ich geh auch allein hin.‹

›Schau‹, sagte ich, ›ich kenn dich ja, ich weiß ja, wie du reagierst. Was tust du denn, wenn er uns rausschmeißt, oder umgekehrt, wenn sich eben doch herausstellt, daß das alles für ihn gar kein Problem mehr ist, wenn er uns Speck und Brot auftischt und die guten alten Zeiten hochleben läßt. Wenn er sagt, war doch lustig, wie wir Buben uns gerauft haben manchmal …‹

›Das glaub ich nicht‹, brüllte er ins Telephon, ›das glaub ich nicht!‹

›Siehst du‹, sagte ich, ›ich kenn dich doch, dann wärst du beleidigt, weil da einer deine großartige Entschuldigung mit Speck und Brot quittiert, weil wir vielleicht hinterher gemeinsam lachen, anstatt gemeinsam zu weinen.‹

›Also‹, sagte er – und ich meinte, den kleinen Alfred Lässer zu hören, der in die Rolle des Robespierre schlüpft, hineinschlüpft in das Buch *Die Herrgottsschanze* – ›also, tu, was du willst, wir anderen treffen uns.‹ Er nannte Termin und Ort.

›Ich weiß nicht, ob ich Zeit habe an diesem Tag‹, sagte ich.

›Dann mußt du dir eben Zeit nehmen‹, sagte er.

›Also gut‹, sagte ich, ›ich werd's mir überlegen.‹

›Was heißt überlegen! Ja oder nein?‹

›Wahrscheinlich ja ...‹

›Das gibt es nicht. Entweder ja oder nein!‹

›Ja ... von mir aus, ja ...‹

›Das klingt nicht sehr überzeugend.‹

›Ja heißt ja. Das muß doch genügen!‹

›Also, ja?‹

›Ja ...‹ Ist mir auch gar nichts anderes übriggeblieben. Schließlich war ich derjenige gewesen, der die Sache wieder aufgerollt hatte. Und eines wollte ich doch vermeiden: daß Alfred Lässer in meiner Abwesenheit dem Gebhard Malin weiß Gott was über mich erzählt.

Treffpunkt sollte ein Gasthaus in St. Gallenkirch sein, das ist eine Ortschaft im hinteren Montafon. Dort hatte Gebhard Malin gewohnt. Ich habe Alfred Lässer am Telephon gar nicht gefragt, ob er denn wisse, daß Gebhard Malin immer noch dort wohnt. Hätte ich wohl tun sollen. Aber – wenn einer so selbstsicher auftritt, mit einem so großen Plan – ja, bitte, dann nehme ich doch selbstverständlich an, daß er sich erkundigt hat!

Ein wirklich großartiger Plan! Zu großartig, als daß nur ein Alfred Lässer darauf kommen könnte! Natürlich habe ich daran auch gedacht gehabt, schon bevor ich die anderen besucht hatte. Jeder wird daran gedacht haben, den Gebhard Malin aufzusuchen, mit ihm zu sprechen – der Edwin Tiefentaler wahrscheinlich nicht, aber die anderen sicher. – Der Alfred ist einer, der bei jedem Handumdrehen das Rad erfindet. Und wenn sich hinterher herausstellt, das Rad ist bereits erfunden worden, dann sieht er darin nur eine Hinterhältigkeit des Erfinders.

›Ein Canossagang‹, brüllte er ins Telephon, ›ein Canossagang!‹ Und zum Schluß sagte er: ›Wir können's ja mit einem kleinen Urlaub verbinden, wird dir sicher auch guttun …‹

Ich glaubte, ich höre nicht richtig. ›Wie geht es eigentlich deinem Kopf‹, rief ich.

›War alles halb so schlimm‹, sagte er. Er hat mich mißverstanden, und ich habe ihn nicht verstanden.

›Was war halb so schlimm‹, fragte ich.

›Meine Kopfwunde damals, als du mich in der Klinik besucht hast.‹ Ich hatte damit gemeint, er sei nicht ganz bei Trost. Ein Canossagang ist ja schließlich kein *kleiner Urlaub*.

›Du kannst ja deine Frau mitbringen‹, sagte er, ›würde mich freuen, sie kennenzulernen.‹

Ich war baff, ich geb's zu. ›Alfred‹, sagte ich, ›das geht doch so nicht, wir können die Sache doch nicht einfach so sehen …‹

›Aber wieso denn nicht‹, unterbrach er mich, ›die Karin geht auch mit.‹

›Welche Karin denn‹, fragte ich.

›Meine Frau! Du hast sie doch kennengelernt!‹

Ich wußte nicht, daß sie Karin heißt. Sie hatte im Bett gelegen, hatte sich ein gelbes Kleid übergezogen, in der Küche war ein Loch in die Decke gesprengt worden, warum eigentlich, ihre Stimme fiel mir ein, und daß sie sich im Hausflur neben einem Schutthaufen die Schuhe angezogen hatte, daß sie vergessen hatte, sich die Haare zu kämmen …‹

›Also gut‹, sagte ich, ›ich komme.‹

›Die Karin wird sich sicher freuen, deine Frau kennenzulernen‹, sagte er.

›Ich bin nicht mehr verheiratet‹, sagte ich.

›Ach so‹, sagte er. ›Entschuldige. Also bis dann!‹ – Und legte auf. So war das also – dieses *Klassentreffen*. Der Franz hat mich vorher noch aus Butzbach angerufen, wollte wissen, was sich der Alfred Lässer da in seinem Kopf zusammengeschnapst habe.

›Keine Ahnung‹, sagte ich, ›ich glaub nicht, daß es sich für dich rentiert, extra herzufahren.‹

›Ach, weißt du‹, sagte er, ›ich komm ganz gern wieder einmal ins Land.‹ Er könne bei mir wohnen, sagte ich, und so war es dann. Der Manfred Fritsch hat mich auch angerufen. Er finde die Idee vom Alfred Lässer gut, sagte er. Was ich davon halte, wenn er ein Tonbandgerät mitbringen würde. ›Nichts halte ich davon‹, sagte ich. Stell dir vor, wenn der dann auch noch das Tonbandgerät herausgezogen hätte! Es war so schon skurril genug.«

»Ich möchte das vorläufig noch zurückstellen, wenn du einverstanden bist ... Wir werden darüber sprechen ... Ich wollte eigentlich wissen ...«

»... ob ich dem Franz den Brief von Oliver Starche gezeigt habe ...«

»Ja, genau ...«

»Er hat ihn gelesen, ja.«

»Und was sagt er dazu? Daß er damals, genauso wie du, daß ihr beide damals Bestandteile eines *Tests*, einer *Prüfung* gewesen seid?«

»Der Franz hat sich gar nicht darüber gewundert. Es war eine Bestätigung für ihn: Der Gebhard Malin ist ein Zuhälter. ›Der Zuhälter vermittelt die Dame. Die Motive sind da erst einmal nicht so wichtig‹, sagte er.«

»Und was sagte er sonst zu dem Brief von Oliver Starche?«

»Typisch Franz. Hat fast eine Stunde gebraucht, um ihn zu lesen. Wir saßen in diesem Gasthaus in St. Gallenkirch. Wohin uns Alfred Lässer bestellt hatte. Der Franz hat sich zum Lesen an einen anderen Tisch gesetzt. Und hinterher hat er gesagt: ›Das hättest du nicht tun dürfen.‹

›Was hätte ich nicht tun dürfen‹, fragte ich.

›Mir den Brief geben‹, sagte er. Aber gelesen hatte er ihn doch. ›Ich beneide den Oliver Starche‹, sagte er.

›Was ist denn los mit dir‹, fragte ich.

Er drehte den Kopf von mir weg, verstrickte die Finger ineinander, und ich merkte, der fängt mir gleich an zu heulen. ›Ich beneide ihn, weil er ruhig in seinem Zimmer sitzen kann‹, sagte er. ›Weil er sich so schöne Sachen ausdenken kann, weil er stundenlang Mozart hören kann und sich dazu schöne Sachen ausdenken kann. Alles Unglück kommt daher, daß einer nicht ruhig in seinem Zimmer sitzen kann, verstehst du. Der Oliver Starche kann das, und darum beneide ich ihn.‹

›Aber er hat sich das doch gar nicht ausgedacht‹, sagte ich, ›er erzählt doch nur, was der Präfekt gesagt hat, damals.‹

›Das glaubst du doch selber nicht‹, sagte er, ›daß dem Präfekten bei Mozarts Requiem die Tränen gekommen sind! Das glaubst du doch selber nicht, dem ist das Wasser nie zu den Augen herausgekommen, verstehst du, der hat alles unten bei seinem arbeitslosen Pipistift hinausgebrunzt! Das hat sich doch der Oliver Starche ausgedacht!‹

Wir saßen allein in der Gaststube, es war Nachmittag, durchs Fenster konnte man auf einen Schlepplift sehen. Auf den Tischen standen Kerzen, es war eines dieser Gasthäuser, die sich in der Nacht in Bars für die fremden Schifahrer verwandeln; das geschieht, indem man auf die Tische Kerzen, an den Ausschank Barhocker und neben die Garderobe eine elektronische Ein-Mann-Band stellt.

Franz krümelte den Kerzenstumpf aus seiner Halterung und knabberte mit den Zähnen daran herum.

›Bitte, hör auf‹, sagte ich, ›alles, was grausig ist, macht mich nervös.‹

›Du liest nie einen Philosophen, stimmt's‹, sagte er.

›Hab ich auch schon‹, sagte ich, ›wahrscheinlich mehr als du.‹

›Das kann schon sein‹, sagte er. ›Aber du hast vorhin nicht

erkannt, daß ich Blaise Pascal zitiert habe. *Das ganze Unglück der Welt kommt daher, daß einer nicht ruhig in seinem Zimmer sitzen kann.* Das sagt Blaise Pascal, verstehst du. Und der ist 39 Jahre alt geworden. So alt, wie ich jetzt gerade bin.‹

›Was hat denn das mit Oliver Starche zu tun‹, fragte ich.

›Der Oliver Starche ist ja auch so alt wie wir‹, sagte er. ›Und er kann ruhig in seinem Zimmer sitzen. Das seh ich diesem Brief an. Das ist die Schrift eines Mannes, der stundenlang auf seinem Hintern sitzen kann. Und über Mozart nachdenken kann. Weil er Pfarrer ist. Der muß nicht dauernd an die Frauen denken, wie ich, der muß nicht Zahnersatz durch die Gegend fahren wie ich, er ist ein glücklicher Mensch.‹

›Ich glaube, er ist Alkoholiker,‹ sagte ich. ›Ich denke, er ist nicht glücklich. Und ich denke, sein Problem sind nicht die Frauen, eher die Männer.‹

›Das ist gemein‹, sagte er. ›Du kannst ihn wegen so einem Brief nicht zum Schwulen machen.‹

›Mich würd's nicht stören‹, lachte ich.

Da hat der Franz einen knallroten Kopf gekriegt. Ich lachte noch mehr. ›Du wirst ja rot‹, rief ich.

›Ich werde nicht rot, ich werde nie rot!‹

›Natürlich wirst du rot, Franz Brandl! Weißt du denn nicht, daß du immer rot geworden bist? Ist doch offiziell festgestellt worden! Erinnerst du dich nicht? Hat doch einmal einer von den Professoren gesagt. – Der Brandl hat seinen Namen zu Recht. – Weißt du das denn nicht mehr? Dein ganzer Kopf ist rot. Brandrot, brandlrot! Schau doch in den Spiegel!‹

›Ich kann dir eine runterhauen‹, sagte er, ›dann ist dein Kopf blau!‹

Der Teufel hat mich geritten, es wird wohl so gewesen sein, ich konnte mich nicht halten vor Lachen – und einmal wollte ich es doch sagen: ›Kriegst du einen roten Kopf, weil wir beide auch manchmal auf den Dachboden gegangen sind? Kriegst du deshalb so einen roten Kopf?‹

›Du bist ein Prolet‹, sagte er. ›Es tut mir leid zu sehen, was für ein Prolet du geworden bist! Läßt fremde Leute deine Briefe lesen, und hast eine schiefe Gosche beim Grinsen.‹ – Er machte ein abfällige Kopfbewegung zum Fenster hin. ›Du schaust aus wie der ...‹

Er meinte Manfred Fritsch. Der machte gerade mit der Karin Lässer einen Spaziergang draußen im Schnee. ›Wenn's unter den Sohlen knirscht, kommen Bauch, Herz und Kopf wieder in Ordnung‹, hatte er gesagt und sich bei ihr untergehakt. – Wie der wollte ich nicht ausschauen, wirklich nicht. Ich nahm mich zusammen.

›Was ist denn los mit dir‹, sagte ich. ›Der Oliver Starche hätte sicher nichts dagegen, daß ich dir den Brief gezeigt habe. Was da drinsteht, betrifft dich ja genauso wie mich. Warum sollte er es nicht auch dir erzählen, wenn er es mir erzählt! Und zweitens‹, sagte ich, ›wie der Manfred Fritsch seh ich nicht aus, das weiß ich ...‹

›Wir hätten gescheiter den Oliver Starche besuchen sollen als hierher zu fahren‹, sagte er.

Und dann rannen ihm die Tränen aus den Augen. ›Es hat schon wieder eine mit mir Schluß gemacht‹, sagte er.

›Die Lehrerin‹, fragte ich.

›Welche Lehrerin denn?‹

›Als ich bei dir war, warst du doch mit einer Lehrerin zusammen?‹

›Die Irmtraud?‹ fragte er. ›Nein, nein, mit der habe ich Schluß gemacht.‹ – Er steckte den Wachsstummel in den Mund und kaute darauf herum. – ›Wenn's dich stört‹, sagte er, ›dann sag's ruhig, dann schluck ich ihn hinunter.‹ Er wischte sich die Tränen aus dem Bart, es waren viele, dicke Tränen, alles, was in den Franz hineingeht, ist viel, und was aus ihm herauskommt, ist auch viel, sein Körper ist ein Riesenbahnhof.

Er drehte sich zum Fenster.

›Möchte wissen, was die beiden so lange treiben‹, sagte er.

›Sie werden durch den Schnee gehen und sich unterhalten‹, sagte ich. ›Manfred Fritsch wird reden, und sie wird zuhören.‹

›Er hat sich verändert‹, sagte er. ›Er ist sich jetzt noch gleicher als er war. Normalerweise ist es ja umgekehrt.‹

›Nimmst du wenigstens zurück, daß ich so ausschaue wie er‹, fragte ich.

Sein Schmerz war verflogen, so schnell, wie er ihm durchs Gesicht gefahren war. ›Paß auf‹, sagte er, ›es ist wirklich bitter und schlimm, wir müssen schauen, daß wir ihn loswerden, sie ist genau das, worauf ich warte, verstehst du, er will sich an sie heranmachen, und wir müssen sie vor dem Trottel bewahren. Ich will nur nicht, daß dieselbe Scheiße noch einmal passiert, drum frag ich dich gleich ganz offen: Willst du auch etwas bei ihr vorantreiben in dieser Richtung?‹

Mein Magen preßte sich zusammen, zog Lunge und Herz mit sich nach unten, wenn ich meinen Kopf gerade halten wollte, mußte ich einen langen Hals machen. ›Was meinst du‹, fragte ich.

›Ob du's auf sie abgesehen hast, ist doch klar.‹

›Auf die Karin?‹

›Sonst ist ja keine da, oder?‹

›Du wirst doch um Gotteswillen nichts von ihr wollen‹, sagte ich und flüsterte dabei – völlig überflüssig, wir waren ja allein. – ›Sie ist die Frau vom Lässer!‹

›Na und?‹

›Er ist immerhin unser ehemaliger Mitschüler …‹

›Meine Rede‹, sagte er. ›Du bist ein Prolet! Ein moderner, sozialdemokratischer Prolet. Über alles Streuzucker darüber, alles verstehen, sich selber in die Mühle legen, mahlen lassen, bis du fein wie Streuzucker bist, und dann dich selber drüberstreuen, über alles, ein moderner, sozialdemokratischer Prolet, der alles zu seinem Anliegen macht, sich über alles drüberstreut, wie Streuzucker, und alles schmeckt dann nach modernem, sozialdemokratischem Streuzuckerproleten, kein Mensch will's mehr fressen, kein Mensch will's mehr haben, kein Mensch käme mehr auf die Idee, daß es einmal eine Zeit gegeben hat, in der er wild darauf war.‹

›Was redest du eigentlich‹, sagte ich.

›Ich habe Visionen‹, sagte er, ›spürst du das denn nicht!‹

›Wer Visionen hat, gehört ins Narrenhaus‹, sagte ich. ›Reden wir vom Oliver Starche!‹

›Mich interessiert doch der Oliver Starche nicht‹, rief er. ›Der ist ein Pfarrer, da kann man einen Haken dahinter setzen. Interessant sind nur Leute, die nicht ruhig in ihrem Zimmer sitzen können. Den Worten eines Philosophen glaube ich grundsätzlich, jedenfalls dann, wenn ich sie verstehe. Das Leben ist eine Hausaufgabe, verstehst du, und der Oliver Starche hat seine Hausaufgabe gut gemacht. Der hat es endlich geschafft, uninteressant zu sein ... Unterbrich mich nicht, du sozialdemokratischer Prolet! Herrgottsack, ich rinne fast aus, ich muß mit ihr etwas anfangen, verstehst du das nicht! Ich bin gerade verlassen worden. Woher nimmt man denn die Gerechtigkeit, wenn's keine Ausnahme gibt, ha? Es gibt solche, die können nicht in ihrem Zimmer sitzen bleiben, und es gibt solche, die haben gar keines, ein Zimmer vielleicht schon, aber keinen Stuhl, auf den sie sich setzen könnten, und ich kenne keinen Philosophen, der darunter nicht eine Frau versteht, sie sagen's halt anders, allgemeingültiger, weil die Frauen ja nichts Allgemeingültiges sind. Zimmer sind allgemeingültig, und Stühle sind überhaupt das Allgemeingültigste, was ich kenne. Mich interessiert der Oliver Starche nur insofern, als ich endlich auch einen Haken hinter mein Leben gesetzt kriegen möchte, verstehst du. Ich gehöre nicht zu denen, zu denen du und unser Klassensprecher gehören. Ich weiß, daß jede Frau anders ist und daß es zwei Milliarden Frauen auf der Welt gibt, verstehst du, und jede ist anders, hast du dir das schon einmal überlegt! Überleg's lieber nicht, es hat keinen Sinn, weil du's eh nicht begreifen kannst! Bleib mir doch mit deiner blöden Hurentheorie vom Rock, du verstehst nämlich auch die Huren nicht, und wer die Huren nicht versteht, der versteht auch die Zuhälter nicht. Und da fragt er mich, ob ich immer noch der Meinung bin, daß der Malin ein Zuhälter ist!

Das kann nur einer fragen, für den es eben nur zwei Frauen gibt auf der Welt und nicht zwei Milliarden, nur zwei, und die eine ist eine Hure und die andere ist die Muttergottes, das ist so eine Plätzchenform für Weihnachtsgebäck, und die knallt ihr den Frauen auf den Bauch, und das Beste fällt links und rechts herunter, verstehst du. Und wenn sich die Veronika ganz Tschatralagant unten hineingestopft hätte, das wär mir doch egal gewesen! Ich war nicht darunter, ich habe draußen gewartet, und die Eier haben sich gezogen von den Rippen bis hinunter, ich bin gegangen wie ein Greis, vornübergebeugt, weil mich die Eier so gezogen haben. Ich hätte sie nach jeder Prüfung, nach jedem Test mit *gut* bewertet, die Veronika. Ganz egal, was für ein Test, was für eine Prüfung das gewesen wäre. Ich lob mir den Oliver Starche. Das ist deutsche Gründlichkeit. Ein Bock und schon Pfarrer. Jawoll! Schießt einmal einen Bock und begibt sich daraufhin hurtig in des Herren Fron. Wie wunderbar, wie wunderbar! An Mozart reicht Bob Dylan nicht heran. Ich habe ein halbes Leben lang an *Desolation Row* herumgerätselt und bin nie tiefer eingedrungen als bis zur Baßgitarre. Aber in Frauen bin ich eingedrungen. Bei Frauen gibt es nichts Rätselhaftes, da gibt es einfach nur deinen Schenkel, und den reibst zu zuerst an ihrem Pelz, bis du merkst, es wird naß, und dann machst du eine leichte Drehung und flutschst hinein, und dann tun dir die Eier nicht mehr weh. Das ist ein zweimilliardenfaches Versprechen bei deiner Geburt, verstehst' du. Der Oliver Starche, da wette ich, der weiß, daß es zwei Milliarden Frauen gibt, und er ist schlau, weil er weiß, daß es nie und nimmer gelingt, dieses Versprechen einzulösen. Ist Pfarrer geworden, hat ein Kreuz auf sich genommen. Aber ein eigenes, verstehst du! Schlauheit und Buße in eins zu kriegen, das ist wahrscheinlich der Trick vom Messias, da muß man erst einmal draufkommen, Menschenskind. Muß man draufkommen, mir würde so etwas nie einfallen. Der Oliver Starche ist draufgekommen. Gezwungen, zwischen ewiger Muttergottes und ewiger Hure zu wählen, hat er sich für sich selbst entschieden. Hat freiwillig seinen Pipistift in die Kloschale gesenkt, und was kommt dabei heraus? Mozart. Das *Lacrimosa*. Hinuntersteigen zum Abgrund und dann noch tiefer hinunterschauen auf Jesus Christus, wer sagt denn eigentlich, daß der dort unten leidet, vielleicht versteckt er sich dort nur vor seiner Mutter ...‹

Er stand auf, spuckte das zerkaute Wachs auf den Boden, warf sich seinen armeegrünen Anorak über die Schultern und brüllte: ›Jetzt reicht's, jetzt sind sie schon zweieinhalb Stunden weg. Ich hol sie!‹

›Du kannst ihnen doch nicht nachrennen!‹

›Es tut ihr nicht gut, so lange im Schnee herumzulaufen!‹

›Das mußt du ihr doch selbst überlassen!‹

›Halt's Maul!‹ fuhr er mich an. ›Du hast ja nicht einmal gemerkt, daß sie schwanger ist!‹ Sie war übrigens wirklich schwanger, die Karin Lässer.

Du wolltest wissen, wie der Franz Brandl auf den Brief von Oliver Starche reagiert hat. Bevor er zur Tür hinausgegangen ist, hat er gesagt: ›Na also, dann ist ja alles geklärt. Der Oliver Starche ist schuld!‹ Er schlug die Tür hinter sich zu. Ich lief ihm nach, und draußen vor dem Gasthaus, wo sich gerade ein rotgebranntes, deutsches Ehepaar den Schnee von den Schistiefeln abschlug, fragte ich: ›Woran ist er schuld?‹

›An den Klassenprügeln, du Prolet!‹

›Aber warum denn‹, fragte ich.

›Steht doch alles in seinem Brief‹, sagte er und stapfte davon.

Ich lief hinter ihm her. Im Hemd. Mein Pullover hing in der Gaststube über dem Stuhl, mein Mantel an der Garderobe. ›Laß doch endlich die Sache in Ruh‹, sagte er, ›wenn der Starche schreibt, er sei schuldiger als wir, die wir ihn halbtot geschlagen haben, dann laß ihm das doch. Der kann damit umgehen. Machen wir's so: Der Malin gehört dem Starche, fertig. Laß doch diesen ganzen Blödsinn einfach sein, ja.‹

So hat er regagiert. Auf den Brief.«

»Und die anderen haben den Brief auch gelesen?«

»Welche anderen?«

»Die anderen bei diesem *Klassentreffen*.«

»Da war ja nur noch Manfred Fritsch da und Alfred Lässers Frau, die Karin ...«

»Und Alfred Lässer?«

»Der ist schon vorher abgefahren, wutentbrannt.«

»Und seine Frau ist dageblieben – bei euch dreien?«

»Das war ja das Verrückte. Der Franz war nicht zu halten. Als ich in Hemdsärmeln draußen im Schnee neben ihm herrannte, er hat einen Mordsschritt draufgehabt, habe ich ihn gefragt! ›Sag mal, wenn du das alles so siehst ... wenn du sagst, ich solle diesen Blödsinn sein lassen, der Malin gehöre dem Starche und so weiter ... Dann sag mir doch bitte eines: Warum bist du überhaupt hergekommen?‹

Da blieb er stehen und sah mich an. ›Du zitterst ja‹, sagte er.

Ich krempelte mir die Ärmel hinunter, die Sonne war hinter den Bergen untergegangen und von der Schipiste herunter wehte ein kalter Wind. ›Ich kenn draußen keine Frauen mehr, die für mich in Frage kommen‹, sagte er. ›Darum bin ich gekommen.‹

›Und jetzt willst du dich an die Karin heranmachen? Sagst, sie ist schwanger, und willst dich trotzdem an sie heranmachen!‹

›Was heißt denn da trotzdem‹, rief er.

›Und was ist mit ihrem Mann?‹

›Kein Mensch zwingt sie‹, sagte er. ›Es ist nicht sicher, wer gewinnt, verstehst du.‹

›Und Manfred Fritsch?‹

Er schlug sich mit der flachen Hand an die Brust. ›Da ist es auch nicht sicher, wer gewinnt. Aber wahrscheinlich ich.‹ Es war ein Déjà-vu-Erlebnis. – Die Hand, die an die Brust schlägt, im Gesicht der Ausdruck eines verzweifelten Idioten – soll man über ihn lachen oder soll man ihn bewundern?

›Das hast du schon einmal gesagt‹, sagte ich.

›Wann habe ich was gesagt?‹ Der Wirt kam zur Tür des Gasthauses herausgerannt, er fuchtelte mit den Armen und schrie, ich verstand nicht, was er wollte.

Franz legte die Hände an seinen Mund und rief: ›Wir kommen gleich wieder, reservieren Sie den Tisch, wir sind zu viert!‹ Der Wirt gab Zeichen, daß er verstanden habe.

›Wann habe ich was gesagt‹, wandte sich Franz wieder mir zu.

›Hau dir noch einmal an die Brust und mach dieses blöde Gesicht‹, sagte ich.

›Welches blöde Gesicht denn‹, fragte er. Er schlug sich an die Brust und schnitt Grimassen.

›Nein, so nicht, hör auf‹, sagte ich. ›Im Spielsaal ... Erinnerst du dich nicht? Du wolltest mit dem Gebhard Malin ringen. Erinnerst du dich nicht?‹

›Nein‹, sagte er.

›Du hast dich auf die Matte gekniet und gesagt: Es ist nicht sicher, wer gewinnt, aber wahrscheinlich ich.‹

›Daran erinnere ich mich nicht.‹

›Schade‹, sagte ich. ›Das war die genialste Idee, die du in deinem Leben hattest.‹ Ich drehte mich um und ging zum Gasthaus zurück.

›He‹, rief er hinter mir her, ›woher willst du denn das wissen! Meine Ideen sind immer genial! Erklär mir das!‹

Ich habe mich wieder an unseren Tisch gesetzt, habe den Brief von Oliver Starche zusammengefaltet – der lag auf der Sitzbank, die einzelnen Seiten ausgebreitet –, habe ihn eingesteckt, habe einen Glühwein bestellt und auf die anderen gewartet.

Der Franz hat die beiden überall gesucht, nach einer halben Stunde betraten sie zu dritt die Gaststube, der Franz, der Manfred Fritsch und die Karin. – Und der Franz hat gekocht, und dem Manfred Fritsch ist das Gesicht zugemauert gewesen – nur die Karin, die hat gelacht, hat sich über mich gebeugt und mir einen entsetzlich kalten Kuß gegeben. Aufs Auge, weil ich mich bewegt habe. Ich müßte das alles ausführlich erzählen.«

»Nein, jetzt nicht. Bist du einverstanden, wenn wir das etwas zurückstellen?«

»Klar.«

»Gut. Ich möchte nämlich noch weiter über diesen Brief sprechen. Da gibt es ja weiß Gott noch einiges, was unklar ist. Du sagst, du hast dir das Ende zusammengereimt. Wie sieht Oliver Starche die Sache? Meint er, Gebhard Malin habe damals getan, was er ihm vorgeschlagen hat – diese *Prüfung*?«

»Darüber steht nichts in seinem Brief. Ich nehme aber an, er meint dasselbe wie ich. Vielleicht sagt er darum dauernd, er sei schuldiger als wir, die wir ihn halbtot geschlagen haben.«

»Meinst du auch – wie Franz Brandl –, daß er sich als Hauptschuldigen sieht und daß er sich in dieser Rolle wohlfühlt?«

»Das hat der Franz ja nicht gesagt. Bestenfalls, daß er sich darin eingerichtet hat.«

»Siehst du das auch so?«

»Ich weiß es doch nicht.«

»Das wär doch ein wichtiger Punkt ...«

»Ja ... sicher ... Was soll ich tun?«

»Du hättest dich ja noch einmal mit ihm in Verbindung setzen können.«

»Sein Brief hatte ein P.S.: ›Bitte, rufe mich nicht an und besuche mich nicht. Ich wüßte nicht, wie ich Dir ins Gesicht schauen oder Deiner Stimme antworten sollte.‹ – Gut. Ich respektierte das.«

»Er scheint sich über das damalige Verhalten von Gebhard Malin nicht zu wundern.«

»Was meinst du?«

»Kommt mir seltsam vor ... Das Verhalten von Gebhard Malin. Von Oliver Starche wendet er sich ganz ab, aber mit Csepella Arpad, der ja schließlich – nach deiner Theorie – mit dem Mädchen geschlafen hat, das er liebte, mit ihm ist er weiterhin befreundet. Paßt das zusammen?«

»Vielleicht. Es gibt Fälle, da mag man den, der recht hat, am wenigsten.«

»Wie meinst du das?«

»Himmelnocheinmal! Er wird sich gesagt haben: Der Oliver Starche hat recht gehabt, die Veronika ist eine Hur, und der Arpad ist der Teufel. Aber trotzdem hat er die Veronika geliebt, da nützte ja alles nichts. Gut, wird er sich gedacht haben, der Oliver Starche hat recht gehabt, aber ich will nichts mehr mit ihm zu tun haben. – Ich kann mir das gut vorstellen …«

»Du würdest so denken …«

»Was weiß ich …«

»In einem ähnlichen Fall – oder wenn du an der Stelle von Gebhard Malin gewesen wärst?«

»Wahrscheinlich …«

»Die Veronika ist eine Hur, der Csepella Arpad ist der Teufel … Mit der Hur will er nichts mehr zu tun haben, mit dem Teufel schon. Das heißt, aus dem Teufel macht er sogar gleich einen Heiligen.«

»Vielleicht hat der Gebhard Malin im Umdrehen eine neue Religion erfunden.«

»Ja, sicher.«

»Nein, ich meine das durchaus ernst.«

»Ja, du meinst es durchaus ernst.«

»Vielleicht hat der Gebhard Malin die Sache umgedreht und den Oliver Starche zum Teufel gemacht. Der Oliver Starche ist der Teufel, der Arpad ist ein Heiliger. Die Veronika hat der Teufel geholt, der heilige Arpad, der fünfzehnte Nothelfer, hat ihm dabei geholfen … vielleicht so …«

»Reichlich kurios …«

»Ich weiß nicht …«

»Ein Heiliger hilft dem Teufel, indem er mit einem Mädchen schläft? Tun das Heilige? Ich weiß es nicht …«

»Es hat Heilige gegeben, die haben sich mit Schweinen eingelassen; die heilige Agatha hat ihre Brüste dem Herrn dargebracht; die heilige Kümmernis wird dargestellt, am Kreuz hängend wie Jesus, üppig, nackt, einen Bart im Gesicht. Heilige sind etwas Seltsames, würde ich sagen. Für die gute Sache tun die manches ...«

»Was ist die *gute Sache*?«

»Die eigene ... im Zweifelsfall die eigene. Hat der Dieb niemanden, zu dem er beten kann? Natürlich hat er. Wenn nicht, macht er sich einen. Ich habe nur zur Muttergottes gebetet. Vielleicht hat der Franz recht, wenn er sagt, daß ich nur zwei Frauen in meinem Kopf gehabt habe, die Muttergottes und die Hure. Die Muttergottes ist auf meiner Seite, dachte ich. Die vertritt meine Sache. Die anderen sind auf der Seite der Heimleitung. Mit Hilfe der Muttergottes habe ich dem ganzen Himmel der Heimleitung getrotzt. Das war doch auch eine Art eigener Religion.«

»Auch wenn du in der Heimleitung deinen Gegner gesehen hast, hast du dich ja doch an denselben Himmel gewendet ...«

»Es gibt einen Gott, es gibt einen Himmel, aber es gibt verschiedene Meinungen im Himmel, verschiedene Fraktionen. Wie im Parlament. Wie auf dem Olymp. Da kann es bei den Menschen schon zu Mißverständnissen kommen. Daß zwei Feinde in dieselbe Richtung beten, zum selben Heiligen, zum selben Gott, und jeder der beiden erbittet von ihm die Vernichtung des anderen. Die Muttergottes ist in einen Interessenskonflikt hineingebetet worden. Verstehst du? Entweder sie hilft zu mir oder sie hilft zur Heimleitung. Beides geht nicht.«

»Und? Zu wem hat sie geholfen?«

»Ich war überzeugt, sie hilft zu mir. Unverbrüchlich. Interessiert dich das?«

»Was denkst du denn!«

»Ich erzähl dir eine Geschichte, nur als Beispiel. Der Zizi Mennel und der Meinrad Weckerle und noch zwei andere hatten eine Bande, eine Klaubande. Die drei lustigen Fünf.

Habe ich, glaub ich, schon erwähnt. Sie haben alles mögliche geklaut. – Eier aus der Küche, Weinflaschen, alles mögliche, sie haben das Heim bestohlen, an den Sachen ihrer Mitschüler haben sie sich nicht vergriffen. Hauptsächlich klauten sie Zigaretten. Die verkauften sie dann. Ich habe gegen Ende der zweiten Klasse angefangen zu rauchen. Also mit dreizehn, vierzehn. Kaufen konnte ich mir keine, habe ja kein Geld gehabt, zumindest nicht genug Geld. Zizi Mennel hat die Zigaretten zwar billig hergegeben, aber umsonst auch nicht. Und irgendwann sagte der Zizi Mennel zu mir: ›Kannst ja beim nächsten Mal mitgehen. Die Hälfte kannst du behalten, die andere Hälfte gibst du ab.‹

Geklaut wurde im Schlafzimmer vom Rektor. Der Rektor war starker Raucher, hatte immer so drei, vier Stangen auf Lager. *Austria Drei* hat er geraucht. Die anderen sind Schmiere gestanden, und ich habe mich ins Schlafzimmer vom Rektor geschlichen und habe eine Stange *Dreier* aus dem Kasten genommen. Sein Schlafzimmer lag neben der Kapelle, an dem Gang, der in die Sakristei führte. Und grade, als ich zur Tür herausgekommen bin, zischt der Meinrad Weckerle ›Weg! Weg!‹ und rennt in den Dachboden hinauf. Ich steh da mit der Stange *Dreier* unter dem Arm. Ich seh den Rektor die Stiege heraufkommen, ich schau von oben auf seine ausrasierte Tonsur, was soll ich tun, laufe in die Sakristei, von dort in die Kapelle, steck die *Dreier* schnell zu den Gebetbüchern, knie mich nieder und bete. Das Herz hat mir geklopft bis in den Adamsapfel hinauf. – ›Bitte Muttergottes, mach, daß er mich nicht erwischt!‹ – Da tritt er auch schon aus der Sakristei, er kniet sich neben mich, sagt kein Wort, macht das Kreuzzeichen, die Kutte an seinem Bauch drückt gegen die Stange Zigaretten. – ›Bitte, Muttergottes, mach, daß er mich nicht erwischt!‹ – Wenn er aufsteht, fällt die Stange zu Boden. Er steht auf, seine Kutte schiebt die Stange zur Seite, aber sie fällt nicht. Fehlt ein Millimeter … ›Danke, Muttergottes, daß er mich nicht erwischt hat!‹

Ich wußte, es ist Diebstahl, ich wußte, Diebstahl ist Sünde, und ein Diebstahl im Schlafzimmer vom Pater Rektor ist eine grauenhafte Sünde, und das Diebesgut in der Kapelle neben den Gebetbüchern zu verstecken, ist eine unbeschreibliche Sünde. Aber ich zweifelte nicht eine Sekunde daran, daß mir die Muttergottes geholfen hatte.«

»Lassen wir das. Was schreibt Oliver Starche in seinem Brief über die Klassenprügel?«

»Daß er derjenige gewesen sei, der die erste Ohrfeige gegeben habe. Was er schon gesagt hatte, als ich bei ihm war. Die erste Watsche ist ausgelost worden – und das Los habe ihn getroffen.«

»Stimmt das?«

»Was?«

»Daß die erste Ohrfeige ausgelost wurde?«

»Ja.«

»Daran erinnerst du dich also auch?«

»Klar.«

»Und daran, daß Oliver Starche derjenige war?«

»... erinnere ich mich nicht ...«

»Ist vielleicht auch nicht so wichtig?«

»Für Oliver Starche ist es sehr wichtig. Für ihn auf alle Fälle. Für uns andere war es auch wichtig. Ich glaube schon, daß das sehr wichtig war – die erste Ohrfeige. Irgendeiner mußte den Anfang machen. Der erste Schlag war wie eine Lossprechung für uns andere. Ganz egal, ob dieser Schlag fest oder leicht war. Der erste Schlag war symbolisch ... Darum ist dieser erste Schlag auch ausgelost worden.«

»Gut. – Kehren wir zurück zu diesem Samstagnachmittag damals. Du hast Gebhard Malin auf dem Dach gefunden, hast mit ihm gesprochen, er hat dir seine *Rede* gehalten, und schließlich hast du ihn in den Spielsaal geführt ...«

»Ich habe ihn hingelockt. Nennen wir es beim Namen.«

»Du sagst, du hast ihn in den Spielsaal gestoßen.«

»Ich habe ihn hineingestoßen, ja ...«

»Was heißt *Spielsaal*?«

»Es gab einen oberen und einen unteren Spielsaal.«

»Es scheint, alle Räumlichkeiten im Heim waren aufgeteilt in obere und untere.«

»Oberer Studiersaal, unterer Studiersaal, oberer Schlafsaal, unterer Schlafsaal, oberer Spielsaal, unterer Spielsaal. Im unteren Spielsaal standen zwei Tischtennistische, dann waren noch Matten da für die Ringkämpfe ...«

»Sicher gab es auch Meisterschaften ... Tischtennis, Ringen ...«

»Gab es ... – Im oberen Spielsaal probte die Blaskapelle, dort waren die Instrumente untergebracht, die Instrumente, die dem Heim gehörten. Der obere Spielsaal war abgeschlossen. Die Mitglieder der Blaskapelle besaßen jeder einen Schlüssel zu diesem Raum, für die anderen war er nicht zugänglich.«

»Hier ist die Rede vom unteren Spielsaal. Erzähl weiter! Du hast Gebhard Malin zum unteren Spielsaal geführt. – Was geschah dann?«

»Also ... noch einmal: Sicher, es war ein Verrat ... aber doch nicht nur ...«

»Was noch?«

»Eben ... eine Art Rettungsaktion ... vielleicht eine Ausrede ... kann schon sein ...«

»Erzähl weiter!«

»Ich befürchtete, daß wir Edwin Tiefentaler und seinen drei Sechstkläßlern begegneten. Dann wäre meine ganze Rettungsaktion beim Teufel, redete ich mir ein, eine Rettungsaktion, bei der ich sehr selbstlos sehr viel opferte, nämlich meine Selbstachtung – von der Achtung der anderen will ich gar nicht sprechen, einem Verräter dankt man nicht ... – Aber das redete ich mir alles nur ein, das war mir in Wirklichkeit egal, soll der Edwin Tiefentaler ihn erwischen, es würde ohnehin passieren, dachte ich, warum habe ich mich eingemischt, ich wollte nur noch eines: Ich wollte den Augenblick hinauszögern, in dem Gebhard Malin erkennen würde, daß ich ihn verraten hatte. So würde er es natürlich sehen. – So hat er es auch gesehen. – So war es ja auch ... Als ich neben ihm herging, dachte ich, warum achtet er so wenig auf seine Kleidung, da schaut er lässig, da spuckt er lässig, da kaut er lässig, aber angezogen ist er wie ein Bauer. Ob es ihn stört, daß er keine anderen Hosen von zu Hause mitkriegt?

›Was hat denn der Arpad gemacht, daß er wieder gesund ist‹, fragte er. Ich wußte nicht, was er meinte.

›Du hast doch gesagt, er hat so einen Trick.‹

›Ach so. Er hat einfach keine Seife mehr gegessen.‹

›Und das soll der Trick sein?‹ – Er lachte schallend, und ich hätte fast gesagt, lach nicht so laut; an seinem Lachen hätte man ihn erkennen können, und wenn Edwin Tiefentaler und die Seinen in der Nähe gewesen wären ...

›Und warum will er uns denn ausgerechnet im Spielsaal treffen? Dort hat man ja seine Ruhe nicht.‹

›Vielleicht will er eine Runde Tischtennis spielen.‹

›Hat er das gesagt?‹

›Nein. Er hat einfach gesagt, wir sollen in den Spielsaal kommen.‹

Wir waren inzwischen in der Halle angelangt. Die Pimpfe lärmten herum, spielten Fußball mit einem Papierknödel, den sie mit Klebstreifen umwickelt hatten, je zwei Schultaschen markierten die Tore. Er blieb stehen. Mitten in der Halle. Von allen Seiten konnte man uns sehen.

›Also, das kommt mir komisch vor‹, sagte er.

›Was denn‹, fragte ich und blickte ihm direkt in die Augen, merkte, daß sich ein Schlucken in meiner Kehle ankündigte, hoffte, er würde wegschauen, damit ich das Schlucken loswerden konnte, ohne daß er es sah.

›Es kommt mir einfach komisch vor. Der Spielsaal ist doch sicher nicht frei.‹

›Wir treffen ihn ja nur dort. Was weiß ich, warum er will, daß wir ihn ausgerechnet im Spielsaal treffen.‹

Er war mißtrauisch geworden. Noch zehn, fünfzehn Schritte bis zur Tür des Spielsaales.

Wir standen den Pimpfen im Weg, sie warteten um uns herum, daß wir endlich ihr Spielfeld verließen, etwas zu sagen trauten sie sich nicht.

Er blickte sich nach allen Seiten um, rührte sich aber nicht von der Stelle.

›Komm‹, sagte ich.

›Was haben die jetzt eigentlich beschlossen‹, fragte er plötzlich.

›Wer‹, fragte ich.

›Du weißt doch genau, wen ich meine.‹

›Die Klasse?‹

Er nickte, kaute heftig auf nichts, die Muskeln an seinen Backen sprangen in schnellen Rhythmen hervor. Er sieht wirklich gut aus, dachte ich, ich wollte, ich sähe so aus wie er, ich würde die lässigsten Hosen gegen seine Bauernhosen tauschen, wenn ich so aussähe wie er.

›Die wollen halt auch nicht bis Weihnachten nur Strengstudium haben‹, sagte ich, ›und nicht nach Hause fahren dürfen und so weiter ...‹

›Und du?‹

›Was ich?‹

›Du bist immer noch mein Anwalt?‹

›Wie meinst du das?‹

Er betrachtete mich mit müdem Blick. Ich weiß es, du weißt es, ich weiß, daß du es weißt, du weißt, daß ich es weiß ... war es so? Da kann es leicht passieren, daß einer mit einem Grinsen die Sache auffliegen läßt. Ich mußte mich zwingen, nicht zu grinsen, mußte mich zwingen, diesem Blick nicht auszuweichen. Das Schlucken meldete sich wieder. ›Ich weiß wirklich nicht, was du meinst ...‹

›Ob du mein Anwalt bist ... Wärst du doch gern gewesen – vorhin im Studiersaal ...‹

›He‹, rief ich, lachte, fuchtelte mit den Armen, nahm das

Schlucken gleich in einem mit, ›was ist denn auf einmal mit dir los!‹

Nun trat doch einer der Pimpfe zu uns. Er hielt den Papierball in der Hand, zupfte daran herum. ›Wenn ihr ein Stück auf die Seite geht, dann können wir weiterspielen‹, sagte er.

›Komm, gehen wir‹, sagte ich, ›der Tscheps wartet.‹ Ich merkte, wenn es mir nicht augenblicklich gelingt, sein Mißtrauen zu zerstreuen, ist alles dahin, war alles umsonst, würde ich ein Verräter sein, ohne verraten zu haben, würde ich ein Retter sein, ohne gerettet zu haben. – Also machte ich es noch einmal: Ich ballte die Faust, drückte sie ihm sanft an die Wange.

Er hörte mit dem Kauen auf. Wenigstens etwas, dachte ich. Aber dann zwinkerte er mir zu. Und auch er drückte mir die Faust an die Wange. ›Ich muß mich erst an dich gewöhnen‹, sagte er. ›Also dann, gehen wir.‹

Gerade als wir vor dem Spielsaal standen und er die Hand an die Türschnalle legte, hörten wir drinnen Ferdi Turner schreien. Ich verstand nicht, was er schrie, es war Ferdi Turner, das genügte. Gebhard Malin fuhr herum, starrte mich an, ich riß die Tür auf und stieß ihn hinein.

Ich habe ihn hineingestoßen. Grob. Mit beiden Händen. Braucht sich der Oliver Starche nichts einzubilden auf seinen ›ersten Schlag‹. Kann ich sagen: Den habe ich getan.

Aber es hat niemand gesehen. Die drinnen haben das nicht gesehen. Was werden die gesehen haben – daß der Gebhard Malin zur Tür hereinplatzt.

Ich bin nämlich draußen geblieben. Eine Minute wenigstens wollte ich mir noch geben. Bis er mich anschaut. Nachdem er gemerkt hat, was für einer ich bin. Nachdem ich so einer geworden bin. Denn bis zum letzten Moment wußte ich nicht, wie ich das anstellen sollte, wußte nicht einmal, ob ich das überhaupt schaffe. Nicht einmal, ob ich das will, wußte ich. Und als ich es tat, tat ich es nicht, weil ich es wollte, sondern weil nun einmal alles so schön eingefädelt war. Die schöne Konsequenz wäre sonst verlorengegangen.

Nun hatten die anderen ihre Chance. – Ich stellte mich mit dem Rücken zur Wand neben die Tür. Wenn sie ihn nicht sofort packten, würde er kehrt machen und abhauen. Dachte ich. Meine Sache war getan. Dachte ich. An mir würde er ungehindert vorbeikommen. Ein zweites Mal hole ich ihn nicht. Ich stelle ihm kein Bein, wenn er jetzt aus dem Spielsaal rennt. Wenn es noch einmal gutgeht, dachte ich, will ich nichts mehr damit zu tun haben, dann soll geschehen, was will, aber ohne mich. Unter *gutgehen* verstand ich: Wir kriegen ihn nicht. Ich betete ein *Gegrüßet seist du, Maria*, das dauert genau zwanzig Sekunden. – Er kam nicht. – Ich betete noch eines. – Er war wieder nicht gekommen. – Ich betete ein drittes und trat ein.

Keiner hielt ihn fest. Sie waren ihm nicht einmal nahe. Er hatte einen Tischtennisschläger in der Hand und ließ den Ball darauf hüpfen. Zwischen den anderen und ihm die Tischtennisplatte. – Die anderen: die Arme verschränkt, in alphabetischer Reihenfolge – Franz Brandl, Manfred Fritsch, Alfred Lässer, Oliver Starche, Ferdi Turner. – Edwin Tiefentaler fehlte.

›Na, also‹, sagte er, ›da ist er ja. Ich hab nämlich gesagt, ohne meinen Anwalt verhandle ich nicht.‹ Immer höher ließ er den Ball springen, bis er von der Decke zurückprallte.

›Wo warst du denn‹, fragte mich Ferdi Turner. ›Wir haben gedacht, du bist ein feiger Hund und haust ab ...‹ Nein, sie wußten nicht, daß ich ihn hereingestoßen hatte.

›Ja, wo warst du denn‹, höhnte Gebhard Malin, ›ohne dich will man doch nicht anfangen!‹

›Der Tiefentaler ist ja auch nicht da‹, murmelte ich.

›Was!‹ rief Gebhard Malin, ›Gibt es also tatsächlich einen, der nicht mitmacht! Der nicht weiß, was Gemeinschaft heißt! Ich bin dafür, daß man ihm Klassenprügel gibt!‹

›Hol den Tiefentaler‹, sagte Manfred Fritsch zu Alfred Lässer. Das hätte der gerne getan, ist herumgefahren im selben Moment, wollte abtreten, ist doch eine harmlose Aufgabe, einen Mitschüler zu suchen, dem man nichts anderes mitzuteilen hat als: er solle so gut sein und in den Spielsaal kommen, dort würde er erwartet. – Aber der Franz trat dazwischen. Stellte sich vor die Tür.

›Jetzt ist Schluß mit dem Theater‹, sagte er, ›bringen wir's hinter uns.‹ Alfred Lässer schaute vom Franz zu Manfred Fritsch und wieder retour.

›Was soll ich jetzt tun‹, fragte er.

›Nichts‹, sagte Franz.

Manfred Fritsch widersprach nicht. Er wird in dieser Situation keinen besonderen Wert auf seine Autorität als Klassensprecher gelegt haben.«

»Franz Brandl – er hatte sich ja zuerst abgesetzt von euch. Und jetzt machte er doch mit. Warum?«

»Das hat die anderen auch gewundert.«

»Was haben die da drinnen gemacht, während du den Gebhard Malin ... geholt hast?«

»Eben. Sie haben auf den Franz eingeredet. Ferdi Turner hat mir das später erzählt ... ein paar Tage später. Ferdi Turner hat erzählt, der Franz habe sich widersetzt, habe ohne irgendeinen Abstrich daran festgehalten, daß er mit der Sache nichts zu tun haben wolle – bis zu dem Augenblick, als Gebhard Malin zur Tür hereingekommen sei.«

»... bis du ihn hineingestoßen hast ...«

»Ja. Aber das wußte Ferdi Turner ja nicht.«

»Das wußte er nicht – auch hinterher nicht?«

»Nein ... er hat mich ja nicht gesehen ...«

»Und die anderen wußten es auch nicht – hinterher?«

»Auch nicht, nein. Ich habe nichts gesagt. Ist ja keine Sache, mit der man sich brüstet, oder ...«

»Aber Gebhard Malin wußte es. Hat er nichts gesagt?«

»Nein ... der hat ein Spielchen daraus gemacht ... Sicher wollte er es noch sagen ... aber dann ...«

»... ist er nicht mehr dazugekommen, meinst du.«

»So ungefähr, ja.«

»Noch einmal zu Franz Brandl ...«

»Ist nicht so untypisch für ihn gewesen. Der Franz war kein Steher, auch wenn er so gewirkt hat. Der Franz hat so eine Art – heute noch – so eine Art der Ausschließlichkeit, wenn er etwas sagt. – Du fragst ihn, ob er dir etwas borgt – meinetwegen seinen Füller ..., er sagt, ›Nein!‹, und das klingt so, als hätte es überhaupt keinen Zweck, noch einmal zu fragen. Und wer ihn nicht so gut kennt, wie ich ihn kenne ... gekannt habe, der fragt auch wirklich kein zweites Mal. Der geht dann herum und sagt, der Franz Brandl ist ein konsequenter Typ. Oder er sagt, der Franz Brandl ist ein sturer Bock. Würde er ihn ein zweites Mal fragen, er würde den Füller bekommen.

Sie hätten auf ihn eingeredet, sagte Ferdi Turner, hätten ihm gesagt, Edwin Tiefentaler habe Verstärkung geholt, hätten gesagt, sie befürchteten, daß Edwin Tiefentaler in seinem blödsinnigen Zorn etwas Blödsinniges anstellte und so weiter. Auch über mich hätten sie geredet. Sie waren alle der Meinung, ich hätte mich ebenfalls abgesetzt.«

»Eine Frage: Weiß einer von ihnen heute, daß du den Gebhard Malin in den Spielsaal gelockt hast?«

»Wenn sie es damals nicht gewußt haben, dann wissen sie es heute wahrscheinlich auch nicht.«

»Du hast es keinem erzählt?«

»Ich nicht, nein. Höchstens, daß der Gebhard Malin selbst ... hinterher ... als er wieder im Heim war ... aber das kann man ausschließen. Er hat mit keinem von uns mehr geredet. Ich habe sie alle gefragt, jetzt als ich bei ihnen war: ›Hat er mit dir hinterher irgendwann einmal gesprochen‹, habe ich gefragt. ›Nie‹, haben sie alle gesagt, ›nie‹...«

»Das heißt, du hast sie nach jeder Einzelheit ausgefragt, an die sie sich noch erinnern, aber daß du es warst, der ihn in den Spielsaal gestoßen hat, das hast du ihnen nicht erzählt?«

»Ja ... Nein, ich habe das nicht erzählt.«

»Und warum nicht?«

»Warum nicht? Weil ich mich geschämt hätte. Weil ich mich dafür schäme. Darum.«

»Und was hat deiner Meinung nach Franz Brandl umgestimmt?«

»Habe ich mir überlegt. – Ich habe es auf mich bezogen. Nachdem ich weggegangen bin und die anderen der Meinung waren, auch ich wollte mich absetzen, wird sich der Franz gedacht haben, es ist so etwas wie ein Annäherungsversuch von mir ... von mir zu ihm. – ›Wir beide, der Franz und ich, wir machen da nicht mit.‹ – Daß ich das meine ... Und da wird er sich in seinem Zorn auf mich gedacht haben, lieber mit denen als mit dem. Vielleicht ist ihm auch wirklich nur das Theater auf die Nerven gegangen. So wie er sagte: ›Schluß mit dem Theater, bringen wir's hinter uns.‹ – Oder aber das Verhalten vom Gebhard Malin hat ihn umgestimmt. Ist wohl am wahrscheinlichsten ...«

»Wie meinst du das?«

»Ferdi Turner hat erzählt, die Tür sei aufgegangen, und der Gebhard Malin sei hereingesprungen, habe sofort angefangen, sie alle, wie sie waren, blöd anzureden. Einen nach dem anderen.

›Er war so arrogant‹, sagte Ferdi Turner, ›das kannst du dir gar nicht vorstellen. Erstens stellte er fest, daß er mit uns anderen überhaupt nicht rede, sondern nur mit dem Klassensprecher, und mit dem auch nur in Anwesenheit seines Anwalts.‹ – Damit hat er mich gemeint, er dachte wohl, ich betrete gleich hinter ihm den Spielsaal – ›... und zweitens, hat er gesagt‹, erzählte Ferdi Turner, ›störe ihn die Luft im Raum, hier stinke es nach Schwein, das sei zwar nicht verwunderlich bei dem Haufen anwesender Schweine, aber er verlange dennoch, daß der Knirps da – damit meinte er den Lässer – sofort das Fenster öffne.‹

So sei es in einer Tour weitergegangen, bis ich hereingekommen sei. – Wahrscheinlich hat das den Ausschlag gegeben, daß der Franz im Spielsaal geblieben ist. Daß er sich sogar an die Tür gestellt hat, als Alfred Lässer gehen wollte, um den Edwin Tiefentaler zu holen ... ›bringen wir's hinter uns.‹«

»Dieses Verhalten von Gebhard Malin scheint mir eher panisch als arrogant zu sein.«

»Ja ... sicher ... aber die da drinnen waren ja auch geladen ... die Sache hat sich schon den halben Nachmittag hingezogen.

›Wir reden uns den Kopf blau, wie wir es einrichten könnten, daß ihm ja nichts wehtut‹, sagte Ferdi Turner später zu mir, ›und er kommt uns so ...‹

Er hat sich auch mit dem Ferdi Turner angelegt. Da war ich Zeuge. Mit dem Ferdi Turner hat sich niemand freiwillig angelegt, mündlich jedenfalls nicht. Mündlich hat der Ferdi Turner jeden fertiggemacht. Und er hat das auch gern gemacht. Jemanden als dumm hinzustellen – das hat er gern gemacht. Sein Lieblingsziel war Edwin Tiefentaler. Der hat sich hervorragend dafür geeignet. Dem das Image abzumontieren, war Routine für Ferdi Turner. Der brauchte niemanden länger als eine halbe Stunde zu kennen, schon hatte er den Schmerzpunkt heraus. – Vor Prügeleien hatte er Angst. Er hat sich schon geprügelt, aber nur mit Kleineren und Schwächeren. Den Stärkeren und den Gleichstarken ist er aus dem Weg gegangen. Kann man ihm ja keinen Vorwurf daraus machen. – Jedenfalls, beim Gebhard Malin hat er sich geschnitten.

›Denk mit dem Kopf und nicht mit dem Kehlkopf‹, sagte Ferdi Turner zu ihm, ›dann wär alles schon lang vorbei, dir würde nichts wehtun und uns auch nicht, und alle miteinander würden wir jetzt deinen Kinderfilm in der Stadt anschauen.‹

›Mit dir red ich nicht‹, fuhr ihm Gebhard Malin dazwischen. ›Du bist nicht der Klassensprecher!‹ Er ging an den Fenstern entlang auf und ab, mit dem Fuß stieß er sich an der Wand ab, hin und her, und jedesmal drehte er seine Schuhsohle an der Wand, gab sich einen Stoß für den nächsten Schritt in die andere Richtung. Noch nicht ein einziges Mal war ihm der Tischtennisball vom Schläger gefallen. Das *Tack, tack* war verrückt. ›Also, was wollt ihr‹, sagte er und schaute dabei

Manfred Fritsch an. ›Ich habe keine Lust, die Kindertante zu spielen.‹

Ich hielt mich im Hintergrund. Das ist nicht mehr meine Sache. Dachte ich.

›Dann benimm dich nicht so tantenhaft‹, sagte Ferdi Turner.

›Besser tantenhaft als tuntenhaft‹, sagte Gebhard Malin. – Nach dem, was ich jetzt weiß, war das auf Oliver Starche gemünzt.

Manfred Fritsch zog seinen Schreibblock aus der Tasche, blätterte, tat mordswichtig.

›Krieg ich das Urteil schriftlich, oder was!‹ höhnte Gebhard Malin.

›Wer weiß, vielleicht kriegst du es händisch‹, sagte Ferdi Turner.

Gebhard Malin zeigte mit ausgestrecktem Arm auf Manfred Fritsch. ›Ich red mit ihm, nicht mit dir!‹ Nichts Müdes, nichts Lässiges. Er spielte uns nichts vor. Obwohl es so aussah: wir auf der einen Seite des Tischtennistisches, er auf der anderen Seite. – Große Rolle für den Einzelkämpfer. – Du hast schon recht, eher panisch als arrogant. Das Fenster steht ihm als Fluchtweg offen, dachte ich. Darunter war die Kegelbahn. Betonboden. Er würde sich die Knöchel brechen. Zumindest die Knöchel ...

›Du wirst schon mit uns allen reden müssen‹, sagte Ferdi Turner. ›Wir haben uns wegen dir den halben Nachmittag geärgert und jetzt ...‹

›Mit dir red ich nur, wenn man mir einen Schirm bringt. Dir fliegt ja Scheiße aus dem Gesicht, wenn du redest ...‹

›Was hast du denn gegen ihn‹, meldete sich Alfred Lässer. ›Er hat die ganze Zeit zu dir geholfen, bis zum Schluß ...‹

›Am besten ist‹, versuchte es Manfred Fritsch auf die Vernünftige, ›am besten ist, ich lese dir vor, was für Vorschläge bereits gemacht wurden.‹

›Ich habe doch nichts gegen ihn!‹ – Gebhard Malin hatte gar nicht darauf gehört, was Manfred Fritsch gesagt hatte. –

›Ich habe etwas gegen das, was ihm aus dem Mund fliegt.‹ – Er spuckte trocken aus. Spuckte noch einmal aus, diesmal naß, diesmal in Richtung Ferdi Turner. – ›Da muß einer ja nur sein Gesicht anschauen, alles voll Scheißbollen, und wenn man draufdrückt, kommt Eiter heraus. Mit dem red ich doch nicht! Das ist ja ansteckend! Ich will doch nicht ausschauen wie der!‹

Manfred Fritsch zog die Mundwinkel nach unten, blätterte in seinem schlauen Block herum, tat so, als hätte ihn nie einer unterbrochen. ›... da ist zunächst einmal der Vorschlag von Alfred Lässer ...‹

›Klassensprecher, möchtest du so ausschauen wie der Ferdi Turner? Da wärst du aber nie Klassensprecher geworden! Einen mit solchen Scheißbollen im Gesicht, den kann man doch nicht herzeigen! Mit dem kann man doch nicht reden. Da muß man ja vorher geimpft werden.‹

›Der Ferdi Turner hat ja überhaupt noch gar keinen Vorschlag gemacht‹, sagte Manfred Fritsch.

›Mit dem red ich nicht‹, schnitt ihm Gebhard Malin abermals das Wort ab. ›Dafür habe ich meinen Anwalt. Mein Anwalt ist so voll Scheiße, ein paar Scheißfladen mehr im Gesicht stören den nicht.‹

›Dein Anwalt, wie du ihn nennst ...‹, hob Manfred Fritsch an. Diese Klassensprecherwürde war lächerlich.

›... ist im Vergleich zum Scheißbollenträger die reinste Drecksau, ich weiß‹, ergänzte Gebhard Malin seinen Satz. Er darf, dachte ich, er darf, mir gegenüber hat er das Recht ...

›Du bist wirklich ein Trottel‹, sagte Ferdi Turner. Er versuchte es mit einem gleichgültigen Grinsen. ›Kein Mensch hat etwas gegen dich gehabt, aber das kann sich schlagartig ändern.‹

›Dann komm doch her, mach den ersten Schlag! Du kriegst ihn zurück! Aber bitte, ich möchte vorher ein Paar Gummihandschuhe, Marke Scheißhausreiniger ...‹

Ferdi Turner legte mit einem Ruck eine der Matten um.

Dahinter steckte eine Schultasche. – Gebhard Malins Schultasche. – Er zog das Lateinheft heraus, schlug es auf. ›Wenn's nur so wäre, daß du bei dieser leichten Schularbeit einen Fünfer geschrieben hättest, bitte, dafür könntest du nichts, Dummheit ist straffrei. Daß du aber nicht mehr als drei Zeilen zu übersetzen imstande warst, das ist bereits Saudummheit. Gegen Saudummheit muß man sich wehren ... wie gegen Darmwürmer.‹

›Da kenn ich mich nicht aus, das ist dein Gebiet.‹

›Riesensaudummheit ist, daß du für diese drei Zeilen eine ganze Stunde gebraucht hast. Und Riesensaudummheit ist so selten, daß man neue Gesetze machen muß. Auf jeden Fall ist sie strafbar, der Präfekt hat völlig recht.‹

›Du kannst ja gleich eine neue Republik gründen.‹

›Eine Republik der Riesensaudummen, ein Reservat für solche wie dich ...‹

›... eine Scheißbollenrepublik ...‹

›... bei den Riesensaudummen ist der Präsidentenposten ausgeschrieben ...‹

›... und in der Scheißbollenrepublik haben sie bereits einen ...‹

Sie kletterten sich gegenseitig über die Worte, einer dem anderen hinterher, sprudelten gleichzeitig. Ferdi Turner schrie, Gebhard Malin sprach leise und hitzig. Ihm hat man mehr zugehört.

Ferdi Turner hielt Gebhard Malins Schularbeitenheft in die Höhe: ›... und der Gipfel ist, daß sich der Professor ebenfalls strafbar gemacht hat‹, brüllte er. ›Da steht ein Fünfer, aber ich hab's durchgerechnet, das ist ein Einundzwanziger, günstig benotet ...‹

›Zieh's ab von deinen Scheißbollen im Gesicht, dann sind nur noch neunhundertneunundsiebzig davon übrig.‹

Einen Augenblick lang blieb Ferdi Turner die Luft weg. Ja, es sah wirklich so aus, als ob er nachrechnete. Alfred Lässer, guter Kopfrechner, in dieser Disziplin hinter Gebhard Malin der zweite, flüsterte: ›Er meint, du hast tausend Pickel im Gesicht.‹

Das hat dem Ferdi Turner den Rest gegeben. Er wurde blaß, die Pickel in seinem Gesicht traten noch stärker hervor. Er legte das Heft auf den Tischtennistisch und hob langsam die Hand. Dann sagte er: ›Mein Vorschlag: Klassenprügel.‹

Manfred Fritsch zückte Kugelschreiber und Block. ›Wie Klassenprügel? Einfach Klassenprügel?‹

›Klassenprügel heißt Klassenprügel‹, sagte Ferdi Turner.

Jetzt wurde es technisch, ein Krückenparadies für Manfred Fritsch. ›So kann ich es nicht schreiben‹, sagte er, ›das ist zu allgemein, du mußt schon genauer angeben, was du unter Klassenprügel verstehst.‹

›Einen Fünfer hat er gekriegt‹, sagte Ferdi Turner, ›den ziehen wir ab. Einundzwanzig minus fünf macht wieviel, Lässer?‹

›Sechzehn …‹

›Macht sechzehn Watschen.‹

›Wenn da jeder von uns zwei gibt‹, sagte Alfred Lässer, ›dann bleiben noch zwei übrig … und wer gibt die?‹

›Wenn sich keiner findet‹, sagte Ferdi Turner, ›dann werde ich gerne so frei sein. Es handelt sich dabei wohlgemerkt um Grundwatschen – sechzehn Grundwatschen. Ich bitte, das im Protokoll zu vermerken.‹

›Und was heißt Grundwatschen‹, wollte Manfred Fritsch wissen – fürs Protokoll, versteht sich.

›Grundwatschen heißt: Darauf läßt sich aufbauen.‹

Ferdi Turner war der Zweite.

Manfred Fritsch schrieb mit, alles schrieb er mit.

Gebhard Malin klatschte in die Hände. ›Gut‹, sagte er, ›weitere Vorschläge!‹ Aber auch er war erschöpft, er setzte sich ans Fenster, stützte seine Arme auf dem Sims ab. Sein Mund war trocken, ich sah, wie er mit der Zunge die Lippen leckte.

›Ich möchte mit dir ganz ruhig reden‹, sagte Manfred Fritsch. ›Wir haben noch nichts Fixes beschlossen, aber wir sind alle der Meinung, daß wir dir wenigstens so viel Klassenprügel geben müssen, daß es der Präfekt glaubt. Außer, du machst es selber.‹

Aber Manfred Fritsch kam mit seinen Ausführungen wieder nicht ans Ende. Franz Brandl, der die ganze Zeit hinten an der Tür gestanden und zugehört hatte, riß ihm den Schreibblock aus der Hand, knallte ihn neben Gebhard Malins Schularbeitenheft auf den Tischtennistisch und sagte: ›Ich habe auch einen Vorschlag!‹

Er schob den Tischtennistisch in die andere Hälfte des Saals, zerrte die Matte auf den freigewordenen Platz, zog Schuhe und Strümpfe aus, schlüpfte aus Hemd und Unterhemd und kniete sich an den Rand der Matte.

›Komm her‹, sagte er zu Gebhard Malin, ›es ist nicht sicher, wer gewinnt. Aber wahrscheinlich ich, das wird dir ja klar sein.‹ Dabei schlug er sich mit der flachen Hand auf die Brust und machte dieses Gesicht, das Gesicht eines verzweifelten Idioten – soll man über ihn lachen oder soll man ihn bewundern?

Es war ein genialer Vorschlag. Die beiden besten Ringer bis hinauf zur sechsten Klasse, Franz Brandl, der Starke, Wuchtige, Große gegen Gebhard Malin, den Flinken, Trickreichen, der mit Abstand die meisten Griffe kannte, der ein Buch über *Jiu-Jitsu* besaß, ein kleines Bändchen aus der *Perlenreihe*. Ein würdiger Kampf.

Gebhard Malin zog sein Hemd aus, zog seine Schuhe aus, kniete sich ans andere Ende der Matte – da kam Edwin Tiefentaler mit seinen drei Sechstkläßlern zur Tür herein.«

15

»›Zweieinhalbtausend Einwohner, zwei Bankfilialen …‹

Edwin Tiefentaler wohnt heute in einer der Gemeinden nahe am See, die allesamt ineinander verwachsen sind, keine Stadt, kein Dorf, nichts Ländliches, wahllos ausgesäte Häuser – Einfamilienhäuser, sozialer Wohnungsbau, Wohnblocks aus den sechziger und siebziger Jahren, renovierte Bauernhäuser mit Balkonen wie Geschwüre, umgebaute Ställe für die Söhne und deren Familien, Vorgärten, Hintergärten, Jägerzäune wie Marteranlagen, geschmiedete Plastiktüren, ewig Kupfer, ewig Messing, ewig Grünspan. Alles ewig wie die Blautannen, die Krüppelfichten, jahreszeitenlos. Am Boden neben den Bäumen Steckdosen für die Weihnachtsbeleuchtung. Die Hölle sind die Schlampigen, und darum sind sie sterblich, weil sie meinen, es rentiert sich nicht, einen Balkon zu bestellen, der noch im Jahr dreitausend keine neue Beize nötig hat. Dazwischen ambitionierte *Objekte* von jungen Architekten, *verdichtete Bauweise* genannt, gepriesen als *neuer Weg* – oder, wie Edwin Tiefentaler sagt: ›Vereinigend die Tradition mit moderner Kühnheit.‹ Er hat sich vor einigen Jahren ein *radikales Öko-Haus* bauen lassen. Von einem amerikanischen Architekten. Einen Öko-Palast.

›Ein bewohnbarer Sonnenkollektor‹, nennt es Edwin Tiefentaler – grinsend, bereit, diesen Ausdruck sofort zurückzunehmen oder wenigstens zu verkleinern, falls sich herausstellt, daß da einer ist, der von der Sache mehr versteht als er und sein amerikanischer Baumeister zusammen. Das Haus hat ein gewaltiges Dach nach Süden hin, die Fassade darunter in Höhe und Breite verglast. – Er erklärte mir das Prinzip: Das Dach sei aus Blech, sagte er, aus schwarzem, selektiv beschichtetem Blech. Darüber, in einem Abstand von etwa fünf Zentimetern, liege Glas. Die Luft dazwischen werde von der Sonne erwärmt, an warmen Tagen bis zu achtzig Grad. Sie steige auf, werde oben auf dem Giebel mit Hilfe eines Ventilators in den mit Schotter gefüllten Ziegelkern des Hauses gedrückt, der erwärme sich, die abgekühlte Luft streiche unter dem Fußboden entlang und in der Wand hinauf und wieder ins Dach, und damit sei der Kreislauf geschlossen. – Dieser Ziegelkern – *die Seele des Hauses* – diene auch als Speichermasse für die durch die Glasfront einfallende Sonnenwärme, außerdem winden

sich durch seine Schotterfüllung Kupferrohre, in denen Wasser vorgewärmt werde, unter günstigen Bedingungen bis auf vierzig Grad.
›Da kannst du mit ruhigem Gewissen zweimal am Tag baden.‹
Als Zusatzheizung für nebelige, kalte Wintertage habe er einen Elektroofen, der durch billigen Nachtstrom aufgeheizt werde. Das sei alles. Die Energieersparnis sei enorm, das Haus habe zwar eine Menge gekostet, aber erstens gebe es irgendwann in der Zukunft einen Punkt, ab dem es sich amortisiere, und zweitens sei er gerne bereit, für eine gute Sache auch gutes Geld hinzulegen. Gutes Geld hat Edwin Tiefentaler.

Außerdem: ist in das Haus eine Kompostiertoilette eingebaut – *moderne Kühnheit* –, eine durchlüftete Polyäthylenwanne unter dem Haus, in die der Kot geradewegs hinunterfällt – diesbezüglich an *heimische Tradition anschließend* –, aber nicht nur der Kot, sondern auch sämtliche Küchenabfälle, alles, was organisch ist – um nach zwei bis drei Jahren als kostbare Gartenerde gehoben zu werden.

Außerdem: wird das Abwasser aus Badewanne, Spülmaschine und Waschmaschine nicht der allgemeinen Kanalisation zugeführt, sondern in einen an der Grenzlinie des Grundstücks verlaufenden, künstlich angelegten, zum Teil mit Glas überdachten, Schilfsumpf geleitet, an den, was die Reinigung des Wassers betreffe, *kein Chemiewerk heranreiche* – Zitat Edwin Tiefentaler.

Dieser Schilfsumpf auf der einen Seite des Grundstücks hat seine Entsprechung in einem langgezogenen, schmalen Weiher auf der anderen Seite. Dieses kleine Binnenfeuchtgebiet, wie es Edwin Tiefentaler nennt, zieht Tiere aller Art an – Kröten, Lurche, Libellen, Käfer, Blindschleichen – ein Entenpaar habe er eingesetzt, eine Igelfamilie habe sich von selbst unter den Büschen niedergelassen – beide übrigens, Enten und Igel *Garanten dafür, daß unser Garten im Sommer schneckenfrei ist.* – Zitat Edwin Tiefentaler. – Beide – Igel und Enten – gibt's nicht mehr.

›Vorläufig nicht mehr!‹ Plotpoint eins der Geschichte.

Edwin Tiefentaler ist ein Kämpfer. Seine Verlegenheit und sein Haken im Genick halten lange vor. Aber dann, wenn sie nicht mehr ausreichen, dann strafft sich der Nacken, die Mundwinkel werden taub, und in dem kleinen Kopf puzzelt sich ein Plan zusammen, und sein Auftraggeber heißt Rache. Das die Geschichte, die mir Edwin Tiefentaler erzählt hat: So sehr sein Haus in der Gemeinde und auch in der weiteren Umgebung bewundert wurde und immer noch wird – am Anfang seien ganze Busse voll mit Neugierigen und Interessierten vorgefahren – den Nachbarn links und rechts davon gefiel und gefällt es nicht. Von dem einen muß man in der Vergangenheitsform sprechen, vom anderen vorläufig noch in der Gegenwart. ›Vorläufig noch!‹.

Besonderen Ärger erregten Schilfsumpf und Schilfweiher. Und: *Der durch konsequentes Nichtmähen des Rasens verursachte Samenflug*, wie es in einem Brief an den Bürgermeister hieß. Unterschrieben von rechts und von links. – Edwin Tiefentaler hat mir eine Kopie dieses Briefes gezeigt. Es sei einer von insgesamt drei Briefen, die geschrieben worden sind. ›Ich habe mir das alles lange angeschaut und lange angehört‹, sagte er, ›aber irgendwann war Schluß!‹ Edwin Tiefentaler ist ein Kämpfer.

Die Nachbarn links, jene, deren Grundstück an den Schilfsumpf, an die *biologische Wasserreinigungsanlage* grenzt, begannen ihren Unmut dadurch kundzutun, daß sie ihre Gartenabfälle – Laub, gemähtes Gras, verdorrtes Gemüsekraut – über den Zaun auf das Glasdach beim Schilfsumpf schmissen. ›In der Nacht, nicht vor zwei Uhr, denn bis eins bin ich jeden Tag wach.‹

Edwin Tiefentaler stellte sie zur Rede, sie wichen ihm aus, bestritten, daß sie das getan hatten, gaben es dann aber doch indirekt zu, indem sie lamentierten, es sei schließlich nur etwas zurückgegeben worden, denn seit sich dieser Sumpf hier ausbreite, würden die Bäume früher als sonst ihre Blätter abwerfen, würde das Gras anders wachsen, würde das Gemüse vergiftet.

Edwin Tiefentaler blieb freundlich, er habe, sagte er zu mir, durchaus Verständnis gehabt für die Verunsicherung seiner Nachbarn, schließlich sei sein Haus das erste dieser Art in weiter Umgebung gewesen; gebaut, lange bevor im Fernsehen über ähnliche Objekte berichtet worden sei.

Seine Frau übrigens habe ihm von allen Anfang an geraten, einen Rechtsanwalt einzuschalten und eine Wachgesellschaft zu beauftragen, das Haus eine Zeitlang in der Nacht zu beobachten, um einen Beweis in die Hand zu kriegen. Er habe das abgelehnt. Ein Prozeß sei schnell geführt, sei vielleicht schnell gewonnen, habe er ihr gegenüber argumentiert, aber was dann ... Man müsse dann ja trotzdem jahrelang, jahrzehntelang mit diesen Nachbarn zusammenleben. ›Ich habe statt dessen ein Fest veranstaltet‹, sagte er. ›Ich habe alle Nachbarn eingeladen, den Bürgermeister, die Vertreter der beiden Parteien, einen Vertreter des Obst- und Gartenbauvereins, den Pfarrer, einige Kunden. Der Architekt war da. Ich habe sogar extra einen Dolmetscher gemietet, weil ich ja nicht davon ausgehen konnte, daß alle Englisch sprechen. Das Essen habe ich vom besten Restaurant bringen lassen ...‹ Edwin Tiefentaler ist ein reicher Mann. Und durchaus nicht geizig.

Dieses Fest muß, zumindest in seinem ersten Teil, so eine Art lukullischer Volkshochschulabend gewesen sein. Begonnen habe es mit dem Vortrag eines Hochschulprofessors für Bodenkultur. Der habe den Garten und das Haus – unter besonderer Berücksichtigung der Kompostiertoilette – sozusagen wissenschaftlich untermauert. Lichtbilder, Bodenproben in Reagenzgläsern, die herumgereicht und benickt wurden, eindrucksvolle Statistiken, schauerliche Zukunftsvisionen und zuletzt Appelle an Hausverstand und religiöses Empfinden, Verantwortung gegenüber der Schöpfung und so ...

Dann habe der Architekt sein Konzept vorgetragen – in Form einer Führung durch das Haus und den Garten. Das sei dann bereits zu einem Ärgernis ausgeartet. Die Nachbarn – und nicht nur sie – hätten dumme Bemerkungen gemacht, dumme Bemerkungen mit freundlichem Gesicht dazu, der Dolmetscher habe alles verstanden und sich schließlich geweigert, weiter seine Arbeit zu tun. Überallhin hätten die Nachbarn mit ihren Wurstfingern gegriffen, zum Beispiel an den Kachelofen, der aus einem extra importierten, teuren, Feuchtigkeit aufnehmenden und bei Bedarf wieder abgebenden Stein gebaut sei, man könne noch heute die Fingerabdrücke sehen. Edwin Tiefentaler zeigte sie mir. – Jawohl, ich war Zeuge: hellbraune Indizien einer schlechten Gesinnung. Jedenfalls, das Fest habe mit einer Sauferei geendet, er, Edwin Tiefentaler, habe den Eindruck gehabt, und er habe diesen Eindruck heute noch, die Nachbarn hätten nicht aus einer guten Stimmung heraus alle Flaschen Champagner, polnischen Wodka, irischen Whiskey, französischen Cognac und kalifornischen Weißwein geleert, sondern mit der böswilligen Absicht, ihn zu schädigen, wo es nur gehe – der Most, das Bier und der selbstgebrannte Bauernschnaps seien *tutti quanti* übriggeblieben. Das habe ihn stutzig gemacht, wisse er doch, daß diese Leute selbst nie Champagner, polnischen Wodka, irischen Whiskey, französischen Cognac und kalifornischen Weißwein kaufen ... – Gut, da seien nicht nur die Nachbarn links und rechts daran beteiligt gewesen; aber sie hätten doch die bösesten Sprüche geführt. Genützt habe das Fest gar nichts. Im Gegenteil. Lügen seien verbreitet worden. Beispiel: Das Haus sei aus Steuerhinterziehung finanziert worden. – Ein Bekannter, der beim Finanzamt arbeite, habe Edwin Tiefentaler auf diese Gerüchte aufmerksam gemacht. Wer denn so etwas behaupte, habe er nachgefragt. Es sei eben so ein Gerücht, hieß es ... – Gut, das sei noch die lächerlichste aller Anschuldigungen gewesen. Darauf habe er mit Gelassenheit reagiert.

›Ist ja auch ein Indiz für die Blödheit dieser Herrschaften, einem Steuerberater Steuerhinterziehung vorzuwerfen! Kannst dir ja vorstellen, wenn das unsereiner macht, dann kommt ihm nie einer drauf!‹ – Zitat Edwin Tiefentaler.

Schlimmer sei das Gerücht gewesen, er habe ein Verhältnis mit dem Dienstmädchen. Einmal sei ein anonymer Brief im Briefkasten gelegen. Er habe mit seiner Frau und auch mit dem Dienstmädchen darüber gesprochen. Seine Frau sei empört gewesen, das Dienstmädchen habe nur gelacht. Die Sache sei ja auch wirklich lächerlich gewesen. Aus der Handschrift zu schließen, habe ein Kind diesen Brief geschrieben; also einerseits eine harmlose Sache. Andererseits aber doch nicht harmlos. ›Kinder greifen so etwas nicht aus der Luft. Die trauen sich lediglich, wozu ihre Eltern zu feige sind.‹

Der Nachbar zur Linken habe zwei Mädchen im Volksschulalter. Gut, er, Edwin Tiefentaler, habe keinen Beweis in der Hand gehabt. – Aber immerhin: Früher hatten die Mädchen auf der Straße gegrüßt, seit dem Fest nicht mehr ... – Aber gut, ein Beweis sei das noch lange nicht.

›Aber den Zorn schürt's trotzdem ...‹

Bald hätten auch die Nachbarn auf der rechten Seite, die Familie Fußer, dem Vorbild der anderen folgend, begonnen, ihren Unrat über den Zaun zu schmeißen, nämlich in den Schilfteich, in den Weiher, in das *Binnenfeuchtgebiet*. Der alte Herr Fußer habe das sogar frech zugegeben, habe gesagt, Edwin Tiefentaler solle ihn doch anzeigen. – Das habe er nicht gemacht, vertrauend auf die menschliche Vernunft und die beruhigende Macht der Gewohnheit. Geduld, habe er sich gedacht, Geduld ...

Weiters: sei es zu unbefugtem Schneiden der Hecke vor dem Haus gekommen. An einem Sonntag, an dem Edwin Tiefentaler mit Frau und Kindern einen Ausflug gemacht hatte. – Weiters: wurden zweimal hintereinander die Scheiben des Glashauses über dem Schilfsumpf eingeschlagen. Natürlich hätte der Nachbar von der Sache keine Ahnung gehabt. – Weiters: wurde Edwin Tiefentalers Frau am Tag, während er selbst im Büro war, von anonymen Anrufen schikaniert. Ununterbrochen habe das Telephon geklingelt, es sei nichts geredet worden am anderen Ende der Leitung. ›Aber das macht einen trotzdem fertig!‹ Weiters: sei es einmal, und zwar aus heiterem Himmel, zu einer höchst unguten Szene auf der Straße gekommen. Edwin Tiefentaler am Arm seiner Schwiegermutter will soeben sein Haus betreten, da stürzt der Nachbar zur Rechten, eben der Herr Fußer, daher, seine Frau hinterdrein, beide schreien ihn an, was für ein charakterloser Mensch er sei und so weiter, ohne auch nur eine Andeutung zu machen, warum er denn ein charakterloser Mensch sei, was er denn Charakterloses gemacht habe. Sie hätten geflucht und Ausdrücke gebraucht, vor allem der Herr Fußer, deretwegen sich Edwin Tiefentaler vor seiner *lieben, wirklich lieben Schwiegermutter* geschämt habe. Er sei zwar mit keinem Wort auf diese Ausfälle eingegangen, aber er habe am ganzen Körper gezittert. ›Kannst du dir ja vorstellen!‹

Auf die vielen Winzigkeiten, Sticheleien, Provokationen und was noch alles, was im Laufe von fast drei Jahren dann noch dazugekommen sei, wolle er vor mir gar nicht weiter eingehen. ›Ich sage nur soviel: Diese kleinen, permanenten Gemeinheiten waren beinahe noch schlimmer als die spektakulären Aktionen. Gegen die kann man sich ja irgendwie wehren. Bei den kleinen Dingen macht man sich lächerlich, wenn man etwas sagt.‹

Während mir Edwin Tiefentaler all das erzählte, saßen wir in seinem Arbeitszimmer oben unter dem Dach, einem winzigen Raum, in dem ein runder Tisch und zwei bequeme Ledersessel standen. Und während er erzählte, begleitete ein feines Lächeln seine Worte, dieses feine Lächeln, das ich vom Heim her kannte, das niemals Vergnügen signalisierte, sondern Unsicherheit, verletztes Selbstbewußtsein, Angst, blamiert zu werden.

›Meine Frau hat sogar ernsthaft vorgeschlagen, das Haus zu verkaufen und wegzuziehen‹, sagte er, ›am besten gleich in ein anderes Land. Es ist nicht nur diese Gemeinde, meinte sie, es sind nicht nur diese Nachbarn links und rechts. Sie war der Meinung, es liege am Land. Und ich muß ehrlich zugeben, ich habe ihr zwar immer widersprochen, aber ich habe selbst schon ernsthafte Pläne geschmiedet. Es hätte sich eine Möglichkeit ergeben, in Kalifornien etwas aufzubauen ... Es hätte mir leid getan, weil ich ja an diesem Land hänge, aber ich habe es mir tatsächlich im stillen überlegt. Ich war knapp daran, zu resignieren, das Handtuch zu werfen.‹

Aber er habe in dieser Zeit auch Freunde gewonnen, wertvolle Freunde. Zum Beispiel den Mann seiner ersten Frau, einen Computerfachmann, der sich übrigens zur Zeit überlege, ob er nicht ein ähnliches Haus bauen solle; auch den Biologielehrer seiner Tochter aus erster Ehe. Der mache mit seinen Schulklassen Exkursionen zu seinem, Edwin Tiefentalers, Haus. Die beiden – Computerfachmann und Biologielehrer – seien seine engsten Vertrauten und Verbündeten, ihr Vorschlag sei es schließlich auch gewesen, in die Gemeindepolitik einzugreifen, eine Bürgerliste zu gründen – *grün, aber dennoch gut bürgerlich.*

Im Laufe der Zeit seien ihm, Edwin Tiefentaler, immer häufiger Sympathiebezeugungen von immer mehr Bürgern zuteil geworden. Besonders seit er sich in der Gemeindepolitik zu engagieren begonnen habe. ›Wir sind inzwischen ein nicht mehr wegzudiskutierender Faktor der Gemeindepolitik‹, sagte er.

Schließlich seien auch die kleinen Boshaftigkeiten allmählich versickert, und er habe geglaubt, die Sache sei ausgestanden, die Nachbarn hätten das Haus akzeptiert. ›An meinem Zorn hat das allerdings nichts geändert‹, sagte er zu mir. ›Ich bin ein Mensch, der nichts vergißt. Und dieser Zorn war so sehr gemästet worden, daß nicht mehr viel nötig war, um ihn zum Platzen zu bringen.‹ Und dann ist etwas äußerst Bösartiges passiert: Jemand hat die Enten und die Igel vergiftet. Diesmal hörte Edwin Tiefentaler auf seine Frau. Er erstattete

Anzeige. Korrekt, ohne jede unbegründbare Verdächtigung: Anzeige gegen Unbekannt. – Obwohl er natürlich keinen Zweifel daran gehabt habe, daß es die Fußers waren, deren Grundstück an den Weiher grenzte. Aber bitte, niemand sollte ihm Unkorrektheit vorwerfen können. Man sei aber der Sache nicht nachgegangen, auch nach mehrmaligem Drängen seinerseits nicht. ›Die Polizei ist mit dem Bürgermeister verbandelt, und der Bürgermeister ist unser Feind, weil ihn unsere Bürgerliste mit unangenehmen Fragen oft genug in arge Bedrängnis gebracht hat ...‹

Es handle sich schließlich um Enten und Igel, sei auf dem Polizeiposten gesagt worden, Enten und Igel, also nichts Ernsthaftes, und wer könne denn ausschließen, sei weiter gesagt worden, daß diese Enten und Igel nicht an den Abwässern krepiert seien, die, wie ja allgemein in der Gemeinde bekannt, bei diesem Haus nicht wie bei allen anderen in die Kanalisation abgeführt würden, sondern in einen Teich ohne Abfluß.

Da nützte es nicht viel, daß Edwin Tiefentaler nun auch den Polizisten erklärte, was es mit den beiden Schilfflächen hinter seinem Haus auf sich habe, daß die eine ein Sickersumpf für die Abwässer, die andere jedoch ein Feuchtgebiet sei, ein künstlicher Tümpel, ein Teich, in den nicht eine Kaffeetasse voll Abwasser geleitet werde. – Die Polizisten lächelten, lächelten freundlich – hätten sicher rotzfrech gegrinst, wäre Edwin Tiefentaler ein Mann mittleren Einkommens gewesen. Aber Edwin Tiefentaler ist ein reicher Mann. Sein Geld, gerecht auf unsere ehemalige Klasse aufgeteilt, und wir würden jeder im Sommer mit drei Pelzmänteln ins Schwimmbad gehen. ›Es gibt sicher Besseres, als wenn man sich mit Geld gegen Bösartigkeiten zur Wehr setzt‹, sagte er. ›Aber man muß nehmen was man hat. Und Geld habe ich.‹

Seine Steuerberaterkanzlei gehört zu den ersten Adressen des Landes, bald werde er auch noch Wirtschaftsprüfer sein, die Einnahmen aus diesen Unternehmen machen jedoch – nach seinen eigenen Angaben – *nur ein winzig kleines Vier-*

tele seines Vermögens aus, oder – wie er es auch ausdrückte – *erst den Vornamen.*

Die Masse kommt von der Frau und der Schwiegermutter. Es handelt sich dabei um einen Familienkonzern. Alles mögliche, bekannt sind die Strümpfe und Unterhemden und Strumpfhosen. Das ist hierzulande eine bekannte Marke. – Als Edwin Tiefentalers Schwiegervater gestorben war, haben Witwe und Tochter das gesamte Vermögen geerbt. Die Mutter hat alles ihrer Tochter vermacht. Geschenkt. Schon zu Lebzeiten. Sie bekommt eine saftige Leibrente ausbezahlt. Edwin Tiefentalers Frau – ihren Namen hat er nie genannt – ist also die zentrale Figur des Unternehmens, und sie interessiert sich überhaupt nicht dafür. Sie bewundert den Geschäftssinn ihres Mannes. Sie verläßt sich ganz auf sein Urteil. Seine Entscheidung gilt. Meist vertritt er sie im Vorstand. Unterschreiben muß sie, aber sie tut es nur nach seinem Ratschlag. – Was sollte sie sich auch um die Kohle kümmern! Stimmt eh immer. – Ich habe sie nur kurz gesehen. Sie saß im *Medienraum* vor dem Videorecorder. Eine sehr blonde, große Frau mit einem Lutscher im Mund. Wie gings weiter ... Edwin Tiefentaler besuchte seine Nachbarn. – Die rechten, die neben dem Schilfweiher. Das Ehepaar Fußer. Beide um die Sechzig. Beide silberweiße Haare, vom selben Friseur behandelt, beide braune Ledergesichter vom sonntäglichen Gehen in den Bergen. Besondere Merkmale: Kopf himmelwärts, Stirnfalten wie mit dem Beil geschlagen, vom krampfhaften Nachdenken über Bosheiten. Ich sage das so. Edwin Tiefentaler hat es ähnlich gesagt.

Sie wohnten in einem Einfamilienhäuschen, erbaut in den fünfziger Jahren, neunhundert Quadratmeter Grund in etwa, ein kleines Häuschen, *grauenhaft schmuck* – Zitat Edwin Tiefentaler.

Er besuchte sie am Abend, band sich extra eine Krawatte um, hatte ein Flasche Burgunder im Hinterhalt. ›Ich habe keinen Streit gesucht‹, sagte er zu mir. ›Im Gegenteil. Ich wollte eine Aussprache, ich hatte mir vorgenommen, sehr sachlich aufzutreten, ich wollte sie bitten, mir ihre Einwände gegen mein Haus und gegen meine Person vorzutragen, habe mir fest vorgenommen, kompromißbereit zu sein. Habe sogar daran gedacht, ihnen entgegenzukommen, wenn es nicht anders ginge, also den Weiher wieder zuzuschütten.‹

Und er fuhr fort: ›Ich bin nicht besonders mutig in solchen Sachen, ich hatte Herzklopfen. Alles in mir sträubte sich gegen diesen Besuch, nur ein letzter Funke Vernunft war noch da. Ich hoffte, der würde ausreichen. Als ich unter dem Vordach stand, den Daumen am Klingelknopf, wurde mir übel. Mir wurde übel wegen dieser Haustür aus Kunststoff, die wie Kupfer aussah, wegen dem Blumentopf, der an drei Ketten vom Vordach herunterhing, und mir wurde übel, als ich den Klingelknopf drückte und das vierstimmige Ding-Dong hörte. Diese Geschmacklosigkeit machte mich rasend ...‹

Der Sohn des Ehepaares Fußer öffnete. Der junge Fußer. – Er spielt in der weiteren Geschichte eine zentrale Rolle. – Damals war er fünfundzwanzig Jahre alt, frisch verheiratet, er baute irgendwo draußen bei den Äckern ein Haus. Das alles brachte Edwin Tiefentaler später in Erfahrung. Er kannte den jungen Mann nicht, aber er kam ihm bekannt vor. Nur wußte er in dem Augenblick, als er ihm die Tür öffnete, nicht, wohin er ihn tun sollte. ›Mein Name ist Edwin Tiefentaler‹, sagte er, ›ich bin ein Nachbar, ich möchte gern mit Herrn Fußer sprechen.‹

Der junge Fußer zeigte seine Stockzähne – ich erzähle jetzt alles einfach so, wie es Edwin Tiefentaler mir erzählt hat –, er zeigte seine Stockzähne und sagte: ›Welcher Nachbar? Der von der Bretterbude?‹ Edwin Tiefentalers Haus hat eine Fassade aus ungehobelten Fichtenbrettern ...

›Ja‹, sagte Edwin Tiefentaler, ›der Nachbar, der in dem Holzhaus wohnt ...‹

›Ein Holzhaus ist das‹, sagte der junge Mann. ›So, ein Holzhaus ...‹

›Dürfte ich bitte eintreten‹, sagte Edwin Tiefentaler. ›Ich möchte gern mit Herrn Fußer sprechen.‹

›Ein Herr Fußer bin ich auch‹, sagte der junge Mann. ›Und ob sie mit meinem Vater sprechen dürfen, muß ich ihn erst fragen.‹

›Bitte, tun sie das‹, sagte Edwin Tiefentaler.

Da erschien der alte Fußer oben beim Treppenabsatz und fragte: ›Was will er?‹

›Er hätte mich ja auch fragen können: *Was wollen Sie?*‹, sagte Edwin Tiefentaler zu mir. ›Er stand ja keine drei Schritte von mir entfernt. Es war eine Unverschämtheit von ihm, mich zu behandeln, als wäre ich Luft.‹

›Ich möchte mit Ihnen sprechen‹, sagte Edwin Tiefentaler zum alten Herrn Fußer. ›Ich bitte Sie, mir eine halbe Stunde Zeit zu widmen. Ich glaube, es gibt einiges zu bereden.‹

›Dann reden Sie doch‹, sagte der alte Fußer.

›Darf ich hereinkommen‹, fragte Edwin Tiefentaler.

Der alte Fußer nickte kurz und sagte zu seinem Sohn: ›Mach die Tür hinter ihm zu!‹ Aber er bat Edwin Tiefentaler nicht herauf in die Wohnung. ›Was wir beide zu bereden haben‹, sagte er und pflanzte sich vor ihm auf, ›das können wir auch hier bereden.‹

Edwin Tiefentalers Vorsätze verflogen. Die Weinflasche in seiner Hand kam ihm lächerlich vor, wie das Eingeständnis einer Schuld. Als wäre er gekommen, um Abbitte zu leisten. Er sagte dem alten Fußer auf den Kopf zu, er verdächtige ihn, die Enten und die Igel vergiftet zu haben. ›Ich werde mir das nicht gefallen lassen‹, rief er.

Der alte Fußer habe nur gegrinst, kein Wort gesagt, nur gegrinst.

›Geben Sie wenigstens zu, daß Sie es getan haben!‹

Der alte Fußer habe wieder nichts gesagt, habe unverfroren weitergegrinst, er habe es weder zugegeben noch abgestritten.

›Ich werde Maßnahmen ergreifen!‹ rief Edwin Tiefentaler. Was für Maßnahmen das sein sollten, hatte er sich allerdings nicht zurechtgelegt. Dennoch wiederholte er dieses Wort: ›Wenn Sie nicht endlich Vernunft annehmen, bin ich gezwungen, Maßnahmen zu ergreifen!‹

Da lachte der alte Fußer laut heraus: ›Was für Maßnahmen willst du denn ergreifen, ha!‹

Edwin Tiefentaler stellte die Weinflasche neben sich auf den PVC-Boden, steckte seine Hände in die Hosentaschen. Die beiden – Vater und Sohn- sollten nicht sehen, wie seine Hände zitterten.

›Ich war immerhin ein Mann von 37 Jahren‹, sagte er zu mir. ›Ich hatte aus eigener Kraft eine erstklassige Kanzlei aufgebaut. Es war eine unglaubliche Demütigung, daß mich ein 60jähriger Schreinergeselle so mir nichts dir nichts duzte!‹

Edwin Tiefentaler tat etwas, was er noch heute bereut – *Das einzige bei der ganzen Angelegenheit, das ich nicht hätte tun sollen* – er brüllte: ›Ich möchte keinen Krieg! Ich möchte keinen Krieg!‹

Da packte ihn der Sohn des Nachbarn, der junge Fußer, am Arm und drängte ihn zur Tür. ›Schau, daß du verschwindest‹, sagte er, ›sonst garantiere ich für nichts!‹

Daß ihn nun auch ein fünfundzwanzigjähriger Schnösel duzte, ein Babygesicht, das noch nicht einmal seine letzten Pickel ausgedrückt hatte, das nahm Edwin Tiefentaler die Luft weg. Ihm wurde einen Augenblick lang schwarz vor den Augen, er mußte sich am Treppengeländer festhalten. Aber selbst in dieser Situation behielt er letztendlich seine *angeborene Vornehmheit* bei. – Zitat. So könne man nicht verhandeln, sagte er, so werde nur ein unerträglicher Zustand geschaffen, schließlich müsse man in Zukunft nebeneinander leben.

›Ich weiß eine gute Lösung‹, sagte da der Sohn, der junge Fußer. ›Zieh aus! Hau ab! Pack deine Frau und dein Scheißhaus ein und schau, daß du wegkommst!‹

›Und da war dann Schluß!‹ sagte Edwin Tiefentaler zu mir. ›Aus! Fertig! Ich habe mich selbst nicht mehr gekannt!‹ Ja, da ist dem Edwin Tiefentaler der Kragen geplatzt. Sein Nacken hat sich gestrafft, das ewige Grinsen hat sich verduftet. Edwin Tiefentaler sah sich diesen jungen Mann genau an, und es fiel ihm ein, woher er ihn kannte. – Dieser junge Mann arbeitete in einer der beiden Bankfilialen in der Gemeinde. ›Gut‹, sagte Edwin Tiefentaler, ›ich werde mir die Sache überlegen.‹ Er mußte es sich noch gefallen lassen, daß er zur Tür hinausgeschoben wurde. Drinnen hörte er Vater und Sohn lachen. Er wankte zur Garage, setzte sich in seinen Wagen. ›Mir sind die Tränen heruntergelaufen. Ich habe nur gehofft, daß nicht zufällig meine Frau kommt und mich so sieht ...‹ Er fuhr in sein Büro und blieb über Nacht dort. Er rief zu Hause an, sagte, er habe viel zu arbeiten, er werde im Büro auf dem Sofa schlafen. Er dachte nach, verbrauchte einen ganzen Block mit Konzeptpapier, kritzelte aber nur unsinniges Zeug darauf.

Am nächsten Tag fuhr er gleich als erstes zu der Bank, in der der junge Fußer arbeitete. ›Ich möchte bitte den Herrn Fußer sprechen‹, sagte er zu der Dame am Schalter. Der junge Mann war verdutzt, als er Edwin Tiefentaler sah. Aber Edwin Tiefentaler erwähnte den Vorfall vom Vorabend nicht. ›Ich möchte, daß Sie mich zu ihrem Direktor begleiten‹, sagte er lächelnd.

Der junge Mann wurde weiß im Gesicht, er schluckte dreimal, ehe er etwas sagen konnte. ›Wieso denn‹, flüsterte er. Edwin Tiefentaler genoß die Situation. ›Es gibt einiges zu besprechen‹, sagte er, immer noch freundlich lächelnd.

›Ich geh nicht mit‹, flüsterte der junge Mann. ›Und alles, was Sie sagen, ich streite es ab.‹

›Gut‹, sagte Edwin Tiefentaler, ›dann führen Sie mich wenigstens zu seinem Büro.‹

›Das tu ich auch nicht‹, sagte der junge Mann und wiederholte noch einmal: ›Ich streite alles ab, ich streite alles ab ...‹ Edwin Tiefentaler verneigte sich leicht vor ihm und begab sich allein zum Büro des Direktors. Ohne anzuklopfen trat er ein. Schließlich hatte er ein Angebot zu machen – ein Angebot, das, *wäre es dem Direktor vorher bekannt gewesen, ihn veranlaßt hätte, einen roten Teppich auszurollen*. Ohne daß er aufgefordert worden wäre, setzte er sich dem Direktor gegenüber und begann: ›Sehen Sie‹, sagte er, ›ich bin vor drei Jahren mit meiner Frau in diese Gemeinde gezogen, wir haben den Ort liebgewonnen und wollen dies auch zum Ausdruck bringen. Ich habe nach Rücksprache mit meiner Frau und meiner Schwiegermutter beschlossen, daß der Konzern, dessen Aktienkapital sich in der Hand unserer Familie befindet, eine Geschäftsverbindung zu einer hiesigen Bank aufbaut, und zwar in einem wesentlichen Umfang. Unsere Entscheidung fiel zugunsten Ihres Institutes aus. So wollen wir Ihrer Bank zum einen Teil das Familienvermögen anvertrauen, es handelt sich dabei um Wertpapiere und sonstige Vermögenswerte fürs Bankdepot, zum anderen wünschen wir, daß ein beträchtlicher Teil des Geschäftsverkehrs des Unternehmens über ihre Bank abgewickelt wird.‹ – Und so weiter und so fort …

Der Direktor sei in seinen Sessel gesunken, der Unterkiefer sei ihm heruntergeklappt, eine Weile habe er keinen Laut von sich gegeben, habe ein paarmal vergeblich angesetzt, aber herausgekommen sei nur ein leises Kreischen – er wußte schließlich, um welchen Konzern es sich handelte. Ich glaube, hier übertreibt Edwin Tiefentaler.

›Was war denn so Besonderes daran‹, fragte ich ihn.

Er lächelte, schloß die Augen bei hochgezogenen Brauen und sagte: ›Ja, gut … es handelt sich dabei immerhin um Umsätze in Milliardenhöhe. Von so einem Kunden hätte der Direktor nicht einmal zu träumen gewagt.‹ Jedenfalls habe der Direktor – nach eineinhalb Stunden Gespräch – über die Gegensprechanlage bei einem seiner Angestellten eine Flasche Champagner bestellt – was den Angestellten am anderen Ende der Leitung wohl einigermaßen in Verlegenheit gebracht haben muß, denn der Direktor schrie nach einer Weile in den Hörer: ›Dann gehen Sie und besorgen Sie eine!‹

›Im ganzen Dorf gibt es keinen Champagner‹, sagte Edwin Tiefentaler zu mir und mußte dabei so sehr lachen, daß sich seine Stimme überschlug. War's eben Sekt.

Bevor der Direktor einschenkte, sagte Edwin Tiefentaler ganz nebenbei: ›Übrigens war eine Kleinigkeit ausschlaggebend, warum unsere Wahl auf Sie gefallen ist ...‹

›Nämlich‹, fragte der Direktor, sich zum hundertsten Mal verbeugend.

›Unser Nachbar‹, sagte Edwin Tiefentaler.

›Ihr Nachbar?‹

›Ja, sein Sohn arbeitet bei ihnen.‹

›Ah, ja‹, sagte der Direktor, ›der Herr Fußer.‹

›Ja, der Sohn von Herrn Fußer, sagte Edwin Tiefentaler.

›Sie kennen ihn‹, fragte der Direktor. ›Näher?‹

›Ja, freilich‹, rief Edwin Tiefentaler. ›Wir haben manchmal so über den Zaun hinweg über Geldangelegenheiten gesprochen. Er scheint mir sehr clever und auch ehrgeizig zu sein. Ich könnte es mir als sehr kommod vorstellen, weil seine Eltern ja direkt neben uns wohnen und er oft auf Besuch bei ihnen ist, daß er sich im Laufe der Zeit zu so einer Art Anlageberater entwickelt in dieser Angelegenheit, zu so einer Art Betreuer.‹

Der Direktor habe ihm einen eigenartigen Blick zugeworfen, und er, Edwin Tiefentaler, sei einen Moment lang unsicher geworden, habe gebetet, daß er das obenhin Gesagte nicht näher begründen müßte. Aber der Direktor habe sich dann doch gehütet, seinem neuen Kunden – einem Traumkunden! – zu widersprechen.

Und Edwin Tiefentaler legte noch ein Scheit nach: ›Es würde mich freuen‹, sagte er, ›wenn Sie ihn hereinbitten und ihn gleich in Kenntnis setzen würden.‹ Es geschah. Der junge Fußer wurde gerufen. Mit schweißglänzendem Gesicht und zitterndem Kopf stand er in der Tür, und noch ehe er *alles abstreiten* konnte, wurde ihm ein Glas Sekt in die Hand gedrückt, und der Direktor schilderte ihm die Situation – von einem freundlich gönnerhaft lächelnden Edwin Tiefentaler immer wieder in seinen Worten bestätigt.

Am selben Abend sprach Edwin Tiefentaler mit seiner Frau

und seiner Schwiegermutter. ›Ich erklärte ihnen die Sache‹, sagte er zu mir, ›rechnete ihnen vor, daß die Transaktionen und der Wechsel zu einer anderen Bank im Grunde keinen finanziellen Nachteil für uns bringe. Was ich wirklich vorhatte, sagte ich ihnen damals noch nicht, sie hätten es nicht verstanden, hätten meinen Plan nicht nachvollziehen können; außerdem war ich mir ganz und gar nicht sicher, ob dieser Plan überhaupt funktionieren würde. Sie fragten mich natürlich, warum ich das überhaupt mache, und der Vorstand der Holdinggesellschaft fragte mich später dasselbe. Ich hatte mir eine Antwort zurechtgelegt. Es haben sich zwar alle darüber gewundert, aber schließlich haben sie es akzeptiert: Ich sagte, ich wollte politisch in der Gemeinde und in der Umgebung eingreifen, und da würde eine teilweise Konzentration von Kapital bei einer der hiesigen Banken von Vorteil sein. – Meine Frau und meine Schwiegermutter waren damit einverstanden, und das war schlußendlich ausschlaggebend. Die Einwände der anderen standen eigentlich gar nicht zur Debatte. Meine Frau und meine Schwiegermutter interessieren sich ja nicht fürs Geschäft. Wir haben an diesem Abend keine halbe Stunde darüber gesprochen.‹

In den folgenden Tagen war Edwin Tiefentaler öfter in der Bank, es gab viel zu besprechen, die Bank stellte zum Beispiel zwei neue Kräfte ein. Bei allen Verhandlungen, darauf bestand Edwin Tiefentaler, war der junge Herr Fußer anwesend. Er behandelte ihn freundlich, ohne freundschaftlich zu werden, berührte mit keinem Wort den Streit.

Der junge Fußer selbst war es, der das Gespräch schließlich darauf brachte. Es hatte über eine Woche gedauert, bis er so weit war. ›Ich möchte mich in aller Form bei Ihnen, Herr Magister, entschuldigen‹, sagte er. ›Ich kann mir mein Verhalten an jenem Abend nur dadurch erklären, daß ich zu viel getrunken hatte.‹

›Schon vergessen‹, sagte Edwin Tiefentaler, ›schon vergessen ...‹

Der junge Herr Fußer drückte ihm die Hand. ›Ich bitte Sie, dem Herrn Direktor gegenüber keine Bemerkung fallenzulassen. Ich habe bereits mit meinen Eltern gesprochen. Es sind konservative Menschen, sie müssen sich an das Neue eben erst gewöhnen.‹

›Aber selbstverständlich‹, sagte Edwin Tiefentaler. ›Aber selbstverständlich. Ich bitte Sie, Ihre Eltern schön von mir zu grüßen. Ich bin überzeugt, daß diese leidige Angelegenheit nun endgültig aus der Welt geschafft ist.‹

›Ich bin Ihnen sehr dankbar, Herr Magister‹, sagte der junge Herr Fußer. ›Sollte noch einmal etwas geschehen, so bitte ich Sie, sich sofort an mich zu wenden.‹

›Es wird sicher nicht nötig sein‹, sagte Edwin Tiefentaler. Von nun an änderte sich alles. Die Nachbarn grüßten wieder, das hatten sie seit Fertigstellung des Hauses nicht mehr getan. Nicht nur die rechten Nachbarn grüßten, die Fußers, auch die linken grüßten. Und Edwin Tiefentaler grüßte zurück. Einladungen wurden ausgesprochen; Edwin Tiefentaler dankte höflich, lehnte aber jedesmal ab.

An seinem Geburtstag brachte Frau Fußer eine Rübentorte. ›Darüber haben wir uns fast kaputtgelacht‹, sagte Edwin Tiefentaler zu mir. ›Der Mann meiner ersten Frau und der Biologielehrer und ich. Ich habe kein Stück von dem Kuchen gegessen, die anderen auch nicht. Der ist gleich ab in die Kompostiertoilette gewandert.‹

Edwin Tiefentaler wartete ein Jahr. ›So lange, bis sich alles konsolidiert hatte …‹ Den Nachbarn muß das alles sehr eigenartig vorgekommen sein. ›Sie haben mich halt für einen Spinner gehalten. Sie haben gedacht, ich hätte ein schlechtes Gewissen gehabt und hätte schließlich ein Einsehen gewonnen und hätte als eine Art von Sühne diese ganze Kapitalverschiebung vorgenommen. Sie deuteten es als eine Art der Abbitte, als eine Art von Entschuldigung. Und diese Entschuldigung nahmen sie gnädig an. Von nun an war ich für sie der Herr Magister.‹

Nach einem Jahr betrat Edwin Tiefentaler eines Tages die Bank, und diesmal ohne seine gewohnte freundliche Miene. ›Ich bitte, augenblicklich zum Direktor geführt zu werden‹, schnauzte er die Dame am Schalter an.

Zu mir sagte er: ›Da habe ich jahrelang einen solchen Zorn in mir gehabt, aber als ich dann an diesem Tag, auf den ich so lange gewartet hatte, im Schalterraum der Bank stand, mußte ich meine ohnehin geringen schauspielerischen Fähigkeiten bis zum letzten Rest ausschöpfen, um halbwegs den Eindruck eines empörten Mannes zu erwecken.‹

›Ich wünsche, daß Herr Fußer bei unserem Gespräch anwesend ist‹, befahl er dem Direktor. Der junge Herr Fußer wurde sofort geholt. Freundlich lächelnd hielt er Edwin Tiefentaler die Hand hin. Aber diesmal nahm sie Edwin Tiefentaler nicht. ›Ich werde sämtliche Geschäftsverbindungen mit dieser Bank rückgängig machen‹, sagte er. Er wartete gar nicht ab, bis sich der Direktor gefaßt hatte, er sprach gleich weiter: ›Sie müssen einsehen, daß unser Unternehmen nicht mit einer Bank zusammenarbeiten kann, deren Angestellte nicht einmal die einfachsten Voraussetzungen erfüllen.‹

›Was meinen Sie‹, stammelte der Direktor.

›Ich meine die Einhaltung des Bankgeheimnisses‹, sagte Edwin Tiefentaler und wandte sich an den jungen Herrn Fußer. ›Wie kommen Sie dazu, vor Ihren Eltern Details über unsere Geschäftsverbindungen mit Ihrer Bank auszuplaudern, wo Sie doch genau wissen, was für Tratschbasen die beiden Alten sind!‹

›Das müssen Sie erst beweisen‹, sagte der junge Herr Fußer leise. ›Diesen Vorwurf lasse ich nicht auf mir sitzen.‹

›Ich werde es bei gegebenem Anlaß beweisen‹, sagte Edwin Tiefentaler. ›Ich werde selbstverständlich Anzeige erstatten ...‹

›Der Direktor war fix und fertig‹, sagte Edwin Tiefentaler zu mir und mußte dabei herzlich lachen. ›Ich dachte, der kriegt mir einen Infarkt. Er hat mit den Händen gerungen, ich solle mir die Sache noch einmal überlegen, er schrie auf den jungen

Fußer ein, daß die Scheiben zitterten. Kannst dir vorstellen, der Direktor hat um seinen eigenen Posten gebangt. Der war ja nur ein kleines Würstchen, der Direktor einer winzigen Filiale. – Ich habe schließlich so getan als würde ich in meinem Entschluß wanken, sagte, ich wollte mir die Angelegenheit noch überlegen. Aber – aber nur unter einer Bedingung: Wenn diese Kreatur – das habe ich wörtlich gesagt – nur, wenn diese Kreatur sofort entlassen wird.‹

Und so geschah es. – Dem jungen Herrn Fußer wurde fristlos gekündigt. Und das hieß schlicht und einfach: Er war ruiniert. Als gelernter Bankkaufmann würde er, zumindest im Land, nie wieder bei einer Bank eine Stelle bekommen, und zwar, wie Edwin Tiefentaler sagte, ›ganz egal, wie ein Prozeß ausgegangen wäre. Und wenn hundertmal seine Schuld nicht hätte nachgewiesen werden können, niemals würde sich eine Bank finden, die ihn anstellt.‹

›Und was ist aus ihm geworden‹, fragte ich.

›Keine Ahnung‹, sagte er. ›Es wird wohl ziemlich schlecht ausgeschaut haben. Er hatte ja Schulden bis unters Dach, hat ein Haus gebaut, jung verheiratet … Irgendwie wird er es schon geschaukelt haben.‹

›Hat's denn gar nicht gestimmt‹, fragte ich.

›Daß er mit seinen Eltern über die Sache gesprochen hat?‹

›Daß er das Bankgeheimnis verletzt hat …‹

›Das kommt darauf an‹, sagte er lächelnd. ›Das kommt darauf an, wie eng oder wie weit man das faßt.‹

›Und du hast es sehr weit gefaßt, nehme ich an.‹

›Wie man's nimmt. Es spielt doch eigentlich keine Rolle. Er hat mit ihnen darüber gesprochen, das steht fest. Hätte er es nicht, wären sie auch weiter rotzfrech zu mir gewesen, dann hätte ich nie eine Rübentorte von seiner Mutter zum Geburtstag bekommen.‹

›Also war für dich die Tatsache, daß sie von da an freundlich zu dir waren, ein Beweis dafür, daß ihr Sohn das Bankgeheimnis gebrochen hatte?‹

›Kannst du so sagen, wenn du willst. – Vielleicht hat er die Geschäftsverbindung zu unserem Unternehmen in allen Details vor ihnen ausgebreitet, er wußte darüber ja besser Bescheid als jeder andere; vielleicht hat er aber auch nur zu ihnen gesagt, ich sei von nun an ein wichtiger Kunde der Bank, sie sollten sich mir gegenüber höflich verhalten. Es ist mir gleichgültig. Ich war sicher nie besonders phantasievoll, das wirst du vom Heim her noch wissen, und ich habe mir auf meine Phantasie nie etwas eingebildet. Ich hatte mir einen Plan zurechtgelegt in jener Nacht, als ich im Büro war, und dieser Plan ist aufgegangen. Kein Mensch kann mir vorwerfen, ich hätte überstürzt gehandelt. Ich habe mehr Geduld aufgebracht, als die meisten anderen aufbringen würden. Was mit dem jungen Herrn Fußer ist, weiß ich nicht. Und es interessiert mich auch nicht.‹

›Und was ist aus seinen Eltern geworden?‹

›Schau's dir an‹, sagte er.

Ich muß dazu sagen, ich bin am Abend bei Edwin Tiefentaler angekommen, ich hatte mir die Umgebung nicht näher angeschaut. Er hatte mir am Telephon beschrieben, wo er wohnte; die vielen beleuchteten Fensterflächen seines Hauses konnte man schon von weitem sehen, das Haus zu finden war nicht schwer. Auf die Nachbarhäuser hatte ich nicht geachtet. Ich war vielleicht hundert Meter an einer Hecke entlang gefahren, daran glaubte ich mich zu erinnern.

›Komm mit‹, sagte er, ›ich zeig dir, was weiter geschehen ist.‹ Ich folgte ihm durch das Haus hinunter in die Garage. Er holte aus dem Kofferraum seines Wagens eine große Stablampe. ›Zieh Gummistiefel an‹, sagte er. ›Kannst die von meiner Frau haben, die werden dir passen.‹ Wir traten in den Garten hinaus, stapften durch das hohe Gras. Der Lichtkegel der Lampe streifte über ein breites Schilfband vor uns. ›Das ist das Biotop‹, sagte Edwin Tiefentaler, ›der Schilfweiher. Ich habe ihn auf die doppelte Größe erweitern lassen.‹ Mitten durch das Schilf führte ein Steg. Er war glitschig, ich mußte aufpassen, daß ich mit den Gummistiefeln nicht ausrutschte. Sie waren mir sicher zwei Nummern zu groß. Auf der anderen Seite des Weihers breitete sich verdorrtes Gestrüpp aus, einige Bohnenstangen ragten empor, andere waren umgefallen oder abgebrochen.

›Das war der Gemüsegarten der Fußers‹, sagte Edwin Tiefentaler. ›Ich habe alles so gelassen, wie es war ...‹

›Wieso‹, fragte ich, ›sind wir auf ihrem Grund?‹

›Hinter dem Weiher begann, wie gesagt, ihr Grundstück ...‹

›Begann‹, fragte ich. ›Wohnen sie nicht mehr hier?‹

›Habe ich dir das nicht gesagt‹, fragte er. ›Sie sind schon vor über zwei Jahren ausgezogen.‹ Er schwenkte mit der Lampe nach links. ›Hier stand ihr Haus.‹

Stümpfe der Grundmauern standen noch. Ruinen. Efeu wuchs an den Mauern hinauf, junge Birken drängten sich nebeneinander. ›Ich hab's absichtlich ein bißchen romantisch herrichten lassen‹, sagte Edwin Tiefentaler.

Wir betraten das Gemäuer über eine Betontreppe, die vorher wohl die Kellertreppe gewesen war. Sie war mit vermodertem Laub bedeckt. Die ehemaligen Kellerwände standen noch, die Türstöcke zum Teil eingebrochen, aufgequollen von der Nässe, der Lack abgeblättert. Am Boden stand das Wasser.

›Ich betrete diesen Teil des Gartens eigentlich nie‹, sagte er. ›Ich schaue von außen zu, wie alles wächst und sich verändert. Ich betrachte diesen Teil als Reservat.‹

›Und wo sind die Fußers‹, fragte ich.

›Ach‹, sagte er, ›die haben sich eine Eigentumswohnung in der Stadt gekauft. Ist letztendlich für zwei alte Leute auch viel kommoder. Ein Haus und ein Garten machen viel Arbeit, jedenfalls dann, wenn man es so betreibt, wie die beiden es getan haben.‹

Als wir wieder in seiner Garage waren und uns die Stiefel mit dem Wasserschlauch abspritzten, fragte ich ihn – völlig überflüssigerweise: ›Das heißt, du hast ihnen Haus und Grundstück abgekauft?‹

›Ja‹, sagte er.

›Und das haben sie getan – nachdem du ihren Sohn ruiniert hast?‹

›Ruiniert hat er sich selbst‹, sagte er, und es war dieselbe hastige Art, in der er es sagte, diese hastige Art, die man sonst von Stotterern kennt, so hat er gesprochen, als er damals sein Ultimatum setzte, damals im Studiersaal, geschützt von drei Sechstkläßlern, die Kaugummi kauten und die Arme verschränkten, in derselben hastigen Art hatte Edwin Tiefentaler damals zu mir gesagt: ›Ich warte hier eine halbe Stunde lang, und dann holen wir ihn uns. Das kannst du den anderen mitteilen!‹

Jetzt sagte er: ›Ruiniert hat er sich selbst. Wenn es nach mir gegangen wäre, würden seine Eltern noch heute hier wohnen. Sie haben es sich selbst zuzuschreiben. Aber wer weiß, vielleicht fühlen sie sich jetzt viel wohler. Ich habe ihnen ein Angebot für Haus und Grund gemacht, das weit über dem Wert lag. Das war ein erneutes Entgegenkommen von mir.‹ Ich blickte auf meine Uhr, es war schon halb drei vorbei. Ich wollte nicht mehr ins Haus zurückgehen, ich wollte heimfahren, mich in die Badewanne legen und das ARD-Nachtprogramm im Radio hören ... und ... und ... und ... ›Es ist spät‹, sagte ich, ›vielleicht reden wir ein anderes Mal weiter, ich bin müde.‹

›Aber nein‹, rief er. ›Ich hab dir ja noch gar nicht erzählt, wie das mit dem Kauf des Hauses und des Grundstücks abgelaufen ist. Das muß ich dir erzählen, das muß ich dir unbedingt erzählen!‹

›Ein anderes Mal‹, sagte ich. ›Ich bin einfach zu müde.‹

›Bitte‹, sagte er und legte mir seine Hände auf die Schultern. ›Bitte ... du hast doch keine Verpflichtungen. Du lebst allein, hast du gesagt. Morgen ist Sonntag ... bitte. Ich würde mich sehr, sehr freuen, wenn du für eine Nacht mein Gast wärst. Wir haben ein wunderschönes Gästezimmer, wir haben drei Gästezimmer, aber eines hat einen verglasten Balkon dabei, einen Wintergarten voll mit den schönsten Farnen, die du je gesehen hast. Und am Morgen fällt die Sonne durch die Farne, und es sieht aus wie mitten im Wald ...‹

›Nein, danke‹, sagte ich. ›Ich bin zu müde und bin es nicht gewöhnt, in einem fremden Bett zu schlafen.‹

Er zog mich am Arm durch die Tür, die ins Haus führte. ›Schau es dir wenigstens an. Schau es dir an und dann entscheide ... Wir trinken noch einen Cognac, und dann entscheide ...‹

Was sollte ich zu dem Gästezimmer sagen, es war schön, es war sehr schön, ich erinnere mich nicht mehr daran, ich erinnere mich überhaupt nicht mehr daran, ich weiß nur, daß ich dauernd sagte: ›Es ist wunderschön, es ist wunderschön ...‹

Und dann tranken wir Cognac, und ich blieb mit ihm in dem wunderschönen Gästezimmer sitzen, bis wir die Kirchturmglocken zur Frühmesse läuten hörten. Und Edwin Tiefentaler erzählte mir, wie er damals vor über zwei Jahren das Haus und den Grund der Fußers gekauft hatte.

›Ich bin ein Mann mit wenig Phantasie‹, sagte er. ›Und wenn mir einmal etwas Phantasievolles einfällt, dann habe ich es irgendwo gelesen, und ich weiß nicht mehr, wo ich es gelesen habe, vielleicht habe ich es auch aus dem Fernsehen oder aus dem Radio. So war es auch bei dem Hauskauf, und ich weiß bis heute nicht, nach welcher Geschichte ich damals vorgegangen bin. Es war eine äußerst phantastische Geschichte, ich glaube, es war ein Märchen.

Also, hör zu: Ich habe mich nach dem Wert von Haus und Grund erkundigt. Er lag so um die zwei Millionen Schilling. – Bald nachdem der junge Fußer von der Bank gefeuert worden war, hob ich 2,8 Millionen Schilling in bar ab, legte sie in Bündeln zu je hundert Tausendern in ein Köfferchen und sprach bei Fußers vor. Die beiden Alten waren in einem völlig aufgelösten Zustand, die Frau heulte, der Mann schrie mich an, sagte mir auf den Kopf zu, ich hätte seinen Sohn wissentlich und unter falschen Beschuldigungen ins Unglück gestoßen und so weiter und so weiter, lauter unerfreuliche Dinge.

Ich sagte: Ich will Ihr Haus und Ihren Grund kaufen. Ich

sagte: Ich weiß, Haus und Grund sind maximal zwei Millionen Schilling wert. Ich sagte: Ich habe hier einen Koffer, in dem befinden sich 2,8 Millionen Schilling in bar. Ich biete Ihnen diese Summe, wenn Sie verkaufen.

Der alte Fußer sagte, ich solle augenblicklich sein Haus verlassen. – Ich hatte nichts anders erwartet.

Ich sagte: Gut ich gehe, aber ich lasse Ihnen den Koffer da. Ohne jede Rückversicherung. Niemand weiß, daß ich Ihnen das Geld gebracht habe. Ich lasse den Koffer da und komme morgen wieder. Vielleicht überlegen Sie es sich bis morgen anders.

Da gäbe es nichts zu überlegen, schrie er mich an, ich solle augenblicklich verschwinden und den Koffer mitnehmen. Gut, ich ging, stellte aber den Koffer unten im Hausflur neben der Tür ab. Ich wartete zu Hause, daß sie ihn mir bringen würden, aber sie brachten ihn nicht.

Also besuchte ich sie am nächsten Tag wieder. Dasselbe Stück: Nein, sie würden niemals verkaufen, ich solle verschwinden, ich solle meinen Koffer mitnehmen und mich nie wieder hier blicken lassen.

Ich sagte: Ich möchte meinen Vorschlag erweitern. Sie verkaufen mir das Haus, und ich verzichte dafür auf eine Anzeige gegen ihren Sohn.

Das hat sie etwas ruhiger werden lassen. Das heißt, die Frau Fußer hat begonnen nachzudenken, der Herr Fußer hat immer noch herumgeschrien.

Ich sagte: Natürlich kostet das etwas.

Ich öffnete den Koffer und nahm zwei Bündel, also 200 000 Schilling, heraus.

Ich biete Ihnen 2,6 Millionen Schilling für Haus und Grund, sagte ich und ging und ließ den Koffer zurück.

Am nächsten Tag kam ich wieder. Ich fragte: Verkaufen Sie nun?

Sie sagten: Nein.

Wieder nahm ich 200 000 Schilling aus dem Koffer. Ich biete nur noch 2,4 Millionen Schilling für Haus und Grund, sagte ich und ging und ließ wieder den Koffer bei ihnen. Am nächsten Tag wollte die Frau Fußer bereits verhandeln, sie hatte das Geld vor sich auf dem Küchentisch liegen. Aber ihr Mann wollte immer noch nicht. – Die beiden stritten sich. Man könne wenigstens verhandeln, sagte die Frau, verhandeln verpflichte ja nicht. – Mit so einem wie mir verhandle er nicht, sagte der Mann.

Ich sagte: Also, was ist? Verkaufen oder nicht verkaufen?

Lassen Sie uns Bedenkzeit, sagte die Frau.

Wie lange, fragte ich.

Eine Woche, sagte sie.

Gut, sagte ich, eine Woche.

Ihr Mann widersprach nicht.

Aber, sagte ich, das kostet etwas.

Ich nahm abermals 200 000 Schilling an mich. Von nun an, sagte ich, zahle ich für Haus und Grund 2,2 Millionen Schilling.

Nach einer Woche kam ich wieder. Die beiden hatten sich noch mehr miteinander zerstritten, sprachen kein Wort miteinander; aber beide waren inzwischen verhandlungsbereit. Wenn ich mit der Frau sprach, verließ der Mann die Küche, wenn ich mit dem Mann sprach, ging die Frau.

Ich sagte: Was ist?

Sie sagte: Ich weiß es nicht, ich kann nicht hinter seinem Rücken entscheiden.

Er sagte: Ich weiß es nicht, ich kann nicht hinter ihrem Rücken entscheiden.

Gut, sagte ich zu ihm, ich komme morgen wieder und nahm 200 000 Schilling. Und zu ihr sagte ich dasselbe und nahm noch einmal 200 000 Schilling.

Ich zahle für Haus und Grund 2 Millionen Schilling, sagte ich.

Am nächsten Tag waren sie bereit zu verkaufen.

Für 2 Millionen Schilling, sagten sie.

Nein, sagte ich, gestern hätte ich es für zwei Millionen Schilling verkauft, heute gebe ich nur mehr 1,9 Millionen.
Dafür verkaufen wir nicht, sagten sie.
Gut, sagte ich, dann komme ich morgen wieder.
Das wollten sie auch nicht. Sie versuchten zu handeln. Aber mit mir handelt man nicht. In den Morgenstunden waren wir uns einig. Ohne geschlafen zu haben fuhren wir zum Notar.
Als wir sein Büro wieder verließen, sagte ich zu den beiden: ›Sie hätten 2,8 Millionen dafür haben können, jetzt ist es leider weniger …‹
Werden Sie wenigstens die Anzeige gegen unseren Sohn zurückziehen, fragten sie.
Ja, sagte ich, das werde ich tun. Und das tat ich auch. Noch in derselben Stunde. Ich ließ den beiden ein halbes Jahr Zeit, bis sie etwas anderes gefunden hatte. Und an dem Tag, an dem sie endgültig auszogen, standen die Planierraupen der Abbruchfirma bereit. Planierraupen und ein Kran. An dem Kran hing eine große, schwere Betonkugel – Abbruchbirne, heißt das. Und als der Kran die Kugel gegen die Mauern schmetterte, standen alle Nachbarn auf der Straße und sahen zu.‹

›Und was ist mit dem Nachbarn auf der anderen Seite‹, fragte ich. ›Hat er deine Rache nicht verdient?‹

›Ach der‹, lachte Edwin Tiefentaler. ›Ich habe ihn schon ein paarmal gefragt, ob er nicht auch sein Haus verkaufen wollte … Er macht fast in die Hosen, wenn er mich sieht.‹

›Warum erzählst du mir das alles‹, fragte ich ihn. ›Wir beide kennen uns doch gar nicht so gut.‹

›Ich erzähle das jedem‹, sagte er, ›jedem der es wissen will. Weil jeder soll wissen, daß Edwin Tiefentaler ein Mann ist, der nie etwas vergißt.‹«

16

»Erzähl weiter von eurem Nachmittag. Franz Brandl und Gebhard Malin hatten sich für einen Zweikampf zurechtgemacht.«

»Einen Ringkampf, ja. – Es war wirklich eine geniale Idee vom Franz. Und er erinnert sich nicht mehr daran.«

»Und? Haben sie gekämpft? Wie ist der Kampf ausgegangen?«

»Sie haben nicht gekämpft. Hätten sie – ach Gott, nichts wäre geschehen. Ganz egal, wie dieser Kampf ausgegangen wäre, wir hätten ihn als Klassenprügel gelten lassen. Wir anderen, Manfred Fritsch, Alfred Lässer, Oliver Starche, ich ... bei Ferdi Turner bin ich nicht sicher ... nein, er wäre damit wohl nicht einverstanden gewesen ... er war damit nicht einverstanden ... Aber wir wären die Mehrheit gewesen ...«

»Und in diesem Moment hat Edwin Tiefentaler den Spielsaal betreten ...«

»Edwin Tiefentaler und seine drei Sechstkläßler. Die Türschnalle wurde von außen aufgeschlagen, und Edwin Tiefentaler stand breitbeinig auf der Schwelle, die Füße sperrte er rechts und links an den Türpfosten ab. Die drei Sechstklässer warteten hinter ihm. – Ja, ich bin schon überzeugt davon, daß er sie bezahlt hatte. Er wird sie gut bezahlt haben. Und er wird ihnen in der Zwischenzeit noch etwas draufgelegt haben. Alle drei Raucher. Jedenfalls schien mir, sie wirkten entschlossener als vor einer knappen Stunde im Studiersaal. Entschlossen und beruhigt. Drei Geschäftspartner. ›Die Zeit ist um‹, sagte Edwin Tiefentaler. ›Ich habe sie fast verdoppelt, das ist mehr als fair.‹

Den geschäftlichen Ton hatte er uns allen voraus. Diesen Ton in der Stimme haben wir anderen nicht hingekriegt. Haben wir uns auch nicht darum bemüht. Bürgermeister oder Geschäftsmann war damals nicht so erstrebenswert, als daß man sein Image danach ausgerichtet hätte. In dieser Richtung hatte Edwin Tiefentaler als einziger Ambitionen.

›Ich habe mich immer für Geld interessiert‹, sagte er, als ich ihn besuchte. ›Natürlich auch, weil Geld Wohlstand und Macht bedeutet, aber nicht nur deshalb. Mit Geld zu arbeiten, das hat mich interessiert.‹ Ich wußte nicht, was er damit meinte, ich weiß es heute nicht, und ich hatte es damals erst recht nicht gewußt. *Mit Geld arbeiten* – was soll das heißen?

Begriffe dieser Art zu verwenden, hat Eindruck gemacht, weil sie der beneidenswert fernen, herzlosen Welt der rasierten Erwachsenen entsprangen; sie in Frage zu stellen, wäre als dumm erschienen. Solche Begriffe hat nur Edwin Tiefentaler gebraucht. Das hat ihm bisweilen einen kleinen Respekt eingebracht. Darum ist auch er zum Einsatz gekommen, wenn es galt, Pimpfe zu schröpfen – Geld kann man nicht begreifen, Geld ist eine Vision, weil es eine Lust ist; darum hängt der Geldbeutel auch so nahe am Schwanz, man muß es zwischen den Beinen spüren, dann findet der Kopf auch die Worte dafür.

›Ich hoffe, die Angelegenheit hat inzwischen eine gewisse Klärung gefunden‹, sagte er weiter. Angelegenheit und Klärung – Worte, gegen die wir nicht ankamen. Er sprach von den Klassenprügeln wie von einem Geschäft. – Er war nicht mehr erhitzt, wie noch vor einer knappen Stunde, als er mir im Studiersaal sein Ultimatum unterbreitet hatte. Nun hieß es: Die Klassenprügel sind nicht mehr nur eine Privatsache, sondern eine Angelegenheit, und Angelegenheiten sind öffentlich. Er trat zur Seite, ließ die drei Sechstkläßler an sich vorbei; man hat seine Leibgarde besser vor sich als hinter sich. Oder: Die höfliche Geste – den Geschäftspartnern den Vortritt zu lassen.

›Also, was habt ihr beschlossen‹, sagte er. ›Wenn's wieder nichts ist, dann werden wir die Sache allein in die Hand nehmen.‹

Gebhard Malin wich unwillkürlich zurück, er rutschte auf den Knien bis zum Ende der Matte. Alfred Lässer drückte sich an mich, mir war das unangenehm, ich schob ihn beiseite. Er merkte es gar nicht, kam wieder her, faßte mich am Pullover.«

»Also Edwin Tiefentaler war schuld?«

»Was?«

»Ohne Edwin Tiefentaler keine Klassenprügel. Ist es nicht so?«

»Ja, so ist es. – Schreien, kreischen, fluchen, sich gegenseitig beschimpfen, drohen, sich gegenseitig niedermachen, sich aufführen wie die Wilden, die Neger, die Indianer vom Xingu, singen, tanzen, Verwünschungen aussprechen – das waren wir; dann kommt der Missionar, bringt Ordnung in die Sache, sagt drei, vier Worte in einer Sprache, die zwar alle verstehen, deren Sinn aber keiner begreift, bringt Ordnung in die Seelen – und schon bricht der Zauber in sich zusammen, helfen die Elixiere nicht mehr, werden die Verwünschungen lächerlich, sind die Flüche nur noch Lärm. War doch der Nachmittag bis dahin ein magischer Tanz um ein Wort herum – *Klassenprügel* –, um abzuwenden, daß daraus eine Tat wird, die dann keinen Namen mehr braucht ... Ohne Edwin Tiefentaler hätten wir unseren Zauber fortgesetzt, bis wir erschöpft gewesen wären vom Nennen des Namens – auch das wären dann *Klassenprügel* gewesen ... andere ...«

»Edwin Tiefentaler ist also der Schuldige – doppelt schuldig, weil er als einziger sich heute nicht daran erinnert.«

»Das hab ich nicht gesagt. Anlaß gegeben hat jeder. Ich sowieso. Ich habe den Gebhard Malin schließlich in den Spielsaal gebracht.«

»Aber ohne Edwin Tiefentaler meinst du ...«

»Er hat als letzter Anlaß gegeben. Aber dann, als wir es getan haben, haben wir es alle getan. Vorher war nur Gerede. Der Edwin Tiefentaler hat ihn ja nicht allein zusammengehauen.«

»Also gut, weiter. Er kam zur Tür herein – mit seinen *Söldnern* – gerade in dem Augenblick, als Franz Brandl und Gebhard Malin mit ihrem Ringkampf beginnen wollten.«

»Ja, der Franz, immer noch kniend, ließ sich auf seine Fersen nieder, breitete die Arme aus, und im Ton der Entschuldigung sagte er: ›Du kommst gerade zur rechten Zeit. Zwei

Minuten später, und du hättest den Kampf des Jahres versäumt.‹ – Und lachte.

›Wollt ihr ihn einer nach dem anderen hernehmen‹, fragte Edwin Tiefentaler. ›In Ordnung, gut, da bin ich dabei.‹

Gebhard Malin hatte seine Frechheit und mit ihr seinen Mut bereits verblasen, abgelassen an Ferdi Turner, den er ganz leicht, mit wenigen anderen Worten zu seinem Verteidiger hätte machen können – einem besseren, zuverlässigeren Verteidiger, als ich einer war –, Gebhard Malin reagierte nicht, antwortete nicht auf Edwin Tiefentaler. Das ... ja, das erstaunte mich, und es entsetzte mich auch: Hinter seinem hochmütigen Gesicht sah ich die Niederlage – was man sich nicht alles einbildet –, ich glaubte, Neugierde zu sehen, Neugierde auf die Niederlage. Das war unwürdig. Ebenso unwürdig wie mein Stoß in seinen Rücken. Ein kleines Wörtchen Mut von mir, und ich würde besser sein als er, und er würde mir nichts vorwerfen können.

›Nein‹, sagte ich. ›Es gibt keine Klassenprügel. Wie gesagt, Edwin Tiefentaler, wir lassen uns weder vom Präfekten noch von dir vorschreiben, was wir tun sollen.‹

Er legte den Kopf schräg, verzog den Mund wie bei einem alten, faulen Witz, eine Stange Zahnfleisch wurde frei. ›Wie meinst du das?‹

›Es ist ein Kampf‹, sagte ich. ›Ein Kampf und keine Prügel. Franz Brandl gegen Gebhard Malin.‹

›Haben wir uns jedenfalls so gedacht‹, sagte Franz und fing an, die Matte mit den Händen abzuwischen. Gebhard Malin wartete. Er wartete einfach. Schaute mich an. Interessiert. Neugierig. Ohne Vorwurf. Ohne Hohn. Ja, wie gesagt: neugierig. Schaute mich an, schaute Edwin Tiefentaler an, schaute den Franz an. Neugierig. Um wen geht es hier eigentlich? Klar, um ihn längst nicht mehr. Um uns.

›Also‹, wandte sich Edwin Tiefentaler an Manfred Fritsch. ›Ich habe wohl eine lange Leitung, aber ich kapiere immer noch nicht, was ihr vorhabt.‹

Die *lange Leitung* wäre unter normalen Umständen ein Stichwort für Ferdi Turner gewesen. Ferdi Turner sagte nichts, starrte bloß zur Decke. ›Ein Zweikampf anstatt Klassenprügel‹, sagte Manfred Fritsch, ohne zu werten, ohne damit Meinung zu verbreiten, einfach nur Bericht erstattend – Manfred Fritsch, der Protokollant. ›Wir wollten gerade darüber abstimmen.‹ – Er blickte sich um. ›Ist es nicht so?‹ Einer schaute zum anderen. Bei Ferdi Turner war der Rundblick zu Ende, landete an der Decke.

›Das laß ich nicht gelten‹, sagte Edwin Tiefentaler. ›Ein Zweikampf gilt nicht. Einen Zweikampf lasse ich nicht gelten.‹ Oder so ähnlich ...

Mich hat das Schweigen von Gebhard Malin irritiert. Vielleicht die anderen auch. War doch keiner in der Klasse, der sich von Edwin Tiefentaler Vorschriften hätte machen lassen. Unter normalen Umständen. Der sollte keinen Eindruck auf mich machen. Auch seine Leibgarde nicht. Im schlimmsten Fall kommt es zu einer Massenrauferei, dachte ich, das wäre alles nicht so schlimm, das würde womöglich die verbohrte Situation lösen. Was der Edwin Tiefentaler redet, das war doch wie nichts. Kann sein, wir haben ihn unterschätzt. – Seine Nachbarn heute werden ihn wohl auch unterschätzt haben. – Was der redet – mein Gott! Ich wollte dem gar keine Bedeutung beimessen, ich wollte denken, der muß jetzt so reden, ist doch klar, dem bleibt ja nichts anderes übrig als ein geordneter Rückzug, der möchte eben sein Gesicht nicht verlieren. Edwin Tiefentalers Auftritt sollte peinlich sein, für ihn, für uns, ja ... Aber ich ließ es nicht zu, in ihm eine Gefahr zu sehen. Der ist doch nicht gefährlich, dachte ich. – Daß der Gebhard Malin ganz offensichtlich nicht so dachte, jedenfalls nicht mehr so dachte, das hat mich irritiert. Darum habe ich nichts gesagt.

Ach, es wäre alles so schön eingefädelt gewesen ... Ein Ringkampf! Die geniale Lösung! Ich war ja hundsfroh, hundsfroh war ich, eigentlich war ich hundsfroh! Ich hätte den Franz umarmen können, und gleichzeitig hätte ich ihm in den Arsch treten können, daß er diesen Vorschlag nicht schon viel früher gemacht hat. Das war ja bekannt: Mit irgend etwas Sportlichem konnte man den Gebhard Malin immer locken, immer, mit Ringen auf jeden Fall. Mir wäre mein mieser Verrat erspart geblieben, eines war ja klar, beim Malin und genauso beim Csepella würde ich von nun an unten durch sein. Ich habe mir schon die Jahre vorgerechnet – ich bin in der Dritten, dachte ich, mindestens fünf Jahre werde ich mit dem Image des Verräters leben müssen. Und ich wußte: Das halte ich nicht durch. – Mein Gott, ließe sich die Zeit zurückdrehen, nur um eine Stunde, nur um eine Stunde! Was wäre das für ein Fest gewesen. – Sagt er: *Züchtigt ihn!* – Und wir: veranstalten einen Ringkampf! – Ganz egal, wie dieser Kampf ausgehen würde, keiner der beiden wäre ein Verlierer gewesen. Gegen den Franz Brandl im Ringen unterlegen zu sein, war keine Schande; gegen den Gebhard Malin im Ringen unterlegen zu sein, war auch keine Schande. Das hätte die Klasse zusammengeschweißt! Mein Gott, was hätte der Csepella Arpad gesagt, wenn er das erfahren hätte! – ›Stell dir vor, Tscheps, die schlauen Hunde, kriegen Klassenprügel aufgetragen und machen eine Ringkampfveranstaltung daraus!‹ – Der Csepella Arpad hätte von da an zu uns gehört. Wir wären *wilde Hunde* gewesen, auf unsere Art *wilde Hunde* ...

Alles zu spät. Zwei Stunden zu spät. Ein geordneter Rückzug war nicht mehr möglich. War gar nicht nötig. – Dummer Franz Brandl, weißt du denn nicht, daß es viel schlimmer ist, eine gute Idee zu spät zu haben, als gar keine zu haben!

›Also, damit das klar ist‹, sagte Edwin Tiefentaler mit einer Stimme, als wäre er ein Beauftragter des Wohlfahrtsausschusses – dieser Gedanke ist mir tatsächlich gekommen, wir haben diesen Verein ja gekannt aus der *Herrgottsschanze*. – ›Also, damit das klar ist‹, sagte er, ›einen Ringkampf werde ich nicht anerkennen, werde ich unter gar keinen Umständen anerkennen!‹

Das wäre unter normalen Umständen ein Traumstichwort für Ferdi Turner gewesen. Diese Meldung zehn Minuten früher, und Ferdi Turner hätte Edwin Tiefentaler auseinandergenommen, daß er hinterher nicht mehr gewußt hätte, gehört die Krawatte in die Kniekehle oder um den Bauch. – Aber auch diese Chance war uns genommen. Ferdi Turner war bereits auf der anderen Seite. Und daß er dort das Lieblingsziel seines Spottes, Edwin Tiefentaler, traf, mit dem er unter normalen Umständen niemals eine Koalition eingegangen wäre – abgesehen von ihren gemeinsamen Treffen im Dachboden, wenn man das eine Koalition nennen will –, änderte nichts mehr. – Unter normalen Umständen – dieser Begriff hat etwas Tröstliches an sich, es ist ein Trost, sich zu sagen, die Zeiten, in denen man nicht bereit ist, jemanden krankenhausreif zu schlagen, sind die normalen, die anderen sind die Ausnahme – unter normalen Umständen hätte Edwin Tiefentalers Auftritt keinerlei Folgen gehabt. Da hätten wir uns alle auf Ferdi Turner verlassen. – Einer unserer Schuldpunkte auf der langen Liste, ich weiß nicht der wievielte, ist, daß wir den Zeitpunkt nicht erkannt hatten, von dem ab die Umstände nicht mehr *normal* waren.

Auch Edwin Tiefentaler hatte sich wohl auf Ferdi Turner verlassen, hatte damit gerechnet, daß er ihn angehen wird, hat wohl aus diesem Grund, aus dieser Erwartung heraus einen so scharfen Ton angeschlagen, der mich an den Wohlfahrtsausschuß denken ließ. Wahrscheinlich war Edwin Tiefentaler am meisten überrascht, daß Ferdi Turner schwieg. Das hat ihn in eine Courage hineinkatapultiert. Das kennst du ja: Du wirfst dich in eine Tür, weil du denkst, da drückt einer auf der anderen Seite dagegen, und dann ist die Tür offen und dich haut es mit voller Wucht quer durchs Zimmer. Aber auch die Stärke, die aus der Schwäche der anderen resultiert, ist eine Stärke, auch dann, wenn sie für sich betrachtet nur die Schlagkraft einer Flaumfeder hat.

Der Edwin Tiefentaler hat sich zu seiner ganzen Länge gestrafft und verkündet: ›Dieser Herr wird Prügel bekommen, dafür garantiere ich!‹

Als erster begriffen hat die neue Situation Gebhard Malin. Ohne Zweifel. – Gut, wo kämen wir denn hin, wenn die Instinkte der Opfer schwächer ausgebildet wären als die Instinkte der Zuschauer, der Gaffer, die zuschauen, wie ihnen ein Weg bereitet wird, auf dem sie gehen können, ohne mit der Stirn gegen etwas zu laufen.

Ich glaube, von diesem Augenblick an ist Gebhard Malins Widerstand erlahmt. Erloschen. Nicht mit einem Schlag, sicher nicht, ganz allmählich, seine Kraft ist so langsam ausgeronnen. Die Hülle von Arroganz und Hochmut blieb noch eine Weile bestehen – er grinste, kaute, spuckte und blinzelte aus schmalen Augen –, aber es war wie der Abdruck eines Bildes auf der Netzhaut, das noch eine Weile nachglüht, nachdem das Licht gelöscht ist. – Er setzte sich auf die Matte, zog sein Hemd und seine Strümpfe an und sagte leise: ›Wozu haben wir eigentlich einen Klassensprecher?‹

›Wie meinst du das‹, fragte Manfred Fritsch.

›Ich will es offiziell hören‹, sagte Gebhard Malin.

›Ich kann nur sagen, was die Klasse beschließt‹, sagte Manfred Fritsch.

›Wozu haben wir dann einen Klassensprecher‹, wiederholte Gebhard Malin.

›Dafür brauchen wir keinen Klassensprecher‹, sagte Edwin Tiefentaler. Er zog die Jacke aus, knöpfte die Krawatte ab, reichte Jacke und Krawatte einem der Sechstkläßler. Der hängte die Sachen an die Türschnalle. Wir anderen warteten immer noch auf den Angriff von Ferdi Turner. Ich jedenfalls wartete darauf. Auf irgendeinen bösen Satz, der böse war gegen Edwin Tiefentaler und vielleicht gleichzeitig böse war gegen Gebhard Malin. Es wäre ein Kunststück gewesen.

Manfred Fritsch hatte Leerlauf, er ging zum Tischtennistisch, griff sich seinen Block, legte ihn aber gleich wieder hin. ›Ich würde gern Bilanz ziehen‹, sagte er. ›Ich weiß nicht wie's euch geht, aber ich kenn mich im Augenblick nicht mehr aus.‹

Auch der Franz zog sich Hemd und Strümpfe an. Er tat das mit langsamen Bewegungen, wirkte matt und erschöpft, als hätte der Ringkampf doch stattgefunden. ›Ich finde, es wäre eine gute Idee gewesen‹, sagte er – und da wußte ich, auch sein Mut war verblasen. – Der Franz ist ja nicht der Starke, Konsequente, für den man ihn hält, er war es nicht und er ist es nicht. Wenn er merkt, daß er verloren hat, fällt er zusammen, bekommt ein schlechtes Gewissen, weil er überhaupt an Kampf gedacht hat, bekommt Angst, zu sehr die Regeln verletzt zu haben, sich abseits gestellt zu haben, zu weit gegangen zu sein. Dann kann es bei ihm schon vorkommen, daß er plötzlich umschwenkt und zum eifrigen Verteidiger dessen wird, der noch kurz zuvor sein Gegner war.

Nein, er hat sich nicht auf die Seite von Edwin Tiefentaler und Ferdi Turner gestellt, das nicht. Er hat sein Hemd und seine Socken angezogen. Mehr nicht. Und er hat mich angeschaut, hat mich angeschaut und mit der Schulter gezuckt. Sollte heißen: Ich habe mein Möglichstes getan, du bist doch derselben Meinung. – Es war ein Kompromiß: Statt mit Edwin Tiefentaler und Ferdi Turner verbündete er sich mit mir. – Wir steckten schon mitten in den Klassenprügeln, sie hatten sich über unsere Gesichter gebreitet wie ein feuchtes Handtuch, hatten uns durchfeuchtet wie der Nebel um Tschatralagant. Veronika Tobler wurde ausgestrichen, Opfer des Kompromisses, nicht wert, weiterhin zwei Freunde zu trennen, die in Erwartung des Entsetzlichen nicht allein sein wollten. – Nur Gegner zu haben, das hält der Franz nicht durch. – Aber mir hat's gutgetan. Mir hat's gutgetan ...

›Also‹, sagte Manfred Fritsch, ›dann faß ich einmal zusammen, wenn ihr nichts dagegen habt.‹ Manfred Fritsch hat ja nur seine Pflicht erfüllt – ein gewählter Klassensprecher, ein kleiner gewählter Klassensprecher, ein kleiner von einer kleinen Klasse gewählter Klassensprecher.

›Der erste Vorschlag kam von Alfred Lässer‹, sagte Manfred Fritsch und blickte dabei an sich nieder, als wäre das Protokoll in seinen Pullover gestickt.

›Kannst du streichen‹, sagte Alfred Lässer. ›Ich kenn mich auch nicht mehr aus ...‹ – Lachte dabei, und ich wußte nicht, war es ein verlegenes oder ein erleichtertes Lachen. Hätte beides sein können. Man mußte ja alles sehr genau nehmen, abwägen, Mißverständnisse müssen sofort aufgeklärt werden. Wie soll man um Gotteswillen lachen? Lachen ist immer Lachen. Man kann doch nicht lachen und gleichzeitig so lachen, daß die Interpretation mitgelacht wird. Wie schön auf jeden Fall, daß man sich nicht mehr auskannte, daß man nicht der einzige war, der sich nicht mehr auskannte, daß sich sogar der gewählte Klassensprecher, der Klassenprimus nicht mehr auskannte ... Wer sich nicht auskennt, kann nicht zur Verantwortung gezogen werden, der muß nur rechtzeitig unter Berufung auf seine Verwirrung alle seine Vorschläge zurückziehen.

›Gut‹, sagte Manfred Fritsch. ›Wer zieht seinen Vorschlag noch zurück?‹

›Ich erkläre dich hiermit als Klassensprecher abgesetzt‹, sagte Edwin Tiefentaler.

Der arme Manfred Fritsch! Hat doch selbst nie daran geglaubt, daß er Klassensprecher ist. Hat doch immer damit gerechnet, daß er auffliegt. Daß man ihm draufkommt. Ganz egal auf was. Daß man ihm draufkommt. ›Was meinst du damit‹, fragte er.

›Ich meine damit, daß wir im Augenblick keinen Klassensprecher mehr haben‹, sagte Edwin Tiefentaler.

›Das geht doch nicht ...‹

›Gut, dann bin's ich ...‹

›Aber das geht doch nicht. Du bist doch nicht gewählt ...‹

›Ihr könnt mich hinterher ja sofort wieder absetzen.‹

›Das geht wirklich nicht‹, sagte Alfred Lässer, biß seine Zähne zusammen. – Oh ja, kleiner Lässer, Engelchen, dachte ich, krieg einen Anfall, daß wir lachen müssen, nicht du wärst dann der Lächerliche, sondern der Lange.

›So ein Klassensprecher kostet nur Zeit‹, stellte Edwin Tiefentaler fest. ›Wir haben aber keine Zeit mehr.‹ Wie ist er doch gewachsen, der Edwin Tiefentaler! Wie hat er sich doch bisher kleingehalten – kleingehalten aus Angst vor Ferdi Turners Spott oder vor meinem Spott oder vor Franz Brandls donnernder Stimme oder vor dem von der Heimleitung abgesegneten Amt des Klassensprechers, ein zusammengeknüllter Draht!

›Also, Freunde‹, sagte er, ›die Zeit der Debatten ist vorbei. Wir haben lange genug *Hohes Gericht* gespielt. Bringen wir's endlich hinter uns!‹ Er machte ein paar Schritte von seiner Wachmannschaft weg, Seitenblick zu Ferdi Turner, dem Bewunderten und Gefürchteten, aber der drehte ihm ja den Rücken zu. Und dann legte Edwin Tiefentaler die Hand auf Alfred Lässers Schulter. ›Na, Alfred‹, sagte er, ›ein Nachmittag ist bereits verdorben. Möchtest du, daß uns der Präfekt bis Weihnachten schikaniert?‹

›Ich kenn mich überhaupt nicht mehr aus‹, sagte das Engelchen, die Augen zu ihm erhoben, der Mund ein bißchen feucht und ein bißchen offen. – Ich hätte ihm eine herunterhauen können, weil er vor so einem blöden, von jedem Idioten leicht zu durchschauenden Händeauflegen dermaßen zusammenschrumpfte, weil er sich geschmeichelt fühlte, daß ihn einer, der fast doppelt so groß war wie er, beim Vornamen nannte.

›Ich verstehe dich, Alfred‹, sagte Edwin Tiefentaler, ›das kommt vom Reden. Wir haben uns in etwas hineingesteigert, und jetzt finden wir nicht mehr heraus. Damit ist ja keinem gedient … ihm auch nicht … Was meinst du, Alfred? Hat das einen Sinn gehabt, einen ganzen Nachmittag lang Prozeß zu spielen, Verteidiger zu spielen, Ankläger zu spielen … Müssen wir unbedingt so kindisch sein wie der Präfekt, ha? Ha, Alfred, hat das einen Sinn, nützt uns das in unserem Fall etwas?‹

Alfred Lässer lächelte zurück, zuckte mit den Schultern –

der beste Gefolgsmann ist der ehemalige Zweifler. Das hatte das Schulterzucken zu bedeuten: Nicht, daß Alfred Lässer noch zweifelte, sondern daß er, ein ehemaliger Zweifler, nun ein guter Gefolgsmann sein würde. Alfred Lässer fühlte sich tatsächlich geschmeichelt! Edwin Tiefentaler hatte geschmeichelt – und damit war Alfred Lässer der Dritte. So einfach ist das.

Seine Frau – fünfundzwanzig Jahre später – hat das begriffen: Ihr Mann ist für alles zu gewinnen, wenn man ihm schmeichelt. – So einfach ist das, ja. – Und wenn du ihm nicht schmeichelst, haut er alles hin. Nur: wenn du mit ihm halbwegs über die Runden kommen willst, mußt du ihm dauernd schmeicheln, bei der ersten, noch so leisen, Kritik bekommst du zu hören: ›Gibt es denn überhaupt keine einzige gute Seite an mir ...‹ – Zuerst schmeichelst du ihm vielleicht, weil du etwas von ihm willst. Schließlich wird das Schmeicheln zu einem Dauerzustand, gehört zu den *normalen Umständen*, dann schmeichelst du ihm nur noch, um Schlimmes abzuwenden.

Alfred Lässer war der Dritte. – Nach Edwin Tiefentaler und Ferdi Turner. – Edwin Tiefentaler meinte, das sei er sich selber gegenüber schuldig, daß er für harte Klassenprügel plädierte. Ferdi Turners Motiv war Rache, weil ihn Gebhard Malin vor uns niedergemacht hatte. Und, so dachte ich, bei ihm ist das letzte Wort noch nicht gesprochen, ihn könnte Edwin Tiefentalers Penetranz zu einem erneuten Frontwechsel bewegen. Vielleicht.

Alfred Lässers Frontwechsel dagegen hatte mit Gebhard Malin nichts zu tun. Gar nichts. Alfred Lässer würde schlagen, ohne damit das Opfer zu meinen. Ihm hatte die Macht geschmeichelt. Das war alles. Seine Schläge würden nicht den Sinn haben, ein Opfer zu machen, eine Haut zu verletzen, eine Würde zu beschmutzen, er würde schlagen, um einer Macht das Arschloch sauber zu lecken. Einer billigen, selbsternannten Macht mit drei Sechstkläßlern im Rücken, die für eine oder zwei Wochen ihre Trafikware gesichert sahen; einer fürwahr billigen Macht, die sich nur aus einem Grund entfalten konnte, nur aus einem einzigen Grund, nämlich weil keiner an ihre Entfaltung glaubte, weil es keiner für nötig hielt, ihr zu widersprechen.

So einfach ist das.

Hätte ich noch einmal Anwalt spielen sollen? Natürlich hätte ich es tun sollen. Und weißt du, warum ich es nicht getan habe?«

»Ich glaube schon.«

»Und warum?«

»Ganz einfach. Weil du eine Debatte gefürchtet hast. Weil du gefürchtet hast, dann könnte Gebhard Malin den anderen sagen, daß du es warst ...«

»Ja.«

»... der ihn in den Spielsaal gelockt hat ...«

»Ja.«

»... hineingestoßen hat ...«

»Ja.«

»... damit nicht herauskommt, daß du ein Verräter bist.«

»Ja.«

»Habe ich recht?«

»Ich habe viermal ja gesagt, jetzt genügt es.«

»Es genügt, ja.«

»Ich habe meinen Anteil, aber mein Anteil hätte nicht ausgereicht. Ich war Verräter und Retter in einem ...«

»Das redest du dir ein. Das läßt sich nur beurteilen nach Maßgabe dessen, was tatsächlich passiert ist.«

»Ich wollte es sein! Ich wollte Retter sein ... Und es hätte ja auch anders ausgehen können! Ich lege meine Motive in die Waagschale ...«

»Das ist pathetisch und abgeschmackt.«

»Laß mich doch! *Was wäre wenn?* muß doch erlaubt sein! Was wäre, wenn Edwin Tiefentaler zehn Minuten später gekommen wäre ... Wie lange dauert so ein Ringkampf? Fünf

Minuten. Vielleicht nur zwei Minuten. – Ich bin sicher, der Franz hätte gewonnen. Der Franz hätte ja auch um Veronika Tobler gekämpft. Der Gebhard Malin hätte seinen Sieg anerkannt. Die Klasse hätte den Kampf als Klassenprügel gelten lassen. – Und dann soll Edwin Tiefentaler mit seinen drei Sechstkläßlern kommen! Er wäre abgeblitzt. – Und ich hätte sagen können: Seht her, ich habe den Malin gebracht, schau her, ich habe dich hierher gelockt, alles ist gut ausgegangen, ich habe dich hergelockt, und der Franz hat eine geniale Idee gehabt. Hätte ich dich nicht hierher gelockt, hätte der Franz nicht diese geniale Idee gehabt, dann hätte dich der Edwin Tiefentaler erwischt, allein mit seinen drei Rauchern, und dann hätte dir Schlimmeres geblüht. Tut mir leid, Gebhard Malin, hätte ich dann sagen können, tut mir leid, daß ich dich angelogen habe; tut mir leid, Csepella Arpad, hätte ich dann sagen können, tut mir leid, daß ich ihn angelogen habe, aber ich mußte in diesem Fall schlau sein, ich mußte taktisch denken, ich mußte eine Strategie erfinden, du bist doch der letzte, der das nicht versteht ... – Der Erfolg hätte mich zum Retter gemacht. Der Mißerfolg machte mich zum Verräter.

Ich hatte meinen Anteil, aber mein Anteil reichte nicht aus. Außer Alfred Lässer hat keiner gemerkt, daß hier eine Macht installiert werden sollte; er hat es gemerkt und hat sich dieser neuen Macht sofort unterworfen. Weil sie ihm schmeichelte ...«

»Du hast aber auch nichts dagegengehabt, daß sich Edwin Tiefentaler zum Klassensprecher machte.«

»Ich habe nichts gesagt ... das ist richtig ... und abgesetzt hat er ihn ja auch eigentlich gar nicht ... den Manfred Fritsch. Ich müßte besser sagen: Er hat das Amt abgeschafft ... ja, so ist es richtig ... Er hat das Amt des Klassensprechers abgesetzt – so ist es exakt ausgedrückt.«

»Daß du nicht noch einmal in die Rolle des Anwalts geschlüpft bist, versteh ich ja ... das ist etwas anderes ... Aber daß man zuschaut, wie einer ...«

»Ja, ja ... gut ... was soll ich sagen! Ich habe eben nicht reagiert ... die anderen ja auch nicht ...«

»Nur weil du es nicht gemerkt hast ... weil du nicht gemerkt hast – wie du sagst –, ›daß hier eine neue Macht installiert werden sollte‹?«

»Ich habe Edwin Tiefentaler nicht ernst genommen. Das war ein Fehler, ja ...«

»Und Franz Brandl?«

»Was weiß ich! Er hat es eben auch nicht gemerkt.«

»Franz Brandl hätte doch unter *normalen Umständen* nicht zugestimmt, daß sich Edwin Tiefentaler zu eurem Führer aufspielt. – Wenn der Begriff *Klassensprecher* schon nicht mehr zutrifft, wie du sagst ...«

»Ja, ja, der Franz hat schon reagiert. Er hat gesagt: ›Wenn es sich der Klassensprecher gefallen läßt, daß er so ohne weiteres abgesetzt wird, dann hat er es verdient, daß er abgesetzt wird.‹ Aber das heißt nicht, daß er sich dem Edwin Tiefentaler unterworfen hätte, er wollte damit wohl eher Manfred Fritsch aufstacheln, der sollte sich wehren, der sollte sich das nicht gefallen lassen, was ist das für ein Klassensprecher, der sich das so ohne weiteres gefallen läßt ... So ungefähr ...«

»Und über Oliver Starche weißt du wieder nichts zu sagen?«

»Nein ... Ich erinnere mich nicht an ihn ... wie er reagiert hat, ob er etwas gesagt hat. Ich glaube nicht, daß er etwas gesagt hat, er hat sich bei solchen Sachen herausgehalten.«

»Aber es ist ein wichtiger Punkt. Ich meine – ihr schlagt euch einen halben Nachmittag mit Vorschlägen herum, debattiert, wißt nicht, was ihr machen sollt. Wollt eigentlich gar nichts machen, wenn ich dich richtig verstanden habe.«

»Wir wollten eigentlich nichts machen, ja ...«

»... und dann kommt einer und haut auf den Tisch. Und das meine ich mit dem wichtigen Punkt: Wie reagiert ihr auf den? Ihr anderen habt gar nicht reagiert, nur Alfred Lässer.«

»Ferdi Turner hat schon reagiert. Er hat reagiert, indem

er nichts gesagt hat. Das war Kommentar genug. Weil unter normalen ...«

»... weil er sich das unter *normalen Umständen* von einem Edwin Tiefentaler nicht hätte gefallen lassen, meinst du?«

»Das meine ich, ja ...«

»Gut. Aber man kann ihm sein Schweigen ja nicht mehr anlasten als euch euer Schweigen, oder?«

»Nein, natürlich nicht ...«

»Aber einer hat auf die neue Situation tatsächlich reagiert. Alfred Lässer.«

»Ja.«

»Also, wenn ich dich richtig verstehe: Alfred Lässer war's ... Hätte er nicht ... dann wäre nicht ... Stimmt das?«

»Nein, das sage ich doch nicht ...«

»Gut, aber man kann das so verstehen. Mit seinem Frontwechsel war eine neue Qualität eingetreten. – Du sagst: Wenn er schlägt, meint er eigentlich nicht mehr das Opfer ...«

»Ich schiebe ihm doch nicht die Schuld zu ...«

»Das meine ich doch auch nicht ... ich habe das vielleicht provokant formuliert. Er ist nicht gegen das Opfer, sondern für die Macht ... abstrakt ausgedrückt. Kann man das so sagen?«

»Von mir aus ...«

»Hast du das so gemeint?«

»Letzten Endes kommt das auf dasselbe heraus, das weiß ich.«

»Aber so hast du dich ausgedrückt ... Und wieso soll das falsch sein? Das leuchtet doch ein. Niemand gibt ihm in Summe die Schuld.«

»Natürlich nicht. Wenn das so herausgekommen ist, dann ist das natürlich falsch ...«

»Hast du mit ihm darüber geredet? Mit dem Alfred Lässer ... über diesen Punkt. Als ihr in dem Dorf gewesen seid, zum Beispiel?«

»In St. Gallenkirch?«

»Ja. Hast du ihm das so auseinandergesetzt?«
»Nein, natürlich nicht.«
»Ich meine, das wäre doch nur fair gewesen.«
»Ach Gott, in St. Gallenkirch. Was dort gewesen ist ... Erstens einmal, das muß ich ehrlich zugeben, hat mich dort die ganze Sache überhaupt nicht interessiert, jedenfalls am Anfang nicht, da war ich ziemlich beschäftigt mit mir selber. Wir sind in dem Gasthaus gesessen, der Franz und ich, ich bin ja mit dem Franz ins Montafon gefahren, das heißt, er ist mit mir gefahren, er ist in der Nacht vorher mit dem Zug angekommen, hat bei mir übernachtet, und am nächsten Tag sind wir mit dem Auto losgefahren, den ganzen Vormittag hat es geschneit, am Nachmittag wars dann schön ... Ja, was sollte ich sagen ... Wir haben uns in das Gasthaus gesetzt, in dem wir uns mit Alfred Lässer verabredet hatten, Manfred Fritsch ist auch bald gekommen, Begrüßung und so, *Hallo*, und dann sind Alfred Lässer und seine Frau gekommen, die Karin ... ja ...«

»Möchtest du erst von eurem gemeinsamen Besuch in St. Gallenkirch erzählen?«

»Wie du willst ... ist mir egal ...«

»Ist dort eigentlich etwas herausgekommen? Ich meine, daß sich etwas geklärt hat?«

»Wie man's nimmt. Es ist ja ein Unterschied, ob man mit jedem einzeln spricht oder ob man gemeinsam darüber redet. Ich würde sagen, wir sind dort alle wieder die alte Klasse gewesen, wenn auch nur ein Rest ... ich meine, wie wir uns aufgeführt haben ... nichts Spektakuläres ... der Kampf um das Image ... meine ich ...«

»Als gut. Erzähl von St. Gallenkirch.«

»Das war für mich die Karin – in erster Linie. Und für den Franz und für den Manfred Fritsch wohl auch. – Ein Canossagang – mein Gott, wie sich das der Alfred vorgestellt hat! Also, um es gleich vorweg zu nehmen: Den Gebhard Malin haben wir natürlich nicht getroffen. – Ich hatte die Karin seit meinem Besuch in Innsbruck nicht mehr gesehen, und dieser

Besuch war zumindest einigermaßen außerordentlich gewesen ... eine Küche mit einem Loch in der Decke und sie, im Bett liegend ... – Also ... während der Fahrt ins Montafon und auch schon die Tage vorher habe ich mir überlegt, wie das wohl sein wird, wenn ich sie wiedersehe, wie sie aussehen wird – meinen ersten Eindruck von ihr konnte ich ja nicht ernst nehmen, da waren die Umstände so außerordentlich, kann ja sein, dachte ich, daß ich die Karin nur deshalb so außerordentlich fand, so außerordentlich attraktiv, meine ich, weil die Umstände so außerordentlich waren. – Habe ich das erzählt, daß ich Alfred Lässers Frau außerordentlich attraktiv fand? – Jedenfalls, als sie dann hinter Alfred zur Tür hereinkam, ich meine jetzt in dem Gasthaus in St. Gallenkirch, da fand ich sie noch attraktiver als damals ins Innsbruck. Nur, man verliebt sich mit vierzig nicht mehr so schnell wie mit vierzehn, das heißt, man verliebt sich natürlich genauso schnell, aber viel schneller fährt der Kopf dazwischen und blättert eine Liste von Gegenargumenten auf, daß jede Gelegenheit vertan ist, ehe man die Liste durchhat. – Sie trug so einen Stoffmantel, hell, ich nehme an, er war mit Daunen gefüttert, sie sah breit darin aus, aber überhaupt nicht wuchtig, sie schob die Kapuze vom Kopf und schüttelte die Haare aus, und dann gab sie uns die Hand, mir übrigens als erstem – gut, das hatte nicht unbedingt etwas zu bedeuten, mich kannte sie ja bereits. Manfred Fritsch half ihr aus dem Mantel und machte irgendein Kompliment, typisch. Der Franz bot ihr seinen Stuhl an: ›Er ist extra für dich aufgewärmt worden‹, sagte er.

Ihr Mund ist schöner, als Münder normalerweise sind, die Oberlippe ein wenig aufgeworfen und die Mundwinkel leicht nach oben gebogen, ein ewig lächelnder Mund. Ich fand ihren Mund am schönsten und habe ihn die ganze Zeit angeschaut. Das hat wohl aufmerksam gewirkt, und darum hat sie, wenn sie gesprochen hat, immer zu mir hingesprochen.

Jedenfalls ... nein, da habe ich mich auf unsere Sache nicht konzentrieren können. Außerdem hat Alfred Lässer gleich gesagt: ›Ich möchte nicht, daß wir vorher über die Sache sprechen ...‹

Und das war uns dreien, dem Franz Brandl, dem Manfred Fritsch und mir scheißegal, worüber der Alfred sprechen wollte oder worüber er nicht sprechen wollte, uns war's recht, wenn seine Frau mit uns sprach und wenn wir mit seiner Frau sprechen konnten.

Und dann hat es nicht mehr viel Gelegenheit gegeben, mit dem Alfred zu reden – der ist ja bald wieder abgefahren, wutentbrannt ...«

»Weil ihr nur mit seiner Frau gesprochen habt?«

»Ach was, das war ihm doch wurscht. Er war beleidigt, stinkbeleidigt. Es war eine ärgerliche Sache, aber auch eine traurige Sache. Später dann, in der Nacht, hat es mir leidgetan.«

»Warum ist er denn abgefahren – warum war er denn stinkbeleidigt? Weil ihm niemand geschmeichelt hat?«

»Sicher auch ... natürlich ... vor allem, weil ihm die Karin nicht geschmeichelt hat. Vielleicht ist das auch dem Alfred seine Art, Traurigkeit zu zeigen: daß es bei ihm so aussieht, als wäre er stinkbeleidigt. – Aber wahrscheinlich ist alles viel einfacher. Wahrscheinlich war er wirklich nur stinkbeleidigt, weil ihm niemand geschmeichelt hat, oder weil ihm die Karin nicht recht gegeben hat. – Er hat wirklich einen Blödsinn vorgelegt, das stank schon zum Himmel! Ich meine, er kann ja viel von ihr verlangen, und sie hat wohl auch immer wieder nachgegeben, hat ihm bei allem möglichen recht gegeben, sicher hätte sie ihm auch diesmal recht gegeben, wenn sie beide allein gewesen wären. Aber irgendwo gibt es eben auch bei ihr eine Grenze. Er kann ja nicht von ihr verlangen, daß sie sich seinetwegen vor uns zur Idiotin macht. Vor Manfred Fritsch, vor dem Franz und vor mir. Es war ja so blödsinnig! Als wir alle in dem Gasthaus waren und unseren Kaffee ausgetrunken hatten, hat sich der Alfred die Rechnung geben lassen, hat einen Tausender auf den Tisch gelegt und gesagt: ›So, es wird Zeit, gehen wir ...‹

›Du brauchst nicht für uns alle zu zahlen‹, sagte der Franz.

›Ich habe euch eingeladen‹, sagte der Alfred, ›es war meine Idee, daß wir uns hier treffen, ich bin für den Ablauf verantwortlich, und darum zahle ich auch, basta!‹ Und zur Karin hat er gesagt: ›Du bleibst hier und wartest, es wird nicht lange dauern, und wenn's doch länger dauert, kommen wir dich holen.‹

›Wieso‹, sagte sie, ›ich hätte aber Lust mitzugehen ...‹

›Das will ich aber nicht‹, sagte er. ›Ich will, daß du hier wartest!‹

›Aber warum denn? Wieso soll ich denn euren ehemaligen Schulkameraden nicht kennenlernen dürfen?‹

›Weil wir etwas zu besprechen haben, darum ...‹

Der Franz, der Manfred Fritsch und ich schauten uns an, dachten im Augenblick wohl alle drei dasselbe: Sie weiß nichts. – Das war schon einmal die erste Trottelei vom Alfred: daß er seiner Frau nichts erzählt hat von früher. – Entweder er nimmt sie mit zu einem solchen Treffen, dann muß er ihr aber vorher alles erzählen; oder er erzählt ihr nichts, dann kann er sie aber auch nicht mitnehmen.

›Ich versprech dir‹, sagte der Alfred, ›wenn's lange dauert, holen wir dich.‹

›Dann mach ich lieber einen Spaziergang‹, sagte sie.

›Nein‹, sagte er, ›ich will, daß du hier wartest. Sonst kann man dich wieder stundenlang suchen.‹

›Dann sage ich eben, ich bleibe hier, und gehe dann trotzdem.‹

Wir anderen mischten uns nicht ein, das hätte den Alfred nur verrückt gemacht, es war eh klar, daß die Karin tun würde, was sie wollte. Außerdem kam der Wirt mit dem Wechselgeld, und das machte dem ganzen ein Ende. Alfred fragte ihn: ›Können Sie mir bitte sagen, wie wir hier das Haus Nummer 143 finden?‹

›Natürlich kann ich Ihnen das Haus Nummer 143 zeigen‹, sagte der Wirt und ging mit nach draußen. Er deutete mit dem ausgestreckten Arm auf den gegenüberliegenden Hang. ›Das dort‹, sagte er, ›das weiße mit dem dunklen Kern.‹ – Ein altes Bauernhaus, auf das ein viermal so großes Hotel aufgesattelt war. Da war der Alfred schon einmal unzufrieden.

›Und Sie sind sicher, das ist das Haus Nummer 143‹, fragte er.

›Aber sicher bin ich sicher‹, sagte der Wirt und lächelte, wie man es bei Kindern tut, die auf den Mond zeigen und fragen, ob das auch wirklich der Mond sei.

›Und Sie sind sicher, daß das schon immer das Haus Nummer 143 war‹, fragte der Alfred.

›Da bin ich mir auch sicher‹, sagte der Wirt. ›Es gehört nämlich meinem Bruder.‹

›Ach, es gehört Ihrem Bruder‹, sagte der Alfred. ›Heißt Ihr Bruder Malin?‹

›Nein‹, sagte der Wirt, ›mein Bruder heißt genau wie ich, nämlich Tschabrun.‹

›Aber das Haus Nummer 143 gehört doch der Familie Malin‹, sagte der Alfred.

›Nein‹, sagte der Wirt, ›das gehört meinem Bruder, und mein Bruder heißt wie ich, nämlich Tschabrun, da bin ich mir ganz sicher.‹

Da hat der Alfred schon seinen ersten Zorn gekriegt. ›Das glaub ich Ihnen ja‹, rief er, ›das glaub ich Ihnen ja, daß Sie sicher sind, daß Sie Tschabrun heißen. Ich möchte aber wissen, ob das Haus schon immer Ihrem Bruder gehört hat.‹

›Nein‹, sagte der Wirt, ›das Haus hat nicht schon immer meinem Bruder gehört.‹

›Wem hat es denn vorher gehört?‹

›Das wissen Sie doch.‹

›Also doch der Familie Malin?‹

›Ja‹, sagte der Wirt, ›vorher hat das Haus der Familie Malin gehört, und jetzt gehört es meinem Bruder.‹

›Und wo bitte wohnt die Familie Malin jetzt‹, hat der Alfred den Wirt angefahren.

›Das weiß ich nicht‹, sagte der Wirt und wurde dabei um keine Spur ungeduldiger.

›Was soll das heißen? Ihr Bruder sitzt in dem Haus, aber Sie wissen nicht, wo die Familie Malin wohnt!‹

›Genau so ist es.‹

›Das darf doch wohl nicht wahr sein‹, brüllte der Alfred. ›Das ist ja nicht zu fassen!‹

Manfred Fritsch zog ihn beiseite und sagte leise, aber doch so, daß es der Wirt hören konnte: ›Alfred, reg dich doch nicht so auf, sein Bruder wird das Haus den Malins abgekauft haben, ganz einfach, überleg doch einmal!‹

›So ist es‹, sagte der Wirt. ›Sehr freundlich von Ihnen, daß Sie das aufklären ...‹

›Ihr Bruder hat also das Haus der Malins gekauft‹, versicherte sich Alfred noch einmal.

›Sie sagen es.‹

›Und wann?‹

›Ich glaube nicht, daß mein Bruder es möchte, daß ich mit Fremden über seine geschäftlichen Angelegenheiten rede‹, sagte der Wirt. Es hätte nur noch gefehlt, daß sich der Alfred das Grundbuch zeigen ließ. Der Franz hat ihn am Arm gepackt und ihn hundert Meter weiter in den Tiefschnee gezerrt. Wir anderen, die Karin, Manfred Fritsch und ich sind hinterhergerannt. Der Wirt hat noch eine Weile in die Sonne geblinzelt, dann ist er zurück in sein Gasthaus gegangen.

›Das kann doch nicht sein‹, brüllte der Franz den Alfred an, ›daß du dich vorher gar nicht erkundigt hast, ob er überhaupt noch hier wohnt!‹

›Woher soll denn ein normaler Mensch wissen, daß die da ihr Dorf so total ausverkaufen‹, schrie der Alfred zurück. ›Die Bauernhäuser sind zweihundert Jahre alt, die Familien wohnen seit zweihundert Jahren hier – da muß doch jeder normale Mensch annehmen, daß die immer noch hier wohnen, oder!‹

Der Franz rang nach Luft. Manfred Fritsch winkte beschwichtigend ab, sagte mit seinem schiefen Grinser: ›Woher weißt du denn, daß er im Haus Nummer 143 gewohnt hat?‹

›Aus einem Jahresbericht vom Heim ...‹, sagte der Alfred.

›Welches Jahr?‹

›1962.‹

Der Franz bekam einen Lachanfall, daß sich die Touristen dreihundert Meter weiter weg zu uns umdrehten. Na gut, ich brauche ja nicht alles im Detail zu erzählen. Der Alfred war stinkbeleidigt – nicht einmal so sehr deshalb, weil wir uns lustig über ihn machten, sondern hauptsächlich deshalb, weil es die Familie Malin gewagt hatte, ihr Haus zu verkaufen und wegzuziehen.

›Hätten sie dich vorher erst um Erlaubnis fragen sollen‹, spottete der Franz. Da hat die Karin schließlich auch lachen müssen. Wer will ihr denn das verübeln! Aber damit war für den Alfred der Ofen endgültig aus. Er hat sich einfach umgedreht und ist gegangen.

›Er rechnet damit, daß ich nachkomme‹, sagte sie.

›Dann geh doch‹, sagte der Franz. Ausgerechnet der Franz!

›Geh, er ist schließlich dein Mann!‹

›Das kann sie doch nicht‹, sagte Manfred Fritsch. ›Frauen haben auch so etwas wie Ehre!‹

›Davon verstehst du überhaupt nichts‹, sagte der Franz. Die beiden wären sich noch fast in die Haare geraten, eine Antipathie war zwischen den beiden, da hätte man sich eine Zigarette daran anzünden können!

Inzwischen war der Alfred beim Parkplatz angekommen.

›Wenn er sich umdreht, dann muß ich ...‹, sagte Karin. Aber der Alfred Lässer drehte sich nicht um. Er stieg in den Wagen und fuhr ab. Und wir drei Männer waren baff.

›Sapperlot‹, sagte der Franz leise.

Und Manfred Fritsch sagte – ziemlich laut: ›Es ist ein interessantes psychologisches Phänomen: Wir müßten zornig sein, aber wir lachen. Das kommt daher, daß er unseren Zorn absaugt.‹

›Halt's Maul‹, sagte der Franz. ›Man redet nicht so über den Ehemann, wenn die Frau dabeisteht!‹

›Mich würde das interessante Phänomen aber interessieren‹, sagte Karin.

›Ich meine damit‹, fuhr Manfred Fritsch fort, als habe nie einer gesagt, er solle das Maul halten, ›ich meine damit, unser guter Alfred zieht sich aus der Affäre, indem er einen kleinen Rollentausch vornimmt, unbewußt: Er sieht, eigentlich müßten wir zornig sein, also ist er zornig, er ...‹

›Wir haben es verstanden‹, brummte der Franz.

›... übernimmt unsere Rolle‹, schloß Manfred Fritsch nahtlos an sich selber an, ›und nicht nur das: Er spielt sie sogar besser als wir, er ist besser zornig, als wir sein müßten; und das ist, wenngleich ein klassisches, doch immer wieder ein interessantes Phänomen. Für einen Psychologen eine feine Sache ...‹ Dem Franz schoß das Blut in den Kopf, sein Mundwerk walkte, ich stieß ihn in die Seite, und er blieb einigermaßen still.

›Der Alfred ist nicht der Mann für die Feinheiten‹, sagte Karin und lächelte dabei. ›Aber ehrlich: Wer von euch wäre einfach gegangen, ohne sich umzudrehen?‹ Für einen Augenblick hat's dem Psychologen von uns dreien die Sprache verschlagen – aber nur für einen Augenblick.

›Gehen wir etwas essen‹, sagte der Franz. Wie gesagt: nur für einen Augenblick.

›Geht ihr schon einmal und reserviert einen Tisch‹, flötete Manfred Fritsch. Er hakte sich bei Karin unter. ›Wir beide machen einen kleinen Spaziergang. Wenn's unter den Sohlen knirscht, kommen Bauch, Herz und Kopf wieder in Ordnung ...‹

Hätte Franz Brandls Kopf ein Ventil, dann hätte es jetzt gepfiffen. Aber wie! So hat sein Mund nur noch wilder gewalkt, und sein Kopf ist noch dunkler geworden. Manfred Fritschs Vorbild folgend habe ich mich beim Franz untergehakt und zu ihm gesagt: ›Komm, ich möchte dir etwas zeigen ...‹ Er hat sich zuerst zerren lassen, ist dann aber brav gefolgt ... wie ein beleidigter Bär. Ja, und im Gasthaus habe ich ihm dann den Brief von Oliver Starche zu lesen gegeben.«

»Und Alfred Lässer ist nicht mehr aufgetaucht?«

»Nein.«

»Erstaunlich.«

»Ist es. Der Alfred Lässer ist wirklich nicht der Mann für die Feinheiten. Das stimmt. Obwohl ich ihn eigentlich ganz gern mag. Ich denke, wenn ich mit ihm allein gewesen wäre, hätte ich mit ihm auch darüber reden können: Wie das damals war, als sich Edwin Tiefentaler zum Klassensprecher machen wollte. Ich hätte vielleicht sogar gesagt: Alfred, du bist eine korrupte Sau, wenn dir einer schmeichelt, schleckst du ihm den Arsch sauber. – Wir hätten uns angeschrien, wie wir uns im Park hinter dem Krankenhaus angeschrien haben, er den Kopf im Verband, weil er wahrscheinlich irgendwo dagegen gelaufen war; aber irgend etwas wäre herausgekommen, und sei's auch nur eine neue Blackout-Theorie. Wäre ja gar nicht so falsch gewesen: War ja eine Art von kollektivem Blackout damals im Spielsaal, als wir, ohne in ein schallendes Gelächter auszubrechen, uns anhörten, was Edwin Tiefentaler, den Ton des künftigen Bürgermeisters in der Stimme, sagte: ›Ich glaube, ohne euch einen Vorwurf zu machen, ihr habt im Augenblick nicht die nötige Distanz, ihr habt euch zu lange im Kreis gedreht. Ohne mich aufdrängen zu wollen, meine ich doch, ich habe im Augenblick den kühlsten Kopf von uns allen.‹

Damals hat der Alfred Lässer genickt. Wie es Erwachsene tun, wenn sie einer schwierigen organisatorischen Aufgabe gegenüberstehen, einer Aufgabe, die einem wenig Spielraum läßt, die umzingelt ist von Sachzwängen – ich glaube, dieses Wort hat es damals noch gar nicht gegeben. – Es ist ja oft so, daß die Gesichter eine Situation beschreiben, längst bevor es ein Wort dafür gibt.

Ich erzähle jetzt doch weiter, was damals im Spielsaal

war ... Da gab es nämlich dann noch einen Auftritt von mir – anwaltmäßig oder wie man das nennen soll. Wenig rühmlich das ganze allerdings – eher komisch, ein bißchen übergeschnappt.«

»Auf St. Gallenkirch kommen wir ja noch zurück.«

»Ja, klar ... ganz sicher ...«

»Also gut. – Erzähl von deinem wenig rühmlichen, ein wenig übergeschnappten Auftritt im Spielsaal.«

»Es betrifft den Edwin Tiefentaler. – Also: Edwin Tiefentaler ist nämlich nicht einmal so ungeschickt vorgegangen. Er hat das Verhalten von Alfred Lässer einfach verallgemeinert. Das ist ja ein Trick ...

›Gut‹, sagte er, ›wenn wir alle einer Meinung sind, dann werden wir unsere drei Freunde bald nicht mehr brauchen. Aber ihr müßt verstehen, daß ich mir erst Klarheit darüber verschaffen muß. Also, Frage an euch alle: Seid ihr einverstanden, daß ich euer neuer Klassensprecher bin?‹

Ich kam mir gedemütigt vor. ›Ich bin nicht bereit, irgendeine Stellungnahme abzugeben, bevor die drei nicht den Spielsaal verlassen haben‹, sagte ich. – Sicher, ich hätte deutlicher werden sollen. Ich versuchte, einen Blick von Gebhard Malin zu erhaschen. Er saß auf der Matte, hatte uns den halben Rücken zugewendet, schaute zwar ab und zu über die Schulter in unsere Richtung, aber es schien, als hörte er uns gar nicht zu. Auch die Neugierde war aus seinem Gesicht gewichen. So wie er dasaß, hätte er genausogut allein hier sitzen können.

›Schau‹, sagte Edwin Tiefentaler und stellte sich knapp vor mich hin. – Sein freundlicher Ton und sein Blick waren zwei grundverschiedene, gegensätzliche Signale. – Ich weiß nicht, was er damals von mir gehalten hat, ich kann mich nicht erinnern, mit ihm allein je mehr als zwei Sätze gesprochen zu haben. – ›Schau‹, sagte er, ›du meinst es sicher gut, und ich respektiere das, ich bin sicher, ich würde ähnlich reagieren wie du, wenn ich in der Zwischenzeit nicht Gelegenheit gehabt hätte nachzudenken.‹

Er hob die Hand und ich dachte, wenn jetzt zufällig der Gebhard Malin zu uns herüberschaut und sieht, wie der Edwin Tiefentaler auch mir zu schmeicheln versucht, und obendrein mit derselben plumpen Geste, mit der er den Alfred Lässer zu Schleim gedrückt hat, dann werde ich kein Gesicht mehr haben, von einem Antlitz ganz zu schweigen, das habe ich bereits verspielt, aber das Gesicht will ich verteidigen. Soll ich zuschlagen, ich trau mich nicht zu schlagen ... Wenige Minuten, bevor ich geschlagen habe wie in meinem ganzen Leben nicht mehr, getraute ich mich nämlich nicht zu schlagen, weil es mir davor ekelte und weil ich keine Zeit hatte, ein Ziel hinter Edwin Tiefentalers Bauch zu suchen – man soll ja nicht auf den Bauch zielen, sondern hinter den Bauch, man soll durch den Bauch hindurch zielen. Und ich sah, wie sich seine Hand auf meine Schulter zubewegte, dachte noch, verdammt, das mit dem Ziel hinter dem Ziel ist nicht richtig besprochen worden, nicht diskutiert worden, und bevor er mich berührte, sagte ich: ›Leg mir ja nicht deine Hand auf die Schulter, ich zünde sie dir an...‹ Das ist mir so herausgerutscht, und bereits mitten im Wort ging mir der abstruse Blödsinn dieser Drohung auf, aber gleichzeitig dachte ich, hoffentlich habe ich Streichhölzer bei mir.

›Was willst du‹, sagte er und schaute in die Runde, als hätte er einen Irren vor sich.

Der Franz stützte den Kopf in die Hände, kratzte sich mit seinen großen Fingern an seiner großen Stirn und rief: ›Mach doch nicht alles noch komplizierter ... um Himmelswillen ... mit einem Blödsinn, du Trottel!‹

Edwin Tiefentaler hatte einen furchtbaren Zorn in den Augen und mußte sich zwingen, seine Stimme mitleidig klingen zu lassen. ›Seid mir nicht böse‹, sagte er, ›mit einem Verrückten verhandle ich wirklich nicht gern. Aber bitte, wenn es unbedingt sein muß, tu ich sogar das ...‹ Nun hob er sogar beide Hände, hielt sie einen Augenblick über meinen Schultern. ›Als Klassensprecher bleibt einem eben nichts erspart ...‹

Ich griff in die Hosentaschen, zog die Streichholzschachtel heraus, öffnete sie, wunderte mich, daß meine Hand nicht zitterte, nahm alle Hölzchen auf einmal heraus, drückte die Zündköpfe an die Reibfläche. ›Bitteschön‹, sagte ich.

›Laß den Blödsinn!‹ brüllte der Franz. Aber er rührte sich nicht von der Stelle.

›Der Edwin muß wenigstens ausreden dürfen‹, rief Alfred Lässer weinerlich.

Manfred Fritsch schnappte zweimal mit dem Mund, aber es kam nichts heraus.

›Ich zünd dich an‹, sagte ich. ›Ich mach's! Ich mach's!‹

›Der Klügere gibt nach‹, sagte Edwin Tiefentaler und ließ die Arme sinken. Gebhard Malin hatte nicht einmal den Kopf zu uns her gedreht. Ich steckte die Streichhölzer in die Hosentasche, schob sie erst gar nicht in die Schachtel zurück. Ich schämte mich. Ja, weil mir nichts Besseres eingefallen war, weil das alles andere als heldenhaft war, weil das saublöd ausgesehen haben mußte – einen Packen Streichhölzer in der Hand. Jemandem die Hand anzünden ...

›Sollen wir etwas machen‹, fragte einer der Sechstkläßler.

›Nein‹, sagte Edwin Tiefentaler. ›Ich glaub, ich brauch euch nicht mehr lange ...‹ Er lächelte mir zu. ›Du hättest dir doch nur selber die Finger verbrannt‹, sagte er. Und dann, an alle gerichtet: ›Das ist ja genau, was ich meine ... wir sind völlig durcheinander ... lassen uns hinreißen ... wie der Alfred gesagt hat, wir kennen uns nicht mehr aus ... das ist kein Zustand ... in so einer Situation brauchen wir einen Klassensprecher, der einen klaren Kopf hat ... einen, der mehr tut als nur Protokoll zu führen ...‹ – Und wandte sich wieder mir zu, immer noch lächelnd: ›Ich weiß, daß ich einen klaren Kopf habe‹, sagte er, und ich dachte: Himmel, Ferdi Turner, eine bessere Gelegenheit für einen Auftritt kriegst du nicht mehr.

›Und‹, fuhr Edwin Tiefentaler fort, ›ich habe diesen unerfreulichen Zwischenfall bereits vergessen ... bereits vergessen ...‹ – und legte mir nun doch seine Hand auf die Schulter. Vorsichtig, bereit, sie sofort wieder zurückzuziehen.

Ich ließ ihn gewähren. – Und weil genau in diesem Moment Gebhard Malin mir direkt in die Augen blickte, habe ich gegrinst, gegrinst aus hilfloser Scham – und erst als ich Alfred Lässer applaudieren sah, nicht hörte, nur sah, ein zartes Händeklatschen, da wurde mir klar, daß mein Grinsen falsch verstanden wurde, und nicht nur von Alfred Lässer, sondern von allen – nämlich als Siegel unter meine Unterwerfung.

Weil ich keine Argumente mehr hatte, und weil ich auch jetzt kein Argument mehr habe, sage ich: Ich war der Vierte. – Aber es waren nicht nur die fehlenden Argumente. – Eine schwarze Kugel explodierte in mir, sprengte meine Sorge weg, als wäre sie eine Kruste um mein Herz, die es daran hinderte zu wachsen, über sich selbst hinaus zu wachsen, was so viel hieß wie über mich selbst hinaus zu wachsen, ein wohliges Hinaufschlafen in jene Gemeinschaft, die der Präfekt gefordert hatte, gegen die wir uns nun schon einen ganzen Nachmittag lang wehrten, ahnungslos, und eine süße Wärme schoß bis in die äußersten Regionen meines Körpers, und gern hätte ich dem Gebhard Malin die Augen zugeschlagen, um diesen Zeugen wenigstens für zwei Sekunden blind zu machen.

Ferdi Turner ...

Ferdi Turner drehte sich langsam um. – Seit Edwin Tiefentaler den Raum betreten hatte, war er mit dem Rücken zur Tür gestanden, den Kopf erhoben, hatte auf die Decke gestarrt, hatte einmal das eine Auge zugedrückt, dann das andere, als fixierte er einen Punkt. Jetzt drehte er sich zu Edwin Tiefentaler um, lächelte breit, auch Edwin Tiefentaler lächelte breit, aber Ferdi Turner lächelte breiter, seine gelben, schweren Bakken wurden von den Mundwinkeln beiseite gedrückt. ›Wer ist dagegen?‹ fragte er, und – ja – keiner von uns wußte, was er meinte. Warum lächelte er nur so breit, dachte ich. Das ist nicht das Gesicht eines Ferdi Turner, der einen Edwin Tiefentaler in den Mistkübel stecken will.

›Wogegen denn‹, fragte Manfred Fritsch, beeilte sich, seinen Block in die Hände zu kriegen, und in ungewohnt scharfem Ton setzte er nach: ›Wir machen so weiter wie bisher. Der Tschepo möchte einen Vorschlag machen, also bitte!‹

›Fritsch, ich will mich nicht mit dir anlegen‹, sagte Edwin Tiefentaler, winkte dabei seine Leibgarde näher zu sich, ›aber von nun an möchte ich dich bitten, dich an mich zu wenden, wenn du etwas sagen möchtest, ja!‹ – Und zu Ferdi Turner: ›Also, was für einen Vorschlag hast du?‹

Ferdi Turner schüttelte den Kopf: ›Ich frage nur, wer ist dagegen?‹

›Der Ferdi will darüber abstimmen, ob ich der neue Klassensprecher bin‹, übersetzte Edwin Tiefentaler.

Ferdi Turner lächelte noch breiter. – Es juckt ihn, dachte ich, darum muß er mit so viel Anstrengung seine Backen zur Seite baggern. Noch ein paar Sekunden, dann zerreißt er den Langen, dann hält er's nicht mehr aus, dann macht er den Langen zur Sau, daß der in keinen Schuh mehr hineinpaßt ...

›Herrgott, sag halt schon, was du möchtest‹, donnerte der Franz los, ›zuerst wär's fast ein Ringkampf geworden, dann beinahe ein Feuerwerk, und jetzt artet's allmählich in eine Quizveranstaltung aus!‹

Manfred Fritsch blätterte in seinem Block, kreiste mit dem Bleistift etwas ein. ›Willst du deinen Vorschlag zurückziehen‹, fragte er.

›Du redest, wenn ich es dir erlaube‹, schnauzte Edwin Tiefentaler dazwischen.

Manfred Fritsch kümmerte sich nicht um ihn: ›Soll ich dir deinen Vorschlag noch einmal vorlesen, Tschepo?‹ Ferdi Turner schüttelte den Kopf.

›Was für einen Vorschlag hast du denn gemacht‹, fragte Edwin Tiefentaler, und es klang lange nicht mehr so großspurig wie noch vor einer Sekunde. Er war unsicher, weil er sah, daß auch Ferdi Turner unsicher war.

Alle schauten wir auf Ferdi Turner, vielleicht hat er eine

Idee, die noch genialer ist als die Idee vom Franz, dachte ich, genial *und* rechtzeitig, vielleicht läßt er eine seiner gefürchteten Schimpftiraden los, veranstaltet eine Schlachtpartie mit Worten, nach der wir uns in den Schlafsaal zurückziehen wie mausgraue Feldsoldaten nach einem Manöver – seine Augen flitzten von einem zum anderen und blieben schließlich auf Gebhard Malins Rücken ruhen.

›Sag schon, Ferdi‹, flüsterte Alfred Lässer, als würde Ferdi Turner über eine Lateinvokabel nachdenken.

›Ja, Ferdi‹, sagte Edwin Tiefentaler und gab seiner Stimme Vibrato, ›dein Wort fehlt mir noch. Es ist mir das wichtigste ...‹

Ferdi Turner schloß die Augen, bei jedem Wort von Edwin Tiefentaler drückte er sie fester zu, sein aufgespanntes Lächeln blieb – o ja, dachte ich, es wird eine Schlachtpartie mit Worten werden, eine typisch Ferdi Turnersche Schlachtpartie, und hinterher wird keiner hier im Raum mehr verstehen, wie es dazu gekommen war, daß es Edwin Tiefentaler, diesem zusammengestauchten Draht, jemals gelingen konnte, sich selbst zu einer Länge auszuziehen, die uns Respekt eingeflößt hatte, ein Münchhausen, der sich an seinem eigenen Schopf aus dem Sumpf seiner Trottelhaftigkeit heben wollte. ›Also, mein lieber Edwin Tiefentaler‹, begann Ferdi Turner, ›mein lieber Edwin Tiefentaler ...‹ Das hätte eigentlich schon genügt.

›Bitte – ich will keine Debatte mit dir führen, Ferdi. Ich habe gehofft, du bist auf meiner Seite.‹

Ferdi Turner schaute ihn gar nicht an, er starrte zu Gebhard Malin hinüber, der immer noch auf dem Rand der Matte saß, den Rücken krumm, den Kopf gesenkt. Aber er fand nicht den richtigen Anfang, wiederholte nur: ›Mein lieber Edwin Tiefentaler ...‹, zweimal noch sagte er: ›Mein lieber Edwin Tiefentaler ...‹ und von Mal zu Mal, das konnte ich sehen, nahm es der Genannte um ein Stückchen mehr wörtlich.

Da drehte sich Gebhard Malin mit einem Ruck um, hob fragend die Augenbrauen – ich habe das nicht als Spott interpretiert, aber dem Ferdi Turner fielen die Backen zusammen, und Gebhard Malin spuckte zweimal trocken aus, und auch das habe ich nicht als Spott interpretiert, ›Halt‹, hätte ich rufen sollen, ›es ist eine Angewohnheit von ihm, trocken zu spucken und leer zu kauen, es hat nichts zu bedeuten, gar nichts ...!‹

Ferdi Turner holte tief Atem – nein, dachte ich, es wird keine Schlachtpartie mit Worten geben, nichts Geniales, Rechtzeitiges wird geschehen – und er sagte: ›Es ist über meinen Vorschlag noch nicht abgestimmt worden. Mein Vorschlag lautete: Sechzehn Grundwatschen. Ich frage euch: Wer ist dagegen?‹

Ja, Ferdi Turner blieb der Zweite. Es fehlten nur noch Franz Brandl, Oliver Starche und Manfred Fritsch. Vom Oliver Starche weiß ich nicht, wann er die Fronten gewechselt hat oder ob das bei ihm überhaupt nötig war.

Nummer eins: Edwin Tiefentaler; Nummer zwei: Ferdi Turner; Nummer drei: Alfred Lässer; Nummer vier aus Mangel an Argumenten: ich. Nummer fünf würde Manfred Fritsch sein, der Klassensprecher.«

»Das heißt, also, er hat sich das Amt von Edwin Tiefentaler nicht nehmen lassen?«

»Nein. Es war gar nicht nötig, daß ihm sein Amt genommen wurde.«

»Sondern?«

»Ein Manfred Fritsch geht kein Risiko ein und er verabscheut Wettkämpfe. Er hat diesen alten Mann oben auf Tschatralagant belogen, den Mann aus dem Altersheim, Manfred Fritsch hat ihn belogen, als er ihm erzählte, er habe damals im Heim oft und gern bei Kegelwettkämpfen mitgemacht. Manfred Fritsch hat sich nie an Wettkämpfen beteiligt. Er hat weder Gedichte geschrieben, noch hat er bei den *unechten Prozessen* den Zeugen gespielt, noch hat er gerungen; er hat sich weder bei den Sommerolympiaden noch bei den Winterolympiaden beteiligt, er hat kein Musikinstrument gespielt, er hat nicht Theater gespielt – das ist alles mit einem Risiko verbunden,

mit dem Risiko, zu verlieren. Bei so etwas macht ein Manfred Fritsch nicht mit. Manfred Fritsch ist Journalist – er kommt dazu und schreibt mit oder hält das Mikrophon hin.«
»Was hat er gemacht?«
»Die sicherste Methode, ein Amt zu verteidigen, ist, das Amt im Sinne des Gegners zu führen. Ein *interessantes, wenngleich klassisches psychologisches Phänomen*: Rollentausch. Manfred Fritsch hat sich blitzschnell gewandelt – zu einem Klassensprecher, wie Edwin Tiefentaler vorgab, einer zu sein. Und nicht nur das. Einen Tiefentaler hatten wir ja bereits, einen zweiten brauchten wir nicht. Es sei denn, der zweite ist ein besserer Tiefentaler als der erste, noch echter als der echte. Und das ist, *wenngleich ein klassisches, so doch immer wieder ein interessantes Phänomen ... Für einen Psychologen eine feine Sache ...*
›Damit schließe ich die Debatte ab‹, sagte er, war käseweiß im Gesicht – ich will nicht schon wieder anfangen zu interpretieren, will gar nicht deuten, warum er so aussah, als würde er gleich kotzen, der Manfred Fritsch, er hat so ausgesehen, das genügt. Er knallte seinen Block auf den Tischtennistisch und stellte fest: ›Es wird gemacht, was Ferdi Turner vorgeschlagen hat!‹
Edwin Tiefentaler verlor nun endgültig seine Bürgermeistermanieren. Er brüllte nur noch herum: ›Du hast hier nichts zu befehlen! Du hast hier nichts zu befehlen!‹ Manfred Fritsch marschierte mit steifen Beinen auf ihn zu, hätte ihn wohl umgerannt, wenn er nicht zur Seite gewichen wäre, die drei Sechstkläßler rückten zusammen, recht so, auf sie hatte es Manfred Fritsch nämlich abgesehen: ›Ich zähle auf drei‹, sagte er mit einer Stimme knapp vorm Umkippen, ›wenn ihr bis dann nicht verschwunden seid, gehe ich zum Präfekten und melde, daß ihr seit fast zwei Stunden uns daran zu hindern versucht, seinen Auftrag auszuführen!‹
›Ha, ha‹, sagte Edwin Tiefentaler, gelacht war es jedenfalls nicht. Gelacht hat überhaupt niemand. Und die drei Sechst-

kläßler schon gar nicht. Sie schauten Edwin Tiefentaler an, der schüttelte den Kopf.

›Eins‹, sagte Manfred Fritsch.

Edwin Tiefentaler schüttelte wieder den Kopf.

›Zwei‹, sagte Manfred Fritsch. Diesmal nickte Edwin Tiefentaler, und die drei verließen den Raum. Ich habe gestaunt, das muß ich zugeben. Aber darauf hat Manfred Fritsch nicht geachtet, wirklich nicht. Er ist zu Gebhard Malin gegangen, hat gesagt: ›Steh auf!‹ – Das hat er gemacht, und Manfred Fritsch hat ihm verkündet: ›Wir werden dir Klassenprügel geben. Jeder zwei Ohrfeigen. Das gibt vierzehn Ohrfeigen. Und damit hat sich's!‹

Das ist alles bis ins Detail in St. Gallenkirch wieder aufs Tapet gekommen. Ich hab's erzählt, Manfred Fritsch hat sich noch genau daran erinnern können, aber er hat es mich erzählen lassen. Er war ja stolz auf diese Aktion, und es kommt immer besser an, wenn ein anderer so etwas erzählt. – Der Franz wußte nichts mehr davon.«

»Als ihr im Gasthaus gesessen seid, hast du das erzählt? Nachdem die beiden von ihrem Spaziergang zurückgekommen waren – die Frau Lässer und der Manfred Fritsch?«

»Ja. Nicht in demselben Gasthaus. Nicht gleich, als die beiden zurückkamen. Da war noch so viel anderes zu tun – Stimmungen beruhigen und so weiter. Wir sind dagesessen wie die Stummen. Zwei von uns mit betonierten Gesichtern, der Franz und der Manfred Fritsch. Die Karin und ich, wir haben uns manchmal angeschaut und das Lachen verbissen. Schließlich sagte Manfred Fritsch zum Franz: ›Du, ganz ehrlich, ich finde das schon ziemlich beschissen, daß du uns nachläufst und dich als wer weiß wer aufspielst …‹

›Herrgottkruzifix‹, schnauzte ihn der Franz an, ›wir sind nicht zum Spazierengehen hierhergekommen.‹

Oh, die beiden waren geladen! Ich machte dann folgenden Vorschlag: ›Ihr beide geht hinaus in den Schnee und tobt euch aus, oder die Karin und ich gehen einstweilen in ein anderes

Gasthaus und essen etwas, und wenn ihr euch wieder beruhigt habt, kommt ihr nach!‹

›Ich glaube, wir sollten uns eine Unterkunft besorgen‹, sagte Karin.

›Wir können auch sofort losfahren‹, sagte Manfred Fritsch. ›Ich fahr dich nach Innsbruck, wenn du willst.‹

›Nein‹, sagte sie, ›das will ich nicht. Wäre mir peinlich, wenn ich vor dem Alfred zu Hause wäre.‹

Der Franz warf mir einen schnellen Blick zu. ›Es wird schwierig sein, hier Zimmer zu bekommen‹, sagte er. ›Alles voll mit Fremden.‹

Ich stand auf, holte Karins Mantel von der Garderobe und meinen Anorak. ›Streitet ihr euch inzwischen aus‹, sagte ich. ›Ich geh hinauf zum Haus Malin und schau, ob es dort was gibt.‹

›Und wozu brauchst du dabei Karins Mantel‹, fragte Franz.

›Vielleicht geht sie ja mit‹, sagte ich.

›Sie war doch erst draußen im Schnee, sie ist ja noch ganz kalt!‹

›Brandl‹, sagte Manfred Fritsch, ›du mußt dir abgewöhnen, immer für andere zu denken!‹

Karin stand auf. ›So machen wir es‹, sagte sie. ›Auf alle Fälle können wir dort oben etwas essen. Wir warten auf euch, wir bestellen erst, wenn ihr da seid ...‹

Erster Beweis, dachte ich. Gleichzeitig habe ich gedacht, das darf doch wohl nicht wahr sein, daß ich wieder anfange, *Beweise* zu zählen, wie vor fünfundzwanzig Jahren, wie damals im Café, als ich die zwei Schaumrollen bei der Veronika Tobler bestellt habe. – Wie man sich irren kann, wenn's um einen selber geht! Als ob ich seither nie mehr Beweise gezählt hätte! Immer habe ich das gemacht, immer wenn ich eine Frau kennengelernt hatte und auch dann noch, wenn ich sie schon lange kannte, bei meiner Frau zum Beispiel. Nur weil der Franz da war, weil ich ihn so viele Jahre nicht gesehen hatte, und wenn doch, dann nur ganz kurz, darum kam es mir so vor, als meldete sich eine alte, längst abgelegte Angewohnheit wieder bei mir. – Erst war ich irritiert, aber dann sagte ich mir, gut, machst du es wie früher, wie immer, zählst du eben *Beweise*, und weil mir das gute Laune machte, nahm ich Karins kalten Kuß auf mein Auge noch dazu. Daß sie mit mir hinaus in die Kälte ging, obwohl sie ja erst vor einer Viertelstunde von dort gekommen war, war also *Beweis Nummer zwei*.

Ein wenig wurde die Beweislage getrübt, als sich Karin an der Tür noch einmal zu den anderen umdrehte und sagte: ›Aber laßt uns nicht zu lange warten, ich habe Hunger.‹

›Wir können ja gleich mitgehen‹, sagte Manfred Fritsch, ›von mir aus gibt es nichts zu besprechen mit dem Brandl.‹

›Nein‹, sagte Karin, ›das will ich nicht.‹ Beweis Nummer zwei hielt. Und dann sagte sie noch etwas zu Manfred Fritsch, und wenn der Franz auch ein Beweiszähler wäre, er hätte es als einen solchen buchen können: ›Sag nicht immer Brandl zu ihm, er heißt Franz.‹

Und draußen habe ich den Mund nicht aufgekriegt. Bin schweigend neben ihr hergegangen. Aber es war nichts dabei, der Weg führte ziemlich steil aufwärts und Karin hatte glatte Schuhe an, wir mußten aufpassen, daß sie nicht rutschte. Außerdem mußte ich darauf achten, nicht allzu laut zu schnaufen. Meine Frau hat einmal zu mir gesagt, das klinge bei mir ganz besonders scheußlich. Das war zwar unmittelbar nach der Scheidung, als sie das sagte, aber ich habe es mir doch zu Herzen genommen.

Das Haus, in dem Gebhard Malin gewohnt hatte, wo er aufgewachsen war, ist, wie gesagt, inzwischen ein Hotel, aufgeblasen auf ein mehrfaches Volumen, ein sehr feines Hotel – will es jedenfalls sein –, ein feines Hotel und ein feines Restaurant. Hirschgeweihe und gestickte Kopien alter Meister an den Wänden, in der Halle flauschige Teppiche, eine Wand von oben bis unten vollgehängt mit Fotografien von Schirennläufern, handsigniert, eine Bar in einem fensterlosen Raum, in der Tag und Nacht Nacht ist. Im Altbau ist das Restaurant untergebracht, wie die Zimmer einmal gewesen sind, läßt sich nicht mehr rekonstruieren, das Innere ist ausgeweidet worden, eine sechzehn Seiten lange Speisekarte, von der Pizza bis zur Frühlingsrolle.

Ein Doppelzimmer und ein Einzelzimmer waren noch frei. Das Doppelzimmer könnten wir getrost zu dritt belegen, wurde gesagt, dort stehe ein Sofa, man werde dafür nur den halben Preis berechnen. – Die Aufteilung der Zimmer war also klar. Aber ich war überzeugt, weder der Franz noch der Manfred Fritsch würden daraus auch nur im mindesten eine naturgesetzliche Ordnung ableiten.

Wir setzten uns ins Restaurant an einen Tisch in einer Nische. Wir hatten Glück, wir waren dem Ansturm der Schifahrer gerade um ein Viertelstündchen zuvorgekommen. Wir bestellten einen Krug Punsch, und auf einmal fiel mir das Gespräch ganz leicht. Von allem Anfang an hatte ich die Rolle eines brüderlichen Freundes inne. Diese Rolle kenne ich, ich weiß aus Erfahrung, daß es mir unmöglich ist, dieser Rolle zu entrinnen, wenn ich sie einmal angenommen habe, besser gesagt, wenn sie sich einmal über mich geworfen hat – wie eine Zwangsjacke, die einem übergestülpt wird. Aber es hatte auch etwas Gutes: Ich würde mich erst gar nicht um Karin bemühen müssen – und das machte vieles einfacher ... vielleicht auch ein wenig trauriger ... vielleicht aber auch ein wenig lustiger.

›Wie alt bist du‹, fragte ich sie.

›Zweiunddreißig‹, sagte sie und sprach gleich weiter, weil sie sofort verstanden hatte, warum ich sie danach fragte. ›Acht Jahre Unterschied zu Alfred‹, sagte sie, ›und alle sagen, ich sehe jünger aus, als ich bin, und doch denkt sich jeder, der uns beide sieht, diese Frau hat einen jungen Mann gekriegt, und ich denke dasselbe.‹

›Es hat nichts mit dem Aussehen zu tun‹, sagte ich. Sie nickte.

Und dann fragte sie: ›Was ist mit diesem ehemaligen Mitschüler, wegen dem ihr hergefahren seid?‹

Ich erzählte ihr die Geschichte in groben Zügen, von dem *nicht genügend*, von dem *Züchtigt ihn!*, setzte für das Entsetzliche den barmherzigen Joker *Klassenprügel* ein ... Sie hörte mir aufmerksam zu, legte den Kopf in ihre Hand, bewegte manchmal ihren Mund, wenn ich sprach, als formulierte sie meine Worte im stillen nach.

›Und deshalb fahrt ihr hierher‹, fragte sie. ›Nach fünfundzwanzig Jahren?‹

›Es war Alfreds Idee‹, sagte ich.

›Bei ihm versteh ich's‹, sagte sie. ›Er ist seit damals nicht älter geworden, für ihn ist alles, was er in seinem Leben erlebt hat, wie gestern.‹

›Vielleicht ist es bei uns genauso. Beim Franz, beim Manfred und bei mir ... drei andere aus unserer Klasse sind ja nicht gekommen. Vielleicht sind sie die einzigen, die inzwischen erwachsen sind.‹

›Du erzählst mir nicht alles‹, sagte sie.

›Ja‹, sagte ich, ›ich erzähl dir nicht alles ...‹

›Was hast du denn ausgelassen?‹

›Uns selber‹, sagte ich, und weil mir das so andeutungsschwanger vorkam und deshalb pathetisch, fügte ich hinzu: ›Es ist sicher eine Sentimentalität ...‹

›Nein‹, sagte sie. ›Ich glaube, du hast *dich* ausgelassen.‹

›Mich?‹ sagte ich. ›In dieser Geschichte gibt es nicht *mich* oder *dich* oder sonst einen einzelnen. In dieser Geschichte gibt es nur *uns* – nur *wir*.‹

›Dann ist es aber eine seltsame Geschichte‹, sagte sie.

Und ich sagte: ›Bitte, sag dieses Wort nicht, ich mag es nicht.‹

›Und ich mag Gruppengeschichten nicht‹, sagte sie. ›Die erzählt man nach Betriebsurlauben oder nach Kriegen, und dann sind alle besoffen. Dort wird von *wir* gesprochen oder von *man* – was *man* alles erlebt hat ... und dann werden Lieder gesungen ... besoffene ...‹

›Was hat denn unsereiner schon erlebt!‹ sagte ich und lächelte dabei, und obwohl ich merkte, es ist das Lächeln von

Edwin Tiefentaler, dieses Lächeln, das eigentlich im Klammersatz steht und sagen will, vielleicht ist alles nur ironisch gemeint – dieses Lächeln hat sich in mein Gesicht geschraubt, und obwohl ich das merkte, sprach ich lächelnd weiter: ›Ja, was hat unsereiner denn schon erlebt! Doch nur langweilige Dinge oder lustige Dinge vielleicht, komische Sachen, aber die machen keine Kerben ins Gesicht, das tut nur das Tragische. – Unsere Väter waren im Krieg, oder sie waren zu Hause, dann haben sie die Bomben fallen sehen. Als wir die Augen aufgemacht haben, waren auf die Kellergeschoße der weggeblasenen Häuser bereits neue gestellt worden, war erst mit dem groben Besen das Grobe und dann mit dem feinen Besen das Feine weggekehrt worden, und alles war so eingerichtet, daß uns kaum etwas anderes übrigblieb, als erfolgreich zu sein, ganz egal in welche Richtung, alles war Karriere; aber Karriere macht ebenfalls keine Kerben ins Gesicht. Erfolg haben heißt nicht, etwas erleben; darum sind und waren unsere Idole auch immer Gescheiterte – Lee Harvey Oswald, der John F. Kennedy erschoß, auch Kennedy selbst, eben weil er erschossen worden ist, Martin Luther King, Che Guevara ... Und darum suchen wir in unserer eigenen Vergangenheit nach einer Zeit des Versagens, weil wir einerseits des Erfolges überdrüssig sind, andererseits aber vor einem zukünftigen Versagen Angst haben. Das ist das Kreuz, das wir Musterschüler zu tragen haben. Unsere Väter und Großväter haben noch auf einen Krieg hoffen können, der sie mit vierundzwanzig entweder wegputzen oder zu alten Landsern machen würde; sogar diese perverse Hoffnung ist uns genommen.‹

›Du redest nur von den Männern‹, unterbrach sie mich. In diesem Augenblick betraten Franz und Manfred Fritsch das Restaurant, sie winkten uns zu, lachten fröhlich, hatten sich also versöhnt oder sonstwie miteinander eingerichtet. Dachte ich ...

›Schade‹, sagte Karin. Ich buchte es nicht als einen *Beweis*. – Und es war sehr angenehm, es nicht tun zu müssen.

Die beiden hatten sich weder versöhnt noch sonstwie miteinander eingerichtet. Sie führten einen Grabenkrieg, meinten, niemand merke es, nicht einmal der Gegner; und sie meinten, es gäbe etwas zu gewinnen.

Also, die ganze Geschichte wurde herausgezerrt und vor Karin ausgebreitet, und das Motto lautete: Den Anständigsten von uns mußt du nehmen! – Ich hielt mich heraus, jedenfalls von dem Zeitpunkt ab, an dem ich merkte, worum es den beiden ging. – Manchmal habe ich eine lange Leitung.

Es war so: Karin wollte mehr wissen von diesem Nachmittag am 30. November 1963, wollte genau wissen, wie es zu den Klassenprügeln gekommen war. – Zuerst haben die beiden mich ins Feuer geschickt: ›Er erinnert sich am besten‹, sagte der Franz. ›Er ist unser Geschichtenonkel …‹

Gut, habe ich eben erzählt – mehr oder weniger detailliert. Manfred Fritschs Auftritt als reformierter, *tiefentalerisierter* Klassensprecher habe ich – zugegeben, ich wollte gute Stimmung verbreiten – sehr genau und für ihn schmeichelhaft geschildert.

›Tja, Karin‹, sagte Manfred Fritsch hinterher genüßlich, ›du kannst dir das vielleicht nicht vorstellen, aber dieser Nachmittag lastet auf uns allen … Niemand wollte das. – Und Vorschläge machen ist das eine, sie aber auszuführen ist eine andere Sache. – Also konkret die Frage: Wer gibt die erste Ohrfeige? – Ich habe damals gesagt: Ferdi Turner, das ist deine Sache, du hast den Vorschlag gemacht, also bitte! – Aber er sagte, nein, er habe den Vorschlag gemacht, das genüge, er müsse deswegen nicht unbedingt automatisch derjenige sein, der die erste Ohrfeige gibt. – Mußte ich ihm recht geben. – Also, habe ich gefragt, wer meldet sich freiwillig für die erste Ohrfeige? Hat sich aber keiner gemeldet. – Dann habe ich gesagt, Edwin Tiefentaler, du bist doch so scharf auf Klassenprügel, warum meldest du dich nicht? – Aber wie gesagt, Reden und Tun sind zwei paar Schuhe. – Edwin Tiefentaler hat gemerkt, jetzt wird es ernst, und da hat er sich zurückgezogen. Außerdem lasse er sich von mir sowieso nichts anschaffen, sagte er. – Also, habe ich noch einmal gefragt: Wer meldet sich freiwillig für die erste Watsche ... Keiner hat sich gemeldet.‹

›Warum hast denn du die erste Ohrfeige nicht gegeben‹, fragte Karin. ›Du warst schließlich der Klassensprecher.‹

›Genau‹, rief Franz. ›Er hat immer lieber die anderen vorgeschickt, stimmt's?‹

›Nein‹, sagte Manfred Fritsch und schüttelte den Kopf, als ob derselbe schon damals ein philosophischer gewesen wäre, ›nein. Ohne mich jetzt im nachhinein herausstreichen zu wollen, muß ich doch sagen, daß ich diese Pattsituation absichtlich forciert habe ... Es war eine Pattsituation.‹

›Aber jetzt lüg doch nicht‹, sagte Franz, ›du kannst uns viel erzählen ...‹

›Laß mich ausreden, bitte‹, sagte Manfred Fritsch. ›Ich bin der festen Überzeugung, es wäre absolut nichts geschehen, absolut nichts, wenn die erste Ohrfeige hätte aus freier Entscheidung, aus eigener Verantwortung gegeben werden müssen. – Das war mein letzter, verzweifelter Versuch. Ich schwöre, ich wußte, wenn all diese aufgestauten Gefühle zum Ausbruch kommen, dann wird es schrecklich.‹

›Was sagst denn du dazu‹, fragte mich Karin.

Ich zuckte mit der Schulter. ›Ich hör's mir an‹, sagte ich.

›Es ist meine Version‹, sagte Manfred Fritsch. ›Ich werde wohl ein Recht darauf haben. Und es tut mir leid, Franz, ich will dich nicht im nachhinein für etwas verantwortlich machen, und sicher war auch gar keine böse Absicht von dir dabei. Aber du hast mir meine Taktik vermasselt – ohne Absicht, wie gesagt –, sicher ohne Absicht.‹

›Was habe ich denn gemacht?‹

›Eine winzige Kleinigkeit‹ – Manfred Fritsch verzog seinen Mund zu einem dünnen, schrägen Riß: Schadenfreude: ›Eine Winzigkeit, wie gesagt – psychologisch gesehen ein Zündfunke allerdings.‹

›Jetzt schau dir diesen Lumpenhund an‹, rief Franz, ›jetzt will der mir was anhängen, verstehst du ...‹

›Du hast einen Vorschlag gemacht. Du hast vorgeschlagen, wir sollten die Reihenfolge der Ohrfeigen auslosen. Das war dein Vorschlag. Weißt du das denn nicht mehr? Auslosen ... ein Zufallsentscheid ... ist soviel wie höhere Gewalt ... da erlischt die eigene Verantwortung. – Und damit war meine Taktik zusammengebrochen.‹ Er legte die Hände flach auf den Tisch, schaute die Wände, die Hirschgeweihe und die anderen nicht zur Sache gehörenden Dinge an. ›Könnte sein‹, sagte er, ›daß wir hier im ehemaligen Zimmer von Gebhard Malin sitzen ...‹

›Ich habe niemals so einen Vorschlag gemacht‹, donnerte Franz los. ›Ich habe überhaupt keinen Vorschlag gemacht, verstehst du!‹

›Schau‹, sagte Manfred Fritsch. ›Es ist auch völlig unwichtig, wer diesen Vorschlag gemacht hat ...‹

›Für mich ist das nicht unwichtig. Du sagst so Sachen, und ich steh dann da ...‹

›Du hast recht, ich hätte nicht davon anfangen sollen. Ich wußte ja nicht, daß dich das so aufregt.‹

›Ich habe diesen Vorschlag nicht gemacht, verdammtnochmal!‹

›Reden wir nicht mehr darüber!‹

›Ich will aber darüber reden! Behaupte nicht solche Schweinereien, die verlogen sind!‹

›Sie sind nicht verlogen‹, sagte Manfred Fritsch. ›Ob es Schweinereien sind – das zu beurteilen überlasse ich anderen.‹

Franz bekam wieder seinen roten Kopf. ›Wieso sagst eigentlich du nichts dazu‹, rempelte er mich an. ›Sag etwas dazu! Los!‹

›Das ist doch eure Sache‹, sagte ich. ›Warum sollte ich dazu etwas sagen!‹ Da haben sich die beiden vorübergehend gefunden ... aber nur vorübergehend. War wohl so, daß sie plötzlich entdeckten, hier sitzt ja noch einer, noch ein Konkurrent – in bezug auf die Karin.

›Da schau ihn dir an‹, sagte Franz. ›Besucht einen nach dem anderen, fragt einen nach dem anderen aus und tut so, als hätte er selbst nichts damit zu tun.‹

›Das stimmt doch gar nicht‹, sagte ich, und es fiel mir leicht, ruhig zu bleiben.

›Natürlich stimmt es‹, sagte Manfred Fritsch gnädig. ›Das ist ein anderes Thema, darüber könnten wir auch noch sprechen.‹

›Ich bin der Sache nachgegangen‹, sagte ich. ›Das ist schon richtig. Aber das heißt doch nicht, daß ich mich aus der Sache heraushalte.‹

›Aber bitte‹, sagte Manfred Fritsch in seinem Mitleidston. ›Mir brauchst du das doch nicht zu erzählen. Das ist doch der alte Journalistenschmäh ... fragen, nachforschen, nachgehen, fragen, fragen, fragen ... es gibt keine bessere Methode, sich herauszuhalten aus allem.‹

›Ich will mich nicht heraushalten‹, wiederholte ich. ›Ich möchte mich nur erinnern.‹

›Dann erinnere dich gefälligst‹, brüllte Franz. ›Erinnere dich! Hab ich so einen Vorschlag gemacht oder nicht? Habe ich vorgeschlagen, die erste Ohrfeige soll ausgelost werden – oder nicht?‹

›Ich weiß es nicht‹, sagte ich.

›Er kann sich nicht daran erinnern‹, sagte Franz. ›Ich auch nicht. Also ...‹ Und damit war die Koalition zwischen ihm und Manfred Fritsch auch schon beendet.

›Aber ich kann mich erinnern‹, sagte Manfred Fritsch.

›Zwei zu eins‹, sagte Franz und lachte schallend.

›Die Mehrheit hat nicht immer recht‹, sagte Manfred Fritsch, zögerte seinen Sieg hinaus.

›Aber du schon‹, sagte Franz. ›Du hast recht?‹

›Ja‹, sagte Manfred Fritsch. ›Ich habe schließlich Protokoll geführt ...‹

›Was hast du‹, fragte Karin.

›Ich ... ich habe Protokoll geführt‹, – lächelnd, siegreich lächelnd – ein ehemaliger Klassensprecher mit Überblick, mit kühlem Kopf im Dienste der Menschlichkeit, ein intelligenter Mensch, ein zuverlässiger Zeuge, ein wirklich guter Journalist, ein Sieger, ein wirklich guter Sieger – warum dann nicht auch ein guter Liebhaber?

›Das ist alles obendrein noch protokolliert worden?‹ sagte Karin leise. ›Das finde ich absolut widerlich!‹ Pff, weg war er!

Dem Franz ist das Gesicht aufgegangen, die Augenbrauen haben sich voneinander gelöst, als würde ihm jemand die Stirn aufpumpen – und er hat seine Retourkutsche gefahren: ›Ja, ja‹, sagte er scheinheilig, ›der Manfred hat in einer gewissen Hinsicht schon recht. Das lastet alles furchtbar auf uns. Das war ja auch alles furchtbar, furchtbar, furchtbar. Man kann das einem, der nicht dabei war, gar nicht klar machen, wie furchtbar das war. Und daß es da Hemmungen gibt, über manche Sachen zu sprechen, das will ich gar nicht bestreiten, das ist schon so eine Sache. Und die Umstände, mein Gott – was da alles drumherum war, mein Gott. Und dieser Druck von oben ...‹

›Willst du etwas sagen oder willst du nur herumreden‹, unterbrach ihn Manfred Fritsch.

›Ich will eigentlich nur herumreden‹, sagte der Franz. ›Der eigentlich Schuldige war der Präfekt, das ist klar, und es hat wirklich keinen Sinn, da muß ich dir recht geben, Manfred, es hat wirklich keinen Sinn, wenn wir hier jetzt Aufrechnung spielen. – Das mußt du dir vorstellen, Karin, was der Präfekt für einen Terror ausgeübt hat, und du darfst ja nicht vergessen, Karin, wir waren Buben, verstehst du, Buben, die den ganzen Tag Angst gehabt haben ... immer Angst ...‹

Genüßlich hat er die Geschichte von Csepella Arpad erzählt – ich weiß bis heute nicht, woher er die hat – die Geschichte, wie Csepella Arpad in den Tagen danach zuerst zum Rektor gegangen sei, um zu melden, was geschehen war, wie der Rektor sich die Ohren zugehalten habe, im übertragenen Sinn, wie der Csepella Arpad zum Spiritual gegangen sei, um zu melden, was geschehen war, daß ihm der Spiritual vielleicht den Brucknerstuhl angeboten habe, aber sonst nichts. ›Das mußt du dir vorstellen, Karin …‹

Schließlich, so erzählte der Franz, sei Csepella Arpad zur Polizei gegangen und habe Anzeige erstattet. Zwei Beamte seien daraufhin ins Heim gekommen und hätten mit dem Präfekten gesprochen. Der Präfekt habe gesagt, das sei alles nicht wahr, der Gebhard Malin, ein ziemlich aufmüpfiger Bursche, sei bei einem verbotenen Wettrennen durch die Gänge des Heimes über die Stiege hinuntergefallen und habe sich dabei verletzt, er, der Präfekt, verwahre sich mit allem Nachdruck dagegen, daß hier versucht werde, einer ganzen Klasse eine Ungeheuerlichkeit zu unterstellen, außerdem gäbe es einen Zeugen, der diese seine Aussage bestätigen könne … ›Und was meinst du, Karin‹, sagte der Franz, ›wem haben die Beamten geglaubt – dem Präfekten und seinem Zeugen oder einem Fürsorgefall – einem aus Ungarn dahergelaufenen Zigeunerbuben?‹

Aber noch bevor Franz seinen Kuchen ausgebacken hatte, sagte Manfred Fritsch: ›Der Zeuge übrigens … war ich.‹

17

Zu dritt in diesem engen Hotelzimmer, durchs Fenster ein Schimmer vom Schnee der Schipisten draußen, die beiden im Doppelbett – betrunken –, ich auf dem Sofa – klar, nüchtern, wach – ich kam mir vor wie im Schlafsaal.

›Ich geh jetzt in mein Zimmer‹, hatte Karin gesagt, Messer und Gabel abgeleckt und in ihre Handtasche gesteckt. ›Ich werde nicht zusperren, aber wenn einer von euch beiden zu mir kommt, dann steche ich ihn ab.‹

Wir haben ›Gute Nacht!‹ gerufen und gelacht, und wir drei sind noch beisammen gesessen, bis der Kellner die Stühle auf die Tische stellte, und dann hat der Franz eine Flasche Whisky gekauft, und wir sind hinaufgegangen in unser Zimmer und haben weitergeredet. – Ich habe nicht viel gesagt. – Die beiden haben sich verbrüdert, haben mich gar nicht mehr aufgefordert mitzutrinken, und zum Schluß haben sie sich die Köpfe gegenseitig auf die Schultern gelegt und geheult, und der Franz hat gesungen:

Ich armer Hund, ich armer Hund
ich hab mit mir Erbarmen
ich armer Hund, ich hab mit mir Erbarmen
ich bin der Allerärmste von den Armen ...

Er sang es zur Melodie eines Blues von den *Rolling Stones*.

Als sie eingeschlafen waren, habe ich das Licht gelöscht, die Aschenbecher habe ich nicht ausgeleert, was gehen mich diese vollen Aschenbecher an, dachte ich; ich habe eine Weile gewartet, auf dem Sofa liegend, dann bin ich aufgestanden und hinübergegangen. Karin saß angezogen im Bett und las.

›Noch zwei Seiten hätte ich gelesen‹, sagte sie, ›dann hätte ich abgesperrt.‹

Ich setzte mich zu ihr, fuhr mit meinen Händen in ihr Haar. – Sie ließ das Buch vom Bett gleiten und legte sich zurück.

›Machst du das oft‹, fragte ich.
›Immer, wenn es möglich ist‹, sagte sie.

Ich drückte mein Gesicht in ihren Busen. Sie schob mich weg, schlüpfte aus dem Pullover, zog mich her, legte die Zudecke über uns und küßte mich auf den Mund. Die Haare fielen ihr über das Gesicht, und ich fand es aufregend, wie sie sich bewegte, eben weil sie sich kaum bewegte, nur am Druck ihrer Schenkel an meinen Hüften spürte ich es.

›Klaust du immer das Besteck, wenn du auswärts ißt‹, fragte ich.

›Ja‹, rief sie, ein kurzes, pipsendes Ja wie ein Vogel.

Und ich redete weiter, während sie, die Hände auf meine Schlüsselbeine gestützt, so wenig machte, wie noch nie eine Frau auf mir gemacht hatte, ich redete, und es waren lauter Fragen, die ich ihr stellte, und zu allem sagte sie Ja. – Und zum Schluß fragte ich: ›Bist du schwanger?‹

Und sie rief: ›Ja.‹

Später redeten wir viel – sie sprach über den Alfred mit Nachsicht wie über ihr Kind.

›Ich werde ihm bei Gelegenheit erzählen, wie du über ihn sprichst‹, sagte ich.

›Mir wär's eigentlich lieber, wir sehen uns nicht mehr‹, sagte sie. ›Ich nehme an, für den Alfred ist die Sache nun endgültig ausgestanden.‹

Im Traum sah ich Kamele über die Bettdecke ziehen. Am nächsten Tag wachten wir so spät auf, daß wir kein Frühstück mehr bekamen und das Zimmer für zwei Nächte bezahlen mußten. Franz Brandl und Manfred Fritsch waren schon längst abgefahren.«

Fünftes Kapitel

18

»Du hast ihr also die ganze Geschichte erzählt?«

»Am Abend vorher, als wir im Restaurant saßen und auf den Franz und den Manfred warteten. Und dann in der Nacht habe ich der Karin auch noch erzählt ... und beim Frühstück ... und auf der Fahrt nach Innsbruck ... Ich habe sie nach Innsbruck gefahren.«

»Hast du vorher schon jemals mit Unbeteiligten darüber gesprochen?«

»Nein.«

»Und was sagt Karin Lässer dazu?«

»Nicht viel. Sie hat mich gefragt, warum ich nach so vielen Jahren der Sache nachgehe.«

»Hast du ihr erzählt, daß du vorher jeden einzelnen besucht hast – auch die anderen, nicht nur ihren Mann?«

»Das wußte sie.«

»Und – was hast du ihr geantwortet?«

»Nichts ... nichts Bestimmtes.«

»Dann frage ich dich jetzt dasselbe: Warum bist du der Sache nachgegangen? Hast einen nach dem anderen besucht, um mit ihm darüber zu sprechen – warum?«

»Ferdi Turner zum Beispiel habe ich nicht besucht, um mit ihm über die Sache zu sprechen ... über die Klassenprügel und Gebhard Malin. Ferdi Turner habe ich zufällig getroffen, im Zug.«

»Hast aber dann doch mit ihm darüber gesprochen?«

»Ja.«

»Von deinem Besuch bei Ferdi Turner hast du noch nicht erzählt.«

»Er war der erste.«

»Darüber müssen wir noch sprechen, ja. – Wann war das?«

»Es war zwei Jahre davor. Ziemlich genau zwei Jahre, bevor Manfred Fritsch, Franz Brandl, Alfred Lässer, Karin und ich in St. Gallenkirch waren. Im Dezember 1986 war ich bei Ferdi Turner – ich war über Weihnachten bei ihm.«

»Er hat Familie, hast du, glaub ich, gesagt.«

»Ja. Sie haben mich über Weihnachten eingeladen.«

»Und anschließend hast du dir vorgenommen, auch die anderen zu besuchen ... auch mit den anderen darüber zu sprechen?«

»Nein, nein, lange noch nicht.«

»Was hat den Ausschlag dafür gegeben?«

»Weiß ich nicht ... so genau...«

»Irgendein Erlebnis?«

»Kann sein ... mehrere vielleicht ... weiß nicht welches ...«

»Sozusagen ein Aha-Erlebnis?«

»Was? Nein. – Da gibt es kein Aha-Erlebnis ... nein ...«

»Vielleicht sollten wir, bevor du von deinem Besuch bei Ferdi Turner erzählst, erst von dir sprechen.«

»Was meinst du – was sollten wir da reden?«

»Sprechen wir von dir. Das meine ich. Wie war es möglich, daß diese Geschichte so viele Jahre in dir geruht hat, ohne daß du ...«

»Das ist kein gutes Thema.«

»Warum nicht?«

»Weil ich nicht weiß, ob ich dir ehrlich antworten würde. Weil ich nicht einmal weiß, was du fragen könntest.«

»Du trägst diese Geschichte jahrelang, jahrzehntelang mit dir herum – und dann auf einmal gehst du der Sache so vehement nach.«

»Dasselbe hat die Karin gesagt ...«

»Und?«

»Es war eben in all den Jahren kein Problem.«
»Für dich.«
»Für manchen ist es noch heute keines.«
»Eine Antwort ist das nicht.«
»Was soll ich denn sagen?«
»Was war der Grund, daß du einen nach dem anderen besucht hast? Zumindest – was war das auslösende Moment?«
»Ist das wichtig?«
»Ich meine, das hat mit dir zu tun. Und das, finde ich, ist wichtig.«
»Und darum sollen wir über mich sprechen, meinst du ...«
»Willst du nicht?«
»Ich habe kein Bild von mir ... das ist es. Es ist keine Frage des Wollens.«
»Das verstehe ich nicht.«
»Ich kann mich selbst nicht rekonstruieren. Ich erinnere mich gut daran, was andere gemacht und gesagt haben. Vielleicht, weil ich selbst in meiner eigenen Erinnerung sehr wenig vorkomme. Ich stehe mir selbst in meiner Erinnerung nicht im Weg. Ich weiß nicht, ob ich dir überhaupt Antwort geben kann, wenn du mich nach mir fragst. Ich müßte dazu ein Bild von mir entwerfen. – Anlässe, Auslöser: Sentimentalität ... So ist es eben. – Musik vielleicht ...«
»Musik?«
»Mexikanische Musik, ja. Auch ein Auslöser, ein Gefühlsmixer. Das war in Berlin in einer Wohnung. Ich habe die Leute, die dort wohnten, gekannt. Sie haben mir die Wohnung für ein paar Wochen zur Verfügung gestellt. Sie sind mit ihren Kindern in Urlaub gefahren, in den Süden. Das war im Jänner ... Jänner 1987.«
»Nachdem du bei Ferdi Turner warst?«
»Als ich aus Imst weggefahren bin, wußte ich nicht wohin. Nach Hause wollte ich nicht.«
»Wieso nicht?«
»Wegen meiner Scheidung ... jedenfalls ... da fielen mir

diese Bekannten in Berlin ein. Ich habe telephoniert, und siehe da, es war günstig. Ich könnte die Wohnung haben, wenn ich wollte, hieß es. – Wunderbar. Allein in Berlin. Ich habe Urlaub in Berlin gemacht – Pfalzburger Straße –, und die Platte mit den mexikanischen Liedern habe ich andauernd gehört. Später habe ich die Wohnung kaum noch verlassen – nur um ununterbrochen diese Platte zu hören ... Schnulzen ... ohne Übertreibung, Schnulzen. Irgendwann ist mir die Musik auf die Nerven gefallen – dann war Schluß damit. Es ist mir besser gegangen danach, habe nicht mehr das Gefühl gehabt, ich hätte die Ausdehnung eines Punktes. – Und habe gedacht: So, ich will sie alle besuchen, alle, und mit allen will ich darüber sprechen.«

»Aber das ist banal ...«

»Ich dachte, jetzt erzähl ich etwas von mir, und dann ist es banal. Ja, wahrscheinlich ist es banal – ist ja auch schön, oder nicht?«

»Daß man erst mexikanische Schnulzen hören muß, um so einer Geschichte nachzugehen, das nenne ich banal.«

»Warum denn! Vielleicht ist er tatsächlich in Mexiko – Gebhard Malin meine ich. – Vielleicht sind die drei heute in Mexiko – Gebhard Malin, Csepella Arpad, Veronika Tobler.«

»Die anderen aus deiner Klasse werden dich ja wohl auch gefragt haben, warum du der Sache nachgehst. Hast du ihnen da auch von den mexikanischen Schnulzen erzählt?«

»Ach, nein. – Was willst du denn hören? Du willst doch irgend etwas hören ... etwas wonnevoll Ergreifendes ... einen Kick, einen Plotpoint ... ein *Aha-Erlebnis*: ›Von diesem Moment an wußte ich, daß ...‹ Oder so etwas Ähnliches ... Etwas Anti-Banales.«

»Du warst damals fünfzehn Jahre alt – fünfundzwanzig Jahre sind seither vergangen. Alles mögliche ist seither passiert, sicher auch Geschehnisse, die dich sehr bewegt haben. Und dann sollen ausgerechnet irgendwelche mexikanischen Schnulzen daran schuld sein, daß du dich aufraffst?«

»Es ist mir gut gegangen. Uns allen ist es gut gegangen.

Hab keinen getroffen, der abgestürzt wäre. – Wir sind bald vierzig, alle sind wir so um die vierzig. Die besten Jahre unseres Lebens, das werden wir einmal sagen können, haben wir in den besten Jahren des Jahrhunderts verbracht; eine Bahn aus Samt und Seide und ein Sog, der uns nach oben zieht, keine Flügel, weder Engel noch Teufel, keine Flügel, weder schwarze noch weiße, in denen sich der Wind der Geschichte verfangen könnte. Oder umgekehrt: Womöglich haben wir Flügel, aber der Wind der Geschichte bläst nicht mehr. Was weiß ich, es kommt auf dasselbe heraus. – Das zeichnet uns doch aus, daß wir in einer legitimierten Banalität schwimmen. Du verstehst nicht, was ich meine? Eine erkämpfte Banalität – wenigstens zwei Jahrhunderte lang wurde dafür gekämpft. Von Gewerkschaften, Parteien, Weltanschauungen, Helden, Märtyrern. Das Glück von Christentum und Sozialismus: der geschichtslose Zustand. Das Paradies. Das ewige Vergessen. Das leicht gemachte Vergessen. Weil es nichts gibt, an das es sich zu erinnern lohnt. Keine Heldensagen, keine Mythen. Nichts Himmlisches, nichts Teuflisches. – Das einzig Pathetische ist der Tod. Aber nur der gedachte, nicht der erlebte. Der erlebte Tod schwimmt längst schon mit im Plasma der in Jahrhunderten erkämpften Banalität.

Der Auslöser, der Anlaß war der Tod des Rektors. Wenn du unbedingt etwas brauchst. Der Tod des Rektors wird's gewesen sein, ja ... Der Tod des Rektors und die Beerdigung.«

»Wann ist der Rektor gestorben?«

»Kurz vor diesen Weihnachten ist der Rektor gestorben. Als ich bei Ferdi Turner war. Im Kapuzinerkloster in Imst ist er gestorben. Am 22. Dezember 1986. Im Alter von 79 Jahren.«

»Und du warst auf der Beerdigung?«

»Ja. Ferdi Turner und ich – die einzigen ehemaligen Schüler aus dem Heim.«

»Gut, sprechen wir über deinen Besuch bei Ferdi Turner. Du bist über Weihnachten – über die Feiertage – bei ihm und seiner Familie geblieben?«

»Sprechen wir über Ferdi Turner und seine Familie ... ja ...«
»Du sagtest, Ferdi Turner unterrichtet heute in Tirol an einem Gymnasium?«
»Ja, in Imst. Biologie und Geographie ... und die Schüler sagen *Beutel* zu ihm.«
»Aber sie fürchten ihn, hast du erzählt.«
»... hat mir ein Kollege von ihm erzählt. Mit Vorbehalt: Dieser Kollege kann den Ferdi Turner nicht besonders leiden.«
»Heißt das, du hast Nachforschungen angestellt – hast über Ferdi Turner Erkundigungen eingezogen?«
»Nicht direkt. Also nicht, daß ich mich hingesetzt und gesagt hätte, so, wen könnte ich nach ihm ausfragen. Ich habe erfahren, daß ein Kollege von ihm ein alter Freund von mir ist, einer, mit dem ich in die Volksschule gegangen bin. Wir haben ihn in Imst auf der Straße getroffen. – Heiligabend gegen Mittag; nach der Beerdigung übrigens, als Ferdi Turner und ich in der Stadt herumgelaufen sind ... auf Christbaumsuche. Das war ein verrückter Vormittag, wir beide sind wie hennenlose Küken in der Stadt herumgerannt. Die Katastrophe! – kannst du dir vorstellen, Weihnachten mit zwei Kindern und ohne Christbaum. Da haben wir auf der Straße diesen Bekannten von mir getroffen, den Kollegen von Ferdi Turner, und da hat er mich eingeladen, ich solle ihn einmal besuchen. – Das habe ich getan, eine Woche später, Neujahr 1987, und bei dieser Gelegenheit haben wir auch über Ferdi Turner gesprochen.«
»Also, bringen wir die Sache in eine Reihenfolge: Erzähl von Anfang an! Du hast Ferdi Turner im Zug getroffen, hast du gesagt?«
»Ich war damals nicht gut beieinander. Das war knapp nach meiner Scheidung ... Dezember 1986. Ich hatte das Gefühl, jetzt folgt nichts mehr. Ich hatte viel zu viel zugesprochen bekommen nach der Scheidung ... eigentlich alles. – Die Wohnung, die Möbel, die Bücher, die Schallplatten ... – Kleinigkeiten, klar, aber es waren doch unsere Sachen gewesen, unsere gemeinsamen Sachen. Ich wollte das gar nicht. Ich wollte

nach Wien ziehen, bin mit dem Zug hingefahren, um mich nach einer Wohnung umzusehen, überstürzt, ohne jeden Kontakt. Sicher, ich kenne einige Leute in Wien, aber die leben alle in festgefügten Verhältnissen – da hat man kein Auge mehr auf den Wohnungsmarkt. Mir hätte eine kleine Zweizimmerwohnung genügt. Aber zwei Zimmer hätten es schon sein müssen. – Nach ein paar Tagen bin ich wieder zurückgefahren, es war bedrückend gewesen, den ganzen Tag durch den Regen zu laufen von einem Kaffeehaus zum anderen – und jedesmal bildest du dir ein, im nächsten passiert etwas. Stundenlang war ich im kunsthistorischen Museum, im Breughelsaal, weil Breughel der Lieblingsmaler meiner Frau ist. – Im Zug zurück ist dann etwas passiert: Im Speisesaal saß Ferdi Turner.«

»Wie lange habt ihr euch nicht mehr gesehen?«

»Zwanzig Jahre vielleicht – seit der Matura. Aber ich hatte schon vorher keinen Kontakt mehr zu ihm.«

»Hast du ihn im Zug gleich wiedererkannt?«

»Nein, auch als er zu mir an den Tisch kam und mich ansprach, habe ich ihn nicht erkannt.«

»Hat er sich so stark verändert?«

»In jeder Beziehung, ja. Der eher dicke, aufgeblähte Ferdi Turner ist dünn geworden, beinahe hager. Und die Haare, soweit noch vorhanden, waren eher dunkel. Ich hatte sie gelb in Erinnerung, nicht einmal blond, sondern gelb. Und jetzt: Dünne Fäden, ungeschickt über den Schädel gekämmt. Sieht mehr nach Glatze aus als eine richtige Glatze. Und seine Backen, die ja das Markanteste an ihm gewesen waren, die hingen wie schlaffe Säcke neben den Mundwinkeln herunter. Vielleicht sagen darum seine Schüler ›Beutel‹ zu ihm. – Ja genau ... das fällt mir erst jetzt ein.«

»Du hast ja auch im Heim nicht allzu viel mit ihm zu tun gehabt? Seh ich das richtig?«

»Ja.«

»Er hat nicht zu deinem Freundeskreis gehört?«

»Nein – abgesehen von diesem Spiel, in der Woche nach den Klassenprügeln. *Dürfte ich dir bitte* ... und so weiter ... Aber es hat sich nichts daraus ergeben.«

»Warum eigentlich nicht?«

»Das war so eine Schockfreundschaft ... Und das Gerede, dieses vornehme Getue, das war ja für die Wände gewesen, damit die Wände sehen, daß sich hier zwei völlig harmlose Buben unterhalten, harmlos und vornehm.«

»Weiter ... im Zug?«

»Im Gegensatz zu den anderen war ich Ferdi Turner gegenüber anfänglich gehemmt. Im Zug jedenfalls. – Er setzte sich nicht zu mir an den Tisch, sondern blieb breitbeinig im Mittelgang des Speisewagens stehen. Er trug einen dunklen Anzug, der ihm zu weit war, die Hose schlotterte um seine Beine. Und eine gelbe Krawatte hatte er um den Hals, wenigstens etwas Gelbes. ›Woher kommst du denn‹, fragte er, noch bevor wir uns richtig begrüßt hatten. – Ich glaube sogar, wir haben uns gar nicht richtig begrüßt. Ich habe automatisch seine Hand genommen, eben weil er sie mir hingehalten hat. Ich dachte, ich nehme die Hand eines Fremden.

Ich muß ihn dabei erstaunt angeschaut haben, denn er sagte: ›Falls du's nicht weißt, ich bin der Ferdi Turner.‹

›Ich komme aus Wien‹, sagte ich.

›Und ich aus St. Pölten‹, sagte er.

Das war so ungefähr unser Gespräch im Speisewagen. Viel mehr haben wir nicht miteinander gesprochen. Zur Begrüßung. Kein Trara ... Vielleicht war ich deshalb ihm gegenüber anfangs gehemmt, weil keine wie auch immer geartete Begrüßungszeremonie abgelaufen war. – Aber gut, wir haben uns ja zufällig getroffen, die anderen habe ich aufgesucht. Da war ich vorbereitet.

›Ich muß erst mein Gulasch fertigessen‹, sagte er, ›dann setze ich mich zu dir.‹

Das ist doch irgendwie seltsam, oder nicht? Nach mehr als zwanzig Jahren trifft man jemanden zufällig wieder, man redet zwei, drei Sätze miteinander, und dann geht der vier Schritte vor zu einem anderen Tisch, setzt sich mit dem Rükken zu dir hin und ißt seelenruhig sein Gulasch weiter. – Wäre ich nicht so beieinander gewesen, wie ich eben beieinander war, ich hätte mich still davongeschlichen. Er hat sich auch die ganze Zeit nicht nach mir umgedreht. Mit gebeugtem Rücken saß er an seinem Tisch, den Kopf tief zwischen den Schultern. Wie wichtig ihm dieses Gulasch sein muß, dachte ich. Ein klarer Fall, dachte ich, der will mir die Gelegenheit geben, mich aus dem Staub zu machen ... Normalerweise hätte ich es auch getan.«

»Und warum hast du dich nicht aus dem Staub gemacht?«

»Ich war ein Frischgeschiedener ... Was soll ich sagen ... Pathetisch: Die Traurigkeit und Stumpfheit der letzten Wochen hatten mich träge gemacht und schwer. Außerdem hatte ich seit mindestens einer Woche mit niemandem mehr gesprochen, und – das kannst du dir ja vorstellen –, wenn man nichts mehr vor sich zu haben glaubt, dann ist man froh, wenn Bilder aus der Vergangenheit auftauchen, auch wenn diese Bilder häßlich sind; aber sie erinnern einen wenigstens daran, daß man gewesen ist, daß man etwas hinter sich hat; sonst rennst du wirklich nur noch von einem Kaffeehaus zum anderen, denkst ununterbrochen, du versäumst etwas, wenn du bleibst, und denkst gleichzeitig, du versäumst vielleicht noch mehr, wenn du wieder gehst.«

»*Auch wenn diese Bilder häßlich sind* ... – Hast du sofort an die Sache mit Gebhard Malin gedacht, als du Ferdi Turner im Zug getroffen hast?«

»Sofort, als ich ihn erkannte ... ja ... Sofort, als er sich vorgestellt hatte.«

»Und bis dahin hast du nie mehr daran gedacht gehabt?«

»Ich würde gern sagen, ich habe ab und zu daran gedacht. Vielleicht habe ich tatsächlich ab und zu daran gedacht, aber ich kann mich nicht erinnern. So wie man weiß, daß man einen Film zwar einmal gesehen hat, aber deswegen ja nicht dauernd daran denkt. – Jedenfalls ab der Zeit, als ich die Schule, das Gymnasium hinter mir hatte ... ab dieser Zeit – nein, da habe ich nie mehr daran gedacht. – Wenn ich im Laufe unseres Gesprächs etwas anderes gesagt habe, dann war das falsch. Das scheint mir heute unglaublich, daß ich eigentlich nie daran gedacht habe – aber es war so.«

»Deine Scheidung hat also so etwas wie die emotionale Grundlage geliefert?«

»Natürlich ... natürlich auch ... Aber nicht nur. Was hat meine Scheidung mit dem Heim zu tun? Was hat meine Scheidung mit Gebhard Malin zu tun? Ja, wenn du es so ausdrückst: Die Scheidung hat so etwas wie die emotionale Grundlage geliefert. Und dann noch Sentimentalitäten, nostalgische Gefühle. Es war kurz vor Weihnachten, so um den 20. Dezember, am 21. Dezember war's genau, als ich Ferdi Turner im Zug traf.«

»Diese nostalgischen Gefühle: Man blickt nach hinten, und dabei entdeckt man eine Geschichte, die Geschichte von einem Buben, den man halb tot geschlagen hat. Meinst du das mit Sentimentalität?«

»Ich kann es nicht ändern ... ja ...«

»Im Sinne von *Die gute alte Zeit* ...?«

»Auch in diesem Sinne, ja ... Man war einmal daran beteiligt, als einer halb tot geschlagen wurde. Das heißt immerhin, man hat einmal gelebt – ich meine: Man hat vorher schon gelebt. Wenn alles in einen Punkt stürzt – das habe ich mir eingebildet, das habe ich so empfunden: Mein ganzes Leben stürzt in einen Punkt, in einen Tag, eigentlich in eine Stunde, in eineinhalb Stunden, so lange hat das Gespräch gedauert, in dem mir meine Frau eröffnet hat, daß sie sich scheiden lassen will – dann kommt man sich als geschichtslos dahinvegetierendes Wesen vor. Keine Zukunft heißt auch keine Vergangenheit. Es folgt nichts mehr, es war nie etwas. – Im Übrigen ist das kein Zustand, in dem man Analysen anstellt.

Also, es war so: Nachdem Ferdi Turner sein Gulasch im

Speisewagen fertiggegessen hatte, sind wir in sein Abteil gegangen. Ich habe meine Sachen geholt, den Koffer, den Mantel, habe beim Schaffner etwas draufbezahlt, Ferdi Turner ist Erster Klasse gefahren. Es muß knapp vor Salzburg gewesen sein, als ich in sein Abteil kam, wir sind ins Reden gekommen. Ziemlich zäh war das.

›Was hast du denn in St. Pölten gemacht‹, fragte ich.

›Nichts Besonderes‹, sagte er, ›nichts Besonderes. Einen Kurs, ein Wochenendseminar.‹ Es war Sonntag, und wir saßen im letzten Zug von Wien.

›Was für einen Kurs denn?‹

›Etwas Therapeutisches ... nichts Interessantes.‹

›Etwas Medizinisches?‹

›Nicht direkt.‹

›Etwas Psychologisches?‹

›Im weitesten Sinn ...‹

›Aha ...‹

›Im weitesten Sinn, ja ...‹

Ich habe weiter in ihm herumgestochert, seine Antworten waren sehr knapp, Antworten nach Vorschrift – ›Was bist du denn von Beruf?‹ – ›Lehrer.‹ – ›Wo denn?‹ – ›An einem Gymnasium.‹ – ›Was für Fächer?‹ – Und so weiter ...

Oh, mein Gott, dachte ich, Salzburg – Imst, das sind mehr als zwei Stunden, wie sollen wir die hinter uns kriegen, ich kann ja nicht ein Buch aus meinem Koffer nehmen und anfangen zu lesen. Das geht doch nicht! Das geht vielleicht bei einem anderen; aber nicht bei ihm, der gemeinsam mit mir vor fast fünfundzwanzig Jahren in dasselbe Gesicht geschlagen hat!

Und noch etwas: Ganz egal, was ich sagte, meine Stimme klang so heiter, so nach *Servus, alter Kollege!*; und seine Stimme klang bedrückt. Keine Spur von diesem Zyniker, der ebenfalls Ferdi Turner hieß. Wenn sich zwei ehemals dreckige Sieger nach fast fünfundzwanzig Jahren begegnen, und die Stimme des einen klingt bedrückt, dann ist doch der ein anständiger Mensch geworden; und der andere, dessen Stimme heiter klingt, der ist immer noch dreckig. – Ich wollte ihm zumindest zeigen, daß ich kein Sieger geblieben bin ... Also habe ich gar nicht mehr auf seine Antworten gewartet. Ich habe allein geredet. Und die letzten Monate waren mir näher als die letzten Jahre.«

»Das heißt, du hast ihm von deiner Scheidung erzählt?«

»Im Überblick, ja. – Ich habe erzählt, und er hat zugehört. – Schon eine Stunde später kam mir das durch und durch unverständlich, ja absurd vor, daß ich ihm all diese Dinge erzählt hatte, einem Fremden, einem Entfremdeten – und das ist doch viel mehr. Ein-, zweimal hat er eine Frage gestellt, ich weiß nicht mehr, was er gefragt hat; ich weiß nur, daß er mir aufmerksam zugehört hat und in seinem Gesicht keine Spur von Spott war. Es wäre mir egal gewesen, ach Gott, deswegen hätte ich nicht aufgehört zu sprechen; aber ich habe doch damit gerechnet – ich meine, ich habe schon mit einigen spöttischen Bemerkungen von Ferdi Turner gerechnet. Wär ja seine Art gewesen, über das Unglück von einem anderen zu spotten ... unser Ferdi Turner ...

Statt dessen fragte er, als der Zug im Bahnhof Innsbruck hielt: ›Willst du mit zu mir nach Hause kommen?‹

Und ich sagte, ohne nachzudenken: ›Ja, gern... wirklich gern.‹

Er rief vom Zug aus seine Frau an. Und als er wieder im Abteil war, fragte ich ihn – ist mir irgendwie herausgerutscht: ›Kannst du dich noch an den Gebhard Malin erinnern?‹

Und er sagte: ›Selbstverständlich kann ich das.‹

Und dann in der Nacht, bei ihm zu Hause, haben wir uns gegenseitig vom Heim erzählt – alle möglichen Geschichten aus dem Heim haben wir uns erzählt, und sentimental sind wir geworden, ich auf jeden Fall. – Immer wieder kam mir der Gedanke, mein Gott, es war doch eine schöne Zeit, immer wieder kam dieser Gedanke, immer öfter, und wenn wir eine Stunde länger im Turnerschen Wohnzimmer gesessen hätten, dann hätte ich diesen Gedanken ausgesprochen, eine schöne Zeit war das – als man noch gar nicht mit dem rechnete, was hinter einem lag. – Aber wir sind nicht länger im Wohnzimmer gesessen, wir sind dann in die Küche gegangen ... anderer Raum, anderes Thema ... ja, gut ...

In der Küche haben wir von Gebhard Malin und den Klassenprügeln gesprochen ... nichts Ausführliches ... Gott bewahre! Aber wir haben darüber gesprochen. – Zum ersten Mal seit dieser Zeit habe ich mit jemandem, der dabei war, darüber gesprochen.

Und am nächsten Tag weckte mich Ferdi Turner – ich schlief in einem der beiden Kinderzimmer, man hatte die Kinder zusammengelegt, um für mich Platz zu machen – er weckte mich mit den Worten: ›In der Nacht ist der Rektor gestorben.‹

Und mein Gedanke war – nicht mein erster, aber mein zweiter –, ich dachte: Wir sind schuld. Weil zum ersten Mal zwei, die dabeigewesen waren, miteinander darüber gesprochen hatten. Das schlechte Gewissen hat mich den ganzen Tag nicht losgelassen.«

»Das eine hat doch nichts mit dem anderen zu tun.«

»Nein, natürlich nicht. Aber komm da nicht mit Logik. Unter der Bank verlaufen Fäden, und wehe, du strampelst, dann reißt du Dinge los.«

»Das ist eine Mystifikation.«

»Gut. – Na und, sage ich ...«

»Solche Mystifikationen haben meistens den Zweck, von sich selbst abzulenken.«

»Oft verdichten sich die Anzeichen ... und die Verbindungen, die sich im Kopf herstellen, kannst du nicht steuern.«

»Und dann habt ihr beschlossen, zur Beerdigung des Rektors zu gehen?«

»Ja, haben wir. – Sie haben mich eingeladen zu bleiben. Das war gleich beim Frühstück. Das heißt: Ferdi Turner hat mich eingeladen. Sicher für seine Frau völlig überraschend ... völlig überraschend für sie, ja ... – Sie ist eine große, hagere Frau, die älter aussieht, als sie ist. Sie wirkt überkorrekt und immer ein wenig vorwurfsvoll, vielleicht kommt das daher, daß sie beim Sprechen manchmal die Augen schließt und sie eine Weile zubehält; die Augen geschlossen, bei hochgezogenen Brauen, das wirkt madonnenhaft leidend; aber es ist nur ein Tick von ihr, es hat nichts zu bedeuten. – Sie ist zusammengezuckt, als ihr Mann die Einladung an mich aussprach, ein wenig nur ist sie zusammengezuckt, ich habe es gesehen ... Aber bitte, wer will ihr das verübeln ... einen Fremden über die Feiertage ... Da waren wir gerade mit dem Frühstück fertig. Sie hat die Teller abgeräumt, und da hat es geklirrt, eben weil sie zusammengezuckt ist.

Aber bevor sie alle miteinander die Wohnung verließen, gab sie mir einen Schlüssel.

›Ich bitte Sie wirklich‹, sagte sie, ›fühlen Sie sich bei uns wie zu Hause ... – Ich habe sie gern gemocht. Ich habe mich mit ihr auf eine vornehme Art befreundet. Sie hat mir geholfen, soll das heißen ... Eine Frau mit Geschmack. – Ich wette, jede Einzelheit in der Wohnung hat sie ausgesucht, die Bilder an den Wänden nach ihrem Gefühl für Proportionen plaziert, die Lampen nach dem wohlberechneten Lichtschein gehängt und gestellt. Ferdi Turner wird dazu, wenn überhaupt, nur genickt haben. Alles in dezenter Holzhaftigkeit, will damit sagen, alle Dinge, die Möbel, die Bilderrahmen an den Wänden, die Vorhänge, die Teppiche, die Lampen – auffallend viele Lampen –, so disparat sie in Farbe, Form und Material für sich genommen auch sein mögen, zu Holz in Beziehung gesetzt, fügen sie sich in eine Harmonie, die man, polemisch ausgedrückt, als katholische Gemütlichkeit bezeichnen könnte. – Und alles aufgeräumt, nichts liegt herum – und das bei zwei kleinen Kindern! – Sie heißt übrigens Marie-Christine ... Ferdi Turners Frau. Und sie wird so genannt – von den Kindern genauso wie von ihrem Mann.

Ich habe, wie gesagt, in einem der Kinderzimmer geschlafen. Auch dieses Zimmer aufgeräumt, wenig Spielsachen, wenig bunt, viel Holz. Und dann am Morgen hat mich Ferdi Turner geweckt – ›In der Nacht ist der Rektor gestorben.‹ Er hat mich – so müßte es heißen – abgeholt. Mit einer gewissen Feierlichkeit. Den Arm ausgestreckt, ist er vor mir hergegangen und hat mir das Bad gezeigt.

›Dies ist dein Badetuch, dies dein Handtuch für oben und dies dein Handtuch für unten ...‹

Gefrühstückt wurde in der Küche; eine Küche, ganz in Weiß, die aussieht, als würde hier nie gekocht – nicht daß ich Spaghettireste an der Wand erwartet hätte, es gibt auch blitzblank saubere Küchen, denen man es ansieht, daß sie in Betrieb sind; diese hier wirkte wie gerade ausgepackt. Frau und Kinder saßen bereits am Tisch.

›Bitte, nimm Platz‹, sagte Ferdi Turner. ›Ich möchte dir meine Frau und meine Kinder vorstellen.‹

Ich gab reihum die Hand, auch den Kindern, ein Bub, ein Mädchen, sie vielleicht sieben, er höchstens fünf. ›Wir haben nur Schwarzbrot‹, sagte die Frau, noch ehe ich mich gesetzt hatte. ›Wenn Sie Semmeln wünschen, schicke ich die Anita schnell zum Bäcker.‹

›Aber nein‹, sagte ich, ›aber nein.‹

Sie schüchterten mich ein. Alle, auch die Kinder. Schon nach wenigen Minuten hatte ich Rückenschmerzen vom vornehm Sitzen. – Menschenskind, bin ich mir fremd vorgekommen, und gleich hineingezogen in eine Sache, das war mir peinlich, am liebsten hätte ich mich mit einem Augenschlag weggeblendet, mir erschien der Tod des Rektors wie eine Privatsache der Familie Turner, und da kommt einer, setzt sich an den Frühstückstisch, erweckt den Eindruck, als wünschte er Semmeln, macht sich breit mit seinem Scheidungsschmerz – das war's doch, warum mich Ferdi Turner zu sich nach Hause eingeladen hatte, meine Scheidung, mein Gejammer im Zug, Mitleid, vornehmes Mitleid, das keine Fragen stellt – ein Fremder, der im Kinderzimmer schläft und mit seinem Scheidungsschmerz gegen eine Privatsache, den Tod des Rektors, konkurrieren will. Ich bin auf einmal mitten in der Familie gesessen, wie ein selbsternannter Onkel bin ich am Tisch gesessen. – Vor nichts muß sich ein Frischgeschiedener mehr hüten als vor dem Onkeldasein. – Es war früh am Morgen, für mich war es jedenfalls früh. Ferdi Turner mußte ja in die Schule und seine Frau zur Arbeit. – Sie ist Kindergärtnerin.«

»Hat Ferdi Turner zu eurem Rektor Kontakt gehabt, als dieser noch lebte – nach der Heimzeit, meine ich?«

»Offensichtlich. Wie intensiv dieser Kontakt war, persönlich, weiß ich nicht. Der Rektor habe ihn bisweilen rufen lassen, sagt Ferdi Turner.«

»Und zum Präfekten?«

»Nein, vom Präfekten habe er nichts gehört. Was der Ferdi Turner mit dem Kapuzinerkloster zu tun hatte – keine Ahnung. Er ist jedenfalls angerufen worden. Man hatte ihm telephonisch mitgeteilt, der Rektor sei gestorben. In aller Herrgottsfrühe. – Und es hat ihn betroffen gemacht. Mich gar nicht. Zuerst gar nicht. Als ich im Badezimmer war, habe ich gedacht, aha, ist er gestorben ... Warum soll er denn nicht sterben, der Pater Rektor ... Mich hat diese Nachricht zuerst überhaupt nicht betroffen gemacht. 79 Jahre, dachte ich, mein Gott, da ist die Hebamme nicht mehr schuld, mein Gott, wer von uns wäre nicht froh, wenn man ihm mitteilte, er würde 79 Jahre alt. – Aber dann beim Frühstück ist's mir eingefahren.

›In der Nacht ist er gestorben‹, fragte ich Ferdi Turner. ›Jetzt in der Nacht? Wann denn?‹

›Um halb zwei ...‹ Er hat keinen Bissen angerührt. Später sagte mir seine Frau, er esse nie etwas am Morgen, jedenfalls in letzter Zeit nicht mehr.

›Um halb zwei?‹

Er warf mir einen schnellen Blick zu und nickte. Und da ist's mir eingefahren: Um halb zwei waren wir beide noch wach gewesen. Es war diese seltsame Gleichzeitigkeit: Ferdi Turner und ich wollten schon um eins zu Bett gehen. Ach du meine Güte, hatte er gesagt oder so ähnlich, es ist schon eins, ich muß morgen früh heraus ... Und wir sind aufgestanden und in die Küche gegangen, es hat sich nämlich eine Lachpause ergeben – bei mir, gelacht habe nur ich –, es war nämlich so, daß wir bis dahin nur Anekdoten erzählt hatten, Schmankerln aus dem Heim, lustige Sachen – das heißt, hauptsächlich ich habe erzählt. Und als wir in der Küche standen – ich wollte ein Butterbrot essen, das ist so eine Angewohnheit von mir, daß ich vor dem Schlafengehen noch ein Butterbrot esse –, ich habe die Butter aufs Brot geschmiert, und Ferdi Turner hat mir dabei zugeschaut, mit ernstem Blick, zwei tiefe Kerben, die die Hängebacken von den Mundwinkeln trennen, da hat er gesagt: ›Willst du Ahornsirup aufs Brot?‹

Und ich sagte: ›Mag ich gern, hast du welchen?‹

Und dann sagte er: ›Warum hast du nach Gebhard Malin gefragt im Zug?‹

›Ist doch klar‹, sagte ich. ›Ist es nicht klar?‹

›Vielleicht schon‹, sagte er.

›Na, gut‹, sagte ich, ›vielleicht ist es wirklich nicht klar. Mir ist er eben so eingefallen.‹

›Weißt du denn, was er zur Zeit macht?‹

›Nein. Du?‹

›Auch nicht.‹

Ich nahm einen großen Bissen vom Brot, damit mein Gesicht ganz von der Beißgrimasse ausgefüllt war und ich mich nicht zu sorgen brauchte um etwaige Mißverständnisse, ausgelöst durch ein unkontrolliertes Mienenspiel: ›Erinnerst du dich noch an die Sache?‹

›Die Klassenprügel‹, fragte er.

›Wenn man es so nennen will‹, sagte ich.

›Man sollte es nicht so nennen‹, sagte er.

›Ja‹, sagte ich, ›das ist nicht das richtige Wort.‹

›Weißt du ein richtiges Wort dafür?‹ fragte er.

›Nein ... eigentlich nicht – du?‹

›Auch nicht. Ich will aber auch nicht darüber nachdenken ... über ein Wort.‹

›Ist ja egal, was für ein Wort man dafür verwendet.‹

Und er sagte: ›Wie soll man denn darüber reden, wenn man nicht einmal das richtige Wort dafür hat.‹ Er blieb unerschütterlich ruhig, als hätte seine Ernsthaftigkeit schon lange ihren tiefsten Punkt erreicht, schon lange, bevor wir uns im Zug trafen. ›Das werden wir wohl nie vergessen‹, sagte er. Er kam mir so alt vor, der Ferdi Turner.

›So ist es‹, sagte ich, und wie es mir oft ergeht, erging es mir auch diesmal – ich neige dazu, im Gespräch mein Gegenüber zu imitieren.

›Das werden wir nicht vergessen, bis wir nicht mehr leben‹, sagte er.

›Ich glaube auch‹, sagte ich, ›bis wir nicht mehr leben …‹

So waren wir also in der Küche gestanden, zwei ernsthafte, alte Männer, die schon längst den tiefsten Punkt ihrer Ernsthaftigkeit erreicht hatten, schweigend, nickend – er nur schweigend, ich schweigend und nickend. Aber ich glaube, das hat nur so ausgesehen; in Wirklichkeit waren wir einfach nur hundsmüde.

Und um diese Zeit herum, vielleicht ein wenig später, ist der Rektor gestorben. – Das fiel mir beim Frühstück ein. Und der schnelle Blick, den mir Ferdi Turner zuwarf, besagte dasselbe. Nur, ich hatte dazu noch das schlechte Gewissen. Ich glaube nicht, daß Ferdi Turner auch eines hatte. – Das ist ja etwas Grundsätzliches! Ich meine: Grundsätzlich weißt du nicht, warum du ein schlechtes Gewissen hast … bei dieser Art von schlechtem Gewissen … dem Normalzustand im Heim. – Franz Brandl, Manfred Fritsch und ich, wir sind auf diesem Gebiet Experten, jeder auf seine Art. Dieses schlechte Gewissen ist in mir aufgetaucht wie eine Luftblase aus einem zähen Sumpf, aus einem Sirupsumpf … Ahornsirup … Keine Logik, nichts Einsehbares … Wir reden von den Klassenprügeln, Ferdi Turner und ich, sagen, bis wir sterben, werden wir das nicht vergessen – und prompt stirbt der Rektor.«

»Und warum nimmst du an, daß es Ferdi Turner nicht ebenso ergangen ist? Daß er nicht auch ein schlechtes Gewissen hatte?«

»Wie gesagt, auf diesem Gebiet bin ich ein Experte. Diese Art von schlechtem Gewissen würde ich jedem sofort ansehen. Jedem Fremden. Ihm habe ich nichts angesehen. Er war betrübt, ja. Er war über den Tod des Rektors betrübt. – Ich habe an meinem schlechten Gewissen gelitten und er am Tod des Rektors. – Ferdi Turner war schon im Heim nicht der Typ gewesen, der immerzu ein schlechtes Gewissen hatte. Wieso sollte er jetzt eines haben?

›Die Beerdigung ist am 24.‹, sagte er beim Frühstück. ›Ich nehme an, du hast nichts anderes zu tun. Bitte, geh mit …‹

›Am Heiligen Abend beerdigen sie ihn‹, fragte ich.

›Ja‹, sagte er, ›ist doch schön für ihn.‹

›Ja‹, sagte ich, ›das ist sicher schön, an Weihnachten beerdigt zu werden. Natürlich gehe ich mit zur Beerdigung…‹

Ob ich denn auch über Weihnachten hier bleibe, fragte die kleine Anita.

›Um Gotteswillen‹, rief ich – ich der Onkel. ›Nein! Ich muß doch nach Hause.‹

›Hast du auch Kinder?‹

›Nein, Kinder habe ich keine.‹

Und bevor sie weiterfragte, sagte Ferdi Turner schnell: ›Bleib doch da! Ist doch egal, bleib doch einfach da.‹

Und ich sah, wie seine Frau zusammenzuckte. Und du kannst mir glauben, es war mir scheißegal. – Das bring ich schon noch fertig im Laufe von drei Tagen, daß ich mich hier beliebt mache, dachte ich, das bring ich fertig … Ich habe ohne zu zögern angenommen. Ich bin geblieben. Und ich habe es auch geschafft, mich beliebt oder zumindest unentbehrlich zu machen. Ich habe Babysitter gespielt, ich habe gekocht, ich habe den Christbaum geschmückt und den Kasper gemacht für die Kinder … Alle haben gelacht, außer Ferdi Turner. Ich glaube, der hat das Lachen überhaupt verlernt. Ich hatte immer den Eindruck, als sei er in Gedanken weit weg.

Und Ferdi Turners Frau hat mich getröstet. Weil ich das natürlich nicht ausgehalten habe: nicht wieder von meiner Scheidung zu erzählen. Zum Schluß war die Sache umgekehrt: Ferdi Turner ist um elf ins Bett, und seine Frau und ich, wir haben uns in die Küche gesetzt. Ich habe aus hundsbilligen, ungesunden Suppenwürfeln, die ich extra gekauft hatte, eine grausige Brühe gekocht und habe geredet. – Erst am dritten Abend ist mir aufgefallen, daß sie noch gar nichts erzählt hatte. ›Ich rede Ihnen die Ohren voll mit lauter Dingen, die nur traurig sind, und über die zu reden sinnlos ist, und Sie kommen gar nicht dazu, von sich zu erzählen.‹

›Aber das will ich doch gar nicht‹, sagte sie. ›Ich will gar nicht über mich reden. Es muß nicht immer eine Hand die andere waschen. Außerdem würden Sie mir ja ohnehin nicht zuhören wollen, stimmt's?‹

›Stimmt‹, sagte ich. ›Es geht nicht, ich kann im Augenblick niemandem zuhören.‹

›Das müssen Sie auch nicht‹, sagte sie. ›Wir sprechen nicht viel.‹ Das klingt jetzt so, als ob sie mir einen Vorwurf gemacht hätte. Das ist aber nicht richtig, und ich habe es auch nicht so aufgefaßt. Aber dann habe ich doch eine Zeitlang nicht über mich gesprochen.

›Im Heim‹, sagte ich, ›war Ihr Mann ganz anders. Er hat sich sehr verändert. Ich kann mir vorstellen, daß das Ihr Einfluß ist.‹

›Ich habe nicht den Eindruck, daß sich mein Mann verändert hat, seit wir uns kennen‹, sagte sie.

›Im Heim war er anders.‹

›Wie war er denn im Heim?‹

›Können Sie sich vorstellen, daß er ein Zyniker war?‹

›Manchmal kann man sich das von ihm denken‹, sagte sie. ›Aber doch nur, wenn man ihn nicht kennt. Ich glaube, Sie haben ihn im Heim nicht gut gekannt.‹

›O doch‹, sagte ich, ›ich habe ihn gut gekannt. Er war ein Zyniker. Wir anderen haben uns manchmal vor ihm gefürchtet.‹

›Das werden Mißverständnisse gewesen sein.‹
›Bestimmt nicht ...‹
›Er sagt, sie beide hätten sich damals nicht gut gekannt. Und ich glaube ihm.‹

Ich überlegte, ob ich ihr die ganze Geschichte erzählen sollte. Von den Klassenprügeln und den Tagen danach, als Ferdi Turner und ich hinten auf der Personalstiege gesessen sind und uns benommen hatten wie Prinz und Prinzessin in einem Laientheater, hochdeutsch und vornehm, *Dürfte ich dich bitten ... Darf ich dir helfen* ... und so weiter, ein Spiel, das allein den Zweck hatte, die Wände zu betrügen, den Wänden etwas vorzumachen, denn sonst war ja niemand da, nur wir und die Wände: *So sind wir, so und nicht anders, wir können nicht einmal garstige Worte aussprechen* ...

›Hat er Ihnen viel vom Heim erzählt‹, fragte ich.

›Nicht viel‹, sagte sie. ›Von sich selbst erzählt man erst, wenn man älter ist. Wir kennen uns schon so lange. Er war noch in der Schule, als wir uns kennengelernt haben. Kurz vor der Matura. Wir haben uns Briefe geschrieben in der ersten Zeit. Und später haben wir ja alles gemeinsam erlebt.‹

›Und Sie hatten nie das Gefühl, es steckt ein kleiner, zynischer Teufel in ihm?‹

›Aber nein!‹

›Ein Grimassenschneider?‹

›Ein Grimassenschneider?‹

›Hat er vor Ihnen noch nie die Unterlippe bis zur Nase hinaufgezogen?‹

›Was soll er?‹

›Der Mann mit den hundert Spitznamen ...‹

›Hundert Spitznamen? Was reden Sie denn da!‹ Sie lachte und schüttelte den Kopf, es war, als lebten wir beide auf verschiedenen Planeten. ›Ich glaube, Sie bringen das alles durcheinander‹, sagte sie. ›Er hat mir erzählt, Sie hätten ihn im Zug gar nicht wiedererkannt. Vielleicht verwechseln Sie ihn mit einem anderen ...‹

›Vielleicht‹, sagte ich.

Da blickte sie schnell zur Seite, und ich wußte, jetzt hatte ich sie gekränkt. Es ist ja nicht fein, einer Frau zu sagen, ihr Mann ist einer, den man mit jemand anderem verwechseln kann. – Aber wie hätte sie reagiert, wenn ich gesagt hätte: Nein, ich verwechsle ihn ganz bestimmt nicht, Ihr Mann ist unverwechselbar, der Furzkönig der Klasse, der immer konnte, wenn er wollte. Der Ferdi Turner ist ganz und gar typisch. Er ist typisch, und das, was er tut, ist typisch und das, was er sagt, ist auch typisch. Seine Vorschläge zum Beispiel sind besonders typisch. *Sechzehn Grundwatschen. Grund* im Sinn von *Grundlage, Grundlage* im Sinn von: *Darauf läßt sich aufbauen …!*

Aber wie gesagt, ich hatte mir eine gewisse Narrenfreiheit in der Vornehmheit dieser Familie gesichert. Marie-Christine war einen Augenblick irritiert, aber sie war nicht böse auf mich. Und, ich geb's zu, ich genoß die Vorstellung, daß ich für sie so eine Art *wilder Hund* sein mochte. Sicher hätte sie ein anderes Wort dafür gebraucht …

›Sprechen Sie doch lieber weiter von sich‹, sagte sie und lächelte dabei mit geschlossenen Augen. ›Das wollen Sie doch.‹

›Ja‹, sagte ich, ›das will ich.‹

›Dann los!‹

›Hören Sie mir denn zu‹, fragte ich.

›Nicht immer‹, sagte sie. ›Ist das nötig?‹

Eine Frau mit Geschmack, die genau weiß, daß der beste Trost für einen Frischgeschiedenen darin besteht, ihn solange nicht allein zu lassen, bis er vor Müdigkeit flachliegt.«

»Und wie lange bist du geblieben?«

»Über Neujahr … knapp zehn Tage. Ich mußte mich zwingen zu gehen, sonst wär ich heute noch dort.«

»Und? Seid ihr zur Beerdigung vom Rektor gegangen – Ferdi Turner und du?«

»Ja, ja … wir beide … seine Frau nicht …

›Um drei läppische Tage hat er es verpaßt‹, sagte Ferdi Turner. ›Wenn er noch drei Tage durchgehalten hätte, vorausgesetzt bei klarem Verstand – ich hätt's ihm gegönnt, wenn er gestorben wäre im Bewußtsein, er stirbt am Geburtstag von Jesus Christus.‹

›Ja, da ist er daran vorbeigeschrammt‹, sagte ich – hab ja gedacht, der Ferdi Turner macht einen Witz, und dachte, das bin ich seiner Gastfreundschaft schuldig, daß ich seinen Witz mit einem Gegenwitz aufwerte. – Er hat es nicht witzig gemeint. – Ich mit meiner langen Leitung habe drei Tage gebraucht, um festzustellen, daß Ferdi Turners Witz eine Pubertätsangelegenheit gewesen war, genauso wie seine Pickel. Die Haarfarbe hat sich verändert, die Pickel sind verschwunden, die Bakken sind verschwunden und sein im Heim gefürchteter Witz hat sich aufgelöst – in geistesabwesende Ernsthaftigkeit ...

›Na‹, sagte ich, ›wenigstens wird er am Heiligen Abend begraben.‹

Ferdi Turner hat mir einen schwarzen Anzug geliehen, seine Frau hat die Hosenbeine und die Ärmel kürzer gemacht, Krawatte und weißes Hemd waren auch aus Ferdis Kleiderschrank, und so sind wir auf den Friedhof gegangen, wir beide, Ferdi Turner und ich, die einzigen und letzten Getreuen. Kann schon sein, daß noch einige ehemalige Schüler da waren, ich habe keinen gekannt und Ferdi Turner auch nicht, und die Trauergäste waren überschaubar, vielleicht zwanzig Leute, ich habe sie mir einen nach dem anderen angeschaut, Kapuziner hauptsächlich.

Und den einen sah ich gleich, als wir den Friedhof betraten. – Der war da. Weißhaarig, rotgesichtig. Einfach älter als vor fünfundzwanzig Jahren. Einfach nur älter. Aber sonst genau gleich. – Und mir ist das Herz in die Hose gefahren. – Der Präfekt ...«

»Du hast ihn seit damals nicht mehr gesehen?«

»... seit damals nicht mehr gesehen ... Seit der Matura nicht gesehen, und seit ich aus dem Heim war, nicht mehr gesprochen. Ich muß einschränken: Gesehen habe ich ihn schon – im Fernsehen: ein paarmal hat er das *Wort zum Sonntag* gesprochen. Wie er sich da hineingeschlichen hat ... keine Ahnung ... – Na gut, wenn ich mir den Manfred Fritsch anschaue ... Wenn diese Richtung gefragt ist, dann kann ich mir vorstellen, daß irgend so ein liberaler Kirchenfunkredakteur auf einen *Reserve-Don-Bosco* abfährt. – Ich habe mir übrigens nie zu Ende angehört, was er da geredet hat.«

»Und ... habt ihr mit ihm gesprochen ... Ferdi Turner und du ... bei der Beerdigung ... oder nach der Beerdigung?«

»Langsam, langsam, der Reihe nach. Da war erst einmal die Beerdigung selbst, da kann man nicht so einfach drüberweghuschen. Die war ja in gewisser Weise sensationell.«

»Habt ihr euch lustig darüber gemacht?«

»Lustig gemacht? Was denkst du denn!«

»Weil du es so ankündigst ...«

»Erstens gibt es wahrscheinlich überhaupt nichts mehr, worüber sich Ferdi Turner lustig macht ... und zweitens ... ich ... ich habe mich auch nicht lustig gemacht ... mir ist das Herz in die Hose gefallen ...«

»Und was war so sensationell an der Beerdigung?«

»Diese Beerdigung, da wette ich, die hat der Präfekt organisiert. Das Drumherum, meine ich. Es war perfekt ... Eine kleine Inszenierung ... nichts Pompöses ... du denkst jetzt, es war etwas Pompöses.«

»Ich denke vorläufig gar nichts.«

»Inszenieren, das kann der Präfekt, konnte er immer schon. Der Sache angemessen ... Die Beerdigung des Rektors, das konnte nichts Pompöses sein ... nein ... Das mußte etwas Herzzerreißendes sein. Und mir hat es fast das Herz zerrissen. – Und wenigstens eine Viertelstunde lang hätte ich mich gern in die Arme des Präfekten gelegt und geheult. So lang hat es gedauert, bis sich mein Verstand wieder einigermaßen gefangen hatte.

Die Kapuziner standen im Halbkreis um das offene Grab herum. Zehn Mönche ungefähr. – Alles außenherum in Weiß.

Nicht Schnee, sondern Rauhreif. Im Hintergrund Birken, junge Birken, ungefähr gleich viel Birken wie Kapuziner. Die Zweige der Birken wie aus Glas, die luftige Leichtigkeit der Seele symbolisierend. Vorne die Kapuziner – erdbraun, wie abgesägte Baumstämme, bodenständig.«
»Du spottest doch!«
»Ich spotte nicht. Und direkt hinter dem Grab, in dezenter Tiroler Tracht, ein Waldhornquartett. – Ferdi Turner und ich hielten uns etwas abseits zwischen den anderen Grabsteinen. Die Hände über dem Geschlecht gekreuzt. Ferdi Turner hat's vorgemacht, ich hab's nachgemacht. – Der Sarg wird aufgetragen. Der Pfarrer tut seinen Dienst, die Weihrauchkessel dampfen, die Münder aller Anwesenden dampfen, es war eisig kalt – und nun tritt der Präfekt neben den Sarg und sagt letzte Worte. Dabei spricht er so leise, daß wir ihn hinten nicht verstehen. Aber das ist auch gar nicht nötig. Er hebt den Kopf, sein Knebelbart deutet auf uns, seine Lippen formen ein Wort, dann Pause, die Hand fährt nach oben, Handrücken zur Stirn, und sofort wieder Haltung: Der Präfekt kämpft mit den Tränen. Dann wenige Sätze heruntergeleiert gegen die innere Erregung. Ende der Ansprache. Das Waldhornquartett spielt *Ich hatt einen Kameraden*. – Die spielten tatsächlich *Ich hatt einen Kameraden!* Bitte, man kann das gar nicht in Worte fassen. Man muß das gehört haben. Wie das ist, wenn vier Waldhörner *Ich hatt einen Kameraden* spielen. – Wem es da nicht in der Gurgel klemmt, der ist ein Unmensch, ein Vieh, der hat keinen Sinn für gar nichts.«
»Du meinst für Gemeinschaft?«
»Was?«
»Im Sinne von: *Züchtigt ihn!*«
»Ich versteh dich nicht.«
»Also, erzähl weiter!«
»Ich lüge ja nicht ... es war so ...«
»Erzähl weiter!«
»Also ... Während die Waldhörner spielen, beginnt es zu

schneien, winzige Schneekristalle. – Irgendeinen Gebetstrick wird der Präfekt wohl kennen, dachte ich, oder einen Heiligen, an den man sich wenden kann, wenn man ein perfektes Timing wünscht. – Und die Waldhörner spielen. Zwischen jedem einzelnen Melodiebogen eine lange Schnaufpause, länger, als es der Rhythmus vorschreibt. Der Präfekt dirigiert ... Ich hätte heulen können. Es war so entsetzlich schön, das Ganze, daß ich hinterher, ohne jeden Witz, zu Ferdi Turner sagte: ›Du hast recht, schade, daß er um drei Tage zu früh gestorben ist.‹ Diese Beerdigung am Heiligen Abend ... mein Gott!«

»Ich glaube, du machst einen Fehler.«

»Was meinst du?«

»Du bemühst dich zu sehr, das Ganze niederzumachen.«

»Was bemühe ich mich?«

»Du willst die Beerdigung zu einem Witz herunterzerren. Du willst eine Karikatur – aber es gelingt dir nicht.«

»Das will ich doch gar nicht ...«

»Doch, doch. Aber es spielt keine Rolle. Ich glaub's dir nicht.«

»Was glaubst du mir nicht – daß es so war?«

»Das kann schon sein ... daß es so war ...«

»Ich weiß gar nicht, was du willst ... Was willst du eigentlich?«

»Ist das die Sentimentalität, von der du sprichst? Daß du auf einmal mit Wehmut an die Zeit im Heim zurückgedacht hast?«

»Hab ich doch gesagt ... eine Viertelstunde lang hätte ich mich gern in die Arme des Präfekten gelegt. – Es war wie immer, glaub mir, es war wie früher.«

»Was war wie früher?«

»Dieses Reißen in mir – der Wunsch, zu den Buben des Präfekten zu gehören, zur Partei des Präfekten zu gehören, ein Teil dieses Reliefs zu sein, aus dem dein eigenes Gesicht nur wenig heraustritt, gerade so viel, um es mitzählen zu können. – Hier ist ein Gesicht, hier ist noch eines und da ist ein drittes und da ist ein viertes und hier ein fünftes ... – Hundert Gesichter sind auf dem Relief, und alle aus demselben Stoff, ohne Hinterkopf, der geht auf im Material, du kannst mit der Hand über das Relief streichen, du fühlst Unebenheiten, kleine Unebenheiten, schließe die Augen und fahre mit der Hand darüber, wir sind nur kleine Unebenheiten – du wirst denken, das sind Unebenheiten, kaum Nasen, kaum Augen, kaum Münder, keine Hinterköpfe, Kerben sind wir, Kerben im Gesicht des Präfekten, ist das nicht wunderbar, ist das nicht wie ein Wunder, und alle können wir lateinisch reden, nicht einer, der die Vokabeln nicht kann, wir haben unsere Arbeit gut gemacht, der Präfekt ist unser Kollege, hundert Gesichter, und keines geht unter, keines geht verloren, denn alle sind sie numeriert, meines hat die Nummer 97 – aber ich habe einen Schwanz zwischen den Beinen, und das ist die andere Seite, und der sagt, ich bin einzig und allein, ich gehöre mir.

Ich habe gemerkt, daß mir der Schwanz steht – während der Präfekt am Grab des Rektors sprach. Eine Erektion ohne jede Lust. Ein Warnsignal! Nicht Lust und nicht deswegen, weil mir dieses ganze inszenierte Drumherum gefallen hätte, nein. – Vielleicht ist das die *Flagge von blutigem Fleisch über der Seide der Meere und den Blumen des Nordpols ...* Das Mirakel, der Code. Etwas Gotteslästerliches, so lieb hat uns alle der Präfekt gehabt, inbrünstige Nächstenliebe, wir, die Landschaft seines Gesichtes, die Landser seines Krieges, wir züchtigen, wenn er es befiehlt, weil die Natur es so will, daß die Nase nicht aus dem Gesicht hüpfen kann und allein herumspazieren darf, weil die Nase das ja auch nicht will, das will nur der Schwanz, lediglich der, der springt heraus, der ist nicht mehr Teil eines Reliefs, unser Mund springt nicht vor, das macht das Beißen schwer und das Reden, darum hangen wir ihm an, dem Präfekten, fliegen in seine Arme nach den Prüfungen, wenn wir es geschafft haben – *Ich habe geschwindelt, Pater Präfekt, haben Sie das gar nicht gemerkt?* – Kollegen von ihm, seine Buben ... Rauchen in der Kapelle? Wie wär's mit onanieren in der Kapelle – und auch das wird nicht ausreichen. Was denn noch? Was reicht denn aus? Teufelsformeln malen, zwischen den Zähnen Worte zermahlen, Sätze die auf herausgerissenen Seiten stehen, die ein wilder Hund aus einem Buch herausgerissen hat – *Die Flagge von blutigem Fleisch über der Seide der Meere und den Blumen des Nordpols.* – Stell dir vor, diesen Satz hätte der Präfekt gesagt über dem Grab des Rektors, und wir, Ferdi Turner und ich, die wir weit hinten gestanden sind, wir hätten diesen Satz nicht gehört.

Ich habe gemerkt, daß mir der Schwanz steht, und damit war mein Kopf wieder klar. Das war eine Warnung! Als die Zeremonie vorbei war, ist der Präfekt zu uns hergekommen, ein lachendes Gesicht, beide Arme ausgestreckt, eine Hand für mich, die andere für Ferdi Turner. ›Tut mir leid‹, sagte er, ›ich weiß eure Namen nicht mehr, aber ich weiß, wer ihr seid. Sagt mir doch, wer seid ihr!‹ Das hat Ferdi Turner übernommen. Er hat zuerst mich, dann sich selber vorgestellt.

›Tut mir leid‹, sagte der Präfekt, ›an die Namen erinnere ich mich auch nicht. Aber an die Gesichter erinnere ich mich. Ihr seid herzlich zum Schmaus im Kloster eingeladen!‹ Er ließ unsere Hände nicht los, zog uns hinter sich her zu seinen Kollegen, also zu den anderen Kapuzinern. ›Das sind zwei ehemalige Schützlinge‹, sagte er. ›Sie sind gekommen, um sich von unserem Bruder zu verabschieden.‹

Und dann drückte er mir eine kleine Schaufel in die Hand und Ferdi Turner den Weihwasserbesen, und ich schaufelte eine Handvoll Erde auf den Sarg, und Ferdi Turner spritzte Wasser darüber. – Die Kapuziner stülpten sich die Kapuzen über den Kopf und versenkten die Hände in den Ärmeln ihrer Kutten, und als ich mich umsah, waren Ferdi Turner und ich die einzigen Nichtkapuziner auf dem Friedhof. Die anderen Trauergäste waren bereits gegangen, ebenso der Pfarrer, die Sargträger, die Hornbläser und die Ministranten. – Die Kapuziner rückten näher zusammen, nahmen uns beide in ihre Mitte, der Präfekt gab mit der Hand ein Zeichen, und sie fingen an zu beten, mit tiefen, murmelnden Stimmen. Lateinisch. Der Präfekt dirigierte, lachte uns beiden aufmunternd zu. Wir sollten mitbeten. Aber ich kannte das Gebet nicht. Er wird gleich mit einer Prüfung beginnen, dachte ich. Beim Einfachsten zuerst: *laudo, laudas, laudare, laudavi, laudatum; rosa, rosae, rosae, rosam, rosa* ... Dann Grammatik: *Ablativus absolutus, ACI* ... Vielleicht ist das gar kein Gebet, was die da aufsagen, vielleicht ist das eine Stelle aus dem Livius oder aus dem Vergil, die Beerdigung ist ja längst vorbei, vielleicht soll hier am Grab des Pater Rektor nachgeprüft werden, ob dessen Bemühungen durch so viele Jahre hindurch Früchte getragen haben. Ferdi Turner und ich, stellvertretend für Hunderte von Schülern.

Und während die Kapuziner in ihre Bärte beteten, die Köpfe gesenkt, Kapuzen wie Speerspitzen, zwinkerte uns der Präfekt zu: ›Es dauert nicht mehr lange‹, flüsterte er. ›Es muß sein, das versteht ihr doch.‹

Ferdi Turner starrte vor sich hin.

›Das versteht ihr doch‹, wiederholte der Präfekt.

Und da war er wieder für einen kurzen Augenblick, unser Ferdi Turner, der sich zu den wahnwitzigsten Provokationen hinreißen ließ – hoffentlich ohne zu vergessen, wer hier der Sieger sein mußte.

Und noch einmal: ›Das versteht ihr doch!‹

Ferdi Turner blickte ihn an, weggerissen aus seinem Gesicht alle Tiefsinnigkeit, bereit für ein Schachspiel, fehlte nur der neue Lederball in seinen Händen, darf man einen Fußball quer über den Friedhof schießen, im hohen Bogen über die Friedhofskapelle? Man darf, wenn der Präfekt wegschaut, aber wehe, er findet den Ball hinter der Kapelle ... Machen wir ein Wettrennen ... ›Ich weiß nicht, was Sie meinen‹, sagte Ferdi Turner. – Aha, das wird jene Stimmlage sein, die manchen glauben läßt, unser Ferdi Turner sei ein Zyniker.

›Das ist unser Gebet, meine ich‹, sagte der Präfekt, ›das ist doch rechtens, oder?‹ – mit Schachspielerlächeln, geil nach

Sieg, wer von euch beiden möchte mir zuerst seine Kritik meiner Grabrede vortragen, alles gilt, auch vom Zettel herunterlesen gilt, ihr werdet doch nicht hergekommen sein, ohne vorher eine Kritik meiner Grabrede vorbereitet zu haben, jetzt stehen wir im Leben und nicht mehr im Schlafsaal, und im Leben herrscht Demokratie, und schon gar auf dem Friedhof, da gibt es keinen König, auch keinen Furzkönig.

›Du verstehst doch, daß wir beten müssen, nicht wahr?‹

Da fiel mir der Schwanz zusammen, ich stieß Ferdi Turner mit dem Ellbogen in die Seite, übertreib's nicht, dachte ich, übertreib's ja nicht, aber der Ferdi Turner starrte weiter ins Gesicht des Präfekten, ist er verrückt oder hat er alles vergessen? Seine Backen blähten sich auf, und die Nase wurde weiß, er holte tief Luft ...

›Natürlich verstehen wir das‹, sagte ich schnell. Mit einem Ruck wandte sich Ferdi Turner ab.

›Es muß sein‹, flüsterte der Präfekt, eindeutig Sieger. Nackt vom Kragen aufwärts. Der reckt ja den Kopf in den Himmel. Ein Leuchtturm muß das tun. Für den Führer keine Kapuze, danke. Höchstens eine Fahne ... höchstens eine Fahne.

›Natürlich muß das sein‹, flüsterte ich zurück. Was lädtst du dir auch so einen feigen Pharisäer ein über Weihnachten, Ferdi Turner!

Groß ist die Seele und wahr. Sie ist kein Schmeichler, sie ist kein Anhänger; sie beruft sich nur auf sich selbst. Sie glaubt nur an sich selbst. Und wo wohnt sie? Wo? – Ich hätte gewettet, sie wohnt zwischen den Beinen. Wo bitte denn sonst! Vielleicht lag es auch nur daran, daß ich gerade einen furchtbaren Monat hinter mir hatte, den dritten Knoten im Strick, neben der Frau zu liegen, die du liebst, und Geschichten erlügen, Geschichten von heruntergerutschten Bikinioberteilen und Bumsereien unter freiem Himmel, nackt von den Sohlen aufwärts, der Himmel ein Zelt, der keinen Schlafsack notwendig macht, weil ja Sommer ist, ein Zelt wie eine gottgewollte Kapuze, Vater unser, der du bist im Himmel ... zum Schluß haben sie deutsch gebetet, das Gebet unseres Herrn, von unserem Herrn autorisiert, rezitiert haben sie, ein Kapuzinerbartgemurmel, streng rhythmisiert, folgend der in der Luft hüpfenden Hand des Präfekten.

Und dann: ›So, das war's, ich glaube, jetzt haben wir eine Jause verdient!‹

Der Spuk war vorbei. Ferdi Turner wieder eingekehrt in seinen Tiefsinn und seine Familienvornehmheit. Vor dem Friedhof sagte er zum Präfekten: ›Wir müssen noch einen Christbaum besorgen, vielleicht ein andermal ...‹

›Einen Christbaum? Jetzt? Die sind doch alle weg! Hast du Kinder? Wie heißen sie! Wo wollt ihr denn jetzt noch einen Christbaum herkriegen!‹

›Es gibt schon noch welche ...‹, sagte ich.

›Gibt es jetzt noch Christbäume? Am 24. um zehn Uhr vormittags?‹

›Ja‹, sagte ich, ›ich habe welche gesehen.‹

›Wo denn?‹

›Ich weiß nicht, wie die Straße heißt ...‹

›Das würde mich aber interessieren. Beschreib mir die Straße. Das ist doch ungewöhnlich, um diese Zeit noch Christbäume. Die sind sicher schwarz geschlägert worden.‹

›Ich weiß es nicht‹, sagte ich.

›Also bitte, alles herhören‹, rief der Präfekt. ›Da behauptet einer, daß es jetzt noch Christbäume gibt! Haltet ihr das für möglich?‹

Die Mitbrüder waren zum Mitdenken aufgefordert: ›Nein, glaub ich nicht ...‹ ›Wär ein Glück ...‹ ›Kann ich mir nicht vorstellen ...‹ ›Vielleicht doch, aber sicher keine geraden ...‹ ›Schwarz geschlägerte vielleicht ...‹ ›Aber dann sind sie billiger ...‹

›Ich würde das nicht riskieren‹, rief der Präfekt. ›Wenn man euch dabei erwischt, dann macht ihr euch mitschuldig.‹ – Und er lachte schallend. ›Dann können die Kindlein dem Vater die Salami in den Kotter bringen.‹

›Wieso denn die Salami‹, fragte ich.

Das Lachen des Präfekten dröhnte über den Platz. ›He‹, rief er und zupfte Ferdi Turner am Ärmel seines Mantels. ›Du bist doch ein Vater! Ist es nicht so, daß Väter von ihren Kindern Salami zu Weihnachten geschenkt bekommen?‹

Ferdi Turner rührte sich nicht. Gleichgültig, geistesabwesend, fehlte nur noch, daß er Luft kaute und Luft spuckte. – Und auf einmal dachte ich, er sieht dem Gebhard Malin von damals ähnlicher als sich selbst.

Und zu mir gewandt sagte der Präfekt, zwinkernd, zu mir, dem Namenlosen, weil Verbündeten: ›Wie heißt er doch gleich?‹

›Ferdi Turner‹, antwortete ich.«

19

»Das Heim wurde im Sommer 1966 aufgelöst, hast du gesagt?«

»Drei Jahre nach unserer Sache ...«

»Und bereits im Herbst wurde es abgerissen?«

»Im Spätherbst. Der Haupttrakt, ja. Alles außer den Studiersälen ... alles abgerissen bis hinunter zu den Kellern. – Schon von weitem, wenn man nach Tschatralagant heraufkam, konnte man den Kran sehen. Der Kran überragte das Gebäude um das Doppelte. Scheint, daß sie keinen kleineren aufgetrieben hatten. An seinem Quermast hing die Kugel – die Abbruchbirne, so heißt das – eine Kugel aus Beton. Viele ehemalige Schüler sind hinaufgegangen nach Tschatralagant, sie haben sogar schulfrei gekriegt, um dabeisein zu können, wenn das Heim fällt. – Ich wollte mir das nicht ansehen. Das Gelände war abgeriegelt. Die Staubwolke soll bis über den höchsten Punkt von Tschatralagant hinausgestiegen sein. Konnte man noch lange von der Stadt aus sehen. Ich habe mir auch die Staubwolke nicht angeschaut. – Was da alles in die

Luft geflogen ist, unsere Fingerabdrücke an den Wänden ... Abgerissen bis zu den Kellern. Wäre eine Möglichkeit gewesen nachzusehen, ob unter den Kellern tatsächlich noch andere Keller waren ... oder immer noch sind, die Keller sind ja dieselben wie vorher, dieselben wie beim alten Karl-Borromäus-Haus ... hat es ja immer geheißen, unter den Kellern seien noch welche ... Aber das Gelände war abgesperrt, niemand hat nachschauen können.«

»Und der Rektor war bis zum Schluß dort?«

»Was meinst du?«

»Bis das Heim abgerissen wurde?«

»Weiß ich nicht. Das glaub ich nicht, ganz bestimmt nicht. Ich habe ja ihn getroffen, als ich ein paar Wochen vor dem endgültigen Abbruch hinaufgegangen bin ... habe ich erzählt ... oben auf dem Dach ... Das wird ein Zufall gewesen sein.«

»Damals waren die Abbrucharbeiten schon voll in Gang.«

»Da hat man ausgeräumt, was noch brauchbar erschien.«

»Da wird der Rektor ja nicht mehr im Heim gewohnt haben.«

»Sicher nicht. Es wäre gespenstisch ... der Gedanke. Aber ich habe mir damals dasselbe gedacht: ob er in dem ausgeweideten Haus wohnt? Die Kapelle war abgeschlossen – der einzige Raum im Heim, der sonst garantiert nie abgeschlossen war. Sogar die Schlafsäle waren manchmal abgeschlossen, am Tag. Ich habe mich immer gefragt, warum damals die Kapelle abgeschlossen war. Das wäre doch das erste, dachte ich, daß man die Kapelle ausräumt. Also, wenn man ein Haus abreißen will, in dem eine Kapelle ist, dann räumt man doch als erstes die Kapelle aus. Aber der Gedanke ist mir gekommen: Der Rektor hat sich in die Kapelle zurückgezogen, er wohnt dort. Es hat nicht den geringsten Anhaltspunkt dafür gegeben; aber es ist mir in den Sinn gekommen. Hätte zu ihm gepaßt: ein Lager zwischen den Bänken, zwanzig Flaschen Meßwein, die Morgensonne scheint durch die Altarfenster, einige Stangen *Austria Drei*. Vielleicht wäre er sehr glücklich gewesen, er wäre ja nicht allein. Manchmal, wenn er gesellig aufgelegt war, wenn er uns in der Halle beim Spielen zugeschaut hat und gesagt hat, ›Kommt mit hinauf in den Mariensaal, wir reden ein bißchen, aber geht wirklich hinauf, ich komm gleich nach!‹, wenn er sich dann mit einer Flasche Wein im Mariensaal zu uns setzte und jeden einen Schluck aus der Flasche nehmen ließ, dann hatte er manchmal gesagt: ›Das ist eine gute Einrichtung von unserem Herrn, daß er sein Blut in Wein verwandelt hat. Ich schwör euch, Buben, wenn ich ein Viertel davon getrunken habe, dann weiß ich, jetzt ist der Herr bei mir. Dann unterhalte ich mich mit ihm, und die Zeit vergeht wie im Flug, es gibt keinen besseren Unterhalter als unser Herr, er kennt alles und hat eine Menge Humor.‹

Er hätte es sicher bis an sein Lebensende in der Kapelle ausgehalten. Man hätte halt jede Woche jemanden schicken müssen zum Saubermachen. Ja, das ist mir in den Sinn gekommen: Was, wenn sich der Rektor in der Kapelle eingeschlossen hat?«

»Aber es war nicht so?«

»Wäre ja irgendwie auch lustig gewesen. Nein, sicher war es nicht so. Aber wenn es doch so gewesen wäre? Ich meine, was hätte man schon tun können? Seine Ordensbrüder, die Bauarbeiter – wenn er sich in der Kapelle verschanzt hätte? Gut zureden, aber sonst nichts. Man hätte ja nicht in die Kapelle einbrechen und ihn in der Zwangsjacke abführen können. Erstens darf man das sowieso nicht, jedenfalls nicht, solange die Kapelle nicht entweiht ist, offiziell entweiht ist, ist doch eine altbekannte Tatsache, daß jeder, auch ein Verbrecher, im Gotteshaus Zuflucht nehmen darf. Zweitens hätte es ein Spektakel gegeben. Die Zeitungen hätten darüber geschrieben: ›Ein verrückter Kapuziner ... und so einem Mann haben wir jahrelang unsere Kinder anvertraut ...‹

Wahrscheinlich war er im Kloster in der Stadt. Das kann ich mir gut vorstellen: Er wohnt im Kloster und spaziert jeden Tag hinauf nach Tschatralagant, schaut sich das Heim an, jeden Tag wird es um ein Stück kleiner, um ein Stück weniger, um ein Stück armseliger. Es wird ihm das Herz zerrissen haben.

Ferdi Turner, der ja öfter mit ihm gesprochen hatte – später, als der Rektor schon längst im Stammkloster in Imst war –, Ferdi Turner hat erzählt, der Rektor habe sich lange nicht damit abfinden können, daß man das Heim abgerissen hat. Er, Ferdi Turner, glaube sogar, der Rektor habe sich bis ans Ende seines Lebens nicht damit abfinden können.«

»Ja, also gut. Warum wurde das Heim abgerissen? Zuerst reißt man es ab, dann baut man ein neues auf, ähnlich wie das alte, wenn ich dich recht verstanden habe.«

»Ziemlich ähnlich wie das alte, ja. Innen war's anders, außen war's gleich.«

»Und wieso das Ganze?«

»Das war ja nicht so geplant. Ein Hotel war geplant. Ein First-Class-Hotel. *Hotel Tschatralagant*. Feinstes Haus im ganzen Land. Die Studiersäle hätte man gelassen, das waren ja wunderbar sonnige Räume, für Frühstücksräume oder Clubräume. Die Studiersäle waren in einem anderen, italienisch anmutenden Baustil gehalten, luftig, freundlich. Das Hauptgebäude wirkte dagegen dumpf und düster. Ein Kurhotel für reiche ältere Herrschaften. Ich habe mir das manchmal im Kopf ausgemalt – eine Rosenallee quer über die Wiese bis hinauf zum Theaterloch, dort ein Musikpavillon, Kaffee und Kuchen, Ausblick auf die Berge, Ausblick auf die Stadt ... Walzer von Johann Strauß, *Geschichten aus dem Wienerwald* ...«

»... deine Phantasien ...«

»Freilich ... Ich weiß nicht genau Bescheid, wie das damals abgelaufen ist. Ich weiß nicht einmal genau, wem das Gebäude vorher gehört hatte. Ich glaube nicht, daß es im Besitz des Ordens war. Oder jedenfalls nur zum Teil. Es wird der Stadt gehört haben, nehme ich an, mehrheitlich zumindest. Und als in den sechziger Jahren überall ein blendender Aufschwung zu verzeichnen war – überall, nur im Schülerheimwesen nicht –, da wird es den Verantwortlichen attraktiver erschienen sein, oben auf Tschatralagant ein steuerschweres Hotel zu sehen als ein Heim für Armenhäuslerbuben. Aber irgendwie ist die Stadt – wie gesagt, ich weiß nichts Genaues – einem Schwindler aufgesessen, vielleicht war's auch kein Schwindler, vielleicht ist die Firma höchst ehrenwert bankrott gegangen; weiter als bis zum Abbruch ist es auf jeden Fall nicht gekommen. Für den Bau des Hotels war dann kein Geld mehr da. Der Bauherr hat bankrott gemacht, die Stadt hat den Restbau und das Grundstück aus der Konkursmasse zurückerworben. Es war ein kleiner Skandal, wenn ich mich recht erinnere. Wird schon jemanden gegeben haben, der daran verdient hat. Schließlich hat man auf die Grundmauern des alten Heimes ein neues aufgebaut, und als eine Art von Selbstbestrafung für vorangegangenen Hochmut – First-Class-Hotel und so – hat man das neue Gebäude wieder einem sozialen Zweck zugeführt – Kindergarten und Altersheim. So ähnlich war's.«

»Du bist nach der dritten Klasse vom Heim abgegangen?«

»Im Sommer 1964.«

»Warum?«

»Kam einiges zusammen. Ich wollte nicht mehr länger im Heim bleiben. Ich war nie gerne im Heim gewesen, vom ersten Augenblick an nicht, aber nach der dritten Klasse getraute ich mich, das endlich zu Hause zu sagen. Daß ich nie gern dort war, sagte ich selbstverständlich nicht. Ich sagte, ich will nicht mehr länger dort sein, ich will Fahrschüler werden, ich bin jetzt alt genug, daß ich nicht unter den Zug komme.«

»Hast du zu Hause von den Klassenprügeln erzählt?«

»Nicht ein Wort!«

»Deine Eltern kannten Gebhard Malin – dein Vater, sagtest du, hat ihn gern gemocht.«

»Hat ihn im Auto mitgenommen, ja. Ich hätte das zu Hause nie erzählt, nie. Es haben schon genug Leute ein schlechtes Gewissen gehabt ...«

»Kam einiges zusammen, sagst du, daß du nach der dritten Klasse abgegangen bist. Was heißt das?«

»Ging anderen genauso. Das war der große Abgangssommer. Fast ein Drittel der Schüler ist im Herbst nach diesen Ferien nicht mehr ins Heim zurückgekehrt. Ein klassischer Niedergang ... Gab viele Gründe dafür ...«

»Wie lange ist Gebhard Malin geblieben?«

»Gar nicht bis zum Ende des Schuljahres. Nur noch bis Weihnachten. Nachdem er aus dem Krankenhaus zurück war, blieb er vielleicht noch vierzehn Tage im Heim. Bis zu den Weihnachtsferien. Danach kam er nicht mehr.«

»Und in die Schule?«

»Kam er auch nicht mehr ...«

»Er hat also die Schule abgebrochen – mitten im Jahr?«

»Es hat niemand danach gefragt. Vielleicht hat er eine andere Schule besucht, hat gewechselt. Er war weg. Und niemand hat nachgefragt. Angeblich sollen ihn seine Eltern auf Empfehlung des Rektors aus dem Heim genommen haben ... und auch aus der Schule ...«

»Was heißt *angeblich*?«

»Hat Ferdi Turner erzählt. Der Rektor habe zu Gebhard Malins Eltern gesagt, die Anwesenheit ihres Sohnes sei uns, also seinen Mitschülern, nicht länger zuzumuten.«

»Das verstehe ich nicht. Gebhard Malin sei euch nicht zuzumuten – er euch?«

»So habe sich der Rektor ausgedrückt.«

»Sagt Ferdi Turner?«

»Sagt Ferdi Turner. Ich muß hinzufügen, sehr deutlich ist Ferdi Turner nicht geworden, er hat das alles so andeutungsweise gehalten. Und wenn ich nachgefragt habe, hat er meistens so getan, als hätte er nichts gehört. Dann ließ er eine lange Pause und spuckte wieder einen Brocken aus.«

»Wegen der Klassenprügel sei Gebhard Malin euch nicht zuzumuten. Verstehe ich das richtig?«

»Ja.«

»Das heißt, Ferdi Turner hat mit dem Rektor über die Klassenprügel gesprochen – später im Kloster in Imst?«

»Ja ... das hat er. Der Rektor habe ihn von sich aus darauf angesprochen. Das ist höchst erstaunlich. Das habe ich auch zu Ferdi Turner gesagt. ›Das ist doch höchst erstaunlich‹, habe ich gesagt. ›Daß der Rektor von sich aus damit anfängt. Der war doch sonst ein Meister im Wegwischen ...‹

›Manche Dinge lassen sich eben nicht wegwischen‹, hat Ferdi Turner darauf gesagt.

Und ich habe gesagt: ›Eben doch! Jedenfalls für die Zeit, als diese Dinge wichtig gewesen wären, hat er sie weggewischt.‹

Und Ferdi Turner hat gesagt, er sehe das anders. Der Rektor gehöre zu den Menschen, die sich nur auf ein einziges Problem konzentrieren können. So habe sich bei ihm eine lange Warteliste von Problemen ergeben, die er später, als er hier in der Ruhe des Klosters lebte, eines nach dem anderen anging.

›Und‹, habe ich gefragt, ›was hast du dazu gesagt? Zum Thema Klassenprügel?‹

Und Ferdi Turner: ›Nichts habe ich gesagt. Ich wollte ihm nicht ein neues Problem schaffen.‹

Gut. – Ich glaube, mir wär's nicht anders ergangen.«

»Und bei dieser Gelegenheit hat ihm der Rektor erzählt, er habe den Eltern von Gebhard Malin geraten, ihren Sohn aus dem Heim zu nehmen?«

»Der Rektor ist noch während der Weihnachtsferien nach St. Gallenkirch gefahren, hat an die Haustür der Malins geklopft und gesagt: ›Ich bin den weiten Weg gekommen, um Sie zu bitten, Ihren Sohn abzumelden.‹ – Das habe der Rektor erzählt, sagt Ferdi Turner. Und der Rektor sei darauf sehr stolz gewesen: ›Es war als Heimleiter meine Aufgabe, mich zwischen dem Leid eines Einzelnen und dem Wohl einer Klasse zu entscheiden. Und ich habe mich für die Klasse entschieden. Denn für das Leid ist unser Herr zuständig; für das Wohl aber waren wir, seine Diener, da.‹

Er hat sich selbst im Nachhinein den Segen gegeben. So sehe ich das. Er hatte ja wirklich viel Zeit im Kloster, viel Zeit zum Nachdenken. Und so hat er sich für alle seine Fehler von damals Entschuldigungen zusammengebastelt, für seine eingebildeten Fehler und für seine tatsächlichen Fehler. Und das geht am besten, indem man gute Taten daraus macht.

Ich nehme an, den Rektor hat schlicht und einfach das schlechte Gewissen geplagt – wie jeden anderen in diesem Zirkus auch. Nicht nur wegen der Klassenprügel. Er hat zwischen Wesentlichem und Unwesentlichem nie besonders scharf unterscheiden können – alles zusammen hat ihm offenbar ein schlechtes Gewissen gemacht. Er hat Ferdi Turner ein paarmal zu sich gebeten, in den letzten beiden Jahren vor seinem Tod, immer wieder war ihm irgendeine Rechtfertigung eingefallen, jedesmal zu einem anderen Fall. An die meisten Fälle habe er, Ferdi Turner, sich gar nicht erinnern können ... Lappalien. Dem alten Rektor ist das Heim im Kopf herumgegeistert.

Einmal, so Ferdi Turner, habe der Rektor in der Schule anrufen lassen, man habe ihn aus dem Unterricht geholt, er solle sofort ins Kloster kommen. Und dann sei er hingefahren, und der Rektor habe ihm eine Rechtfertigungsrede gehalten – Thema: Warum er damals – vor fast fünfundzwanzig Jahren! – zugestimmt habe, daß ein paar hundert Kilo *Texaskäs* angekauft wurden, obwohl er, der Rektor, gewußt habe, daß die Schüler diesen orangegelben Käse in den halbverrosteten Dosen nicht mochten ... und so weiter ... Aber immer gut gelaunt, immer gut gelaunt, der Rektor ... jedenfalls später, als er im Kloster in Imst war.«

»Und warum hat er diesen Käse gekauft?«

»Das ist eine verschrobene Geschichte.«

»Ich meine, wie hat er sich gerechtfertigt? Das interessiert mich.«

»Ach Gott – weil der Käse aus Amerika kam und billig war. Weil alles, was aus Amerika kam, für den Rektor ein bißchen heilig war.«

»Wurde denn wirklich bei allem zwischen *heilig* und *nicht heilig* unterschieden – sogar beim Käse?«

»Ja. So sind wir eben.«

»Immer noch?«

»Man braucht ja zwei Seiten – rechts und links, heilig und nicht heilig –, wie sollte man sonst den aufrechten Gang pflegen?«

»Ist doch eher ungewöhnlich, oder? Ich kann mir vorstellen, daß damals in konservativen Kreisen umgekehrt gedacht wurde. In bezug auf Amerika ... Daß alles, was aus Amerika kam, nicht heilig war: Kaugummi, Jazz, Blue jeans, Kino, Frisuren ...«

»Sicher. In dieser Beziehung hat der Rektor nicht anders gedacht. Diese Dinge hat er aber nicht Amerika angelastet. Sondern den Negern und den Juden und den Großstädtern. Als alter Austrofaschist, Dollfußanhänger, Verfechter der Ständestaatidee haben ihn die Amerikaner bei Kriegsende einerseits von Hitler befreit andererseits vor Stalin bewahrt. Hat er immer wieder betont. Das hat er den Amerikanern nie vergessen. Dagegen hat er weder Blue jeans, Jazz, Kaugummi oder Frisuren anstinken lassen. Diesbezüglich konnte er zwischen Wesentlichem und Unwesentlichem unterscheiden. Aber das allein, nein, das war's noch nicht.

Er habe, sagte der Rektor zu Ferdi Turner, er habe sich damals für den *Texaskäs* entschieden im Andenken an jenen amerikanischen Bombenflieger, der 1943 das Karl-Borromäus-Haus zusammengebombt hatte. Mein Gott, ich will nicht in den Kopf des Rektors schauen – eine Gedankenmischmaschine. Ferdi Turner hat gesagt, er habe manchmal den Eindruck gehabt, der Rektor bringe alles durcheinander, verwechsle den Abbruch des Heimes im Jahr 1966 mit der Bombardierung des Heimes im Jahr 1943. Manchmal habe er zu ihm so geredet, als seien sie beide, der Rektor und Ferdi Turner, die einzigen Überlebenden. Und mit diesem Durcheinander in seinem Kopf habe er geweint und gelacht, abwechselnd. Dann sei er wieder einigermaßen klar geworden und habe über die Stadtväter geflucht, die das Heim an diesen deutschen Unternehmer verkauft hätten, habe gegen den Sündenpfuhl gedonnert, der sich jetzt über Tschatralagant ausbreite – er dachte wohl, das Hotel sei doch noch errichtet worden. Der Gedanke, daß das Heim nun ein Hotel sei, habe ihn mehr geschmerzt als die Erinnerung an die Bombardierung. Die Bombardierung habe bei allem Blut und Elend immerhin noch ihr Gutes gehabt – und darin liegt der eigentliche Grund dafür, warum wir *Texaskäs* zu fressen bekommen hatten: Dieser Bombenflieger sei immerhin hinterher in ein Kloster eingetreten – als er erfuhr, was er angerichtet hatte. Über siebzig tote Kinder. Das hat dem Rektor sehr imponiert.

›Entscheidend ist die Reue‹, habe er zu Ferdi Turner gesagt.

›Der Katholik begeht eine Sünde, wenn er nie sündigt. Er begeht die Sünde der Hoffart, wenn er so tut, als ob er der Gnade nicht bedürfe. Aber die Gnade ist das wertvollste Geschenk Gottes. Und die Gnade erlangt man nur durch Reue. Und, wie bitte, soll man bereuen, wenn man nie sündigt?‹

Der Rektor hat die Bombardierung ja selbst nicht miterlebt, damals war er in Rußland, irgendwo, als Sanitäter. Dennoch hat er uns immer wieder davon erzählt. Der Gedenktag der Bombardierung wurde im Heim als Feiertag geführt. 1. Oktober. Mit Hochamt in aller Herrgottsfrühe. Wir mußten um fünf Uhr aufstehen, damit sich das zeitlich ausging. Wir haben deswegen ja nicht schulfrei gekriegt. Hochamt am Morgen, Großer Rosenkranz am Abend. In der Nacht hat uns der Präfekt im Schlafsaal das Requiem von Mozart vorgespielt. Das war sein Beitrag – er leistete ihn eher widerwillig. So naiv wie der Rektor war der Präfekt nicht. Am Nachmittag hat uns der Rektor von der Bombardierung des Karl-Borromäus-Hauses erzählt. Die Opfer, diese siebzig Mädchen, interessierten ihn dabei nicht sonderlich. Die gehörten zum dramatischen Aufbau, der in der Bekehrung des Bombenfliegers gipfelte. Dabei konnte der Rektor, sonst eher ein schwacher Prediger, im Vergleich zum Präfekten ein schwacher Prediger – der beste Prediger war übrigens der Spiritual, da haben wir zwar nie richtig verstanden, was er meinte, aber es war erhebend, ihm zuzuhören –, wenn der Rektor von der Bombardierung sprach, konnte er eine rhetorische Kraft entwickeln, die uns für diesen anstrengenden Privatfeiertag entschädigte. Da ging er im Speisesaal vor versammelter Mannschaft auf und ab, nahm ab und zu einen Schluck Rotwein und donnerte, daß man es bis hinaus ins Klo hörte. Gegen die Nazis. Es gab einen Geistlichen, der stammte aus seinem Heimatort, der war das Vorbild des Rektors gewesen, als er jung war, wegen dieses Geistlichen war der Rektor Priester geworden; den hatten die Nazis umgebracht. Unter Tränen erzählte er davon, jedes Jahr am 1. Oktober, dem Jahrestag der Bombardierung. Die Bombardierung des Karl-Borromäus-Hauses war für ihn die Vergeltung für die Ermordung dieses Priesters. Aber die Bombe traf die Falschen. Siebzig unschuldige Kinder – manchmal konnte es sich der Rektor nicht verkneifen und sagte mehr oder weniger unschuldige Kinder, denn in der offiziellen Todesanzeige in der damaligen Zeitung hieß es – der Rektor las daraus vor: ›Sie haben ihr Leben im Schicksalskampf Großdeutschlands für die Zukunft unseres Volkes als Blutzeugen der unbeugsamen Haltung der Heimat hingegeben. Ihnen gehört unser treuverbundenes Gedenken, ihren Angehörigen unsere wärmste Teilnahme. Das Opfer der Gefallenen, das dem Heldentod an der äußersten Kampffront ebenbürtig zur Seite steht, verpflichtet uns zur höchsten Leistungs- und Einsatzbereitschaft für Volk und Vaterland, auf daß wir auch ihnen einst nachrufen können: Und ihr habt doch gesiegt! gez. Hofer, Gauleiter und Reichsstatthalter.‹

Demselben Mann, rief der Rektor, sei es zu verdanken, daß jener Geistliche hingerichtet worden sei; nur: damals sei keine Todesanzeige in der Zeitung erschienen, der Schwester des Geistlichen habe man die Urne mit der Asche ihres Bruders per Nachnahme aus Dachau zugeschickt, und die Schwester habe das Geld bei ihren Nachbarn borgen müssen, sonst hätte der Postbote das Paket wieder mitgenommen.

›Gut‹, sagte der Rektor am Schluß seiner Rede – mittlerweile war er schon reichlich betrunken – ›gut, die Bombe hat das falsche Ziel getroffen. Das ist bedauerlich und tragisch. Aber es war nicht die Schuld des Piloten. Er hat ja nicht wissen können, daß die Nazis Kinder in die Bombenziele stecken. Nicht ein Funke Schuld trifft diesen Bombenflieger. Dennoch nahm er die Schuld auf sich. Es ist dies eine Offenbarung der göttlichen Liebe, der göttlichen Gerechtigkeit, der göttlichen Gnade!‹

Eine lange, eindrucksvolle Rede, um den amerikanischen Bombenflieger zu rechtfertigen. Und dieselbe Rede habe der Rektor – fünfundzwanzig Jahre später – im Kloster in Imst vor Ferdi Turner gehalten – diesmal allerdings, um zu rechtfertigen, warum er damals zugestimmt habe, daß ein paar hundert Kilo *Texaskäs* angekauft wurden.

›Und was hast du dazu gesagt‹, fragte ich Ferdi Turner.

›Nichts‹, sagte er. ›Oder glaubst du, bei diesem Thema läßt sich argumentieren?‹

›Nein‹, sagte ich.

Ich hätte auch nicht argumentiert. Was hätte dabei schon herauskommen können! Argumente bauen kein Haus wieder auf, ein zerbombtes nicht und ein mit einer Betonkugel niedergehauenes auch nicht. Die göttliche Gnade, die der Rektor beweisen wollte, war ja für einen anderen bestimmt, nicht für ihn selbst: ›Dieser Bombenflieger wird ins Himmelreich eingehen‹, habe er gesagt. ›Noch heute wirst du neben mir im Paradiese sein ...‹

Vielleicht dachte er, der Häscher reserviert oben ein Plätzchen für ihn, irgendwo in einem Winkel, muß ja nicht die ganze göttliche Strahlung hinfallen, genügt ja, wenn es gerade so hell ist, daß man dort in Ruhe sein Brevier lesen kann. Ob er das verstehe, habe er Ferdi Turner gefragt.

›Ich verstehe das‹, habe Ferdi Turner geantwortet.

Das wollte der Rektor hören. Mehr nicht. Deshalb habe er Ferdi Turner aus dem Unterricht geholt – deshalb. ›Wenn du das verstehst, ist es gut‹, habe er gesagt. ›Dann kannst du jetzt wieder gehen.‹«

»Das heißt, der Rektor war gegen Ende seines Lebens nicht mehr bei klarem Verstand?«

»Das heißt es wohl, ja. Oder er war einfach betrunken… oder beides … wahrscheinlich beides. Ach, mein Gott, ich hätte heulen können, als Ferdi Turner das erzählte.«

»Wegen dem Rektor?«

»Auch, vielleicht auch … sicher auch seinetwegen. Nein, wegen dem Rektor nicht. Wegen dem *Texaskäs*. Ich habe dir ja erzählt, daß mich die Sentimentalität angefallen hat, als wir am ersten Abend im Turnerschen Wohnzimmer Geschichten und Schmankerln aus dem Heim austauschten. Der *Texaskäs* hatte es mir angetan. Ich habe nie wieder in meinem Leben *Texaskäs* gegessen. Im Heim ist mir halbschlecht geworden davon, er hat so nach Metall geschmeckt – und dann, als wir davon sprachen, habe ich eine Sehnsucht nach diesem Geschmack bekommen … die beste Speise der Welt. Wir hatten *Texaskäs* dazu gesagt, wir Schüler, er hat in Wirklichkeit natürlich anders geheißen, ich weiß nicht mehr wie. Für uns war Amerika der *Wilde Westen*. Und der *Wilde Westen*, das war Texas. Also war Käse aus Amerika *Texaskäs*. *Texaskäs* war mehr als nur ein Essen, da hat der Rektor einen Anfall gekriegt, wenn hinterher auf dem Tisch ein angebissenes Stück liegengeblieben ist. Und er hat es auch nicht gern gehört, wenn wir *Texaskäs* dazu gesagt haben.«

»Und irgendwann hat der Rektor Ferdi Turner zu sich gerufen und von den Klassenprügeln gesprochen?«

»Ob er ihn extra deswegen gerufen hat oder ob sie im Gespräch darauf gekommen sind, weiß ich nicht. Für den Rektor, wie gesagt, hat sich die Sache ganz anders dargestellt. Eine seltsame Umkehrung der Tatsachen: Für ihn waren wir die Opfer – *Daß Buben zu so etwas getrieben werden*. – Ungefähr in diese Richtung.

Und dafür hat er sich die Schuld gegeben. Wieder hat er sich die Schuld dafür gegeben. Das ist auch eine Art, das schlechte Gewissen zu beruhigen. ›Aber‹, soll er gesagt haben, ›ich habe immerhin mein Möglichstes getan, um euch diese Last zu erleichtern.‹ ›Jeden Tag, wenn sie aufstehen‹, habe er damals zu sich gesagt, ›müssen die armen Buben mit ansehen, in was für eine Schuld sie getrieben worden sind.‹

Damit meinte er den Gebhard Malin. Daß wir ihn anschauen mußten – als er wieder vom Krankenhaus zurück war.

›Das muß doch schrecklich für euch gewesen sein!‹ habe der Rektor zu Ferdi Turner gesagt.

›Ja, es war schrecklich‹, habe er geantwortet.«

»War es das?«

»Das war schrecklich für uns – da hatte der Rektor schon recht. Zweimal schrecklich war es: einerseits, weil wir das getan hatten – andererseits, weil es eben doch einen Zeugen dafür gab. Eben der, dem wir es angetan hatten. Das Zweite war schrecklicher als das Erste.«

»Das mußt du erklären.«

»Das kann man nicht erklären. Es ist sicher ein Grund dafür, warum wir so brutal geschlagen haben. Der, den ich schlage, ist Zeuge, daß ich ihn schlage: Opfer, Zeuge, Zuschauer, Betrachter. Das Bild soll aber keinen Betrachter haben. Schon der zweite Schlag ist nicht mehr die Folge eines Befehls – *Züchtigt ihn!* –, ab dem zweiten Schlag gilt es, den Zeugen zu beseitigen.«

»Und dann war der Zeuge auf einmal wieder da.«

»Kein Wort hat er mit uns gesprochen, der Gebhard Malin, keinen Blick hat er uns zurückgegeben. Aber es war nicht Trotz, nicht absichtliches Ignorieren ... Er hat Angst gehabt.«

»Woran hast du gemerkt, daß er Angst hatte?«

»Er hat keine zwei Schritte allein gemacht. Wenn der Arpad einmal nicht in seiner Nähe war, dann hat er sich in eine Ecke verdrückt. Ist starr und weiß geworden.«

»Hätte eine Möglichkeit bestanden, daß ihr mit ihm sprecht – daß ihr ihn um Verzeihung bittet, daß wenigstens einer von euch mit ihm spricht?«

»Einer allein – das wäre gar nichts gewesen. Einer allein

hätte ihn ja auch nicht geschlagen. Die ganze Klasse hätte zu ihm hingehen müssen. Aber das war nicht ... Vielleicht hat jeder einzelne für sich daran gedacht, ihn um Verzeihung zu bitten. Einmal war der vom Präfekt postulierte Geist der Gemeinschaft da – beim Schlagen. Den Gebhard Malin um Verzeihung zu bitten, hätte das Gleiche gebraucht. Aber das war nicht. Die Klasse ist zerfallen. Die anderen Schüler sind uns aus dem Weg gegangen – haben uns angestarrt mit einer Mischung aus Furcht, Bewunderung und Verachtung.

Und da habe er sich gedacht – er, der Rektor – das kann nicht so weitergehen, habe er sich gedacht. Gut, habe er also mit den Eltern von Gebhard Malin gesprochen: ›Die Anwesenheit Ihres Sohnes ist seinen Mitschülern nicht mehr länger zuzumuten.‹ So hat er sich das später im Kloster in Imst zurechtgelegt, sagt Ferdi Turner.«

»Das heißt aber doch, die Eltern von Gebhard Malin wußten Bescheid, wußten, was passiert war ...«

»Das kann man daraus schließen. Sie haben offensichtlich nichts unternommen. Wundert mich auch nicht.«

»Wundert es dich auch nicht, daß Gebhard Malin selbst nichts unternommen hat?«

»Daß er nicht selbst zur Polizei gegangen ist – hinterher? Nein, wundert mich auch nicht. Erstens wird ihm der Csepella Arpad erzählt haben, wie sein Vorstoß ausgegangen ist; und zweitens – ich glaube, wir haben den Gebhard Malin in die Kinderstube zurückgeprügelt. Der war hinterher nicht mehr der Aufmupf, der Lässige, Arrogante, der er vorher war. Wenn man sich vorstellt, wie er beispielsweise mit Ferdi Turner umgesprungen ist, im Spielsaal ... Davon war nichts mehr übrig.«

»Also, genau: Wie war das, als Gebhard Malin aus dem Krankenhaus zurückkam?«

»Gar nichts war. Das wurde ja vorher nicht angekündigt. Wenn man sagt, er kommt dann und dann aus dem Krankenhaus zurück, dann gibt man damit ja zu, daß er überhaupt dort war. – Eines Tages saß er zu Beginn des Nachmittagsstudiums im Studiersaal. Das war alles. Natürlich sind wir erschrocken, als wir ihn sahen. Aber gesagt hat keiner etwas.«

»Keine Begrüßung?«

»Wo denkst du hin! Er saß im Studiersaal, und Csepella Arpad saß neben ihm. Der gehörte ja eigentlich in den oberen Studiersaal. Vierte Klasse. Hat aber keiner ein Wort gesagt. Die beiden hätten einen Handstand machen können, es hätte auch keiner was gesagt.

Ich kann mich nicht erinnern, daß es jemals während des Strengstudiums so still gewesen wäre. Und das, obwohl der Präfekt gar nicht anwesend war. Ich glaube, der Präfekt hat auch nicht gewußt, daß Gebhard Malin aus dem Krankenhaus zurück war. Wenige Minuten nach dem Läuten kam er zur Tür herein, klatschte in die Hände, wie er es immer tat – und dann sah er den Gebhard Malin in der Bank sitzen. Er machte kehrt und ließ sich den ganzen Tag nicht mehr blicken.

Auch während des zweiten Studiums war es mucksmäuschenstill. Die Pimpfe und die Zweitklässler drehten sich zwar manchmal um und starrten den Arpad und den Gebhard Malin an. Ja, verstohlen habe ich auch hinübergeschaut: Arpad hatte den Arm um ihn gelegt, den Mund nahe an seinem Ohr, flüsterte er ihm etwas zu. Ich dachte, es müssen doch irgendwelche Narben in Gebhards Malins Gesicht zu sehen sein, wenigstens um den Mund herum, haben ja alle auf den Mund geschlagen, weil die Lippen so rot waren ...«

»Wie hat sich Csepella Arpad verhalten, als Gebhard Malin noch im Krankenhaus war?«

»Wie gesagt, heute weiß ich viel mehr. Heute kann ich mir ein Bild machen. Zuerst zog sich der Arpad völlig zurück, er sprach mit niemandem mehr, lag während der Freizeit im Bett, legte in der Kapelle den Kopf auf die Unterarme, verweigerte im Speisesaal das Essen. Er hat nichts mehr gegessen ...«

»Wie lange nicht?«

»Lange genug – der Rektor hat ihm ein Theater gemacht.

Er werde einen Arzt holen, wenn er nicht endlich esse. Wir sind vor dem Paterzimmer gestanden, der Rektor hatte den Arpad zu sich ins Paterzimmer geholt. Nur der Rektor war zu hören, der Arpad hat kein Wort gesagt – gegessen hat er hinterher jedenfalls immer noch nicht. Aber ein Arzt ist nicht geholt worden.

Aber ich wollte weitererzählen ... von dem Tag, an dem Gebhard Malin aus dem Krankenhaus zurückkam. An diesem Tag habe ich zum ersten Mal wieder mit dem Franz gesprochen, das heißt, richtig gesprochen ... wir haben uns versöhnt ... wollten es zumindest ...

Die Anwesenheit der beiden, Csepella Arpad, Gebhard Malin, hat mich fertiggemacht, es war an diesem Nachmittag im Studiersaal eine solche Anspannung in mir, ich dachte es zerreißt mir den Kehlkopf. Ich rechnete damit, daß die beiden nach dem Studium kommen und mich holen. Keiner aus der Klasse war ihnen vor dieser Sache näher gestanden als ich. Für die beiden war ich ein Sonderfall. Wenn sie sich auch nicht für die anderen interessierten, für mich, dachte ich, mußten sie sich interessieren – für einen, der sich als ihr Freund ausgegeben hatte. Vielleicht verprügeln sie mich zu zweit, dachte ich. Dieser Gedanke hatte sogar etwas Beruhigendes.

Und dann, nach dem Abendessen, waren sie weg. Ich suchte sie. Nicht, daß ich sie ansprechen wollte, ich wollte wissen, wo sie sich aufhalten, was sie machen. Das war ja nicht auszuhalten, daß allgemein so getan wurde, als sei nichts geschehen. Ich schaute in den Schlafsälen nach, im Schuhputzraum, im Mariensaal, kletterte aufs Dach, lief die Personalstiege hinauf und hinunter ... Dabei hatte ich längst eine Ahnung, wo sie waren. Und schließlich, es schneite schwere, nasse Flocken, stapfte ich in der Dunkelheit hinauf zum Theaterloch. Ich machte einen Umweg, damit sie später nicht auf meine Fußspuren träfen, ich näherte mich von oben, stieg leise, mich an den Baumstämmen haltend, zwischen den Felsen hinunter. Ich hörte sie sprechen und ich sah die Glut ihrer Zigaretten.

Ich hörte sie sprechen, aber ich verstand nicht, was sie sagten. Aber ich hörte, daß sie auch lachten. Und ich hörte die Stimme von Veronika.

Und dann merkte ich, daß mir einer nachgegangen war. Er stand oben zwischen den Sträuchern, die sich unter dem Schnee bogen. Seine Silhouette hob sich gegen den hellen Winterhimmel ab. Und ich wußte sofort, daß es der Franz war, aber wie er dastand, sah es aus, als würde er mich gleich vor sich hertreiben, nach unten zu Csepella Arpad und Gebhard Malin, und mir schoß durch den Kopf: Er ist mit ihnen verbündet, er hat seine Abreibung entgegengenommen und sich anschließend mit ihnen verbündet, hat als Buße vorgeschlagen, ihnen zu helfen, wenn es gegen mich ginge. – Ich lehnte mich an einen Baum, schloß die Augen und wartete, bis der Franz neben mir stand.

›Pst‹, sagte er und legte den Finger an den Mund. Wir kauerten uns auf unsere Fersen und schauten hinunter ins Theaterloch und lauschten. Ab und zu war das Aufglühen der Zigaretten zu sehen. Wir hörten Arpads Stimme, er sprach viel, lachte bisweilen, dann lachten Veronika und Gebhard Malin mit. Dann war es still. Nach einer Weile sahen wir Arpad aus dem Schatten treten und über die verschneite Wiese nach unten zum Heim gehen.

Wir wagten nicht, uns zu bewegen. Unter uns in der Dunkelheit mußten Veronika und Gebhard Malin sein. Wir warteten vielleicht eine Viertelstunde. Nichts war zu hören, nichts zu sehen, kein Aufleuchten einer Glut, kein Wort, kein Lachen. Wenn sie gegangen wären, hätten wir sie entweder gesehen oder sie wären auf uns gestoßen. Eine andere Möglichkeit, das Theaterloch zu verlassen, gab es nicht. Es war, als hätte Arpad vorhin allein mit sich gesprochen, hätte die Stimmen von Veronika und Gebhard Malin nachgemacht, hätte drei Zigaretten auf einmal geraucht.

Vorsichtig stand ich auf und gab Franz ein Zeichen. Einen Fuß vor den anderen setzend kletterten wir zwischen den Felsen hinauf, stiegen oben über das Gebüsch und liefen auf einem weiten Umweg zur Mariengrotte. Erst dort sprachen wir miteinander. Gaben uns die Hand. Sagten, daß wir uns versöhnen wollten. Daß es sowieso gerecht sei, wenn der Gebhard Malin die Veronika Tobler kriege. Eine Formsache – an die Veronika dachten wir beide nicht mehr. Und viel genützt hat die Versöhnung auch nicht.

›Ich will sowieso keine mehr‹, sagte Franz.

›Ich eigentlich auch nicht‹, sagte ich. ›Höchstens viel später einmal.‹

›Ich auch später nicht‹, sagte Franz.

›Ich eigentlich auch nicht‹, sagte ich.

›Man kann ja auch so ein Leben führen: keine Frau anschauen, nicht viel reden, nie wegfahren.‹

›Ich will auch nie ein wilder Hund werden‹, sagte ich.

›Das muß man können‹, sagte Franz.

›Ja‹, sagte ich. ›Ich glaube, wir können das nicht.‹

›Ich will es auch gar nicht.‹

›Ich auch nicht.‹

›Nein‹, bekräftigte er. ›Ich auch nicht.‹

Dann gaben wir uns noch einmal die Hand. Besser ist es uns hinterher nicht gegangen.

Und dann – ein paar Tage später hat der Arpad vorgeführt, wozu ein *wilder Hund* wirklich imstande ist. Daß das, was wir unter einem *wilden Hund* verstehen, ein Engelchen mit Flügelchen ist. Ich wußte ja nicht, daß er vorher schon Manfred Fritsch zum Theaterloch bestellt und gesagt hatte, er werde ihm die Kehle durchschneiden, falls dem Gebhard etwas passierte; ich wußte auch nicht, daß er beim Rektor gewesen war, daß er den Rektor aufgefordert hatte, etwas zu unternehmen; daß er beim Spiritual gewesen war, daß er auch ihn aufgefordert hatte, etwas zu unternehmen. Und ich wußte nicht, daß er zur Polizei gegangen war, daß er Anzeige erstatten wollte.

Er war nicht mehr derselbe Csepella Arpad, nachdem Gebhard Malin aus dem Krankenhaus zurückgekommen war, das ist uns allen klar geworden. Sogar Zizi Mennel und Meinrad Weckerle haben danach einen Bogen um ihn gemacht – er war nicht mehr der gutmütige, freundliche *wilde Hund*. Sie haben ihn aus dem Heim geschmissen. Das geht wohl auf die Kappe des Präfekten – der wollte auch einen Zeugen loswerden. Es war zwar nur ein Zigeunerbub, der Anzeige erstattet hatte, aber das konnte nicht sein, daß man so einen im Heim beließ, einen, der behauptete, der Herr Pater Präfekt lügt, einen, der es wagt, gegen den Herrn Pater Präfekt die Hand zu erheben.«

»Wann haben sie Csepella Arpad aus dem Heim geschmissen?«

»Auch er kam nach Weihnachten nicht mehr.«

»Auch nicht in die Schule?«

»Auch nicht in die Schule. Sein Onkel habe ihn abgeholt, hieß es. Man habe ihn verständigt – den Onkel habe man verständigt und auch die Fürsorge. Der Onkel sei gekommen in dem alten Opel und habe gefragt: ›Wen hat Arpad umgebracht?‹ – Die letzte Krone des *wilden Hundes*: ›Wen hat Arpad umgebracht?‹ – Um diesen Csepella Arpad haben sich Sagen gesponnen, das kannst du mir glauben.«

»Was heißt das, Csepella Arpad hat euch demonstriert, wozu ein *wilder Hund* wirklich imstande ist? Was heißt das: *einer, der es wagt, gegen den Präfekten die Hand zu erheben?* Hat er ihn geschlagen?«

»Zuerst sah es ja ganz anders aus. Der Arpad ist ruhig geworden, hat Abstand gehalten zu allen. Vorher war's ja so, daß, wo immer sich der Arpad aufgehalten hat, eine Traube von Schülern um ihn war, daß er seine Geschichten erzählt hat, von Wien, vom Rondell, von der Kärntnerstraße, von seinem Onkel, von den Frauen, die er gehabt hat. Das war vorbei. Er hat sich nur noch mit Gebhard Malin abgegeben. War nur noch mit ihm zusammen.

Die beiden hielten sich peinlich genau an die Heimordnung. Mit einer Ausnahme: Arpad zog in den unteren Studiersaal. Da war noch ein Pult frei. An dieses Pult setzte er sich während des Studiums. Und Gebhard Malin setzte sich neben ihn. Im Speisesaal rückten sie ebenfalls zusammen, auch in der Kapelle. Die Heimleitung ließ es gewähren. Die beiden hatten einen Sonderstatus. Der Präfekt beobachtete sie. Ich habe ihn ja gesehen, wie er ihnen nachspioniert hat. Immer war er hinter ihnen her. Ich dachte, der liegt auf der Lauer, der will den beiden etwas anhängen. Es hat ja auch so ausgesehen, als braue sich da etwas zusammen. Manchmal, wenn wir anderen während der Freizeit im Studiersaal waren oder im Spielsaal oder im Hausflur – wir, damit meine ich unsere Klasse –, dann haben wir die beiden gesehen, Csepella Arpad und Gebhard Malin, wie sie draußen im Schnee um das Heim herumgerannt sind. Der Gebhard Malin in Trainingshosen. Der Arpad in seinem schwarzen, abgewetzten, glänzenden Anzug. Und dann ist – zufällig – der Präfekt auch draußen gewesen. Oder einer von uns ist dazugekommen, wenn sie oben im Mariensaal die Hanteln vom Arpad gestemmt haben. Und auch dann war der Präfekt wieder nicht weit.

Die trainieren, hieß es, für irgendeinen Zweck trainieren die beiden. Und wenn ein Csepella Arpad und ein Gebhard Malin trainieren, dann muß man auf der Hut sein. Und der Präfekt, so sah es aus, war auf der Hut. Ich dachte, der Präfekt wartet auf eine Gelegenheit ... Wofür? Einfach auf eine Gelegenheit.

Aber es war nicht so. Auch den Präfekten hat das schlechte Gewissen geplagt. Er hatte ja auch Grund genug dafür. Schlechtes Gewissen dem Gebhard Malin gegenüber, schlechtes Gewissen dem Csepella Arpad gegenüber. Und zusammengebraut hat sich auch nichts. Sie haben wirklich trainiert, das stimmt, aber wohl deshalb, weil Gebhard Malin nach seinem Krankenhausaufenthalt geschwächt war. Der Arpad hat sich um ihn gekümmert, ganz einfach, er hat sich um ihn gekümmert. Vielleicht war dieses Trainingsprogramm auch nur ein Vorwand vom Arpad – Aktion, Aktion –, damit sein Freund auf andere Gedanken kommt. Er hat gespürt, daß man den

Gebhard Malin nicht allein lassen durfte; darum ist er in den unteren Studiersaal gezogen, hat sich im Speisesaal neben ihn gesetzt, hat sich in der Kapelle neben ihn gekniet, ist nachts an seinem Bett gesessen. War ja sonst keiner da. Alle haben den Gebhard Malin behandelt, als hätte er eine ansteckende Krankheit. Und Csepella Arpad hat gespürt, daß man ihn nicht seinen Gedanken überlassen durfte, deshalb dieses Training.

Und dann ist eines Tages der Präfekt im Studiersaal aufgetaucht, mit einer Schachtel unter dem Arm, und hat eine gute Laune vor sich hergetragen, gepfiffen und gelacht und gerufen: ›So, Ende des Studiums!‹

Mitten am Nachmittag. Drei oder vier Tage vor Beginn der Weihnachtsferien. Ich habe mir gleich gedacht, das ist gespielt, alles nur Theater, schlecht gespieltes Theater, und ich habe gedacht, was kommt jetzt?

›Na‹, sagte er, ›wer von euch will raten!‹ Keiner wollte.

›Was glaubt ihr‹, sagte er, ›ist in dieser Schachtel?‹ Keiner glaubte irgend etwas.

›Strengt eure Phantasie an!‹ rief er. Keiner strengte irgend etwas an.

›Was kann das sein‹, er zeigte die Schachtel vor, schüttelte sie, es klapperte. ›Einen knappen Meter lang, zwanzig Zentimeter breit, fünf Zentimeter hoch … Na?‹ Er ging durch die Reihen, hielt jedem die Schachtel vor die Nase, zog sie schnell wieder zurück, als hätte jemand danach gegriffen. Niemand griff nach der Schachtel. ›Ich gebe euch einen Hinweis‹, sagte er. ›Es hat mit Muskeln zu tun.‹

Einer von den Pimpfen machte eine Bemerkung, der Präfekt ignorierte ihn. ›Kommt keiner von euch drauf, was es sein könnte?‹ fragte er. ›Wißt ihr was: Wer es errät, der kriegt es. Ein Weihnachtsgeschenk für einen Rätselrater – für einen Rätselrater mit Muskeln.‹

›Tischtennisschläger‹, rief einer.

Der Präfekt ignorierte auch ihn. Inzwischen hatte er die Runde gemacht. Bei der letzten Bank blieb er stehen. Dort saßen Csepella Arpad und Gebhard Malin. ›Na, Arpad‹, sagte er, ›was glaubst du, ist in dieser Schachtel?‹ Arpad gab keine Antwort. ›Wenn du mir sagen kannst, was in dieser Schachtel ist, dann gehört die Schachtel dir – samt Inhalt, verstehst du.‹ Arpad gab wieder keine Antwort. ›Also, Arpad, weil du es bist, darfst du dreimal raten ... Hat jemand etwas dagegen, daß der Arpad dreimal raten darf?‹ Niemand hatte etwas dagegen. ›Also, Arpad, erster Versuch!‹

Arpad strich sich die Haare zurück und machte eine ungeduldige Handbewegung – sehr eindeutig, alle haben es gesehen. Für einen Augenblick verschwand das Lächeln auf dem Gesicht des Präfekten, aber er beherrschte sich gleich wieder. ›Sehr gut‹, sagte er. ›Sehr gut ... habt ihr gehört, was der Arpad gesagt hat?‹ Niemand hatte gehört, was der Arpad gesagt hat. Weil der Arpad nämlich nichts gesagt hat. Nicht einmal hergeschaut hat er. Er hat sich sogar vom Präfekten abgewendet, hin zu Gebhard Malin, hat mit seinem Rücken die Blicke abgewehrt.

›Ich glaube‹, sagte der Präfekt, ›der Arpad ist von euch allen der Vivste ...‹

›Was hat er denn gesagt?‹ fragte einer.

Der Präfekt ging nicht darauf ein. ›Der Arpad ist der Vivste und der Phantasievollste von euch allen‹, fuhr er fort. ›Und die besten Muskeln von euch allen hat er auch. Ein gesunder Geist in einem gesunden Körper, nicht wahr, Arpad?‹

Arpad kehrte ihm immer noch den Rücken zu. Ich sah, daß er leicht den Kopf einzog, als erwarte er, geschlagen zu werden.

›Und inzwischen kann er auch schon gute Gedichte schreiben‹, sagte der Präfekt, und es war nicht spöttisch gemeint, es war mit einer ängstlichen Hilflosigkeit gesagt, die ich vom Präfekten nicht kannte. Er wollte dem Arpad schmeicheln.

›Das darf ich doch sagen, oder? Es ist nämlich noch gar nicht lange her, da hat mir der Arpad ein Sonett gezeigt, das er selbst geschrieben hat ...‹ – Er ließ eine Pause, erwartungsvoll ... – ›Aber ich verstehe, wenn er das Sonett nicht vorlesen will ...‹ –Wieder eine Pause. – ›Ich würde mich für so ein Sonett nicht schämen, ganz im Gegenteil, ich wäre stolz darauf ...‹ – Abermals ließ er eine Pause, wartete auf eine Reaktion. Als sich Arpad immer noch nicht zu ihm umdrehte, änderte er den Ton, verfiel in eine sportliche Flapsigkeit, die unter normalen Umständen seine gute Laune charakterisierte. ›Lassen wir das. Der Mensch besteht ja nicht nur aus Geist allein – er besteht auch aus Muskeln. Und Muskeln wollen trainiert werden. Seht her!‹

Er öffnete die Schachtel und nahm einen Expander heraus. Zwei leuchtend rote Holzgriffe, dazwischen eine Reihe verchromter Spiralfedern. ›Der Arpad hat richtig geraten, was sagt ihr dazu!‹ Er dehnte den Expander zwischen seinen Armen. ›Na, Arpad‹, rief er, ›ist das nicht besser als Hanteln?‹

Jetzt drehte sich Arpad doch um. Der Präfekt lächelte, und dieses Lächeln war echt. Na, wer hat gewonnen, wer hat – wie immer – gewonnen? ›Er ist für dich‹, sagte er. ›Hol ihn dir ab! Zeig einem alten Mann, wie stark du bist!‹

Der Präfekt ließ den Expander über dem Kopf kreisen. Arpad blickte ihn mit ausdruckslosem Gesicht an. Diese Ausdruckslosigkeit war gespielt, sollte provokant wirken. Nur, der Arpad war ein schlechter Schauspieler, man sah ihm an, daß ihm die Wut bis in die Stirn zu kochen begann.

Breitbeinig stellte sich der Präfekt in den Mittelgang zwischen die Pulte und zog den Expander auseinander – so weit, bis seine Arme ausgestreckt waren. Er bekam einen roten Kopf, zitterte, aber er hielt die Federn gespannt. Und vor Anstrengung keuchend sagte er: ›Kannst du das auch, Arpad?‹

Arpad stand auf, ging mit schnellen Schritten auf den Präfekten zu, nahm einen Griff des Expanders, den anderen Griff aber behielt der Präfekt in der Hand. Er ließ ihn nicht los. ›Ja‹, sagte der Präfekt, ›willst einem alten Mann zeigen, wie stark du bist?‹

Arpad zog am einen Ende des Expanders, der Präfekt am

anderen. Sie stemmten sich mit ihren Füßen am Boden ab, und es war von allem Anfang an kein Spaß, schon gar nicht für den Arpad, und noch weniger für den Präfekten. Wir anderen stellten uns im Kreis um die beiden herum, feuerten aber weder Arpad noch den Präfekten an. Arpad war im Nachteil. Seine Schuhe hatten Ledersohlen. Der Präfekt stand fest auf Gummikrepp, Arpad rutschte aus, warf sich mit seinem ganzen Gewicht dagegen. Und dann ließ er los. Arpad ließ los. Der Expander schnellte mit voller Wucht gegen die Wange des Präfekten, der Griff schlug auf die Zähne, und das Blut rann in den Bart. Und Arpad stand da, die Fäuste dicht an seiner Brust, den Oberkörper vorgebeugt und schaute den Präfekten an. Er kommt in die Hölle, dachte ich.

Der Präfekt wischte sich mit dem Ärmel seiner Kutte übers Gesicht. ›Du gehörst erschlagen‹, sagte er.

›Probier's‹, sagte Arpad.

Auf einmal lachte der Präfekt los: ›Das kann eben passieren, das ist eben Sport… Das ist Sport! Das ist eben Sport…‹ Und verließ den Studiersaal – mit dem Expander. Arpad setzte sich wieder an sein Pult. Wir anderen setzten uns auch. Es gab ja viel zu lernen, es gab so viel in den Heften und Büchern zu blättern. Nach einer Weile verließen Csepella Arpad und Gebhard Malin den Studiersaal. – Von da an hielten sie sich an keine Regeln mehr. Sie gingen nicht mehr in die Kapelle, waren bei Nachtruhe nicht im Schlafsaal, verließen im Speisesaal den Tisch, wenn sie fertiggegessen hatten, schwänzten die Schule … Und nach Weihnachten waren sie weg. Beide.«

»Das heißt, es sieht so aus, als hätte sich der Rektor im Nachhinein die Geschichte zurechtgelegt. *Ihr Sohn ist seinen Mitschülern nicht zuzumuten* … Daß sie den Gebhard Malin schlicht und einfach aus dem Heim geschmissen haben und den Csepella Arpad hinterher oder umgekehrt. Nicht wegen euch, sondern wegen ihres Verhaltens?«

»Sieht so aus. Ja. Ist wahrscheinlich …

Unter den Schülern machte eine andere Version die Runde:

Die beiden seien abgehauen. Csepella Arpad und Gebhard Malin seien abgehauen. – Das erste, was ich tat, als ich davon hörte, war: Ich ging hinunter zum Café, kaufte mir scheinheilig eine kleine Tafel Schokolade. Die Veronika war nicht da. Ich ging ein zweites Mal hin. Sie war wieder nicht da. Ich ging ein drittes Mal hin, faßte mir ein Herz und fragte. Man habe keine Ahnung, wo sie sei, hieß es.

Ich fragte den Franz, ob er etwas wisse. Er zuckte nur mit der Schulter. ›Ich hab dir doch gesagt, daß ich nie mehr mit so etwas etwas zu tun haben möchte.‹ Aber ich habe ihn gesehen, wie er sich in der Nähe des Cafés herumdrückte ...«

»Du selbst bist im Heim geblieben bis zum Schulschluß im Sommer? Dein Abgang hatte mit unserer Geschichte nichts zu tun?«

»Wie man's nimmt. Ich weiß nicht, wie das die anderen gesehen haben – ich meine damit, die Heimleitung und die Schüler der anderen Klassen. Ich jedenfalls hatte den Eindruck, seit dieser Sache gings mit dem Heim abwärts. Und zwar rasant. Ich habe auch mit Manfred Fritsch, Alfred Lässer und dem Franz darüber gesprochen, mit Oliver Starche auch – sie sehen es heute ähnlich. Die von unserer Klasse sehen es so – seit dieser Sache war alles anders.«

»Was heißt: Es ist rasant abwärts gegangen mit dem Heim? Wie hat sich das bemerkbar gemacht?«

»Das ist schwer zu sagen, das betrifft die Stimmung, die sich allgemein verbreitete. Keine Gemeinsamkeiten mehr, keine Heimolympiaden, keine Wettbewerbe, die Blaskapelle wurde aufgelöst – ich wäre gerade mit der Trompete so weit gewesen –, kein Laienspiel mehr ...«

»Keine Prozesse mehr ... richtige, falsche?«

»Auch nicht mehr ... Denen hat zwar keiner nachgetrauert. Der Niedergang des Sports war signifikant – keine Schirennen. Nach Weihnachten fanden sonst immer Schirennen statt. Jänner, Februar 1964; Kannst du dir vorstellen! Da waren die Olympischen Winterspiele in Innsbruck! Was da im Heim losgewesen wäre – unter normalen Umständen! Nichts war los, gar nichts, nicht ein Schirennen. Da wurde dann klar, welche Rolle der Sport gespielt hatte: Ohne Sport keine Klassengemeinschaft mehr, keine Heimgemeinschaft ...«

»Diese Veranstaltungen waren doch alle auf die Initiative des Präfekten zurückgegangen?«

»Er hat seine Aktivitäten mehr auf außerhalb des Heimes verlagert. Wir wußten nicht, was er außerhalb des Heimes zu tun hatte. Damals wußten wir es nicht. Aber es war kein Geheimnis. Nur hielt er es nicht für notwendig, uns darüber zu informieren. Er hat bei der Caritas mitgemischt und bei den *SOS Kinderdörfern*, hat da so einen Plan gehabt für eine Schallplatte, Lieder aus aller Welt, gesungen von *SOS-Kinderdorf-Kindern* aus aller Welt ... Er hat uns aufgegeben, hat wohl gemerkt, daß mit uns nichts anzufangen war. Das war einerseits sehr angenehm, weil er die meiste Zeit nicht da war. Keine Prüfungen mehr, zum Beispiel. Hat der Rektor übernommen oder ältere Schüler, eine Zeitlang der Spiritual.

Im Frühling ist der Spiritual gestorben – im März 1964. Ende März. Von da an war's ganz aus. Von da an war der Niedergang des Heimes nicht mehr nur an der Stimmungslage abzulesen. Der Spiritual war weg, der Tröster, die letzte moralische Instanz. Der Liebe Gott. Der Pater, der ausgesehen hat wie der Liebe Gott. Weißer Bart bis zum Strick, weißes Haar. Eine Erscheinung. Einer, der immer die Ruhe bewahrte, fast immer. Einer, der berechenbar war. Einer, der trösten konnte ohne viel Worte. Da hat man erst gemerkt, daß man ihn für die letzte moralische Instanz gehalten hat. Ob er sich selbst dafür gehalten hat, bezweifle ich; ob er es war, bezweifle ich noch mehr. Wenn ja, dann hätte er sich nach den Klassenprügeln eingemischt. Der Arpad ist ja hinterher zu ihm gegangen und hat ihm alles erzählt. Er hat sich nicht eingemischt. Der Franz wußte da Bescheid. Der Spiritual habe den Arpad sogar angeschrien – was er sich denn von ihm erwarte, er sei nicht der Liebe Gott, und wenn er der Liebe Gott wäre, dann hätte er weiß Gott anderes zu tun, als sich in eine Bubenkeilerei einzumischen. Es ist nicht bekannt, ob der Spiritual dem Arpad den Brucknerstuhl angeboten hatte. Kann mir aber auch nicht vorstellen, daß sich der Arpad draufgesetzt hätte. Den Rektor hat der Tod seines Kollegen sehr hergenommen, er hat sich zwei, drei Wochen lang nicht mehr blicken lassen, hat nur noch getrunken – hieß es –, wir haben nichts gehört und nichts gesehen von ihm. Ich glaube, er war in dieser Zeit gar nicht im Heim, oder nur selten. Er wird sich ins Kloster zurückgezogen haben. Sein Zimmer neben der Kapelle war jedenfalls leer. Zizi Mennel und seine Bande haben alle Zigaretten ausgeräumt. Sie haben sich nicht einmal die Mühe gemacht, die Tür wieder zuzumachen und die Schubladen in den Schrank zu schieben.

Manchmal kamen Patres vom Kloster und schauten nach dem Rechten. Das heißt, sie stiegen in die Küche hinunter und überprüften, ob das Personal noch da war, ob gekocht wurde – nicht, was gekocht wurde, das war ihnen egal –, oder sie schauten in die Kapelle, ob das Ewige Licht noch brannte, ob noch genügend Weihwasser da war. Um uns kümmerten sie sich nicht. Um uns aus den niederen Klassen. Mit den Maturanten haben sie sich beraten, haben mit ihnen abgesprochen, wer wann Aufsicht hat und so weiter.

Zur Meßfeier am Morgen war immer einer da, aber der blieb grad bis zum Segen. Dann hat er sich aus dem Staub gemacht. Ein junger Pater war das, dem man ansah, daß er sich vor uns fürchtete. Ich weiß nicht, was für Gerüchte da die Runde machten ... Ich habe einmal bei ihm ministriert. Das war in der Woche vor dem Palmsonntag. Vor der Messe fragte er mich, ob ich wüßte, wo im Heim der Meßwein aufbewahrt werde.

›Im Keller‹, sagte ich. Ob ich so gut wäre und ihm eine Flasche heraufholte. ›Das darf ich nicht‹, sagte ich.

›Das darfst du nicht?‹ fragte er.

›Nein‹, sagte ich. ›Außerdem ist der Keller abgesperrt.‹

›Ich geb dir den Schlüssel‹, sagte er.

›Ich möchte trotzdem nicht‹, sagte ich. ›Den Meßwein haben immer die Patres selber geholt.‹

Er hatte schon das Meßgewand an und ich mein Ministrantengewand, die Messe hätte schon beginnen müssen, alle Schüler waren bereits in der Kapelle. ›Es ist aber kein Meßwein mehr da‹, sagte er.

Ich zuckte mit der Schulter. Ich wußte, daß am Abend vorher einige aus den oberen Klassen in der Sakristei gewesen waren. Vermutlich hatten sie den Wein ausgetrunken.

›Es sind auch keine Hostien mehr da‹, sagte er.

›Vielleicht fragen Sie einen Schüler aus der achten Klasse‹, sagte ich. ›Vielleicht holt er Ihnen eine Flasche Wein aus dem Keller.‹ Ich war doch wirklich ein harmlos aussehender Bub, bei Gott; aber ich merkte, daß dieser junge Pater vor mir Schiß hatte, und da mußte ich unwillkürlich grinsen. Er stand da, mit der leeren Weinflasche in der Hand und vermied es, mir in die Augen zu schauen.

›Es ist ja nur symbolisch‹, sagte er schließlich. Er schüttelte ein paar Tropfen Wein in den Kelch.

›Wenn Sie meinen, das genügt‹, sagte ich.

›Ja, ja‹, sagte er, und dann bei der Wandlung hat er den Finger in den Kelch gesteckt und damit die Weintropfen aufgewischt. Die Kommunion ist einfach ausgefallen. Auch am nächsten Tag hat er sich nicht getraut, allein in den Weinkeller zu gehen, er hat eine Frau aus der Küche mitgenommen. Die wollte zuerst ebenfalls nicht, der Weinkeller im Heim war tabu, dort durften nur die Patres hinein.

Ich glaube, es gab Tage, an denen wir ganz allein waren, an denen wir nicht einen Kapuziner zu Gesicht bekamen. Die Maturanten hatten keine Zeit, sich um uns zu kümmern, sie beauftragten andere Schüler, Sechstkläßler, und diese gaben die Aufsicht an die jeweiligen Klassensprecher weiter. Es galten keine festen Studienzeiten mehr, in den Studiersälen war es zu laut, um zu lernen. Die Schüler saßen im Heim herum, auf den Stiegen, in den Sälen oder lagen in den Betten und warteten.

Für eine oder zwei Wochen – das war nach Ostern – übernahm dann ein Pater von der *Kongregation des kostbaren Blutes Jesu* die Führung, also einer vom anderen Heim, aber nur als Vertretung, als Aushilfe, ein Notprogramm. Auch er legte auf Ordnung keinen besonderen Wert. Ich hatte den Eindruck, er betreibt sein Geschäft mit gespielter Resignation – *Jede Anstrengung hier ist verschwendete Energie* – und mit Schadenfreude. Bei jeder Gelegenheit merkte er an, daß dies oder jenes im anderen Heim nicht möglich wäre, daß die Buben im anderen Heim dies oder jenes besser könnten als wir. Es war uns piepegal, kannst du dir vorstellen. Und dann, später, also bei Schulbeginn im Herbst 1964, sei ein Jesuit gekommen, habe bis zur Auflösung des Heimes die Spiritualstelle übernommen. Um die Schule habe der sich nicht viel gekümmert – Latein, Griechisch, Mathematik, das war ihm unwichtig. Er habe hauptsächlich Bibelstunden abgehalten – Bibelinterpretation.

Ja, wenn du mich fragst, ab wann der Niedergang des Heimes deutlich wurde, für alle deutlich wurde, auch für die Eltern der Schüler – mit dem Tod des Spirituals. Der Tod des Pater Spiritual war ein Signal.«

»Woran ist er denn gestorben?«

»Ich weiß nicht, woran er gestorben ist. Ich glaube, er ist mit einem Schlag verrückt geworden. Heilig oder verrückt. Ein Prophet oder ein Wahnsinniger. Über dieser Frage hat es fast Ringkämpfe gegeben unter den Buben. Die einen wetteten auf *wahnsinnig*, die anderen auf *heilig*.«

»Hat es bei ihm Anzeichen für eine Geisteskrankheit gegeben? Weil du sagst, er sei vielleicht verrückt geworden.«

»Das hängt davon ab, wie man es interpretiert. Es gab eine Sache, eine Predigt – eine Quasipredigt, und um diese Predigt rankten sich die Spekulationen. Später, nach seinem Tod. Seine Predigt am Faschingssonntag. Eineinhalb Wochen später war er tot. Mir kam als erstes in den Sinn: Er hat sich umgebracht. Aber bitte, frag mich nicht nach Belegen für diese

Vermutung. Es ist eine reine Vermutung, sonst nichts. Nicht einmal eine Vermutung ... was soll ich sagen ... es war eben mein erster Gedanke. Nur ... niemals, niemals wäre das bekannt geworden ... niemals, niemals ...«

»Was hat er denn gepredigt – am Faschingssonntag?«

»Im Heim, laß mich das vorausschicken, im Heim war der zentrale Raum, um den sich alles Geschehen anordnete, die Kapelle. Das merkte man gleich in den ersten Tagen, wenn man neu ins Heim kam, und dann nicht mehr, dann war es eine Selbstverständlichkeit.«

»Willst du mir nicht erzählen, was der Spiritual an diesem Faschingssonntag gepredigt hat?«

»Doch, doch ... es ging dabei nicht allein um die Predigt, auch um das Drumherum ... und das muß ich erklären. Alle Anlässe, alle Festlichkeiten, alles, was das Jahr zu bieten hat, wurde im Heim behandelt wie ein kirchlicher Feiertag: Schulschluß, Schulanfang, Geburtstage, Staatsfeiertage, der 1. Mai, natürlich auch der Fasching. Als normales Christenkind, draußen in der Welt, da gehst du am Sonntag in die Kirche und sonst nicht. Wir sind mindestens viermal am Tag in die Kapelle gegangen – Frühmesse, *Flehentliches Bitten zum Heiligen Geist*, Abendandacht, Nachtgebet – an Samstagen kam noch ein Rosenkranz dazu und an Sonntagen die Vesper und an jedem zweiten Freitagnachmittag die *Dreiuhrgedenkminute*. Die dauerte eine Viertelstunde. Das heißt dann: Die Kapelle ist kein außergewöhnlicher Ort mehr – und das heißt, am Faschingssonntag begeben wir uns maskiert und geschminkt in die Kapelle. Eine Messe für die Narren. – *Laßt die Narren zu mir kommen!* – Natürlich war vorgegeben, als was man sich verkleiden durfte. Cowboy und Indianer waren das Äußerste. Die meisten waren Clowns oder sonst irgendwelche Halblustige. Kostüme gab es ja nicht, hat man irgendwelche Lumpen genommen oder umgedrehte Mäntel, Papierhüte und so weiter ...

Und an diesem Faschingssonntag waren wir in der Kapelle,

vor uns auf den Bänken die Narrenkappen, die Cowboyhüte oder der Federschmuck ... eine Kapelle voller Narren.

Edwin Tiefentaler, der Lange, Dünne, hatte das schönste Kostüm von uns allen, er hatte sich als Zauberer verkleidet. Seine Mutter hatte ihm einen langen, schwarzen Umhang aus Futterseide genäht, darunter trug er ein weißes Rüschenhemd, über die Hände hatte er weiße Handschuhe gezogen. Eine beeindruckende Erscheinung, selbst schon ellenlang, hatte er sich aus Pappe einen spitzzulaufenden Hut gebastelt, einen halben Meter hoch dieser Hut, mindestens einen halben Meter hoch, beklebt mit schwarzem Lackpapier und silbernen Sternen. Das Gesicht weiß geschminkt, der Mund knallrot, die Augenbrauen fettschwarz ... Hut und Zauberstab lagen vor ihm auf der Bank.

Ferdi Turner war eine Hexe. Er hatte sich den Wäschesack voll mit Schmutzwäsche auf den Rücken gebunden, hatte sich von einer Frau in der Küche einen alten Arbeitsmantel ausgeborgt, ihn mit Mehl und Asche eingerieben und über den Buckel gezogen, dann hatte er sich eine lange Nase gekauft und sie sich mit einem Gummizug ins Gesicht gehängt. Ein Bündel grünes Osterstroh auf den Kopf und fertig.

Der Franz hatte sich einen schwarzen Fetzen um ein Auge gebunden und mit Tintenblei einen Anker auf die Stirn gemalt, das war alles. Das genügte auch: Seeräuber.

Manfred Fritsch wollte sich erst gar nicht verkleiden, aber dann, als er sah, daß er die einzige Ausnahme wäre, schmierte er sich rote Farbe ins Gesicht, Wasserfarbe, die er mit den Händen anrieb. Sie zog ihm die Haut zusammen, als sie trocknete, an manchen Stellen bröckelte sie ab.

Oliver Starche und ich waren Clowns, Oliver Starche ein dünner Clown, ich ein dicker Clown. Ich hatte mir ein Kopfkissen unter die Jacke geschoben. Die Gesichter hatten wir uns gegenseitig geschminkt, Kreuze in die Augen, weißes Gesicht, rote Kreise um den Mund. Auf unseren Nasen klemmten aufgeschnittene Tischtennisbälle, die wir rot gefärbt hatten ...

Alfred Lässer hat ministriert – nicht maskiert und nicht geschminkt, versteht sich, der Spiritual hat die Messe gelesen. Und als die Zeit für die Predigt gekommen war, stieg er auf die Kanzel und sagte mit ruhiger Stimme: ›Ich möchte euch heute keine Predigt halten, dieser Tag ist nicht dazu da, um zu predigen. Ich möchte euch statt dessen aus einem Buch vorlesen.‹

Zustimmendes Gemurmel von fast hundert Narren. Vorlesen war immer gut. Vorgelesen wurde, wenn man mit uns zufrieden war. Im Schlafsaal vor dem Einschlafen. *Die Herrgottsschanze* zum Beispiel ... Besonders beliebt waren lustige Bücher.

›Ich lese euch ein wenig aus einem Buch vor‹, fuhr der Spiritual von der Kanzel herunter fort, ›einem Buch mit dem Titel *Siebenkäs*.‹

Gelächter jetzt. *Siebenkäs* ... was konnte das anderes sein als ein lustiges Buch, fast zu lustig für eine Lesung in der Kapelle. Aber schließlich war ja Faschingssonntag. Und wenn der Spiritual in der Kapelle aus einem lustigen Buch vorlas, dann durften wir in der Kapelle auch lachen.

›Also‹, sagte er, ›ich nehme an, ihr seid damit zufrieden.‹

Zustimmung. Rufen durfte man in der Kapelle nicht. Hat man eben zustimmend gebrummt.

Der Spiritual hob sein Meßgewand an einer Seite etwas hoch, griff darunter in die Brusttasche seiner Kutte und zog ein kleines, dickes Buch heraus. Und dann begann er zu lesen: ›Ich lag einmal an einem Sommerabende vor der Sonne auf einem Berg und entschlief. Da träumte mir, ich erwachte auf einem Gottesacker ...‹

Kleines Gelächter. – Gottesacker ist schließlich ein komisches Wort ... und wenn jemand träumt, er liege auf einem solchen, kann das nur ein komischer Traum sein. Außerdem war Faschingssonntag, da hatte man das Lachen ja unter die Nase gemalt.

Der Spiritual ließ eine Pause. Mich wunderte, daß er nicht schmunzelte. Ich saß direkt unter der Kanzel. Sein Gesicht war tief gefurcht, vielleicht sah es auch nur von unten so aus. Er starrte bewegungslos auf das Buch und wartete, bis es wieder ruhig war. Dann las er weiter: ›Die abrollenden Räder der Turmuhr, die elf Uhr schlug, hatten mich erweckt. Ich suchte im ausgeleerten Nachthimmel die Sonne, weil ich glaubte, eine Sonnenfinsternis verhülle sie mit dem Mond ...‹

Nun wurde schon lauter gelacht. Das, was der Spiritual da vorlas, das klang komisch und, wie er es vorlas, klang noch komischer – mit dieser ernsten, tiefen, ruhigen Stimme: ›Alle Gräber waren aufgetan, und die eisernen Türen des Gebeinhauses gingen unter unsichtbaren Händen auf und zu. An den Mauern flogen Schatten, die niemand warf, und andere Schatten gingen aufrecht in der bloßen Luft ... In den offenen Särgen schlief nichts mehr als die Kinder. Am Himmel hing in großen Falten bloß ein grauer schwüler Nebel, den ein Riesenschatten wie ein Netz immer näher, enger und heißer hereinzog. Über mir hört ich den fernen Fall der Lawinen, unter mir den ersten Tritt eines unermeßlichen Erdbebens ...‹

Das klang nicht weniger komisch als das vorher, aber es lachten nur noch wenige. Nicht, weil hier eine Gruselszene vorgetragen wurde, die schreckte uns nicht im geringsten, sondern weil es allmählich doch den meisten recht sonderbar vorkam, daß der Spiritual ausgerechnet so eine Geschichte ausgerechnet in der Kapelle ausgerechnet am Faschingssonntag vorlas ...

Und dann ist allen das Lachen vergangen. Der Spiritual las von der Kanzel Jean Pauls *Rede des toten Christus vom Weltgebäude herab, daß kein Gott sei*. In den angemalten Gesichtern war kein Entsetzen zu sehen, aber die ganze Kapelle war still wie eine Fotografie.

Bevor er zu Ende gelesen hatte, verließ einer der Maturanten den Raum. Wütend schlug er die Tür hinter sich zu. Ich meinte, das Herz bleibt mir stehen. Und dann, als der Spiritual mit der Lesung zu Ende war, hob er wieder sein Meßgewand hoch und schob das Buch in die Kutte darunter und fragte:

›Habt ihr verstanden, was ich vorgelesen habe? Habt ihr verstanden, daß wir nicht in Gottes Hand sind, daß uns Gott abgeblasen hat von seiner Hand wie Schneeflocken, die nicht schmelzen? Weil seine Hand kalt ist, kalt und einsam groß, das Universum seine Hand, einsam, kalt und zu groß, um sich darin zurechtzufinden. Habt ihr verstanden, daß wir vielleicht nicht einmal von dieser Hand gewischt worden sind? Denn wie soll dieser ALL-ALL-ALL, gütig, wissend, mächtig, wie soll er Interesse für unser Versagen aufbringen können! Starrt er seine Hand an und sucht uns? Aber wieso denn! Fügt sich doch alles in Harmonie! Nicht ein Millionstel der Schöpfung sind wir! Habt ihr das verstanden? Habt ihr verstanden, daß wir, falls wir doch in Gottes Hand liegen, dort von ihm unbemerkt sind, ungewollt, in Kauf genommen, nicht der Mühe wert, weggepustet zu werden? Habt ihr verstanden, daß es keinen Sinn hat, nach Ihm zu fragen? Denn er hat die Natur so eingerichtet, daß sie Antwort gibt auf jede Frage. Und das haben Fragen an sich, ganz gleich, wie sie gestellt sind, daß sie eigentlich Wünsche sind. Den Frager, der fragt, ohne eine bestimmte Antwort zu erhoffen, den gibt es nicht. Habt ihr das verstanden? Auch die simpelste Frage nach der Uhrzeit enthält eine Hoffnung – es möge noch nicht zu spät sein oder es möge schon später sein. Stelle man sich eine Uhr vor, die all diese Hoffnungen erfüllt – sie würde nie richtig gehen ...‹

Da wurde die Tür aufgerissen, und der Präfekt stürmte herein, gefolgt von dem Maturanten, und der Präfekt schrie gegen die Rede des Spiritual an: ›Organist! Nummer 222! Nummer 222! Nummer 222!‹

Aber der Spiritual sprach unbeirrt weiter, seine Stimme wurde lauter, aber der tiefe Baß blieb: ›Die Natur gibt Antwort auf jede Frage, und sie gibt die erhoffte Antwort. Sie macht ein Leben nach dem Tod für den, der daran glaubt; wenn ihr fragt, ob es ein ewiges Leben gibt, sagt sie ja. Wenn ihr fragt, ob es einen Gott gibt, sagt sie ja. Ja zu dem, der an ihn glaubt. Für den anderen gibt es keinen Gott und auch kein Weltgericht ...‹

Da hatte der Organist die Stelle im *Gotteslob* gefunden, und die Orgel setzte ein, und der Präfekt sang laut, und der Maturant sang mit, und die anderen Maturanten auch:

Nun freue dich, du Christenheit
der Tag, der ist gekommen,
an dem der Herr nach Kreuz und Leid
die Schuld von uns genommen.

An diesem österlichen Tag,
laß uns den Vater loben;
denn er, der alle Ding vermag,
hat seinen Sohn erhoben.

Du lieber Herre Jesu Christ
da du erstanden heute,
so lobt dich alles, was da ist,
in übergroßer Freude.

Und die anderen Klassen stimmten ein. Nur jene, die nahe der Kanzel saßen, konnten noch hören, was der Spiritual sagte. Ich verstand jedes Wort: ›Wünsch dir Erbsen für nach dem Tod, und deine Seele wird in Erbsen baden. Gott taucht seine Hand in einen Kosmos von Erbsen. In der Wüste seiner Hand wird alles zur Fata Morgana – sogar er selbst...‹

Dann hat der Präfekt die Kanzel bestiegen. Er hat seinen Arm um die Schultern des Lieben Gottes gelegt, hat sanft den Kopf des Lieben Gottes an seine Wangen gedrückt und ihn schließlich in die Sakristei geführt. Von diesem Tag an hat der Spiritual sein Zimmer nicht mehr verlassen.«

20

»Die erste Ohrfeige habt ihr ausgelost, und das Los hat Oliver Starche getroffen. Wie ging das vor sich?«

»Jeder mußte ein Pfand abgeben. Manfred Fritsch sammelte die Pfänder ein.«

»Was waren das für Pfänder?«

»Ich habe einen Strumpf gegeben. Ich hatte nichts in der Tasche. Also zog ich einen Strumpf aus.«

»Und wie ging die Auslosung vor sich?«

»*Was soll das Pfand in meiner Hand, was soll damit geschehen* ... Wir haben die Pfänder nicht selbst gezogen. Da hätte man ja schummeln können. Wußte ja jeder, was er gegeben hatte. Wir haben einen Erstkläßler geholt und ihm befohlen, es für uns zu tun.«

»Und Gebhard Malin?«

»Hat zugeschaut.«

»Versuchte er nicht, den Spielsaal zu verlassen?«

»Er stand an der Wand zwischen den Fenstern und hat zugeschaut, wie der Erstkläßler die Pfänder aus dem Sportsack zog. Wir haben die Pfänder in einen Sportsack gesteckt ...«

»Und Oliver Starches Pfand wurde als erstes gezogen?«

»Sagt Oliver Starche heute.«

»Und daß er geschlagen hat, daran erinnerst du dich auch nicht?«

»Nein. Ich war zu aufgeregt. Ich war als zweiter dran.«

»Und?«

»Ich habe eine leichte Ohrfeige gegeben.«

»Und Gebhard Malin hat sich nicht gewehrt?«

»Als ich geschlagen habe, hat er sich nicht gewehrt.«

»Hat er sich überhaupt gewehrt?«

»Später hat er sich gewehrt. Er hat es versucht.«

»Wann später?«

»Ich weiß es nicht – ich glaube, als dann die Ohrfeigen vorbei waren.«

»Als jeder zweimal geschlagen hatte?«
»Ja.«
»Jeder zwei Ohrfeigen?«
»Ja.«
»Ist weitergeschlagen worden?«
»Ja.«
»Ohne neue Diskussion?«
»Ohne Diskussion. Vielleicht haben wir vergessen, daß jeder schon zweimal dran war.«
»Meinst du das ernst?«
»Ja. Oder einer hat gedacht, seine Ohrfeigen waren nicht richtig.«
»Ohrfeigen sind gegeben worden – einfach weiter Ohrfeigen?«
»Zuerst ja.«
»Und du hast auch noch einmal geschlagen?«
»Ja. Meine Ohrfeigen waren beide leicht gewesen, die anderen haben, glaubte ich, fester geschlagen, und der Letzte hat sehr fest geschlagen.«
»Der Letzte der ersten Runde?«
»Der Letzte der ersten Runde, ja ... oder der zweiten Runde schon ... ich weiß es nicht ...«
»Wer war das?«
»Weiß ich nicht.«
»Und du wolltest deinen Schlag nachholen?«
»Ja, sozusagen.«
»Und da hat sich Gebhard Malin dann gewehrt?«
»Bei mir noch nicht. Erst später. Als mit der Faust geschlagen wurde ... auf die Backe.«
»Wer hat mit der Faust auf die Backe geschlagen?«
»Weiß ich nicht. Ich weiß nur, daß auf einmal mit der Faust geschlagen wurde. Ich habe dann auch mit der Faust geschlagen. Auf die Backe ...«
»Und warum ausgerechnet auf die Backe?«
»Weil die am weichsten ist.«

»Am wenigsten an der Faust wehtut?«
»Ja.«
»Hat Gebhard Malin versucht zu fliehen?«
»Er hat zurückgeschlagen. Einer ist getroffen worden.«
»Wer?«
»Weiß ich nicht. Einer eben. Daraufhin haben ihn zwei oder drei festgehalten, und die anderen haben mit der Faust geschlagen. Ich weiß nicht, wer festgehalten hat und wer geschlagen hat. Ich habe festgehalten und auch geschlagen. Viel mehr weiß ich nicht. Daß er geschrien hat, weiß ich noch. Da haben wir dann geschlagen, damit er aufhört zu schreien. Und dann haben wir geschlagen, damit er nicht einfach so daliegt.«
»Und wann habt ihr aufgehört?«
»Irgendwann.«
»Und dann?«
»Haben wir ihn hinausgetragen. Hoch auf den Händen. So hoch, daß die Pimpfe ihn nicht sehen konnten. Weil sie kleiner waren. Er war ohne Bewußtsein, und sein Gesicht hat wohl geblutet. Blut tropfte auf die Steinstufen. Wir haben ihn durch die Halle und hinaus getragen. Jeder hatte eine Hand an ihm. Das war das letzte, was noch getan werden mußte. Neben dem Studiersaalgebäude hoben wir den Metallrost auf, der über dem Schacht zum Kellerfenster lag, wir warfen ihn in den Schacht, und weil in der Nähe ein Sandhaufen war, schütteten wir mit unseren Händen Sand auf ihn nieder, bis wir sein Gesicht nicht mehr gesehen haben. Dann gingen wir ins Heim zurück, rannten über die Stiege hinauf, klopften an das Zimmer des Präfekten und meldeten: ›Wir haben ihn gezüchtigt.‹ – ›Gut‹, sagte der Präfekt, ›damit sind die Gesamtstrafen aufgehoben.‹ – Dann gingen wir auseinander.«
»Ist das alles?«
»Ja.«
»Ich will sehen, was sich machen läßt.«

Weil folgen werden Feuer dem
Orkan, Orkan und Nacht,
Erinnert es sich doch: Halb Lehm;
In fremder Hand gemacht;

Noch kroch es ohne jeden Plan;
Eint Aug und Zahn; im Hirn
Regiert ein Hundeuntertan;
Läuft allem vor die Stirn;

Es schläft im Loch, träumt einen Gott,
In den, als wär's sein Joch,
Dies Tier sich krümmt. Er sieht mit Spott
Es an. Ich höre noch,

Todmatt: Die Chronik spricht ein Wort
Am Anfang, Münder sind
Noch stumm. Wer hier verkehrt, kommt dort
Am Ende um. Ein Kind

Liegt da, hat Erde im Gesicht,
Liegt da, der Rücken krumm.
Ein Traumgesicht trennt Nacht von Licht.
Mich schreckt es nicht.

»Der Meister der kleinen Form«

Günther Stocker,
Neue Zürcher Zeitung

Michael Köhlmeiers Erzählungen beginnen oft mit einem schlichten, einfachen Satz, und doch ist man sofort mittendrin: »Ich hatte einen Fehler begangen, einen empfindlichen.« Es geht in diesen Geschichten nicht um die ganz großen Themen, es geht um das, was nebenbei und zwischendurch passiert. Die Erzählung *Auf Bücher schießen und andere Kleinigkeiten* handelt von einem Traum, *Mut am Nachmittag* von einem Mann, der traurig ist. *Ein freier Nachmittag, Unterhaltungen in der Küche* – davon erzählt der Autor meisterhaft, und irgendwann kommt dem Leser der Verdacht, dass es hier vielleicht doch um das ganze Leben geht. Dieser Band enthält auch sechs neue Erzählungen.

616 Seiten. Gebunden
www.deuticke.at

Michael Köhlmeier im dtv

»Michael Köhlmeier verfügt über die darstellerischen Mittel,
seine Charaktere ganz aus sich selbst entstehen zu lassen,
ohne Deutung und Erklärung, und dabei auf
unmerkliche Weise die Zwangsläufigkeit ihres
unentrinnbaren Geschicks zu zeigen.«
Die Zeit

Dein Zimmer für mich allein
Erzählung
ISBN 978-3-423-08226-6

»Eine Liebesgeschichte der reinen Möglichkeitsform.«
Süddeutsche Zeitung

Abendland
Roman
ISBN 978-3-423-13718-8

›Abendland‹ ist ein Roman, wie er selten geschrieben wird,
tollkühn, inspirierend und fesselnd.«
Die Zeit

Die Musterschüler
Roman
ISBN 978-3-423-13800-0

»Warum zählen ›Die Musterschüler‹ nicht längst zu den
großen Nachkriegsromanen?«
Süddeutsche Zeitung

Bitte besuchen Sie uns im Internet: www.dtv.de

Ilija Trojanow im dtv

»Trojanow verwebt Orientalisches mit Westlich-Technischem, tobt sich im Detail aus, um dann zum kühnen Zeitensprung anzusetzen. Kurz: Er überrascht, wo er nur kann.«
Der Spiegel

Die Welt ist groß und Rettung lauert überall
Roman
ISBN 978-3-423-12654-0

Alex' Eltern ertragen den Alltag unter der Diktatur in ihrem Heimatland nicht länger, und hinter dem Horizont lockt das gelobte Land. Doch schon bald nach der Flucht zeigt sich, daß sie nicht nur einen Gobelin und die Großeltern zurückgelassen haben.

Der Weltensammler
Roman
ISBN 978-3-423-13581-8

Als Kundschafter der englischen Krone soll Burton in der Kolonie Britisch-Indien dienen – eine verlockende Aufgabe, die bald zur Obsession wird, das Fremde zu enträtseln und darin aufzugehen.

Nomade auf vier Kontinenten
Auf den Spuren von Sir Richard Francis Burton
ISBN 978-3-423-13715-7

Trojanow unterwegs auf den Spuren des sagenumwobenen Burton in Indien, Mekka, Sansibar und bei den Mormonen in Utah. Ein Brückenschlag zwischen den Kontinenten, zwischen eigenen Erlebnissen und den Abenteuern Burtons.

Autopol
in Zusammenarbeit mit Rudolf Spindler
dtv premium
ISBN 978-3-423-24114-4

Sten Rasin mag das schöne neue Europa des 21. Jahrhunderts nicht. Doch bei der jüngsten Aktion seiner Widerstandsgruppe wird er geschnappt. Einmal zu oft. Er wird »ausgeschafft«, dorthin, von wo es kein Zurück gibt – nach Autopol. Aber Rasin ist kein gewöhnlicher Krimineller. Er ist Idealist, ein Kämpfer…

Die fingierte Revolution
Bulgarien, eine exemplarische Geschichte
ISBN 978-3-423-34373-2

Seit dem Fall des Eisernen Vorhangs hat Trojanow Bulgarien regelmäßig besucht. Das Resümee: Die alte Nomenklatura wurde nie abgelöst, die Wirtschaft ist nicht privatisiert, sondern piratisiert, die Vergangenheit ist nicht bewältigt.

Bitte besuchen Sie uns im Internet: www.dtv.de

Thomas Bernhard im dtv

»Wer in eine Übereinstimmung gerät mit dem radikalen Ernst, mit der glitzernd hellen Finsternis der Bernhardschen Innenweltaussagen, ist angesteckt, fühlt sich sicher vor Heuchelei und gefälligen Künstlerposen, leeren Gesten, bloßer Attitüde.«
Gabriele Wohmann im ›Spiegel‹

Die Ursache
Eine Andeutung
ISBN 978-3-423-01299-7

Thomas Bernhards Internatsjahre zwischen 1943 und 1946. »Wenn etwas aus diesem Werk zu lernen wäre, dann ist es eine absolute Wahrhaftigkeit.« (Frankfurter Allgemeine Zeitung)

Der Keller
Eine Entziehung
ISBN 978-3-423-01426-7

Die unmittelbare autobiographische Weiterführung der Jugenderinnerungen. Der Bericht setzt ein, als der sechzehnjährige Gymnasiast beschließt, sich seinem bisherigen verhassten Leben zu entziehen ...

Der Atem
Eine Entscheidung
ISBN 978-3-423-01610-0

»In der Sterbekammer bringt sich der junge Thomas Bernhard selber zur Welt ... Aus dem Totenbett befreit er sich, in einem energischen Willensakt, ins zweite Leben.« (Die Zeit)

Die Kälte
Eine Isolation
ISBN 978-3-423-10307-7

Mit der Einweisung in die Lungenheilstätte Grafenhof endet der dritte Teil von Thomas Bernhards Jugenderinnerungen, und ein neues Kapitel in der Lebens- und Leidensgeschichte des Achtzehnjährigen beginnt. »Ein Modellfall, der weit über das Medizinische und die Zeitumstände hinausweist.« (Süddeutsche Zeitung)

Ein Kind
ISBN 978-3-423-10385-5

Die Schande einer unehelichen Geburt, die Alltagssorgen der Mutter und ihr ständiger Vorwurf: »Du hast mein Leben zerstört« überschatten Thomas Bernhards Kindheitsjahre. »Nur aus Liebe zu meinem Großvater habe ich mich in meiner Kindheit nicht umgebracht«, bekennt Bernhard rückblickend auf jene Zeit. »Ein farbiges, fesselndes Buch.« (Die Welt)

Bitte besuchen Sie uns im Internet: www.dtv.de